Waxing Mythical
The Life & Legend of
Madame Tussaud

蜡像传奇
杜莎夫人和她的时代

[英]凯特·贝里奇 著

刘火雄 唐明星 译

生活·讀書·新知 三联书店

WAXING MYTHICAL: THE LIFE AND LEGEND OF MADAME TUSSAUD
by KATE BERRIDGE
Copyright © Kate Berridge 2006
This edition arranged with ROGERS, COLERIDGE & WHITE LTD(RCW)
through Big Apple Agency, Inc., Labuan, Malaysia.
Simplified Chinese Copyright © 2021 by SDX Joint Publishing Company.
All Rights Reserved.

本作品简体中文版权由生活·读书·新知三联书店所有。
未经许可，不得翻印。

图书在版编目（CIP）数据

蜡像传奇：杜莎夫人和她的时代／（英）凯特·贝里奇著；
刘火雄，唐明星译．—北京：生活·读书·新知三联书店，2021.3
ISBN 978-7-108-06938-2

Ⅰ.①蜡⋯　Ⅱ.①凯⋯ ②刘⋯ ③唐⋯　Ⅲ.①传记文学－英国－现代
Ⅳ.① I561.55

中国版本图书馆 CIP 数据核字（2020）第 151564 号

责任编辑	徐国强
装帧设计	康　健
责任印制	徐　方
出版发行	生活·讀書·新知 三联书店 (北京市东城区美术馆东街 22 号　100010)
网　　址	www.sdxjpc.com
图　　字	01-2020-5326
经　　销	新华书店
印　　刷	北京隆昌伟业印刷有限公司
版　　次	2021 年 3 月北京第 1 版 2021 年 3 月北京第 1 次印刷
开　　本	635 毫米 × 965 毫米　1/16　印张 25.5
字　　数	340 千字　图 40 幅
印　　数	0,001-6,000 册
定　　价	59.00 元

（印装查询：01064002715；邮购查询：01084010542）

献给塞巴斯蒂安（Sebastian）

我们难以想象，从那些死去的友人脸上制作面具模型，这对杜莎夫人来说何其艰难，但是别无选择。她不时地被提醒："去做吧，否则下一个掉脑袋的人将是你！"

——安东尼·杜莎（Anthony Tussaud），

杜莎夫人五世孙，2002年

目 录

Contents

1　引言

11　第一章　众生相：小玛丽与古怪名流们
41　第二章　娱乐教育：怪物、骗子和吃青蛙者
71　第三章　国王与我：凡尔赛宫的模特和导师
97　第四章　罗亚尔宫：皇家宫室变成百姓欢乐场
109　第五章　玛丽前半生：小女子卷入大革命
143　第六章　众声咆哮：大革命狂潮中的模范公民
161　第七章　血围兜：断头台下的生与死
181　第八章　牢狱之灾：恐怖时局下的艰难困苦
197　第九章　爱情与金钱：寡淡婚姻与养家糊口
209　第十章　远走英伦：陷入神奇骗局
229　第十一章　1803—1808年：苏格兰与爱尔兰
251　第十二章　杜莎夫人：打造高端品牌的艺术家
293　第十三章　1822—1831年：死里逃生现转机
307　第十四章　相互成就：狄更斯与蜡像馆
323　第十五章　杜莎蜡像馆：大都会首屈一指的展览
349　第十六章　诸神降临：人人都爱"甜蜜之家"

375　尾　声
385　致　谢
387　参考文献
397　译后记

引　言

　　这是一个有关排长队等候参观的故事，其源头可追溯到1770年左右的巴黎。时至今日，故事中长长的列队已蜿蜒遍布于全世界许多城市，如伦敦、纽约、拉斯维加斯、阿姆斯特丹以及香港。在伦敦，连绵不绝的长队景观颇为常见，加入列队成了人生的一堂必修课，就如孩童长大时举行的成年礼。不同年龄、国籍的人们没有被长时间的排队等候和伦敦的雨水吓倒，他们耐心地等着，依序跨进一栋没有窗户的高大建筑里。该大楼修造于1884年，最初主要是为了放置不断增加的展品。从其隐蔽的建筑结构来看，无法得知屋内藏有什么物件。但只要你从行驶而过的双层巴士车顶望去，便可以看到一位女性半身雕像的剪影，她的名字和生卒年份镌刻在这栋建筑的墙面上：杜莎夫人（Madame Tussaud），1761—1850。

　　可以说，杜莎夫人是主流历史上一位无足轻重、备受忽略的古怪人物。她被视为一个极度自负的演艺人员而遭轻视，以致在历史记录的脚注中，几乎没有被提及。因保守权势集团的歧视和排斥，人们似乎更愿将她当作一个游乐场的卖艺者来看待，而不是将之视为一位权威的艺术家或历史学家。某种程度而言，杜莎夫人深受偏见之害，这种偏见将与艺术和教养紧密相关的大众文化当作愚蠢的暴发户一样来看待。诸多名流的蜡像展览以杜莎夫人的名义举办，但因被视为华而不实的肤浅娱乐而遭轻视。这其实低估了蜡像作品原有的功能，即在一个图画参考资料尚未普及的时代，它们能以栩栩如生的视觉化叙事记述重大事件。

长期以来，报刊展现个人形象的想法曾难以付诸实施，与此同时，杜莎夫人制造的个性化蜡像展品在英国"乔治王时代"[1]却供不应求。新闻是信息流通最基本的方式。作为极具视觉效果的报道，杜莎夫人的蜡像展品，以令人容易理解的样式传播国内外消息。当许多插画仍是黑白色调，粗糙的木版画提供着劣质肖像产品时，杜莎夫人制作了许多凶手和君王的彩色人体模型，这些与真人同比例大小的蜡像，令人称奇并带来审美愉悦。

如今，在一幅图画可以兜售一个故事的时代，我们可以说杜莎夫人才是最早的小报记者。她那些有关时事的生动布景和蜡像，源源不断地把轰动而有新闻价值的人物、事件输送给大众市场。与皇室成员有关的报道尤其抓人眼球，加冕典礼成了杜莎夫人的拿手好戏。除了报道合法继承人登上王位外，她还通过自己创作的蜡像不断展示出拿破仑兴衰成败的故事。这一通过自我奋斗达到功成名就的史诗般故事，对于杜莎夫人的那些看重身份地位的观众来说，非常合胃口。

杜莎夫人不但报道时政热点人物、事件，而且反映历史。她对自己展品的教育功能引以为荣，并将自身对于学习、休闲的思想情感，寄托于历史传记中。杜莎夫人从人的角度来阐释历史，而不是展现一系列冷漠的戒律和战争事件。她对伟大历史人物的展览，引起了观众的共鸣，除了激发爱国自豪感外，还点燃了他们对于个人抱负的憧憬和想象。杜莎夫人这种描述历史的方式虽然主观性强，但无疑迎合了公众趣味。

---

[1] 乔治王时代（Georgian England），主要指英国乔治一世至乔治四世在位时期（1714—1830），其中包括摄政时期（1811—1820）。有论者也将威廉四世在位时期（1830—1837）归入乔治王时代，该时期下启维多利亚时代（1837—1901）。本书页下注如无特别说明，均为译注。

19世纪上半叶，绝大多数博物馆和国家艺术馆似乎都在尽一切可能地将公众拒之门外，然而，杜莎夫人却一直争取将其展馆向公众开放。早在当局意识到公共博物馆、图书馆有助于提升公民社会福利前，杜莎夫人就已凭借自己的企业开辟了一条令人瞩目的大道来为公众谋取福利。直至1850年杜莎夫人去世，英国政府才将从举办世博会（The Great Exhibition）所得的收益，用来资助便于公众学习的三大核心博物馆，即维多利亚和阿尔伯特博物馆（The Victoria & Albert Museum）、自然历史博物馆（The Natural History Museum）、科学博物馆（The Science Museum）。

杜莎夫人生活的时代，其社会中存有群氓恐惧症候的现象。这逐渐造成了一种文化隔离状态，不同阶级阶层的娱乐活动和文化品位进而受到严格管控。终其一生，杜莎夫人见证了普罗大众极具毁灭性的能量，当权派时常深受其苦。但是在相互磨合与妥协中，群体力量的积极作用得以彰显，因为大众市场的消费者对人类历史以及当下的人物事件，充满好奇心和求知欲。杜莎夫人意识到了这一趋势，注意按受众的需求来量体裁衣，尤其注重适应迅速增长的中产阶级群体的需求。她不但使出浑身解数使自己取得成功，同时消弭了社会既有的等级壁垒。杜莎夫人所采取的立场与策略，与英国乔治王时代和维多利亚时代早期的文化守护者迥异。她完全把大众当作消费者来看待，而不是以高人一等的姿态把他们看成市侩，或害怕他们会给公共秩序、社会治安带来严重威胁。她才不害怕门口的"野蛮人"光临，她向他们收取入场费和出售展品图录。在杜莎夫人所取得的成就中，她对大众趣味的发掘、利用以及对流行文化黏合能力的重视，是极富意义的一个重要面相。正如约瑟夫·米德[1]1841年所记载的："杜莎夫人的财富王国依赖于公众的支持，成千上万的人挤满了她的展厅，其中包括王公贵族、商人、神父、学者、农民、学童、婴孩，各色人等混杂在

---

[1] 约瑟夫·米德（Joseph Mead，1766—1855），英国作家兼出版人。

一起。"杜莎夫人发现，大众对著名人物和声名狼藉者一样感兴趣，这里颇有生意可做，她于是充分发挥自己的特长来迎合顾客口味，这使她在同类市场竞争中远胜过所有对手。

20世纪之交，《钱伯斯杂志》[1]刊登的一篇文章，谈及蜡像展览长盛不衰的吸引力和堪称奇迹的名声：

> 大众普遍喜爱蜡像展品，这从道德教化层面上可作详细阐释。很多女孩都表现出对玩偶不可或缺的衷情，即使已长大成年，她们对玩具娃娃仍充满依恋。从这个角度看，杜莎夫人的蜡像展览就是一个拥有巨大荣耀的"玩偶之家"，有着浓烈的人文色彩。不仅如此，这里还是国家名胜古迹区，其女创立者的名声与建造圣保罗大教堂的天才相比，更为民众所熟知，也更令成千上万的英国人感兴趣。

就品牌认同而言，杜莎夫人蜡像馆（Madame Tussaud's）在商界当属最为成功的名字之一。杜莎夫人生前，其蜡像馆的知名度已远播海外，而且更确切地说，跨越了阶层界限。亨利·哈罗德先生[2]一度挖空心思为自己位于伦敦骑士桥（Knightsbridge）的百货公司赢得客户，并彻底革新名下不景气的企业，最终将其打造成为世界著名的商场之一。"史威士先生"[3]签下了一份赚大钱的合同，获准在1851年世博会期

---

[1] 《钱伯斯杂志》（Chambers's Journal）于1832年在爱丁堡创办，最初是一份16页的周刊，论题包括历史、宗教、语言和科学，其创始人为苏格兰出版商、政治家威廉·钱伯斯（William Chambers，1800—1883）。杂志创刊不久，威廉·钱伯斯的弟弟罗伯特·钱伯斯（Robert Chambers，1802—1871）加盟。身为地质学家、作家、出版商的罗伯特，早期为杂志撰写了大量文章，期刊发行量很快达到84000份，名噪一时。侦探悬疑小说代表人物柯南·道尔（Conan Doyle，1859—1930）有些作品也首发于该刊。1956年，杂志停刊。
[2] 亨利·哈罗德（Henry Harrod，1799—1885），伦敦顶级百货公司哈罗德百货（Harrods）创始人。
[3] 即约翰·雅各布·史威士（Johann Jacob Schweppes，1740—1821），生于德国，后移居瑞士，1783年，他在日内瓦创建史威士公司（Schweppes Company），生产在当时看来有药用价值的碳酸饮料。1792年，史威士前往伦敦拓展商业市场，"怡泉"（Schweppes）苏打水等系列产品最终因得到"皇家认证"而风靡开来。"怡泉"现为可口可乐公司旗下品牌。

间给参观者派发不含酒精的充气饮料，可消除饮者的疲劳。其实在亨利·哈罗德爵士和"史威士先生"获得成功的很久以前，杜莎夫人的名字早已铭刻于许多英国人脑海中，成为商业成功的代名词。在树立自身品牌形象的时候，杜莎夫人认识到广告的重要作用。当广告业尚处于萌芽阶段，她便利用并创新了形式多样的公开宣传，由此证明自己是这一领域的先驱。

杜莎夫人名利双收，取得了非凡的成就，尤其在她人生的最后十年达到巅峰，随之而来的是她那别具一格的"名人堂"逐渐产生重大影响，其本人也被看作世俗成功的民间主宰者。1849年，《笨拙》[1]周刊谈及"杜莎夫人的名气测验"：

> 在杜莎夫人生活的时期，只有那些被准许进入位于伦敦贝克街（Baker Street）的杜莎夫人蜡像馆、并在其有关名流的蜡像展品中占有一席之地的人，才会成为真正的大众偶像。能够在大众脑海中留下深刻而持久印象的唯一方式，正是通过蜡像这一媒介实现的。要想成为大众的偶像，你首先得是杜莎夫人蜡像馆的"玩偶"。杜莎夫人已然成为事实上给人带来持久声誉的施与者。

成为杜莎夫人的蜡像展品是一个人取得名人身份的权威证明，反之，则刺痛了那些毫无可能的人的自尊心。著名历史学家托马斯·巴宾顿·麦考利[2]听到杜莎夫人去世的消息后，在一封给友人的信中吐露

---

[1] 《笨拙》（*Punch*）周刊由作家亨利·麦休（Henry Mayhew）和雕版师埃比尼泽·兰德尔斯（Ebenezer Landells）创刊于1841年，为英国老牌的讽刺漫画报刊之一，以"捍卫被压迫者及对所有权威大力鞭笞"著称，适合中产阶级的品位。1932年，林语堂在上海创办中国首份幽默刊物《论语》后，经常转载《笨拙》周刊的漫画作品。1992年，《笨拙》周刊停刊，四年后虽得以复刊，但于2002年再度停刊。

[2] 托马斯·巴宾顿·麦考利（Thomas Babington Macaulay，1800—1859），第一代麦考利男爵、作家、历史学家、辉格党政治家，他创作颇丰，行文流畅雄健，代表作包括《英格兰史》（*The History of England*）、《古罗马谣曲集》（*Lays of Ancient Rome*）等。

心声:"我在世上没有什么心愿了,我曾期待跻身杜莎夫人蜡像'万神殿'的希望如今已破灭。"可见,杜莎夫人的蜡像展既被认为是一个无足轻重的游乐场,又被尊为尘世间不朽的大教堂。

  作为重新审视当下的棱镜,对名人狂热崇拜之风的浮现,杜莎夫人的故事提供了前所未有的全景观照和洞察力。漫漫人生路上,杜莎夫人目睹了大众文化趣味的位移,即大众从原本重视死后的荣耀,转向更关注现世中自我认定的事物。菲利浦·柯提斯(Philippe Curtius)身为杜莎夫人的前辈、导师,也是巴黎蜡像展览最早的创办人。杜莎夫人追随导师,在这个日益重名重利的社会里,以引人注目的方式,推进俗世的偶像崇拜。他们迎合着不断增长的名流崇拜之风,在公共场合表现出对他人名望的尊重,这是身份意识越来越明显的社会的副产品。在变革、民主潮流不断冲击既有体制的历史时期,蜡像表征着当时如蜡一般易变可塑、变幻无常的文化。他们强调名声的易逝和人性的阴暗面,这反映在世人倾向于推倒那些立于基座上被当作偶像崇拜的人物。革命爆发前的巴黎,柯提斯和杜莎夫人的展览自开张以来,便显示了蜡像作品所呈现的人类野心在不断攀升时可能被熔解掉,就像希腊神话里的伊卡洛斯[1]"感觉到热蜡正在熔化,使他不能展翅飞翔",那些不再引起大众兴趣的蜡像,则被灰溜溜地撤除了。无论过去还是现在,蜡像制品都是一项检验我们偷窥程度的残酷指标,这种偷窥癖关乎社会名流的命运沉浮,对他们逐渐减弱的忠诚度,则使我们成了善变的"粉丝"。

  非同寻常的个人故事,强化了杜莎夫人蜡像馆展览崛起的基础,故事的情节包括劫后余生、经受住命运的逆转、遭受生命威胁的意外事故,这些磨难则可轻而易举地将普通人击败。杜莎夫人的成功是对文化、商业和个人挫折的征服。她究竟是一位怎样的女性呢?

---

[1] 伊卡洛斯(Icarus),希腊神话中代达罗斯(Daedalus)之子。代达罗斯是一位艺术家、建筑师和雕刻家,为了逃离囚禁他们的克里特岛,他用蜡和羽毛给儿子制造了羽翼。结果,伊卡洛斯因飞得太高,双翼上的蜡被太阳晒化,最终跌落海中丧生。

许多人在排队等待参观蜡像展时认为杜莎夫人只是一个虚构的角色，尽管世界上最著名的名字之一属于这位女性。杜莎夫人的神话存在已久，她的奇闻轶事一直被人津津乐道，以至于人们想当然地接受了相关陈述的可信度，认为她是一位与众不同的超群人物，但其人生并非真的如此经得起推敲。本书的中心议题便是讨论由杜莎夫人缔造的诸多神话，她塑造了自我形象，正如她娴熟地制作某件蜡像模型一样。

到英国后，杜莎夫人塑造了一个对于品牌化不可或缺的公共角色：她把自己描述为法国大革命的受害者和幸存者。于是，杜莎夫人总是在人们的想象中保持着悬念：一位年轻女性，在她的围裙兜里，有一颗刚从断头台取下的鲜血淋漓的头颅。一位无辜的女性，系着血迹斑斑的围裙，为了保命被强行要求去制作死者的蜡像面模，这一形象引起了公众对杜莎夫人的同情和好奇。随着杜莎夫人宣称自己被勒令塑造了许多大人物的头像，上述受难形象的影响与日俱增。杜莎夫人一再突出自己早年是凡尔赛宫的宠儿，在法国旧制度的落日余晖中，她担任伊丽莎白公主的艺术辅导教师，后者为法国国王路易十六的妹妹。

杜莎夫人的早年经历为制造个人神话提供了素材，其中最有效的方式是她年近八旬之际，正式出版了个人回忆录，即《杜莎夫人回忆录：法国往事及法国大革命简史》(*Madame Tussaud's Memoirs and Reminiscences of France, Forming an Abridged History of the French Revolution*)。此书是了解杜莎夫人前半生的主要信息来源，直到她去往英国并在那里度过后半生。杜莎夫人的回忆录由世交、法国侨胞弗朗西斯·埃尔韦[1]执笔，以第三人称写作，如同杜莎夫人向他口述一样，该书的风格和表现手法对于今天的读者来说似乎较难理解。据称，埃尔韦特意在杜莎夫人的回忆录中插入一项免责声明，将书

---

1 弗朗西斯·埃尔韦（Francis Hervé, 1781—1850），生于法国，英国艺术家和游记作家。

中回忆不准确或存在差错的内容归因于传主年事已高："尽管杜莎夫人对于事件的记忆非常清晰，时间却经常混淆，由于年近八旬，加上人生中大部分时期处于动乱年代，她的回忆有时会带来某种程度的困惑和失真。"做出上述说明后，埃尔韦投机取巧地认为，由他兄弟撰写的有关法国大革命的作品更为可信，并为此做了推介。现在很多传记作家很难做到谨慎处理传主的材料，而对杜莎夫人回忆录中有关她早年人生轨迹的缺陷处，倾向于不屑一顾，或轻描淡写，所以杜莎夫人的神话延续不衰。

由于缺少足够的消息、证据来源，把杜莎夫人在法国早年生活的夸张描绘抛开不论，会使得脆弱的事实框架变得更为复杂。直到中年的杜莎夫人走下抵达英国的邮轮，并把自己看作是一名法国大革命的受害者和幸存者之际，有关她此前人生的参考资料，只有少量的法定文书和凭证。

在界线分明的三个人生阶段，真实的杜莎夫人被多种途径所遮蔽。在杜莎夫人那部存在争议的回忆录中，有关她前半生在法国的遭遇，所隐瞒的内容远比披露的多。关于杜莎夫人学徒生涯中学艺的记载极难得见。这与她魅力超凡的导师柯提斯形成鲜明对照。柯提斯的公共档案记录证实他在巴黎娱乐界的卓越成就。我们却只能猜想他那天资高、瘦弱的女弟子，默默无闻地混迹于娱乐场所拥挤喧嚣的人群中，那里有他们最初的蜡像展馆。杜莎夫人那些被删节的经历使人浮想联翩。没有任何记载显示她母亲和柯提斯之间的个人关系，只有虚幻的秘史和真假参半的陈述，建构起对于杜莎夫人的总体印象，而这种印象又被虚幻的身份模糊与掩盖。

接下来，对杜莎夫人在英国的人生阶段的研究，我们所面临的一项挑战是：关乎她身心活动的记载均处于缺失状态。自1802年始的二十多年时间里，杜莎夫人一直在路上，混迹于四处奔波的游艺者中，他们的足迹太微弱，几无历史记录。为了追寻杜莎夫人这一时期的人生轨迹，我们只能依靠一些书面资料，诸如短期内有效的娱乐布告、明信片（这是她极少得以留存下来的宣传广告），以及为数不多的几封家书，这些通信于1804年便戛然而止。

杜莎夫人人生的最后阶段，名气和声望处于巅峰状态，她本人及其蜡像展的身份标记极为完备和明显。如今，杜莎夫人为诸多名人所遮蔽，不再像她一手创立的品牌那样依旧光芒四射。杜莎夫人的蜡像展品经常见诸媒体报道，直到去世前不久，人们也可以时常在蜡像展览中看到她，付费参观者甚至能够近距离接触这位令人难以捉摸的名人。但她宛如一尊蜡像，看上去惟妙惟肖却没有活力，我们很难洞悉她的情感、观点以及那些传达个性本质的事物。

就个体和一般意义而言，杜莎夫人的人生对于历史提出了有趣的问题。与考古遗迹不同，杜莎夫人的纪念物和手工制品，从设计、制作到展览都带有特定的目的，即能够赚钱。类似地，杜莎夫人的自我宣传，以及给自己贴上法国大革命受害者和幸存者的标签，同样是出于商业目的，以便让人们对她的蜡像产生真实的认同感，最终使她在同行竞争中独树一帜。

到目前为止，杜莎夫人人生中有一个方面一直被忽视，即她作为历史学家所扮演的角色。对此，本书将做深入探究。这是个值得深思的问题。撇开杜莎夫人个人经历中那些无伤大雅的虚构细节，更为关键的是，她的革命遗物、死亡面具和人头蜡像，已经成为见证法国大革命非常有影响的视觉作品。

如果像维多利亚女王[1]所宣称的那样，对于历史的解释和描述，不是指向实际发生的事件，而是人们认为究竟发生过什么，那么，这对杜莎夫人而言尤为切中肯綮。长期以来，对有关杜莎夫人个人身世的断言一直未引起争论。由于缺少可靠的事实依据，我们似乎应该提出更多质疑。从杜莎夫人诞生之日算起，至今已过去两百多年了，杜莎

---

1 维多利亚女王（Queen Victoria，1819—1901），1837年至1901年在位，史称"维多利亚时代"，前接乔治王时代，后启爱德华时代。维多利亚女王统治期间，英国实现了工业革命，通过海外扩张成为"日不落帝国"，文化艺术领域群星璀璨，她由此成为英国繁荣的象征。

夫人蜡像馆的参观者也近两亿人次，但她本人仍是谜一般的存在。杜莎夫人作为杰出女商人、艺术家、广告宣传员、大众娱乐先驱的身份，反倒更容易被清晰地界定。但是，在杜莎夫人的传奇人生中，究竟有多少属于真实的历史，又有哪些是欺骗世人的谎言呢？

第一章

众生相：小玛丽与古怪名流们

在回忆录中，杜莎夫人声称她生于1760年，出生地点为瑞士首都伯尔尼（Berne），但是，圣彼得教堂一份注册于1761年12月7日的受洗记录证实，她的出生地应为法国斯特拉斯堡（Strasbourg）。神职人员这一段潦草而简短的记载，掩盖了其重要性。该受洗记录显示，杜莎夫人在接受浸礼时被取名为安娜·玛丽亚（Anna Maria），一个与她母亲一样的名字，为了以示区别，她更多的时候被称作"玛丽"（Marie）。受洗记录中缺失有关玛丽父亲的记载，教区的教堂司事约翰内斯·特雷普（Johannes Trapper）成了她的教父。更令人迷惑的是，在给这名婴儿进行洗礼时，她的母亲同样没有现身。根据记载，婴儿玛丽是被当地一位产婆带到教堂的，受洗记录上将此人记为"穆勒琳，稳婆"（Obstetricia Müllerin）。通常而言，我们人生当中有关出生、结婚、死亡的文书档案都是明确的，类似资料对杜莎夫人来说却并非如此显而易见。她的人生经历中只有很少一部分能够被证实，因此，这些真实的断简残篇，能够与她个人陈述的矛盾之处相互印证。

那位缺席的父亲名叫约瑟夫·格劳舒茨（Joseph Grosholtz），一个有名无实、幻影一般的存在者。因为没有记录能让他的形象显得更为饱满，仅有的信息也只是来自他后来出人头地的女儿——玛丽。在回忆录中，杜莎夫人把父爱的缺失归因于她出生前两个月，其父便去世了。杜莎夫人把她的父亲描述为一个小有名气的战士，特别是担任了维尔姆泽将军[1]的副官，并且作为"七年战争"[2]的老兵，"他因负伤严重以致光秃秃的脑门上伤痕累累，下颌被打掉了，只好用银制假牙床替代"。杜莎夫人的父亲被毁容的晦暗形象，或多或少给人毛骨悚然的感觉，这是一种前兆，预示了杜莎夫人蜡像馆"恐怖屋"（Chamber of Horrors）中最有名的展览之一，即展示罗伯斯庇尔[3]面部支离破碎的死亡头颅蜡像制品。罗伯斯庇尔在试图开枪自杀时未能如愿，只是打烂了自己的下巴。

杜莎夫人郑重宣告，她已故的父亲来自一个高贵的家族——"格劳舒茨"。这一姓氏在德国的知名程度，相当于英国亨利三世的近支珀西（Percy）世家，法国三次赐封、绵延十数代的蒙莫朗西（Montmorency）公爵，以及意大利辖治米兰地区上百年的维斯孔蒂（Visconti）家族一样，都是世代的豪门之家。然而，有迹象表明，"格劳舒茨"与其说出身名门，不如说其家族谱系很早就沾染了鲜血的印记。在斯特拉斯堡和巴登巴登（Baden-Baden），格劳舒茨家族成员以刽子手知名，这一世袭的官方职务最早可以回溯至15世纪。因此，杜莎夫人对于恐怖事物的嗜好可能带有遗传性。至于杜莎夫人那位隐而不露的母亲，一份更早的教区记录显示，她和杜莎夫人一样，在同一

---

1 达格伯特·西蒙德·冯·维尔姆泽（Dagobert Sigmund Von Wurmser，1724—1797），奥地利陆军元帅，生于法国斯特拉斯堡，"七年战争"时期在法国骑兵部队中服役，后转为奥军效力，参加了巴伐利亚王位继承战争。1796年前后，拿破仑统率的军队在意大利多次击退了由维尔姆泽将军等组成的第一次反法同盟，最后迫使对方签订了有利于法兰西共和国的停战条约。
2 "七年战争"（Seven Years War，1756—1763），又称"英法七年战争"，这是欧洲两大军事集团（"英国-普鲁士"同盟与"法国-奥地利-俄国"同盟）为争夺殖民地和霸权而进行的一场大规模战争。"七年战争"后，英国成为海上霸主和世界强国，法国进一步被削弱，普鲁士在德意志的地位得到巩固，俄国加强了欧洲强国的地位。
3 马克西米连·罗伯斯庇尔（Maximilien Robespierre，1758—1794），生于律师世家，法国大革命时期雅各宾派领袖人物。他极力主张把国王路易十六推上断头台，宣称"国王必须受死，革命才能存活"。掌权后，罗伯斯庇尔扬言"我就是人民"，实行恐怖统治，一度人人自危，在风云变幻的时局中，他后来也被推上断头台。

所教堂接受了洗礼，在她18岁那年，丈夫去世，同时迎来了女儿的降生。论及年轻母亲的身世时，杜莎夫人提到了她的瓦尔特（Walter）亲族，并认为这是一个"备受尊敬的阶层，她们的丈夫都是迪耶（Diet）家族或瑞士国会的成员"，只是，浸礼登记中，"瓦尔特"之名遭到笔误，写成了"瓦尔德"（Walder）。终其一生，杜莎夫人都在以不同方式展现这些血统上的夸饰，因为，如此显赫的亲属关系与某些事实之间，似乎怪异地存在不相称情况：比如，她在斯特拉斯堡劳动阶层聚居中心一所简陋的教堂接受洗礼，由当地一名接生员担任父母代理人，教父则是一名乡村教堂司事。

玛丽地位低下还有另外一条线索可以佐证，即她母亲从事的是与家政服务有关的工作这一事实。杜莎夫人的传奇故事确切地说应该以此开场：玛丽出生后不久，她的母亲便成了单身汉菲利浦·纪尧姆·马泰·柯提斯（Philippe Guillaume Mathé Curtius）的女管家，后者为伯尔尼本地居民。玛丽两岁左右时，在她宣称的出生地伯尔尼，年轻医生柯提斯接待了法国孔蒂亲王（Prince de Conti）的到访。作为法国国王路易十五的表弟，孔蒂亲王当时正在造访被流放于纽沙泰尔（Neufchâtel）和伯尔尼的卢梭[1]。孔蒂亲王登门并非向柯提斯医生寻求健康上的咨询和帮助，而是为了欣赏他那些袖珍的人体蜡像模型。柯提斯小规模的私人收藏，起初只是吸引了当地人的少许兴趣，继而随着这位医生用蜡像完美还原人体形态及其解剖构造的名声传开，更远地方的参观者也纷至沓来了。在柯提斯生活的年代，由于冷藏技术的缺乏，出于医学教育目的的遗体保存受到严格限制，为此，人体蜡像模型作为医学教育资源便承担了重要角色。由于教育和色情之间的界限灵活而可变通，柯提斯制作了柔软轻盈、名为"美人"的蜡像。"美人"蜡像带有可开合的肚脐，有时被人们称赞为"解剖学中的维

---

[1] 让－雅克·卢梭（Jean-Jacques Rousseau，1712—1778），法国启蒙思想家、哲学家、教育家、文学家，法国大革命的思想先驱，代表作有《论人类不平等的起源和基础》（*Discourse on Inequality*）、《社会契约论》（*The Social Contract*）、《爱弥儿》（*Emile, or On Education*）等。

纳斯"。以"美人"蜡像为原型，柯提斯制作了更多令人兴奋的生动作品用于展示。

柯提斯在人体模型复制和着色方面技艺娴熟，这激发了他向蜡像制作领域转行，但究竟是蜡像本身还是色情式的描绘给柯提斯带来了名声，并吸引孔蒂亲王的关注，其主要原因已不得而知。但是很明显，孔蒂亲王对柯提斯的作品印象如此深刻，以至于当场表态，如果柯提斯愿意前往巴黎这一更大的舞台发展其天赋的话，他可以提供赞助。对于生活在伯尔尼的市民来说，娱乐活动只是一项有趣的消遣，相反，柯提斯将要投身其中的巴黎，那可是一个寻欢作乐、声色犬马、欲壑难填之地。在法国记者、作家路易-塞巴斯蒂安·梅西埃[1]眼里，法国大革命爆发前的巴黎，是一座"无限宏伟、极其富饶、穷奢极侈"之城，"她贪婪地吞噬男人，大肆挥霍金钱"。

柯提斯在巴黎圣奥诺雷街（Rue Saint-Honoré）一套雅致的公寓里开始了新的生活。该街区为巴黎最有名的地段之一，尤其受到与日俱增的贵族阶层的青睐。与在凡尔赛宫觐见时令人乏味的繁文缛节相比，他们更喜欢这里的生活节奏和情调。孔蒂亲王属于这一群体，他既是都市中老于世故的人，同时又是剧作家、画家、作家的赞助者，更是一个有着几分名望的酒色之徒。孔蒂亲王死后，据说纪念他的"战利品"，仅鼻烟盒和戒指就数以百计。因此，孔蒂亲王很有可能喜爱柯提斯展出的那些带有色情意味的生动场景。迁居巴黎初期，柯提斯通过自制蜡像作品的公开展览，建立起一项利润丰厚的副业。据一位同时代的人描述，"柯提斯专为猎奇者小批量定制淫荡放纵的人物造像，供其摆放在私密房间里，这给他带来的收入远远超过公开展览所得"。（遍布巴黎的此类私密场所无疑都忙碌异常，当柯提斯向这些地方出售刺激性十足的辅助摆件时，江湖郎中也生意兴隆起来，他们

---

[1] 路易-塞巴斯蒂安·梅西埃（Louis-Sébastien Mercier, 1740—1814），法国戏剧家、作家，代表作有《巴黎图景》（le Tableau de Paris）、小说《公元2440年》（L'An 2440, rêve s'il en fut jamais）等。

向花柳病人推销掺进了巧克力糖浆的汞制剂。）

在玛丽看来，孔蒂亲王是一位慷慨大方的赞助者，"他的豪爽和友善不但始终如一且超出了承诺"。依托孔蒂亲王的支持，柯提斯迅即成为知名企业家与艺术家。他拥有精明而敏锐的判断力，制作了大量富于创意的作品。借助微型雕像的私人定制服务，以及同比例大的人物蜡像、当代名流胸像的公开展览，柯提斯经济上有了保障，这意味着在1768年前后，他已经有足够的底气，邀请前管家安娜·玛丽亚及其年幼的女儿来巴黎与他共同生活。

柯提斯对玛丽亚母女的依恋以及两者在他生命中的地位引发了诸多猜测。有一种说法认为，玛丽亚是柯提斯的妹妹，柯提斯自然便成了玛丽的舅舅；另有推测认定柯提斯为玛丽的生父，而这是一场通奸行为的结果。玛丽曾提及她母亲厨艺精湛，但鉴于柯提斯对母女俩的忠诚度，以及终身为她们的福祉承担义务，柯提斯的关照措施，或许不仅仅是基于玛丽母亲烹饪服务的答谢之举。玛丽描述柯提斯时提到，"她的舅舅后来承担了父亲的角色，既亲和又威严"，甚至说"他合法地收养了她，当作自己的孩子"。事实上，无论从正式收养程序还是血缘关系来看，两者均缺乏证据，这一遗漏导致后人对她的身世众说纷纭。但是，在杜莎家族的历史谱系中，柯提斯所扮演的父亲角色得到了承认：一份印有花样抬头的老旧文件，列出了公司发展史上各色创始人和艺术塑像师的身份凭证，其中有关柯提斯的条目被登记为"杜莎夫人的舅舅和养父"。

6岁时，玛丽第一次来到巴黎。彼时，臃肿又讨人嫌的法国国王路易十五，正处于他漫长统治期的最后十年。在康庞夫人[1]笔下，路易十五"厌倦了显赫的地位、豪华的排场，为寻欢作乐所累，对官能

---

[1] 康庞夫人（Madame Campan，1752—1822），早年被选为路易十五女儿们的诵读女官，后担任路易十六的王后玛丽·安托瓦内特的首席女侍，所著《追忆玛丽·安托瓦内特王后的私人生活》（*Memoirs of the Private Life of Marie Antoinette*），对研究法国大革命有较大史料价值。

享受已经腻烦"。其名望骤然下降,早年他被人们尊称为"最受爱戴者",到了1763年,一座宏伟的国王骑马雕像矗立在了巴黎城市中心的一座广场上,左右两侧有代表古典美德的象征标志,讽刺作家却嘲弄道:"美德遭受践踏,罪恶翻身上马。"这一现象预示了人们对旧制度越来越不抱以尊崇之情。以前,凡尔赛宫是文化风尚的关注焦点,巴黎由此渐渐成为思想、时尚、运动和精神的策源地。如今,凡尔赛宫开始以巴黎为时尚楷模了。流言蜚语中,有传闻说一位贵族妇女宣称她宁愿死在圣叙尔皮斯教堂[1],也不愿活在乡下。(圣叙尔皮斯教堂是达官贵人的亡灵安息之所,位于巴黎的繁华地段。)这对柯提斯来说极为有利。

柯提斯这位多才多艺的塑像师一时得天时地利之和。在法国旧制度统治的最后20年间,巴黎处于不断变革的动乱状态,考虑到蜡制品的易变性,它们无疑是反映瞬息万变时局的理想媒介——当时的法国社会,富裕与贫穷、传统与现代、宗教与世俗已然分裂,形成鲜明对照。蜡不但可以作为照明材料,而且易熔化、可塑性强,能够无限地转换造型,这与巴黎不断重塑自身的情状颇为相宜。巴黎正大兴土木,规模之大、速度之快、数量之多使得市政地图还没来得及更新即已过时。社会变革产生了深远影响,世俗主义的蔓延意味着,从前多适用于教堂葬礼或作为虔诚献身象征物的人工蜡像制品,而今被柯提斯重新定位其功能,以便迎合新的市场,其间,人们的追求正变得越发现实。

---

[1] 圣叙尔皮斯(Saint-Sulpice)教堂,始建于1646年,造型和规模与巴黎圣母院相同;法国文学家维克多·雨果(Victor Hugo,1802—1885)曾在此举办婚礼;教堂南北中轴线上有一根用于计量时间的铜线,即著名的"玫瑰线";美国作家丹·布朗(Dan Brown)在小说《达·芬奇密码》(The Da Vinci Code)中提到该教堂,改编后的同名电影在此取景。

狄德罗[1]和达朗贝尔[2]主持编纂的《百科全书》(*Encyclopédie*，编写于1751—1772年)为世俗化社会奠定了基调。狄德罗在写给伏尔泰[3]的一封信中透露了他们的意图："我们不仅要知道得比基督徒多，而且要做得比他们好。"《百科全书》每一卷都像一篇尘世的宣言，以全然不同的方式重新审视世界，因为编纂者是基于理性而非宗教视角来编写此书的。尽管大多数人的宗教信念依旧根深蒂固，受一系列新文体、流派影响，基督教教义的基础却不断被削弱，因为这些文艺作品普遍强调个人在世上的自我发展和完善。

在让-雅克·卢梭的作品中，个人主义同样是重要的主题，他的思想观念在读者中引发强烈反响。倒霉的路易十六后来将法兰西所有的问题都归咎于卢梭，后者于1762年出版了《社会契约论》(*The Social Contract*)，宣称政府之于人民，应平等并承担相应责任与义务。这不啻于投向旧秩序的一枚手榴弹。

卢梭那些颇具颠覆性的论述充满激进色彩，当时的法国社会，读写和学习仍被教会掌控，主要实行拉丁文教育，教学大纲的唯一主题便是神学，以进入天国为终极目标。作为无神论潮流的象征性暗示，一位衣着滑稽的人吸引了民众的关注。他从一本禁书中摘引、转述了有关基督生平的内容：耶稣只是一位充满狂热和忧郁的手工艺人，一位来自木匠作坊的江湖医生，专门欺骗最底层的民众，与此同时，《福音书》只能当作类似东方的浪漫故事看待，它并不比《天方夜谭》更可信。

---

[1] 狄德罗 (Diderot, 1713—1784)，法国启蒙思想家，唯物主义哲学家，因主编《百科全书》成为百科全书派代表人物，他主张国家起源于契约，君主的权力来自人民协议，同时提出了"美在关系"等美学思想。

[2] 达朗贝尔 (d'Alembert, 1717—1783)，法国著名的物理学家、数学家和天文学家，与狄德罗一道编纂了法国首部《百科全书》，并负责撰写数学与自然科学相关条目，同为法国百科全书派代表人物。

[3] 伏尔泰 (Voltaire, 1694—1778)，法国启蒙运动思想家，主张开明君主政治，倡导自由、平等，因针砭时弊、抨击旧制度一度被投入巴士底狱，著有《哲学通信》(*Letters philosophiques sur les Anglais*)、《路易十四时代》(*The Age of Louis XIV*)、《老实人》(*Candide*)等。

如果说宗教正遭受抨击的话，那么神职人员自身一定程度上也成为反教权主义的靶子。他们代表了特权系统中极不公平的一个面相，包括免除许多与基本食物相关的赋税（如盐税），这给穷人增加了沉重的负担。他们也并非总是勤勉于准备布道等本职工作，由此滋生了有关宗教领域的灰色交易。法国作家梅西埃以其有趣的洞见，记录了发生在蒙特圣伊莱尔（Mont Saint-Hilaire）一家"布道用品店"的故事：

> 阁下，今天有什么我们能为您效劳的？《圣母受孕》《基督降生》还是《圣母升天》？15法郎的《世界末日大审判》非常便宜，《宽恕我们的罪过》价格略高一点，《耶稣受难记》则需要32法郎。一切都看您的选择。
>
> 不，助祭说，我需要的是一场《圣灵感孕说》，并且要把《抹大拉的玛利亚》当作圣徒而非罪人。
>
> 这一点我能做到，阁下，但我手头只剩三本了。《抹大拉的玛利亚》和《圣灵感孕说》的小册子一样紧俏，这部纯洁的作品每本8法郎，这是我最低的报价了。但有关施舍的宗教手册，我倒是可以给你一个公道且低廉的价格，每本只需要2.5法郎。

此时，人们的观念也发生了急剧转变，与通过克己修炼实现精神追求的观念相反，人们普遍希望借助购物来提升社会地位。狂热的消费主义是世俗生活强有力的表征，因为巴黎人已然深深爱上了逛街购物。就连平日里养尊处优的人，尽管历来很少亲自采购，如今也开始屈尊垂顾精品店，这给新的消费主义潮流增色许多。如果一些鼻烟店出现公爵夫人等贵妇闲逛的身影，人们便纷纷效仿，排长队光顾，此类盛况得持续好几周。当然，最迷恋购物的群体还是富裕的中产阶级，柯提斯一家最初居住的圣奥诺雷街，很快成了巴黎购物的首选之地。

圣奥诺雷街上，光彩夺目的展览室、威尼斯风格的玻璃橱柜以及名流主顾的雕像版画，吸引了富有的观光客和本地人。在这里，为了显摆威尼斯人的风流韵事，卡萨诺瓦[1]从巴拉夫人（Madame Barat）处储备了大量长筒女袜。"潇洒之风"（Trait Galant）时装店成为知名商店，因为此前在这里打杂的两位女售货员后来成了时尚界的超级巨星。这两位年轻的女学徒便是罗丝·贝尔坦[2]和杜巴丽伯爵夫人[3]，她们在不同的时间节点，以各自的路径由"麻雀"变"凤凰"，两人都因借助王权的力量而最大限度地实现了个人抱负。

贝尔坦通常被赞誉为高级女子时装店的创建者，在最有权势的时候，她把法国王后玛丽·安托瓦内特（Marie Antoinette）打造成了全世界最舍得花钱的女时装模特，后者穿衣打扮的风格被人频频效仿。贝尔坦在"潇洒之风"时装店经历了漫长的学徒生涯后，才拥有颇具传奇色彩的产品陈列室。而青春迷人的让娜·贝库（Jeanne Bécu）在变身为杜巴丽伯爵夫人继而成为路易十五的情妇之前，是一家店铺的学徒工，打理帽子，照料顾客，完全靠赚取小费，以便将人生化作一场连续不断的购物之旅。柯提斯最早和最受欢迎的名流蜡像公开展便以杜巴丽伯爵夫人为原型，她看上去脖颈颀长，慵懒而惬意地倚靠在沙发床上。这一蜡像作品后来被玛丽带到了英国，我们现在还能看到当年的模型。杜巴丽伯爵夫人的蜡像一经展出，人们对国王性生活的焦点话题极感兴趣，近距离观看国王情妇斜躺着的蜡像模型时，人们因激动、恐惧或喜悦，不由产生一种特殊的战栗感，同时沉迷于意淫中，只是"国王的情妇"虽近在咫尺，却不能听见她娇柔的喘息声。

瑞士首都伯尔尼的居民流行穿木屐、着皮短裤，女性编辫子，还

---

[1] 贾科莫·吉罗拉莫·卡萨诺瓦（Giacomo Girolamo Casanova，1725—1798），生于意大利威尼斯，冒险家、作家，18世纪享誉欧洲的大情圣，被称为"追寻女色的风流才子"，代表作有《我的一生》（*Histoire de ma vie*）等。
[2] 罗丝·贝尔坦（Rose Bertin，1747—1813），法国王后玛丽·安托瓦内特的御用服装师。她设计的新款时装，往往令贵族妇女们趋之若鹜，争相效仿。
[3] 杜巴丽伯爵夫人（Madame Du Barry，1743—1793），法国国王路易十五的情妇，1793年因被革命法庭判为"反革命"而推上断头台。

是小姑娘的玛丽在此度过了一段充满田园气息的迷人生活后，就一头扎进了法国社会，这里的贵妇们穿着裙撑宽张的圈环裙，头戴高耸的假发，至于脚上的鞋子，其设计重在美观而不考虑是否合脚好走路。拉图杜潘侯爵夫人（Madame de La Tour du Pin）是亨丽埃塔-露西·狄龙（Henrietta-Lucy Dillon）的母亲，她在日志中记载了路易十六的出逃和波旁王朝的复辟，生动地描绘了当时的社会历史。依据拉图杜潘侯爵夫人的回忆："穿着3英寸高的细高跟鞋，那种感觉就像踮着脚尖去取图书馆最高架子上的书。"法国上流社会迷恋高鞋跟、高发髻、笨重衣裙，这对于年幼但目光犀利的玛丽来说，无疑是稀奇古怪的装扮，她敏锐的洞察力把周遭一切细节都吸纳进来。法国上流社会服饰的规制，强化了贵族阶层好逸恶劳的特权。童年时期的玛丽，肯定已经意识到社会阶层之间的鸿沟：随母亲来到巴黎后，她们不得不勇敢地面对现实以适应新的环境，厕身于粗俗的人群、嘈杂的街头生活中，而在孔蒂亲王的府邸，柯提斯最初的庇护之所，玛丽看到的却是永远洋气、迷人的贵妇们进进出出，由专供私人享用的轿子或四轮马车接送。

　　身为一名充满好奇心的孩童，巴黎贵妇明媚鲜妍的装扮自然引起了小玛丽的关注。她们热衷于涂脂抹粉，佩戴花哨的环饰。但越精雕细琢，往往越显得矫揉造作：她们看上去原本自然的腮红，由于令人联想到大量化妆品的使用而变得可疑，但如果不化浓妆，只略施粉黛，又容易让一位女性被贴上应召女郎或交际花的标签。法国贵族栖居于一个远离劳苦大众杂处的世界，其生活方式日益为新兴的中产阶级所效仿。广告商喜欢大肆渲染人们内心的渴望和虚荣，以此作为吸引顾客的卖点，出现在市场上的"王后牌胭脂"和打出"宫廷肥皂"旗号的种种商品就是明证。

　　当年报刊上以小号字体印刷的广告，就像门上的"猫眼"，玛丽借此得以专注地观察巴黎。报刊专栏排满了各种化妆品信息，以便提升"人体油画"的水准，包括油彩、润发脂、牙齿美白加固品、染发剂、假发胶粘剂等等。熊脂被认为是一种奢华的护发素，其中一则熊脂品牌的广告宣称其产品产自美国，由路易斯安那州的"野蛮人"制作。人们对外貌的重视和沉迷使美国律师、作家古弗尼尔·莫里斯[1]颇为感慨："人们通过一个人使用的鼻烟壶观其才智，通过一个人佩戴的蝴蝶形领结来察其品位，通过所着的外套款式来品评政客。"

民众追求体面的趋势渐渐破坏了从前的顺从关系，因为随着时尚力量的增长，等级服从更像是依附在旧秩序上的一层肤浅的虚饰。这方面有一个颇具象征意味的转变，即传统上只在正式场合着礼服时才佩戴的羽饰，由令人敬仰之物沦为了寻常的装饰品，羽饰店一时生意兴隆。但是，羽饰品的效用并非总如佩戴者所愿，据梅西埃记述，突如其来的一场急雨，将"一群窈窕淑女立刻变成了'落汤鸡'"。

过去人们的外貌即呈现所处的阶层，但随着底层民众也热衷于梳妆打扮后，此种现象已难再现。梅西埃写道："美容美发风行于各个阶层，店员伙计、管家、文书、职员、仆人、厨师以及帮佣，都穿起了燕尾服，扎起了辫子，杂货店里各种香精和琥珀香粉的味道扑鼻而来，与纨绔子弟身上散发的气息一样。"时尚不仅仅是无聊的消遣，它蕴含颠覆性的力量。自我创造、赶超愿望与仿效之风盛行，使得"以貌取人"的规则不再适用，其中充满危险的歧义。随着大批量衣服的生产，意味着普罗大众的面貌也发生了根本改变。无论在固定的门店还是流动摊位，二手服装市场都非常火爆。在"格列夫广场"（Place de Grève），每当围观者众多的公开处决活动结束后，这里便成了一个热闹非凡的贸易场所，人们从一排排喧闹的货摊上任意选购上流社会的华服美饰。梅西埃曾记载："一名小职员的妻子正为一件礼服讨价还价，该礼服的原主人为一位法官的亡妻，而旁边，一名妓女正在试戴贵妇侍女用过的蕾丝花边帽。"在供不应求的时候，还

---

[1] 古弗尼尔·莫里斯（Gouverneur Morris，1752—1816），美国开国元勋，《独立宣言》签署人之一，因撰写《美国宪法》序言而有"宪法执笔者"之称，1792—1794年担任美国驻法国全权公使。

发生了光天化日之下抢劫的离奇现象——有些妇女会袭击衣着考究的小孩,剥下他们的精美衣物,代之以劣质服装。梅西埃再次描述道:"这些妇女准备好了棒棒糖和廉价的童装,搜寻着穿着最好的小孩,换夺他们的衣物并转手后,为自己换上质地好的服装或戴上丝质、银质的带扣,甩掉此前的破旧衣着。"一位花边女工因从事这种不同寻常的"资产剥夺"活动而被控告。她先是遭到鞭打,被人们以嘲讽的姿态贴上"小孩掠夺者"的标签,随后被投入拉萨彼里埃(La Salpêtrière)监狱,服刑九年。

  对于服装的伪饰效果,罗兰夫人[1]提供了一则反例。有一次,她穿了女仆的衣服,将自己装扮得"像村姑"一样冒险出门。习惯了出门乘坐舒适安逸的四轮马车的罗兰夫人,被脏乱的排水沟和满路的泥浆吓着了,更难忘的经历是"被人群推搡着,颇为窘迫,而这些人平时在看到我身穿华丽的服饰时都会让出道来"。更为著名且深入人心的形象无疑是玛丽·安托瓦内特王后,她身穿挤奶女工的朴素衣装,怀着一名室内设计师的梦想,拟开一家乳品店,配以荷兰代尔夫特精陶,同时进行清洁奶牛的工作,对田园牧歌般的生活充满幻想和热望。事实上,玛丽·安托瓦内特王后只在凡尔赛业余戏剧演出舞台上,唯一一次扮演过淳朴的乡下人角色。现实中,自她1774年成为王后以来(杜莎夫人当年还只是一个13岁的小女孩),巴黎的民众便盲目地效仿她在着装、美发等方面的款式。人们太渴望追赶王后的时髦,以至于某天晚上,在一场歌剧演出中,玛丽·安托瓦内特梳着新发型出现在包厢时,争先恐后的观众因想近距离一睹王后的风采,造成踩踏事故。此次事件赋予通常所谓的"时尚牺牲品"一词另一层深刻含义。

---

[1] 罗兰夫人(Madame Roland,1754—1793),法国大革命时期著名的政治家,有"吉伦特的无冕女王"之称,吉伦特派的施政纲领和法令大多出自她的笔下。1793年被推上断头台前,她留下著名的遗言:"自由啊自由,多少罪恶假汝之名以行!"

莱昂纳尔[1]当时担任王后的御用发型师，对这一时尚事故毫不掩饰其幸灾乐祸的心态："正厅后排的观众互相推搡，拼命往前挤，都想对王后的新发型先睹为快，导致人群中共有三条胳膊脱臼，两根肋骨被折断，两只脚被踩碎。总之，我取得了完胜。"杜莎夫人在回忆录中提及，王后注意到人们在衣着配饰上对她的模仿后，于是与大众开了一个玩笑："在王后人生的巅峰时期，宫廷女性奴颜媚骨般地模仿王后的穿衣打扮，其中有些人甚至属于下层阶级，玛丽·安托瓦内特对此经常一笑置之、不屑一顾。为了佐证'上有所好，下必甚焉'的狂热，王后有一次去歌剧院时，在头饰上配以萝卜作装扮。不过，这一次人们理解了王后此举中暗含的嘲讽意味，没再东施效颦。"

无论是盛装出行还是穿着简朴、随意，因衣着造成的社会等级的混淆成了一件令人担忧的事。一本匿名小册子在法国南部城市蒙彼利埃（Montpellier）首版时，作者对等级混乱这个新的社会问题提出了一个实用的解决方案。他提议通过法律规定，用人（无论男女）都应该在他们的服装上佩戴显而易见的标识卡：

> 眼见一位厨师或贴身男仆全套装备着整齐的穗带、金银饰边、佩剑，潜入上流精英人士的舞会，或是侍女精心打扮得像她的女主人一样，以及任何形式的家庭仆人像绅士一样盛装，没有比上述状况更不得体的事情了。所有这些行为都是以下犯上……只要服务人员在衣服上佩戴了能够显示真实身份的标识、徽章，人们就可以把他们分辨出来，而不至于与真正的上流人士混淆。

外表带有欺骗、迷惑性，这一点貌似捕获了巴黎的集体想象，超

---

[1] 即莱昂纳尔－亚历克西斯·奥蒂耶（Léonard-Alexis Autié，1751—1820），法国大革命前夕，他在巴黎创办芒赛尔剧院（Théâtre de Monsieur），常年上演意大利歌剧。他的弟弟皮埃尔·奥蒂耶（Pierre Autié，1753—1814）及让－弗朗索瓦·奥蒂耶（Jean-François Autié，1758—1794）同为法国宫廷发型师。

凡魅力的知名人物戴戎爵士[1]为此提供了生动的例证。在玛丽眼里，戴戎爵士"是一位卓越而个性独特的人，经常造访舅舅柯提斯家"。作为大众关注的焦点对象，戴戎爵士身上总是充满传闻和谣言，对于他的人生也有许多不同的描述。其中一个版本说他出身于贵族之家，有着辉煌的军功，后来因为一项棘手的外交使命被派往英国，但事情最终搞砸了。为使自己摆脱险境，逃离敌方且不留下蛛丝马迹，戴戎爵士出色地采取易容术策略，将自己假扮成为一名女性。1777年返回法国后，他继续穿着女式服装。有小道消息报道：人们看见戴戎爵士身着最时髦的衣饰，在上流社会的聚会中躲闪一旁，以便调整装扮来掩盖他的喉结，从而更好地给人留下富有女人味的优雅印象。另一版本则说王后对戴戎爵士非常感兴趣，并安排自己的御用服装师罗丝·贝尔坦给他设计服饰。16岁的玛丽当年是如何看待戴戎爵士这位有趣的人物的，她并没有明说。但玛丽版的戴戎爵士的身世背景，却与通行的版本略有差异。按照玛丽的描述，戴戎爵士原本就是女儿身，其父为了慰藉求子不得的失落感，只好把她当作一个男孩来抚养。当然，玛丽承认，"有关戴戎爵士的一些事情，总是会带来神秘色彩"。"双面戴戎爵士"飘忽不定的身份地位及其吸引大众想象力的方式，似乎可以作为社会边界模糊和变动性强的案例，这正是玛丽年轻时巴黎所呈现的重要趋势。

中产阶级越来越引人注目，他们不断聚集的潜能成为削弱旧社会结构的另一支重要力量。他们展示存在感的方式，与当代开名车、穿名牌的拉风做派并无两样，因为法国大革命爆发前的巴黎，交通工具不仅仅是代步工具，而且是身份地位的象征。正如梅西埃所言："拥有一辆四轮马车，这是任何男人梦寐以求的目标，借此他们可以从脏乱贫穷的底层迈向富裕的康庄大道——在幸运之神的眷顾下，他们先

---

[1] 戴戎爵士（Chevalier d'Eon，1738—1810），法国18世纪的王牌间谍，因常以女性扮相现身而闻名。

18世纪流行法国巴黎的"美发时尚"

购买带篷的双轮轻便马车供自己驾驶,随后换成双座四轮轿式马车,第三步便是有了属于自己的四轮马车,最后以另购一辆四轮马车作为妻子的出行工具而完胜。"法国有句俗语:"万变不离其宗。"

许多奢侈品以前只能供少数富人享用,如今,普通人也有能力购买令人眼花缭乱的各种实惠的高仿品。如著名的壁纸生产商雷韦永(Réveillon)推出了打折的宫廷挂毯仿品,以满足普罗大众的虚荣心。有些人想快速装配好藏书室,却没有能力购买优质藏品,或者并非真心要苦读而仅仅为了装点门面,于是,在书架上摆放各种即时生产的高仿假书脊,也能像模像样地给人藏书家的错觉。此外,建材的灰泥涂饰替代了大理石,金制品被瓷器替代,渐渐地,无论是通过室内装潢还是外表衣饰,人们都很难从几乎以假乱真的伪造情境中辨别出哪些是真正的贵族。

从地位低下的仆人捧着手镜顾影自怜,到富裕人家对着洛可可风格的雅致梳妆台精心打扮，都说明了一种新的自我意识正沉溺于极为盛行的虚荣浮华中。一度尊崇君主制与权势人物的中产阶级，转向关注自身。他们进行自我评估与考量，近乎着魔地要为自我公开正名。

民众逐渐拥有更多的公开渠道，得以享用服装、饰品、居家配套设施等方面的便利，这成为文化民主大众化的写照。法国先前的文化大多由上述服饰、装备等物件塑形，并且是精英治国重要的象征器具，君主专制借此强化其权力。然而，社会文化结构如今正发生改变。大量民众已有共同文化趣味的追求，无论是在咖啡馆共享报纸内容、参加沙龙聚会，还是前往蜡像馆参观游览。

此外，对于许多家庭来说，曾经的奢侈品如今也变得寻常了。这一时期涌现许多家喻户晓的人物，他们大多通过自我奋斗实现了人生梦想，其名气在贵族圈、手工艺者与商人中都声名远播。社会的流动性和阶级的变动，为人们在公共生活中扬名立万提供了机会。虽然卢梭（其父可能做过屠夫、面包师、烛台匠等），博马舍[1]（钟表匠的儿子），狄德罗（刀具商的儿子），梅西埃（技工的儿子），他们出身卑微，但全都成了众所周知的名流。卢梭等人的成功逆袭标志着一个转变，即"真正拥有名望"和"受到大众青睐"之间的区别变得越来越不明显。这一现象预示着当代文化景观，一些人莫名其妙地成名了，有的人因常被拍照宣传而渐渐成名，而有的人根本不值得关注也成名了。在玛丽青年时期生活的巴黎，普遍采用的成名方法是使自己成为被关注的焦点。

蜡像展览是迎合公众人物展示非凡亲和力和人情味的理想平台，这并非出于尊重他们的地位和事业。事实上，公众人物如果想在蜡像

---

[1] 博马舍（Beaumarchais，1732—1799），出身于巴黎钟表匠家庭，曾为路易十五制表，后因其音乐才能出任宫廷琴师。他多次组织运输军械前往北美洲，支援美国独立战争。博马舍还是一位杰出的喜剧作家，代表作有《塞维利亚的理发师》（*Lebarbier de Séville*）、《费加罗的婚礼》（*Le Mariage de Figaro*）等，后者塑造了第三等级代表费加罗乐观、机智、充满自信的形象，并讽刺了贵族阶层，上演后被称为法国大革命的前兆。

展览中亮相，根本不需要在文化上有所成就，入选条件是已经获得公众足够多的关注，并能保证吸引大量顾客。声名狼藉者与令人尊敬者一样，都能激发公众的兴趣。从近期被处决的罪犯到上流社会的交际花，柯提斯对人们讨论最多的人物保持着密切关注。由于每位热点人物都只是红极一时便过气了，为此，柯提斯需要在他的"万神殿"中走马灯似的替换新的人物蜡像。

公众舆论日益增长的影响力刺激着新的名利格局演化，传统精英式私人沙龙的地位正在降低，并且受外部民意的影响。按照拉图杜潘侯爵夫人的描述，伏尔泰和卢梭这两位著名的"启蒙运动者"，尽管没有真正现身于由贵族圈人士举办的顶级沙龙，他们却极大地支配着宫廷文化圈，对两人观点的讨论给这个威严沉闷的圈子注入活力。从某些方面来说，上述改变并不一定受欢迎。卢梭就曾感到不自在，因为新出现的"粉丝"群只对他感兴趣，而对他的作品置若罔闻：

> 我所接见的人，那些对文学艺术没有品位的人，其中许多人甚至连我的作品都没读过。但是，正如我被告知的那样：他们跋涉100或300英里远道而来，主要是为了观看我，并向我这位"杰出人士""著名人物""最著名的人物"表达敬意。于是我等待着，准备与访客开始交谈，因为现在该由他们告诉我为什么前来见我的具体原因了。自然，这种交谈并不会提起我多大的兴致，尽管来访者可能自得其乐。

当代名流也有着相同的抱怨，他们都把名声比作带有片面性的失忆症或阿尔茨海默氏症——名流们身陷民众的包围中，后者似乎对他们一切了如指掌，他们却根本不知道这些人是何方神圣。

卢梭的影响力说明了知识观念有可能像华美的衣服一样被大众化。在玛丽出生的1761年，卢梭出版了他的感伤主义小说《新爱洛伊丝》(*Julie, ou La nouvelle Héloïse*)，随着作品的成功，人们的泪水几乎都为此流干。作为一部享誉国内外的畅销书,《新爱洛伊丝》在18世纪被多次重印。这部书信体小说描绘了一出轰轰烈烈的爱情悲剧:出身卑微的家庭教师与贵族小姐之间纯真的爱恋,因贵族老爷的偏见而受到阻碍。这一悲剧挑动了大众生性浪漫的敏感神经。在写给卢梭的信中,拉萨拉兹男爵(Baron de La Sarraz)坦言不得不私下偷读这部作品,这样他才能好好地痛哭一场而不至于被仆人干扰。另一位"粉丝"写道:"我无法不哭诉,我必须写信告诉你,我难以抑制痛哭流涕的悲伤之情。"

观看文艺作品的要点是"感情用事",多愁善感逐渐成了一种时髦。1774年,在上演德国作曲家葛路克[1]的新歌剧《伊菲姬尼在奥利德》时,格林男爵(Baron de Grimm)曾为了避免失礼进而被当作麻木不仁之人,而在整场演出期间泪如雨下,颇惹人注目。此外,写信风格也趋向多愁善感起来。这一风尚连王后亦难免俗,她在给友人的信函中煽情地写道:"一颗心完全属于你。"

卢梭还引起了公众对白色食物的狂热,特别是在暗示牛奶对于身体虚弱者的益处方面,使人联想起乡间奶牛的吸引力以及瑞士乡村生活有助身心健康的快乐时光。一位严肃的思想家不但支配人们的思考方式,还指导人们购物,这可谓一种新的社会现象,其影响力渗透到一系列流行时尚中,从墙纸设计到发型不一而足。一种名为"高发髻"的头饰,是由马鬃和假发缠绕、混合在一起精心制作的发束,上面点缀着各种装饰品,最上面还有一顶摇摇欲坠的小软帽。打造这样一款"柔情似水的高发髻",需要佩戴者以最具"卢梭范儿"的时尚发型来展现个性,并且各种个性化的头饰能够在头上有机地融为一体。为了达到上述效果,被用来当作配件的物品包括小鸟填充玩具、迷你玩偶、鲜花和植物叶子,它们被小心翼翼地插放在发髻中,由大

---

[1] 葛路克(Gluck,1714—1787),由巴洛克后期跨越到古典时期的德国歌剧作曲家,代表作有《伊菲姬尼在奥利德》(*Iphigénie en Aulide*)、《伊菲姬尼在陶里德》(*Iphigénie en Tauride*)等。

头针、薄纱、润发油（有香味的膏油）固定、包合、粘连。沙特尔公爵夫人（Duchesse de Chartres）对头饰精心装扮，打理细节，以寄寓个人品位，并由此树立了一个他人难以企及的标杆。在沙特尔公爵夫人头饰的后部，插放着儿子及儿子乳母的肖像，右侧展现了宠物鹦鹉拣吃樱桃的场景，左侧的玩偶代表她喜爱的仆童形象。沙特尔公爵夫人的整个头饰中有几绺头发来自她生命中密切相关的男人，即她的丈夫沙特尔公爵、父亲和公公。

尽管并非所有女性都不遗余力地向伟大的哲学家表达敬意，对于通过头饰来彰显个性的狂热，还是导致了一些反常事物的出现。据王后的御用发型师莱昂纳尔观察："我看见女性头上的高发髻汇聚了最匪夷所思的怪想。轻佻的女性在头上点缀着蝴蝶；多情的女性把爱神丘比特的画像安置于头上；政府官员的妻子在她们的前额装饰着骑兵队图案；心情抑郁的妇女则用棺材和骨灰盒等造型来建构高发髻。"

以有形的名人蜡像公开展来描述社会变革，这是柯提斯的天才所在。移居巴黎之初，尽管还处于孔蒂亲王的赞助庇护之下，柯提斯已经能够完美地利用迅速增长的时尚激情，将其转化为新兴快餐式文化的重要催化剂。柯提斯身上融合了商业天赋与艺术才华，他试图与权势人物结交的需求，得到了王后御用服装师罗丝·贝尔坦的呼应，两人都有着创业者的热情与活力。柯提斯与贝尔坦在商业上联手一点也不奇怪。为了促使两人都生意兴隆，柯提斯采取了一项精明的行动，据说他委托贝尔坦为王后玛丽·安托瓦内特的蜡像定制高级服饰，它们正是贝尔坦此前为王后打造御用款的复制品。

当然，重要的一点是无须刻意夸大玛丽成长时期法国发生的文化转型。社会平等、宗教宽容和政治自由的观念受到史无前例的重视，并被前所未有地拿来讨论、争辩，此类情境是在人们对社会、经济、教义的认识存在巨大鸿沟的背景下发生的，这种明显的界线即便法国大革命也只能短暂地打破而无法根除。但是，柯提斯洞悉了新市场对于名利的追逐，借助了广告宣传的力量，同时注意发掘新兴大众市场的商业潜能，特别是针对富裕的中产阶级，这些都是他获得成功不可或缺的因素。对于公众而言，没有更明确的迹象表明，还有比柯提斯的蜡像更吸引人的事物存在。柯提斯的蜡像展馆是终极的民主文化机构。表面上，巴黎的民众在参观他的展馆时，观看到的是与真人同比例的蜡像人物，但他们从中能找到一面新镜像以反观自我的品位、雄心和价值取向。

柯提斯总是能利用当下民众对新生事物不断增长的兴趣，踩在需求的节点上。以前的官方文化强化既有秩序和优先权，传统则塑造着艺术形式。如今，一种新的价值观依附于创新和变革之上，没有任何事物能比柯提斯不断变化的花名册更能反映这种新的价值诉求了，其名录上的蜡制美人、贵族、艺术家和罪犯，走马灯似的轮换。在新的市场里，名声总是稍纵即逝。成为家喻户晓的人物是一码事，在大众审美趣味有如风向标般不断变动的社会里，人们对于时尚和落伍的评判也处于起伏、更迭中，因此，保持名声又是另一种全然不同的挑战。梅西埃概括了广泛存在的市场创新活动：

> 总体看来，对新奇事物着迷是正确的，无论是新式菜品还是新时尚、新书，更不用说新演员与歌剧了，至于一种新的服饰或发型，则足以令大伙儿陷入时尚的疯狂。无论什么新事物，尽管转瞬即逝，但它们的出现还是令所有空虚的头脑仿佛被充了电一样地兴奋。上述情形与人的持久度现象类似：一些人此前默默无闻，突然暴得大名，持续红了6个月后，又因人们的"移情别恋"而被遗忘。

对于柯提斯来说，有些名人过气后，他要做的便是把他们蜡像的头部凿掉，换上以公众更感兴趣的人物为原型的栩栩如生的新蜡像面孔。柯提斯这种不体面的"断头"之举，正是公众变幻无常天性的无情反映。大众曾满怀热情地把一些人捧到至尊之位，很快又以同等的

《替换掉蜡像的头颅！》(Change the Heads!)，P. D. 维维耶（P. D. Viviez）于1787年创作的漫画

冷漠将他们贬入冷宫。公众的自负可谓病入膏肓。

柯提斯的创业轨迹呼应了正在变化的赞助机制。先前的赞助模式基于特权体系，往往集中于特定的实体空间，如宫廷或私人沙龙等，与此不同的是，艺术家、作家以及演员如今越来越依赖于大众的认可度。当德国剧作家席勒[1]把大众描述为"我的首要关注对象，我的君主，我的朋友"之时，便明确地指出上述变化的本质，他还感叹："我的唯一羁绊便是来自世俗的裁决。"在贵族赞助人孔蒂亲王的帮扶下，柯提斯得以在巴黎着手开展蜡像工作。孔蒂亲王不但鼓励柯提斯发掘其天赋，还帮他从上流社会相关人士那里承接蜡像制品订单。柯提斯的蜡像展受到了公众的青睐，他的名声由此奠定。到1776年孔蒂亲王去世之时，柯提斯已经在新兴的商业娱乐界取得了重要突破，无论是在展览会上还是在繁华的商圈，他都占据了一席之地。柯

---

[1] 席勒（Schiller，1759—1805），德国著名诗人、剧作家，"狂飙突进运动"的代表人物，有"德国的莎士比亚"之誉，代表作有《强盗》(The Robbers)、《阴谋与爱情》(Intrigue and Love)、《威廉·退尔》(William Tell) 等。

提斯开设不同分店的具体时间现已很难精确地查明，但按照大致年月顺序排列可知，巴黎博览会期间，他分别在圣洛朗（Saint-Laurent）和圣日耳曼大街（Saint-Germain）举办了两次展览。此外，在圣殿大道（Boulevard du Temple）20号，柯提斯还设有永久的蜡像展厅，这里也是他的生产车间和家庭住所。但他最为知名和最时尚的展馆为罗亚尔宫[1]蜡像厅，其房产为奥尔良公爵（Duc d'Orléans）所有。柯提斯因罗亚尔宫蜡像厅而声名远扬。在充满争议的重新开发中，昔日的皇家宫殿被改造成为一个光芒四射的综合设施，集游乐场、咖啡馆和文娱表演于一体。在18世纪80年代，这是一种新的城市便利设施。柯提斯在此租赁了经营场所。直到1789年法国大革命爆发前夕，柯提斯才将他的各种产业合并于圣殿大道的大展厅里。

　　无论从个人角度还是专业层面来看，柯提斯都是一条"变色龙"。他正如那些赚钱的私人蜡像定制服务一样，乐于迎合普通人士寻求刺激的需求，尽管他们在展会期间只支付几苏[2]的费用来参观蜡像制品。柯提斯总是煞费苦心地让蜡像展品与社会环境的变迁相适应。在展出期间，柯提斯更多的是采用橱柜的形式，将各种古玩、不寻常的物件、人工制品兼收并蓄，摆放在蜡像旁。展览会是一个充满荒诞和骗局的世界，越是古怪、畸形的事物或者不幸却宣称能给人带来吸引力的东西，就越能带来收益。给猴子的脸涂上色彩，并在它的头部粘上假角，一场动物展览便能自豪地宣称这是来自秘鲁的新物种。有时，在巴黎展示民众未曾见过的真实动物并非完美计划。以巡回展览动物为业的鲁杰里先生（Monsieur Ruggery）非常不幸，他本来打算通过展示极为稀奇的物种大赚一笔，于是在海报上宣称从美国运回了取

1　罗亚尔宫（Palais-Royal）原为路易十三权臣、枢机主教黎塞留的官邸，号称"巴黎的首都"。黎塞留死后，罗亚尔宫被王室接收，命名为"皇家宫殿"，皇族和贵戚曾长期在此居住。路易十五成年后，将行政中心移到凡尔赛，此地逐渐冷僻下来，被皇族改建使用，包括修建剧院等娱乐设施，成了巴黎各阶层的聚会场所。

2　苏（sou），法国旧时的辅币，10苏或20苏为1法郎。

名为"塔里奥罗塔"的所谓美洲异兽。结果，该可怜的生物在运输途中死亡。鲁杰里先生不想让慕名而来的看客失望，于是仍将这只死掉的"珍稀动物"拿出来展览，还在海报中广而告之，说它"业已由莫夫先生（Monsieur Mauvé）精心制成标本以供参观赏鉴"。

如果说动物经常被当作充满异国情调的事物用以展示的话，那么人也一样——数量众多的"巨人族"由职业演员扮演，他们身着5英寸的高跟鞋和长袖衬衣，戴着长长的假发。在柯提斯家附近，有许多玩杂耍的表演者，他们所展现的源自真实生活的奇闻轶事，无论是著名或非著名的复制、改造，都足以令人惊叹，以至于前往参观的顾客难以相信他们的所见所闻。这是一个市井味浓厚的游乐场，环境嘈杂、名声不佳，絮叨的民众追逐着各种浅薄的庸俗乐趣。置身于上述生活场景中，柯提斯远不及玛丽那样，在社交方面特别注重品位；成年后的玛丽，讨厌把蜡像展办在展会或集市中。当然，柯提斯在圣殿大道也曾举办过一些令人赏心悦目的蜡像展。

圣殿大道之于18世纪的巴黎，就如同现在的纽约百老汇、伦敦西区一样，从地理学上看，这里是大众娱乐的总部所在，充斥着五光十色的表演，尤以马戏杂耍、魔术、神秘事物与流行戏剧为主。在这里，柯提斯将恶棍和英雄的蜡像并置。他在蜡像馆内开辟了一个"展中展"，名为"恶人穴"，放进了若干著名的强盗、恶棍造型，这成了"恐怖屋"展厅的前身。"恐怖屋"耸人听闻的特殊效果奠定了以下基调：蓝光投射在蜡制罪犯形象身上，他们原本带有血红的冥界色泽，食尸鬼似的点缀着伪造的血迹。据路易·德·巴绍蒙[1]当年写的一份报道描述："一旦司法部决定处决某个人后，柯提斯便制造其蜡制头像，放置于其他蜡像作品中，如此一来，他的展品总是能不断更新，增加了吸引力，门票也只需要2苏。"蜡像展馆门口招揽观众的人大声地召

---

[1] 路易·德·巴绍蒙（Louis de Bachaumont，1690—1771），法国作家、艺术评论家、城市规划专家。

唤："进来看一下吧，先生们，进来看看那些伟大的盗贼。"

柯提斯发现与犯罪有关的蜡像展很赚钱。富有独创性的"恐怖屋"，很能用血淋淋的谋杀和残酷的行刑餍足观众的胃口。犯罪和惩罚是永恒的主题，如果谁对此类事件或人物消息灵通，便可赢得普罗大众的信赖。正如梅西埃所言："例如，有些可敬的鞋匠，对被送上绞刑架上的人和刽子手了如指掌，就像上流社会的人士熟悉欧洲的国王及其大臣一样。"玛丽16岁那年，巴黎被一桩耸人听闻的双重谋杀案所吸引，受害者为拉莫特夫人（Madame La Motte）和她的儿子。1777年5月6日，行凶者德吕（Desrues）在格列夫广场被处决。然而，能激发大众特别兴趣的，却是关于凶手为雌雄同体双性人的传闻，或者如格林男爵所说，"男性和女性特征似乎都不愿在他身上展现"。凶手德吕这一非同寻常的个人背景，连同他在缓慢而残忍的行刑期间所表现出来的无畏精神，反倒赢得了民众的喜爱。人们把德吕的住所融入与犯罪有关的民间传说中，他的遗体被尊为圣物，其人生经历被写进歌谣和畅销小册子，以资纪念。在柯提斯展现犯人蜡像的陈列厅里，德吕自然是一位显著的人物，并在其中占据主要位置。梅西埃还写道："对于普罗大众来说，德吕比伏尔泰更为知名。"满大街的老百姓关注着德吕，他们正是柯提斯蜡像展的目标顾客。

蜡像人物很重要的一项功能，便是以图像方式补充说明当时的新闻。大街上的抒情歌手作为有价值的宣传者，成了流言、丑闻和新闻受欢迎的源头，内容涉及皇室性丑闻、耸人听闻的谋杀和处决事件，等等。柯提斯通过蜡像作品给人们呈现的视觉场景，正是民谣歌手唱词中的内容。柯提斯密切关注着公众的兴趣点，照顾到他们对于时政要闻哪怕最细小的信息需求，这种精益求精、一丝不苟的作风，潜移默化地传到玛丽身上，她后来的整个人生都将奉献给蜡像业，以确保不断制作出最时髦、与时政热点最贴近的产品。据梅西埃记载，那些表现了流血行动和罪犯恐怖死亡的歌曲总是大受欢迎，"一些名人被推上断头台后，他们的死亡事件在小提琴的伴奏下，立马被填词谱曲"。柯提斯利用当时民众对轰动性人物和事件的兴趣，借机开拓他的蜡像产业。

光顾罗亚尔宫参观蜡像厅是贵族沙龙一项优雅的消遣，其中最吸引人的当属与皇室有关的生动展品。罗亚尔宫蜡像厅作为柯提斯诸多展览中最高级、最典雅的场所，采取了分级收费、区别对待的做法。正如19世纪初期的一位作家提及："只需要2苏，民众就可参观罗亚尔宫蜡像厅，但是需要付12苏，他们才能够近距离轮流细看蜡像人物。尽管入场费并不高，柯提斯每天的进账收入仍能达到300法郎。"

如今，人们吵着要接近当代最有影响的人物，抓住机会"与有势力的人混在一起"。罗亚尔宫蜡像厅开展之初，便包括了新近诞生的战斗英雄拉法耶特将军[1]，他花了很大力气在法国宣传推广美国。(后来，玛丽鲜有地发表了观点，她感到拉法耶特对殖民地居民的忠贞是被误导了的。"本意良好却又目光短浅的人哪！突然把自由赋予那些遭受奴役、没有受过教育的人，此举的可怕后果，他预见的何其少啊！")本杰明·富兰克林[2]默默地支持拉法耶特，在玛丽看来，富兰克林无疑是击垮法国的同谋之一，"富兰克林博士的到来，可能是法国大革命爆发的主要因素，因为如果不受其影响，拉法耶特不可能独自转变成为这位大西洋彼岸哲学家的追随者"。但是并非所有的人物都会引起争议。与宣传共和政体不同，博物学家布封[3]对自然世界充满兴趣。但当人类不再把目光局限于研究地上的昆虫时，他们的视野开

---

[1] 拉法耶特（Lafayette，1757—1834），法国贵族，早年支持并参加美国独立战争，1789年法国大革命爆发后，出任国民军总司令，提出人权宣言和制定三色国旗，成为立宪派首脑。拉法耶特由于参加了美国独立战争和经历了法国大革命，因而被称为"旧新两个世界的英雄"，他曾将巴士底狱的钥匙赠送给美国总统华盛顿，并表示"由于美国革命，巴士底狱的大门才得以启开"。"一战"期间，美国参战时有一个著名的口号就是："拉法耶特，我们来了！"

[2] 本杰明·富兰克林（Benjamin Franklin，1706—1790），美国独立战争领导人之一，参与起草美国《独立宣言》和《美国宪法》，曾任美国驻法大使，成功斡旋法国支持美国独立。富兰克林还发明了避雷针，法国政治家和经济学家杜尔哥（Turgot，1721—1781）评价说："他从苍天那里取得了雷电，从暴君那里取得了民权。"

[3] 布封（Buffon，1707—1788），法国博物学家，他耗时四十年写成36卷本《自然史》（*Natural History*）。

始关注天空,巴黎随即陷入气球的狂热中。热气球驾驶员晋级为新的名流,而柯提斯打造的与真人一样大小的蜡像仿品,使人们得以有机会向这些航天先驱表达敬意,民众通常只能在很高很远之处望见他们本人。一同被展出的蜡像人物还包括被巴黎民众热议的梅斯梅尔[1]和卡廖斯特罗[2],两位都是江湖骗子的带头人,借助伪科学和所谓的替代疗法来蒙蔽上流社会。

在现实生活中,无形的警戒线把社会阶层隔离开来。柯提斯人工制作的独家蜡像展,为人们提供了一种可以负担得起且有趣的方式,使他们得以管窥曾经通常是凡尔赛宫廷和特权阶层独享的私人生活圈子。柯提斯的展馆成了旅游线路上的保留节目,并且在以消费者为导向的出版物中获得了极高评价,此类出版物的需求不断增长,它们强调对时尚的追求而非流连于名胜古迹。作为必去的景点,柯提斯的蜡像厅同样非常时髦。

用以介绍巴黎、引导参观的年鉴作品里,经常提到柯提斯的展览。多才多艺的弗朗索瓦·梅耶·德·圣保罗(François Mayeur de Saint-Paul)是年鉴类出版物的一位主要投稿人。1782年,他称赞了柯提斯蜡像作品彩色头饰的写实风格:"它们看上去栩栩如生。民众可以在圣殿大道以及圣洛朗、圣日耳曼大街的蜡像展厅里参观这些作品,他们只需花2苏,便能体验到蜡像展带来的乐趣,如此低廉的价格吸引了来自各个阶层的大量顾客。"弗朗索瓦·梅耶·德·圣保罗对蜡像及时反映当前社会时政热点同样印象深刻:"任何不同寻常的事件都给柯提斯提供了机会,以便更新、增添其蜡像展品。"后来,1785年出版的一份读物《巴黎珍奇新览》(*A New Description of the Curiosities of Paris*)评论了柯提斯的皇家蜡像展厅:"这里有壮丽的景观,非常值得人们对那些拥有名望和地位的人给予关注。"另一版本

---

1 梅斯梅尔(Mesmer, 1734—1815),瑞士医师,催眠术之父,他认为人体神经系统与地球一样有磁性,因而可以用所谓的"动物磁力"治疗所有疾病,至今,"催眠疗法"仍饱受争议。
2 卡廖斯特罗(Cagliostro, 1743—1795),意大利人,著名的魔术师和炼金术士。

的《巴黎珍奇新览》透露了公众的兴趣如何成为入选蜡像人物展的主要标准:"人们在柯提斯的蜡像厅,可以看到社会各个阶层的代表性名流,从大文豪伏尔泰到街头卖唱艺人德迪(M. Deduit)不等,后者以填词作曲、在繁华大街的咖啡馆里献唱而知名。"大众舆论成了柯提斯的向导,且越来越具有权威和说服力。瑞士商人和法国财政大臣雅克·内克尔[1]把大众舆论描述为:"这是一种无须国库、警戒和军队维系的隐形权力,它能够给城市、法院乃至王宫施加其意志和法规。"

当精英文化与流行文化的分歧日益消弭,为了迎合社会各界的需求,在法国旧制度最后几十年的历史进程中,柯提斯成了一个与众不同的组成部分。人们可以盛装出行或穿着随意,这给判断其社会地位造成了困惑,与此非常一致的是,在大范围的文化体验消费方面,社会各阶层之间同样存在类似的交汇点。

以往,涉及文化隔离的严厉法规限制了娱乐活动向社会各阶层开放。精英分子的文娱休闲集中在三个备受尊敬的机构,即巴黎歌剧院(the Opéra)、意大利喜剧院(Comédie-Italienne)、法兰西喜剧院(Comédie française),它们都与表演艺术相关。底层社团的取乐则源于集市或展览会。这种社会等级在宣传推广方面也有所体现,与三大精英剧场演出节目相关的广告,在墙报主要位置张贴时拥有优先权。梅西埃描写道:"戏剧演出单之间也遵行一定的等级秩序,歌剧院的节目宣传单居于中心统治地位,集市演出预告张贴在边角位置上,以便显示对这些精英剧场的尊重。"具有象征意味的是,随着越来越接近法国大革命爆发的时间节点,大众流行娱乐日益勃兴,受到普通民众喜爱的表演节目单,很快被并排张贴在那些高贵竞争对手的演出海报旁,非但不再自我边缘化,而且要跻身主流。

当局的规章没有说明到底该如何张贴海报才算恰当,苛严的政

---

[1] 雅克·内克尔(Jacques Necker, 1732—1804),瑞士商人、银行家,曾任法国路易十六时期的财政大臣,一度被解职,后复出。

府监管却决定了哪些流行戏剧可以上演。让·尼科莱[1]是柯提斯在圣殿大道的邻居之一。作为剧场经理，尼科莱与柯提斯一样，都发家于集市。尼科莱被禁止上演任何五幕剧，这一经典的演出形式被认为是法兰西喜剧院和巴黎歌剧院独享的权利。尼科莱只能上演三幕剧，并且演员不许以诗词韵文等高雅语言作为对白。但是，政府并没有禁止巴黎民众在户外度良宵。因此，尼科莱以普通民众能够支付的观赏费用，不断变换节目，交替安排杂技演员和走钢丝演员上场，芭蕾舞和音乐则作为背景烘托。日复一日，他的演出活动场场爆满。

尽管很难想象巴黎游乐场所的吸引力，如1779年上演了芭蕾舞剧《独眼跛足的情人》（The One-Eyed Crippled Lover），但在英国人亚瑟·扬[2]的笔下，这里"喧闹的音乐无休无止，'姑娘们'络绎不绝参观游览"。总体看来，无论是宏大壮丽的歌剧演出，还是在圣殿大道举行的淫秽、耸人听闻或伤感的娱乐活动，在路易十六统治下，巴黎的演艺界可谓实至名归。俄国作家尼古拉·卡拉姆津[3]通过观察体验，在其巴黎游记中写道："英国人在政治和贸易上一马当先，德国人在学术上引领风骚，而法国人在演艺界占绝对优势。"

尽管商业剧场因戏剧形式和内容方面的限制而苦恼，柯提斯的蜡像展却可以不受司法审查。柯提斯享有创作上的特许权，借此他得以自由地排列组合蜡像人物，营造出一种既充满勇气又令人不寒而栗的氛围。在柯提斯的人物蜡像展中，臭名昭著者与贵族人士可耻地紧挨

---

1 让·尼科莱（Jean Nicolet, 1728—1796），法国演员，创设了"御用舞蹈团"（Grands-Danseurs du Roi），其前身为"尼科莱剧场"（Théâtre de Nicolet）。
2 亚瑟·扬（Arthur Young, 1741—1820），英国农业经济学家、作家，著有《爱尔兰之旅》（Tour in Ireland）、《法国游记》（Travels in France）等。
3 尼古拉·卡拉姆津（Nikolai Karamzin, 1766—1826），俄国文学家、历史学家；著有《一位俄国旅行家的书信》（Letters of a Russian Traveller），该书以他在欧洲的旅行经历为基础；小说《苦命的丽莎》（Poor Lisa）确立了俄国感伤主义的文学倾向；晚年，其主要精力用于编撰《俄罗斯国家史》（History of the Russian State）。

着摆放。只需要很少的入场费，任何对蜡像展有兴趣的人，都可以尽情地凝视展品，相互闲聊或打探与蜡像人物有关的各种小道消息。柯提斯的蜡像展是对外部世界大胆的延伸和反映，在法国真实的社会生活中，各阶层之间的混杂与融合进程已然开启。

　　热衷于文化的人寻求着新的栖息地。卢浮宫两年一度的绘画展尤受欢迎，普罗大众趋之如鹜。对于这一盛况，一位英国参观者震惊之余，也为那些庸俗而市侩的乡巴佬感到羞愧："我经常看到最底层的劳工偕同妻儿，站在以《圣经》或历史为题材的名画面前，带着艺术家一样的审美品位，对作品的美妙之处娓娓道来。"当唯美主义的艺术家鉴赏高雅艺术时，富有的女性作为社会窥淫对象的主要群体，她们敢于面对集市上各色人等的打量与偷窥。英国参观者格拉多克太太（Mrs. Gradock）发现，"生活优渥的女性逛集市合乎礼仪"，那些经常逛集市的人所展现的素质和才干，也令她印象深刻。类似地，贵族越来越普遍地要求废除精英人士那些作茧自缚的做法，即把娱乐活动限制在巴黎歌剧院等高雅的场所内，以便光顾那些大受欢迎的普通剧院观看活泼愉悦的演出。据梅西埃富有洞见的观察，"虽然他们宣称对这些剧场不屑一顾，却又经常出入其间"。

　　贵族们不愿继续光顾高雅的娱乐场所，转而像普通民众一样，经常投身于寻常却充满生机和乐趣的小剧场，每每这时，上流社会人士往往较为低调，不想引起人们的关注。梅西埃留意到："置身于小剧场的剧迷中，贵妇们漂亮的手不断挥动着精致的圆筒望远镜，想要借此看清楚舞台场景，却徒劳无功。"有些剧场甚至将包厢装上铁花格防护栅，以便满足贵族主顾不想抛头露面的意愿。剧场的私人包厢提供各种舒适的条件和设施，即便在不太熟悉的环境中，也能给其主人宾至如归之感。包厢的配置包括：一对符合法令携带的西班牙猎犬，保暖的脚炉，夜壶，以及一位随身携带小望远镜的友人。贵族们在包厢里借助望远镜，能够像舞台上的演员一样，把剧场的观众一览无余。当来自英国的马戏团老板菲利普·阿斯特利[1]在法国其他城镇以及圣殿大道演出时,巴黎的时髦人士集体背叛了传统的歌剧和芭蕾舞剧节目,为大众所喜闻乐见的轻松娱乐活动迈入了繁盛阶段。巴黎歌剧院等富丽堂皇的文化机构死气沉沉之际,在"英国圆形剧场",人们却蜂拥而至,争相观看马跳小步舞的表演。

文化影响正自下而上地在社会阶层之间弥散、渗透。格林男爵写道:"平民百姓寻欢作乐,好此不疲,无所事事的上流人士,也并非总在嘲笑大众的追求和品位。"这其实是一种保守的陈述,因为富贵者非但没有讽刺挖苦民众的娱乐方式,反而期待自己也能从中获得更多乐子。上流人士不仅聚集在集市观看演出,还疯狂地喜爱上此时已扩散至街边的所有娱乐活动。圣殿大道更是此类街头表演耀眼的中心,民间娱乐演出后来被引入罗亚尔宫,柯提斯在这两处占据着黄金地段。

自18世纪70年代后期起,随着圣殿大道街区的名声日益增长,集市表演的影响力逐渐降低了。这一时期,巴黎街区涌现了许多与演艺产业相关的知名品牌,集市表演流于淫秽陈腐,精英文化机构的高雅演出又充满刻板拘谨的自负,两者之间的间隔正好由新兴的演艺品牌填补。商业娱乐场所的新风尚令旧制度的文化看护人感到烦扰,作为应激反应,他们要求商业表演者向精英文化的大本营——巴黎歌剧院纳税。但是,纳税远不能消除民间演艺在大众中的流行度,它们已经被证实能够非常完美地体现新生代巴黎人的需求和利益,后者作为富裕的自食其力者,其队伍正不断壮大。

通过发掘富有而知名人士的兴趣点,柯提斯很快跻身成功人士之列。他在罗亚尔宫的蜡像厅尤为特别,其展品不仅与时俱进,对社会各阶层充满吸引力,且成为一个地标:在一个崇尚时尚的社会里,柯提斯的皇家蜡像厅不容错过。

---

[1] 菲利普·阿斯特利(Philip Astley, 1742—1814),英国马术家,他在马戏团中除了小丑杂耍以外,还展示一些奇异的东西,如畸形人、动物、刑具等。1768年,阿斯特利首创圆形的马戏表演场地"英国圆形剧场",这标志着现代马戏的形成,阿斯特利因此被誉为"现代马戏之父"。

第二章

娱乐教育：怪物、骗子和吃青蛙者

玛丽·格劳舒茨的童年及其早期人生经历，逐渐塑造了一位成熟女性的性格特征，这位女性就是我们后来熟知的杜莎夫人。对杜莎夫人的了解，我们主要通过其自说自话的回忆录，该回忆录由法裔英国作家埃尔韦选材、执笔，写于1838年。因回忆录这一信息资料来源单一，关乎玛丽的许多著名而持久的传说便产生了。直到被确认为柯提斯遗嘱中的遗产受赠人，玛丽·格劳舒茨的个人光芒一定程度上被前者所遮蔽：柯提斯的蜡像展以及艺术、商业天赋往往被记录在案，玛丽·格劳舒茨的行迹却令人抓狂地隐而不显。借助少量的文件材料（包括柯提斯的遗嘱），她的结婚凭证以及各式各样的交易抵押契据，我们才能勉强地对杜莎夫人在法国的人生经历作一个基本的勾勒。

法国大革命爆发前，富有独创性的蜡像展在巴黎社会景观中地位显著，这意味着玛丽逐步强烈地认识到，人物蜡像能够对个人名声的高低进行裁定。玛丽成长期间所处的法国社会，人们对名流狂热崇拜的种子已经被播下，她目睹了柯提斯利用这种风潮，通过举办各种宴会、提供完美的蜡像载体来为自己谋利。作为早慧且极具天赋的学生，玛丽迅速掌握了与柯提斯不相上下的制模技艺，她很早就开始为家族生意效力。玛丽早年提前参与到柯提斯各类蜡像展的日常事务中来，这种学徒生涯对她极为有利。蜡像制作仅仅是柯提斯教给玛丽的技能之一。除了与蜡像展相关的核心能力外，在创业技巧方面，柯提斯也是一位鼓舞人心的模范，柯提斯把这些基本训练都传授给玛丽，就此而言，他值得称赞。柯提斯为玛丽日后在蜡像产业上的成功铺好了路，最终，她极具自我风格的辉煌使得柯提斯当年所取得的成就相形见绌、黯然失色。

在玛丽早期人生阶段，潮流的变迁导致了一种狂热的氛围。当大众舆论从路易十六统治下的官僚主义束缚中逃逸出来时，官方文化与流行文化之间的紧张状态却在加剧。官方文化象征性地集中于凡尔赛宫，流行文化带着世俗的偏见盛行于巴黎社会。旧制度下，教会与当权派通过镇压、审查与戒备等政府规制手段，对民众的娱乐活动保持高压态势。一些信息资料和反映最新思想观念的书报刊物被当作文化走私品，在公共场所遭到没收、查抄，然后锁入巴士底狱。不仅是被视为危险的文稿遭到查封，对于启蒙运动作家来说，当局发布的监禁或流放命令，也如同是在授予他们荣誉奖章一样。在巴黎工作的印刷工人，其数量任何时候都被严格限制。法国大革命爆发前，许多最具影响的著作只能在国外出版。巴黎民众就连张贴一则"寻狗启事"，事先也得经过警局长官签署审批才行。梅西埃挖苦道："在巴黎，只有两种文档似乎可不经警局许可便付印，那就是婚礼请柬和讣告。"但是，所有企图控制人们娱乐和阅读的措施，到头来只是使得流行文化更加生机勃勃，正如康庞夫人明智地观察到的："大众舆论就像鳗鱼一样，谁越想抓得紧，它反而逃脱得越快。"大众舆论被释放出来了，这正是玛丽所处的社会时代大背景。

在柯提斯眼里，玛丽首先是一个活泼的小姑娘，然后才是可靠、尽责的青年助手，玛丽则把柯提斯当作监护人，并见证了他从大众文化勃兴的潮流中发家致富。成长于法国大革命爆发前期，玛丽亲历了社会巨变，她逐渐显现出政治方面的兴趣和天赋。18世纪七八十年代的巴黎，在许多方面跟20世纪60年代的伦敦非常相像：性与购物狂热令人迷醉地交混在一起，反抗统治集团也是暗流涌动。在耀眼的时尚和光鲜的浮华背后，由社会不公引发的愤怒和对立日益激化，处于即将爆发状态。玛丽目睹发型师和时尚设计师在时代大潮中脱颖而出，上升为新的社会英雄，也看到了年轻人在挣脱既有体制缰绳时导致的代际冲突，他们的叛逆行为表现在更多地展现发式的高度而非传统对头发长度的关注。与每一位不满的母亲一样，玛丽亚·特蕾莎[1]这位奥地利女皇也曾给她的女儿、法国王后玛丽·安托瓦内特写信埋怨："我必须提及人们都在说三道四的一个话题，那就是你的头饰。我听说它们从发际算起，竟然高达36英寸，并在无数羽饰和缎带的组合下，被梳理成高耸的塔状。"包括王后在内的年轻人，如果排斥带有圈环的衬裙，转而青睐宽松的透明女服，也会引起轩然大波——宽松的透视服装作为当年的自由象征，成了妇女解放运动激进分子举行游行示威或其他抗议活动的试探信号。博拉德（Beaulard）这位时髦的发型师，发明了堪称完美的解决方案，既可以追随新的时尚又不至于冒犯年长的保守者：即在3英尺高的发式中设有起拱装置，每当遭遇异样的眼神时，便立马可以降低发型的高度，免得有碍观瞻。

　　青年时期的玛丽，应该很熟悉罗丝·贝尔坦那些华而不实的精美服饰。玛丽虽然自称像"权贵富豪"一样出身名门，但她不可能成为罗丝·贝尔坦的顾客。尽管柯提斯也算富有，但罗丝·贝尔坦的设计和创作，费用高得出奇，除了上流社会极少数人以外，其他人只能望洋兴叹，其中，法国王后玛丽·安托瓦内特是她最著名的主顾。罗丝·贝尔坦有着敏锐的商业头脑，正如其锋利的别针一样，她被看作是法国最有权势的人物，绰号"时尚大臣"。在回忆录中，玛丽把罗丝·贝尔坦视为"头号名流，有着巨额财富"。她同时提到，罗丝·贝尔坦这位伟大的设计师最后失去了资产，在伦敦死于贫困。这并不准

---

[1] 玛丽亚·特蕾莎（Maria Teresa，1717—1780），神圣罗马帝国皇帝查理六世之女，奥地利女皇、匈牙利女王以及波希米亚女王，同时身为神圣罗马帝国皇帝弗朗茨一世之妻，她在掌权的数十年间保持着对整个欧洲的影响力，曾留下名言："宁要中庸的和平，不要辉煌的战争。""我宁可卖掉最后一条裙子，也绝不放弃西里西亚。"

第二章　娱乐教育：怪物、骗子和吃青蛙者

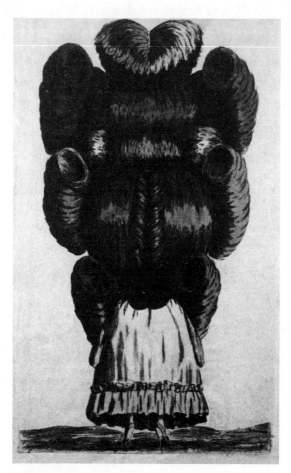

夸张的时尚发型

确。罗丝·贝尔坦其实在法国去世，去世前不久，她还在为欧洲的宫廷提供服装设计定制服务。

旧制度遭受着接二连三的公关灾难（尤其具有破坏性的是，1786年，王后卷入了一场涉案金额极大的钻石项链骗局[1]），早已处于风雨飘摇的境地。眼见时尚的专制统治推动巴黎走向强权的位置，玛丽近距离地观察着时尚作为一种新的绝对真理形式得以确立。当宫廷淑女对圣奥诺雷街的发型师和设计师言听计从时，凡尔赛宫便向巴黎低下了昔日高贵的头颅。成长过程中，玛丽就像是一包衣物一样被抛离了圣奥诺雷街，而精明的柯提斯，正如我们前面所提到的，从王后的御用设计师罗丝·贝尔坦那里定制了全套精美服饰，以便增强王后蜡像装扮的逼真感。

这是一个对严肃事件轻描淡写的社会，反之，无足轻重的事物却被刻意认真对待。尤为明显的是，战争以及濒临崩溃的国民经济激发了时髦配饰、新式发型和轻松娱乐的兴起。比如，法国被牵连到美国殖民地反抗英国宗主国的战争中，这促成了以英法冲突为主题的芭蕾舞剧的上演，并且新出现了一款名为"造反者"的发式。同时，一种纪念性的帽子上被饰以全帆满张、乘风破浪的战船造型，这是为了铭记海战中的"贝莉·博尔号"[2]。当国库空虚，事实上已经没有资金以后，一种没有冠冕、名为"缺钱"的帽子开始流行起来，

---

[1] 钻石项链骗局：法国罗昂红衣主教为博得王后玛丽·安托瓦内特的好感，并想进一步在仕途上高升，受混迹于法国宫廷的伯爵夫人让娜·德瓦卢瓦－圣雷米（Jeanne de Valois-Saint-Rémy）蛊惑（她谎称与王后关系亲密），以200万里弗（法郎）高价，采取分期付款的形式，从珠宝商手中购得钻石项链，准备由让娜转交王后。为了骗取罗昂红衣主教和珠宝商的信任，让娜伪造了王后的委托授权购买书，但她拿到项链后，将其拆解了在伦敦转售。珠宝商因没有如约拿到自己的应得财物，便向王后"讨债"，以致东窗事发。事件败露后，王后尽管无辜，但各种针对她的谣言蜂起，王后此前的奢靡之风成为众矢之的，波旁王朝君主政体的声誉由此受到极大损害。这一事件后来被许多文艺影视作品记载、改编，如法国作家大仲马（Alexandre Dumas，1802—1870）著有历史小说《王后的项链》（*The Queen's Necklace*）。

[2] "贝莉·博尔号"（*Belle Poule*）被称为"美丽的高卢女子"，英法战争中因与英国海船"阿瑞托莎号"（*Arethusa*）交火，使法国介入美国独立战争而闻名。

此类帽子又被戏称为"现金打折优惠"。同比而言，鸟兽颈毛等羽饰的长度以及外套的裁剪是所有装扮的重头戏。外表甚至比行动更值得注意，视而不见被当作一种恶习和缺点，但是，如果因不得体的着装而遭到嘲弄，那无异于社交自杀，这在宫廷文化圈表现尤为突出。社会生活中的主次错位，在这一时期兴起的新闻界也得到了反映，如《时尚画廊》（*Galèries des Modes*）、《时装衣柜》（*Cabinet des Modes*）等杂志，被塞满各种有关室内装潢的插页和小贴士，内页中则可见到各色纺织印花。

时尚作为值得优先考虑的事项，似乎也被玛丽所接受。终其一生，她都非常注重服饰细节（基于专业眼光而非个人偏好），其回忆录因保留了有关套装和制服的大量信息而极具价值，对当时更为严肃、危急的社会问题，她则很少做深入分析或发表意见。玛丽的描述就像走进了发霉的服装保管室。通过她的记载，我们对历史人物的装扮有了栩栩如生的观感，当然，他们的性格特点却不像服饰那样给人清晰的印象，此类记述在伏尔泰身上体现得尤其明显：

> 他戴着时髦、平滑而松散的假发，与路易十四时代的风格颇为相像，身着棕褐色的外套，外套与马甲的扣眼处饰以金丝边，宽大的垂饰几乎要到膝盖处，小号衣服同样带有长长的垂边。他还头戴一顶小三角帽，脚穿大号鞋子，鞋舌覆于脚背，配以丝制条纹袜子。他有着细长、瘦削的脖子，但盛装打扮时，脖子会被围巾的花边包裹住，就像他腰身的衣摆一样低垂下来。他的皱纹宛如褶边纵横交错，根据当时的时尚，他在脸上涂脂搽粉，同时身带配剑。

与伏尔泰的打扮形成鲜明对照的是卢梭的外高加索风格服装，以及米拉波[1]所钟爱的"黑色凸纹天鹅绒"。

对穿着打扮的高度关注在今天同样明显。豹子不会改变身上的斑点，大众却会替换他们的喜好。当路易十六穿戴起斑马条纹的服饰后，当时几乎每个男人身上都出现了类似行头，正如梅西埃的记载："人们各尽所能，极力在外套和马甲上模仿俊美人士衣着上的标记。各个年龄段的男士，从头到脚的装扮甚至连袜子都是条纹款式。"玛丽见证了人们对新奇事物长盛不衰的兴趣，公众喜欢一个人、一件新产品，又很快弃之如敝屣，这种社会风气对她未来的发展非常有利。在农学家帕尔芒捷[2]推动下，土豆成为各类物品的基本装饰图案，从扇子、细棉布印花到墙纸，等等。美国驻法大使本杰明·富兰克林经常受邀赴宴，他戴着獭皮帽、着装朴素，这一造型使他成为人民形象的代言人，备受巴黎民众喜欢，甚至催生了极具个人风格的"富兰克林铸币厂"，即他的肖像被制成无数的小铸像、雕刻品和半身雕塑像。本杰明·富兰克林因其名人身份和地位，曾写信向女儿"吐槽"："我的像章令人不可思议地畅销。无所不在的图画、胸像和复制品，使老爸这张脸就像月亮一样为人们所熟知，以致我不敢干任何坏事，因为如果我胆敢冒险抛头露面的话，无论在哪儿都会被发现。"康庞夫人提到过，富兰克林的像章市场如此巨大，生意火爆，"甚至在凡尔赛宫，他的像章买卖就在国王的眼皮底下进行"。几年后，军火商兼剧作家博马舍凭借"费加罗系列剧目"的上演，取得了辉煌成功，随之

---

1 米拉波（Mirabeau，1749—1791），法国政治家、演说家，曾任法国国民议会议长。他深受孟德斯鸠等人影响，反对专制政权，维护民权，但私下又与王室接触密切，主张保留国王的部分特权，接受了国王的大笔秘密酬金。1791年去世后，米拉波入葬先贤祠，但仅仅一年后，他与王室的秘密通信和交易被曝光，其遗体随即被迁出先贤祠。

2 帕尔芒捷（Parmentier，1737—1813），法国农学家兼药剂师。1771年，他撰写论文大力推广种植土豆，获得法国皇家科学院论文大奖，逐渐破除了人们此前认为食用土豆会导致麻风病的偏见。据传，路易十六特意划出一片皇家领地供帕尔芒捷种植土豆。作为答谢，帕尔芒捷送给路易十六一束土豆花，国王欣然将土豆花别在衣服上，并说："法兰西将感谢你为穷人找到了新'面包'。"在公共医疗卫生服务方面，帕尔芒捷为推行天花疫苗接种同样做出了贡献。

而来的是，他不但变得富有，自身也变成了纪念商品的主角。就像英国参观者斯雷尔夫人[1]所言："博马舍得到公众广泛喜爱，许多女性会在扇子上写下出自他戏剧作品的韵文、诗句。"就连招摇撞骗的江湖医生、魔术师卡廖斯特罗，在他于1787年被揭穿小把戏之前，也引发了一阵缎带装饰风潮，美其名曰"卡廖斯特罗丝带"。

重要的是，年轻的玛丽将梅西埃所说的"对美妙事物的喜爱"，一滴不漏地吸收到自己的心中。从6岁到20多岁，当整个法国都受到历史变革的影响时，玛丽正置身于巴黎的中心，这座城市知道如何寻欢作乐。此时兴起的大量娱乐活动，增强了巴黎作为世界享乐之都的名声，巴黎人对玩耍的嗜好被视为国民性。来自不同国家的观察者，他们对喜爱娱乐的法国的评价颇为相似。英国贵族克拉伦登伯爵（Earl of Clarendon）评论说："在英国，普通人如果奢侈浪费的话，他会谴责自己，如果和家人每周去娱乐场所一到两次，同样会有负罪感。而在法国，每个人每天都想享乐。"俄国旅行者卡拉姆津的观点与克拉伦登伯爵互相呼应："不仅富人们只为享乐而活，即便那些最贫穷的工匠、法国东部的萨瓦人、小贩行商也认为每周至少应前往戏院两三次。"美国开国元勋古弗尼尔·莫里斯在他所接触的女性朋友圈中，为她们放纵的生活方式所震惊。他描绘了一位女士空洞的日常生活图景：在等待理发师打点头发的几小时空闲时间里，她便跑去看展览或演出了。

与有益身心健康的美国生活方式相比，最能反映巴黎民众追求官能享受和堕落的突出记载之一，便是托马斯·杰斐逊[2]于1787年2月7日写给宾厄姆夫人（Mrs. Bingham）的一封信。据杰斐逊记述，与巴黎

---

[1] 斯雷尔夫人（Mrs. Thrale），即赫斯特·林奇·皮奥齐（Hester Lynch Piozzi, 1741—1821），英国女作家，她先是与酿酒富商斯雷尔结婚，后来改嫁意大利歌唱家、作曲家皮奥齐，并与当时的文坛盟主、《英语大辞典》主编塞缪尔·约翰逊往来密切，经常举办沙龙、切磋文艺，著有《塞缪尔·约翰逊博士晚年生活轶事》（*Anecdotes of the late Samuel Johnson*）等。

[2] 托马斯·杰斐逊（Thomas Jefferson, 1743—1826），美国开国元勋，《独立宣言》主要起草人，继乔治·华盛顿、约翰·亚当斯之后，当选为美国第三任总统。

令人厌烦的娱乐和声色犬马之好不同,"在美国却是另一番景象:夫妻相伴,孩子们干着喜欢的家务,整理房间,改善地面设施,无时无刻不在从事健康而有意义的活动"。(在杰斐逊时代,美国宛如已迈入了20世纪玛莎·斯图尔特[1]的"家政王国"一样。)

斯雷尔夫人对巴黎日复一日、昼夜不停的娱乐消遣活动感到惊讶。声色娱乐成了沿街叫卖的商品,其表现形式从小规模、低级粗野的歌舞表演到壮观的马术演出不等,前者观看抽打被捆绑的萨瓦女孩,马术演出则由英国马戏团老板阿斯特利和弗兰科尼兄弟(Franconi brothers)举办,地点为灯火辉煌的竞技场,同时配备了12000束烟花和完整的管弦乐队。玛丽后来一再强调自己拥有皇家赞助,这一点并不奇怪,因为她看到了法国王后玛丽·安托瓦内特对阿斯特利资助保护的影响和效果。霍勒斯·沃波尔[2]在伦敦抱怨说:"我不可能拥有阿斯特利那样的待遇。法国王后像卡利古拉[3]一样纵情享乐,召集所有演员来到巴黎为她提供表演。"法国国王路易十六,这在王位上如坐针毡的人,在马背上却能找到许多乐趣。被王后的热情感染,他同样贪图享乐,被精彩的马术表演打动,为此赐予马术特技演员一枚缀满钻石的勋章,以对其演出表示感谢。这一时期,法国宫廷对民间娱乐活动兴味盎然。据法国王后的爱慕者和密友阿克塞尔·冯·菲尔逊[4]描述,凡尔赛宫对表演、展览陷入了狂热的激情中,"我们不错过每一场演出,宁可不吃不喝,也要观看盛大的表演

---

1 玛莎·斯图尔特(Martha Stewart,1941—   ),美国"家政女王",数千种商品被冠以"玛莎·斯图尔特"之名,行销世界各地。
2 霍勒斯·沃波尔(Horace Walpole,1717—1797),英国作家,他创作的《奥特兰托城堡》(*The Castle of Otranto*)被普遍认为是西方第一部哥特式小说。
3 卡利古拉(Caligula,公元12—41),罗马帝国第三任皇帝,执政之初励精图治,颇得民心,喜欢举办角斗赛、马车赛以及各式舞台演出,后来性情大变,不顾国家财政压力追求奢华、享乐,性情暴虐,热衷杀戮,最终被近卫军刺杀身亡。
4 阿克塞尔·冯·菲尔逊(Axel von Fersen,1755—1810),瑞典皇家陆军元帅之子,曾陪同法国指挥官罗尚博伯爵(Comte de Rochambeau,1725—1807)一道支援美国革命,担任罗尚博和华盛顿的翻译官,有人谣传他是法国王后玛丽·安托瓦内特的情人。

节目"。

在玛丽家附近,人群、四轮马车和街头商贩常常造成城市拥堵,其间充斥着能满足各式口味和兴趣的娱乐活动。皮内蒂先生[1]那技艺精湛的魔术使人产生恐怖的错觉,他穿刺鸟的影子,看上去像要让它们滴血似的,而野蛮血腥的角斗现场,带角的公牛凶猛地移动着进行防卫,它随时可能遭受猎狗和狼的袭击,各种吸引眼球或残忍的表演无处不在。传统娱乐业认为不应使用孩童或动物来表演,但柯提斯的两位邻居对此不屑一顾。剧院经理人奥迪诺(Audinot)通过儿童演员开展巡演,取得了巨大成功。尼科莱剧团的明星是一只名为"图尔古特"(Turcot)的猴子,走钢丝表演为其强项。玛丽和柯提斯加入了有其他演艺界名流参与的社团和行会。当演艺界人士把自己视为观赏者而非表演者时,就可以看到这样的场景:脚底绑了鸡蛋的女孩翩然起舞,"旋风女郎"的表演被宣传为就像有人在抽陀螺。此外,似乎与火绝缘的西班牙人喝下看上去沸腾的油,光脚走在烧得通红的烙铁上,这强化了观众对西班牙国民的刻板印象;雅克·德法莱斯(Jacques de Falaise)则是一位生吞青蛙的表演者。令人啼笑皆非的博维萨热(Beauvisage),仅仅靠扭曲他那张丑陋、满是麻点的脸做怪相,便能养家糊口;玩杂耍和高空走钢丝的演员,则往往要付出相对多得多的精力,有时他们还穿上闷热、笨重的动物戏装,以便展现自己挑战极限的技能。

除了身体上的技艺表演以外,各种博学物种的心智才能展示同样令人称奇,且充满乐趣。缪尼托(Munito)这只会算命的狗以及拥有代数学天赋的白兔,尤其受到大众欢迎。长耳朵的"数学家"成了表演明星,它们的另外一项吸引力在于:每当推理错误时,观众同样乐于起哄。"小便木偶"因表现了一位小男孩撒尿时的情景,激起了令

---

[1] 即乔万尼·皮内蒂(Giovanni Pinetti,1750—1800)。作者此处提到的魔术,应是表演者将带子系在一只鸽子脖子处,并把自己连同鸽子的影像投射到观众面前的屏幕上,然后用刀子刺向鸽子的投影,观众随即看到鸽子突然身首异处。

人扫兴的禁演提议，或者至少要求"少儿不宜"，需在父母陪同下才能观看。"木偶秀"通常被看作是有问题的家庭娱乐活动："观看木偶秀的孩子，对从危险的演出场所接收的信息，往往很容易留下深刻的印象。父母经常吃惊地发现，自己的小孩竟然对他们本不该知道的事物非常熟悉。木偶表演者疏于谨慎考虑，应受到谴责，因为他们本来就应禁止而非允许孩子们观看他们的节目。"

一同在售的商品还包括带发条装置的自动玩具；以及呆板的机器人，其铜质头部看上去仿佛能像人类一样说话。机器人作为商品出售，一定程度上是民众对"教育玩具"迷恋的反映，这种迷恋部分地由理性主义者推动，他们把人看作是一架有灵魂的机器。（以"人类究竟是什么"为主题的专题辩论，给柯提斯的蜡像增添了魅力。）此外，各式各样的幻灯放映展普遍存在，从透过小孔观看国外城镇诱人的风光图片到精心制造的幻觉效应，应有尽有。屏幕上的形象突然向后缩小或骤然增大的幻觉效果，呈现出超自然的特性，然后转变为幽灵，仿佛要把正感到恐惧的观众吞没。正如柯提斯把当代名流制成蜡像从而名利双收一样，其他少数几位有进取心的经理人，在他们一系列著名而逼真的牵线木偶表演后不久，一度也取得了事业上的成功。最不同寻常的假冒者非"图尔古特"这只猴子莫属，除了表演走钢丝的平衡技艺外，它还能够模仿当代最有名的演员。同样流行的还有表演科学家，他们倾向于捉弄大众，已经买票的观众发现自己被骗人的科学和机械演示给忽悠了，就像幻术师梅斯梅尔和魔术师卡廖斯特罗当年那些与心灵感应术、磁性论相关的表演一样。

甚至不幸的体征也被用来谋利，尽管人们对"猛男"能引起男性多大程度的同情仍存在争议。"猛男"年仅4岁，却已经性早熟，"他的生殖器官与整个身体其他部位比例夸张"。人们喜欢参观"猛男"，主要是因为他无法掩饰看到观众尤其是漂亮女孩时的喜悦之情："尤其是每当有女性出现在面前，'猛男'就会在众目睽睽之下表现出性方面的生理反应。"商业化的马戏团几乎习惯性选用形体

身材肥大的保罗·巴特布罗特，受雇于柯提斯，专门负责在蜡像馆门口招揽顾客

异乎寻常的人进行表演。据称柯提斯曾聘任大腹便便的保罗·巴特布罗特（Paul Butterbrodt）在蜡像馆门口招揽顾客。"能够看到地下事物的男孩"同样令人们感兴趣，他激起的反响如此之大，以致引发了专家学者的关注，后者在学术期刊发文称赞其特异功能。但是，话说回来，如果"透视地下"的天赋得到认可，那么那些能在水上行走的人无疑将获得最高的赞誉："就连圣彼得也未必会做得更好——或者不能如他那样优美，或者不能如他那样笃定。"[1]以上情形正是玛丽日常生活所见，她也置身于芸芸众生中。

---

[1] 据《圣经·马太福音》记载，圣彼得按耶稣之令踏水而行，但一度产生疑惑，因而几乎翻身落水，耶稣及时施援，搭了一把，他才又在水面上站住。

相较于周边迷宫般交错、灯光昏暗的中世纪街道，圣殿大道更为宽敞明亮，这里的每一寸空间都被商业性娱乐活动所占据。为了便于观看，街头表演者搭建了露天剧场，板材被放置于搁架上，以便安装简易的舞台，随之举行的动物表演丰富多彩，足以媲美各种人类演出活动。各式小型表演的明星包括"决斗的跳蚤""翻筋斗的小鸟""走绳索的老鼠"。玛丽明显地喜欢跳蚤表演，因为在比街头表演规模更大的蜡像展中，她自己的节目单上便有以跳蚤杂技为特色的展品。对于戏剧演出而言，在受雇张贴广告的人大量出现之前，以真人表演秀来做广告非常流行。此类形式的"商业预告片"中，演员站在剧场的阳台上，对着街上的路人招徕客户，宣称只要他们直接去售票处买票，便能进剧场享受到有趣的表演。但是，截至目前，对玛丽家门口各种娱乐休闲活动的最好描述，源自与她同时代的一位见证人："门口摆放着椅子，供表演者或游客之需，咖啡馆里鱼龙混杂，包括管弦乐队、来自法国或意大利的歌手、糕饼师傅、餐馆服务员、活动木偶、杂技演员、巨人、侏儒、猛兽、海怪、人物蜡像、自动玩具、口技艺人，化身为物理学家、数学家的'酒神'柯玛斯（Comus）则带来了令人称奇和欢快的表演。"

玛丽居住的街区，挤满了小商贩、票贩子、魔术师和骗子。每当四轮马车经过，道路两边的人群总是拥挤不堪。当民谣歌手突然弹唱起刚刚被处决的罪犯的遗言时，行人就像岩石旁边的旋涡，很快聚集在一起，并且自发地加入到集体大合唱中来。但是，该地区的魔力主要为貌似能源源不断地提供新鲜事物供人观赏。生活在多姿多彩的社区，玛丽每天见证着用诱饵"钓引"顾客的艺术，因为大众会被说服从口袋里掏钱支付费用，进而得以通过观看一场骗局式的表演，从中找到乐子乃至被愚弄。作为一个成年人，尽管玛丽已经树立起具有文雅鉴赏力和体面社会交往的形象，但她仍然身处残酷的现实生活中，街头文化既不守秩序又非常前卫，柯提斯正是在这样的环境中建立家业。圣殿大道甚至被俗称为"犯罪大道"，因为熙熙攘攘的人群把这里变成了扒手的天堂。

随着柯提斯确立起作为一位才能卓越的展览主办者的名声，玛丽同样学会了如何先行一步准确预测并维持公众的爱好。在充满竞争的商界，她掌握了不仅得以生存下来而且要兴旺发达的生意经。事实上，柯提斯几乎垄断了蜡像市场，虽然解剖学意义上的人物蜡像巡展会被偶然提及，如游乐场里花哨的蜡像人物"美人朱莱玛"（La Belle Zuleima）。"朱莱玛"被制成木乃伊形象，就像一位风格怪异的美女，覆着非常长的头发，参观者将它们撩起后，便能检视她干瘪的躯体。但"朱莱玛美人"展没有给柯提斯带来丝毫挑战，因为他自己的蜡像极具魅力。相比而言，剧院经理人尼科莱和奥迪诺之间的竞争更趋白热化，社会上后来流传一句标语"尼科莱的演出更好"。当法国国王路易十六批准将"尼科莱剧场"剧院易名为"御用舞蹈团"时，尼科莱的成功似乎更胜一筹。

在新兴的集体娱乐文化中，许多新式风格的商业休闲活动被证明具有强大的凝聚力，尽管人们在其他生活方式上往往泾渭分明。与其他消遣活动不同，蜡像展尤其是逃避现实非常有效的形式。身处豪宅的达官贵人与厕身阁楼的工匠，都有强烈的逃避主义诉求，各自的动机却非常不同。对于富人来说，他们为了减少生活中的无聊、倦怠，需要寻求新的刺激。就连法国王后玛丽·安托瓦内特也未能免俗，1776年，她在给一位友人的信中坦言："我担心生活变得枯燥、乏味，我对自身充满顾虑。我需要运动和鼓乐来摆脱目前的困扰。"在法国宫廷，一种厌世的矫情几乎成为新的礼仪，正如拉图杜潘侯爵夫人所录：

> 对身边一切进行抱怨渐渐成为风尚，有人感到无聊，有人对担任宫廷侍从已经厌倦。卫队成员值班期间，聚集在别墅里，埋怨一整天都得穿着制服。短期招募的宫廷侍女，在她们进宫服务的八天时间里，至少得两三次溜出宫去享受巴黎的宵夜，否则将

难以忍受。宫廷执勤成了服务人员吐槽的重点，而另一方面，他们也利用所拥有的特权为自己谋私利，有时达到了滥用的地步。

对穷人而言，逃避现实能够从沉重、压抑的日常生活中得到及时喘息。他们部分地求助于恐怖且神秘、淫秽又好玩、机敏而惊奇的娱乐活动，这正是对现实苦难的宣泄。法国大革命恐怖时期到来之前，玛丽所体验到的主要是生命的卑贱。富人拥有一项令他人致命的特权，即他们享有肇事逃逸的自由。贵族乘坐着四轮马车，经常在撞倒路人后扬长而去，使后者受到严重伤害乃至当场身亡。前往巴黎的游客对这一日常危害颇为恐惧，令古弗尼尔·莫里斯感到震惊的是，那些富裕的乘客只有在认为他们的马匹受伤时，才会让马车夫停车查验。给朋友的信中，莫里斯在一首诗中颇为反讽地写道：

> 若是撞倒一匹马，
> 我会下车看一下。
> 但我猜那是个人，
> 老天让我省心啦。

在俄国游客笔下，玛丽成长期间的巴黎，"市容市貌几乎与猪圈一样"。这座城市披着文明的虚饰，其下污浊不堪。街上没有人行道，充斥着人和动植物的各种废弃物，行人不得不从中开出一条道来。英国作家斯雷尔夫人对此极为惊讶，她写道："法国妇女泰然自若地在街道边坐下休息，就像在已关好门、舒适的房子里一样。"雨水会把街上的垃圾变成对健康有害的滚滚洪流，四处横溢。街头巷尾充满"给钱就过"的吆喝，因为只需支付很少的费用，就有小男孩为路人铺设木板，以便他们从肮脏之地通过。街头洗熨衣服的人，通过提供立等可取的干洗服务谋生，这样被服务者随时都能保持衣着光鲜。他们通过涂抹粉末使得长筒袜变白，借助混合了煤烟的鞋油使鞋子油光锃亮。街上因到处都是动物和人类的排泄物，散发出恶臭，由此促成了生机勃勃的香水市场的出现，法国举世闻名的香水，最初是被当作空气清新剂来使用的。

水是珍贵的商品之一。巴黎只有三分之一的家庭拥有自己的水源。来自法国中南部地区奥弗涅（Auvergne）的移居民工，于是用运货车装运大桶水沿街叫卖，一小提桶水只需几苏。他们的生意很好，因为公共喷泉经常干涸。巴黎当时发行的日报、刊物非常有限，同时，民众普遍都未掌握读写能力，因此，这些水夫发挥了巨大的新闻价值，他们把最新的小道消息和流言蜚语，从一个街区传到另一个街区。当油脂加工厂、制革厂以及屠宰场全把生产废弃物排入塞纳河时，河水清洁便极为费劲。佩里耶兄弟（Perrier brothers）从中看到了商机，他们在制造瓶装水之前，已成为国内清洁供水领域的先行者。人们习惯了污秽，导致流行的观念把脏乱看作是有益的。社会上普遍认为，婴儿头上厚厚的污垢能够促使其茁壮成长。同样地，人们大都相信，身体与水接触会对健康不利，会降低内脏的功能，所以大家很少洗澡。通过佩戴必备的时髦装饰如花边褶，以及花费大量时间精力打理发型，巴黎人在外表保养上引以为傲，但现实生活中，在穷人戴的二手假发以及交际花精美、含有马鬃的假发之下，都是因没有洗头、头皮发痒而留下的抓痕。仔细观察花边褶，不难发现稀薄的白色喷粉掩盖着尘垢，正如梅西埃所言，"没有人真心想要干净整洁，涂脂抹粉不过是为了看上去似乎更为得体罢了"。生活中这类偏见如此明显，以至巴黎人每天都去做头发，但每个月只洗一次衣服。

作为娱乐区，圣殿大道总是人山人海。玛丽只需跨出大门，便汇入到嘈杂的人群中，他们兜售着各种商品和服务，满足民众需求，同时带来令人愉快的新鲜事物，此外还有纯粹的消遣娱乐。在展览的公开宣传方面，鉴于印刷制品生产受到严格限制，站街召唤顾客仍是最普遍的广告形式。街上招徕顾客观看表演和购物的吆喝声，于是汇聚成玛丽生活中一曲永恒的合唱，其中，卖橘子的人强调其产地"葡萄牙！葡萄牙！"，杂耍场、戏院前招揽观众的人，则夸张地宣称他们将提供丰富多彩的娱乐。卖牡蛎和热狗的商贩，其叫卖声同样回响在大街上，他们能迅速而熟练地用小刀把牡蛎壳一分为二，而在牡蛎没有上市的时节，他们就出售加了糖的大麦茶汤。喧嚣的城市之声中，还包括无处不在的手风琴演奏。

移动咖啡销售商渐渐在街上流行起来，此时他们人数大增，这反映了饮品由以前的奢侈享受向大众普及的民主化历程。英国人会说他的口袋里任何时候都装着鼻烟，反之，法国人口袋里常备的是糖。食糖供应日益增多，主要源自西印度群岛的种植园，它们使得咖啡口感更佳。在街头巷尾，市场竞争导致咖啡战争在女商人之间爆发，她们以锡制的茶水壶和陶罐为武器相互攻击。相同方式调制的糖膏，在装有镜子、环境优雅的咖啡馆里，其售价要比移动咖啡销售商高出两倍多。但是，正如梅西埃所观察到的那样："工人们喝咖啡时，既没有时间也不喜欢多加注意自己的形象。"然而，他们可能整天都沉浸在咖啡的豪饮中，有闲阶层以更具仪式化的方式，给他们的各式饮品配以雅名，如"摩卡舶来咖啡豆"[1] "广州进口中国茶"。在私人府邸，聘用黑人男童仆变得时尚，他们负责在瓷器杯子里添咖啡和倒茶，然后分发给众人。这种新出现的礼仪风尚，主要是为了刻意形成肤色对比，以便突出女主人白里透红的脸颊。上流社会的矫揉造作，与公共咖啡屋里乱糟糟、闹哄哄的景象形成了巨大反差。新兴的公共咖啡屋，已成为民众讨论时事的流行聚集点。

玛丽在回忆录中提到，她母亲的厨艺很好，这暗含了另外一层新的意义，因为巴黎当时的食物供给并不充裕，需要审慎对待。享用公牛牛肉是贵族和神职人员的特权，其他所有人则只能凑合着食用奶牛的肉。正如着装、外貌带有欺骗性，并不能反映一个人真实的社会

---

[1] 摩卡本为也门红海岸边的港口城市，15—17世纪，这里是全球最大的咖啡贸易中心，欧洲人所饮咖啡多经由此港运来。现今的"摩卡咖啡"与此港有关但含义有所变化，主要指一种特殊风味的咖啡饮料。

身份,由于商人会将从牛腭骨附近取下的肉冒充"肉排"出售,所以经常会从中吃出牛牙齿来。食物的匮乏为英法之间的对抗提供了"弹药"。1775年,在游历巴黎之后,约翰逊[1]博士打趣说,法国人的肉食如此低劣,以致这类食物在英国只配送给监狱里的罪犯。《牛津杂志》(Oxford Magazine)上一篇文章也描述道:"我们的肉商会把几近腐败的肉类丢到泰晤士河里去,但是在法国,各种调味汁以及蔬菜炖肉等烹饪技艺被广泛采用,以便掩饰足以令人倒胃口的腐肉味道。"

考虑到采购食材和烹饪都要求具备非比寻常的创造力,一位好的家庭主妇便是极有价值的人。因没有储藏食物的条件,每天都得重新购买食材,巴黎的家庭主妇或女管家需要掌握诸多厨艺。劣质的肉应添加佐料,但是杂货店的老板为了供应更多的胡椒,往往会把狗的粪便掺入其中,"将它们熏黑并研成粉末,然后与胡椒粉完美地混合在一起,以致无辜的巴黎人并非以产自马六甲的香料来调味,而是完全不同的产品。"懂行的顾客会坚持购买只在他们面前现磨的胡椒粉。

当穷人试图避免吃到胡椒粉中的狗粪时,富人圈逐渐流行不再食用固体食品,酒店餐厅为迎合这一狂热,推出了价格高昂的滋补汤。"餐厅"(restaurant)一词源于"滋补的"(restorative),它们提供的种种以肉食为主料熬炖的清汤价格不菲,并造就出一批最早的煨汤大厨。挑食成了一种有害的时尚,正如一位社会评论家在罗亚尔宫一家新开的餐厅里所见:"即使并没有生病,一名自命不凡、年轻的纨绔子弟经常预订清炖肉汤,因为点这样的菜能够给他营造身体不健康的氛围。"法国大革命前,巴黎社会阶层的两极分化可能在以下方面体现得尤为显著:普通民众永远为生计奔波;富裕的上流社会却习惯于以厌食为时尚。梅西埃对此并不感到特别意外:"在盛大的晚宴场合

---

[1] 即塞缪尔·约翰逊(Samuel Johnson,1709—1784),英国著名作家、文学评论家、辞书家,他历时九年编成《英语大辞典》(A Dictionary of the English Language),从此扬名;此后又编注《莎士比亚集》(The Plays of William Shakespeare),同样影响深远;另著有《人类欲望之虚幻》(The Vanity of Human Wishes)等多部作品。

和富人的餐桌上，经常看到许多妇女只是喝点水，面对数十个菜根本不动筷，然后打着呵欠抱怨她们的消化能力不行，男士跟着效仿，矫揉造作地鄙视饮酒，以此来标榜时尚。"

民众采购日用品面临着另一项危险，即食品杂货商兼任了药剂师的角色，他们用同一架天平称量所有的物品。砒霜和肉桂有可能先后紧连着称重，对危险物品包装盒上化学性质的错误理解，往往不经意间致人死命。针对食物掺杂、造假现象，品牌化应运而生。为了树立消费者对产品的信心，进而由此赢得他们的忠诚度，商家已发现，给商品取一个特定的名称大有裨益。这为广告的兴起做好了准备。玛丽此时所见证的宣传机制对她很有帮助，尤其是从法国移居英国后，她把自己打造成了著名的商业广告先驱。以消费者为目标的宣传手法越来越老练，这在玛丽前半生所生活的巴黎非常明显。其中一个显著的方面表现为，商家不再用公文纸、废旧的报纸、老旧书页来包裹商品，代之以专门定制的包装材料。1783年，当壁纸生产商雷韦永（Reveillon）在飘浮于城市上空的纸气球上宣传他的品牌时，18世纪最大的包装纸便诞生了，同时，更为普遍的商业市场即将降临。

商人开始注意到知名顾客能给他们的产品赋予特色。罗丝·贝尔坦几乎从法国王后玛丽·安托瓦内特成为其顾客的第一天起，便非常重视以大字号在海报上炫示自己为"王后的御用女帽制造商"。同样，雷韦永也寻求授权，以便他的壁纸工厂能冠以"皇家制造厂"之名。玛丽成年后，倾向于着手建立自己与皇室之间的联系，她总是把市场产品、推广活动与高贵的赞助人联为一体。玛丽不像雷韦永那么遮遮掩掩，她大力宣扬皇家成员的惠顾，为了实现自己的利益不惜攀龙附凤、巧妙借势。

在很小的时候，玛丽已然理解了宣传推广的价值以及市场运行机制。她耳闻目睹的一切都与商机合拍。一些家庭通过自力更生，刚刚迈入富裕家庭之列，便将家中的女孩送进付费的女修道院学习，但是玛丽所接受的是世俗的课程。由于缺少正式的学校教育，玛丽成年后读写能力很差，但她掌握了迎合公众需求的技能，并且知道如何把顾客的好奇心转变为营业收入。在玛丽成长的家庭环境中，算数和记账能力的训练居于优先地位。蜡像参观者会被细致地记录在案，每天晚上，玛丽和柯提斯统计的是收入总量而非祈祷的次数。在柯提斯的指导下，玛丽从小便掌握了上述经商技能，她学以致用，此后的人生均受益于此。在演艺人士喧嚣的日常表演中浸淫既久，玛丽发现相比于后续将展现的内容，如何先吸引住公众显得更为重要。因为潜在的消费者能够决定不进来参观，但一旦入场，即便对节目感到失望，他们也将无法获得退款。随着经济和政治问题的逐步增多，商家要从顾客的钱包中获取更多的钱变得越来越难了。是否懂得市场行情，于是成了商业幸存者与那些正陷于危机状态的商家的显著差别。为了适应不断变化的社会环境，在商业生存技巧的训练方面，玛丽再没有遇到比柯提斯更好的老师了。无论是针对演艺人士经常面临的经营困境，或不久到来的"极端困难时期"，生活艰难之际，就连跑到美国避难的拉图杜潘侯爵夫人，也曾在她们自产自销的奶油上，用自家的贵族族徽压出花纹以标明自己制品的品牌。

18世纪80年代后期，饥饿的胃而非贪婪的心才是造成社会动荡加剧的根本原因，尤其是面包，成了社会分配的重要物质。歉收、政府对谷物粮食的控制以及价格的波动，导致面包供应非常不稳定。据估算，这一时期花费在面包上的钱，在普通法国工人的总收入中的占比，令人吃惊地达到了50%。1775年，当一块4磅重的面包的价格从平均9苏上涨到约14苏时，一场面粉战争爆发了。巴黎社会中游手好闲者愤愤不平，他们洗劫、抢夺面包师，在面包市场欺行霸市。作为对上述现象的反应，密切关注时尚的追随者，他们的食物供给总是十分充裕，于是产生了一款名为"不满"的新发型，头上顶着沉重的白面粉装饰，此举并非为了激起同情心，而想被人们看作这是最时髦的装扮。梅西埃留意到上流社会男女对面粉这种极有价值的商品的恣意挥霍："忍饥挨饿的仆人，面孔像幽灵一般苍白、晦暗，但是其主人的外套上，必须涂染三倍于衣服重量的面粉，至少达6磅。此外，如果主人非常健谈，说不定会在侃大山时附带吃进4盎司之多的面粉呐。"

照明也是社会分化的象征。在社会生活的底层，一支烛台上点燃的动物脂油，便是穷人家里唯一的微弱光源。与此形成鲜明对照的是，在凡尔赛宫，由蜜蜡制成的蜡烛，尽管非必要，但每天都得更换，且由灯光看护人专门负责。就大多数巴黎人而言，白昼对他们的日常生活具有决定性影响。有钱人张扬地炫耀他们直到中午才起床，并安排其社交活动，一直持续到深夜。起床越迟越是社会名望的标志，保持这一格调的女性被称为"灯花女郎"。公共照明则受到限制，1770年，整个巴黎城只有8000只点烛灯笼，它们还经常被风吹灭。在玛丽的生命历程中，她见识了更多的照明设施，人们也开始用油电灯。柯提斯的家庭日用清单目录显示，玛丽在一个有足够照明的家庭环境中长大，为数众多的枝状大烛台证明了家业殷实。灯光照明同样是各类展览中营造良好视觉氛围的核心部件。

存货清单中列出了枝状大烛台、玻璃制品、精美的物品和家具，足以说明在18世纪七八十年代，玛丽享受着生活的优渥，这是柯提斯令人难忘地迅速实现名利双收的结果。柯提斯甚至拥有了第二套房产，以此作为自己跻身中产阶级梦寐以求的奖品，他能够支配充足的资金用于艺术品收藏，并在这方面展现出精明的判断力。据玛丽讲述："就年代久远的大师画作收藏而言，柯提斯极大地受惠于自身获取的运气和财富，他经常以适中的价格买进艺术品，然后以相当于它们实际价值的行情转手，进而赚取其中的差价。"

栖居于舒适的安乐窝里，与大多数巴黎人相比，柯提斯一家人对待日常生活的态度迥异，他们乐此不疲辗转于接二连三的宴席和聚会活动中。事实上，柯提斯的餐桌显然是展现主人热情好客的惯用场所，且面向当代著名公众人士开放。我们被告知："法国最具天才的人物经常光顾柯提斯的家，尤其是那些被知识界和艺术界认可的名流，时常在她舅舅家用餐，其中被杜莎夫人一再提及的相关人士包括伏尔泰、卢梭、富兰克林博士、米拉波以及拉法耶特。"

玛丽有关其童年生涯的回忆录，在涉及显要人物时，提供了与官方历史记载截然不同的描述，以米拉波为例，他"发过天花，脸上布满麻点"，奥尔良公爵则"因脸上长满丘疹和脓疱，形象大为受损"。关于自己的家庭背景，尽管玛丽没有泄露蛛丝马迹，我们也无从知晓其成员的长相和个性，但对名流的私下观感和特写，构成了玛丽回忆录的基础。在公众面前，伏尔泰总是辛辣、刻薄地攻击教会和当局，宣称"我乐见最后一位国王被最后一位教士的肠子绞死"。但在玛丽的童年回忆中，伏尔泰判若两人："他经常轻拍她的小脸颊，称赞她是一位有着黑色头发的漂亮小姑娘。"但是，当玛丽随后在乔治王时代的英国进行巡展时，她在印发的宣传册中，故作正经地对伏尔泰这位伟大作家做了评价。伏尔泰的传记作品暗含着警告："他的创作充满才智和常识，但并不适于年轻人研读，因为其作品还充斥着猥亵和渎神的论述。精华与糟粕要区分开来。"这些言辞同样存在于玛丽的回忆录中，无疑，她似乎是在刻意哗众取宠，迎合英国人的趣味，表达着对英国观众有吸引力的观点。

玛丽的回忆还生动描述了伏尔泰与卢梭争论的情景：两人借着酒劲，长时间相互争论、攻讦，持续至深夜，卢梭向伏尔泰猛力"投掷"抄袭剽窃的谴责和指控，"伏尔泰'撤退'后，卢梭又向前者发泄所有的愤怒，尽其所能对这位诡计多端的对手恶语相加，他大声叫嚷着：'噢！这只老猴！恶棍！贱人！'直到被自己的雄辩术弄得疲惫不堪方才消停"。当伏尔泰与卢梭挑起哲学争论之际，玛丽眼中的本杰明·富兰克林试图置身事外，"他平静地注视着两人，偶尔露出些许微笑，使其面部表情显现生机，更多时候他只是冷静地旁观两位勃然大怒的辩论者"。青少年时期的玛丽，通过不谙世故的亲身观察发现，尽管富兰克林被尊为堪称卢梭"自然人"理想的代表人物，如今回想起来，也与常人无异，倒是在跳舞上值得一书，因为他的"舞步极为美妙"。实际上，玛丽许多回忆呈现的模式，正如一首歌所唱的那样:"男士们与女士们翩翩起舞,其中一位女士曾是威尔士亲王(Prince of Wales)的舞伴。"玛丽在回忆录中攀龙附凤、提高身价的描述,给人带来以下印象:咱家总是富豪满座,名流云集。

考虑到孔蒂亲王在巴黎社会的影响力,我们可以做出以下合乎情理的推断:亲王对柯提斯提供的赞助和保护,为后者打开了从特权阶层获利的大门,并与权势人物建立广泛的关系网。但是,仔细审视之下,我们同样不难发现,玛丽所讲述的故事,在真实性上存在诸多明显的反常和疑窦。比如,伏尔泰一生中相当多的时间都被放逐于巴黎之外,因为当局对其作品有所怀疑和顾忌。这意味着从1759年开始,伏尔泰主要定居在毗邻瑞士边境的法国小城费内(Ferney),并且,他的不动产都在法国和瑞士边境地区。直到1778年临近去世前,已84岁高龄的伏尔泰才受到英雄般的欢迎,得以重返巴黎。因此,伏尔泰不可能是所谓柯提斯家庭沙龙的常客,因为在玛丽所能见证的生命历程里,伏尔泰在巴黎待的时间,总共不过几周而已。尽管玛丽一再在回忆录中描述,早在儿童时期,她就受到伏尔泰的宠爱,如被轻抚脸颊,当然这些叙述最终还是成了未来杜莎夫人强有力而持久流传的传奇之一。

依据玛丽的回忆,在热气腾腾的家宴中,她经常与显要人物不期而遇,但这些叙述总体而言含有添油加醋的成分。其中一个明显的例子与德国皇帝约瑟夫二世[1]有关,据称他被引导参观了柯提斯的蜡像展后,突然停下步伐,个中原因有可能是玛丽母亲的烹饪锅里飘出了令人垂涎的气味。"哦,天啊,竟然是德国泡菜!"约瑟夫二世据说当即发出了这样的感叹。随即,德国皇帝做出与其身份不相称的举止,恳求能够一饱口福:"哦,请务必让我尝尝!"碟盘和餐巾纸立马准

---

[1] 约瑟夫二世(Joseph Ⅱ,1741—1790),法国王后玛丽·安托瓦内特的兄长,德国皇帝,哈布斯堡-洛林王朝的奥地利大公,1765年加冕为神圣罗马帝国皇帝,1780年起为匈牙利国王和波希米亚国王。他以开明专制著称,在国内推行一系列改革,如废除农奴制、设立城市公务员制度等。

备就绪，德国皇帝自顾自地坐在餐桌旁享用，并不受旁人干扰，他还加入柯提斯的家庭成员中，大快朵颐、谈笑风生，既亲切又随和，就像在其"美丽堡"王宫一样轻松自如。

玛丽母亲的厨艺不仅给王室人员留下了深刻印象，同样吸引了一群暴躁和愤怒的年轻人，他们日益上升为公众关注的人物，尤其是马拉[1]。根据玛丽的描述，马拉非常喜欢美食，"通常会为晚餐吃什么感到焦虑"。从《人民之友报》公开发表的文章中，我们能感受到马拉平凡、世俗的表达方式。但从马拉对玛丽的教导与关爱角度来看，他又是平易近人的："你这位善良的小乖乖，我们今天就享用德式通心粉或者法式炖鱼吧。"

相比而言，柯提斯与富兰克林之间的联系似乎更可信。玛丽的曾孙约翰·西奥多·杜莎（John Theodore Tussaud）在1919年写道："众所周知，富兰克林在巴黎寓所的许多蜡像作品，正是源自柯提斯的工作室。"实际上，在1787年，卡特勒教士（Reverend Cutler）兼植物学家和学者，造访了富兰克林位于美国费城市场街的住所，并对自己的观感做了详细记录：壁炉架上"摆满了为数众多的蜡像制品，它们全都是欧洲名流的肖像"。鉴于这些蜡像作品带有柯提斯的创作特色，我们可以合理地推断，富兰克林的蜡制藏品都出自前者之手，并且富兰克林把它们从法国带回了美国。另外，柯提斯与富兰克林密切的往来，还可从两人共同的熟人即肖像雕刻家让-安托万·乌东[2]那里得到佐证。富兰克林对乌东的艺术作品印象如此深刻，为此约请对方来制作华盛顿的塑像。不难看出，柯提斯、富兰克林与乌东之间在巴黎的三方联系，足以基于艺术品位和业务委托而建立。

1　让-保尔·马拉（Jean-Paul Marat, 1743—1793），法国政治家、医生，法国大革命时期为雅各宾派的核心领导人，创办了代表中下阶层民众利益的《人民之友报》（*L'ami du peuple*）。他患有严重的皮肤病，每天只有泡在洒过药水的浴缸中才能缓解痛苦，后来他正是在浴室里遇刺身亡。

2　让-安托万·乌东（Jean-Antoine Houdon, 1741—1828），法国新古典主义雕塑家，代表作有《睡神》（*Morpheus*）、《戴安娜》（*Diana*）、《伏尔泰》（*Bust of Voltaire*）等。

通过给当代名流制作富于表现力的雕像，乌东赢得了名声和财富。据约翰·西奥多·杜莎记述，乌东这位杰出的雕塑家是"柯提斯的朋友和合作伙伴"，"他经常为柯提斯的蜡像制作提供帮助"。毫无疑问，柯提斯展品中被民众认为最成功的蜡像，即伏尔泰的半身像，与乌东所塑造的伏尔泰形象存在惊人的一致。因此，做出以下推断似乎较为合理：雕塑家的许多作品创意都被柯提斯套用了。

柯提斯的家究竟在多大程度上可以称为名流大腕儿的接待室仍存在争议，但毫无疑问，这里也被用作工作坊兼蜡像生产车间。玛丽所处的家庭环境，充满了奇奇怪怪的物件，如人类的牙齿、黏土、装稻草的麻袋、玻璃假眼、假发、凿子、日用杂品、油膏以及大量的植物蜡。蜜蜡被保存于室内常温中，以确保其柔韧性，轻微的硬化可以通过揉捏变软。头部模型和残缺不全的躯干碎片被皮革覆盖，它们到处都是，不仅堆满了工作室，屋子内外也随处可见这些杂乱物品。就像置身于剧院的后台，试图了解魔术手法的秘密所在，每天接触到制造蜡像奇观的技术性细节和例行方法，玛丽充分理解了该怎样明智地使用道具和布展，懂得了如何借助镜子、服装和灯光来营造栩栩如生的假象。但是，决定蜡像展成功最核心的因素，还是蜡像复制品本身呈现肌肤逼真效果的技艺，以及展品迎合顾客日渐富足生活品位的需求程度。

玛丽年幼时，柯提斯便教她制作水果、鲜花模型的技艺，同时指导她如何仔细观察，然后复制不同水果的花瓣、枝叶、纹理和果肉。从制作果皮枝叶蜡像起步，玛丽逐渐升级模仿果肉塑形，勾勒其他更为复杂的物品轮廓，并为人体模型着色。掌握绘画艺术是蜡像制作流程不可或缺的部分。前期素描能够为制作黏土模型提供雕塑方面的视觉训练，精准的测量使蜡像模型与实物的容貌特征和大小比例相一致。熟石膏模型依据黏土做成的头像打造。黏土模型被涂上一层约1.5英寸厚的液态石膏包裹住，液态石膏一旦变得足够硬，能够保护黏土模型的容貌特征等印记时，就会被小心地分块卸离，具体块数按实际情况达8—18块。这些卸离的部分，将按照嵌合系统被严丝合缝地拼接，以便构建与实物完全一致的石膏模型。重新组装后的石膏模型先被清理干净，然后用绳索捆绑扎实，以便灌注熔化了的蜡。灌蜡流程不像从水壶里倒出牛奶一样简单，而是需要稳定的操作，以免产生气泡。灌蜡过程中，手一旦抖动、摇摇晃晃，就会在铸模上留下线条痕迹。石膏模型被蜡填满后，会放置于一旁冷却。

石膏模型中的蜡一旦冷却到产生一层约2英寸厚的外壳，模型中心尚未凝固的蜡便会被倒出来，然后整件模型继续降温，直至完全冷却。熟石膏填蜡模型铸好后，玛丽和柯提斯便可欣赏他们的杰作了：他俩与这些仿照成功的人像直面相对，不过因为暂时没安装眼球，此时还不算是四目对视。在正式库存之前，每件蜡像模型都被清洁、重新组装以及妥善地用绳线系好，由此建立起取之不竭的资源库，因为从这些固定的模具中，能够源源不断制造、组装出各种新的蜡像作品。

非常明显，玛丽有着早慧的天赋。柯提斯向她展示了蜡像制作的所有环节，并传授了蜡像着色的秘诀，给蜡像描绘肤色是一项棘手的工作，这却是柯提斯的强项。蜡像上色流程要求具备灵巧而熟练的判别力，以便描摹出健康、如生的面色，一旦操作失误，就会让充满生机的对象变成死亡面具，着色功夫了得正是玛丽后来拥有的特殊技能。通过亲身观察与现场帮忙，玛丽学会了组装不同的蜡像配件，掌握了植入牙齿、眼睛和头发的技巧，并且懂得修饰蜡像粗糙的表面，以让头像看上去更逼真和容易识别。对于新手和小孩而言，这些都是费劲的工作。模具会在蜡像中留下裂痕，它们需要被小心翼翼地移出，同时不能损害到易碎的整件蜡像，最后，缝隙将被抹平。通常用于外科手术的玻璃眼球，从空洞的蜡像脖颈处放置到眼窝，就像任何肖像一样，"点睛"对于蜡像能够达到栩栩如生的整体效果非常重要。为了在正确的位置和视角安放好玻璃眼球，蜡像制作人员需要进行大量的练习，把握精确度，才能使作品传神，而不是像喜剧演员那样故意斜视或眯眼。然后，他们需要煞费苦心地将一绺绺头发植入头上，这要求蜡像保持柔和状态，直到每一根头发都被镶嵌到1/4英寸深度固定下来。整个头像的植发工作流程，需要花费10—14天的时间。比较而言，用假发装扮成最时髦的发型，即在女士头发上搽粉和堆出高塔形状或给男士头发配上卷边，那可谓小菜一碟。人的真牙同样被恰当地植入蜡像中，它们可能是从走街串巷漫游的拔牙者手中收购得来的。需要特别留意的还是手部，它们也由蜡铸成。人物蜡像躯体只不过是初期的仿制品，它们还将填充进木材、皮革、秸秆、马鬃，然后被套上服饰，这些举措对于蜡像整体效果的呈现来说必不可少。蜡像的真实性还借助纽扣、皮带扣和褶边来展示。在一个沉浸于穿衣打扮和注重外表的社会，任何一件饰品均非可有可无的附属物，而是重要身份信息的象征。

16岁时，玛丽已然兼备艺术天赋与商业能力。这种艺术追求与管理技巧的平衡策略，即创意总是与商业利益相结合，成为玛丽日后取得成功的基石。

与流行的观点不同，柯提斯和玛丽创作的名人蜡像，其主角绝少同意自己被当作模特，正襟危坐地任由他们制模。"源于生活"这个词提供了有说服力的解释，它意味着柯提斯和玛丽的蜡像生产，借鉴了其他雕塑家创作的半身像作品。雕塑家可能直接从原型人物那里取材，柯提斯和玛丽的蜡像却是雕塑作品的复制版。柯提斯和玛丽可能使用了雕塑作品的二手肖像来制作蜡像，这一点能够说明，为什么如此多的名流中，没有一位在各自回忆中提及造访柯提斯家的经历，或者被极具商业眼光的柯提斯要求支付蜡像制作费用，而与名人有交集的类似记载仅仅散见于玛丽个人的回忆录中。同样，玛丽描述她与伏尔泰等当时最伟大的哲学家在餐桌上不拘礼节的交往经历，其实也是天方夜谭。玛丽口述的名人掌故，只是为了确保其部分蜡像主角不至于感到惊恐不安，因为制作蜡像时，她需要给上了油的"脸"抹上液态石膏以便制模，还得用麦秸穿过蜡像的鼻孔使其"呼吸"。我们论及柯提斯和玛丽从已有的雕塑作品中制作蜡像模型，绝非为了贬损他们的艺术天赋。毕竟，从他人的雕塑中铸造蜡像不是捷径或更为轻松的选项。反之，对于蜡像制作而言，需要除去雕塑的头发和眉毛造型，这又多出一道额外的程序。

本杰明·富兰克林的蜡像，玛丽最早的作品之一。据玛丽回忆，富兰克林曾是家里的常客和她的舞伴

玛丽与导师柯提斯的一个区别是，她不会像后者一样，接受小型蜡像的私人定制服务。她也不在乎通过正式的公开展览，以获得艺术家的称号和公众的认可，而柯提斯不时在沙龙举办蜡像展，1778年他还被允许在巴黎圣吕克画院办展。对玛丽来说，赚钱远比来自文化机构的评论之声重要和实惠。她只是以举办家族式的展览来宣传其蜡像作品，且以同比例大小的模型和人物头像为主，而不刻意追求展品形式的多样化。玛丽之所以能靠此立足在于她的艺术天赋：即便还只是一位少女时，她的作品就已经能够与柯提斯的创作媲美，按她的话说，"就蜡像创作的完美程度而言，人们很难区分到底出自谁人之

手"。玛丽能够赋予冰冷的蜡像个性、神韵,正如她告诉我们的:"非常小的时候,她已经被委以重任,制作伏尔泰、卢梭、富兰克林、米拉波的半身像,此外还包括其他当代知名人物的蜡像,他们都极其耐心地配合这位美丽艺术家的工作。"伏尔泰、卢梭、富兰克林这组三件套是玛丽最为出色的蜡像,如今,在伦敦的展厅里,人们仍然能够看到原作。从最初的模具中,它们已被重新铸像,因为时过境迁,蜡像放久了,颜色会变深,也会失去光泽,由此给人造成这些蜡像人物仿佛正在阳光下昏昏欲睡的感觉。

卢梭于1778年夏天去世,只比其对手伏尔泰离世晚了一个月零几天,玛丽时年17岁。在即将迈入成年之际,玛丽所处的社会正悬置于新旧两个时代之间,正如德国大文豪歌德的著名洞见:如果说伏尔泰代表了17世纪的结束,那么卢梭则是新时代的先驱。在"理性"向"浪漫主义"转变中,卢梭架起了一座桥梁,他对个人主义的强调,重塑了社会的走向,并且将在19世纪产生深远的影响。卢梭成了革命精神的化身。但是,玛丽很快发现,在她少女时期,关乎"人类自由"的理想主义理论曾主导知识分子之间的相互争辩,但到她成年后,在好斗的政治竞技场中,这些理论事实上遭到可怕的扭曲。

第三章

国王与我：凡尔赛宫的模特和导师

　　玛丽的回忆录某章扉页中有一幅作者不详的版画插图，为我们描述了1778年她17岁时的模样。这一难得的肖像画与杜莎夫人在我们头脑中留下的印象判若天壤。杜莎夫人通常给人以一位干瘪老太婆的形象，戴着女帽和老旧的眼镜，穿着寒酸的衣裳。但是在其回忆录插画中，17岁的玛丽面容姣好、身材苗条，浑身散发出女性的优雅气质。杜莎夫人严厉而难以捉摸的表情为我们所熟知，但画面中年轻的玛丽，神态平静、安详，似乎有些少不更事。她的鹰钩鼻很容易识别，但是瀑布般下垂的秀发，优美地被饰带和布艺鲜花装扮，加之女式三角披肩剪裁得当，袖套上的花边波浪般起伏，这一身迷人的束腰打扮，暗示了她的时尚范儿。玛丽之所以如此装束，可能与她在蜡像展时需承担前台接待工作有关，盛装出场便显得非常重要，柯提斯的财富也意味着能提供足够的物质保障，供她选用最时髦的衣服和饰品。然而，随着时间的推移，这幅插图不仅强调了玛丽·格劳舒茨与杜莎夫人在外貌上的差异，还促使人们思考她在年轻时和年长后不同的自我，以及如何看待她在巴黎的实际生活与其回忆录中所谓的传奇经历之间存在诸多不相符处。

　　为舅舅的成功所鼓舞，得以经常与社会各界人士打交道，插图中这位有着明亮双眸的美丽姑娘，内心是否充满了自信？她个性开朗

玛丽·格劳舒茨17岁时

还是害羞？她是否已习惯与当时最有影响力的思想家共处一室、相互交流，他们与其有事业进取心的舅舅已相互引为知交，她是否擅长社交，口才很好，平时说德语还是法语？受到伏尔泰的怜爱并且与富兰克林共舞，这些经历无疑能提振一位年轻女子的自我意识和社会名声。玛丽早年良好的社会交往，仿佛预示前景将一片光明，但她稍后黯淡的婚姻辜负了这些希望。玛丽来到英国后努力打拼的遭遇，也证明她是在孤军奋战，而非如其宣称的那样，自己与社会名流有着广泛的联系，受到了一系列推介、引见。回忆录中，在涉及玛丽的亲密友谊尤其是与男性之间的关系方面，许多信息缺失了，这莫非源于玛丽的含蓄个性和谨慎风格，或者是因为她一生只在乎工作？仔细地梳理下来，杜莎夫人有关其早年生活的回忆不足以采信。上文中提到的有关玛丽早年的公开形象，都是杜莎夫人后来自己建构的，她其实是一位没有太多文献记载的"失踪者"。

　　蜡像是真人秀的展现，这可能有点像葛佩莉娅人偶[1]。玛丽·格劳舒茨年轻时，试图为著名人物的蜡像复制品赋予生机，想象着沉默寂静的画廊能够充满活力，因为蜡像人体模型引发了类似稀奇的意念，这些想法可以被视为天真无邪的儿童游戏。但是，杜莎夫人不断宣扬她与著名人士之间的奇闻逸事却别有用意。其言行不能草率地被认为是一种少女式的幻想，而有更世俗的利益考量。玛丽用现身说法的贴金方式提高蜡像展的身价也是十分大胆的，依据回忆录中的记述，她的这一美好设想很快便在灯红酒绿、纸醉金迷的凡尔赛宫里得到了实现。

　　按照玛丽回忆录的说法，在她和柯提斯的朋友圈里，卢梭并非最杰出的人物。他们不仅与革命性的思想家相熟，同时与皇室成员相

---

[1] 芭蕾舞剧《葛佩莉娅》（Coppelia）于1870年在巴黎皇家歌剧院首演，轰动一时，法国皇帝拿破仑三世亲临观赏。该剧主要讲述了高卢少女斯万妮尔达（Swanhilda）与未婚夫弗朗兹（Franz）的情感波折。弗朗兹起初把秀美的人形木偶葛佩莉娅当作真人，一见倾心，随即试图向其表示爱意。弄明白真相后，弗朗兹与斯万妮尔达重归于好。《葛佩莉娅》至今依然是经常整部上演的芭蕾舞剧之一，并且它使"音乐"突破了"舞蹈附属品"的窠臼，芭蕾音乐此后逐步成为严肃音乐的主要体裁之一。

知,其交往范围涵盖"法国最引人注目的人物",其中既包括新近获得广泛支持的文化激进分子,又涉及居于社会金字塔顶端的上流人士和王室成员。柯提斯在给孔蒂亲王的亲友圈提供私人蜡像定制服务时,建立起良好的声誉,与此同时,他举办的蜡像展在充满竞争的大众娱乐市场产生了非凡的吸引力,为自己赢得了名望,究竟是前者还是后者引起了王室对柯提斯的关注,这已很难区分。但是,王室成员会参观蜡像作品。玛丽的回忆录中写道,王室成员定期来家里造访,柯提斯于是给他们讲解最新的创作。"在不同的王室成员中,其中有一位经常来柯提斯的公寓拜访,对他及玛丽创作的蜡像连连称赞,她就是法国国王路易十六的妹妹伊丽莎白公主。"

尽管具体的日期难以查证,但有一种说法广为流传,即在1780年左右,19岁的玛丽被征召入宫,担任伊丽莎白公主的家庭教师。公主时年16岁,她"非常热衷于学习蜡像制作的技艺"。考虑到柯提斯当时已是知名的蜡像造型师,玛丽同样在蜡像创作方面表现出诸多天赋,拥有名声,因此,她出任宫廷教师的提议并非异想天开。伊丽莎白公主一直没有从与姐姐克洛蒂尔德(Clothilde)公主分别的孤寂中解脱。在某种意义上,克洛蒂尔德公主是一位"大姐大",她少女时期,因身体超重,得到了"巨无霸公主"(Grosse Madame)的绰号。1775年,16岁的克洛蒂尔德公主嫁给了意大利境内撒丁王国的皮埃蒙特亲王[1],由此引发了令人不堪的嘲弄,人们讽刺王子一次娶了两位妻子,因为新娘的体重相当于两个人。当时年仅11岁的伊丽莎白公主,此前与克洛蒂尔德公主十分亲密,因姐姐远嫁他国而备感落寞。尽管伊丽莎白公主每天寄情于刺绣、钢琴、植物学课程学习,身边还有一群养尊处优的灰狗做伴,但是,所有这一切甚至包括侍从女官安杰丽克·德·邦贝尔(Angélique de Bombelles)的亲密陪护,都无法填补

---

[1] 即后来的卡洛·艾曼努尔四世(Carlo Emanuele Ferdinando Maria,1751—1819),1796—1802年在位。他与妻子法国公主克洛蒂尔德颇为相爱。1802年,克洛蒂尔德去世后,因两人没有子嗣,卡洛·艾曼努尔四世随即逊位给弟弟。

姐姐离去后的孤独空虚感。随着时光的流逝，宗教信仰成了伊丽莎白公主的慰藉和关注重点。当许多年轻姑娘在婚前一点点制作蜡像果盘和花篮时，伊丽莎白公主从事蜡像制作的动机，却并非局限于创造蜡像装饰品一类的物件。姐姐出嫁三年之后，伊丽莎白公主遭受了一系列别离创伤，但据说她随即从玛丽那里得到帮助，逐渐走出了困境。

从混迹于巴黎娱乐区光怪陆离的演艺界到出入凡尔赛宫贵族圈最私密的闺房，玛丽这一显赫的晋级，为其人生故事注入了最有力的传奇。玛丽在法国宫廷的经历，成为她后来所谓一系列悲惨遭遇的导火索，她宣扬为昔日友人和同伴制作死亡面模的见闻尤其令人感兴趣，这建构起玛丽作为法国大革命受害者的形象，而非发国难财的投机倒把者。玛丽的回忆录中用了大量笔墨来讲述她与宫廷的联系，并在其蜡像展中展出了法国王室的形象，这使得她与王室成员关系密切的印象深入人心。以令人难忘的蜡像展开场，在涉及法国王室的论题中，玛丽借此成了一位值得信赖的权威人物，她的言论或展览被描述为"陪伴不幸的伊丽莎白公主多年后的个人回忆"。新闻出版界对玛丽的言行欣然接受、反响强烈，1839年，在《伦敦星期六周报》(*London Saturday Journal*)上就有一篇这样的报道：

> 伊丽莎白小姐非常高兴地向年轻的艺术家玛丽学习蜡像制作技艺，最终，柯提斯的提议被采纳，即请求王室在凡尔赛宫为他的外甥女玛丽提供住宿。在宫廷里，格劳舒茨小姐得以有机会观察到不幸的公主圣徒般的品性，但是公主在30岁时被推上了断头台。玛丽还近距离见证了其他王室成员不顾后果的铺张浪费，最终激怒了民众，进而导致叛乱爆发。

借助与伊丽莎白公主的"师生"关系，玛丽有关凡尔赛宫的见闻慢慢传开。在玛丽眼中，伊丽莎白公主有着一双蓝色的眼睛，人很漂亮，面容姣好，满头浅色闪亮的秀发。与王室成员身材普遍臃肿一样，伊丽莎白公主的肥胖体征通过以下记述暗示出来："近来，她长得非常结实，但言行举止仍然保持着优雅。"不同的信息源相互印证了伊丽莎白公主是一个虔诚而善良的孩子，相比于结婚，她进入修道院的意愿更为强烈。玛丽将伊丽莎白公主视为亲切和友善的典范，并且以超出她年龄的自律严格要求自己。"她起居有常，在下午4点用餐后，早早地就休息了，很少参加聚会活动。"另外能反映伊丽莎白公主成熟个性的方面表现在她恪守忏悔和圣餐仪式，"她极其严格地遵守着宗教的清规戒律"。

玛丽的职责是教导伊丽莎白公主这位敬神的学生如何制作用于宗教献纳的物件，尤其是解剖学意义上的矫形蜡像复制品，它们与人们畸形或患病的身体部件相关。与异端信仰的巫术仪式借助人体复制品来恶意地伤害某人不同，伊丽莎白公主制作的蜡像是一种基督教化的变体，它们被悬挂在圣热纳维耶芙大教堂[1]和圣叙尔皮斯教堂内，如此一来，这些蜡像制品的主顾借此便能向主祷告，祈求医治那些正在遭受病痛的人。

伊丽莎白公主与玛丽在年龄上非常接近，两人的社会背景却有天壤之别。伊丽莎白公主被严格的宫廷礼仪包围，过着与尘世隔绝的生活，有近60名侍者为她的日常需求提供服务。玛丽则从小生活在喧哗嘈杂的闹市区，无论成败都得靠自己打拼。但玛丽谈到，不同的出生和成长环境，并没有成为她与伊丽莎白公主建立密切关联的阻碍。有一点不太可能的是，柯提斯会为他的外甥女请求在宫廷里保留一处住所，因为"伊丽莎白小姐总是对玛丽的社会生活感兴趣"。（当然，身

---

[1] 圣热纳维耶芙大教堂（Sainte-Geneviève），因圣女热纳维耶芙（约422—约502）而得名。从孩童时起，热纳维耶芙便决定终身过贞节的生活，把主要时间精力都用在祈祷和沉思上，据传她促成了法兰西国王克洛维斯一世（Clovis Ier, 约466—511）皈依基督教，从而使帝国得以基督教化。法国大革命后，圣热纳维耶芙大教堂被改为先贤祠，成为安葬并纪念法国著名人物的圣所。

为宫廷女待诏的玛丽被称为"格劳舒茨小姐"更为合适,但出于尊重她的年龄及其名声,由其口述、他人执笔的回忆录中,自始至终以"杜莎夫人"来指称。)

玛丽显赫的地位在其回忆录中一再被强调,如在上述事例中,她从担任伊丽莎白公主的艺术教师开始,最终成了公主的闺蜜。玛丽屡次夸大她与王室的联系,并且倾向于强化自己的地位和作用。这种喧宾夺主的描述甚至扩大到了与国王和王后有关的故事中。例如,玛丽强调自己具有王室评论员的资质,她是"在对玛丽·安托瓦内特王后个性有了充分了解的基础上形成自己的观点",她"拥有最好的机会近距离获取信息,因为在同一屋檐下与王室女主人一起生活了如此长的时间"。玛丽为遭受诸多诋毁的王后进行了辩护,以宽容之心看待其行为:"她贪图享乐,喜好装扮和恭维,这毫无争议,后来她可能变得容易轻信,但从道德层面上来说,王后从来不该因玩忽职守而遭到有罪判决,杜莎夫人把这种指控当作令人作呕的诬蔑。"更突出的是,玛丽还在其回忆录中谈到她与国王轻松而随意的交往。她说自己经常"有机会与路易十六交谈,并且发现国王非常随和坦诚","一点不为纡尊降贵感到难为情,或是摆出装腔作势的架子,就像与他所处类似地位的其他人在对待下级或晚辈时经常做的那样"。

研读玛丽的回忆录就像怀有明星梦的演员上演戏剧性的奇闻逸事,在正式登台前更多的是试演训练,玛丽有关凡尔赛宫的叙述,将自己塑造为主角,诸多王室成员的全明星阵容倒成了陪衬。玛丽回忆录中用相当多的篇幅描写她在宫廷里的8年生活经历,与法国最显赫的人物比邻而居,她把这些知名的记载传给了后代。玛丽的言论几乎是伊丽莎白公主日常生活的实录:两人的卧室紧挨着,日常的例行公事包括一起亲密地享用晚餐,当伊丽莎白公主与哥哥路易十六谈话时,她也不用回避,所有这些描述都在强化这样一种印象,即她是王室家庭生活中重要的一员,仿佛地位竟不逊于其他侍从女官——她们可都是命妇。此类场景宛如卢梭与华伦夫人等人的友情,相互之间情深意长且不可分离，或是效仿玛丽·安托瓦内特与波利尼亚克公爵夫人[1]之间闺蜜般的厚谊。更为重要的是，玛丽讲述的上述经历，很多类似场景出现在了康庞夫人的回忆录《追忆玛丽·安托瓦内特王后的私人生活》[2]中。

玛丽与康庞夫人的生活背景同样存在巨大差距。后者出身于贵族之家，这使得她早年被选为王室的诵读女官。与玛丽·安托瓦内特王后的私人秘书结婚后，康庞夫人荣幸地升任为王后的首席侍寝官，她在这一职位上效力达二十年之久，直至1792年8月法国君主政体垮台，其间，为满足王后的需要，她随叫随到。正如康庞夫人写道："我的半生都献给了法国王室，无论是照料路易十五的女儿，或是陪侍玛丽·安托瓦内特王后。我对某些特定的事实知情，回忆录的出版可能会引起读者某些兴趣，详细真实的细节将体现我这部作品的价值。"玛丽在宫廷的时间段正好与康庞夫人任职期有所重叠，但是，康庞夫人并没有提及与玛丽有关的宫廷内部生活细节，玛丽倒是在自己的回忆录中说康庞夫人是"她最亲密的伙伴"，并且谈到两人曾有私密的谈话，内容涉及宫廷禁止讨论的当代政治局势。

与其说玛丽是不被察觉的观察者，不如说是待在角落的仆人，她的有利地位让我们得以更好地探视王室家庭的私密生活。国王路易十六与伊丽莎白公主关系亲密，为此他经常找妹妹商讨各种秘密的事情。玛丽提到，有一次，国王又找伊丽莎白公主商谈一件私事，玛丽正委婉地起身准备离去，以便让他们兄妹俩独处，哪知国王不等玛丽开口道别就说道："你留下，留下，小姐。"玛丽在回忆录中解释了她随即听到的低声对话，说的是与借钱有关的事项。但是请求被拒绝了，玛丽描述国王突然从椅子上跳了起来，然后用脚后跟转了几圈说："那我对一切都已经失望了。"

---

[1] 波利尼亚克公爵夫人（duchesse de Polignac，1749—1793），出身于法国巴黎的贵族，受到法国王后玛丽·安托瓦内特宠幸，但法国大革命爆发后，她抛下王后逃往奥地利避难，不久即去世。
[2] 康庞夫人于1822年去世，该回忆录由其女儿整理，于1823年出版。

法国王室当时手头资金吃紧已为大家所熟知，但是官方的记录并没有表明王室的经费如此奇缺，以致国王也不得不向年轻的妹妹寻求资助。即便玛丽自己，虽然只是一位手艺教师，在需要向伊丽莎白公主借款时也会得到满足，因为很明显，公主本性如此慷慨大方，"她通常会优先考虑并付给玛丽津贴，如果公主发现谁值得救济，她宁可先向玛丽借钱给予施舍，而不是粗暴地拒绝相关求助"。在伊丽莎白公主的救济对象中，有一位乞求者为长期深受卢梭之累的女仆兼情人，她经常向伊丽莎白公主一把鼻涕一把泪地哭诉，祈求公主出手帮帮正背负沉重债务的作家。据玛丽所言，由此她承担了一项额外的"课程"活动，那就是把伊丽莎白公主资助的救急款送达卢梭在巴黎的寄宿处。

　　根据玛丽的回忆，法国王室的主角也是有缺陷和容易犯错误的人物。玛丽告诉我们，国王对王后纵情享乐束手无策，给人的印象是这位倒霉的君主无法勇敢地面对他的妻子，就像随后他无法抵抗"第三等级"（Third Estate）的进攻一样。"国王一再请求王后放弃或减少盛大的宴会和娱乐活动，但事实证明这对王后来说近乎徒劳，带着几分失望的心情，国王只好大声叫喊着'那就让节目继续吧'，于是，王后等人又投身于各种铺张浪费和享乐中，开始了他们不计后果的放纵。"玛丽上述涉及国王的描写，证实了其他一些有关国王本性中缺乏独断力的记录。个人权威的缺失对于一般君主来说是危险的失败信号，对于路易十六而言，则是致命的弱点。直言不讳的黎塞留公爵[1]曾在路易十六面前，将其无能的行事风格与前任国王的权威地位坦率地做了比较。在一个血雨腥风的夏天，当法国君主制即将落下帷幕时，黎塞留公爵说道："在路易十四统治下，人们保持着沉默；到了路易十五时代，民众只敢窃窃私语；但是陛下掌权后，人们已无所顾忌，

---

[1] 黎塞留公爵（Duc de Richelieu，1696—1788），枢机主教黎塞留的曾侄孙，曾任法国驻维也纳大使等职。

开始大呼小叫了。"

颇具反讽意味的是，尽管缺乏钢铁般的意志和决心，国王却酷爱金属加工。玛丽给我们呈现了路易十六另外一个引人注目的形象：他是一位入迷的锁匠，经常从身边无处不在的欢宴中离席而去，独自沉湎于个人爱好中。"国王极度偏好制造锁具，为此他每天都花费数小时从事这一工作，如今，凡尔赛宫的许多门锁，均出自国王之手。"更大的讽刺则是，国王自身被命运所囚禁，无法逃避对于王朝的职责，却主次不分，以制造锁具为当务之急。康庞夫人在她的回忆录中印证了国王的嗜好如何引起王后的不满："国王的双手因制造锁具变得黑乎乎的，为此，这经常成为王后当着我的面抱怨乃至指责的话题，王后总想着为她的丈夫找一些其他的娱乐活动来替代造锁。"另外有一些记录为我们管窥这位皇家锁匠提供了有趣的资料。隐身于公众视野之外，国王再没有比在他的私人五金作坊里锻造、锉削造锁配件更高兴的事情了，著名的钳工和锁匠加曼（Gamin）负责为国王提供专业指导。事实上，守口如瓶的路易十六并不想让王后知道自己锁器制造的喜好，只得从后楼梯偷偷地去往密室。但就像发现衣领上的口红唇印会泄露真相一样，我们很容易想象，当看到丈夫那双残留污垢的手时，素来喜爱整洁的王后该是多么沮丧，而国王此时刚结束那些鬼鬼祟祟的熔炉锻造工作返回卧房。

众所周知，路易十六身形臃肿，他在出猎前享用的早餐，需要消耗四块排骨、一只鸡、六枚用肉汁煮的鸡蛋、一块火腿以及一瓶半香槟，打猎归来后，据说他还要享用另一顿狼吞虎咽的大餐。玛丽给我们描述了波旁王朝贪吃的基因，其对象是路易十六那位暴饮暴食的弟弟，即后来成为路易十八的普罗旺斯伯爵[1]。据玛丽回忆，普罗旺斯伯

---

1 普罗旺斯伯爵（Comte de Provence，1755—1824），法国国王路易十六的弟弟。1795年，路易十六年仅10岁的儿子路易十七死于狱中，普罗旺斯伯爵由此成为波旁王朝的王位继承人。1815年，拿破仑滑铁卢战败后，在英国、普鲁士联军奉迎下，流亡英国的普罗旺斯伯爵返回法国即位，波旁王朝复辟。

爵曾"私自潜入"食品储藏室，然后偷偷地把食物打包藏入口袋，但"肉汁从他的袄裙上滴下，最为麻烦的是它们从其口袋里渗出来了，这无疑是由于食物没有被足够小心地包好，要么就是包裹食物的纸张不够厚，以致汁液渗流"。除了贪吃之外，玛丽认为普罗旺斯伯爵非常好色：有一次在楼梯间，玛丽极不情愿地与普罗旺斯伯爵相遇了，"在本该表现出优雅的问候时，他却大献殷勤，这使玛丽觉得应扇对方一个耳光才好"。玛丽的显明态度令普罗旺斯伯爵热情大减，据其描述，随即"殿下不再表示客气的恭维，而以适度的礼貌向她致意"。

　　据当时与宫廷有关的其他文献记载，凡尔赛宫成了一座无忧无虑、无节制享受的"安乐窝"，宫内生活与大门之外日益恶化的社会不平等状况隔绝。例如，拉图杜潘侯爵夫人记录下宫廷中人虚幻的安全感和高枕无忧的精神状态："我们欢呼雀跃于通往悬崖的路上。"塞居尔伯爵（Comte de Ségur）呼应了拉图杜潘侯爵夫人的言论："我们欢快地走在鲜花地毯上，全然没有察觉下面就是万丈深渊。"玛丽同样给我们描述了宫廷里放纵的生活方式，没有留意到社会的不满情绪日益高涨："他们根本不在乎想办法改善民生，却热衷于如何创造新的娱乐消遣。"通过玛丽的观察，我们得以描绘出这样一幅图景：凡尔赛宫各种耀眼的堕落颓废作风达到了最高点，与骚乱的爆发似乎隔着好几光年的距离，圣殿大道依然喧嚣。这里是"娱乐旋涡的中心"和"各种喜庆活动的巅峰"，所有场景都是例行公事。我们被玛丽告知，当法国英勇的征服者从西印度群岛的格林纳达载誉归来时，为了在接待上以示尊敬，玛丽·安托瓦内特王后安排她从缠绕着花环的篮子里把已经被命名为"格林纳达"的石榴分发给众人，玛丽还被要求与其他女性一样，在头发上佩戴白色的石榴花。一群印度高官访问法国时，被柯提斯的蜡像展震惊。为此，法国国王与王后有意地给来访者制造了一场恶作剧，他们要求法国朝臣站在玻璃柜里，各自假扮为蜡像制品。"国王和王后被印度高官惊叹的评论逗乐了，因为后者再次被如此栩栩如生的'蜡像'杰作震撼。"（玛丽没有写明这些插曲发生的具体时间，但是"格林纳达舞会"举办于1779年，比她所谓进入宫廷担任伊丽莎白公主家庭教师的时间早了一年，印度高官的来访则是在1788年8月。）从恶作剧到大规模的娱乐，这些同时还燃放烟花的系列活动和极尽奢华的表演，其目的只有一个，那就是提供视觉上的感官刺激，玛丽对法国宫廷永远贪图享乐的描写，与其他相关人士所绘制的时代画卷异曲同工，尤其是康庞夫人在其回忆录中的追述。

玛丽的回忆录唤起了人们对于盛大宴会梦幻般的想象，这些盛宴在美丽的夏夜举行，地点为装扮得富丽堂皇的宫殿花园，整个场景被赋予一派人间天堂的氛围："陌生人第一次来到这片天堂般的乐土，他会被里面的欢乐气氛弄得不知所措，就像被施了魔法，带到了童话般的美景中来。"这里的娱乐活动被精心编排，具体到每一株橘子树和每一只灯笼的分布，烟花燃放的时间也一一设定。乐师被极具策略地分配在凉亭、藤架和岩洞相关位置处，他们的演奏将与喷泉之声和鸣，以此为成千上万享有特权的饮酒狂欢者提供娱乐。庭院里灯火辉煌，以至于喷泉、灌木丛、憩息处全成了五光十色的万花筒，流水与植物叶子看上去绚烂多彩。数以百计的橘子树与香桃木，散发出令人陶醉的味道，它们与灯光、音乐的效果融为一体。玛丽家的楼道里充满了德国泡菜的香味，但相比于宫廷宴会场所的浓馥，仍有天壤之别。对于玛丽而言，她从小被母亲辛苦拉扯大，童年时期便从早到晚忙于家族的蜡像产业，偶然才能观看一下住所附近的木偶剧或马戏表演，因此，玛丽在其回忆录中一再试图告知读者宫廷奢华的生活场景，这只能让我们更为确认，她其实是在传递一种自身业已获得成功的快感。

但是，当我们越是研读玛丽的叙述，并将其与其他见证人的文字对照，我们越是好奇，她所谓曾在宫廷生活的回忆内容，像是一个巨大而精心编造的传说，其素材源于其他可信的记述，尤其是"她最亲密的伙伴"康庞夫人早先出版的回忆录。玛丽的回忆故事，如果我们不完全将其定性为抄袭、盗用，也有点像是故意自抬身价。玛丽试图通过讲述这些传奇，把自己冒充为宫廷里的宠儿或者是一位值得信赖的贵妇人，就像毫无争议的康庞夫人一样。这是一层伪装，玛丽借此能够获得许多公众的同情，特别是当她后来在英国"乔治王及摄政王时代"开展蜡像经营业务时，因为在英国，为数众多的法国流亡者以及有关法国大革命的恐怖故事，证实了法国贵族在艰难时世中沦落到了悲惨的境地。

玛丽的目光仅仅被引导往上看，注视着凡尔赛宫镀金的屋檐和枝形吊灯。她仿佛对周边闪亮的其他金饰物视而不见，因为其回忆录中丝毫没有披露王宫里肮脏的一面，而这些场景同样"闻名遐迩"。路经凡尔赛宫的窗檐下，人们经常会被建议最好撑起皮制的伞，以免被便壶里的污物弄脏了身体，它们随时可能不带任何预警地从窗户上倾泻而下，外国游客早已习惯于对这些纯粹的人类排泄物指指点点。其中一幅画面如下：威廉·科尔（William Cole）捂住他的鼻子，极度厌恶"人们排放了如此多的污秽物，这简直是对视觉和嗅觉的无礼冒犯"。法国贵族把这种随意排污倒粪的现象看作日常生活的一部分，正如邦贝尔侯爵[1]所论："一座住了12000人的宫殿，自然不会像漂亮女性的闺房那样，被打理得干净整洁。"事实上，凡尔赛宫能够同时容纳大约20000人居住。凡尔赛宫非常之大，尽管玛丽并没有谈到其具体规模，她只是强调自己仿佛与国王和王后隔屋而居。规模的大小只是凡尔赛宫部分功能的体现，这里是国王的寝殿，带有精心设计的内部基础设施，但也是整个法国外交、军事和国内事务的行政中心，商务部、内政部、外交部和武装力量的总部都聚集于此。

最重要的是，玛丽的叙述带有误导性，因为那些假想的悠闲自在、不拘礼节以及她身处王室中的地位，与我们所熟悉的法国宫廷里的严格规定相抵牾。任何人想要接近王室，都受到与贵族特权、接

---

[1] 邦贝尔侯爵（Marquis de Bombelles，1744—1822），法国外交官和政治家，曾任驻葡萄牙大使，法国大革命期间担任驻威尼斯大使。

见先例有关的章程约束。此外，玛丽倒的确在她的书中一笔带过地提到，一个人若想被准许进入宫廷圈，首先必须具备机智、阿谀奉承以及说俏皮话等才能，宫廷中人的谈话充满机锋，他们经常唇枪舌剑。这些品性对于男性来说是基本的要求，对于女性而言同样值得拥有，尽管她们为保持优雅已经在穿衣打扮上额外花费了许多资金。正如玛丽在其回忆录说道："恭维、机敏以及妙语连珠，被认为是那些参加王室沙龙的人绝对必要的素养和才能。"然而，通过所能搜集到的资料，无论来自玛丽回忆录的执笔者埃尔韦，或是第三方人士提供的碎片信息，他们熟知玛丽是一位顽强而不讲情面的人，我们可以判定，玛丽既不博学、机敏、幽默健谈，她也并非天生丽质。就连凡尔赛宫的常客斯塔尔夫人[1]，尽管拥有卓越的聪明才智，仍然遭到宫廷老友们的嘲笑，而不是她以自己的风趣逗乐对方。有一次，斯塔尔夫人被人发现戴了一副有裂痕的袖套，同时她忘记了如何以正确的方式行屈膝礼，这使得整个凡尔赛宫的人非常震惊，连续好几个星期，人们都在谈论斯塔尔夫人的失礼之事，刻意回避她。

凡尔赛宫以外的人，往往遭到宫廷中人激烈的批评，来自巴黎的女性参观者会被当作"乡巴佬"或"落伍者"看待。外来者或是哪怕在凡尔赛宫只露一次面的人，似乎也需要具备突出的语言表达艺术和社交技能。而玛丽自我宣称，在凡尔赛宫生活了八年之久，这自然是罕见的。玛丽在其奇闻逸事中说自己年轻时得到伊丽莎白公主的允许，乃至"她被要求与伊丽莎白小姐在凡尔赛宫里隔屋而睡，这样两人就能总是在一起了"，这简直无异于痴人说梦。考虑到所有可供参考的信息，玛丽所谓在凡尔赛宫服务了八年的可能性非常小，

---

[1] 斯塔尔夫人（Madame de Staël，1766—1817），路易十六时期财政大臣雅克·内克尔的女儿，法国评论家和小说家，被誉为法国浪漫主义的"产婆"，著有《论文学与社会建制的关系》（De la littérature dans ses rapports avec les institutions sociales）、《德意志论》（De l'Allemagne）等多部作品，因其政治影响力大，当时的评论称，"欧洲有三大势力：英国、俄国和斯塔尔夫人"。

她出身低微，只是一位商业娱乐演艺人士的外甥女，其日常生活与集市联系在一起，因此很难想象她能够经常与国王、王后有面对面接触的机会，或是被公主平等地对待，并且非同寻常地被授予出入王宫的权利。

在凡尔赛宫，一切都有章可循，比如服装的长度，行屈膝礼的次数乃至走路的姿态。拉图杜潘侯爵夫人记述了进宫前屈膝礼训练的过程，为确保行礼体态正确，每次排练都持续四小时，其间没有休息。她还得学会如何按凡尔赛宫的规矩来走路，为此刻意练习在双脚不离开地面的前提下，如何保持"在闪闪发光的镶木地板上滑行前进"。照此来看，玛丽有关她在凡尔赛宫的生活经历，同样就像两脚脱离了地面一样，是不可靠的。

即便最私密的活动，包括王室成员便后的清洁流程等，凡尔赛宫也有严格的礼仪和规章。等级地位决定了与王室高级成员之间的亲密度，为国王、王后穿衣打扮等特权，只有位列最高梯队的贵族世家才配享有。其他卑微的仆人，主要负责为宫殿掌灯、供暖等事务，大量的工作如修理钟表或给它们上好发条等都有严格的分工，一个人如果负责修理钟表，就别想着同时给它们上好发条；同样，如果有人负责每天把王室的床垫翻转过来，那也甭想着自己有权利来铺好床铺，因为另有专人承担铺床工作。

幕后错综复杂的活动决定了前台的表演。观众对内外差别的感知由物理上的布局所强化：隐藏在公用走廊和套房背后的，是一系列只供王室主要成员专用的通道。这是一种拒绝变革的文化习俗，玛丽·安托瓦内特王后曾试图使君主政体现代化，并且明目张胆地违背传统礼节，因而被保守势力视为危险人物。

凡尔赛宫的规章制度就像一套安全体系。它们被设计出来，以便君主与臣民之间保持适当的距离，同时夸大王室的独特性，借以增强其权力。将个人的部分生活在公众面前展示，便是这一体系的重要内容。当玛丽·安托瓦内特王后抱怨"我是在全世界面前当众抹口红"

时，她有理由发牢骚。王后日常的沐浴和更衣打扮，通常同时有40人在场服侍，她的寝宫往往人满为患，有时侍女在房间的边缘站了两排之多。

许多论述都试图阐明凡尔赛宫章程的细微之处，其中，哈丽雅特·马蒂诺[1]1841年关于王后如何开始其日常生活的描述尤为突出。玛丽·安托瓦内特喜欢在沐浴时享用早餐，两名成年女子负责敦促王后沐浴，这是她们在宫廷的唯一工作。澡盆里洒满了海狸香。更衣沐浴后，王后穿上了由亚麻精心编织的浴衣。托盘里的早餐被放置在浴盆的一角。然后王后返回卧房，准备接待那些已经被准许觐见的人，他们包括王后的秘书、国王的信使、宫廷内科医师和外科医师。中午是主要的接见时段。在梳妆台前略花时间整理好发型后，王后迎来了正式的拜见，其间，并不是每一位觐见者都有权力在她面前入座。通常，王后会接受宫廷贵妇、王室的家庭教师、王亲国戚、国务大臣、卫队长等人士的拜见，每到周二，其接待对象还包括驻法国的外国大使。"根据来访者身份地位的不同，当对方进门后，王后要么颔首点头致意，要么借助手臂倚靠在梳妆台上，就像正准备起身一样。王后的后一种问候姿态，只有当亲王和王子来拜见时才表现出来。但是王后不会真的起身，因为御用发型师在她头发上已经按照当时的流行款式搽了粉。"

所有规章和仪式都被一丝不苟地奉行，导致下述情况被视为后果严重：由于王后的发型太高了，出席特定典礼时需穿的衬裙便不可能从她的头上套下。马蒂诺写道："当王后殿下兴致勃勃地看到自己的发式如此之高，以致无法从头到脚穿戴衬裙时，只好倒着来，从脚往上套好外裙。王后常常与其备受宠爱的御用女帽商双双出入密室。这些出格之举在许多贵妇中引发了激烈的反感，她们认为自己才配享有

---

[1] 哈丽雅特·马蒂诺（Harriet Martineau，1802—1876），英国社会学家、作家，著有《如何观察社会道德与习俗》（*How to Observe Morals and Manners*）、《美国社会》（*Society in American*）等作品，她强调女权，主张消灭奴隶制度，倡导宗教宽容。

为女王装扮的权利和荣誉。"

玛丽作为一位极有天赋的商业塑像师，如果她能够进入宫廷生活的中心，那绝对是在登记翔实、礼制尤为严格的宫廷管理体系中打开了一个非比寻常的缺口。凡尔赛宫刻板的等级制度，总是在确保王室与其他社会阶层隔绝，因此，玛丽试图使我们相信她与王室成员关系密切的可能性，自然被排除在外了。玛丽把她在凡尔赛宫担任艺术指导教师的相关经历当作其自传式回忆录的重要内容，但是，有关宫廷生活的情况，梅西埃为我们提供了另外一个特别有趣的视角，他写道：

> 国王、王后以及王子不会与其他任何人交谈，除了最高级别的贵族以外，因此可能有人会说，王子离开这个世界时，没有与一位平民说过话。王室成员不会或者至少是非常难得与商人、制造商、劳动者、艺术家以及巴黎明智的中产阶级人士谈话，因此，有无数的事情发生在王室眼皮底下，他们却无从知晓，因为下人对社会生活图景的粉饰总是会破坏真相。

但是，对于玛丽回忆录的真实性更具挑战性的地方在于，有关凡尔赛宫职员的官方记录中，并没有玛丽的任何信息。近200页厚的凡尔赛宫年鉴，记录下了每一位擦洗工和便桶搬运工的名字，却不见"玛丽·格劳舒茨"。更具说服力的是，与伊丽莎白公主直接相关的行政记录上，同样不见玛丽的踪影，其中提到了66位服侍人员的名字和他们各自承担的角色，包括发型师莱昂纳尔，独独没有提到玛丽。

虽然缺乏与玛丽相关的档案资料，但并不能就此认定她没有进入过宫廷。更为令人信服的情况应该是，她曾短期担任过兼职的艺术教师职务，但只上过很少的课，这也就能解释为何她的活动没有被官方记录在册。我们知道，在1782年，国王将隶属于凡尔赛宫地产的蒙特勒伊城堡当作礼物，赐给了他已经18岁的妹妹伊丽莎白公主。在年满25岁以前，伊丽莎白公主不能在自己的城堡里过夜，但她可以在这里度过白天的时光。蒙特勒伊城堡里的规矩没有凡尔赛宫苛严，这是可信的，玛丽正是在此一度给公主授课，尽管此时王室的家庭记录包罗万象，记下了所有洗熨女工、锅炉工、植物学教师、绘画教师的名字，却唯独在饷金名单中遗漏了玛丽这位传授蜡像制作技艺的教师。

从某种角度来看，因为没有被官方记录提及，加之需要在巴黎协助柯提斯布置蜡像展，尤其要不断制造新的知名人物蜡像，所有这些线索都引导我们作出如下判断：玛丽假如真的在凡尔赛宫担任过正式职务，其参与度也是最低的。当然，她可以像其他来访者一样光顾凡尔赛宫，因为"参观王室"是一项吸引大众眼球的流行活动，平民百姓踊跃投身于向王室表示尊敬的视觉盛宴中。允许乌合之众踏入王宫的领地，这令许多英国游客诧异，其中包括游记作家亚瑟·扬："整个王宫除了小礼拜堂外，似乎已向全世界开放。我们穿过数量惊人的各色人等，他们正列队前进，观光游览，其中许多人穿着朴素、随意，没有精心装扮。"

"开放餐筵"是公众能够在凡尔赛宫观看到的最为流行的仪式，它像一块磁铁一样吸引着游客和当地民众。这一公开的用餐礼制可追溯至路易十四时期。每周一次的宫廷"开放餐筵"上演时，四周站满瑞士雇佣兵和其他服侍人员，国王与王后，有时包括其他王室成员，随即在公众面前用餐。鉴于巴黎有许多壮观的演出，人们很难想象，观看人类用餐的活动，竟然也令民众处于一种摩拳擦掌、先睹为快的兴奋中。尽管王室只是表演了一些普通且通常私下进行的活动，在民众眼中却变得意义非凡，他们的臣民非常喜欢这些庄重的公开展示。

宫廷"开放餐筵"豪华的餐桌同样吸引了参观者诸多兴趣，它们由精美的塞夫勒瓷器点缀，桌布等为亚麻制品，餐具都是纯金和纯银的，出席的大臣穿着质地优良的朝服，佩戴着显示等级的徽章，看上去不由令人产生敬畏之心。玛丽描述了上述场景：

> 整个餐桌呈现马蹄形，雇佣的瑞士卫兵相互紧挨着围成警

备圈。穿过卫队的保护，或自己挤进卫士队列中，观众就能近距离欣赏国王等正在用餐的威严聚会了。任何人都有机会体验这一盛况，前提是他们得盛装打扮，即需要头戴松垂的假发、腰着佩剑、脚穿丝绸长筒袜；甚至有些参观者衣衫褴褛，也没有受到阻挡；但是，如果参观者衣着华丽，却没有按照礼仪规矩戴上假发等饰物，那将不会被准许进入宫廷参观。

依康庞夫人之见，宫廷"开放餐筵"活动，是"一场全民的狂欢"，就像狩猎时尽可能追逐罕见的物种一样，在观看了国王和王后这样的"大猎物"以后，民众又急急忙忙把目光转向较为次要的王室成员身上。楼梯间总是挤满了蜂拥而来的人，因为他们急匆匆地争先观看"王子享用炖肉"，"随即气喘吁吁地观看贵妇们如何品味甜点"。众人尤其对玛丽·安托瓦内特王后实际吃了什么美食充满期待，但他们经常感到失望，因为王后在餐桌前往往很少动筷。斯雷尔夫人似乎非常幸运，她在日记中写道："王后胃口很大地把国王夹给她的一块馅饼吃了。"其他相关记载表明，王后平常在"开放餐筵"中，几乎不吃任何食物，正如恪守传统的已婚夫妇那样，在餐桌上，王后与她的丈夫"根本不作任何交谈"。斯雷尔夫人对"开放餐筵"的总体反应为："这是一项沉闷而又极其隆重的工作，国王与王后就像两个稻草人一样坐在餐桌前。"

路易十六和玛丽·安托瓦内特遭受宫廷"开放餐筵"的折磨，就像一场令人疲惫不堪的马戏表演，但与他们不同，前任国王路易十五为娱乐大众而感到自豪。他的拿手好戏是能够灵巧地挥舞餐叉剥去鸡蛋的外壳。正如康庞夫人所述："为此，路易十五在公众面前用餐时，总是不停地吃鸡蛋，而巴黎民众在每周日观看国王吃饭回到家后，很少攻击国王浮华的装扮，而津津乐道于他剥鸡蛋壳的灵巧手法。"

虽然玛丽宣称自己在宫廷服务了八年左右的相关叙述大多具有捏造之嫌，但她对宫廷服饰的描写却体现了权威性和真实感。其回忆录简直是一部极具看点的服装史。就像简明、清晰的时装图样，对于宫廷社会的各类穿戴装备，她从纹路、剪裁、布料等方面提供了诸多细节。为此，我们得以描绘凡尔赛宫中瑞士卫队的华服，同样的装束"就像亨利四世的穿着一样，其构成内容包括：帽子上插着三根白色的羽毛，短袍披肩，下半身是开衩处缀有白丝绸的红色裤子——更准确地说是连袜裤，脚穿有带扣的黑色鞋子，腰带上系着配剑"。玛丽为我们描述了凡尔赛宫几乎所有场合的穿衣打扮细节，人们从中似乎能够听到裙撑沙沙作响的声音，或者闻到头发上的粉末味，因为她为宫廷服饰赋予了生命。在被称为"波兰窄袖丰褶连衫裙"风格的装扮中，玛丽·安托瓦内特王后据说令人无比惊艳，她被形容为"身着轻巧的蓝色天鹅绒，天鹅绒周边镶着黑色的毛皮，白色绸胸衣向下收为尖角，袖套紧紧地包裹着手臂，袖套同样镶上了黑色毛皮"。与王后上述着装相匹配的头饰元素包括："蓝色丝绒，极乐鸟的羽毛以及其他钻石羽饰，头发被盘起来，束以毛圈织物，罩着喇嘛教式的黄金面纱，还佩戴了璀璨的钻石耳环。"我们发现国王为了在天冷时取暖，周身被皮革制品裹住，他披着"一件灰色的外套，外套四周镶嵌了棕褐色的皮料，宽大的袖套内衬同样镶了毛皮，此种服饰得名为'侏罗山式褶皱装'"。玛丽的记述使我们在脑海中浮现出以下场景：男士镶了钻石的鞋扣闪闪发亮，女服的紧身上衣令人眼花缭乱，"其光芒通常来自服饰上的珠宝"。在节庆和举办宴会时，我们能够感受到宫廷中人身着大量刺绣礼服出行时的笨重前行，宫廷里的铺张浪费放任无度，"不仅仅是王后，她的许多臣民也为自身的穿衣打扮大肆破费，其中包括佩戴昂贵的钻石饰品"。甚至在某些需要穿着随意的场合，对凡尔赛宫里的人而言，照样打扮得漂漂亮亮、盛装出行，如银质丝线就为王后优雅、充满朝气的女骑装增色不少。

凡尔赛宫注重外表修饰绝非偶然。玛丽·安托瓦内特王后作为"时尚偶像"的身份地位正处于危险的发展态势中。年轻的王后涂脂抹粉，把自己打扮得漂漂亮亮，为宫廷注入了富于青春活力的奇思妙想，甚至试图抛弃老一辈极其单调且在她看来是束缚人的繁文缛节,以此来实现君主政体的现代转型,这无疑是颠覆性的举措。王后外貌端庄美丽,由此赢得了许多赞赏和羡慕。英国作家霍勒斯·沃波尔为之心醉神迷:"据说王后难以合着拍子有节奏地跳舞,但该责怪的是节拍本身。"王后异常美丽,但与之相应的负面效果使她陷入危险的虚荣中。据拉图杜潘侯爵夫人讲述,她刚一入宫便被郑重告知不得靠窗太近,因为阳光会衬出她双颊的年轻肤色,而王后绝对不喜欢周边有更娇美的容颜出现。这一虚荣心尤其与上一任王后玛丽·莱什琴斯卡[1]的举止形成鲜明对照。玛丽·莱什琴斯卡长期被国王路易十五冷落,唯有靠给祭坛台布刺绣来打发黯淡无光的日子。

玛丽·安托瓦内特王后试图使法国宫廷恢复生气的方式被引入歧途,她自己挥霍无度的作风也遭受责难,更严重的是,这些想法和做法打破了君主制的平衡稳定。奥尔良公爵的情妇格蕾丝·埃利奥特[2]记述了玛丽·安托瓦内特的言行如何激怒守旧派:"王后被时尚和娱乐所吸引,她不喜欢遵循那些使自己成为一位伟大王后的宫廷礼仪。由此,王后在不受自己待见的传统贵妇人中树敌无数。她宁愿与年轻女性打成一片,因为后者的品位更适合自己。"新旧两代人之间的裂痕撕扯得越来越大,动摇着宫廷社会的根基。年长而有智慧的大臣,心怀沮丧之情,目睹局势日益恶化。

当玛丽·安托瓦内特王后把女装设计师罗丝·贝尔坦和发型设计师莱昂纳尔招进宫廷,宫廷的权力分配模式便无可挽回地被改变了。

---

1 玛丽·莱什琴斯卡(Marie Leszczyńska,1703—1768),波兰公主,法王路易十五的王后,个性隐忍、低调。早年,玛丽·莱什琴斯卡的父亲原为波兰国王斯坦尼斯瓦夫·莱什琴斯基,后遭废黜,玛丽·莱什琴斯卡由此沦落为二等贵族之女,这些遭遇对其逆来顺受等性格的养成有一定影响,她得以嫁给路易十五,主要是当时法国宫廷政治博弈的折中方案。
2 格蕾丝·埃利奥特(Grace Elliott,1754—1823),苏格兰社会名流,法国奥尔良公爵的情妇,据说拿破仑曾向她求过婚。法国大革命期间,格蕾丝·埃利奥特一度遭到囚禁,差点被送上断头台,但罗伯斯庇尔死后,她得以获释。格蕾丝·埃利奥特生前著有《革命时期的生活》(*Ma Vie Sous La Révolution*),该书于1859年出版。

蒙特巴里亲王（Prince de Montbary）发出哀叹：竟然准许"把不同阶层的陌生人带入宫廷，尽管他们都因各自的天才而享有知名度。渐渐地，阶层混杂现象在宫里便非常明显了"。康庞夫人见证了上述过程："女帽制造商罗丝·贝尔坦的设计才能被王室接纳了，尽管按照惯例，像她这类人物的推销介绍往往被排斥在宫廷之外。如今，王室给予她每天兜售最新款式衣帽的机会。"这有点像两个时代，"贝尔坦之前"和"贝尔坦之后"。"截至目前，王后对于穿着打扮的品位都非常普通，贝尔坦在宫廷现身后，王后开始将盛装出行当作主要的日常消遣，自然也引发了诸多人盲目效仿。"

最严重的是，穿衣打扮的功能开始改变。服饰曾是彰显权力和永恒价值不可或缺的一部分，如今其设计款式昙花一现。然而，在传统世界里，王后的着装主要是为了彰显她在臣民中与众不同，但是突然间，王后成了群起效仿的时尚达人。作为一位热衷于追逐新事物的榜样和潮流的引领者，王后并非高贵地维持着现状。在这样的角色逆转中，大权落在了莱昂纳尔和贝尔坦手中，他们毫无争议地成为时尚王国的统治者，而王后只是其著名的子民之一。正如一位参加了发型设计师入宫招待会的朝臣所言："发型师莱昂纳尔'驾到'，他才是'国王'。"

1779年春的某天，王室成员在去往巴黎圣母院途中发生的一段插曲，很好地阐明了新的权力平衡关系。当国王和王后乘坐的四轮马车经过圣奥诺雷街时，车道两边挤满了群众，其中包括罗丝·贝尔坦及其职员，她们随即跑到店面陈列室的阳台上，以便更好地观看王室出行的盛况。玛丽·安托瓦内特王后认出了备受自己宠爱的贝尔坦，于是向她挥手，并将其指给国王看，国王同样脱帽、挥手致意。表面看来，国王和王后向当时最知名的时尚设计师挥手以示问候，有点毫不经意、无足轻重，此举却正是当时社会巨变的缩影，顺从与尊重的对象在此发生了倒转。上述场景发生时，玛丽有可能就在附近，但她是否亲眼目睹了国王和王后的举止，我们就只能猜测了。

此时，人们对王后的穿衣装扮风格模仿迅速，这一情形的影响不容低估。新潮流所暗含的弦外之音，有时被其追寻者愉快地忽略掉了。尤为明显的是，1781年，法国王太子出生后，王后的脱发症给发型师莱昂纳尔带来了一个棘手的问题。起初，莱昂纳尔试图使王后相信，她此前钟爱的高发髻已经过时了，这一发型需要很多健康的长发才能盘出效果，并且"中产阶级长期以来把该发型据为己有，甚至连卑微的大众也开始梳理类似的发型"。王后似乎不为所动，因为她答道："它们非常适合我。"为此，莱昂纳尔又向王后介绍了一款看起来会更显年轻的新发式，但她仍坚持梳出高发髻。最终，莱昂纳尔只得坦言相告："人们常说殿下喜爱自己的头发，这一点我深有体会，但很不幸的是，殿下的头发目前不够长，无法满足您的喜好。且不到两周内，它们将全部断落，届时除非我们将其剪掉。"两周后，巴黎的大街上以及在时髦的皇家花园里，每一名好赶时髦的女子都在招摇自己头上"娃娃范儿"的新发型，而完全没有留意到，她们这种效仿王后的新式短发，主要证明这是基于交际需要，而非为了体现设计及剪发技艺的高超。

　　新的时尚产业受到王后扶持，这不仅给莱昂纳尔和贝尔坦带来了名利；王室成员观念与角色的转变，对柯提斯和玛丽而言，也是至关重要的动向，他们借此以一种大胆而新颖的方式再现王室生活。在柯提斯和玛丽的皇家蜡像展厅中，与王室相关的复制品是最引人注目的景观，其蜡像成员以最受民众关注的人物为原型。罗丝·贝尔坦为王后的蜡像制品提供服饰，这一事实同样增添了不少趣味：如此一来，许多妇女便有机会学习专门为王后量身定做的装扮细节，同时意味着她们在参观离去后，能够购买相对便宜的同款衣物和饰品来模仿王室的时尚风格。除了给王后设计全套行头外，罗丝·贝尔坦每月还负责装点好一具蜡人模型，然后从她的工作坊寄出。这些蜡人模型身上的服饰，承载了最新款式设计、布料和配件等信息，被运往其他省区或国外用以展示。梅西埃描述了"蜡人"的游踪："贵重的蜡像服装模特，身着最新潮的华服，被从巴黎运往伦敦，然后在整个欧洲大陆巡展，所到之处均散发出其优雅气质。它们从北到南，从圣彼得堡到君士坦丁堡，所有国家都对圣奥诺雷街的时尚品位顶礼膜拜，纷纷效仿法国人，为衣物加上褶边。"圣奥诺雷街上陈列服装的人体模型变得举世闻名。据说在战争期间，凡是载有蜡像人体模特的船只，都能够安全地通行。所有人体模特中最著名的复制品之一，当属与玛丽·安托瓦内特王后真人同比例的蜡像，这实际上是一位卓越的"蜡美人"，比其他小型蜡像模型尺寸更大，其每一件装束都显示出生机勃勃的时尚产业非常重要的讯息。

玛丽究竟是否曾在凡尔赛宫效劳，或融入王室家族内部，我们难以确证，但她亲身感受到民众对王室尊重程度的衰减，伴随而来的是大众对时尚消费兴趣的爆发式激增，一些颇为荒诞的潮流偶然也会流行，如一种类似"婴儿便便的棕褐色"，即"太子坨坨黄"，就被认为是男孩时尚着装所必备的流行色。这些趋势的变化为玛丽开展经营活动奠定了基础，在迎合与君主政治相关的市场需求方面，她把握住了蜡像所承担的角色，同时认识到它们具有巨大潜能，可以作为强有力的媒介来影响大众的观点。以不同的方式利用王室形象谋利，莱昂纳尔、贝尔坦和得到玛丽协助的柯提斯一道，开拓了一条将王室成员变成公众财产的道路，非但如此，他们还让这些成员接受来自民间的喜好，而非一味令民众被动地跟风。这些白手起家、自力更生的艺术家和设计师，通过他们各自在巴黎相邻的营业展厅，反映了如何借助新兴的媒介，以表达大众对王室的兴趣。

皇家蜡像展提供了一个观察王室的不同视角。在这儿，人们观看王室蜡像人物的心态与时下游客在杜莎夫人蜡像馆参观时迥然不同。王室尽管成为粗俗歌谣和下流之人的嘲弄对象，他们在社会、政治和宗教生活中的重要性依然突出，极其神圣的王权属性同样强健有力。在蜡像展厅中，我们把王室成员视为普通人，他们只是出生于更尊贵的家庭而已，并且在某种程度上，把他们当作娱乐的对象（如新近人物中的英国威廉王子，其蜡像的面颊经过了加固处理，以便更好让"粉丝"们亲吻。从这一点来看，他更像是一位流行歌星而非储君），

柯提斯创作的蜡像复制品,展现了法国宫廷"开放餐筵"时的场景

柯提斯时代的观众,面对蜡像复制品,依旧会对王室产生一定程度的敬畏和尊崇之情。那时,柯提斯以间接的方式,为大众提供了一个机会,以便他们窥视真正强大而有意义的象征事物,借此激发出远胜于娱乐消遣的强烈情感。

以一种令人迷醉的方式,柯提斯通过开展灵巧而大胆的经营活动,使私人领域与公共空间相互作用。同样地,柯提斯以制作带有性意味姿态的蜡像来展现杜巴丽伯爵夫人的风采,他另一近乎淫猥的作品表现了玛丽·安托瓦内特王后准备就寝时的场景。这一与真人同比例大小的蜡像,把王后塑造成了一位正要步入其梦幻般闺房的尤物。柯提斯的蜡像展就像一场春宫秀,把那些只有很少人能够得知的事物呈现给公共领域的民众,因为平时有关王室生活的私密信息均受到极其严格的规章制度管控。

如果说柯提斯使得私人生活公共化了的话，那么他也把正式的场合和事物变得非常随意。他的蜡像展中，极其成功的布景是对宫廷"开放餐筵"的再现，即王室在公众面前用餐的仪式展。蜡像复制人物坐在被饰以水果拼盘和水晶饰品的餐桌前，人们在此参观无须保持肃静状态、以显示对王室的尊敬。他们也不需要刻意表现出最得体的言行举止，或是遵守着装标准。这其实是一种放松的体验，并且把原本例行的仪式场景随时向更多的观众开放，因为在现实生活中，人们只有每周一次在礼拜日才能现场观看王室就餐。至于制作这些蜡像人物的起因，玛丽在一个谜一般的句子中颇为突兀地暗示，它们是正式协商的结果："在路易十六统治时期，人物蜡像复制如此流行和受欢迎，以至于国王、王后、所有其他王室成员以及当代著名的人士，都听从杜莎夫人的安排，以便从他们身上取材仿制蜡像模型。"

柯提斯的蜡像展位于罗亚尔宫的中心位置，装饰风格雅致，这不由令人追问王室配合着把自己推向公共展示舞台的可能性，公共领域的商业展览还包括畸形人和口技艺人的表演。因蜡像展大受欢迎，柯提斯声名鹊起，他作为一名已跻身中产阶级的企业家，从一个小作坊里获取了大量财富，其成功也得到确证和巩固。玛丽宣称她在凡尔赛宫担任家庭教师的时段，与柯提斯在罗亚尔宫中心举办蜡像展所度过的安宁岁月相符，而从法国大革命中幸存下来的人，包括掌玺大臣帕基耶[1]在内，都会充满怀旧之情，追忆那个"巴黎壮丽辉煌、正值巅峰状态"的黄金时代。

---

[1] 即帕基耶公爵（Duc de Pasquier）艾蒂安 - 德尼（Étienne-Denis，1767—1862），他出身于贵族之家，后来成为一名温和的政治改良者，试图维护波旁王朝的统治。在法国大革命"恐怖统治"期间，帕基耶公爵一度被捕入狱，但随着罗伯斯庇尔的垮台而得到释放。

第四章

罗亚尔宫：皇家宫室变成百姓欢乐场

中年时期的玛丽，通过自己的奋斗，在英国站稳了脚跟，她将以所谓早年寄宿凡尔赛宫担任家庭教师的故事来取悦公众。鉴于王后的御用发型师莱昂纳尔和服装设计师罗丝·贝尔坦卷入宫廷生活的经历有据可查，尽管他们只是提供定期性的通勤服务，两人同时还得打点各自在巴黎城里的美容和服装业务，以保持每天的商业利润；但玛丽宣称自己在王室所担任的角色却无从查证。她的行迹隐而不显，也没被他人提及。这不由令人进一步假定，在玛丽二十多岁的时候，她正在为柯提斯拼命工作，把自己的时间分别用于布置圣殿大道的蜡像展和离家较远的罗亚尔宫展，后者带有豪华而庄严的拱廊。在进行了颇有争议的转型之后，作为社会工程的一项大胆试验，罗亚尔宫逐步变成了公众娱乐场所，人们只要愿意掏钱，就能享受其中的娱乐、时尚和购物服务，而柯提斯的蜡像展正是皇冠上的珠宝。在罗亚尔宫绚丽夺目的光芒里，娱乐公园、游乐场、购物中心以及博物馆融为一体。这里的魅力如此巨大，极尽张扬与奢华，为此编年史家巴舒蒙特（Bachaumont）做出评论："'罗亚尔宫'不再像宫殿，也不再有'皇家范儿'。"

巴黎罗亚尔宫本是奥尔良家族的私有庄园，该家族为法国君主的近亲，且是法国最富有的家族之一。但在旧制度时期，贵族存在奢侈浪费的流弊，这意味着他们并非总是像期盼的那样有花不完的银子，于是1781年，当手头吃紧时，老奥尔良公爵将这一巴黎重要的不动产遗赠给儿子沙特尔公爵[1]，后者决定将罗亚尔宫改造为公共的便利设施。在此之前，鉴于皇亲国戚的排他性特征，除了上流社会人士，其他阶层的人根本不敢涉足罗亚尔宫。"这里上演着奢华、兴高采烈的舞会和庆祝活动，"费尼男爵（Baron de Frénilly）回忆道，"随处可见羽毛装饰、钻石、刺绣品和红色高跟鞋，谁要是身着绳绒织物、双排扣长礼服，戴着圆帽，那肯定没有勇气在此抛头露面。罗亚尔宫是巴黎贵族的心灵之所和活动中心。上述良辰美景或虚荣浮华，正是沙特尔公爵将来有一天试图摧毁的东西。"

罗亚尔宫有一处著名的自然美景，即在宽阔的林荫大道两旁，古老的马栗树枝繁叶茂、树冠巨大、亭亭如盖，为此，人们从巴黎歌剧院观看演出后，往往散步其间，这几乎成为社交礼仪中的"保留节目"。有关砍倒林荫大道两旁马栗树的反对歌曲，成了民谣歌手的时事话题，民众向沙特尔公爵发出嘘声，以示不满，但不起作用：马栗树被砍倒，喷泉、花坛遭到拆除，以便腾出空间修建拱廊街，拱廊街两旁则设有精品屋和提供各种娱乐的货摊。新的房地产开发包括兴建两层的独栋公寓阁楼，以便出售给许多超级富豪栖居。正如费尼男爵曾怏怏地回忆那样："高雅清新的沙龙聚会为喧嚣的杂耍市场所取代，民主政体开始在首都巴黎实行其统治。"

沙特尔公爵是巴黎著名的花花公子。玛丽把他视为"当代最时髦的人物之一"。他是位典型的亲英派，对英国从赛马到喝英式下午

---

[1] 即路易·菲利普·约瑟夫（Louis Philippe Joseph，1747—1793），其先祖为路易十四的弟弟菲利普殿下。1789年，路易·菲利普·约瑟夫当选三级会议贵族代表，后加入第三等级和雅各宾俱乐部。法国大革命期间，他放弃贵族头衔，投票赞成处死路易十六，并更名为菲利普·公民·平等（Philippe Citoyen Egalite），绰号"平等的路易"，但在风云变幻的政治斗争中，最终难逃被砍头的命运。他的儿子路易-菲利普（Louis-Philippe de France，1773—1850）于1830年"七月革命"后，被资产阶级自由派拥上王位，成了法国奥尔良王朝（又称"七月王朝"）唯一的君主。

茶的一切事物都狂热无比地推行，并几乎单枪匹马地在法国激发出一股英国热，只不过他对英国事物的理解未免肤浅。以英国人通常在午餐、晚餐间所用的点心和下午茶为例，一位英国来访者便忍俊不禁地看到，主人在与宾客享用过正餐之后，紧跟着便奉上下午茶的内容：涂奶油的英格兰松饼和热气腾腾的茶水壶。玛丽二十多岁时，她所在的巴黎城，对英国有一种爱恨交织的复杂情愫，而后者最终成了玛丽的家。就官方立场而言，英国和法国互为敌人，但在非正式场合，彼此都为对方的时尚风格所吸引。英国骑服尤其具有影响力，在法国极为高雅的林荫大道和花园里，置身于短马鞭、皮靴、骑马夹克衫、紧身马裤中间，人们发现唯一缺席的"配件"便是一匹真正的马。

通过与法国最富有的家族联姻[1]，沙特尔公爵的财政危机一度得以缓解。（在法国社会，婚礼给罗丝·贝尔坦带来了发家的机会，因为她为新人定做嫁妆。）由于肆意挥霍，沙特尔公爵总是处于拮据状态。他被视为生活糜烂、无足轻重的人，为民众所不齿，这位在艺术等方面浅尝辄止的公爵，通过证明自己是精明的商人而挫败了那些批判者。起初，沙特尔公爵因摧毁绿地、砍伐古树而遭受民众辱骂，但由于他主持兴建的拱廊街等设施大受欢迎，最后，局面以令人印象深刻的方式成功逆袭，那些一度持批评态度的巴黎人，纷纷对他赞誉有加。"法国人不再像以往那样愤怒，"斯雷尔夫人写道，"所有民众都非常高兴和满意，并且欢呼：'公爵万岁！'"

1784年，沙特尔公爵继承了其父的头衔，成为新一代奥尔良公爵。作为沙特尔公爵罗亚尔宫最早的租客之一，柯提斯承租了宫殿后方朝向皇家花园的场地，他迅速意识到非常有必要给房东制作人物蜡像，并将其置于罗亚尔宫蜡像展厅中，借以吸引游客，因为沙特尔公爵目前正是巴黎广受赞誉的人，民众对他的支持处于巅峰状态。对于

---

[1] 1769年，沙特尔公爵与玛丽·阿德莱德·德·波旁 – 彭蒂耶夫（Marie Adélaïde de Bourbon-Penthièvre, 1753—1821）在凡尔赛宫举行了婚礼，后者作为波旁 – 彭蒂耶夫家族的女继承人，据说为奥尔良家族带来了600万里弗的嫁妆。

沙特尔公爵的外貌体征,玛丽以所谓目击者的身份,纠正了一份"法国大革命现代研究资料"中关于他个头矮小的传言。他身高5.9英尺[1],玛丽回忆道,并极力强调自己"替沙特尔公爵制作了蜡像和面模,因此相比其他人有更好的机会做出正确判断"。

沙特尔公爵声名显赫,他不仅仅是柯提斯和玛丽蜡像展"名流群"中一位非常具有吸引力的原型人物。根据玛丽的描述,他还是柯提斯的老相识,双方过从甚密、经常往来。在许多引人注目的宣传案例中,柯提斯和玛丽总是试图与社会名流搭上关系,玛丽说沙特尔公爵这位极具传奇色彩、富有而生活糜烂的贵族是家里的"常客"。她给我们记述了以下场景:当沙特尔公爵不在凡尔赛宫与其王室亲戚交谈、共饮时,他最喜欢的去处便是可以轻松自如地待着的柯提斯家里。

有时,沙特尔公爵会考验主人柯提斯的好客程度。在诸多英国式的癖好中,"被法国人视为该国最典型的酗酒恶习",却为沙特尔公爵所效仿。玛丽提到,眼看公爵逐渐喝高之后,柯提斯便设法劝服对方到街对面的卡德朗蓝调(Cadran Bleu)酒店去,那里能继续开怀畅饮。有一次,公爵酩酊大醉,耍起酒疯,把酒店的窗户都砸坏了。但是很显然,酗酒并非沙特尔公爵最大的缺点。当沙特尔公爵在法国大革命期间被推上断头台后,有关其阴暗面的真相被揭露出来。如果玛丽对公爵在罗亚尔宫里的私密住所留意的话,她肯定会打道回府,那是堕落者的声色场所,或者按官方的描述:"一间秘密的套房,里面全是专供声色淫乐的器具和设备。"

无论沙特尔公爵在个人生活方面有怎样的缺点,他把一块树木丛生、枝繁叶茂的贵族飞地建成为一个面向大众开放的商业化娱乐综合体,依旧取得了轰动性的成功。在巴黎发生革命前,作为不断变化的精神风貌的组成部分,沙特尔公爵热衷为民众举办舞会或赛马活动,这些新理念最终表现为激动人心的形体展演。以往不受待见的广大民

---

[1] 即身高约180厘米。

众，得以越来越普遍地意识到自身权利的重要性。其中一次偶发事件颇具象征性：一个地位低下的职员将一位贵族告上了法庭，因为在剧院里，当着众人的面，两人发生了争吵，当时这位贵族试图把职员从座位上驱逐出去。庭审过程中，关于职员有权坐在剧院位置上的声音占了上风："职员的公民身份应该使他免遭歧视，在剧院里，所有人只需付费买票即可，贵族和平民应平起平坐，他们享有同等的权利。"这一时期，法国社会平等的权利意识非常激进，人们注意到，只要买得起剧场的票或者有财力订购一套服饰，他们就应该与那些出身高贵的人一样被平等相待。这一现象促使人们重新思考那些迄今规制社会秩序的所有条条框框，也意味着财富是身份地位的新标志，在以往则主要依据等级、官衔、爵位等。（更为激进的观念认为所有人生而平等，与各自的财富资产无关，这类思想在卢梭的作品中曾被严肃提出。）

博马舍创作的喜剧《费加罗的婚礼》，讲述了仆人远比贵族主人优秀的故事，这一票房最高的剧作，在主题和道德上对当时的社会做了批判，也降低了把等级出身当作个人价值唯一评价标准的重要性。《费加罗的婚礼》于1784年4月27日首次公演，其后无论是在巴黎还是在外省，演出票均被抢购一空。剧中的经典台词就像一柄利斧，把旧制度的根基一点点地砍掉："我的贵族老爷，门第、财产、爵位、高官，这一切使您多么扬扬得意啊！您究竟有什么功绩，配得上如此多的享受？您除了从娘胎中被生出来时制造过一些麻烦之外，其他一无是处。"

博马舍的创作契合了法国社会反抗既有体制日渐高涨的潮流。《费加罗的婚礼》本是一部喜剧，它的上演却被某些贵族当作严重事件看待，邦贝尔侯爵即是其中的典型："允许《费加罗的婚礼》公演，这是对我们时代的玷污。贵族纡尊降贵，与平民混杂，已经造成了最危险的后果。"巴黎上流社会相关人士开始推动新的变革，准许普通民众进入特定的场所（例如大剧院、时髦的公共花园和共济会社），而公众对文化生活的深入参与，也使他们在参政议政和代表权利方面提出了更广泛的诉求。

罗亚尔宫作为巴黎民众娱乐休闲的定点场所，反映了上述社会变革。这里的事物拥有自我完善的发展前途，明显表现在两个方面，一是密集的花哨店铺，提供形形色色加强包装效果的衣物服饰，二是大量开启心智的教学活动、公开演讲、俱乐部和社团，以科学、艺术为主题的小型博物馆，所有的一切旨在提供机会，以便拓展人们的认知视野。整个罗亚尔宫被一种踌躇满志的精神所感染，从四轮马车经销商到房地产俱乐部莫不如此，后者主要为那些热衷于到美国投资地产的人提供指导服务。甚至柯提斯的蜡像展厅，也冒充教育风格形式来布展，他在当代知名人物的蜡像旁，搭配放置了一系列历史文物。柯提斯等人的做法，既满足了懒人的好奇心，又给娱乐业指明了提高档次的方向。正如几年后法国一份期刊报道："在罗亚尔宫里，人们能够看到艺术品、画作、雕塑、古董、木乃伊以及各种稀世珍品，比如法国波旁王朝创建者亨利四世被刺杀时所穿的足以证明其真实身份的血衣。总之，但凡过去一切能刺激感官享受或与之相关的事物，民众都能在这里一饱眼福。"这种融合了历史与时政热点的通行方式，后来被玛丽刻意模仿，在庄重的浮夸外饰下，给大众提供廉价的官能刺激。

社会各阶层在罗亚尔宫的休闲娱乐活动中杂处，这是新近脱颖而出的流行文化最根本的表征，大家对时尚和及时行乐的共同爱好，消解着社会等级差异。这种不同等级混杂的现象引起了注意。梅耶·德·圣保罗便评论说："从金枝玉叶到风尘女子，从战功烜赫的武士到农场的临时工，所有阶层的人聚到了一块儿。"自18世纪80年代中期以来，罗亚尔宫之于巴黎城重要的象征性意义，便不时被当代相关人士记录在案。俄国作家卡拉姆津把它称为"巴黎的首都"。对于法国作家梅西埃而言，罗亚尔宫则是"巴黎的心脏、灵魂、大脑和精髓所在"。

在罗亚尔宫带拱廊的街区，柯提斯的展厅横跨了两个货摊展位，周边是奢侈品和美食零售商，店铺主人包括糖果制造者、女帽设计师、珠宝商以及最新潮的香料加工厂商。人们不禁好奇，玛丽后来为何变得过于节俭，这一个性某种程度上也许是对她早年生活经历的一种反作用，因为她看过太多的新富在日常娱乐消遣上挥金如土。卡拉姆津为我们细致地描述了罗亚尔宫当时的盛况：

> 一切东西要想在巴黎被找到（还有什么是巴黎没有的呢？），那只能是在罗亚尔宫了。你是否需要一件时髦的外套？来罗亚尔宫吧，你将如愿以偿。你是否期待自己的房子几分钟之内便被装饰得焕然一新？来罗亚尔宫吧，有人随时听候差遣。你喜欢把名人的画作或复制版本装裱入框吗？来罗亚尔宫吧，各种风格任你挑选。所有贵重的物品，如金、银都能在这里交易，以便制作金银首饰。另外，只需吩咐或吆喝一声，突然你就会发现，不同语种的图书室可供任意选择，并且都配备了精美的书架。简言之，即便一位美国野蛮人来到罗亚尔宫，在一个半小时内，他也会被装扮得异常迷人，同时拥有一所精装修的套房，一辆四轮马车，多名仆从，餐桌上摆了20道菜，并且，只要他愿意，一位美丽的"莱依丝"[1]随时愿意为得到他的爱而死。罗亚尔宫搜集了所有医治无聊的妙方，它们同时也是可口甘美的毒药，破坏着人们的身心健康，为了哄骗富有的人掏钱享乐，各种吸引人的方式无所不用其极，而那些无力支付的人只能痛苦地忍受折磨，这里的人所做的一切都只是为了寻开心和打发时间。

---

1 莱依丝（Lais），古希腊时期柯林斯的艺妓，以美貌和贪婪闻名。苏格拉底的弟子亚里斯提普（Aristippos，约前435—前360）因为与莱依丝来往密切而遭谴责，于是他作出了著名的回答："莱依丝属于我，但我不属于她！"此外，亚里斯提普还辩解："我对莱依丝的慷慨大方是为了自己能享有她，而不是为了阻止别人去享有她。"德国画家小汉斯·霍尔拜因（Hans Holbein the Younger，约1497—1543）曾创作画作《柯林斯的莱依丝》（Lais of Corinth）。

人们喜欢炫富、享乐，玛丽对此似乎不感兴趣，有一点除外，那就是认真迎合消费者的兴趣，她通过举办蜡像展获得了丰厚的回报。但就个人生活而言，她一直是勤俭节约的典范。

游客除了能在罗亚尔宫购物之外，这里还有赌桌、彩票代售点以及为数众多令人难以选择的酒馆、咖啡馆和旅社，足以供他们闲逛。卢梭常常去下棋的咖啡馆变成了朝圣之所，他曾在此热情地追忆过往人生，坐过的椅子而今空空如也，但被当作历史遗迹保存了下来。此外，罗亚尔宫里的另一项诱惑便是付费和免费的性交易，这类颇具挑逗意味的活动名声在外，越发为这里招引来客流。旅游手册证明了这里是可能发生艳遇的胜地，有的指南明确写道："女郎们在罗亚尔宫放心地大讲私房话。"厌倦了与丈夫调情的贵妇们，也可能通过与其他人的幽会来寻求慰藉。正如贵妇马提翁-克莱蒙·安布瓦兹夫人（Madame de Matignon-Clermont d'Amboise）所言："我们的名声再度远扬，就像我们迅速增长的头发一样。"太阳能"午炮"可谓罗亚尔宫著名的地标，当阳光足够强烈时，它们能扣动"扳机"穿越玻璃透镜，绽放出绚烂的七彩图景。这一美景印证了德利尔神父（Abbé Delille）机智而诙谐的评论："在罗亚尔宫的花园里，人们除了不能看到阴影和爱情外，什么都尽收眼底。置身其中，如果个人道德品行可能堕落的话，至少他们的视力得以恢复到良好状态。"

上述淫乱、无法无天的日常情形，很大程度上是因为罗亚尔宫的产权归沙特尔公爵私人所有，因此，这里超出了当局适用于公共街区的管辖权。这里对书商来说是一大福地，他们不受当局的管控、审查，得以兜售大量冒犯国王和王后的出版物，其中许多内容包含露骨的色情描写。柯提斯同样从中受益。他总是机敏地预估哪些事物能吸引观众，并且以更大胆的方式来展现王室生活。柯提斯有关王后准备就寝的生动蜡像展，适度地再现了玛丽·安托瓦内特的神韵，不由令人参观后产生高雅而非猥亵的情愫。尽管与其他商人在招徕顾客方面存在激烈竞争，那些到罗亚尔宫寻欢作乐的游客，无论是购物、闲逛

柯提斯在罗亚尔宫的蜡像展内景图

或约会，他们往往都会抽空光顾柯提斯的蜡像展厅。

成年后，虽然玛丽标榜自己是一位热忱的保皇主义者，每提到之前的主人伊丽莎白公主时总是眼泪汪汪，但那时她参与制作的许多蜡像展品，其背景和动机也非完全出于对王室的尊重。相比之下，大量逼真的人物雕像以及色情畅销书《玛丽·安托瓦内特私生活琐记》（*Essai historique sur la vie de Marie Antoinette*，1781—1793年不断再版），通常被当作私人消费品，其中许多有力的描写涉及游客共同公开观看王后就寝时的蜡像展。考虑到民众对王室越来越不抱幻想，柯提斯和玛丽制作的贵胄蜡像，在民众中所引发的敬意恐怕要少于愤懑。

某种程度来说，大革命爆发前，国王和王后本人的许多言行其实是在自掘坟墓，这也就不奇怪他们的子民对王室会感到幻灭。据玛丽追述，在加冕礼上，民众向这对皇家夫妇致敬，希望国家的统治走上正道,"驱除邪恶和淫乐,这些都是由其前任对社会明显失控造成的恶果"。人们寄予厚望,期盼路易十六和他美丽年轻的妻子能够重新树立王权的公信力和威望,它们因老国王的纵情声色而受到极大削弱。作为最高统治者,路易十五曾动用大量人力,跟踪追捕那些尚处于青春期的年轻姑娘,只因她们在茫茫人海中被国王看中了,此类搜寻行径对国王而言无疑名誉扫地,但也并不意味着后无来者。当王冠刚戴在头上,路易十六就开始埋怨王冠太紧了,勒得人发疼,这成了君王身份并不适合他的征兆。此外,关于路易十六阳痿的谣言(带有几分反讽意味)不断在公共领域流传,给民谣歌手提供了想象空间。当他们费力地唱着"国王到底行不行?国王到底行不行?"时,王室的荣耀被民众的嘲讽所败坏。国王要想重新赢回自尊和获得他人尊敬的几率,变得非常渺茫。

在协调与公众的关系方面,路易十六的言行举止同样具有毁灭性。臣民们对肖像非常在意,路易十六却对公众的倾向视而不见,他试图效仿"太阳王"路易十四,使自己看上去也灿烂辉煌,他还患有斜视的毛病,眯着眼睛看人,其视力之差以致三步以外就无法辨认任何人的容貌。拉图杜潘夫人记述了国王的愚笨:"他看起来就像蹒跚走路的农民,拖沓地跟在犁后面,在外表上,国王没有任何值得自豪和令人感到高贵威严的地方。"身上的佩剑总是令国王颇为尴尬、无所适从,他也不知道该如何戴好帽子。康庞夫人证明了这一说法,她披露说:"国王步履沉重,很不庄重,身边的人对此不屑一顾,他的头发极可能因御用发型师的不合格'杰作',很快就变得乱蓬蓬。"由于臣民们都能梳理、打点好自己的头发,因而他们对国王邋遢的形象也就见怪不怪了。

王权衰败过程中,新生力量正在聚集。就像峭壁被侵蚀一样,一幅暂时无法认出的时代新图景逐渐生成,18世纪80年代的法国社会,即便与十年前相比,也已面目全非。梅西埃写道:"'宫廷'一词不再激起我们的崇敬之情,正如它在路易十四统治时期曾产生巨大的影响那样。普遍流行的观念不再由宫廷主导提供；在各个艺术领域，宫廷难以继续决定谁的名声高低；现在，人们只有在调侃时才会说'这是宫廷已经决定了的'。"

玛丽·安托瓦内特的御用发型师莱昂纳尔描述了巴黎与凡尔赛宫之间的距离："达5里格[1]长，需要在大道上经过一段令人痛苦而乏味的舟车劳顿。"甚至在玛丽童年时期，这一段并不遥远的距离便已经分割出两个不同的世界。在玛丽快30岁之前，路易十六所在的凡尔赛宫与沙特尔公爵所属的罗亚尔宫风格迥异，前者僵化腐朽、暮气沉沉，后者充满活力、令人振奋。巴黎城里，人们兴奋地讨论社会的新变化。从此，民众对政治的兴趣与日俱增，这被认为是他们获得更多资讯信息的合理象征。梅西埃及时做了记载：

> 在心理上，人们认为巴黎不可能会发生危险的暴乱。城里到处都是戒备森严的警察，由瑞士和法国士兵组建的两大兵团，他们的营房就驻扎在附近，国王身边卫队跟随，城外四周设了堡垒和要塞，此外，无数一心向往凡尔赛宫的诸多个体也在密切关注着时局的风吹草动：所有上述因素都意味着发生严重骚乱的可能性非常渺小……巴黎不必担心像伦敦那样，前些年在乔治·戈登勋爵[2]领导下突然发生动乱，巴黎人也难以想象会从中汲取教训，引以为戒。

---

1 里格（league），长度单位，约为3英里或3海里，5里格即约为8公里，但实际上巴黎市中心至凡尔赛宫的路程约20公里。
2 乔治·戈登勋爵（Lord George Gordon, 1751—1793），生于伦敦，有苏格兰贵族血统，以领导"戈登骚乱"而知名。1780年6月2日，戈登作为新教联合会领导人，率领5万多人汇聚于议院，要求废除1778年颁布并逐步推行的《天主教法案》，该法令部分取消了天主教徒开设学校、购买和继承土地财产的限制。随后几日，事态失控，许多与天主教徒有关的教堂、商店、酒厂等遭到毁坏，伦敦陷于混乱和火海中，骚乱中导致数百人死亡。最后，当局实行戒严，出动军队上万人，才平息持续近一周的事变，戈登被关入伦敦塔。

因此，尽管玛丽所谓曾在凡尔赛宫效劳的叙述似乎与事实不符，因为这主要是她后来出于商业发展需要而强化自我形象的策略，但是，在1789年法国大革命爆发前后，她极可能亲历或接触到了许多把巴黎弄得支离破碎的事件。蜡像展能像监视器一样反映流行观念，这一功能使得柯提斯在公共生活中享有盛名，玛丽在30岁以前也已认识到蜡像制品的价值，她注定不会只是一位旁观者，而将成为某一重大历史时期的参与者和记录者。

第五章

玛丽前半生：小女子卷入大革命

杜莎夫人在巴黎度过的前半生，可以说经历了"最好的时代和最坏的时代"。她与法国大革命的紧密关联在两个层面上发挥了作用。就个人而言，杜莎夫人对自己遭受磨难的叙述迷住了观众，同时赢得了他们的尊敬和同情。杜莎夫人漫游英国的数十年间，人们把她看作是一位讲述"许多奇闻逸事"的人，对她念兹在兹。与法国大革命有关的遗迹和纪念展物，在杜莎夫人蜡像馆中居于核心地位，这强化了她曾亲历法国大革命等言论的信服力。在许多人的脑海里，杜莎夫人的回忆录建构起这样一种形象，即她是悲惨时代一位勇敢的幸存者。杜莎夫人早年在法国大革命震中区所遭遇的各种惊险，已被人们广泛接受，其长孙约瑟夫的友人亚当斯-阿克顿夫人（Mrs. Adams-Acton）对此做了概述：

> 很难想象杜莎夫人早年作为聪慧而年轻的艺术家，会有机会受雇于法国宫廷，向伊丽莎白公主传授蜡像制作技艺。她与宫廷生活关系密切，却又如何幸免监禁或被杀的命运，同样令人费

解，直到人们获悉原来"无套裤汉"[1]发现她能够给那些被斩首的人铸像，仍有利用价值。杜莎夫人曾亲手接过玛丽·安托瓦内特王后、伊丽莎白公主、朗巴勒公主[2]的头颅，并据此制作了她们的死亡面模，就像许多其他被杀者一样。杜莎夫人在法国的任务艰巨而恐怖，其历险故事激起了我们对她的同情。

对公众而言，杜莎夫人的一手信息及其亲身经历相关凭据，构成了蜡像展品充满魅力的必不可少的因素。更重要的是，大量观众在参观蜡像展以后，他们会把蜡像当作对过去不久的事件的权威记录，同时视为法国大革命可信的历史叙述。伦敦贝克街因柯南·道尔爵士[3]所塑造的虚构侦探夏洛克·福尔摩斯（Sherlock Holmes）在此居住而闻名。1904年，柯南·道尔爵士在一场庆祝杜莎夫人抵达伦敦的纪念活动上致辞，其中描述了她所展示的蜡像模型和革命遗迹是如何发挥作用的：

> 假如你能设想一个人在1792年前后所处的境况，假如你能让

---

[1] "无套裤汉"（sans-culottes），法国贵族对平民的讥称，当时法国贵族男子盛行穿长及膝盖的紧身短套裤，膝盖以下着长筒丝袜，普通的手工业者、小商贩、店主、伙计等劳动者则主要穿粗布长裤，故有"无套裤汉"之称。法国大革命时期，"无套裤汉"成为革命者的代名词，拥护雅各宾派的激进主张：他们曾冲向杜伊勒里宫试图抓捕国王；参与制造了1792年爆发的"九月惨案"，数以千计被囚禁的贵族和僧侣被杀；1792年9月，由"无套裤汉"组成的法军在"瓦尔米之战"（Battle of Valmy）中击退入侵的普鲁士军队。1794年，"热月政变"推翻了雅各宾派的统治后，"无套裤汉"也受到压制，逐渐退出政治舞台。

[2] 朗巴勒公主（Princesse de Lamballe，1749—1792），出身于意大利萨伏依王朝（House of Savoy）管辖下的都灵，17岁时嫁给路易十四的孙子路易·亚历山大·波旁-旁提耶夫（Louis Alexandre de Bourbon-Penthièvre，1747—1768），即朗巴勒亲王（Prince of Lamballe）。朗巴勒公主为玛丽·安托瓦内特王后的知己，因两人关系亲密，一些小册子造谣说她是王后的同性恋人。法国大革命爆发后，她坚持维护王权，拒绝背叛王后，当时有报道称她为此遭到毒打和强暴，心脏被挖出，肢体被分割，民众还用长矛挑着她的头颅，故意在软禁王后的监牢窗下游行，叫喊着让王后亲吻这位"老情人"的嘴唇。

[3] 柯南·道尔（Conan Doyle，1859—1930），生于苏格兰爱丁堡，他的侦探悬疑小说《福尔摩斯探案集》（The Complete Sherlock Holmes）风靡全球，另著有科幻小说《失落的世界》（The Lost World）等。

自己重返巴黎当时的街道，假如你能看到命运黯淡的阴影投射在国王和王后的额头上，严厉的罗伯斯庇尔正盯着他们，残忍的丹东[1]满腹牢骚、念念有词。假如你能看见这些历史场景，其中一位妇女正从放置在断头台前的篮子里拿起头颅准备为死者制作蜡像，这正是她所擅长的技能。如果你能想象上述情形，当然你可能根本无法虚构，因为我们当中很少有人能够猜测远离自己时代的景观。哎呀，如果你能做到，那绝对是非比寻常、独特而奇妙的事情。杜莎夫人负责为生命中最恐怖的一段时期留下一个鲜明的形象。

许多重要的蜡像仍为我们加深对法国大革命的理解提供信息，它们源自柯提斯和玛丽在巴黎大革命时期举办的独创性展览，以便渡过最具挑战性的商业难关。长矛上的头颅、死亡面具、马拉在浴室被刺……此类形象在展厅的"恐怖屋"中以令人毛骨悚然的方式被重塑，但对那些已支付了一两苏的人来说，观看这些新制作的蜡像展品，成了一个把握时政主题颇有价值的来源。我们重温历史上发生过的事件，这在巴黎民众看来正是当时的头条新闻。

如果说柯提斯的罗亚尔宫蜡像展及其对应的圣殿大道展厅，最初起源于面向所有阶层的单纯娱乐活动的话，那么，到了1789年，这些蜡像展开始呈现严肃面目。它们不再是反映公众兴趣的晴雨表，而成为记录政治舞台急剧变化的一本花名册。时尚追随者先前把蜡像展视为非常宝贵的观摩机会，他们喜欢从仿品中察看每一处为王后所垂青的发饰细节；如今，蜡像展变得越来越喜欢对时事作出反应。作为时

---

1 乔治-雅克·丹东（Georges-Jacques Danton，1759—1794），法国大革命时期的政治活动家，雅各宾派主要领导人之一。他受启蒙思想家孟德斯鸠、卢梭等人影响，崇尚自由平等，赞成审判和处死国王，后来与雅各宾派领袖罗伯斯庇尔发生严重政见分歧，如建议取消革命恐怖政策等。1794年3月底，丹东被逮捕，几天后，革命法庭即以"企图恢复君主制、颠覆共和国"的罪名将他推上了断头台。据说被捕前，丹东怒斥逃跑者："逃走？难道把自己的祖国也放在鞋底下带走？"

政热点的视觉性参照物件,在一个广大民众目不识丁的社会里,蜡像比印刷品更具优势,及时更新的名流人物蜡制头像和躯体尤其吸引眼球,它们展现了激动人心的命运反转历程,其中可以看到一系列政府部门的首脑在权力斗争中成王败寇,你方唱罢我登场。蜡像具备服务政治目的的潜能,这意味着此时已28岁的玛丽,发现自己不但是1789年法国大革命爆发这一史诗般事件的见证者,而且被卷入其中,亲身感受到一场改革运动如何演变为革命行为,随即,封建制度里威严的君主政体分崩离析,陷入混乱的无政府状态。

18世纪的法国,其"头部"和"躯体"带有很强的隐喻色彩,且是反复出现的主题。1776年,巴黎高等法院的一位发言人形容国王与国家的关系正如人的头部和躯体。谈到路易十六,这位发言人认为,他是"整个民族躯体上实行君主统治的大脑"。革命爆发前夕,记者和剧作家梅西埃在描述巴黎时用了相似的类比。在他看来,巴黎这座城市的"'头部'相对于其'躯体'而言太过庞大了"。就像旧制度时期那些过分夸张、头重脚轻的发型,梅西埃暗示道,巴黎已经摇摇欲坠,充满危险和动荡。

随着路易十六和臣民之间的关系日趋紧张,巴黎与凡尔赛宫之间的权力斗争不断上演。柯提斯和玛丽经常用来雕刻、打磨模具的凿子,则更加繁忙地被用来凿去那些过气人物的蜡制头像,同时一点点地清除此前给它们装扮的华美服饰,以便给时代新秀的蜡像展品腾出地方。这些新秀致力于激进变革,他们把伏尔泰和卢梭的理论付诸实施。1789年,在玛丽的蜡像展中,与伏尔泰等大文豪的模型并排陈列了西哀士神父[1]、

---

[1] 即埃马纽埃尔·约瑟夫·西哀士(Emmanuel Joseph Sieyès,1748—1836),生于普罗旺斯富裕的中产阶级家庭,曾在巴黎大学接受神职教育,法国大革命时期的政治活动家。1789年,他因写作出版了一系列反对王权的政治宣传册名声大振,如著名的《什么是第三等级?》(Qu'est-ceque le tiers état?)中就明确提出,第三等级是全社会的代表,应该是国家的主人,"第三等级是什么?是一切,是整个国家;到目前为止,在政治等级上,第三等级得到了什么?一无所有。第三等级要求什么?要求取得某种地位"。1792年,西哀士被选进国民公会,后来与拿破仑等人一起策动了"雾月政变"。

米拉波、内克尔和奥尔良公爵的蜡像制品，他们都是新近受到公众拥护爱戴的人物。

1789年年底，仁慈的医生约瑟夫-伊尼亚斯·吉约坦[1]提出，应以一种更人道的方式来进行公开处决，借助新的器械，"不到眨眼工夫，立马人头落地"。直到1792年，吉约坦医生理论上的提议才得以付诸实际，尤其是1793年，断头台被用来处决了国王路易十六，狂热的共和主义者极力效仿这一弑君事件，例行向其他王室成员大开杀戒。斩首活动成了法国大革命时期的主要看点。从玛丽与柯提斯不断更新的人体蜡像模型到双轮运货车被用来运载遗体等一系列戏剧性事件，人的脖子被砍断就像植物的茎秆被割下一样，对于巴黎民众来说，那些被砍头的躯体已成为日常生活中糟糕而残忍的现实。

断头台这一机械化的斩首工具，与不幸的吉约坦医生永远地联系在了一起，他其实并没有参与其中的设计和建造工作［断头台主要由德国钢琴制造师托比亚斯·施密特（Tobias Schmidt）发明］，玛丽与断头台之间的关系同样剪不断、理还乱。在全球数百万人的集体想象中，玛丽最负盛名的事迹便是在法国大革命期间，她以刚滚下断头台、鲜血淋漓的头颅为样本，给那些名声卓著的死者制造蜡像模型。大众之所以会产生这一印象，主要基于玛丽的回忆录，书中她详细讲述了自己在大革命时期对诸多暴行的亲身体验。一位无辜的年轻女子，系着沾满血迹的围裙，被强制要求给那些她此前熟知的人制作面目狰狞的死亡模型，上述形象构成了杜莎夫人身份地位的核心。但

---

[1] 约瑟夫-伊尼亚斯·吉约坦（Joseph-Ignace Guillotin，1738—1814），法国医生，共济会会员。1789年10月，吉约坦医生当选为法国制宪会议议员，他提出了"改良刑具、减少行刑痛苦"相关议案，强调即使对死刑犯也应进行人道主义处决，他本人还反对死刑，后来，人们便以吉约坦医生的名字代称断头台。吉约坦医生去世后，其后人将家族名换掉，以免继续遭受断头台之名的牵连。断头台的原型古已有之，经法国外科医生和心理学家安托万·路易（Antoine Louis，1723—1792）改进，逐渐定型，因此一度被称为"路易刀"。最初，用断头台行刑时，刀刃容易卷曲，擅长制造锁具的路易十六据说亲自将刀刃由新月形改为三角形，成功解决了这一问题。此说因缺乏直接的史料证明，因此可能是后人将路易十六与安托万·路易混为一谈的牵强附会。

是，如同吉约坦医生尽管没有参与断头台设计却依然值得受到称赞一样，把一些最知名的死亡面模和蜡像遗迹归因于杜莎夫人的功劳，迄今仍使得柯提斯的角色黯然无光。

在1789年至1795年爆发系列重大事件的前夕，柯提斯认为应该明智地把在罗亚尔宫的产业搬迁，将其与圣殿大道上同为居家之所的展厅合并为一个规模更大的展览。柯提斯对潮流变化有着地震仪一般的灵敏感知，这是他开展蜡像事业得以成功的因素，此外，他所拥有的另一项有利条件便是与诸多权势人物有着广泛而友好的交往。柯提斯深知应与公众的兴趣保持一致，并且，正如具有在恰当时机展出应景展品的本领一样，他非常注重如何依据自我目的来与公众保持或亲近或疏远的关系。玛丽试图通过其回忆录使我们相信，在法国大革命爆发前夕，她便从凡尔赛宫返回巴黎了。她暗示，此举主要是因为柯提斯对即将到来的剧变了解内情，于是强制她辞去宫廷教师一职，她这位"宫廷宠儿"于是回到了家里。但是，与依依惜别、难舍难分的情形不同，玛丽的离去似乎平淡无奇。

要么1788年底，要么1789年初，柯提斯和玛丽关闭了他们在罗亚尔宫拱廊街游乐场租赁的精品展厅，此展厅与罗亚尔宫花园里著名的富瓦咖啡馆[1]（Café Foy）和蒙庞西耶画廊（Galérie Montpensier）毗邻。这并不意味着所有蜡像及配套设备打包后，直接将其安放到位于圣殿大道20号的展厅中便万事大吉了。两处展厅合二为一并非易事。罗亚尔宫王室蜡像展的背景为烛台、大枝形吊灯，配备了洛可可风格的精美玻璃和蜡像基座，这些华美的装饰与圣殿大道上"恶人穴"蜡像展所采用的道具不协调，圣殿大道上的展厅主要是为了给观众提供廉价的感官刺激。但是，从此以后，两种风格的蜡像展将共处于同一屋檐

---

[1] 1789年7月12日，在得知法国财政大臣雅克·内克尔被路易十六解职的消息后，法国政治家、革命家卡米耶·德穆兰（Camille Desmoulins）对聚集在富瓦咖啡馆外的群众发表演说，表示要"拿起武器准备作战，戴上帽徽以便相互辨认"，并声称对改革派的屠杀已经在准备中。革命的星火很快燎原，两天后，巴士底狱被民众攻占，法国大革命爆发。

下，此举推动了蜡像展呈现出既浮华虚荣又血腥暴力的双重属性，这一特点延续至今。合并期间，着手加工处理手头仍然有用的原件，不断调整、增补最吸引人的蜡像制品，类似技能对玛丽未来的发展非常有利。罗亚尔宫蜡像展厅的仿制品被棉制覆盖物包裹，它们已经被多次循环使用，其身份屡经转换，包括男人或女人，文人墨客或明星大腕儿，朝臣或罪犯，等等，这取决于蜡制头像与躯体如何搭配组合，所有物件都被运回到了圣殿大道上剧院林立的喧闹街区。

但是，此前欢闹的街头娱乐呈现烦躁、紧张的气氛，因为生活必需品的匮乏开始腐蚀民心士气。1788年夏季，农作物歉收，随之而来又是一个严寒的冬季，这极大地影响到主要日用品如面包和柴火的供应，许多人对此印象深刻。酷寒凸显了特权与贫困之间的悬殊。在凡尔赛宫里，天气尤为恶劣。调味汁在端上国王的餐桌前，已被寒风冻住。一些王室成员富于想象力的保暖措施使其减少了与外界的正常社交，如朗布耶伯爵夫人（Marquise de Rambouillet）让其仆人把自己缝入熊皮大衣中，卢森堡元帅夫人（Maréchale de Luxembourg）则躲进装配了长柄炭炉的轿子里取暖。当宫廷的贵族能够舒适地避寒时，巴黎城里缺乏食物和燃料的劳苦大众却死于饥寒交迫。尽管如此，截至1788年12月，路易十六统治下的这些受到压迫的臣民仍是忠诚的保皇派。在与家相隔几条街的地方，玛丽可能会看到民众为君王建造的纪念碑，以表达赐予柴火的感激之情，一座由冰雪构建的方尖碑高高耸立，"为了感恩我们的统治者和友人"。路易十六的堂兄奥尔良公爵同样大方地为民众捐赠了木材，为此他变卖了一些艺术珍品来筹集资金。但是，玛丽对奥尔良公爵布施的动机表示怀疑："通过花费大量的金钱，他使自己在民众中大受欢迎，同时也能打造出他本人有民主意向的形象，公爵的财富如此巨大，由此他可以用金钱买来名声。"但从1789年春季开始，就像人们依靠成百上千冰冷的双手堆起的雪塔一样，民众对王室的尊敬和忠诚开始消融。在历来注重娱乐的罗亚尔宫，政治氛围也逐渐浓厚，国王的那些刚愎自用的亲戚正不断煽风点火。

　　以前顾客成群结队参观蜡像展，主要是为了观摩哪些人哪些装扮正符合时尚，或是已经落伍，然而，他们现在蜂拥而至的目的，却主要想知道最近有什么新闻发生。接连几任财政部长试图通过改革使国家财政回归盈余状态，至少解决赤字问题，但他们的努力都失败了，此后，国民经济成了一个广受关注的热点。早在英法等国之间爆发"七年战争"（1756—1763）时期，法国的国家财政便陷入了困境，随后，法国对美国独立革命（1775—1783）的介入，再次雪上加霜；与此同时，国王的奢侈挥霍及其对改革的排拒态度，使得每一位负责设计解决方案的改革者都遭受着财政和外交上的噩梦。在罗亚尔宫蜡像展厅里，财政总长卡洛讷[1]的仿制品占有一席之地，身穿精心制作的花边羽饰，戴着撒了粉的假发，卡洛讷不失旧制度时期的优雅风度。在回忆录中，玛丽描述他"非常受宫廷的欢迎，自然就不受普通民众待见"。作为一名穿着异常考究的美食家，卡洛讷尤其嗜好块菌、松露等食物，并且喜欢涂昂贵的润发油，他不是财政紧缩时期的节约典范。玛丽显然不太喜欢卡洛讷，在对方失宠后指责他不仅"窃取了本属于整个国家民族的一些古董珍品"，并且将其转卖用以"支付一些个人开销"。

　　等到罗亚尔宫的蜡像展迁回圣殿大道的时候，前财政大臣雅克·内克尔再度复出，接任了卡洛讷的职位。内克尔没有穿戴有褶边的俗丽衣饰，作为节俭生活的模范，他在宫廷里也没有过分亲密的朋友。玛丽对内克尔的言谈举止做了记录："他的穿着打扮更像是一位乡下人，而非已习惯于身居高位并与王室做亲密交谈的大臣。"内克尔对于财政公开透明的信念，在他此前发布的《致国王财政报告书》

---

[1] 即卡洛讷子爵夏尔·亚历山大（Charles Alexandre，1734—1802），1783年11月至1787年4月担任法国财政总长。为根本解决法国财政问题，他曾提交改革方案，涉及增加对贵族和教士等特权阶级课税，无区别征收所有土地所有税等内容，但遭到特权阶层反对，甚至被人讥笑为"赤字先生"。

(*Compte Rendu*)中得到了很好的展现,这份报告史无前例地披露了法国财政的收支情况,此举为他在1789年上半年充满挑战的时局中获得广泛赞誉铺平了道路,也意味着民众对这位才华横溢的瑞士籍商人充满敬意并寄予厚望。内克尔坚称王室对民众福祉负有责任的说法使他尤其大受欢迎,他还倡导赋税和选举改革。尽管事实证明,内克尔的努力对改善法国经济政治现状没有实质成效,但这并不妨碍他成为公众的宠儿和英雄。

玛丽眼见各类光顾蜡像展的社会小人物,其中包括工匠、理发师、假发商、手工艺人以及店主,变成了"政治宣传册"如饥似渴的消费者,只因这些"小册子"捍卫其利益。在旧制度特色鲜明的等级秩序中,第三等级构成了大众的主体,他们只享有最低限度的政治权利,在基本商品比如食盐上,却深受不公正的税赋制度之害。他们也是面包价格波动最受伤害的群体。1789年三四月间,在凡尔赛宫召开的三级会议上,法国各地民众受邀向大会提交正式的申诉状,其中第三等级一再抱怨的主题便是"所有生活必需品都太贵了"。面包供需是其中突出的问题。当4磅一条的面包上涨到新的价格,许多家庭的预算陷入了无法承受的境地。军方护送粮食成了寻常可见的景观,面包工人被警察保护起来。在巴黎市郊,增派的士兵在环绕征税关卡的周边城墙上巡逻。为了尽量减少民众逃避王室税收,这些1785年修造起来的高墙尤其不得人心。1789年夏天,当法国大革命猛然爆发时,征税关卡成了必然的导火索,并且不到三天时间,它们就被民众全部毁坏。

饥饿不会困扰另外两个阶层,即位居权力秩序顶端的教士和贵族。他们居于社会梯队的最高层,总人数不到50万人,却控制了法国三分之二的土地,与之形成对比的是数量近2500万的佃户。雕刻作品经常采用被压迫者的形象,借以刻画这些被剥夺了公民权的大众的悲苦境遇。这些作品尤其喜欢描写一位农民,肩上痛苦地扛着两个人,分别为肥胖的贵族和教士,有时还以引人注目的方式,展示农民被贵族和教士践踏于脚下的场景。文人墨客则以严厉的讽喻强化了上述主题。贵族兼神父西哀士把第三等级形容为"一种恶性疾病正在使病人的身体遭受煎熬和折磨"。法国历史学家塞巴斯蒂安·尚福[1]认为,第三等级仿佛是野兔,贵族和教士有如猎犬,国王好比猎人。王座上坐着一位疯狂"狩猎"、压榨民众的国王,这一比喻恰如其分。

介于旧秩序权势人物和无力购买柴火取暖而冻得牙齿打颤的下层民众之间,存在一片广阔的空间,它们被迅速增长且同为第三等级的中产阶级占据。这些雇主和企业家享受着通过自我奋斗得来的成功果实,柯提斯便是其中的典型。他们把子女送往学费昂贵的私人学校,到处置宅,并仿造贵族气派进行豪华装修。梅西埃为中产阶级的逆袭转变感到惊奇:电铃线被安装到墙内,以便随时召唤仆人,此外家中铺着奢华的地毯、摆着华美的镀金床。他写道:"如今,中产阶级把家里装饰得富丽堂皇,其豪奢程度超过了两百年前的帝王。我确信如果我们的祖先重返当代社会的话,他们一定会被如此多的家具名录所震惊。"中产阶级群体尤其利欲熏心,他们推动着一出出政治戏剧于1789年五六月间接连在凡尔赛宫上演,至"网球场宣誓"[2]爆发时达到高潮,第三等级的与会代表宣称自己召开的是"国民议会",力求在法国建立君主立宪政体并约束旧制度的特权。人们密切关注着源自国王的不同信息,因为他表面上看起来顺服地在推进改革,但同时批准鼓动向巴黎大规模增兵。法国卫队和外国兵团在巴黎城内外被调动起来。

---

1 即尼古拉-塞巴斯蒂安·德·尚福(Nicolas-Sébastien de Chamfort,1741—1794),法国剧作家、诗人和箴言家,以文风幽默著称,著有《格言、警句和轶事》(*Maximes, pensées, anecdotes*)等多部作品。他的许多格言在法国大革命期间成为民间流行的俗语,如"让城堡去打仗,给村舍以和平"。
2 1789年5月5日,路易十六召开已中断了175年的三级会议,试图缓解国内矛盾,并达到征收新税、解决财政困难等目的。因对代表的表决权无法达成共识,第三等级后来决定自行召开"国民议会",宣称他们是"全体国民的使者"。6月20日,"国民议会"准备集会,国王派兵封闭了会场。第三等级于是在附近找到一个网球场,冒雨在此集会,表示"不制定和通过宪法,决不解散"。"网球场宣誓"加速了法国大革命的到来。

跟上时代形势的最好去处便是罗亚尔宫，这里已成为第三等级宣传的总部。皮埃尔·肖代洛·德·拉克洛[1]作为受雇于奥尔良公爵的写手之一，炮制了大量带有政治煽动色彩的传单。1783年，拉克洛创作的书信体小说《危险的关系》震惊了上流社会，当读者推测书中没有道德观的主人公在现实世界的原型时，激起了各种流言蜚语，作者极具颠覆性的写作也引发了严肃而影响重大的辩论。从中午到深夜，人们源源不断地在弗莱芒人咖啡馆享用啤酒，在富瓦咖啡馆畅饮白兰地，但是，他们对打探新闻和接受不同的观念更感到陶醉和兴奋。在写给妻子的一封信中，费里埃侯爵（Marquis de Ferrières）这位来自外省的人士，描绘了当时令人愉快的氛围：

> 你真的难以想象各色人等经常在罗亚尔宫聚集。场面着实让人惊叹：这边有人草拟了关于宪法改革的文案，那边有人在大声宣读自己的宣传册子，另一张桌子上，一些人正在批判某位大臣，每个人都忙着与专注于自己的听众交流。我在这里待了近十个小时。公园的小道上全是三五成群的少男少女。书店里人满为患，读者浏览、翻阅各种书籍和宣传册，却什么也不买。置身咖啡馆里，因为人多拥挤，有点令人透不过气来。

截至目前，罗亚尔宫最著名的演说家应该是一位卖栗子的商贩。在从家往返罗亚尔宫蜡像展的途中，玛丽应该注意到这个与众不同的人，他像国王登基一般端坐在乌木座椅上，随即喋喋不休地发表奇谈怪论，以此来招揽生意："先生们，我被召集来告诉你们，我已掌握了天赋。我可能不像那些在公立中学、博物馆、皇家俱乐部工作过的人那么雄辩，但我饱含热情。他们言之无物，我却能验证现实问题。他

---

[1] 皮埃尔·肖代洛·德·拉克洛（Pierre Choderlos de Laclos，1741—1803），法国小说家，其代表作品为书信体小说《危险的关系》（Les Liaisons dangereuses，一译《风月笺》），他曾被拿破仑任命为陆军准将。

们只能让人们的耳朵舒服,我可以供应精致的水果使大伙儿享受到美味。"但是现在,街头即兴演说者盖住了这位"栗子首脑"的风头,他们充满激情地呼吁民众践行新的政治理念。每一个街角都充斥着民谣歌手、售货员、政治手册作者,一时间各种言论泛滥。

随着民众对时下政治形势的关注进入狂热状态,国家遭受的灾难自然成为激烈争论的内容。这导致民众纷纷涌向罗亚尔宫,听这里各种反对既有体制的言论。这些无所顾忌的呐喊令英国作家亚瑟·扬感到惊讶:"报刊不断向读者灌输富于煽动性的信念,如果将其付诸实施将会推翻君主制,当局对此没有做出回应,宫廷也没有采取任何措施来管制这些越轨的出版物。"罗亚尔宫此前作为娱乐场地,曾是寻求刺激者的天堂,无聊之人的梦幻之所,现在则成了一个"新物种"的自然栖息地,他们眼球充血、怒目而视,血脉偾张、陷入迷狂。罗亚尔宫变成了非官方的通讯社,无论何时,这里的民众都聚集在一起,不厌其烦地交流、讨论最新的报道。亚瑟·扬为我们描绘了一幅生动的画面:

罗亚尔宫的咖啡屋呈现出奇特和令人称奇的景象,不但屋子里面人山人海,门窗外同样挤满了满心期待聆听演讲者发表演说的听众。演讲者每当有指斥当局的表述,情感越是激烈、言辞越带血腥味道,得到的反应便越热烈,喝彩声便越震耳。这样的气氛倘不亲临实在难以想象。

鉴于罗亚尔宫紧张的氛围,柯提斯决定搬离这一充满狂热的"熔炉之地"也就不足为怪了。柯提斯不仅是一位对第三等级的事业感兴趣的观察者,他还喜欢与各类相关人士交往。据玛丽回忆,柯提斯经常做东,座上客包括许多核心人物,他们对重塑法国政治版图发挥着重要作用。在回忆录中,玛丽还描述了到家里用餐的"新秀"人物,他们的蜡像同时被用来展览:"以往,人文艺术和自然科学领域的哲学家、业余爱好者、教授专家经常拜访热情好客的柯提斯。但是,到访的嘉宾后来被狂热的煽动者、满腔怒火的政客和激进的理论家所取代,他们总是大声诅咒着君主政体,针对种种应取而代之的政府慷慨陈词,还炫耀地提出各自关于共和政治的主张。"楼上木质餐桌前充满激情和活力的场景与楼下安静的蜡像展形成了富有象征性的对比,在楼下的展厅中,国王路易十六与玛丽·安托瓦内特王后的蜡像沉默无言,他们正以王室礼仪"享用"着"开放餐筵",这些易碎的蜡像对自身遭受着与日俱增的蔑视和耻辱并不在意。

纸上谈兵最终演变为实际行动,巴黎民众一改对当前社会问题的冷漠态度,开始准备承担新的角色。象征性地毁坏那些粗制滥造的人物肖像作品,因为他们曾激起民众的愤怒,成了潜在暴力活动不祥的征兆。两位在推动生死攸关的改革中遭遇失败的财政大臣先后被当作代表遭到"杀害":1787年,卡洛讷粗糙的肖像被象征性地用来执行绞刑,到了1788年,人们临时找来了洛梅尼·德·布里耶纳[1]的肖像,并仪式化地施以火刑。基于相关骚乱的规模和暴力程度,更具恐吓性的行动则是1789年对壁纸生产商雷韦永的模拟"谋杀"事件。这位富裕的商人在涉及工人薪酬时随意发表的意见遭到误读并被刻意炒作、宣传,进而激起了暴民的狂怒。他们摧毁了雷韦永的印刷机和仓库中的存货,并洗劫了他在圣安托万街的豪宅。其实这位雇主心中时刻牵挂着员工的福祉。骚乱者抬着一具绞刑架穿过街市,随身携带着以他们的敌人雷韦永为原型的早期仿制品,并邀请过往的行人到格列夫广场观看和见证对其施行的绞刑和火刑。玛丽对于暴民返祖式的行动能力可能知之甚少,但她能感受到这是充满暴力的政治激进主义不吉利的开端,她和柯提斯赖以谋生的蜡制头像作品,也将在虚拟与现实相互交织的社会里承担重要角色。在以前,蜡制头像被用来纪念英雄人

---

[1] 洛梅尼·德·布里耶纳(Loménie de Brienne,1727—1794),1763年任图卢兹大主教,后来担任路易十六时期的财政大臣。法国大革命期间,由于他曾为宫廷宠臣而遭到革命者逮捕,死于狱中。

物，同时谴责歹徒流氓，脾气好的大众只需支付很少的费用便能入场参观，如今，它们迅速成了用来抗议和庆祝胜利的物件，被高高地枭首示众。其后，梭镖上刺着的蜡像又被砍下后的真人头颅所取代，民众以蓄意谋杀来泄愤，进而展示他们血腥的战利品。

  1789年7月11日，星期六，这一天国王突然解除了财政大臣内克尔的职务，此举点燃了革命的火药桶。从现在开始，一种天将降大任的感觉压倒了民众，但他们自己却无法掌控事态的发展。第二天下午，内克尔被解职的消息传到了罗亚尔宫。这一引起轰动的新闻在咖啡馆内、沿着拱廊街不胫而走，为上流社会富裕的居民所获悉，同时传进了总是挤满读者的繁忙书店。谣言和恐慌的波纹不断扩散，大众急切想知道更多讯息。当涉及目前主要事态的报道在罗亚尔宫被散布开来时，12日下午预计有6000多人在场，他们向经常聚会的地方集中。在富瓦咖啡馆外的桌台上，魅力超凡的卡米耶·德穆兰[1]将内克尔被解职的消息变成为一场令人倾倒的演讲，他发出战斗口号，呼吁民众拿起武器进行反抗。德穆兰勇往直前，新的恐慌又出现了，人们传言警察正赶来准备驱散人群。德穆兰抓住契机，极尽夸张地将这一信息宣称为："长鸣的警报预示着一场新的圣巴托洛缪大屠杀[2]。"激昂的听众兴奋地牢牢记住德穆兰说的每一个词。演讲过程中，德穆兰从旁边的树上摘取了一片树叶佩戴在身上，他鼓励受惊的听众效仿其装扮，如此一来，他们就能集体展现出象征希望的绿颜色。这一即兴的绿色标

---

[1] 卡米耶·德穆兰（Camille Desmoulins，1760—1794），法国记者、政治家，法国大革命风云人物之一，他与雅各宾派领袖罗伯斯庇尔为中学同学。德穆兰宣扬革命暴力的正当性，因鼓吹在灯塔吊死贵族而被人们称为"灯塔检察官"。后来，德穆兰与罗伯斯庇尔发生冲突，被推上断头台。
[2] 圣巴托洛缪大屠杀（Massacre de la Saint-Barthélemy），1572年8月24日凌晨时分，巴黎天主教徒发动突袭，对城内数以千计的胡格诺教徒大开杀戒，由于这一天正值圣巴托洛缪节，史称"圣巴托洛缪之夜"。大屠杀随即在法国其他地区蔓延，由此引发了一场旷日持久的宗教战争，直到1598年亨利四世颁布《南特敕令》宣布新教徒拥有信仰自由，才逐步实现了教派之间的和解。法国作家大仲马创作的小说《玛戈皇后》（*La Reine Margot*）便以这一历史事件为背景。

记成了三色旗的前身,不久以后,它又被认可为爱国主义的象征符号。为了强调解雇内克尔的严重性,德穆兰鼓动大众支持他关闭剧院的提议,以此寄托民众的哀痛。领会了德穆兰的意思后,人群中一支小分队突然离开,他们向圣殿大道的剧院区进发。等到众人离去后,圣殿大道两边的树木呈现凋零不堪的景象,凡触手可及的树叶都被摘得精光,地面上则洒满细枝末梢。

大批民众涌入巴黎歌剧院,预先安排的节目立即被中止表演,随后,他们闹哄哄地沿着圣殿大道前行,反复高喊:"内克尔万岁!奥尔良公爵万岁!"并在蜡像馆前驻足,直到这时玛丽方才得知骚乱爆发。柯提斯立马做出反应,他在房屋前面的门栏处挂出了暂停营业的告示。但是柯提斯和玛丽很快明显地感到,群众并非像看上去那么充满威胁性。据玛丽描述,这些抗议者"很懂礼貌,他们举止有序,为此她一点也不感到惊慌"。在蜡像展厅门口,众人请求柯提斯把内克尔和奥尔良公爵的半身胸像转让出来,他们都是特受大家喜爱的人。内克尔被解职的遭遇增强了他在民众心目中的吸引力。奥尔良公爵尽管与国王血缘关系亲近,但他献身于公众事业的精神,也似乎增强了老百姓对他的感激之情。柯提斯应允了他们的请求,主要是因为他意识到,这些蜡像是成功发动一场轰动的宣传政变的必要素材。作为昔日的演艺人士,柯提斯在转交第一尊蜡制胸像时表示:"我的朋友内克尔一直在我心里,但如果他真的就在里面,我情愿开膛破肚,把他献给你们。我只有他的蜡像作品,现在归你们了。"众人纷纷鞠躬以示感谢,欢呼声四起。好做设问的历史学者可能会对玛丽在其回忆录中讲述的故事感兴趣,她提到众人同时要求把国王的蜡像也进行移交,"但遭到了拒绝,柯提斯知道那是一件全身的仿制品,如果随意搬动会被弄碎。暴民们纷纷鼓掌说道:'好极了,柯提斯,非常棒!'"

民众获得了自己心目中英雄的蜡制头像后,他们改变风格,以参加葬礼的形式来寄托对内克尔解职后的悲伤之情,气氛变得非常忧郁。蜡制头像被架在浅底基座上,由表示哀悼的黑纱布覆盖,此外,

民众高举着财政大臣内克尔和奥尔良公爵的蜡制胸像,以赞美自己心目中的英雄……

鼓声低沉,人们举着带白边的黑色横幅,列队穿街而行。见证者贝弗鲁瓦·德·雷尼[1]当时正在圣殿大道上,他认为参与游街的民众约有五六千人,他们"快步行走,毫无秩序可言",各自带着临时挑选的武器装备,随时准备烧毁任何尚在开放的剧院,"扬言在这个不幸的时刻,法国人民不应该只顾自己快活"。

游街活动经过圣德尼街熙熙攘攘的工匠生活区和圣奥诺雷街上的贵族聚居区,吸引了大量好奇的路人,当游行队伍抵达旺多姆广场时,这里聚集了大量的"哀悼者",他们环绕在内克尔和奥尔良公爵的蜡制头像周边。托马斯·卡莱尔[2]再现了这一令人难忘的场景:

---

1 贝弗鲁瓦·德·雷尼(Beffroy de Reigny,1757—1811),法国剧作家。
2 托马斯·卡莱尔(Thomas Carlyle,1795—1881),苏格兰历史学家、哲学家、讽刺作家,代表作有《论英雄、英雄崇拜和历史上的英雄事迹》(On Heroes, Hero-Worship, and The Heroic in History)、《法国革命》(The French Revolution: A History)等。

法兰西救星内克尔和奥尔良公爵的半身蜡像被黑纱布覆盖，这种仪式既像为他们举行葬礼，又像是对天界、人间和冥府发出共同的吁请，随后闲杂人等离开了。众人渴望着某种神迹出现！作为尘世中人，他们拥有非凡的想象力，但如果不借助某些标志符号的力量，便可能一事无成：如此一来，就像奥斯曼帝国的穆斯林紧紧跟随着先知的旗帜指引，由柳条编织而成的侏儒被象征性投入烈火中，而内克尔不久前才被装饰好的蜡像，被高高地安置在木杆上。

他们抬着内克尔的蜡像游行示威，各色人等不断汇入人流中，他们手持斧头、棍棒或其他武器，发出令人毛骨悚然的叫嚷声呼啸而去。

民众涌向路易十五广场[1]的时候，正面遭遇了一队皇家骑兵，后者拒绝向内克尔的蜡像致敬。正如斗牛场（Combat au Taureau，柯提斯蜡像展附近一个非常著名的角斗场）里不公平的竞赛一样，猎犬和驴子被放出来与公牛角斗，这些平民从一开始便处于下风，因为他们面对的是朗贝斯克亲王（Prince de Lambesc）的龙骑兵，后者正挥舞着啪啪作响的皮鞭。民众先是对这些卫兵辱骂，然后投掷石块，一些龙骑兵恐慌了，他们对迎面冲来的密集人群开了枪。据当时的报刊报道，一位名为弗朗索瓦·佩平（François Pepin）的布匹小商贩，在游行中负责用长矛托举着奥尔良公爵的半身蜡像。他的脚踝中枪，胸部中剑，但只受了皮肉伤。相比于手举内克尔蜡像的同伴，他轻松地逃脱了险境。因为随着骚乱加剧，战斗蔓延到了杜伊勒里公园，而那位托举内克尔蜡像的人不幸地遭到了致命伤。玛丽所谓革命"流血冲突的发端"由此开始，她认为在历史记载中，这些蜡像占据了至关重要的位置。在革命期间的重大日子里，柯提斯随即充分发挥了蜡像制品所

---

[1] 即今天的协和广场（Place de la Concorde à Paris），法国大革命时期它被称为"革命广场"。

扮演的角色作用。1790年，柯提斯在一份小册子中泰然自若地吹嘘："因此我以个人信用担保，革命的最早行动就发生在我家附近。"

正当抗议者奋力保护内克尔和奥尔良公爵的蜡像之际，一辆载着奥尔良公爵的四轮马车绝尘而去，前往其情妇格蕾丝·埃利奥特祥和安宁的家里，在此，与路易十六骨肉至亲的公爵十分安全。家庭佣人告诉奥尔良公爵，巴黎城里谣言四起，盛传他已经被押往巴士底狱并遭到砍头。有关内克尔和奥尔良公爵蜡像的论述引发了同样的困惑。柯提斯宣称，在抗议行动六天后，奥尔良公爵的胸像被归还，且完好无损。如果你不否认就像是一头公牛闯进了瓷器店一样的话，并且想象出拿着易碎的物品穿越蜂拥逃窜的人群这一情景，那么，布匹商弗朗索瓦·佩平后来证实蜡像在骚乱中被毁坏的说法似乎更使人信服。玛丽在其回忆录中的记述支持了弗朗索瓦·佩平的论点，奥尔良公爵的蜡像没能回收，"在混乱中，它十之八九已经被踩得粉碎"。内克尔的半身蜡像倒是由一位瑞士卫兵归还了，蜡像的头发已被烧焦，脸上还有不少刀剑划痕，但是经过柯提斯"妙手回春"般重新修饰，它又被安放在原来的位置上用以展出。两天后，在攻占巴士底狱的余波中，众目睽睽之下，当人们用并不锋利的钝刀砍下了真人的头颅时，象征性的抗议活动便让位于源自本能的现实主义，群众暴动的血腥图腾崇拜情结就此不断释放。

对于国王而言，1789年7月7日星期二这一天比7月14日更为重要。7月7日，国王在日记的开头写道："在皇家港口猎场捕获两头牡鹿，另杀死两头。"而在巴士底狱被攻占的7月14日，国王在日记中说"今天无事"。当国王的狩猎日志显示他迎来了一个失望的一天，柯提斯却正处于采取行动的百忙之中。他应召担任新成立的国民卫队的区队长，国民卫队作为临时紧急组建的人民武装，旨在维护日益混乱的社会公共秩序。柯提斯由衷地喜欢这一新的角色，他宣称在赴任第一天便采取了积极行动，干预并阻止了一群暴民试图焚毁巴黎歌剧院以及林荫大道上其他剧场的企图："暴民已经准备好了火把，要是我不实

任职国民卫队期间，身着制服的柯提斯

行警戒，他们定会摧毁巴黎最雅致精美的街区之一。"柯提斯率领的40名卫队成员与600多名纵火者一度对峙，但双方成功实现调停。柯提斯将此归因于他个人的交涉努力："我从队伍中挺身而出，劝说准备放火的人中止行动。幸运的是，我说服了他们。他们放弃了邪恶的念头，匆匆离开了。"

新民兵组织对武器的需求不断增强，柯提斯参加了搜寻行动。他们甚至对路易十五广场附近的博物馆展开了搜袭，获取弓弩、刀剑来武装自己，全然不顾这些武器只能算作历史遗迹，远比不上最新的军事技术。在荣军院，民兵袭击了藏放大量毛瑟步枪的库房。但是，这些步枪没有弹药，不能派上用场。混杂的民兵组织随即向相隔不太远的巴士底狱进军，国王的瑞士籍卫兵最近在那里存放了大量弹药，因为当局认为那里安全。

柯提斯充分利用了他作为"巴士底狱得胜者"的身份角色，该头衔授予了那些攻占巴士底狱的人（总数估计八九百人），他们曾向这一修造于中世纪、充满传奇色彩的要塞进军，以期搜寻武器弹药。此后，柯提斯总是在通信中以"巴士底狱得胜者"自居，并炫耀他那把镌刻了纪念图文的枪支，每位"得胜者"稍后都获得了枪支纪念品。1790年，柯提斯还出版了一本名为《柯提斯先生的贡献，巴士底狱得胜者》（Services du sieur Curtius, vainqueur de la Bastille）的小册子。这些自吹自擂的论述，让人感觉巴士底狱的陷落仿佛只是他个人的成就。柯提斯夸大了攻占巴士底狱的解放意义，对起初主要为了获取弹药的动机轻描淡写地一笔带过。他强化了巴士底狱作为中世纪古老堡垒的巨大象征功能，将其视为专制政治的实体展现，反过来，它被攻陷在效果上戏剧性地产生了深远影响。柯提斯自豪地表示，他经历了"最后的危险和征服的荣耀，它们给我们现在所享有的自由烙上了时代印记"。

事实上，攻占巴士底狱有些虎头蛇尾。首先，巴士底狱几乎是一座"空垒"，这里只关押着7名囚犯。在民众的脑海里，巴士底狱坚不可摧，里面设置了密集的地牢和残暴的酷刑室，地狱一般的牢房与老鼠和铁链为伴，犯人用卷曲的指甲在发霉的墙上胡乱涂写遗言，监牢的墙壁如此厚实，以致它们禁闭了囚犯最凄厉的尖叫。监禁在巴士底狱成了缓慢而黑暗的死亡象征，就像被活埋一样。实际上，巴士底狱非常舒适。犯人可以通过支付一定费用来提升待遇，并允许配置居家日用品，比如火钳等。巴士底狱的上门服务非常贴心，一位贵族囚犯为此感慨说，刚在这里用了一顿监狱提供的简餐，一份丰盛的膳食很快从外面送达，他觉得必须吃个精光，以免辜负了贴身仆人的心意。此前犯人留下的证词对物质享受关注不多，尤其是巴士底狱还提供混合咖啡，其中最好的便属"摩卡"了。同样，不像巴士底狱关着"铁面人"的民间传说所假想的那样，囚犯在这里没有被拴带锁链，他们就如同住在21世纪的旅馆一般，被鼓励上到堡垒顶部活动区进行体育锻炼，那里可以全景式俯瞰整座巴黎城。

后来被关押在巴士底狱的犯人，不像以前一度被关在这里的英雄人物那样具备令人喜爱的品质。国王如果心血来潮，只需把无辜者的姓名写在逮捕密令上，他们就会被抓入监牢，随着门锁哐啷一声响，整个人生也就被禁闭了。当柯提斯在监狱门口召集他的队伍时，整个巴士底狱却出人意料地只收押了7名同狱犯人。其中包括4名伪造犯和一名精神错乱的英国人；犯乱伦罪的索拉热伯爵（Comte de Solages）也被家属要求关押在此，以免他们自身遭到伯爵的侵犯；另一名囚犯为爱尔兰籍债务人，玛丽在回忆录中认为这位名为克洛特沃西·斯凯芬顿（Clotworthy Skeffington）的马萨龙勋爵挥霍无度、举止怪诞，"他没有被关在监牢中，而是在一楼有一套公寓房"。一周前，对于革命解放事业来说，巴士底狱还关押着一位更令公众头疼的人物，那就是萨德侯爵[1]，但他已经被转移到了沙朗东疯人院。事实上，尽管并非众人皆知，但是到1789年7月，为了改造中世纪以来的残存建筑，使巴黎城更富现代气息，法国皇家建筑学会已经把拆除巴士底狱纳入城建总规划。鉴于巴士底狱已成为城市景观中有碍观瞻的一大污点，皇家建筑学会构思在原址上修建柱廊式的开阔中庭，并设有喷泉，将其改造成为宽敞明亮的休闲好去处，以供市民享用。这一不带其他特殊功能的重建方案，非常适合取代巴士底狱，后者已失去了最初建造时防卫巴黎城的价值，如今沦为城市的累赘，并且，当国王变得残忍时，它还成为倒退到启蒙运动前专制统治的黑暗象征物。1789年7月，民众向巴士底狱外墙发起猛攻，这是不祥之兆，这座固若金汤的要塞正面临挑战，想要阻挡他们的进攻。

民众包围巴士底狱后，随之开展的进攻并不具备一场伟大革命

---

1 萨德侯爵（Marquis de Sade，1740—1814），生于败落的法国贵族家庭，早年参加"七年战争"有军功，获骑兵上尉军衔。法国大革命期间，他参与撰写了不少演讲词，包括马拉葬礼上的悼词，并受命管理医院和公共救助机构等。此外，萨德侯爵创作了许多描写色情的作品和哲学书籍，如《索多玛120天》（*Les 120 Journées de Sodome ou l'Ecole du Libertinage*）、《闺房哲学》（*La Philosophie dans le boudoir*）等。

所必需的长期对阵。几小时之内战斗便已结束,双方没有进行旷日持久的交锋,真正具有威力的武器是安放在堡垒上的大炮,但它没有向民众开火。在流血冲突方面,同样雷声大雨点小。刚开始,巴士底狱紧张的司令官勒内侯爵[1]甚至邀请攻击者的首领一道餐叙,结果证明这是一场冗长而没能达成共识的午餐谈判。就气质而言,勒内侯爵更像一位风度翩翩的绅士而非拥有钢铁意志的军官。尽管只遭遇了微弱的抵抗,攻击者便赢得了胜利,但征服与投降行动仍使双方付出了代价。"得胜者"最终在枪管里装上火药,并顺带释放了衣衫褴褛的同狱囚犯;他们的伤亡总数达到了83人,卫戍守军却只有一人战死。勒内侯爵投降后很快被攻击者杀死,由此增加了另一条残忍的死亡统计数据。《巴黎革命》(Les Révolutions de Paris)是当时涌现的诸多报刊之一,年轻的记者劳斯塔罗特(Loustallot)在第1期中报道:"遭受无数击打后,勒内侯爵的身体已千疮百孔,他的头被砍下来,刺挂在长矛上,鲜血遍地横流。"巴黎商会会长弗莱塞勒先生[2]与勒内侯爵命运类似,民众砍下他的头颅后,同样用长矛挑着游街串巷。这类场景很快被逼真模仿,仅仅几天后,巴黎的小孩开始玩起了"假扮游戏",他们将猫的头砍下,用木棍、树枝刺挑起来,然后上演他们自己的游行。

　　追溯起来看,巴士底狱的陷落宛如史诗一般,它对后世的影响远比事件刚发生之际更为深远。重新阐释该事件的意义和价值,以便为自我利益服务,柯提斯和玛丽在这方面比其他人先行一步。对于人民武装来说,获取军火自然是最关键的措施,几小时前,他们虽然已取得了步枪却没有弹药。对第三等级而言,掌握枪杆子同样是一项里程碑式的胜利,就在几个月前,他们连代表选举权都没有。攻占巴士底狱是民众由"臣民"转变为"公民"的辉煌象征。这一事件也代表了

---

[1] 勒内侯爵(Bernard-René de Launay,1740—1789),接替其父亲之职,担任巴士底狱司令官。
[2] 雅克·弗莱塞勒(Jacques de Flesselles,1730—1789),巴黎商会会长(级别相当于市长),因未能满足为民众提供武器的要求,在1789年7月14日巴士底狱被攻占的当天遭到杀害。

爱国主义宣传的诞生,而不仅仅是被抓住机会的政治家所利用。

1789年春,面包价格的上涨已严重超出了家庭预算,柯提斯和玛丽首次感受到了由于民生凋敝产生的连锁反应。收入下降,顾客稀少,人们就连省下几个苏的零花钱用来娱乐也变得非常困难。鉴于现金流难以保障,柯提斯为一项额外的遗产继承权开始了漫长耗时的联络,以便从他舅舅那里继承财产,而后者生前远居于德国美因兹(Mayence)。当年4月初的法律文书显示,柯提斯已经获得了一笔遗产,同样受益的人中,还有一位是他已失联多年的兄长。到了7月份,随着巴士底狱被民众攻占,前景突然又光明了,因为革命的爆发给商业娱乐活动和诸多企业家带来了利好消息。

柯提斯迅速意识到,当前考验法国的突发事件具有潜在的延展性和可塑性,就像他以蜡为媒介进而展现各类人物的造型一样。时事人物能以风格多样的方式变得时尚,以便适应市场不同的需求。1789年11月,英国马戏团老板菲利普·阿斯特利为他在伦敦威斯敏斯特桥附近名为"皇家丛林"的地方进行的展演大肆做广告,内容如下:"巴黎一位著名的艺术家给巴士底狱最后一任司令官勒内侯爵以及巴黎商会会长弗莱塞勒先生完美地重塑了蜡制头像,这些栩栩如生的蜡像即是无可争辩的证据。"菲利普·阿斯特利承诺,其展演"逼真地再现了弗莱塞勒先生作为有产者和勒内侯爵身为法国警卫的形象"。在其他一些地方,他还强调这些蜡像复制品"花费了大量费用才得以获取"。勒内侯爵和弗莱塞勒的蜡像展非常受欢迎。为此,后续的广告再次夸耀:"司令官的蜡像被阿斯特利从巴黎带回伦敦,其造型堪称完美,使得伦敦几乎所有的艺术家都热切期待把它画下来,其中有几位可能出于给杂志社、印刷所供稿等目的而进行了素描。"显然,柯提斯深知用蜡复制的名人头像运往国外后,在视觉效果上极具观赏价值。玛丽在她的回忆录中没有提及勒内侯爵等人的蜡像,柯提斯很可能自己独立完成了这些作品,他有学医背景且早年制作了许多解剖模型,凭借这些技能和经验,他非常适合制造以死亡为主题的、令人毛骨悚然的蜡像品。

在巴士底狱被攻占九天后，柯提斯和玛丽的邻居富隆[1]遭到民众"处决"，该事件成了他们又一个灰暗的话题。《巴黎革命》饶有兴致地报道了上述斩首行动："砍断的头滚落在地，离躯体很远，随后被梭镖穿插、挑着游遍巴黎所有的街道……他的身体被拽入污泥中，凡是民众对专制君主感到愤怒并发出了恐怖复仇呐喊的地方，富隆的尸体都被用来拖行展示。"不幸的富隆此前担任财政大臣，在全国普遍食物匮乏的情形下，他曾欠考虑、轻率地建议民众可以通过吃草来解决饥荒问题。据玛丽描述，一位狂怒的暴民为了报复，在富隆的乡下住所里将其抓获，并把他强行带回巴黎城，富隆由此遭受了一系列屈辱的游街活动：人们欢呼着在他的脖子上套了荨麻做成的项圈，以示羞辱；他的手上绑着一束蓟，背上背着一捆干草；最后，他被扭送至市政厅绞死。富隆死后，民众将他的头砍下来，戳在长矛上，并在他的女婿贝尔捷·德·索维尼（Berthier de Sauvigny）面前挥舞以示挑衅，后者的头颅不久也被砍下。翁婿两人的头颅都被长矛戳着游街示众，人们为了表示对富隆的嘲弄，还在张开的嘴巴里塞满了干草和粪便。与这两件命案相关且证据充分的其他文献记录表明，玛丽在回忆录中对富隆事件的回忆采取了实事求是的态度。回想起暴民当初的行动时，玛丽没有表露自己对民众暴行的情感，也没有说明她是否亲眼看到邻居被杀。她的反感和厌恶之情并不明显。多年后，玛丽对这段历史的回忆仍留有余地，她回忆录中不带个人好恶的语气非常明显。相比于其他言辞犀利的见证者，她的言论略显轻描淡写："这一事件对所有希望自己祖国有好运的人来说都是恐怖的打击，因为事实证明暴民的力量远远超过当局。"

以奥尔良公爵的情妇格蕾丝·埃利奥特为例，她对暴行的亲身感

---

[1] 约瑟夫·弗朗索瓦·富隆（Joseph Francois Foullon，1715—1789），1789年接替雅克·内克尔担任法国财政大臣。据传，他曾说过"农民没有面包，为何不吃干草"的话，由此激起民愤。

受反应激烈。基于自身享有特权身份的视角,格蕾丝·埃利奥特关于大革命的许多回忆,经常被认为因其特殊境遇而得以提供一些比较属实的情况。要么在由巴黎东郊万塞讷返城途中的四轮马车里,要么在剧院的私人包厢中,格蕾丝·埃利奥特亲眼见证了法国大革命的进行。对她而言,革命意味着生活不便、交通堵塞与中断。富隆被砍头的活动妨碍了她购物。在前往圣奥雷诺街以便挑选珠宝途中,格蕾丝·埃利奥特遭遇了"一队法国民兵武装",他们"手持火炬,用长矛戳着富隆的头颅。他们把富隆的头颅猛然甩入我乘坐的四轮马车里,看到这一恐怖的场景,我尖叫着晕过去了"。法国文学家夏多布里昂[1]也在其回忆录中生动地描绘"可怕的景象"吓得格蕾丝·埃利奥特当场晕厥。夏多布里昂在其贵族府邸旁的大街上,亲眼见到了那些杀死富隆的民众,他们的恐怖行为令他不寒而栗,他们"载歌载舞、欢呼雀跃,跳起来想把那已毫无生气的头颅往我头上靠"。富隆的头颅上有一只眼睛已经从眼眶中掉出来了,挂在尸脸上摇摇晃晃,长矛刺穿了张开的大嘴,牙齿却紧紧地咬在长矛上。参照富隆血肉模糊的尸体,制造出粗鄙的逼真蜡像效果,使得玛丽变得冷漠超然,这同样令人印象深刻。

更为重要的是,夏多布里昂的证言提醒人们,应该对柯提斯和玛丽总是从人的遗体上铸造蜡像模型这一被广泛接受的看法提出质疑。为使得影响最大化,蜡像人物应非常容易识别,以名不见经传的小角色为原型来铸模没有价值。作为一名老练的塑像师,仿造而非直接从死者身上制作死亡面具似乎是更合乎情理的方式。宣称从血迹斑斑的遗体身上铸模,这是玛丽后来开拓蜡像市场时的重要推广策略,但为了复制令人信服的且食尸鬼似的形象,也不是说非得如此。富隆的蜡

---

[1] 夏多布里昂(Chateaubriand,1768—1848),法国浪漫主义文学的奠基人,曾任驻英大使、七月王朝内务大臣等职,著有小说《阿达拉》(*Atala*)、《勒内》(*René*)、自传《墓畔回忆录》(*Mémoires d'outre-tombe*)等作品。法国文豪维克多·雨果在创作生涯的初期曾立下誓言:"要么成为夏多布里昂,要么一无所成。"

……民众挥舞长矛上的真人头颅,炫耀着他们对人民公敌实施了惩罚

像尤其受到观众青睐,展览宣传资料一再强调以下事实:"鲜血仿佛正从蜡像上喷涌而出,洒满一地。"然而,柯提斯和玛丽通过举办惊险刺激、充满诱惑力的展览建立了他们的名声,这是一片新兴市场,其布景围绕血腥的场面展开,并激发人们对备受摧残的身体产生偷窥欲,当然,与真实的遗体展不同,蜡像复制品充分符合卫生标准,顾客付费后即可入场参观。柯提斯和玛丽懂得如何制造轰动效应,正如当今的媒体把与暴行有关的图片经过编选、美化后再推送到公共领域一样。

巴士底狱被攻陷后,以该事件为主题的纪念品产业随之形成,而与耸人听闻的流血事件有关的纪念品仅为其中的一部分。这一时期还涌现了大量其他纪念品。从饰有堡垒图案的"巴士底狱软帽"到"巴士底狱带扣",浑身上下的行头任人挑选。甚至还有"巴士底狱床单"售卖,其上描绘了民众围攻时的场景,此类纪念品似乎不利于贵族们进入甜美的梦乡。与巴士底狱有关的全景画、夜总会表演和戏剧同样普遍。事实上，以巴士底狱为主题的商品，想要不赚钱都难。在陷落前，这座监狱已向大众散发迷人的魔力，此前的囚犯把自己遭关押的经历整理出书，非常畅销。西蒙·兰盖[1]曾被投入巴士底狱，他对两年监禁生活的描写即是最流行的监狱回忆录之一。西蒙·兰盖的回忆录首版于1783年，作品强化了人们对巴士底狱的恐惧之感，该回忆录出版后获得空前成功，这意味着作者的声誉使他有资格被柯提斯和玛丽制成蜡像人物用来展示。西蒙·兰盖对巴士底狱的命运有着先见之明，也为民众所喜闻乐见，因此1789年巴士底狱沦陷后，其回忆录非常引人注目，被以多种形态和方式销售。

建筑商人皮埃尔-弗朗索瓦·帕罗伊（Pierre-François Palloy）赢得了拆除巴士底狱的合约，他很快借此取得了商业上的巨大成功。帕罗伊自封为"拆除巴士底狱的企业家"，他与柯提斯能够成为好友一点也不奇怪。跟柯提斯类似，帕罗伊喜欢摆谱、炫耀，总是充分利用每一个商机。在他的指导下，巴士底狱很快被分解，拆下来的建材被重新加工成无数富有创意的商品。为此，帕罗伊可谓用尽了心思。碎石被用来建造前门台阶，以表示主人的爱国主义倾向。其他石块或碎片上雕凿上图案或铭刻着标语，然后一同装入批量生产的礼盒中，帕罗伊还打造了似乎无以计数的纪念钥匙。一些石料被用来雕刻米拉波的半身像，或者被精巧地制成不同价位的首饰品。贫穷的爱国者仅能展示石戒指等微不足道的物件，但让利斯夫人（Madame de Genlis）可能很难笔直地站立，因为她全身都散发出带有巴士底狱风格的珠光宝气：她佩戴着精心打磨的石砖饰品，上面由一粒粒宝石镶嵌着组成"自由"一词，周边由代表红蓝白三色主题的红宝石、蓝宝石和钻石环绕，月桂枝叶缠绕在最外围。巴士底狱的纪念物也是"自由博物

---

[1] 即西蒙-尼古拉斯·亨利·兰盖（Simon-Nicholas Henri Linguet，1736—1794），欧洲政治理论家、律师和记者，他因倡导维护王权等保守政治主张在法国大革命期间被处死，著有《巴士底狱回忆录》（*Mémoires sur la Bastille*）等。

馆"的基本"藏品",当巴黎的市场趋于饱和后,帕罗伊便随身携带着他的纪念商品在全国巡游、兜售,如同展示一座便携的主题公园。

以死亡为主题的纪念物同样卖得很好。巴士底狱原有的金属设施熔化后,被用来制作各类商品,如脚链改做成了墨水池,手铐则制成大奖章。此类商机甚至拓展到了英国,他们对出口市场历来关注,设计师们对发生在法国的剧变反应迅速。以名人的头像为原型制造商品,这使柯提斯和玛丽得以从中盈利。英国瓷器制造商韦奇伍德兄弟(Wedgwood brothers)宣称:"我们把雅克·内克尔的头像以适当的尺寸大小印在鼻烟盒盖上。"其他商人则把奥尔良公爵的头像缩小后印在镀金的纽扣上。这两位英雄人物成了许多饰物和无数石膏胸像的主角。对于商人而言,不断适应新的环境是基本要求,因急切希望不错失良机,以便制作各种巴士底狱纪念章,韦奇伍德兄弟为此申请并获得了艺术品生产执照,他们只需把前些年为庆祝美国独立战争胜利而采用的知名人物形象替换一下就行了。在碧玉细炻器纪念章的广告中,法国正被自由女神牵着手引领向前,这确实是对原有产品极具独创性的再度开发利用,乔赛亚·韦奇伍德[1]7月29日写的一封信可以佐证:"流放地代表希望的人物纪念章就像自由女神纪念章一样,订单和销量都极好。"

公众很容易认同这样一种观点:庆祝攻占巴士底狱即是在纪念对专制统治的象征性胜利。报刊支持了他们的倾向,其中有报道称:"地牢被打开,自由降临给无辜的人,受人尊敬的长者因关押太久,为重见光明惊喜不已。有史以来第一次,令人敬畏且神圣的自由终于进入了这座恐怖的堡垒,这里是专制统治、怪兽和罪犯可怕的避难所。"大量的商品强化了"解放宣传"的流行风尚。但是,其中最标新立异的宣传艺术品应归功于玛丽,她按照全身比例制作了名为"洛

---

[1] 乔赛亚·韦奇伍德(Josiah Wedgwood,1730—1795),英国陶瓷之父,创立"韦奇伍德"品牌,其瓷器、餐具等产品,早年为英国、俄国等皇室所采用,品牌传奇至今仍在延续。

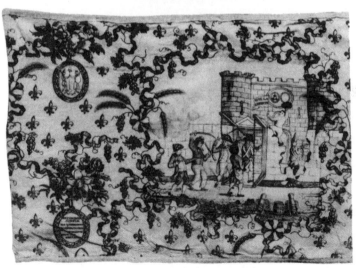

从锁具到被单、枕套,出现了许多以攻占巴士底狱为装饰主题的商品

尔热伯爵"[1]的蜡像。与玛丽的创作相比，韦奇伍德生产的自由女神纪念章黯然失色。"洛尔热伯爵"是玛丽制作的最为著名的作品之一。年迈的洛尔热伯爵目光狂乱，牙齿残存，长长的白胡子直拖到胸前，这一造型完美地反映出民众脑海中的想象图景，即旧制度的受害者被监禁于四面封闭、只在顶上设有出口的地下密牢中，与世隔绝，无人问津。洛尔热伯爵的蜡像是一种虚构的补偿物，因为"得胜者"在解放巴士底狱的囚犯之后，犯人并没有真正留下表情悲戚的面模。鉴于攻占巴士底狱时被关押的七名囚犯中没有人能够激起公众广泛的同情，一位名叫卡拉（Carra）的记者做了一件当代记者也不时会做的事情，即从史实中提炼出能使人感兴趣的素材来编造故事。1789年9月，卡拉刊发了他的文章，题为《关于洛尔热伯爵的报道，一位自1757年起被关押了三十二年的人在1789年7月14日重获自由》，这份薄薄的小册子大获成功。卡拉的虚构报道成了玛丽重塑洛尔热伯爵形象的蓝本，只不过她用的"语言"是蜡而已。到了19世纪中叶，在英国伦敦，著名作家查尔斯·狄更斯[2]似乎通过其小说家的想象力，把"洛尔热伯爵"的形象融入《双城记》（A Tale of Two Cities，1859）主人公"曼奈特医生"（Dr. Manette）身上。在小说中，"曼奈特医生"被关入巴士底狱，遭到虐待，长期杳无音信，以致长满胡须，头发蓬乱，这与"洛尔热伯爵"的遭遇和形象颇为相似。

　　玛丽非常看重洛尔热伯爵的蜡像。论及革命中第一位受害者的蜡像时，玛丽没有谈到自己所承担的工作，但是，洛尔热伯爵的蜡像是她在革命爆发后赢得广泛赞誉的第一件作品。她描述了伯爵如

1　洛尔热伯爵（Comte de Lorges），法国大革命时期民众想象出来的一位虚构人物，关押在巴士底狱，他常常被描绘为一位胡子很长的老者形象，人们将其当作"自由殉道者"的化身，有的报刊甚至刊发了所谓的"独家采访"，控诉当局对他的"迫害"。
2　查尔斯·狄更斯（Charles Dickens，1812—1870），19世纪英国著名的批判现实主义小说家，著有《大卫·科波菲尔》（David Copperfield）、《雾都孤儿》（Oliver Twist）、《老古玩店》（The Old Curiosity Shop）、《双城记》（A Tale of Two Cities）、《远大前程》（Great Expectations）等作品。

玛丽制作的洛尔热伯爵蜡像模型

何与其他囚犯一道，在巴士底狱地牢之下被发现的场景。"他在人群中'非常引人注目'，"玛丽谈道，"伯爵被带到玛丽面前，以便制作面具模型，她很快完成了任务。这是从真人身上直接制成的同比例大小的蜡像。伯爵已在巴士底狱生活了三十多年，被解放后，他对外面的世界却了无兴趣，一再请求重返监狱，才被释放几个星期，伯爵便去世了。"玛丽去往英国发展之初，她的海报广告同样提及洛尔热伯爵蜡像展，针对这位虚弱的老人是否在真实的历史中存在过的怀疑论调，她不惜借助展品目录现身说法，再次肯定其真实性："不幸的伯爵是否被关进了巴士底狱，人们对此一直存疑，但是就在1789年7月14日这一天，杜莎夫人亲眼看见他被革命者从监狱里解救出来。"玛丽的广告目录描述了比狄更斯笔下"曼奈特医生"更多的线索和细节:"可怜的人似乎不太习惯30年后重获自由的新生活",于是"经常流着眼泪乞求人们重新把他带回地牢中去"。在进行展览相关评论时,洛尔热伯爵蜡像展经常被世人挑选出来给予好评。例如,在利物浦,1821年4月14日一份当地报纸中公开报道称:"洛尔热伯爵的蜡像是一幅肖像杰作。"

为了增强与解放洛尔热伯爵有关论述的真实性,玛丽在回忆录中援引罗伯斯庇尔展开进一步举证。在建筑商帕罗伊的"拆迁队"把巴士底狱化整为零之前,那些废弃的监牢成了喜欢猎奇的观众的主要去处,玛丽也是参观者之一。她描述说,罗伯斯庇尔就像导游一样,引领入迷的观众参观不同的牢房,其中包括关押洛尔热伯爵的地牢。罗伯斯庇尔在此激昂地发表了反对国王的宣言:"请让我们简短回想一下,我们把悲惨的受害者从几乎是被活埋的状态中解救出来,这个可怜的牺牲品之所以在劫难逃,只因王室一时任性或心血来潮。"玛丽在回忆录中谈到自己参观期间的遭遇,穿过狭小的楼梯时,她正要滑倒,幸而"被罗伯斯庇尔救了,他及时抓扶住了玛丽,防止她摔到地面上。而且罗伯斯庇尔还说,如果她这样一位既年轻又美丽的小爱国者在这种糟糕的监狱里跌断了脖子,那可实在是太可惜了"。玛丽一生命运多舛,颇具反讽意味的是,在参观巴士底狱地牢时她居然差点丧生,而与巴士底狱相关的人物蜡像后来还间接地给她带来了财富,看来,玛丽讲述罗伯斯庇尔这位臭名昭著的杀人狂在阴森的地牢中救了她一命,如果并不只是让她的英国听众惊悚一下的话,那就是出于更现实的商业考量。

各类广泛传播的报道和证据,为巴士底狱有形的物质遗迹赋予神话色彩和带有误导性的解释,这一点倒是无可争议。老式印刷机不断给大众印制容易令人上当受骗的文本资料,它们应被当作扭曲事实的工具遭到藐视,而在攻占和拆除巴士底狱时,那些被民众从中世纪的地牢里救出来的人,他们作为距今最近的受害者,为国王的野蛮行径提供了新的档案佐证。公众普遍接受了攻占巴士底狱的象征意义。

一位英国医生的儿子记录了他作为观光客的深刻印象,"巴士底狱被攻占是专制君主政权的沦陷",类似地,让利斯夫人将巴士底狱视为"专制统治的可怕纪念碑"。玛丽为宣传上述看法推波助澜:巴士底狱土牢里充满有毒的气体,散发出恶臭;监牢里滋生大量"老鼠、蜥蜴、癞蛤蟆以及其他令人憎恶的爬行动物";没有窗户的牢房黯淡无光,新鲜空气难以流通;各种刑具用来惩罚"不为当局所容的人,残忍而充满戒备的专制政权决定将他们消灭"。此外,最令人不寒而栗的是"重约12吨的铁笼子里关着一位瘦骨嶙峋的囚犯,他可能已在这样的环境中苟延残喘多日"。玛丽自称她对巴士底狱的描述是基于亲身经历,我们通过研读这些材料可以发现,有关巴士底狱监牢的各类信息经过合成加工后,最终成了杜莎夫人蜡像馆"恐怖屋"的原型。柯提斯和玛丽还打造了两座巴士底狱的蜡像模型,其一为被攻占前的样式,另一件展现被拆除时的场景,它们都曾出现在圣殿大道的展厅里,这些蜡像后来被玛丽带到英国办展。但是,在1789年夏季,柯提斯最受欢迎的作品还是巴士底狱司令官勒内侯爵、巴黎商会会长弗莱塞勒和财政大臣富隆逼真的蜡像,其布景为民众攻占巴士底狱时的场面。蜡像此前往往被当作无聊而时尚的消遣娱乐品,如今,它们成了反映政局动荡的晴雨表。

第六章

众声咆哮：大革命狂潮中的模范公民

柯提斯和玛丽不断调整蜡像展品以适应新形势需要，与此同时，一波理想主义的浪潮袭来。1790年，随着攻占巴士底狱周年纪念日的到来，大众见证了首个史诗般的革命节日。经画家雅克-路易·大卫[1]精心设计，庆典活动定在战神广场[2]而非巴士底狱旧址举行，其主题旨在强调民众的团结，同时宣告开启一个没有阶级差别、众生和睦融洽的新纪元。此前，特权和习俗惯例把社会各阶层割裂开来，如今，爱国主义成了联合一切的力量。本着平等的精神，成千上万的人一抛袖手旁观作风，积极投身到庆典准备工作中，包括场地整理和布置巨大的露天剧场、舞台。玛丽讲述了参加集体活动的情形，上层人士和下层民众奋力地掘土铲沙，像兄弟姐妹般亲密协作，她自己也在战神广

---

1 雅克-路易·大卫（Jacques-Louis David，1748—1825），法国著名画家，古典主义画派的奠基者。他应路易十六之邀，于1784年创作了《荷拉斯兄弟之誓》（*The Oath of the Horatii*），宣扬英雄主义；法国大革命期间，担任共和国教育与文化委员会艺术总监，1793年创作《马拉之死》（*The Death of Marat*），作品强调了古典主义庄严、静穆、崇高的特点；后成为拿破仑的御用画师，代表作有《拿破仑一世及皇后加冕典礼》（*Coronation of Emperor Napoleon I and Coronation of the Empress*）等。
2 战神广场（Champ de Mars），坐落于埃菲尔铁塔（La Tour Eiffel）和巴黎军校（École Militaire）之间；法文中的玛尔斯（Mars）为古罗马神话中的战争之神；法国大革命期间，民众在此请愿，要求废黜路易十六的王位，希望建立共和政体；法国后来在此举办过世博会和奥林匹克运动会。

场推着手推车来回劳动。另一位推着独轮手推车参加劳动的同伴为拉图杜潘侯爵夫人，见证了这一幕，她后来在回忆录中写道："圣路易斯的洗衣工和骑士们并肩劳作。"

然而，旧制度举办的壮丽演出是王权的展示，且被时间和传统的决定性力量所强化，革命节日表演则是当前时事昙花一现的庆祝活动。大卫构思创设了大量的新事物，以便让人在视觉上产生令人眼花缭乱的特效。他导演的革命庆典具有不同的形态特征：喷泉从巨大雕像的乳房中喷涌而出，小孩列队游行，放飞大量的白鸽，焚烧陈旧的象征标记，新旗帜迎风招展，人们身着长袍制服，庄严华丽的花车缓缓而行，代表荣誉的桂冠和寄托哀思的柏树枝也被用来装饰，诸多经典的意象被改造成了公民的田园牧歌。他还有组织民众合唱队的爱好。但是，大卫所有这一切部署最终显而易见地表明，精心装扮的新政治景观脆弱且不稳固，就像他那些用石膏涂成的巴黎城模型和由硬纸板拼接而成的山脉一样。团结和兄弟情谊的美德，不是简单通过一系列华美的展示便能获得。单纯借助节日庆典，并不能迅速把美好的价值观念灌输给成千上万观看演出的公民，并且，希冀爱国主义具有强大的凝聚力，事实证明这也是过于乐观的想法。最初，人们普遍怀有对"幸福年降临"的憧憬，但很快便虎头蛇尾，草草收场。在现实中，平等同样被证明是不长久的。节日庆典吸引了大量外省顾客涌入巴黎，他们到罗亚尔宫狎妓寻欢，而投机的女孩一点也不难为情地向年轻的顾客索取6里弗的"服务费"，成年男子则需支付12里弗的嫖资。

当人们拥抱理论上消弭了等级差异的爱国主义时，他们便激烈反对以往时尚的虚浮风格。正如同群策群力共同修建公共的表演场地一样，民众以一种新的方式齐心协力来充实国库。大量的鞋扣和银饰被熔化，因为所有阶层的公民都在向造币厂奉献贵重物品。民众表现出来的爱国捐赠热情以及他们渴望在国民议会嘉奖令中列上自己的名字，意味着爱国主义自身已成为新的时尚，它的每一条命令和指示都被严肃对待，这与以前人们盲目追随各种铺张奢侈的行为颇为类似。发型师开始推销表示爱国的新发式。旧的发型往往佩戴假发并且需在头上撒粉以保持清洁，新发型却不用如此公然地费心打点，这种差异暗示着：尽管贵族为他们的高发髻花费了大量时间和财物，但爱国心才是更高层次的追求。玛丽描写了大众对外表的态度变化："头发剪短了，无须搽粉，这是新款的提图斯[1]发型，鞋用带子系着"，而此前"人们喜欢留长发且搽粉，鞋上配着鞋扣"。法国民众新的装扮风格没能给英国贵族威廉·韦尔斯利-波尔[2]留下深刻印象："男人为了显示他们的民主作风，剪掉了卷发，连假发也不戴了，其中一些人像英国农夫一样保留着一绺修剪不当的头发，另一些人只披戴着少量的黑色假发。"

但是，如果说此前人们对于装扮的过度修饰受到了抑制，那么它们其实并没有销声匿迹。富于想象力的珠宝商生产玻璃和水晶小饰品时，会在上面铭刻诸如"祖国"之类的文字。铜质的鞋扣上则有"国民"标记，就连女帽商贩也懂得运用这些策略，给精致的工艺品重新命名，以便与时代需求合拍。德内芒侯爵（Marquis de Mesmon）在从巴黎写给妻子的信中，告诉她已经为她买了一顶"非常漂亮、最时髦的帽子，美其名曰'通往自由'——这是最新潮的款式"。所有上述变化意味着柯提斯和玛丽需要收藏好他们此前广泛使用的华丽装饰，并委托给服装设计师贝尔坦装箱盖上防尘布，以便妥善保存。因为，他们逐渐发现时代的变化，使他们主要在给蜡像人物配备象征革命的制服。

旧制度时期千变万化的调色板干枯萎缩成了红、白、蓝三种颜色。花商生意火爆，他们出售深红色的罂粟花、白色的雏菊和蓝色的矢车菊；缎带生产商通过供应红、白、蓝三色的装饰品获利，它们常

---

1 提图斯·弗拉维乌斯·维斯帕西亚努斯（Titus Flavius Vespasianus，约39—81），罗马帝国弗拉维王朝第二任皇帝，主政期间广受民众尊敬，他的人物塑像多为短发造型。
2 威廉·韦尔斯利-波尔（William Wellesley-Pole，1763—1845），政治家，他的弟弟为著名的威灵顿公爵（Duke of Wellington，1769—1852）。

常被佩戴在扣眼上，作为玫瑰形饰物或帽子上的花结。与贵族有关的华丽装扮已经过时，对于那些依赖于封建主义铺张炫耀性消费的人而言，爱国主义是一场灾难。"刺绣工破产了，时装商人关门歇业，裁缝店辞退了三分之一的雇员。享受高品质生活的妇女不再聘请家庭女仆。"马拉对时尚前景的预测颇为黯淡："二十年内，巴黎将再也没有一名工人能够为帽子修边，或制造一双低跟的轻便舞鞋，对此我一点也不感到惊讶。"只是他的这一断言当时不大为人所知。

相比之下，出售破衣烂布以便用于造纸的商人、油墨供应商、造纸商、印刷商和出版人，他们无不生意兴隆。国家新的领导机构需要印制大量官方公告，同时，大众对新闻充满兴趣，由此推动形成了一个巨大的用纸和印刷市场，记者对时事的报道前所未有地变得迅速。蜡制品有条件从视觉效果上对时局变动作出评论。蜡像商能够紧跟事态发展提供不同产品，其他厂商则难以为继。对于与政治主题相关的产品而言，如何恰当体现时事性尤其成为问题。例如，碟盘上所设计的某一政治阶段的形象和口号，往往很快被淘汰，这主要鉴于政治机构在不断更迭，各自拥有不同的议程和主张。但是，蜡像非常适用于反映不稳定的政治气候。奥迪弗雷（Audiffret）是19世纪的评论家，他对柯提斯的适应能力做了很好的概括："革命爆发之初，柯提斯展示了他的爱国精神。针对风云人物、时尚旋风、胜利者和被征服者等人物、事件，柯提斯为公众提供了要么支持、要么诅咒的建议，并酌情给他们贴上荣耀或邪恶的标签。他变成了一位见风使舵的人物，就像许多闷声发大财的人一样。"

见风使舵不仅是一项合理可靠的商业策略，而且已成为一种谋生手段。1791年，法国社会阴风怒号。米拉波之死使大革命严重脱离了平稳的轨道，死者虽然拥有贵族身份，但在革命初期发挥了突出作用，并被三级会议选为第三等级的代表。据玛丽描述，米拉波出殡时的送行队伍，规模超出了她所见过的任何一次葬礼。米拉波入葬先贤祠，此举同样意义重大，由他开始，这里成了安葬伟人的世俗圣殿。

先贤祠最初由建筑师苏夫洛（Soufflot）负责设计修造，前身为尚未完工的圣热纳维耶芙大教堂，新古典主义的外观精美绝伦，建筑师德坎西（de Quincy）后来延续了苏夫洛的设计风格，并将其改造成为一个从象征角度与世俗层面重新定位社会价值观的场所。能否入葬先贤祠重在个人的价值被认可程度，这与其出生时的社会差别等标准无关。作为一种创新方式，个人价值的高低现在由观众和人民来判定，而非自称是伟大仲裁者的当权派。法国评论家斯塔尔夫人写道："在法国，有史以来首次有人通过他的写作和口才扬名立万，并赢得过去只属于贵族和勇士的荣誉。"尽管先贤祠看上去可能非常民主大众化，但某种程度上，它远不如基督教堂。在关键的教义上，无论社会等级秩序中存在怎样的藩篱，在上帝面前，所有灵魂一律平等。国王和农夫都知道，他们将接受同一位上帝的审判。在先贤祠，一些人显而易见地比其他人"更有价值"，其价值大小既由国民政府、地方政府或革命政府决定，更要由"人民的意志"决定——尽管事实证明，此种价值往往更多的是某些政治家一时心血来潮拍板的结果。不过，先贤祠还是批量复制了许多能够提供流行娱乐的蜡像，由此变成一个进行世俗偶像崇拜的场所。

美国开国元勋古弗尼尔·莫里斯在他的日记中回顾了米拉波的葬礼，他生动地记述了时局的变幻莫测，并对首位入葬先贤祠的人物享有的荣誉提出了质疑："在短短的两年间，我眼见米拉波遭到鄙视和拥戴，接着又成为民众憎恨和哀悼的对象。公众对他表现出极大的兴趣。随着时间流逝，加上重新审视米拉波的言行，其道德地位将被降低。当前社会普遍的闲散风气要求民众找到其他人物，以便对其进行诅咒或颂扬。这才符合人类的特点，尤其是法国人的品性。"古弗尼尔·莫里斯的论断被证明是正确的，米拉波暗通王室的两面派做法后来遭到揭露，他的遗骸随即为人所不齿地从先贤祠迁出。米拉波由入葬先贤祠到随后被迁出的际遇，为名流文化兴衰成败的动态转化提供了一个规模宏大的范本，柯提斯和玛丽在展现此类人物的命运方面取得了极大成功。特定人群在政治上的效忠只在相应的政治风潮占上风时才存在，而且这种效忠也混合了真心信服与反复无常，此消彼长，不断波动。当时的文化风气也是如此。蜡像展便处于这种变化无常的文化的顶峰，它们展现了公众生活中时刻变动的忠诚状况。

柯提斯在政治上很积极，他在国民卫队任职，且是雅各宾俱乐部的成员，这意味着保持蜡像展每天正常运行的担子落在了玛丽的肩上。在协同组建的新民兵组织中，柯提斯担任侦缉督导队队长，他被要求负责反走私巡逻，同时监管食物配给。这些任务侵蚀了柯提斯原为展览主办人的工作时间，在自己的回忆小册子中，他颇为厌恶地写道："把原本属于工作的时间都奉献出来，这对一位艺术家而言是一大损失。"街头出现了越来越多身穿制服的民兵，他们提醒着人们当前时局紧张，尽管如此，直到1791年春，在国王出逃[1]失败前，巴黎的氛围仍相对平静。国王出逃事件发生后，保皇党和共和主义者之间的分歧更为巨大。玛丽在其回忆录中提道："法国此时已分裂为不同的阵营。"

遍及各方面的二元对立已经在法国显现，社会各阶层民众都面临自相矛盾的忠诚挑战——柯提斯身为艺术商人，正在应对风起云涌的政治局面，以致割裂了娱乐事业和公民义务；法国皇家卫队逐渐感受到了效忠于国王和同情国民卫队之间的裂痕；公众分别支持温和的吉伦特派和极端的雅各宾派；国民议会在究竟是主张安抚群众还是要求惩罚国王之间势同水火；国王自身也进退两难，要么遵从宪法，要么出逃并在外国盟友的帮助下重申自己的王权。面对充满冲突的社会氛围，忠诚于谁成了一件极为严肃的事情，我们从中也可以理解为何玛丽早年总是沉默寡言。在艰难时世中，玛丽钢铁般的意志历经锻造锤

---

1 法国大革命爆发后，巴黎民众将路易十六及其眷从凡尔赛宫挟至巴黎，安置于昔日王宫杜伊勒里宫，王室成员的行动自由受到极大限制。1791年6月20日深夜，路易十六携王后玛丽·安托瓦内特一行从宫中秘密出逃国外，最终在边境地带被拦截。出逃事件发生后，国王以及王室成员大失民心。

炼,她一开始就懂得了保持审慎态度,随即尤为重要的是她学会了喜怒不形于色,对于自己知道的内情守口如瓶。蜡像展作为引人注目的公共舞台,被施加了格外的压力,如果展出的场景或蜡像不能很好地与公共舆论契合,玛丽则随时可能遭到火刑等惩罚。

王室试图出逃国外失败后,人们对君主制残存的一点敬意消失殆尽。正如格蕾丝·埃利奥特所言:"就连几个月前还在充满灰尘的环境中给皇后制作脚镫的人,现在经过皇后身边时也会有意溅得她满身泥水。"国王遭受的羞辱更多。他被民众称为"可恶的路易和胖猪路易"——玛丽显然责备国王出逃失败与波旁家族传说已久的贪食之风有关,因为国王坚持在逃跑途中先享用晚餐然后再上路。在家里,玛丽偷听到餐桌前的政治讨论开始寄希望于共和政治:

> 许多雅各宾派成员这一时期频繁光顾柯提斯的家,他们无所顾忌地表示要建立共和政体,摧毁王室统治。很快,街上传来"废黜国王"的呐喊,这一呼声甚至通过公开报刊不断扩散。与此同时,最为狂怒和勇猛的雅各宾派、科尔德利俱乐部成员(Cordelier),每次开会时都呼喊着:"打倒君主制!"

大革命爆发前夕,梅西埃公开提出了重塑法国形象的严正呼吁。在一场激动人心的演讲中,他鼓动观众把握潜在的变化趋势:"应该看到,你们现在不是由自然秩序所统治,而是受国王的喜怒无常所掌控,你们的怯懦已被固化成了法律条文。认识你自己,憎恨你自己吧,然后以这种极度的不满,重塑一个属于你们的全新世界!"到了1791年,民众的怨愤转变为这样一种信念:即君主政体不仅应该受到惩罚,它还应被推翻。改造行动被显著地推进,尤其在蜡像制作上,玛丽发现自己正加班加点,以更短的周期不断替换和更新展览作品。

除了蜡像展,变革的要求还包括摧毁有形的物件,如焚烧教堂里的贵族座椅,用油漆抹掉贵族徽章,推倒王室的雕像,通过一系列仪式化的手段来清除封建象征标记。但是,公众的焦点很快转向了血肉之躯的物体——人。如果说1790年排名第一的民族主题歌曲仍在乐观地唱到"一切都没问题",这可谓革命前民众"船到桥头自然直"心态的流露,那么及至1791年,不祥的暴力苗头开始显现,人们已改口"让我们把贵族绑在街灯上绞死他们"。这一呼吁一再得到公众的积极响应。雅各宾派主要领导人丹东和马拉的演讲同样狂暴,他们为社会秩序的重建提供了大量原始素材。玛丽得以让我们重新打量这两位革命者。丹东在演讲台上温和文雅的举止与他令人敬畏的外表极不相称,"他的外形足以吓跑一名小孩,块头很大,表情严峻……并且头颅硕大"。马拉则与之形成鲜明的对比,"他身材矮小,手臂细瘦,整个人看上去很虚弱,有点像先天发育不良,站起来扭扭歪歪;并且他气色不佳,脸上呈现土绿色,乌黑的头发乱糟糟;容貌中有几分狂暴之气"。据玛丽回忆,马拉演说时激情澎湃、充满抱负,所讲的内容似乎出自走火入魔者之口。

玛丽有足够多的机会仔细刻画她对马拉的印象,因为每当马拉主办的《人民之友报》招致当局憎恨时,他总是逃到玛丽的家里避难。玛丽说他提着一个毛毡旅行袋来到家里,一住就是一周。马拉以不速之客的身份造访,然后大部分时间忙于写作,"几乎整天就着一盏小灯坐在一角"。有一次,马拉让玛丽私下倾听其政治言论,他拍着玛丽的肩膀,"'非常粗暴,以致使她感到战栗',随即说,'看这,小姐,我和我亲密的劳工现在从事的工作不是为了自己,而是为了你们以及你们的子孙后代。对于我们而言,怕是难以活到看着自己的努力开花结果的那一天了'。此外,他还补充了一句,'所有的贵族必须被干掉'"。关于两人的这次谈话,玛丽披露了一些令人恐怖的附言,当马拉"统计将来某一天有多少人会被处决时,他得出的数字是可能高达26万人"。玛丽将马拉的报纸视为"最狂怒、充斥着辱骂和诋毁的作品之一,且史无前例","其目的在于煽起人们心中的怒火,进而对抗国王和王室,同时鼓动民众造反,以便毁灭所有试图支持摇摇欲坠的君主政体的机构和个人"。

　　追忆马拉等狂热的客人时，玛丽显而易见遗漏了她自己的沉默态度，即对方的言行激起了她怎样的个人观感。考虑到玛丽自称曾在凡尔赛宫担任了八年的艺术教师，并且与路易十六的妹妹伊丽莎白公主建立了深情厚谊，面对马拉拥护共和政体的咆哮之声，她似乎极力克制自己，以免对王室表现任何同情。涉及玛丽沉默寡言的原因解读，有赖于人们对其回忆录中所讲故事的相信程度。置身于革命的风暴眼中，玛丽的中立态度表明她并不是一个对现实无感的人，而是行事谨慎，这一时期她的隐忍态度也就可以理解了。但是，当玛丽已远离法国大革命危险的环境且时隔多年后重新回忆往事时，她仍保持含蓄风格，却颇令人困惑。这有点像昆虫调节翅膀的颜色，以此作为一种生存伪装，可能玛丽显然深藏不露的作风也发展成为危险时期的一种自我保护机制。到底哪些蜡像可被用来展览，这一问题令她越来越充满忧虑。柯提斯与贵族人士的交往经历从一开始就把他推到了备受巴黎民众关注的中心，玛丽与法国宫廷圈也有瓜葛。我们猜测玛丽当初应该非常纠结：一方面她需要保留王室和朝臣等上流社会人士的蜡像展；另一方面她必须集中更多精力，不断打造新涌现的革命激进者和鼓动者的蜡像。如果说柯提斯自然更愿意投身于革命行动，紧跟时代潮流，那么玛丽在动荡时局中的策略，便是尽量给大众留下自己也是一名无辜受害者的印象，以便让民众认为她是一位不情愿的合作者。在英国，玛丽总是维护着柯提斯的名声，宣称他曾是一名保皇主义者，后来迫于环境压力才参加了革命。1839年，《伦敦星期六报》反复报道玛丽回忆录中的内容："她的舅舅总是坚称，尽管已明确加入了革命者队伍，但自己内心里仍是一位保皇党人，他之所以协助这些革命空想主义者并追随其事业，主要是为了使家庭免遭毁灭。"

　　大革命初期，革命者为了重建社会价值体系和把法国世俗化，其中一项重要的举措便是借助新仪式的能量来降解传统的影响力。法国画家大卫在策划革命美学方面承当了举足轻重的角色，据玛丽的描述,大卫与柯提斯熟识,经常是她家中的座上客。玛丽一再宣扬她对于权势人物具有极大的吸引力,这不由令人回想起国王的堂兄奥尔良公爵曾试图在楼梯间亲吻她,伏尔泰赞扬她容貌秀美,罗伯斯庇尔夸奖她是长得漂亮的爱国者;同样,大卫历来对她脾气很好,但其艺术上的天赋在玛丽看来显然枯燥乏味,因为画家"总是再三恳求玛丽来看看他的作品"。大卫的赞美一厢情愿:因为玛丽称他为"怪物","非常令人厌恶"。"他脸部一侧有一个很大的囊肿,以致嘴都歪了,其举止就像许多共和主义者一样粗俗,自然比其他人更讨厌。"对于自己"反常的长相",大卫显然有强烈的自知之明,"他极不情愿制作面模便可为证"。但是,玛丽显然说服了大卫,并配合制作了蜡像,尽管其肖像作品后来没有随她一道被带往英国,但玛丽仍宣称她为这位"杰出的艺术家"制作了"最精准的肖像"。

无论玛丽与大卫私交如何,1791年7月,在一场献给伏尔泰这位大作家的庆祝活动中,大卫采用了一尊伏尔泰的蜡像作为道具。这是柯提斯和玛丽展厅中的蜡像第二次在革命大舞台上扮演不可或缺的角色,但是,1789年7月即兴表演过程中采用的两尊蜡像[1],其待遇和功能与伏尔泰的蜡像在本次庆典活动中被精心设计的角色非常不同:伏尔泰的蜡像被安放于华丽的敞篷双轮马车中,蜡身披着朱红色的长袍。为了盛大地庆祝伏尔泰的遗骨迁葬先贤祠,大卫为此活动设计了成百上千的新花样,而蜡像成了最引人注目的装饰品。帕默斯顿勋爵[2]在他的日记中谈及:"逼真的伏尔泰蜡像身上穿着长袍","由欢庆胜利的豪华礼车运载,12匹美丽的灰白色骏马在前面拉车,每4匹一排并列"。不幸的是,滂沱大雨浇湿了披在蜡像身上的长袍,红红的染料渗出来了,贵宾们于是纷纷责备柯提斯不给力,没能妥善处理好被雨打风吹

---

[1] 1789年法国大革命爆发前夕,民众曾临时起意,从柯提斯蜡像馆借用了奥尔良公爵和原财政大臣内克尔的半身蜡像,托举着它们进行游街示威。
[2] 帕默斯顿勋爵(Lord Palmerston,1739—1802),英国政治家,下议院议员。他曾在前往意大利游历途中,与僻居法国边境小镇费内的伏尔泰会晤。

划出凹痕的蜡像，这时，柯提斯因为羞愧，脸色倒是真的变得通红。而令新闻界更感兴趣的是伏尔泰与国王之间的差距，当前者正享受荣耀时，后者却遭到民众嘲讽。一次在报道民众游行时，为报刊作插图的画家给伏尔泰戴上了王冠，又画上为他吹奏庄严乐曲的号角，而他们画出的国王也被声音环绕，只不过这些"放屁声"发自天使们撅向他的屁股。

　　伏尔泰的遗骨被仪式化迁葬先贤祠后的第二天，一场共和集会在战神广场举行并遭到镇压，国民自卫军总司令拉法耶特派兵向集会群众开了火。但民众对共和事业的热情如今已熊熊燃烧，非刀枪可以阻挡，废黜国王不再是可不可能的问题，而是势在必行。集会事件后不久，王后携皇子以及国王的妹妹伊丽莎白公主一起，进行了一次大胆的公关尝试，他们前往意大利喜剧院观看演出，试图塑造亲民形象，结果适得其反。其他观众被迪加宗夫人[1]的表演激怒了，当她唱出"啊，我是多么热爱我的女主人"时，这似乎成了献给王后的独唱曲，正厅前座上的雅各宾派无法控制他们的怒火。格蕾丝·埃利奥特写道："有些雅各宾派跳上舞台，冲入化妆室，要是演员们不及时把迪加宗夫人藏起来的话，他们很可能会把她当场杀了。演员同时催促可怜的王后一行赶紧离开剧场，回到四轮马车上去，只有在那里卫兵才能保证他们的安全。"这是王后在被推上断头台前的最后一次公开亮相，只是事态的激化不在她的意料之中；待被推上断头台时，王后将发现自己成了舞台的主角，吸引着众多观众注目，周遭鼓乐喧天。

　　少量愤怒的雅各宾派侵占剧院舞台，并抢了公开演出的风头。1792年，社会等级之间的壁垒被进一步严重打破。国内各阶层以及国与国之间相互"越界串线"，最突出的是杜伊勒里宫中的王室私人居所也遭到民众侵犯，由此带来了毁灭性的后果。1792年4月20日，当法国向

---

[1] 迪加宗夫人（Madame Dugazon，1755—1821），法国歌剧史上著名的女中音歌唱家、演员和舞蹈家。

普鲁士和奥地利宣战时，整个国家给人一种民众揭竿而起的感觉，人们认为只有新的政权才能牵制敌军并且引领法国走出困境，这些倾向变得越来越难以控制。玛丽此时已31岁了，她居住在巴黎城的中心，城里艰难的日常生活因战争爆发而雪上加霜。"祖国正遭受危难"的口号提振了民族主义热情。法国大革命的爆发为演艺界和生活消费品市场提供了商机，然而，现在轮到其他人把握住机会，以便从国家的军事行动中攫取利润。女裁缝师将她们的天赋转化为制服生产，工厂和铸造厂投入更多人力物力来提供军需设备和武器。教堂的钟被熔化用来生产大炮。制革厂几乎难以满足马具的需求。

随着冲突升级，平民百姓被卷入战争。妇女们被要求撕破嫁妆衣物，以便制作绷带。（1793年前半年，法国遭遇了一系列挫败，同年8月，国民公会正式发起国家战时总动员。）据玛丽描述，因长期缺乏军火，"为了获取大量急需的硝石粉（制造火药的主要原料），他们不得不求助于非常奇特的方法。人们想象着能在地窖发霉的岩壁、墙砖上采集到数量可观的硝石粉。因此，凡有地窖的人家都被要求深入地下，以便查看能否提取出原料"。玛丽晚年变得非常严厉和富有冒险精神，可能正源于她在1793年前后曾历经磨难。正如许多战后幸存者一样，玛丽具有不屈不挠的斗志。战争后期，动物油脂的供给长期匮乏，这是举办蜡像展最大的困难，因为烛光照明对于营造蜡像人物展整体的魔幻效果至关重要。

但是，不仅蜡烛供应不足。对于娱乐业而言，大批男性应召奔赴前线，意味着顾客和表演者骤减。玛丽宣称，人们对参军入伍热情高涨，为此她居住的街区很快"几乎看不到男人"。柯提斯越来越多地忙于雅各宾俱乐部和国民卫队的事务，在生活最艰难的时刻，他还加快跟进了远在德国美因兹的一项遗产继承权，玛丽随即不得不挑起蜡像展的经营重担。她后来在英国回忆说，1792年夏天，蜡像展无可避免地首次降低入场费，以便吸引更多观众。这一年，法国还爆发了食品杂货骚乱，面包以及咖啡、糖等其他副食品同样紧缺。

玛丽生活的巴黎城，宛如一座意识形态的建筑工地，不同的思想主张激烈交锋、此起彼伏，信仰上的转变使得教堂变成了"公理殿"。随后的两年中，传统纪年方法和用语全被修订替换[1]。人们期许能用新语言淘汰旧观念。对国王路易十六的尊称降级为直呼其名"路易·卡佩"（Louis Capet），奥尔良公爵则自己改名为"菲利普·公民·平等"。许多公共设施张贴着海报，宣称"这里唯一被认可的头衔是'公民'"，但是，一则发生在剧院里的掌故说明这些规定真正生效非常困难。法兰西喜剧院一位女主角召唤她的仆人时被告知，"已经没有仆人了，我们所有人如今一律平等"。女主角毫不难为情地答道："好吧，那就有请我兄弟般的仆人！"通用的"公社"组织，消除了小村庄、城镇之间的差异。其间，用新式的设备来执行死刑倒是平等意识最不祥的展现，断头台寒光闪闪，它们于1792年4月在格列夫广场首次亮相。

历史上，只有身份高贵的罪犯，才能享有被迅速斩首以执行死刑的特权，地位低贱的普通重刑犯往往被施以火刑、车裂或绞刑。如今，断头台的产生给斩首惩罚带来了民主平等风气。作为新奇的发明，断头台捕获了公众的想象，它们成了巴黎民众的谈资，即便因经常使用而变为破旧的遗物，依然不减其魅力。当玛丽在英国的名声如日中天的时候，据称她买下了断头台上最早被用来执行死刑的刀片，并将其安装在著名的"恐怖屋"蜡像厅用以展出。蜡像展宣传目录上写道："断头台刀片遗物由杜莎夫人采购，她同时买进了半月形凹槽和大砍刀，凹槽被用来固定受害者的头颅，大砍刀则在行刑时被刽子手握在手上，如果断头台斩首失败，他们便随时可以补刀。出生于法国刽子手世家的桑松（Sanson）做出了担保：玛丽引进的断头台物件真实可靠，那时它们已被传给了他的孙子。"上述文字被记在蜡像产

---

[1] 法国大革命期间一度采用共和历（又称革命历法），以1792年9月22日法兰西第一共和国建立之日为元年元月元日，采用罗马数字纪年，并将每年重新划分为12个月，分别是葡月、雾月、霜月、雪月、雨月、芽月、花月、牧月、获月（或收月）、热月、果月。革命历法后被拿破仑废止，自1806年元旦开始，恢复传统的格里历法（即公历）。

现代的断头台装置

从刽子手桑松家族手中买来的断头台铡刀

品目录相关条目下，其标题为《世上最不寻常的纪念物》。

尽管面临许多困境，且社会局势日益紧张，玛丽的蜡像生产依然精雕细琢，严格刻画和描摹出各类人物的神态。摆放在展馆入口附近的门卫蜡像模型，虽然沉默不语，但公众只需瞥一眼，便能了解蜡像馆里正在上演的不同展览信息。蜡像"门卫"非常务实和在行，"怂恿"顾客付清费用入场观看更多展品。18世纪80年代，它们佩戴着皇家卫队的徽章；到了1789年，它们被换上简洁划一的国民卫队制服；如今，它们又有了"无套裤汉"独特的制服装：即像工人一样穿着长裤，而不是穿着受到朝臣和上流人士喜爱的短裤，并且头上戴着红帽子。据玛丽的回忆："当时人们大多头戴红帽子，以此作为自由的象征，但是更确切地说，这一形象是无政府状态的标志，却成了下里巴人的最爱。"

服饰曾紧随时尚潮流，然而，如今它们具有更为严肃的功能用以彰显政治立场，颜色、裁剪甚至整洁程度都承载着重要的意义。这也就不奇怪，随着革命形势的发展，涌现于18世纪80年代末狂热时期的许多新时尚生活杂志，很快完全偃旗息鼓了。在一座失去了时尚活力的城市，穿衣打扮突然与意识形态紧密关联，这使得时尚刊物很难维系其精神气质。玛丽在回忆录中很少讲述个人观感，但她对服饰提供了翔实的描述，就像一本娓娓道来的休闲书。她见证了服饰如何成为政治效忠的必备内容。如果谁因为健忘而没有佩戴代表爱国主义的帽徽或象征共和政治的饰品，那么很可能会陷入危险境地。谁不跟上形势要求，一旦穿着落伍，也很快会被认定有罪进而遭到死刑判决。玛丽对于服饰重要性的强调，在她当时生活的时代背景中体现得尤为明显，人们的穿衣打扮遭到严厉审查，如果谁的服饰不得体，便可作为反对革命的证据。拉图杜潘侯爵夫人所描述有关其女仆的一段插曲说明了这一点：

女仆出去了，她像往常一样，身着上等家庭的仆人装扮，围裙宛如雪花般洁白。她刚沿街走出去没几步,就被一位手上挎着篮子的厨娘推进一条小巷里,后者提醒说:"'悲摧'的小妇人啊,你难道不知道穿着这身服饰上街,完全可能被逮捕并送上断头台?"我那位可怜的女仆非常惊愕,没想到自己差点因为坚持了多年的穿衣习惯而丧命。女仆向那位救了她一命的厨娘致以谢意,然后把她暗示反对共和政治的白色[1]围裙藏了起来,并且匆匆离去,买了几件粗糙老旧的衣物穿上,借此掩饰自己的真实身份。

穿长裤是公然反对当局的表现,随着阶级之间的冲突激化,贵族越来越普遍地选用劳工的服饰。玛丽谈到,现已改名为"菲利普·公民·平等"的奥尔良公爵,为了使自己融入劳动阶层的革命事业中来,换上了无套裤汉的全部行头。"其中包括短夹克、马裤以及圆帽,圆帽上的头巾以水手时尚的宽松风格绕在脖颈周边,垂着长长的尾摆,衣领则在颈部上方。"有人还刻意把外表弄得乱糟糟的。英国约翰·摩尔(John Moore)博士当时在巴黎,他评论道:"穿着简朴等原本被认为属于共和主义者的特征,现在变得过于矫揉造作。"据约翰·摩尔描述,他有一位私交甚好且属于法国上流阶层的友人,后者现身剧院时,一袭普通装扮吸引了人们的注意,"他脚上穿着靴子,不修边幅,衣着邋遢"。行文至此,约翰·摩尔随即为友人做了辩护:"他只是随俗使自己看上去像一位共和主义者而已。"

随着革命不断向前推进,爱整洁的人被视为危险分子,某种程度上可以说,谁只要敢穿着干净的衣衫抛头露面,往往会招致众人辱骂。在玛丽看来,马拉是这种邋遢着装风格的践行者,他"衣裳破旧,不注重外表,看上去有点脏"。但是,罗伯斯庇尔并不喜欢灰头土脸的服饰,他的标准极高,在注重个人体面方面可谓名声在外。玛

---

[1] 法国波旁王朝以白色的百合花为王族徽章标志,法国大革命时,保皇党的军旗为白旗,上绣银色百合花。

丽记得罗伯斯庇尔"与马拉形成了鲜明的对比，对穿衣打扮颇感兴趣。他通常穿着丝织衣服和长筒袜，鞋子上有带扣装饰；头发上撒了用于保洁的粉末，身着短款燕尾服；整个人非常洁净清爽，他还喜欢对着镜子整理领结和褶边"。非常奇怪的是，罗伯斯庇尔作为革命方向的引领者和革命议程的仲裁人，却能如此明目张胆地以反革命的装束亮相。革命理想主义者海伦·玛丽亚·威廉姆斯[1]在一封信中记录了罗伯斯庇尔特立独行的作风："当他宣称自己是无套裤汉的领袖时，却没有采纳这类人的着装打扮。"

　　无套裤汉以自己的着装风格作为群体代称，随后，他们于1792年壮大成为最重要的革命运动力量群体。无套裤汉借助其工作服的隐喻意义，明确了一系列价值规范，并强调阶级差异。1793年，一本题为《何为无套裤汉》(*What is a Sans-Culotte?*)的小册子，以生动的图片解答了无套裤汉的来龙去脉，并扼要描述了他们作为玛丽蜡像展主要顾客的形象特征："无套裤汉无论去往哪里，都靠自己的双脚，他和千百万普通人一样一无所有，没有豪宅，也无仆人随时等候差遣，他和妻子儿女（如果他有家室拖累的话）只住得起房租最低的顶层屋子。无套裤汉是有用之人，因为他会犁地，懂得冶炼锻造和锉锯技术，能够给楼房铺瓦，知道如何制作鞋子，并且愿意为保卫共和国流尽最后一滴血。"身为普通工人，无套裤汉大量蜗居在逼仄的阁楼和出租屋里，每天关切的主要问题便是如何填饱家人的肚子。无套裤汉也是革命热点地区圣安托万街和圣马塞尔街上的工匠和手工艺人，那里聚集了许多小作坊。无套裤汉每见到旧制度遭受打击便欣喜若狂。他们同样经常光顾蜡像展，先前与宫廷人物及其生活方式联系在一起的蜡像展，如今也因无套裤汉们的崛起而向这部分人靠拢，改造成迎合他们趣味的娱乐场所。

---

[1] 海伦·玛丽亚·威廉姆斯（Helen Maria Williams，1759—1827），英国小说家、诗人，支持革命，著有《和平颂》(*An Ode on the Peace*)、《巴士底狱》(*The Bastille*)等作品。

第七章

血围兜：断头台下的生与死

1792年的夏天，随着成千上万充满危险的乌合之众不断涌入，巴黎城里一片水深火热。这些来自马赛的极端爱国分子被称为"同盟者"，他们前往巴黎准备参加攻占巴士底狱三周年庆典。同盟者高唱着《马赛曲》，激发出强烈的爱国之情，在肾上腺素和酒精的刺激下，他们与无套裤汉建立了兄弟般的厚谊。革命者作为令人敬畏的力量，一致被认为是人民权力的代言人。法国作家夏多布里昂在回忆录中记载了当时的情况："流行的专制统治散发出诱人的香味，毫无疑问充满了创造力和希望，并且比腐朽的君主专制统治更具权势，因为'人民'这位君王随处可见，当其成为新的独裁者，便像无所不在的古罗马皇帝提比略[1]一样。"

1792年8月10日晚，来自外省的同盟者和巴黎无套裤汉联合起来，最终推翻了波旁王朝的统治。他们攻入杜伊勒里宫，王室不得不仓皇逃命。在随后令人窒息的16个小时中，曾被立法议会用作招待新闻记者的一个临时窝棚，成了王室狭窄的藏身之所。与降临在瑞士雇

---

[1] 提比略（Tiberius，前42—37），罗马帝国第二任皇帝，屋大维的继任者，晚年离开首都，在卡普里岛上享受豪奢放荡的生活，通过指定代理人以及与元老院保持通信的方式维系帝国运转。在史学家塔西佗（Tacitus，56—120）笔下，提比略形象不佳，多行恶政。后来，德国历史学家蒙森（Mommsen，1817—1903）通过考证铭文等史料，认为提比略其实"治国有方"。

佣兵、近卫军等其他驻防杜伊勒里宫的卫士头上的命运相比，王室狼狈的遭遇可谓小巫见大巫。这些卫兵坚持效忠到最后，直至被残忍的暴民屠杀。但是，不仅同盟者黝黑的双手沾满了鲜血，一小撮妇女也参与制造了令人毛骨悚然的暴行。她们为了泄愤，最后阉割了卫兵的遗体，然后从血迹斑斑的围裙口袋里掏出已被切下的阴茎，面带微笑地分发给大家，就像给路人递上花束一样。拿破仑·波拿巴见证了这一令他无法忘却的残忍行径。在结束军旅生涯之际，拿破仑回顾说："从来没有任何一片战场像尸体横陈的瑞士卫兵那样，给我留下如此强烈的视觉震动……我看见一些服饰考究的女士，对这些遗体进行最无礼的亵渎。"

多年来被压制的怨愤和不满一旦爆发，便超出了文明的人类所能控制的范围。梅西埃生动记述了喜欢猎奇的看客如何见证残杀发生时的场景，后者经常前往暴行发生地。他们看见人的遗体像柴火一样胡乱堆放。"这些旁观者不会为之流眼泪，似乎石化了，目瞪口呆，缄口不言。每到一处，他们都往后退却，空气中充满恶臭，尸液横流，遗体的喉咙被切开、开膛破肚，死尸脸部因愤怒仍处于扭曲变形状态，上述场景莫不令人感到惊骇。"尸身上的创伤因受热流出血水并聚集了大量苍蝇，眼珠也从眼眶中垂落下来，一些胆子特别大的参观者对此指指点点，品头论足。玛丽也曾穿行于废墟之中，眼见堆积如山的尸体和满地的玻璃碎屑，在强烈的阳光下看上去更为恐怖（尽管预示着不祥，但正如旁观者所留意到的，在这个令人眩晕的夏季，就连太阳也貌似充满血色）：

> 举目所见，无处不是伤痕累累的尸体。原本美丽的碎石人行道，如今已被污血弄脏。知名的雕塑尽管沾染了血迹，却没有遭到其他伤害，因为即便是凶残的暴民，他们对艺术品同样表现出非比寻常的尊重。当受害者爬上雕像试图寻求庇护时，民众不会对其放火，以免破坏精美的塑像。于是，暴民用梭镖不断穿刺已

爬到雕塑上的避难者，直到这些不幸的人被迫跳到地面上来，然后匆匆逃离。受害者的恐惧心态与逃命方式，正迎合了施暴者心血来潮、反复无常的做派。

有关屠杀的劫后余波，玛丽在回忆录中提供了一些有趣的内容。她宣称自己不是一名看客，而是为了搜寻亲人的下落，有"三位兄弟和两位叔叔参加了保卫杜伊勒里宫的战斗"。这是玛丽第一次也是唯一一次提到他们，她随即大发感慨："怕是很少有人遭受如此大的打击，一天之内就有三位兄弟和两位叔叔丧生于暴民之手！"人们不禁揣度，玛丽作为少数受害者群体的概率到底有多大。她的此类叙述可能只是与众不同地粉饰其受害者身份，借以在后来的商业活动中博取公众的同情。

杜伊勒里宫的杀戮发生后，尤其引人注目的是，人们抓住了国王和王后，并将他们押往充当监狱的巴黎圣殿塔堡。就像昔日凡尔赛宫皇家动物园里展出的珍稀物种一样，被捕的王室成员成了用来展览的战利品，人们按次付费便可尽情参观。玛丽描述说："内心对王室抱有尊敬的人充满兴致，都想一睹为快，监狱周边房屋的业主由此以极高的价格，把住所租出去，大量民众付费以后，便可进屋并从窗户上看到王室一家在监狱的花园里散步。"从此以后，对王权所有的禁忌似乎都已被打破，广受欢迎的暴动风潮成了一个转折点，充满威胁、恐吓和犯罪的寒流滚滚而来。也正是在这一时期，玛丽开始在一些表现革命恐怖行动核心事件的布展中担任主角。蜡像展继续保持着绝对的吸引力，它就像社会躯体的心脏和脉冲，这是无可争议的事实。但是，在玛丽成为"格劳舒茨公民"的时期内，当断头台的阴影笼罩在共和国上方时，更值得我们仔细探究的是一些著名故事的来源以及与之相关的蜡像展品。

9月2日，外国军队入侵法国的谣言引发了恐慌，并迅速转变为针对反革命嫌疑分子的猛烈报复行动。丹东和马拉对煽动随之爆发的大屠杀需承担主要责任,在这场臭名昭著的杀戮中,据称共有13000人丧命。在拉弗斯监狱,朗巴勒公主是最为知名的受害者,她如今已成为"九月惨案"中无辜受害的个人化身。作为王后的贴身侍女,朗巴勒公主忠诚而美丽,她在凡尔赛宫的正式头衔为"王室总管"。玛丽把朗巴勒公主遭受的暴行描述为"地狱式的狂欢",其残忍程度遮蔽了其他一些信息,而凶手都是普通的鞋匠、木匠、钟表匠和帮工。朗巴勒公主被害事件被广泛记载,虽然不同版本在细节上有一些出入,但一致承认其暴虐程度使人们直接坠入了新的邪恶深渊。阿克塞尔·冯·菲尔逊伯爵是玛丽·安托瓦内特的爱慕者,经常被错误地当作王后的情人,他写道:"朗巴勒公主遭受极其恐怖的煎熬达4小时,我难以下笔记下所有细节。暴徒用牙齿咬下公主的乳房,然后想尽各种办法,持续两个小时让公主恢复意识,把她无比痛苦地折磨致死。"朗巴勒公主死后,她备受摧残的脸被装扮成了淫秽的喜剧面具形象,暴民用她的阴毛在其脸上粘作假胡子,并且用长矛挑着她的头颅来到关押王室成员的圣殿塔监狱炫耀,以此嘲讽王后。历史学家托马斯·卡莱尔论述说:"朗巴勒美丽的后脑勺被斧头劈开,脖子被斩断,白皙的身体被切成碎片,大阴唇上的毛被恐怖而猥亵地用来装扮出八字胡的模样,以示羞辱,就人性而言,这些暴行真是令人发指。"

  玛丽自己宣称,朗巴勒公主畸形而残缺的遗体是她被迫制作的第一具蜡像。在回忆录中,玛丽追述了公主的头颅如何被迅速地带到她面前,由此引起了一种"难以言表"的情感,野蛮狂暴的凶手就站在身边,她因害怕而浑身发抖,仍被强制给这位不幸的公主制造头像模型。玛丽印象深刻的创伤经历在其回忆录中得到强调:"唉,杜莎夫人真是悲惨,颤抖的双手捧着一位美丽女子的头颅,这实在让她无法自持。"玛丽当年在凡尔赛宫见过朗巴勒公主,并且知道她因拥有圣徒般的美德和品性而名声在外,如果考虑到这一点的话,那么玛丽如今遭受的精神创伤可能更为严重。但是,涉及玛丽与暴民合作时具体心境的一些情况是难以令人信服的。"因为渴望存留一些与不幸的朗巴勒公主相关的纪念品，玛丽只得继续完成充满悲伤的任务，周边都是野蛮的暴民，他们的双手沾满了无辜者的鲜血。"其实就收藏某人的纪念物而言，大多数人会认为有一绺头发也就可以了。玛丽没有在英国展出朗巴勒公主阴森可怕、被强迫定做的头像，但是19世纪的产品目录上曾有记载，她为朗巴勒公主打造了一件全身蜡像，利物浦的报刊称赞道："朗巴勒公主的蜡像极其美丽，且制作精良，她整个人倚靠在椅子上。"只是，玛丽没有忘记继续重述凶手杀害朗巴勒公主时的细节，以便为蜡像产品目录增添有趣的"作料"。例如，1819年在剑桥举办蜡像展时印制的一份产品宣传清单中，在配图展现了身体残缺的内容后面有以下措辞："凶手把鲜血淋淋的头颅交给杜莎夫人，命令她制作死亡面具，为了应对这份可怕的订单，即便累得半死不活，她也不敢不服从。"作为一名美丽的女性，朗巴勒公主的结局如此不幸，只要读到此类记述文字，而无须忍受痛苦看到她残缺不全的遗体，就已足够令人感到震惊。杀害朗巴勒公主的著名事件爆发后，玛丽本人立马被卷入到余波中来，这些遭遇强化了她宣称自己是法国大革命受害者的论调，同时增加了人们对其他法国大革命遗迹主题展的兴趣，并且不断提醒公众，动乱发生时，她正置身其中。

正如雷蒂夫·德拉·布列多纳[1]所言："8月10日爆发的事件赋予了革命新意，并逐渐将其导入终结阶段，但到了9月2日至4日，革命行动被一层阴郁的恐怖氛围所笼罩。"事实上，发生在9月的屠杀令公众产生了极度的反感情绪，只有那些革命顽固派除外。罗兰夫人写道："你知道我对革命的热情，但现在我为之感到耻辱。革命早已名誉扫地，令人厌恶。"随着无套裤汉的革命幻想升级为针对贵族、王室成员浴血的报复行动，人体内脏变得随处可见，就像屠夫切割好待售的

---

[1] 雷蒂夫·德拉·布列多纳（Restif de la Bretonne，1734—1806），法国作家，著有《性欢：反茱斯蒂娜》（*L'Anti-Justine*）等。与萨德侯爵强调性虐不同，布列多纳认为性爱是愉悦的，应该尽情享受。萨德侯爵曾说："只有淫书贩子才会感激布列多纳。"据传布列多纳喜欢在大街上游荡，寻觅创作素材，嗜好观察女人的脚，借以激发创作灵感。

肉一样。当生死攸关的"捉迷藏"游戏开始后，人们的心情更为沉重。挨家挨户严厉搜寻反革命分子以及同情王室的人士，迫使许多嫌疑犯不得不想方设法地躲藏，以逃避当局追捕。据当时一位名为佩尔捷（Peletier）的人描述："有人挤进护壁板与墙壁之间的间隔中，然后让人重新用钉子钉好，这样壁板看上去就像墙壁的组成部分一样；有人躲在床垫中间，因担惊受怕和闷热快要窒息了；有人蜷缩着藏身于木桶中，因肌肉被压缩、紧张而失去了知觉。"大使馆已被关闭，革命期间的社会生活仿佛突然停顿了，人们沉湎于大屠杀的狂欢中无法自拔，普通民众已然堕落，他们参与了一系列异乎寻常的行动，如公然开膛破肚，展示人体内的五脏六腑，让它们像缎带一样迎风招展，并强迫大家喝下受害者的鲜血。

许多人的生活经验无非是先确保活着然后忘却，玛丽却将其钢铁般坚韧的个性，转化为精明的商业市场开发，即举办以死亡为主题的蜡像展。巴黎涌起了一股投机主义的风潮，从用于制造火药的硝石粉到日用的食糖、肥皂等物品，都被一些人垄断掌控，他们借机敲诈勒索，社会风气极坏。据称著名的刽子手夏尔-亨利·桑松掌控着黑市交易，此外，一个非常令人感兴趣的谣传是柯提斯和玛丽可能与他有业务往来。从被执行了死刑的罪犯身上牟取暴利是桑松工作收入外一笔重要的经济来源，在担任刽子手初期，据说他曾出售罪犯尸体上的脂肪，用以制造对于"治疗风湿病痛极为有效"的润肤剂。断头台提供了新的机会，有传闻称柯提斯和玛丽因此得以制作逼真的蜡像用来展出，柯提斯和桑松达成协议，桑松把被斩断的头颅暂借给柯提斯，进而从中抽取酬金，租借的首级源自那些最能吸引大众兴趣的敌人，这项交易需在人们把砍下的头颅连同其躯体埋入公墓前完成。毫无疑问，有些被处决者的蜡制头像栩栩如生、令人惊悚，因此柯提斯与桑松存在合作关系似乎是真实的，尽管玛丽宣称那些著名而阴森的人头蜡像，每件作品在生产加工时她都遭到极大胁迫，"受命于国民议会"。相比于承认与刽子手桑松进行过合作，借此举办令人毛骨悚然的死亡主题蜡像展，玛丽的自我辩解显然更为有利。

无论真相如何，我们知道玛丽的经历使她获益匪浅。在充满仇恨的革命年代，玛丽制作了大量当代知名人物的蜡像，其中的主要展品后来被她充实到"恐怖屋"展厅中。无套裤汉自得其乐，训练他们的宠物狗学会狂叫出"贵族"这个词。形成鲜明对比的是，年幼无辜的法国皇太子在被囚禁期间，同样给他的宠物松鼠取了一个"贵族"的昵称。俄国旅法游客卡拉姆津披露了这一细节："据称，在与他的宠物松鼠嬉戏时，法国皇太子拧住对方的鼻子然后说，'你是位贵族！你是位伟大的松鼠贵族！'因平时总是听到'贵族'的称呼，出身高贵的皇太子于是把这个词用到了宠物身上。"

在1792年8月的第三周里，第二架断头台被竖立在了卡鲁索广场，这里虽然与杜伊勒里宫相隔很近，但王室显然没有意识到，就在9月2日晚上，带有保皇倾向的报纸出版商在此被处决了。不到三周之后的9月21日，国民公会正式通过了废除君主政体议案，宣布实行新的统治。9月22日，法兰西第一共和国成立。为了强调新时代的到来，新的历法以1792年9月22日为共和元年葡月（元月）元日。但是，新旧两个时代的决定时刻为1793年1月21日，这是一个更具戏剧性的日子。这一天，断头台倾斜的刀刃从臃肿的路易·卡佩即路易十六身上砍下了他的首级。

对路易十六的审判带有一些戏剧性的娱乐氛围，议会大厅的后座被临时隔成了小的单间看台，观众宁愿被冻得瑟瑟发抖，也不愿错过观看对国王的处决。与之最近的一次对国王进行处决的悲剧发生在17世纪的英国[1]，法国则史无前例。在路易十六的"开放餐筵"中，如果说臣民只是喜欢观看国王如何公开用膳的话，那么他当众被处决实在是出乎意料的景象。处决活动在极具象征意味的革命广场上演，革

---

1 1649年1月30日，英格兰国王查理一世因"叛国"等罪名在伦敦被推上断头台，他由此成为近代欧洲第一位以罪犯之身遭到公开处决的国王。

命广场以前被称为路易十五广场（即如今的协和广场）。1789年，当国王的军队向聚集在这里的民众开火时，同时击碎了人们对王权的信心。1791年，国王试图从巴黎逃往瓦雷纳，途中遭到民众拦截，搭载王室的皇家马车随即被遣返巴黎，并在革命广场被大举包围，人们对国王的憎恨再次升级。现在，在1月寒冷的早晨，革命广场及周边街道人山人海。大家爬到杜伊勒里宫殿花园的墙上或沿着台阶紧紧挤在一起。广场四周有军队担任警戒。大炮和全副武装的军队各就各位。沿街的窗户被要求关上遮板，商店歇业，喧天的鼓乐过后整个广场寂静下来。天空中不合时宜地弥漫着浑浊的湿气，似乎侵蚀了大众的活力，也可能因为正在等待完全不敢想象的事情将要发生，众人都屏息静气。在这个断头台高耸的舞台上，路易十六吸引了12000位观众的目光。10点20分，断头台上的刀刃落下来了。刽子手的儿子随即从篮子里抓住国王头颅上的头发，把刚斩断的首级向民众展示。广场上顿时欢声雷动，大家高喊着："国家万岁！法兰西共和国万岁！"最挨近断头台的民众争先恐后地用纸巾沾染国王的血迹。有些人甚至把手指浸入血泊中，直接品尝鲜血的味道，然后告知大伙儿，"有点咸"，有资料显示，享用在盐碱地上吃草长大的羊羔美食曾是贵族的特权之一。

刽子手正紧锣密鼓地拍卖国王戴过的帽子，并愉快地兜售他的一缕缕头发和衣服上的纽扣，与此同时，在最高级别的安全保卫下，国王的遗体被运往玛德琳公墓。国王的首级被放在他的两腿之间，一同装入柳条编织的篮筐中，然后由两轮运货马车载着，一队全副武装的卫兵负责护送。正如官方报道所强调的那样，转运过程中，国王的遗体"受到了最好的照料"。国王的尸骨不可能留下任何残存。法兰西第一共和国精心筹划了处置国王的每一个细节，甚至把墓址的选取也当作一场宣传运动列入计划中。国王的葬身之所，一边埋葬着在他新婚之日遭到镇压并被处死的受害者，一边为1792年8月10日被民众屠杀的瑞士籍卫兵。国王极深的墓穴里填埋了两层厚厚的生石灰。刽子手在断头台上大肆兜售国王少量的头发和衣饰，那只是按照传统惯例获取他们的额外收入，而如何处理国王的遗体则是另一码事。正如梅西埃所言，在国王的尸体上覆盖两层厚厚的生石灰，足以确保"欧洲其他有权势的君主不可能获得任何与路易十六遗体有关的残存物"。

但凡可能激发受难、殉道情感的物品都需要被清除，这一要求变得更为迫切。为了避免任何物品赋予国王死后的象征权力，进而妨碍革命事业，革命常务理事会发布命令，对圣殿塔里国王所有的私人物品进行仪式化的焚毁。官方的公文写道："床铺、衣物以及其他一切与路易·卡佩有关的日用品，都将在格列夫广场被销毁。"本着除去君主制印记的动机，同年8月，革命者亵渎了圣德尼大教堂里的皇家陵园，在故意破坏文物的正式狂欢中，历代王室成员的遗骸和墓石等古迹均被摧毁。

1月21日处决国王时尽管戒备森严，但显然没能阻止玛丽带着装有蜡像制作工具的毛毡包，匆匆赶往玛德琳公墓，在国王的头颅被埋入填满生石灰的墓穴之前，她就地用蜡塑造了其头部模型。故事大概是这样的，玛丽给国王的头颅做了备份面模，这成了革命最基本的遗迹，并且仍展出于"恐怖屋"中，早年的产品目录描述说，"国王刚被处决，玛丽便受国民公会之命，亲手迅速地制作了他的蜡像面模"。杜莎家族的后人强调了制作国王蜡像的真实性，如玛丽的曾孙约翰·西奥多·杜莎在他于1919年出版的回忆录中写道："国王的塑像毫无疑问是在强制状态下制作的，其目的主要是保存某些物件以迎合群众的情绪，或确证对国王的处决真实发生过，也可能两者兼有。"

在清除君主政体相关记忆的运动中，革命当局为何破例要求保存国王蜡像这件非常具有号召力的纪念品，其动机并不明确。给被砍下的路易十六的头颅制蜡像，在其他文献中没有被提及。玛丽早年一度与王室有往来，革命当局竟然会允许她（无论如何正如玛丽自己所言）记录和复制国王的头像，以便再度凸显他的"特殊性"，这种可能性究竟有多大？考虑到路易十六的雕像被革命当局下令推倒，这是有明确记载的，因此玛丽受命制作国王的蜡像似乎根本不可能。事实上，从1793年开始，直到玛丽1850年去世，没有任何记录显示她曾展出过国王的蜡像。此外，有书面证据支持以下推测，即在柯提斯和玛丽最初的巴黎蜡像展中，并没有以王室成员遭到处决为主题的相关场景。当时一位名为普吕多姆（Prudhomme）的记者倒是公开批评柯提斯，说他没能在蜡像展中为纪念国王遭到处决这一事件中有所作为，却展出了雅各宾派代理人勒佩勒捷[1]被暗杀的相关作品。就在国王被推上断头台的前一天晚上，勒佩勒捷因曾投票支持处死国王而被一名心怀怨恨的保皇党人刺杀了。

随着革命的升级，柯提斯和玛丽尤为在意他们此前制作的与王室有关的蜡像，为此很早就颇有策略地在宫廷"开放餐筵"展中移除了国王和王后的形象。路易十六的头像最早于1865年在伦敦贝克街展厅中被展出，离玛丽去世已隔了15年之久。此举就像借助过去的资源来制造新的吸引力，玛丽的继任者参照路易十六生前的实体模型，仿制了他去世时令人信服的断头蜡像，以此作为弑君行动中耸人听闻的纪念物。路易十六的人头蜡像有助于强化玛丽已经被确立起来的神话，即她是一位被动的历史记录者。一份产品目录宣称："玛丽再次受到强迫，泪眼模糊地给死者制作蜡像，其中许多都是她的友人，大家曾在凡尔赛宫度过了欢乐时光。"另一份记录更为夸张煽情："她再次艺术地书写了历史，但不是依靠文字，而是鲜血！"

处决路易十六之后，民众的革命情绪越发高涨，这时展出国王的蜡像容易令人产生误解，以为是保皇派在表达对王室的同情。拉法耶特曾是第三等级眼中的"宠儿"，却以"头号人民公敌"的身份逃离了法国，这一坏消息与柯提斯蜡像布展产生了冲突。但拉法耶特的蜡像并没有立马被撤换，它还持续了一段时间继续吸引大众的眼球。凭

---

[1] 即路易-米歇尔·勒佩勒捷，德·圣-法尔若侯爵（Louis-Michel le Peletier, Marquis de Saint-Fargeau，1760—1793），法国政治家，曾当选为制宪议会主席，早年因提出废除死刑而赢得广泛赞誉。

借超凡的公关危机处理能力，柯提斯在蜡像馆临街的门口公开展示了拉法耶特假想遭到斩首的造型，借以迎合大众的心理，由此对现实情势做出调整。1793年，随着罗伯斯庇尔成为共和政治新的明星，以及英国和西班牙加入到革命战争中来，革命当局变得更为严苛。现在，一个类似的错误举动就有可能被判监禁乃至死刑。这一时期，社会充满了偏执和监控、检举告发和暗中侦察、贿赂与背叛。德国表演者保罗·德·菲利普斯塔尔（Paul de Philipstal）因对自己的节目内容做出了误判，危险随之日益逼近。他于1793年冬天抵达巴黎，并在沙特尔酒店每晚上演两场神秘而恐怖的各类表演，赢得满堂喝彩。菲利普斯塔尔的演出以幻觉效应为特色，通过精彩的幻灯秀展现超自然的主题。在一个漆黑的室内，他用骷髅和坟墓装点出可怕的万圣节式的场景效果，表演中，当他宣称不死的鬼魂降临时，观众被吓得魂飞魄散。借助一系列魔术手法表现鬼魂来无影去无踪的景观，确实把观众吓到了。

为了大肆取悦观众，菲利普斯塔尔有时会在表演的尾声阶段，以近乎淫秽和有伤风化的方式，对当代知名人物进行嘲讽和影射。据一位记者描述，在1794年3月上演的一场表演中，菲利普斯塔尔通过幻灯效果，巧妙地把马拉和罗伯斯庇尔的肖像与可恶的魔鬼造型融为一体。菲利普斯塔尔如此鲁莽地进行炫技表演，却长期没有被当局惩罚，实在不可思议。但是，他的好运很快到头了，在一次与路易十六有关的幻灯展中，影像中的路易十六似乎正向上飞往高处，仿佛要升入天国。观众对此反应激烈，认为这类带有颠覆性的表演，是在向最后一位国王致敬，随即菲利普斯塔尔自然遭到逮捕，被关了监禁。他心烦意乱的妻子于是向公民柯提斯求助。在演艺界，大家保持着一种近乎共济会性质的情感，但柯提斯答应营救菲利普斯塔尔，很可能不仅仅是基于仁爱之心，而是因为后者在国际马戏团表演圈早就功成名就且非常富有，是一位受人尊敬的开拓者。有迹象表明，柯提斯倾向于在正确的时间和有利的权力位置上，试图结交这位知名的同行，因为柯提斯对炙手可热的罗伯斯庇尔知根知底,有把握让他对菲利普斯塔尔被捕一事进行干预。玛丽在回忆录中追述了这项交易。按照她的记载,罗伯斯庇尔向来清廉的名声受到了质疑。玛丽暗示他并不能抗拒贿赂的诱惑。其回忆录中写道:"柯提斯拿到可以让菲利普斯塔尔重获自由的命令后准备离开,他在桌上留下了300路易,且没有就此向罗伯斯庇尔做任何解释说明,这些钱款后来并没有被送回,由此看来,这一礼物毫无疑问地被接受了。"菲利普斯塔尔欠下了柯提斯一个巨大的人情债,在后来的岁月中,玛丽的人生轨迹将因此发生改变,因为为了偿还这一人情,菲利普斯塔尔给她提供过帮助,为她拓展蜡像事业创造着机会。

马拉之死成了革命恐怖时期的生动写照,生命最后时刻,他仍握笔写作,就像一名真正的记者一样时刻不忘本职。马拉遭到夏洛特·科黛[1]刺杀时的最后形象,因大卫著名的绘画和玛丽制作的蜡像而永垂不朽。大卫的画作《马拉之死》既是不朽神圣的,也带有强烈的世俗氛围:马拉头上戴着浸泡了醋的头巾,提醒世人他正遭受皮肤病困扰,同时,相比于华丽的尸床或英雄般的战场,马拉丧生之时斜倚在浴缸里的情形显得平淡无奇。然而,在马拉死后,这些简陋的场景并不影响人们对他的狂热崇拜,表现马拉死亡时的蜡像展尤其起到了推波助澜的作用。玛丽去往英国开展蜡像业务后,产品目录不断宣称,马拉的形象"在他遭到刺杀不久立马就被玛丽制作成模型,该任务受命于国民议会",这一特殊的蜡像展还经常被媒体拿来说事。例如,在玛丽四处巡演的岁月里,1819年12月1日的《德比信使报》(*Derby Mercury*)就曾提及,"法国大革命时期著名人物马拉的蜡像制作得非常精美",相关内容随即写道:"这件艺术品被认为是天才般大师的杰作。"1828年10月11日,《兰开斯特时报》(*Lancaster Gazette*)

---

[1] 夏洛特·科黛(Charlotte Corday,1769—1793),出身于没落贵族之家,拥护相对温和的吉伦特派,反对马拉等人的激进政治主张,因刺杀马拉而被判处死刑。她在法庭上宣称:"我杀了一个人,却救了十万人。"

的报道令读者"为另一展厅里的蜡像感到震惊和颤栗,眼见鲜血淋漓的革命家在挣扎中死去"。马拉死亡前遭受的苦痛显然没有打动所有人:如查尔斯·狄更斯,他一边参观"恐怖屋"里马拉临死前令人毛骨悚然的场景,一边"正享用着一块半生不熟的肉饼"。

大卫和玛丽分别用油彩和蜡来表现马拉之死的两件艺术品,两者之间比其他主题的事物更具关联度。在1793年7月13日这个闷热的夏夜,晚上7点45分之际,医生宣告了马拉去世的消息,这离他被夏洛特·科黛刺杀只隔了几个小时。因同情已失势的吉伦特派,夏洛特·科黛借告密为由进入马拉的寓所,随即用匕首刺入他的胸膛。天气炎热,同时本身患病的皮肤裸露在外,马拉的遗体因此加速腐烂变质。这给官方正式的殉难展演带来了直接的困难,而此类殉难展往往是革命宣传极为重要的内容。雅各宾派代理人勒佩勒捷遭到刺杀死亡后,他的遗体直接被革命者用来游行悼念,但当时是在寒冷的1月份。哀悼者借助楼梯,把勒佩勒捷裸露的遗体抬放在基座上,并摆好经典的姿态,以供民众瞻仰和寄托哀思,游行、展览和哀悼活动持续了四天之久。但对马拉而言,高温天气以及遗体本身状况堪忧,意味着速度决定一切,必须尽快安排葬礼。甚至给马拉的遗体涂上香料或注入药物都显得多余,防腐专家团队的口头禅便是"遗体正从我的手上脱落分离",这是一个可怕的事实,就像童谣中的"鸡蛋男孩"一样,从墙上跌落在地会把身体摔破。7月14日,马拉的遗体已全面溃烂,被勉强修复后,由人们小心翼翼地抬放到了科尔德利俱乐部的讲台上,民众在大量人工照明和昼夜不停焚香的氛围中,对死者进行了瞻仰。一同被展示的,还有马拉去世时的浴缸和他的木箱书桌。仅仅两天之后,新鲜空气和香料已难以掩盖尸体腐烂程度加重而发出的气味,时间更为紧迫了,哀悼者向马拉致以最后的敬意。16日,他们为马拉举行了葬礼,其中包括画家大卫标志性的装饰元素,如用纸板仿做的树,用银箔装饰的七弦竖琴,身着白衣的少女。路易·萨德(即此前著名的萨德侯爵)致悼词。

大卫的初衷本是要展现最后探望马拉时的景象,在被刺杀的前一天晚上,大卫登门造访了马拉,见他正在浴缸里工作。大卫向国民公会陈述说:"我想,突出我拜访马拉时他表现出来的状态非常有意义,当时他正在为人民的福祉奋笔疾书。"然而,马拉的遗体保存条件不佳,必须减少被瞻仰的时间,使得大卫这一精准情境再现的计划泡汤,为此,大卫决定接受国民公会的委托,负责创作纪念性的油画作品。大卫随后耗时四个月,完成了名作《马拉之死》,并于1793年10月14日在国民公会上展出。

从马拉被刺身亡到大卫完成名作《马拉之死》之间有一段缓冲时间,《马拉之死》的构图也有借鉴价值,此类线索暗示着,玛丽即将登场展出以"马拉遇刺"为主题的蜡像。玛丽总是宣称,她制作的纪念性蜡像展给大卫的创作提供了视觉上的参考。正如其回忆录写道:"受大卫之命,杜莎夫人从马拉脸上制作了面模,刺客夏洛特·科黛被处死后同样由她负责留下死亡面具,大卫以玛丽制作的模型为基础,创作了马拉被'女魔头'杀害的杰出画作,并落款'大卫为马拉作',借此假装他与马拉有着非同寻常的友谊。"玛丽回忆说自己被一些"武装分子"带到马拉遇害的房间里,明确要求她直接给死者制作面模。"他的身体尚有余温,鲜血淋漓,脸色惨白,表情痛苦,整个场景充满恐怖气氛,玛丽在极度痛苦的心境中完成了任务。"但是,玛丽真的到过刺杀现场吗?极有可能的情况是,在马拉的遗体作为殉难代表被公开展示的两天时间里,玛丽才得以有机会仔细观察,然后在其蜡像作品中还原马拉去世时的景象。随着民众对马拉的狂热崇拜之风不断增长,玛丽在圣殿大道上的蜡像展获得了极高的赞誉,并且在马拉去世后几个月里,一直如明星般吸引众人的眼球。作为这种英雄式崇拜的表征之一,巴黎出现了一股给男婴取名为"马拉"的热潮。据玛丽描述,表现马拉遇刺的蜡像展成了民众倾诉悲伤的寄托所在,人们在参观时禁不住"放声恸哭"。玛丽还提到,当罗伯斯庇尔参观并评论了马拉的蜡像展后,这一展品在公众中激起了更大的反

描绘马拉之死的画作（上）与蜡像（下）。究竟是蜡像作品成了画家大卫创作《马拉之死》的灵感，抑或是相反呢？

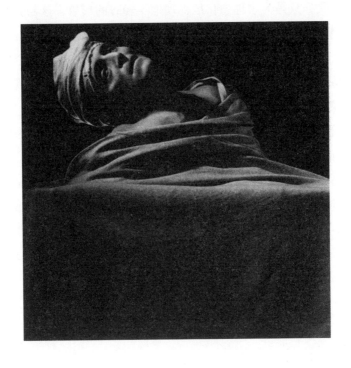

响。罗伯斯庇尔离开时，向街上的行人发出号召，希望大家效仿他，"多瞻仰我们已逝去的友人的蜡像，刺客把他从我们身边夺走了，让我们因这痛苦的损失为他哭泣吧"。罗伯斯庇尔的称赞显然极具效果，玛丽的回忆录证实，马拉被刺身亡时的蜡像展如此受欢迎，为此"民众蜂拥而至，想看看已被他们偶像化了的马拉形象，一连许多个星期，她每天都有25英镑的收入"。

玛丽花费了大量笔墨，宣称自己公开的蜡像展给大卫创作名画《马拉之死》提供了主要参照，这种说法可信度到底有多大呢？有些艺术史家推测，基于两件作品更多的是在人物造型上相像，大卫可能与玛丽共同完成了马拉蜡像的构图和布景，并指导她如何精准地再现马拉遇刺后在浴缸中的最后姿态。毫无疑问，两人的作品非常雷同。英国艺术史家罗杰·弗莱[1]论及大卫《马拉之死》的画风时写道："与杜莎夫人的蜡像类似，外表看上去非常平滑。"大卫对马拉形象的描绘，其油彩效果确实有点像上了蜡一般。事实上，大卫精雕细琢描摹马拉的皮肤，只是为了理想化地再现他年轻时的形象，这与其真实身体状态毫无关联，日益年长的马拉因患有严重的皮肤病而肤色泛绿，遇刺后，为了在巴黎城举行瞻仰活动并布置葬仪，在大卫精心统筹协调下，马拉的遗体先是进行了美白装扮和固化处理。另一种观点认为柯提斯和玛丽复制了大卫的创作，《马拉之死》有如现实版"圣母哀悼基督图"，当它被挂在卢浮宫展出时，其反响如此强烈，为此柯提斯和玛丽模仿大卫的创意，重新修订了他们早期制作的蜡像，当时的作品主要是为了反映马拉被刺的新闻。后来，在英国，杜莎家族更加公开地仿造起大卫的名画，尤其是《拿破仑加冕典礼》（*Coronation of Napoleon*），因此可以说，有关马拉之死的蜡像，只是他们早期复制大卫作品的个案罢了。无论如何，这是一个"先有鸡还是先有蛋"的谜

---

[1] 罗杰·弗莱（Roger Fry, 1866—1934），英国著名艺术史家、美学家、文艺批判家，代表作有《塞尚及其画风的发展》（*Cezanne: A Study of His Development*）等。

题，难以证实或证伪玛丽的说法，因为据其描述，正是由于自己能给大卫提供创作源泉，其艺术天赋还有利用价值，所以她在法国大革命雅各宾派专政的"恐怖统治时期"，才得以受到宽大对待。

至于夏洛特·科黛，玛丽称替她制作了两具面模，其中之一为"生前"的版本，在监狱的门房里完成，另一件为7月17日遭到处决后，"她的遗体被运往玛德琳公墓，杜莎夫人在此复制了她的死亡面具"。玛丽回忆在监狱探访夏洛特·科黛时，她对这位杀手几乎充满钦佩之情，发现对方"是一位非常有趣的名人"。玛丽同时对夏洛特·科黛的外貌体征赞叹不已，她"光彩照人"，举止优雅，外表整洁干净，十分迷人。"夏洛特·科黛毫无拘束地与杜莎夫人交谈，甚至颇为高兴，表情纯静而端庄。"玛丽究竟是否被允许探监，并没有权威的证据。但是，有历史记录显示，其他艺术家曾正式以这位美丽的刺客为模特，把她的容貌细节一一描绘下来，夏洛特·科黛通过自己秀美的外表以及自我请愿书，牢牢地捕获了公众的想象力。夏洛特·科黛显然对身为杀手的魅力有自知之明，这在写给"公共安全委员会"的信中体现得尤其突出，她在信中提出了派人给她画像的请求，同时表示："正像珍惜良好公民形象的人一样，好奇心有时会驱使我力图找出那些大的罪犯，他们通过作恶来施行恐怖。"夏洛特·科黛的言行与玛丽的观点不谋而合，因为它们都能强化大众窥淫式的癖好，这种癖好先后增强了"恶人穴"和"恐怖屋"蜡像展的吸引力。

夏洛特·科黛请求当局派人给自己画像，这一请求得到当局同意，派出画家皮埃尔-亚历山大·威莉（Pierre-Alexandre Willie）来画像。夏洛特·科黛还提出，在受审时请艺术家公民霍尔（Citizen Hauer）为她进行素描，尽管夏洛特·科黛本人欣赏霍尔创作的肖像，但人们普遍认为威莉把她画得更好。夏洛特·科黛是否见过玛丽已不得而知，但毫无疑问，她为自己的蜡像能被玛丽用来展出感到高兴。当玛丽在英国办展时，夏洛特·科黛的蜡像被列入早期的产品宣传目录中，人们对她的颂扬之声由此更多了，许多英国人都把这位刺客当作女英雄看待。

马拉遇刺之后，法国的政治形势急遽恶化。两周后的7月27日，罗伯斯庇尔入选公共安全委员会，担任委员，该组织结合了战时内阁和外交部的职责。法国当时不但与欧洲多国交战，而且在西部旺代地区同时进行着激烈的内战，这也是一个影响局势稳定的重要因素。为此，国民公会制定的对策更为激进，民众发现他们正被置于高度警备状态中。无辜者一个错误的行动有可能带来致命的后果，如若大笑或在公共场所争论就可能充满危险。1793年9月，随着《嫌疑犯法令》（*Law of Suspects*）颁布实施，监狱里人满为患，断头台变得更为繁忙。雅克·勒内·埃贝尔[1]为反保皇派报纸《杜歇老爹报》（*Le Père Duchesne*）的主编，1793年9月2日，他向公共安全委员会作报告："我已被许以取下安托瓦内特的头颅。如果有任何耽搁的话，我将亲自去砍下她的首级。"当年10月16日，埃贝尔的诺言得以兑现，王后成了断头台上万众瞩目的明星。与国王不同，革命者没有给安托瓦内特配备封闭式四轮马车，押解途中，王后由敞篷的马车载着，完全被暴露在大庭广众之下，遭到公开羞辱，她也没能获得束腰、假发、假牙等装饰物，整个人看上去瘦小、憔悴，未老先衰，往昔靓丽的风采荡然无存。

玛丽没有亲眼目睹安托瓦内特王后被处决的情景，对于其原因，她在回忆录中追述说："杜莎夫人一看到可怕的骑兵队来了，整个人便晕厥过去，因此没能见证后续发生的事情。"容易受到外界惊吓，这显然与玛丽的个性不符。玛丽宣称自己后来直接奔往玛德琳公墓，在那里发现王后的躯体和头颅被胡乱丢弃在草丛中，于是她立马给死

---

[1] 雅克·勒内·埃贝尔（Jacques-René Hébert, 1757—1794），法国大革命时期激进政治团体科尔德利俱乐部的主要领袖，该俱乐部曾为雅各宾派的重要势力。埃贝尔以"杜歇老爹"为笔名，写了一系列政治讽刺作品，受到下层民众的欢迎，其追随者被称为"埃贝尔主义者"。埃贝尔既反对丹东派的宽容政策，又抨击罗伯斯庇尔的专制统治，1794年3月，以罗伯斯庇尔为主要代表的救国委员会将埃贝尔逮捕，随即以阴谋叛乱的相关罪名将他推上了断头台。

者制作了面模，此类颇为怪异的传奇同样存在争议。事实上，玛丽有足够的时间来进行铸模，因为许多来源不同的材料涉及王后遭到处决一事时，都提及其葬礼被延期举行的情况。人们显然并不急于把王后埋葬，这与她丈夫路易十六的遭遇不同，人们处死国王后，立刻将其埋葬，并在墓穴中撒满了生石灰。掘墓人腾出时间给王后挖坟，据说竟不可思议地持续了十五天之久，由此印证了欧洲人宁可停下手头的事情也要享用午餐的大陆式做派，正是在他们用餐的间隙，王后的遗体才处于无人关注的状态，于是给玛丽见缝插针制作面模提供了机会。无论是迅速的临时手工活，还是冗长而悠闲的精雕细琢，玛丽在玛德琳公墓给王后制作蜡像模型的传言并非源自其回忆录，却似乎肇端于19世纪某一时段在伦敦举办蜡像展之际。在1903年的一份蜡像展宣传目录中，玛丽·安托瓦内特词条下有如下描述："受法国国民公会之命，王后被处死后，杜莎夫人立即亲手给她制作了蜡像模型。"与国王的死亡蜡像类似，玛丽·安托瓦内特的蜡像直到1865年才神秘地展示于世人面前。大卫对王后被押往断头台时的悲惨场景进行了素描，相较于大卫笔下的形象，王后的蜡像看上去光彩照人，不亚于她此前的"睡美人"等蜡像造型，也足以与新近被推上断头台的知名人物的蜡像媲美。

相比而言似乎可以确定的是，柯提斯曾到公墓去寻觅名流人物的头颅，以便生产蜡像产品。1793年12月，有"巴士底狱企业家"之称的帕罗伊，对其好友杜巴丽伯爵夫人的蜡像留下了深刻的印象。杜巴丽伯爵夫人曾为路易十五的情人，人们为了宣泄对她的仇恨，使得其蜡像展也广受欢迎。被推上断头台之际，杜巴丽伯爵夫人因害怕而大哭大叫，与其他被送上断头台的人的表现迥异，人们可以想象，当有窥淫癖的无套裤汉近距离观看杜巴丽伯爵夫人的蜡像时，他们醉心于模仿其在断头台前的行状。柯提斯告知帕罗伊，杜巴丽伯爵夫人的蜡像之所以如此惟妙惟肖，那是因为他本人曾到公墓亲自查验其头颅。柯提斯似乎没有必要就此事向好友帕罗伊撒谎。作家法罗勒

（Favrolles）印证了上述推测。他谈到柯提斯如何获得当局批准给杜巴丽伯爵夫人制作蜡像，以便立此存照，"柯提斯在玛德琳公墓里完成了铸模，大家可以在圣殿大道的蜡像展中参观这件栩栩如生的蜡像"。

没有证据表明玛丽曾在玛德琳公墓食尸鬼似的搜寻名流头颅，以便采样制作蜡像，但这并没有中止关于她的神话。及至20世纪，"恐怖屋"蜡像厅中有一个非常受欢迎的场景展览，那便是玛丽手持提灯、蹑手蹑脚地穿行于尸首之间，翻寻着知名人物被斩断的头颅，就像正在采蘑菇一样，值得注意的是，随着玛丽越来越自我标榜，事实的真相却可能截然不同。

第八章

牢狱之灾：恐怖时局下的艰难困苦

　　1794年，玛丽33岁，身为一名女性，她已经遭遇和见证了一系列事件，即便从她日后更为漫长的人生来看，这些经历也非比寻常。革命当局对商业娱乐活动的压制甚至比旧制度时期更为严厉。剧场表演受到爱国主义议程的管束，节目的所有细节都被严格审查，与君主集权统治如出一辙。从1792年到1795年，剧院舞台与其说是一个提供消遣的地方，不如说已沦为说教之所。在此期间上演的"好"节目几乎都为宣传剧，包括一出灾难幻想剧，此剧主要表现了在一场巨大的火山爆发中，所有法国国王被烈焰、熔岩吞噬的场景。另一场票房很好的剧目宣扬了一位英雄式的丈夫，他告发了自己的妻子，后者随即被推上了断头台。随着"政治正确"的要求日益紧逼，开展娱乐生意变得极为困难。

　　一位木偶艺人因上演了夏洛特·科黛的玩偶形象被押上断头台，此外，不同剧院的许多演员被投入监狱。阿金库尔（Dazincourt）原是法兰西喜剧院的一名演员，他为自己曾被关押在玛德隆内特（Madelonettes）监狱的不公正遭遇伤心不已。据说，阿金库尔认为那些悲剧性的同行友人之所以被逮捕，是因为他们曾饰演君主、侯爵和国王，而他自己只扮演过侍从、男仆、穷人以及出身低微的无套裤汉。阿金库尔无疑非常幸运，有些演员因被认为表演了反共和政治的剧目而遭砍头。在此情势下，为了安全起见，许多戏院大量炮制迎合爱国主义口味的节目,这些作品既不会激怒观众,也不再令人感到兴奋。如果剧院上演的节目乏味而冷漠,观众便会变得狂暴,大吵大闹。格蕾丝·埃利奥特对这些新涌现的戏迷印象很差:"剧场里充斥着雅各宾派和最底层的普通妇女,此外没有任何其他观众。最好的包厢被各类代表占据着,不知名的妇女戴着红色的帽子,把自己打扮成为自由的化身。总之,巴黎已沦落到污秽和暴乱的境地。"

考虑到时局束缚和娱乐业不断增长的风险,总是善于捕捉商机的柯提斯,把一些过时的人物蜡像以及与旧制度有关的作品出售到了海外。通过演艺人士多米尼克·劳伦斯(Dominick Laurency),柯提斯转手的蜡像突然出现在了印度的加尔各答和马德拉斯(今"金奈")。蜡像如何在印度温度颇高的天气中保存完好,这一点虽已难以考证,但它们的巡展引起了轰动。1795年8月12日,《马德拉斯信使报》(*Madras Courier*)报道称:"来印度发财的欧洲富豪,在其宽敞、整洁、通风的房屋和花园举办了蜡像展。"

从1794年3月直至7月底,在罗伯斯庇尔的专制统治下,巴黎断头台变得如此繁忙,以致如玛丽所言,革命广场总是血流成河,漫延周边街道。起初,日报上每天都会记述那些被处决者的罪行,但随着受害者人数激增,报纸除了列出他们的名字之外,已没有版面再描写其他细节了。有杂志为此颇为讽刺地评论说:"今天的巴黎出现了奇迹,难得有人在家中寿终正寝!"夏季烈日灼人,污血发出刺鼻的气味,圣奥诺雷街上的居民为此苦不堪言,以致上街都极有可能危害健康,他们恳请革命当局把断头台撤走,只是好景不长,撤走的断头台很快又被搬回。香榭丽舍大道上,以断头台为造型的玩具极为畅销,它们成了居家生活中时髦的装饰。微缩的桃木断头台被放置在桌子上,女士们轮流扮演刽子手,推动刀片切下已被改装成玩具造型的瓶塞,这些瓶塞上刻画了当前革命敌人的肖像。随后,血红的酒被倒入酒杯,客人纷纷为受害者举杯庆贺。断头台珠宝饰品同样流行。有荷兰籍巴黎居民在其《一位共和党人的回忆》(*Recollections of a Republican*)一

法国大革命恐怖统治时期,马车驮运尸体的骇人场景,成了每天的家常便饭

书中追述:"女士和小姑娘戴着由金银打制的断头台饰品,包括别针、胸针、梳子甚至耳环。"

新的断头台被放在了御座广场和圣安托万广场。但是,主要观看处决的场景仍在革命广场,附近一家餐馆因得地利之便,甚至将受害者的名字列入菜单,权且当作当日的"特供",推出一道留有血痕的肴馔。人们对鲜血和杀戮变得毫无兴致甚至有点厌烦了,为此他们并不会因有人被推上断头台而停止用餐。据一名年轻的店员描述,民众对日常恐怖活动早就习以为常,即便装满人的双轮马车正通往断头台,大家也已懒得围观,甚至头都不抬一下,他们对双轮马车和竹篮里被运回的尸首同样不感兴趣。随着人头纷纷落地,著名的"编织者"不会"漏织一针",革命派总是把新的敌人推上断头台。但是,民众的冷漠态度激怒了当局,因此,为了强化残忍的戏剧性效果,革命派要求所有的受害者在被推上断头台前,先得带到巴黎最繁华、人

第八章 牢狱之灾:恐怖时局下的艰难困苦　　　　183

口最稠密的地方及其周边进行游街示众，以使他们广为人知。而为了增加心理和情感上的痛苦，在处决受害者时，革命当局还强迫其家族成员必须亲临现场观看。

玛丽经常宣称伊丽莎白公主是她昔日的雇主、友人和学生，1794年5月10日，与家人不幸的命运一样，伊丽莎白公主被推上了断头台。玛丽在回忆录中只提到她曾试图维护伊丽莎白公主临死前的尊严，但最终徒然无功："她的手绢飘落了，公主的胸部因此被暴露在众目睽睽之下。"至于柯提斯后来是否去搜寻过伊丽莎白公主的头颅，并制成蜡像用来展览，这一点玛丽没有谈及。

在诸多可以用来制作蜡像的头颅中，有时能挑选出一些知名人物。玛丽在回忆录中提到她再次被革命当局传唤，以便给埃贝尔铸造面模。一份发布于英国乔治王时代的蜡像产品目录显示，玛丽眼中的埃贝尔是一位极端的记者，"与丧失人性的马拉交好"，他也是一个"喜欢搞恶作剧的人，并且在许多方面与托马斯·潘恩[1]颇为相像"。埃贝尔被罗伯斯庇尔等人推上断头台后，丹东和德穆兰很快步其后尘。但是，对任何职业而言，无论过去还是现在，创新都是基业长青的生命线，玛丽和柯提斯显然已认识到，他们的蜡制头像和断头台模型已经有些落伍了，比不上人群前真正鲜血迸溅、充满刺激的行刑场景。

法国遭受恐怖统治时期，玛丽谈到自己一度危机四伏，差点被推上了断头台。在回忆录中，玛丽说她有一次到离家不远的剧院观看演出，因愁眉不展而被视为保皇党，于是，午夜时分，家里响起了可怕的敲门声，她本人、母亲以及一位神秘而没有写明名字的"姨妈"（与玛丽的关系已无法确认，但几次被玛丽在回忆录中提及，因此可能是

---

[1] 托马斯·潘恩（Thomas Paine，1737—1809），英裔美国思想家、革命家、激进民主主义者，代表作有《常识》（*Common Sense*）、《美国危机》（*The American Crisis*）、《人权论》（*Rights of Man*）等，其共和、民主乃至废奴等思想，对美国革命和法国大革命以及后世均产生了深远影响。法国大革命期间，潘恩反对处死路易十六，加之与罗伯斯庇尔等人另有其他政见不合，为此一度被捕下狱，最后重返美国，却因其论著《理性时代》（*The Age of Reason*）强硬的反宗教立场而受尽奚落和侮辱，最终含愤离世。

事实还是虚构？这幅由约翰·西奥多·杜莎创作的水彩画，描绘了其曾祖母杜莎夫人在法国大革命期间遭受监禁的场景，画作原为用来制造生动蜡像的设计稿

家庭中的一员）被强制离家前往拉弗斯监狱，那里可谓恐怖统治时期最臭名昭著的关押地之一。此时，柯提斯正随军在莱茵河前线作战，因此无法帮忙展开营救，这使得她们悲惨的命运雪上加霜。玛丽一行发现自己被关在了一个拥挤的牢房里，里面大概有20位女性，其中包括约瑟芬·博阿尔内[1]和她年幼的女儿。约瑟芬后来成了法兰西第一帝国的皇后，根据玛丽的回忆，她无疑是勇气的典范化身："约瑟芬夫人一点也不意志消沉。相反，她竭尽所能给正遭受磨难的同伴鼓气，劝说她们保持耐心和隐忍，努力振作起来。"只是，被推送上断头台的日子明显更近了，因为玛丽和狱友们每周都被要求齐根剪短头发，以便有利于滑轮放下刀片进行斩首。看来她们即将轮到被装上双轮马车，然

---

1 约瑟芬·博阿尔内（Joséphine Beauharnais，1763—1814），原是一位遗孀，后来与拿破仑一见倾心，并成为他的首任妻子以及法兰西第一帝国的皇后。

后押赴刑场。

但是,玛丽回忆自己曾被投入监狱的插曲与其他的文献资料相冲突。事实上,约瑟芬没有被关押在拉弗斯监狱,而是在卡莫(Cames)监狱,这里以前是沃日拉尔街上的一所女修道院,她入狱的时间为1794年3月19日。约瑟芬遭关押后,远不像玛丽所说的那样意志坚忍、充满乐观,而是失声痛哭,另据狱友德尔菲娜·德·屈斯蒂纳(Delphine de Custine)描述,约瑟芬情绪失控,令人非常尴尬。卡莫监狱里,男女被混杂地关押在一起,同时可能因死期即将到来,这导致大家相互交换伴侣。约瑟芬的丈夫疯狂地陷入对德尔菲娜的情欲中无法自拔,同时,约瑟芬对拉扎尔·奥什[1]将军也欲罢不能。没有记录提到玛丽·格劳舒茨。她是否曾被关押在拉弗斯监狱也难以确证。任何关押犯人的官方文献都没有提到玛丽的名字。当然,狱卒显然经常受贿,以便不把同狱犯人列入监狱名录中。科洛·德布瓦[2]据称与柯提斯私交甚好,考虑到他如今在国民议会中越发权势显赫,因此可以想象,一旦玛丽真遭到当局的任何麻烦,柯提斯都有可能动用这层关系解除危机。但是,我们仍会不由自主地觉得,玛丽宣称自己曾被收押在监的遭遇,无非是她编织"真相"的线绳,借以强化她作为受害者的形象,以便在后来的职业生涯确保吸引公众的兴趣,同时博取他们的同情。

无疑,如果玛丽曾与约瑟芬一同遭到监禁,那么她将在1794年6月8日"最高主宰节"庆典这一天因大赦而得到释放,但是,玛丽对当天庆典的见证记录与她所谓的入狱遭遇,在日期上不一致。"最高

---

[1] 拉扎尔·奥什(Lazare Hoche,1768—1797),法国大革命时期著名的将领,在抗击外来侵略和镇压王党叛乱上功勋卓著,因好友让-夏尔·皮什格鲁(Jean-Charles Pichegru)将军暗通王党、叛变革命受牵连而一度入狱,后来协助拿破仑把保王党分子赶出督政府,不久因病去世。

[2] 科洛·德布瓦(Collot d'Herbois,1749—1796),法国大革命时为公共安全委员会成员,激进分子,主导了1793年里昂大屠杀,至少2000人在屠杀中丧生,在断头台不够用的时候,他下令用步枪排射进行处决。

主宰节"是大卫导演的又一场与共和国有关的盛大仪式,尽管当时很少人知道,这将成为罗伯斯庇尔专制统治恢宏壮丽的压轴戏。玛丽描述了罗伯斯庇尔盛装亮相的情形:"他特别精心打扮了一番,头上戴着羽饰,并像所有代表一样,手持搭配了水果、玉米穗的花束,表情愉悦,这与他往日不苟言笑的严肃神态颇为不同。"据说,当天约有30万人一路高歌,前往战神广场聚集,那里矗立着大力神赫拉克勒斯的巨型雕像,看上去豪气干云,正如其他用混凝纸浆塑造的英雄人物一样,它们在广场上占据着主要位置。由灰泥堆积的"山脉"十分雄伟,山顶安放着基座高约15米的赫拉克勒斯塑像,它的手里托着象征自由的小人物形象,这与电影情节中"金刚"一手抓住女主演菲伊·雷(Fay Wray)的场景颇为类似。玛丽本来有可能看到仪式化地焚毁系列象征性标志物的一幕,它们分别代表"无神论"、"野心"以及"利己主义"。仪式最后所要揭示的理念为所向披靡的"智慧",其象征物燃起熊熊烈焰,火光冲天,广场上所有人都看得一清二楚。但是,"利己主义"的灰烬玷污了"智慧",同时弄脏了罗伯斯庇尔的华服,象征"自私"的烟雾以完全不同的意义吹入他的眼中。正如玛丽所言,这些不经意的戏剧性细节而非英雄史诗的舞台效果,"使得罗伯斯庇尔多次轻蔑地发出冷笑"。只是,仅仅七个星期后,不屑一顾的冷笑被喜洋洋的欢呼所取代,因为随着罗伯斯庇尔于1794年7月28日被推上断头台,其专制的恐怖统治宣告结束。

罗伯斯庇尔戏剧性地被处决后,其头颅的下颌仍缠绕着绷带,他生前曾试图开枪自杀,结果打歪了,伤及下巴部位,而在柯提斯和玛丽的展览中,罗伯斯庇尔的头颅蜡像为最恐怖和逼真的作品之一。也正是这件头颅作品,日后一再被玛丽谈及,她总是强调罗伯斯庇尔刚被处决,国民公会立马就命令她为死者制作面模。玛丽宣称亲自将死者的头颅放入围裙兜装好,以备制作蜡像,她的这类行动为数并不多,其中就包括装罗伯斯庇尔的头颅。在回忆录中,玛丽谈到罗伯斯庇尔曾把她称为美丽的爱国者,那是在参观巴士底狱时,她差点从台阶上摔倒，幸好被罗伯斯庇尔扶住，随即玛丽又说："她无论如何也没有想到，仅仅几年之后，自己的围裙兜里竟然装着这位风云人物被斩断的头颅，只是为了在他遭处决后制作死亡面模。"在回忆录的其他内容中，玛丽再次提到，她"以罗伯斯庇尔残缺的头颅为原型制作了面模"。但是，玛丽也透露，她曾应罗伯斯庇尔要求，在其生前给他制作过同比例大小的全身蜡像，并且在后者的建议下，给蜡像穿上了本人使用过的衣物，"以便增强相像度"。为了使参观效果最大化，在英国举办展览时，玛丽将罗伯斯庇尔的头颅蜡像单独陈列。1818年，在剑桥发布的一份产品宣传目录上有如下语句："罗伯斯庇尔作为全人类的公敌，我们只能把他的蜡像独自展出，因为他不配在人类中占有一席之地。"

1794年9月26日，柯提斯在他位于塞纳河畔伊夫里的新寓所里去世。玛丽虽在回忆录中提及柯提斯的死亡，但对她自身的感受以及柯提斯生命中最后几个月的任何细节不置一词。然而，总是能激起读者兴趣的是，玛丽认为柯提斯之死有诸多疑点，她写道，尸检之后"已完全确信，他的死亡由中毒诱发"。（据官方的死亡凭证显示，柯提斯为自然死亡，尽管其正式的死亡记录上确实存有涂改痕迹。）在玛丽的回忆录中，柯提斯的形象并不丰满。玛丽真正谈及柯提斯的地方，主要体现在她试图为后者的共和倾向进行辩解，称他内心其实仍是保皇党，之所以假装忠诚于革命事业，那是为了保护家人免遭迫害。但是，就公共形象而言，柯提斯是巴黎最成功的演艺人士之一，其公民义务也意味着他的所作所为会被官方文献记录在案，通过这些材料，我们足以还原其个性特征。

正如许多革命年代的人一样，柯提斯扮演着双重角色：他本身既是蜡像展览商，又是一名战士。最初，柯提斯是革命事业的积极支持者，并且为雅各宾俱乐部的早期成员。柯提斯是一位技艺高超的自我推销人、沽名钓誉者和幕后推手，这从以下几方面可以得到明显体现：为了从德国舅父那里获得其财产继承权，他向位于美因兹的法国公使馆发了声明；他自费印刷出版小册子，宣扬自己在国民卫队效劳的事迹；为了讨好雅各宾俱乐部，他主动为备战捐助财物，同时举行公开的爱国者蜡像展，如展出波兰籍烈士拉佐斯基（Lazowski）的半身像，这名公社成员于1793年4月遭到暗杀。此外，有证据表明，柯提斯参与了对屈斯蒂纳[1]将军是否忠诚于革命的调查，后者担任过莱茵军团总司令等职。为此，柯提斯前往美因兹取证，并作出了有利于将军的报告，然而，后者似乎并不领情，将军后来公开批评柯提斯，说他虽然在革命期间受命于雅各宾派担任了军职，功绩却乏善可陈，至于柯提斯到底负责了哪些军务，如今已不甚清楚。柯提斯身为作用巨大的联络人，其承担的神秘使命和相关行动，此类记述在玛丽的回忆录中被过滤掉了，这使得后人难以还原他的革命事迹。从目前掌握的证据来看，我们大致可以推断，柯提斯总是试图讨好得势一方，以便从中得利。柯提斯反复无常的个性偏好正是他成功的秘诀所在，但随着时间的流逝，有人对其动机发出了质疑之声。现代作家博塞科特[2]写道："柯提斯总是能把握形势。他非常狡猾，这个诡计多端的德国佬！他随时见风使舵，与局势、政府和人民保持一致。他在展厅中把国王用餐的蜡像撤换，代之以吉伦特派代表人的展品。随后，他接二连三投身斐扬派[3]、吉伦特派、雅各宾派、马拉派、埃贝尔主义者、罗伯斯庇尔派、热月党人。他随波逐流、与世浮沉，但这就是柯提斯。"随着罗伯斯庇尔的倒台，热月党人不久开始了对雅各宾派的反攻，柯提斯正好在全面清算之前去世了，可谓"死逢其时"。要不然毫无疑

---

1 即亚当-菲利普·屈斯蒂纳·德·萨雷克（Adam-Philippe Custine de Sarreck，1742—1793），法国职业军人，早年参加过"七年战争"。1792年10月，他被任命为摩泽尔军团、莱茵军团和孚日军团的总司令，但于1793年3月兵败宾根（Bingen）。巴黎的革命领袖由此对其指挥能力产生怀疑，并于1793年7月把他召回巴黎。屈斯蒂纳将军随即受到指控，最终被判处死刑，于8月28日被送上断头台。
2 即艾伯特·德·博塞科特（Albert de Bersaucourt，1883—1937），法国现代作家，著有《路易·梅西埃》（*Louis Mercier*）、《对维克多·雨果的攻击》（*Les Pamphlets Contre Victor Hugo*）等。
3 主要指法国大革命中的资产阶级君主立宪派，因常在斐扬修道院举行集会而得名，代表人物有西哀士、拉法耶特等。

问，柯提斯之前的多项交易，无可避免地会受到更为严厉的审查。

柯提斯去世时，玛丽并不在他身边，但翌日她在两位邻居的陪同下来到了死者的寓所。前来送别柯提斯的访客，没有身居高位者，倒是杂货食品商维隆（Villon）以及当地一家剧院的老板路易·萨莱（Louis Sallé）忙前忙后，张罗着丧事。柯提斯显然已预感到自己大限将至，因为他在当年8月31日签下了遗嘱。遗嘱中，柯提斯被认为是巴黎的一位画家和雕塑家，对于受遗赠人，遗嘱写道："女市民安娜·玛丽·格劳舒茨，已成年尚未结婚，她是我在艺术上的学生，我们共同生活在同一屋檐下已超过20年了。""鉴于我没有其他继承人的现实"，柯提斯给予了玛丽"所有法律上许可的一切事物"。

上述遗嘱情况给人一种强烈的印象，即除了正式的名分认可外，玛丽已然享有了作为柯提斯女儿的所有待遇。事实上，玛丽想要取得正式的女儿身份已无可能，因为柯提斯在遗嘱中明确声明："无论在法国或国外，我没有也不认识任何其他的女性继承人。"柯提斯究竟是不是玛丽的生父，或者他仅仅只是扮演了父亲的角色，对于这些疑惑，另一个具有说服力的现象是，玛丽发现自己继承了大量的有形资产而非仅仅是现金。柯提斯留给玛丽的资产组合包括三部分财产所有权：分别是塞纳河畔伊夫里只交了首付的新寓所，福塞斯圣殿大街上的出租物业，以及圣殿大道上的家业。与许多艺术家类似，柯提斯去世后，同样留下了大量"遗产"，其中包括经营管理上的困境，尚未支付的账单和税款，以及为数众多、令人望而却步的原料。从地面到天花板上，毫不夸张地说堆满了各种物品，它们都被一丝不苟地记录在了铜版印刷的存货清单上。对于玛丽以后的职业生涯而言，最为重要的当属与举办蜡像展有关的资产，包括36件同比例大小的全身人物蜡像，7件半身像，而在另外3件倚卧的作品中，有杜巴丽伯爵夫人和朗巴勒公主的蜡像。柯提斯还留下了大量的微缩模型、历史遗物以及各类艺术品，不乏一系列珍稀的画作藏品，它们有些已经被装好画框，有些暂未装裱。此外还有大量与蜡像展有关的配件和装备，包括镜子、壁突式烛台、枝状大烛台，这些都强调办展时应注重灯光的重要性。柯提斯的遗产名册中，另一项重要的财产便是玛丽为之牵挂的家具，她尤其对收银桌情有独钟，并将花费大量时间与精力亲自掌控蜡像展的收支情况。

除了有形的物质遗产外，更为重要的是，玛丽从小亲炙于柯提斯，后者把蜡像制作艺术和经商技能都传授遗赠给了她。及至柯提斯去世时，从精确混合漂白后的蜂蜡以及给蜡像头手部染上由秘方自创的着色剂，到如何有效地进行推销和扩大宣传效果，这些与蜡像展演相关的所有技能已为玛丽所精通掌握。玛丽打小浸淫在最好的表演商业传统中，对蜡像展耳濡目染。她的家本身即为充满新奇艺术品的陈列室和经过改装的展厅。玛丽总是宣称有许多所谓的显要人物经常光顾蜡像展，但其中大部分可能是投身娱乐界的各色人等，如表演艺人、剧场员工、车夫、珍奇工艺品经销商。柯提斯非常清楚谁在进行古埃及文物交易，谁擅长跳蚤杂技或反常的畸形人表演，相互交流合作中，他总是能给自己提供的"菜谱"增添具有吸引力的"佐料"。在不同时段，柯提斯在罗亚尔宫举办的蜡像展，与其他一些现场进行的生动表演交相辉映，其中既有重达476磅的"大块头"保罗·巴特布罗特，也有"花斑龙凤娃"——一对6岁的男孩和女孩，来自瓜德罗普岛[1]，他们因罕见的色素沉积，身上皮肤呈现出花斑杂色，有关他们的展览广告宣扬说："这是一种特殊的自然现象。"柯提斯传给玛丽技能和资产，对她日后化解危机非常有帮助，这也意味着柯提斯去世后，玛丽立马就能接手，继续使蜡像展在骚乱动荡的时局中保持活力。对玛丽而言，如何生存下去已是非常棘手的事情，但她不得不独当一面，做出调适和处理。罗伯斯庇尔倒台后，雅各宾派很快遭到了反攻，而蜡像展中许多展品与雅各宾派人物密切相关，蜡像馆又已经无形中成了无套裤汉的主要娱乐场所，所有这些都暗藏危险。

---

[1] 瓜德罗普岛位于西印度群岛东部，1946年成为法国的海外省。

当柯提斯在巴黎之外的地方为国家奔走效劳时，玛丽经受住了风吹雨打，她临时负责主管蜡像生产与展览业务，但是，柯提斯去世后，玛丽只能孤军奋战了。她的母亲虽然健在，但主要照看家庭，因此，使蜡像产业兴旺以及养家糊口的重担，从此落在了玛丽的肩上。

玛丽具有首创精神的措施首先是更新了看门人的制服。1794年秋，无套裤汉简朴和色彩单调的服饰，被纨绔子弟华美多彩的装束所取代。这些家境殷实的年轻人服饰精美，脖子上系着领结，身着礼服，脚穿有带扣的鞋子，由此给人一种错误的印象，即他们只是没有什么危害的花花公子。事实上，这些人非常热衷于向此前施行恐怖统治的无套裤汉等群体报仇雪恨，他们手里的藤杖，远不是为了装饰而携带，每当在大街上斗殴时，它们便成了攻击对方的武器。在法国大革命的恐怖统治时期，许多上流社会出身的子弟失去了亲人，因此他们有资格加入时下兴起的"受害者舞会"，其入会条件关键在于有至亲曾被推上断头台。"受害者舞会"经常在带有宽敞大厅且废弃已久的修道院举行，出席的妇女在喉咙上缠绕着细小的红缎带，以此提醒人们不要忘记了断头台的迫害。但是，这类以死亡为主题的活动不仅仅在聚会中上演。时髦的人还喜欢"断头台式的装扮"，他们长发披肩，要么在后脑勺位置用梳子把头发束起来，或者直接把头发剪掉，以便模仿真正被推上断头台前的行状。

卡里耶（Carrier）身为国民公会一员，因残忍而臭名昭著，他反复请求理发师不要把自己的头发剪得太短，却徒劳无功，1794年12月16日，卡里耶被推上了断头台。当时有人评论说他是"所有血腥行动中最血腥的人"，其声名狼藉的暴行包括在法国西部港口城市南特大规模溺亡民众，并美其名曰是在进行"国家洗礼"。无辜的男性、妇女和小孩把船塞得满满的，船的周边装上了栏杆，以防止他们跳水逃生。船体随即遭到扫射，直到沉没为止。玛丽在回忆录中谈到卡里耶另一桩标志性的暴行便是所谓的"共和婚礼"，他下令把男女犯人一对一、面对面地赤身裸体捆绑在一起，然后投入江中淹死。玛丽没有描述被其他见证人记录下的一些细节，即"有时被捆绑的男女囚犯确实会发生交媾行为，当他们正处于性高潮之际，死亡不期而至，他们立马会遭到处决"。卡里耶杀戮了如此多的人，以致死者的遗体污染了卢瓦尔河，为此，当地政府强制要求人们暂时不得使用其水源。

卡里耶带有传奇色彩的施虐狂形象，意味着他被处死后不久，其蜡像头颅一经展出便引发了公众极大的兴趣。就蜡像展览史而言，卡里耶蜡像的诞生尤其惹人注目，因为这是在柯提斯去世后制作的首件作品，其功劳自然得归于玛丽。玛丽早年前往英国办展时，在有关卡里耶蜡像的产品宣传目录中写道："受国民公会之命，在他死后立马制作了面模。"这种说法貌似可信，因为执政当局乐意迎合和支持公众诅咒最可恶的施暴者。从玛丽蜡像产品目录中的措辞来看，她对卡里耶的反感溢于言表，把后者形容为扎根于"道德败坏的粪堆"中。

政局波谲云诡、千变万化，以致大家效忠的对象急遽更换。"马拉号"战舰上的一位战俘留意到，随着罗伯斯庇尔的垮台，水手们喊出的口号不经意就变了。此前，他们习惯于每天呼喊："雅各宾派万岁！"但是，到了1794年年底，他们大声欢呼："打倒雅各宾派！"1795年1月，对马拉的崇拜有如沉船，远不如前。人们现在最喜欢对他进行诋毁，1月21日，在弑君纪念日到来之际，民众在"平等宫"里仪式化地焚烧了马拉的肖像，这里以前是皇家宫殿。在随后的几个月中，某些公众群体不论在哪儿，只要发现马拉这位昔日被自己崇拜的英雄的半身像，就会将其砸得粉碎，一心想要清除他在城市的形象和印记。考虑到柯提斯和玛丽此前举办过"马拉殉难"的主题展，且一度是蜡像展中最引人注目的部分，因而在"反马拉"的强大势力中，玛丽即便具有钢铁般的意志，也明显感到焦虑。在平等宫里，胡闹的小孩给路人派送马拉塑像的碎片，同时奚落对方："你不是想要得到马拉的肖像吗，这里有一小块他的残片。"看到上述情景时，玛丽一定被吓坏了。对于胸像供货商而言，清算雅各宾派可谓祸福相倚：当马拉的塑像价格暴跌、一点也不值钱时，卢梭的半身像却非常紧俏，并被用来取代马拉的肖像，售价为其三倍。在"反马拉"的仇恨氛围中，不仅他的雕塑被扔进了蒙马特区的下水沟，有人还提议要给臭水沟重新命名为"蒙马拉"。公众舆论的兴衰沉浮正如梅西埃所言："巴黎人民纵情饮酒、翩然起舞、开怀大笑，对一个息事宁人、应受责备的政府说长道短，早上后者还被指控为保皇党，到了晚上又被视为恐怖的激进分子。"

灾难性的寒冬极具破坏性，并与动荡的局势混杂在一起，正如1788年一样，这加剧了社会的贫富分化。但是，此前衣食无忧的自足阶层主要是贵族和富裕的教士，但如今他们迫于生计，大多已沦为四海为家的房地产投机者、奸商、暴发户和机会主义者。穷人同样处于水深火热之中，通货膨胀意味着普遍的饥饿，食品价格天文数字般地上涨，使得民众更难以获得粮食。面粉供应商开始拒绝现金支付，人们不得不用餐桌上讲究的亚麻布织物和银器换取一点点面粉。通常，在面包店外排六个小时的队，才能买到微量小点心或饼干。据玛丽描述，人们开始从垃圾堆里搜寻烂掉的蔬菜，萝卜、大头菜等，也不再削皮就吃掉。当人们开始质疑建立共和国的代价时，对未来的幻灭感如影随形蔓延开来，大家开始追问为了维护共和政治为何要遭受如此多的磨难。官方定量供给的面包变得越来越小，试图以稻米等来替代面包也变得不可能，因为缺乏柴火，根本无法将其煮熟，民心士气进一步跌落。有人在日记中抱怨："看来真的要因饥寒交迫而等死了。一切都缺乏，我的神啊，这究竟是怎样的一个共和国！更为严重的是，当前的困顿不知何时和如何才能到头。人们正死于饥饿。"

公开处决的革命分子中，包括革命法庭公诉人富基耶−坦维尔[1]这位最令人反感的人物之一，1795年5月7日，他被推上了断头台，由此

---

1 富基耶−坦维尔（Fouquier-Tinville，1746—1795），出身于富裕农场主家庭，早年担任地方检察官，法国大革命爆发后，在罗伯斯庇尔等人支持下，被任命为革命法庭公诉人，并在审判玛丽·安托瓦内特王后等人的过程中起了重要作用，后来作为推行恐怖的主要责任者被推上断头台，临刑前，他对围观的人群说："我，至少是吃得饱饱的才死的！"

给正生活于困苦中的民众带来暂时的安慰。玛丽辛辣地讽刺道:"当富基耶-坦维尔被押上断头台、眼见刽子手正准备将他处死时,他很难再度获得同样的快感了,此前,他多次凝视别人被斩首前的表现和刽子手的各项准备活动,并为之欢喜不已。"以富基耶-坦维尔的首级为原型,玛丽仿制了最后一具死亡头像,并且同卡里耶和埃贝尔一样,玛丽说给富基耶-坦维尔制作蜡像,同样"受命于国民公会,在他被处决后立马展开了工作"。

但是,生活如此艰难,以致除了不断制作新奇的蜡像外,还需要做许多事情来刺激公众暂时忘却烦恼,以便他们能掏腰包参观展览。此外,蜡烛依然严重短缺,缺乏照明辅助意味着玛丽无法把任何一场展览最好的效果呈现出来。5月16日,为了维持蜡像展运转,玛丽不得不借贷了一笔高达6万里弗的外债,并把福塞斯圣殿大街上的出租物业作了抵押。随后几年中,公民玛丽·安妮·霍利(Marie Anne Horry)及其兄弟狄迪埃斯(Didiès)借给了玛丽这笔巨款,事实证明贷方的要求非常苛刻。为了确保借款不打水漂,他们修改了条款,最终,玛丽不得不把在圣殿大道上的房产一同抵押出去。

1795年6月,年仅10岁的法国王太子死在了监牢里,其关押之所不但不通风,且因吃喝拉撒都在一处,臭气熏天,他还常年不被允许更换衣服,面对如此景象,即便心肠最硬的共和党人也难免感到刺痛。极具讽刺意味的是,王太子的死因是患上了淋巴结核,而在此前,人们认为法国国王只需简单触碰一下感染者就能治愈该病。尽管公众对王太子充满兴趣,有关其死亡的讨论更多地限于私人领域,而王太子婴孩时期的蜡像,仍被玛丽妥善地存放着没有用于展出。在摇摆不定、变幻莫测的时局中,展出王室成员的蜡像显然不是谨慎之举,哪怕对方已经死亡。同时,王太子死亡的消息传出后,路易十六的弟弟普罗旺斯伯爵随即宣称他拥有王位继承权,自封为路易十八。普罗旺斯伯爵精神矍铄,雄心勃勃,他敢于觊觎王位,其背后有流亡国外的武装力量支持,保王党与共和党之间的敌对有如昨日重现。因而，玛丽此时没必要采取任何冒险的行动，使自己卷入冲突的任何一方。

法国王太子去世时，如果说玛丽确实没有利用公众对其兴趣而举办相关蜡像展的话，那么此后她弥补了这一缺憾。整个19世纪，法国王太子的命运一直牵动着公众的想象，那些宣称对法国王位拥有继承权的人尤其推波助澜，他们从最不可能的地方突然冒出来，其伪装有时非常拙劣，例如有的小孩连一句法语都不会说。玛丽显然支持王太子最终得以幸存一说，她给公众提供的噱头和保留剧目之一便是宣称自己知道王太子不但没死，而且活得很好，现在的身份为"诺曼底公爵"。那些对这位特殊权利人正统地位感兴趣的人，非常重视杜莎夫人的说法，毕竟她"具有敏锐的洞察力和准确的记忆"。后来在追溯这一事件时，刊于1851年8月《备忘和查询》(*Notes and Queries*)上的一篇文章报道称，当被问及自称诺曼底公爵的人是否就是当年她给对方制作蜡像的王太子时，杜莎夫人以非常确定的口吻答道："我愿意对此发誓，王太子脖颈部位有一块特殊的胎记，现在依然存在。此外，他还向我透露了许多不可能对其他人提及的秘密。"玛丽此类高深莫测的言行，吊足了观众的胃口。该案例中，如果玛丽给王太子制作了死亡面模的话，那么，与"寄养在寺庙中的孤儿"的谜团相伴，各种不胫而走的流言蜚语和异想天开将被消灭于萌芽状态。但是，有人从死去的王太子身上取出了更令人毛骨悚然的纪念物。进行验尸的医生抓住机会，为了获取王室成员的遗物，挖出了他的心脏。这颗萎缩干瘪的心脏，后来被餐巾包裹着偷偷带走，直至20世纪，通过司法学鉴定，证明了被偷藏的心脏具有波旁家族的DNA，这一结果最终使所有自称为法国王太子的人的话不足为信。

玛丽历经磨难、精神创伤、个人损失和财务危机，最终保持了蜡像展的正常运营，我们可以想象，在一系列打击面前，玛丽并没有沉湎于脆弱的情感中。但是，她与生俱来自力更生的性格特征，很快更多地在个人生活方面遭遇新的挑战。

第九章

爱情与金钱：寡淡婚姻与养家糊口

1795年10月，即革命历第四年葡月，"革命广场"重新被命名为"协和广场"，但革命冲突仍是每天的家常便饭。人们最关心的问题为通货膨胀和食物匮乏。印刷机不断生产着被称为纸券[1]的钞票，但机器下方的地板因承载过多纸币的重量而出现塌陷变形。这一有形的地面塌陷呼应了法国政府财政崩溃的状况，由此每张票据的价值只相当于之前其面额的百分之一。玛丽谈到她曾把钞票当作墙纸来装饰房屋。当年同月，26岁的拿破仑·波拿巴声名鹊起，被誉为"葡月将军"，他一举平定了爆发于巴黎右岸的暴动，一些保皇派武装集团原本试图展示其力量和影响。玛丽记述了这场史上有名的双方冲突时的场景，"只发射了少量霰弹""大量的'葡萄'就像冰雹一样落了下来"，随着成百上千的伤亡，巴黎的街道再次沾染了斑斑血迹。上述公共事件，构成了玛丽个人生命中极为重要的一个月的时代背景。1795年10月18日，她结婚了。

结婚证具有法律效力，根据记载，公民玛丽·格劳舒茨，时年34岁，与弗朗索瓦·杜莎（François Tussaud）成婚，后者年龄26岁，他被描述为"一名工程师"。两人的婚姻注册地位于巴黎塞纳河区。

---

[1] 法国大革命期间流通于1789至1796年的纸币。

登记结婚时,新郎的亲友团中包括一名建筑巡视员和一位画家,新娘方面则是一名剧院经理以及一位批发商,其排场和情调一点也不"高大上"。毫无疑问,如果真的像玛丽所言,她后来在凡尔赛宫度过了许多时光,且在公共生活中,一些贵族和其他魅力超凡的男士极可能曾对她一见钟情,那么她与弗朗索瓦·杜莎的结合显然是一场颇令人好奇、朴实寒碜的联姻。即便这样的结合也并非一帆风顺。杜莎在物质上没有什么优势,倒是玛丽家境相对殷实。不同寻常的是,一份婚契做出约定,婚后她仍对自己先前拥有的财物保留所有权和支配权。由此不难看出,似乎从一开始,玛丽就感到有必要审慎地保护好自己的资产,而不是与丈夫共享。

关于玛丽丈夫弗朗索瓦的身世,目前我们只知道他的家族来自马孔(Mâcon)地区,祖上主要从事金属制造工作。弗朗索瓦共有兄妹七人,他是老大,现存的资料显示其父是一名"铁器商"。法国大革命爆发前几年,弗朗索瓦迁居巴黎,尽管他结婚时登记的职业是工程师,但诸多线索表明,他一度给柯提斯打过工。事实上,深刻论及玛丽与她丈夫关系状况的文献资料浮现于1903年,维克多·杜莎(Victor Tussaud)是玛丽的孙子,当年他给侄子约翰·西奥多·杜莎(John Theodore Tussaud)写信时提道:"我一直明白,除了性格不合外,你的曾祖父是一位顽固的赌徒,而其个性此后变得非常贪财和吝啬。"

究竟是因为需要给丈夫赌博提供资金,还是想要摆脱蜡像生意上的困境,虽然具体开支已不明确,但可以确认的是,在刚结婚不久,玛丽经过协商从莎乐美·赖斯夫人(Madame Salomé Reiss)那里借了一笔私人款项。这笔借贷具体条款为:为了换得莎乐美·赖斯夫人的2万纸券,玛丽每年需要向前者支付2000纸券年息。鉴于此前玛丽已进行了大宗贷款,因此可以说,玛丽在她的婚姻生活中远非无忧无虑,而是一开始就背上了沉重的债务。

除了财务上的担忧外,结婚仅仅几个月后,玛丽就被留在了巴黎自谋生路,而她的丈夫弗朗索瓦带了一些蜡像前往英国进行巡展,一去便是好几个月。1796年1月，通过海报和报纸的广告栏我们得知，名为"柯提斯豪华的珍奇陈列室"蜡像展已在英国展出。弗朗索瓦的行踪包括切斯特、剑桥、诺威奇以及伯明翰，从《诺福克纪事报》（*Norfolk Chronicle*）上的广告来看，弗朗索瓦同样造访了首都伦敦，并且在新邦德街举办的蜡像展"非常令人满意"。无论在隶属于小酒馆的普通房间里，还是在大城市更为宽阔的大厅中，这些曾令巴黎民众激动不已的蜡像展，一定也成了英国民众普遍欢迎的新奇艺术品，它们充满异域风情。与法国大革命相关的蜡像展品包括国王、王后和王子的半身像以及诸多蜡像模型，如囚禁王室成员的圣殿塔，比例为十二分之一实物大小的断头台和巴士底狱司令官勒内侯爵的头像。此外，一同被用以展示的还包括各式珍品，如由人的头发编织而成的王室肖像轮廓图，3英尺高的水晶玻璃战舰和"剪刀在纸上很漂亮地剪出的"炮艇。鉴于英法之间长年处于交战状态，并且英国人迫切地渴望了解法国大革命的历史和动态，弗朗索瓦随身携带的蜡像制品，无疑对于洞悉法国局势具有强大的吸引力。蜡像展受到了极高的赞誉，《伯明翰报》（*Birmingham Gazette*）评论说，"这些艺术品简直登峰造极"，并且把伏尔泰临终前的蜡像单独挑选出来进行夸赞。

从各种有趣的细节来看，和蔼可亲的弗朗索瓦·杜莎在英国展出过蜡像作品，这貌似可信，他自行在展览广告中冠以"柯提斯"之名，无非打着玛丽舅舅的旗号，想借助后者的名声来开展商业活动。玛丽后来在英国写信责怪她的丈夫，说当年把自己一个人留在了法国，也正是在这封信中，她暗示丈夫曾到过伦敦。因此，相关证据表明，从一开始玛丽与弗朗索瓦的婚姻便离多聚少，个中缘由主要是他们都试图使蜡像生意再度兴隆起来。1796年婚后不久，弗朗索瓦即开始一个人在英国的巡展，这成了七年后他们更为漫长且引人注目的分居生活的预告。就玛丽和弗朗索瓦双方的关系而言，如果说早期成功的蜡像巡展远非利好消息的话，那么，这对玛丽日后的事业拓展却是一个吉兆，因为当她自己到英国谋求发展时，与柯提斯有关的蜡像艺术品已在英国人脑海中留下了良好的印象。

丈夫离家在外,加之财务状况堪忧,玛丽为此很难享受到夫妻生活的乐趣。在革命和爱国着装规范的严厉要求下,时尚杂志一度销声匿迹,督政府[1]执政时期,即1795—1799年掌权期间,巴黎城重新披上了节日的盛装。尽管食物短缺和货币问题造成了生活的困苦,也可能正因为现实艰难,得过且过的颓废风气日益盛行,使得公共生活焕发勃勃生机,巴黎人又沉湎于享乐之中。游乐场、赌场和舞厅总是人满为患。作为对此前着装限制的反作用,有能力从头到脚精心打扮的人,有时会把源自不同国家风格的服饰混搭穿戴在一起,招摇过市。正如德国旅行者科策比[2]所论:"全世界都应向巴黎人的梳妆打扮致敬,他们的行头涵盖英国服装、埃及披肩、罗马凉鞋、印度平纹细布、俄国长筒靴以及英式马甲。"塔利安夫人[3]和约瑟芬·博阿尔内对当时公共生活中的审美取向品头论足、密切关注,她们自身穿着轻薄而有些透明的服饰亮相,曾引发轰动,除了强烈的感官冲击外,没有给人留下太多其他的想象空间。塔利安夫人和约瑟芬·博阿尔内打扮得像希腊女神,她们看上去宛如经典雕塑的化身,但是,与冰冷的大理石塑像不同,这两位女性身材丰满、花枝招展,不由令人心跳加快、血脉偾张。金色头发这时也流行起来,在黑褐色的头发上,人们常常戴上金色的假发,与此同时,披巾成了另一大时尚,拿破仑在远征埃及之后,给约瑟芬带回数以百计的披巾。尽管披巾成了约瑟芬的标志性装

---

1 1795年10月,热月党人解散国民公会,并于11月初成立督政府掌权。1799年11月,拿破仑发动"雾月政变",推翻督政府,设立执政府,法国进入"拿破仑时代"。
2 科策比(Kotzebue,1761—1819),德国戏剧家、作家,尤以写作感伤的流行剧闻名,曾担任驻俄国领事,著有《厌世与忏悔》(*Misanthropy and Repentance*)、《我的父亲》(*History of my Father*)、《印度人在英国》(*The Indians in England*)等。1819年,柯策比因被怀疑曾替俄国做间谍,被当作民族敌人遭到德国一名大学生暗杀身亡。
3 塔利安夫人(Madame Tallien,1773—1835),原为西班牙银行家之女,先后嫁给卡塔内侯爵、热月党人塔利安,且与当时多位名流有染,有"热月圣母"之誉。她热衷于古希腊艺术,喜欢举办沙龙,巴黎的政客、将军、贵妇出入其中。据说拿破仑一度爱慕塔利安夫人的美貌和风采,并在其沙龙中认识了约瑟芬。

饰，但她最初对这些轻柔、精美的舶来品却并没有什么兴致。她写道："它们可能非常漂亮和昂贵，其优点是极为轻盈，但我非常怀疑它们会成为时尚。"约瑟芬的判断原来如此不靠谱！

蜡像展恢复了往昔魅力十足的品质特征，只是柯提斯已去世，他再也不能决定谁的蜡像适合用来展示。督政府掌权时期，时事错综复杂，派系斗争不断，因此蜡像展不知该聚焦于哪些人物为好。但是，富有吸引力的女人总是令人兴趣盎然，玛丽于是为约瑟芬打造了优雅的蜡像。督政府偏好美丽、繁杂的服饰，这给奢华的蜡像展提供了机会，正如玛丽在回忆录中所描述的："督政官的装束非常引人注目。他们身穿白色缎裤、有翻褶的皮靴，绣满金线的绸马甲，西班牙风格的帽子上插着羽毛，再加上一袭樱桃红色的披风。"

过去，民众观看王室用膳时，必须保持一段距离以示尊敬，而今，任何人都可以在公开场合就餐。革命时期的宴会，大家如兄弟一般平等友好，这一传统被延续下来，现在，任何人只要财力上负担得起，便可享受定制菜谱、私家厨房提供的服务，或者在富丽堂皇的餐饮区用餐，也可随便购买昂贵的食品。蜡像展中的餐桌入座位置变动记录了上述变化，因为一系列政治家被轮流当作重要嘉宾，许多年轻、充满激情的政治新星通过自我奋斗功成名就，他们的蜡像被摆放到了此前由王室成员占据的位置上。但是，蜡像展在旧制度时期所激发出来的神秘感，被巨大的社会化融合进程祛除了。当年，王室及显贵的生活方式，有如外来物种一般赋予其自身神秘气息，他们借此与普通民众区别开来。就像一位无套裤汉在日记中写道："穿着寒碜的穷人，以往几乎不敢在时尚人士经常出入的场所抛头露面，如今，他们却能够趾高气扬地穿行于富人当中。"对于玛丽的商业前景而言，民主政治所带来的负面效应之一，便是她不得不说服民众付费参观蜡像展，新的社会阶层流动意味着民众有更多的机会近距离公开地与当代名流接触。

结婚周年纪念日到来之前，年近35岁的玛丽于1796年9月生下了女儿玛丽·玛格丽特·波利娜（Marie Marguerite Pauline），与其说这是她首次感受为母之道，不如说是一场悲惨的死亡遭遇。波利娜只活了六个月便夭折了，玛丽特意为女儿制作了一具微小的死亡面模，后来在蜡像馆中展出。玛丽算得上是高龄孕妇，她的两个儿子随后接连出生，两人日后在运营蜡像展中发挥了关键性作用。长子约瑟夫生于1798年4月16日。1800年8月2日，时年39岁的玛丽生下次子弗朗索瓦（即后来的弗朗西斯）。如果说约瑟夫和弗朗西斯在成年后，都享受到了因母亲商业成功所带来的舒适生活，那么在成年前，他们则不得不努力为母亲争取各项权益，其范围既涉及不愉快的家庭关系，又包括商业上的业务往来。就丈夫弗朗索瓦·杜莎而言，玛丽可谓为他耗尽了财力心力，而远非找到了一位勤奋踏实、能够风雨同舟的助手。弗朗索瓦·杜莎热衷于投机的个性，意味着玛丽与他道不同不相为谋。即使对自始至终生活在一起的母亲，玛丽在其回忆录中也只提及几次而已，这位女性如此遥远，以致我们难以把握母女俩的关系，或任何关于其个性的线索。看上去，这一时期似乎既是蜡像展最艰难的阶段，玛丽个人的生活也郁郁寡欢。

　　社会像旋涡一般急遽变化，餐馆、赌场和舞厅蓬勃发展，仅仅提供蜡像人物略显单调，难以形成竞争优势。人们喜欢东游西逛，凑热闹、听音乐，时不时开怀大笑。作为享乐主义精神的象征，这一时期新的蜡像主题展开业了，迎合所有不同层次的观众。柯提斯当年曾在罗亚尔宫游乐场租来的商铺中举办光鲜优雅的蜡像展，如今，罗亚尔宫已被改名为平等宫，一所名为"贝特朗教授陈列馆"的展览厅就在这里向民众开放，其在此举办与"警世故事"相关的展览，"通过生动逼真的蜡像，演绎了纵情声色的可怕后果"。此类以警戒为主题的蜡像展在19世纪日益盛行，这对以往的造型塑像名家来说，引发了不利的比较和参照。当时有人颇为怀旧地评论道："柯提斯或许酿成了某些大错，但他从未试图通过展示令人不快、有可能倒人胃口的事物来吸引顾客。"参观贝特朗的蜡像展，你必须内心强大、意志坚定。

该蜡像展只面向男性顾客开放，蜡像描绘了愈来愈严重的性病如何摧残人的身体，由此生动地警示世人耽溺于淫乐的代价："展厅最后的景观尤其令人感到震惊，一具与真人同比例大小的青年蜡像躺在临终的床上，只见他两眼无神、萎靡不振，面部已经扭曲，痛苦、羞愧、忏悔和绝望等神情刻画得惟妙惟肖。"但贝特朗蜡像展最后令人不快的尾声，似乎并不足以抑制和改观男女滥交的现实状况，因为就在平等宫里，有关妓女服务价格及其长相、专长的目录名册，一再被翻版重印。

在20多岁时，玛丽目睹了罗伯斯庇尔的崛起，他用五年的时间逐渐掌握了权力，整个法国都在其控制之下。接近中年时，玛丽泰然自若地静观年轻的科西嘉将军拿破仑施展更为史诗般的行动，进而攀上荣耀之巅，他的征服目标不局限于法国，而是放眼整个世界。柯提斯早年通过举办专制君主的蜡像展积累了大量资金，与此类似，玛丽借助民众对拿破仑的狂热崇拜，后来展出了许多与他相关的蜡像作品，同样取得了辉煌的成功。在督政府统治下的困难日子里，当拿破仑崭露头角时，玛丽显然不知道他将在自己的商业活动中承担什么样的角色。玛丽也无法预见到拿破仑在随后十五年中会取得怎样显赫的地位，以及她该如何运用公众对这位伟大人物激增的兴趣。

拿破仑对服装式样的喜爱颇为多元。他偏好长筒马靴和制服，同时注重必要时穿上礼服，借以展示权力的光环。玛丽追忆了拿破仑远征埃及凯旋时的场景："他浑身一副马穆鲁克[1]式装扮，穿着宽大的白裤、红靴子、精美的刺绣背心和深红色天鹅绒的上衣。"1799年，拿破仑通过军事政变推翻督政府，接管了政权并设立执政府，自己担任"第一执政"。在玛丽看来，这一事件表明"法国大革命真正结束了，革命事业被军事专制政权所取代，其领导人是一位天才而武断的

---

[1] 马穆鲁克（Mamaluke），原意为"奴隶"，中世纪为埃及奴隶骑兵的代称，以骁勇善战著称，后来逐渐形成军事贵族集团。

独裁者"。

玛丽谈到她曾接受约瑟芬的私人委托,给拿破仑制作写生面模。玛丽被告知,拿破仑只在早上6点钟才有空,赶到杜伊勒里宫时,她受到约瑟芬的热烈欢迎。按照玛丽此前的描述,她和约瑟芬曾同为狱友,最后被关押在一起,我们只需对此有所印象,那么就不难想到这必定是一次充满感情的重逢。很显然,"约瑟芬亲切地向杜莎夫人问好,热烈而随和地与她交谈"。相比而言,拿破仑脾气不好,有些粗鲁,并且明显训斥了玛丽,因为玛丽按流程给拿破仑脸部涂上液态石膏,备了禾秆以便呼吸,同时提醒对方不必感到惊恐。"惊恐?"拿破仑大声说道,"你如果拿着装好子弹的手枪指着我的头,我也不会有任何害怕。"即便玛丽言之凿凿,试图把蜡像作品当作礼物送给约瑟芬,她也似乎不太可能有机会接近拿破仑,并当场制作面模。拿破仑对自己的形象非常在意,他这方面的警觉性是出了名的。无论通过何种媒介,他均严密掌控着自我形象的外部呈现方式。因此,拿破仑似乎不太可能授权一名女艺人暨商业性展览负责人来制作面模,并且还得老老实实地坐下来听由对方摆布,尤其是当他经常性地拒绝大卫期望给他画正式画像的请求后。拿破仑历来对自己所掌控的宣传机器奉行着谨小慎微的原则,不轻易展示自我形象,如果他破例允许玛丽制作、加工面模,那么后者便可能借此无限制地进行批量生产,这似乎表示他违背了惯常的作风。拿破仑并不通过肖像展示、身体测量和观看的方式来建构自我身份,他的形象是人们心中各自所想象和确信的样子,为此,人们对于他究竟身高多少都充满争议。

玛丽宣称她曾在拿破仑脸上涂上石膏然后制作了蜡像,对这种论调最具说服力的反驳是拿破仑本人就肖像议题所展开的评述,在他看来,"尽管颇为相似,但肖像并不能精确反映人物的特征,如鼻子上的一些肉赘。面部表情所蕴含的精气神,才使得一个人充满生机,这也是必须描绘的关键。当然,亚历山大大帝不会专门摆好姿势让阿佩利斯[1]来画像。没有人知道后来流传的作品是否与伟人原来的尊容一致。只要他们的天才和精神不朽就足够了。"在玛丽早年的产品目录中，她表示拿破仑的蜡像是"写生"而来，不过，这更像是她通过间接观察或借助其他媒体上已刊发的肖像合成的作品。

　　这一时期，与玛丽及其蜡像展相关的一段轶事似乎着实牵涉大卫。画家大卫明显具备与柯提斯类似的本领，即随时可以转换效忠对象，他从革命宣传家极为顺畅地摇身一变，然后事实上成了拿破仑的宫廷御用画师，尽管此时离拿破仑称帝尚有一段时间，大卫很快便投身于筹办各种盛大活动，其壮丽景象和浮华夸张足以与旧制度媲美。大卫是否继续使用人物肖像作为原始素材进行创作已不太清楚，但显然他保留了对蜡像展的兴趣，而蜡像展现在已由玛丽掌管运营。大卫的学生埃特尼·德拉克鲁兹[2]记录下一段花絮，那是在1801年，他和老师受邀去查看一箱通常不被用来展示的物品。当盖子打开之际，他们被吓得连连后退，因为看见里面安放着一组令人毛骨悚然又栩栩如生的首级，埃贝尔和罗伯斯庇尔的头颅很快被认出来。大卫为了掩饰恐慌，以专业的眼光赞扬了这些蜡像的艺术成就，称它们制作精美，能以假乱真。大卫和学生随即离开了，但他们显然被箱子里的蜡像头颅弄得惊悚心颤，两人寂静无声、沉默不语地穿过长长的街道。

　　过去非常吸引顾客的精美蜡像如今已在展品中看不到了，与大卫发现的那些被藏起来的头像类似，玛丽需要根据公众的兴趣撤下一些展品，而非自认为哪些蜡像需要被用以展出，这一点变得日益明显。此外，从生意兴隆的妓院到五光十色的赌桌，各类充满诱惑的消遣供人们随便选择。玛丽正遭受丧女之恸，同时还有两个幼小的儿子需要照料，而丈夫除了添乱以外没有任何实质性帮助，她可谓压力山大。

1　阿佩利斯（Apelles），公元前4世纪希腊画家，据说曾给马其顿国王腓力二世及亚历山大大帝充当宫廷画师，代表作有《从海中升起的阿弗洛狄忒》（*Aphrodite Rising from the Sea*）等。
2　埃特尼·德拉克鲁兹（Etiénne Delecluze，1781—1863），法国画家、批评家，著有《路易·大卫》（*Louis David, Son Ecole Et Son Temps: Souvenirs*）等。

不靠谱的丈夫弗朗索瓦，只会给玛丽带来不确定性而非安全感，并且，当债权人一再提出修改借贷条款时，她的不安全感便越发强烈。1802年8月，在演艺人士菲利普斯塔尔重返巴黎之前，不幸和逆境成了玛丽生活的主题。法国大革命期间，柯提斯曾向罗伯斯庇尔求情，于1793年救下菲利普斯塔尔一命，使他免于被推上断头台。菲利普斯塔尔此行重返巴黎，主要是为了寻求一些有吸引力的事物，以便充实到自己的魔术表演中去，其节目在英国伦敦已成为人们的谈资，取得了极大成功，但同时遭到普遍的模仿。作为自己商业成功的受害者，菲利普斯塔尔在告别英国前宣称，他将"暂时歇业，以便为准备新的娱乐表演做准备"，于是他想到了玛丽的蜡像人物。对玛丽而言，菲利普斯塔尔此时重新现身巴黎，无异于小说戏剧情节中能够扭转局面的意外插曲，也正如其魔术表演极为重要的尾声一样。

菲利普斯塔尔提议与玛丽联手开展专业化的合作经营，将蜡像展作为他主要娱乐表演的补充，以便吸引更多观众，如此一来，玛丽也可以更好地展示一系列蜡像人物，他们都与法国近年来历史中发生的动荡事件紧密相关。但是，菲利普斯塔尔的条件非常苛刻。玛丽必须为蜡像支付所有成本和运费，并且，菲利普斯塔尔还得从她的收益中抽取一半利润。这好像菲利普斯塔尔运用了身为表演艺人的劝服本领，夸耀他在吕克昂剧院的演出如何赚钱。不难想象，演出场所爆满、报纸不断赞扬其表演天赋，这些引人注目的描述，连同菲利普斯塔尔作为艺人所展现的干劲及取得的成功，一定会使玛丽将他与愚笨无能的丈夫进行令人不快的比较。现在我们已不清楚，玛丽在多大程度上受到鼓舞并采纳了菲利普斯塔尔的建言，以便抓住机会改善圣殿大道上蜡像展不景气的现状，重新恢复盈利；我们也难以推测，她在多大程度上寄希望于采取正当合理的迂回进路，以期逃离丈夫的折磨。可以肯定的是，玛丽做出决定时并不轻松。想到此时要抛弃已熟悉的一切，去往一个目前仍被视为法国敌人的国家，玛丽一定非常绝望，尤其是她连一句英语都不会说。这将意味着玛丽得放弃此前继承下来的主要遗产，但更伤不起的是，她难以割舍年仅两岁的小儿子和年迈的母亲，长子约瑟夫最后与她一道前往英国，玛丽可能实在不放心把儿子都托付给丈夫照料。玛丽抛夫别子离开巴黎前往英国谋求发展时，与其导师柯提斯当年受善良而富有的赞助人邀请、放弃在瑞士伯尔尼的一切来到巴黎开启新的人生相比，两者的时代背景判若霄壤。世道已经发生了天翻地覆的变化，蜡像业受到贵族赞助、宠爱以及开展私人定制业务的历史一去不复返了。如今，人不为己，天诛地灭；并且，当玛丽决定离开丈夫后，她肯定意识到将要付出的代价，即与一位如此软弱的人生活在一起所产生的个人困苦将要转变为职业上的危险，因为后者是与一个寡廉鲜耻的江湖演艺者打交道。菲利普斯塔尔给玛丽在英国的新生活蒙上了一层阴影，并且，直到多年以后，她才能见证自己如何自主地施展天赋并确立名声，而非只是沾了柯提斯在艺术和商业上的天才之光。

第十章

远走英伦：陷入神奇骗局

菲利普斯塔尔在伦敦表演的节目之一名为"一个神奇的骗局"。但遗憾的是，他不仅擅长在舞台上蒙蔽人，在生活中同样如此。考虑到玛丽似乎并无丝毫天真纯朴的个性特征，且工于算计而非轻信于人，她对菲利普斯塔尔极为功利的商业提议失察，这颇令人感到意外。但是，巴黎的蜡像展经营境况不佳，同时与丈夫弗朗索瓦关系冷淡，这些都促使玛丽倾向于接受一个更具说服力的选择，以便在个人生活和职业生涯中改善不尽如人意的状况。

玛丽清楚她在伦敦能够利用民众对蜡像展的浓厚兴趣，就像当年在法国一样。并且，在英国办展，并不局限于与革命恐怖时期有关的蜡像作品。1793年、1797年以及1798年，法国革命力量连续三次试图侵袭英国，英国民众为此对自己易遭受攻击的处境充满高度警觉，尤其面对拿破仑征服世界的野心时。自从拿破仑担任第一执政后，人们对其军事天才的钦佩，转变成了对他沦为残忍的独裁者的担忧，这种复杂的情愫给蜡像展增添了巨大的魅力。当玛丽小心翼翼地把蜡像模型打包装箱时——其中包括30件蜡像人物及部分半身像——她肯定信心十足地预感到，拿破仑和约瑟芬的蜡像将在后续的岁月里发挥巨大的作用。

拿破仑的名望早已成为传奇，但对大多数英国人而言，他的外貌体征仍是一个令人浮想联翩的话题。约瑟芬吸引了拿破仑这位世界上最具权势人物的关注,人们对她同样充满兴趣。作为难伺候且善于引领时尚潮流的"淫妇",约瑟芬取代了已故的玛丽·安托瓦内特王后,成了流言蜚语的焦点,无论男女民众都如饥似渴地想打探到有关她的更多八卦消息。玛丽随身带着这些足以令观众趋之如鹜的蜡像前往英国,她对未来蜡像生意将能盈利的信心,缓解了离别时在所难免的痛苦情绪,即她不得不辞别年仅两岁的小儿子、年迈的母亲、"姨妈"以及其他蜡像制作助手。

尽管英法等国于1802年3月签署了《亚眠和约》[1],宣告双方正式结束敌对状态,但许多人都认为这仅仅是暂时的停战,而非永久和平。当英国政治家康沃利斯勋爵[2]谈及当前的和平带有"实验性"时,他其实表达了一种普遍的犬儒主义情结,停战庆祝活动仍带着戒备色彩。在伦敦街头,民众对法国使馆区的庆祝灯饰所暗含的寓意产生了误读,为此差点引发骚乱,这明显反映出英法两国关系持续紧张、敏感微妙。当英国民众把法国使馆灯饰所拼组的单词误认为"征服"(Conquered)而非"和睦"(Concord)时,他们反应激烈。素有"约翰牛"[3]之称的英国人,因草率地解读了法国使馆方面原本良好的意愿,几乎重新挑起战端,直到外交上的解决方案及时出台才避免了事态恶化。诗人罗伯特·骚塞[4]从周边花园的墙上目睹了当时嘈杂、混乱的场

---

1 《亚眠和约》,1802年3月27日,法国及其盟国西班牙、巴塔维亚共和国(荷兰)同英国在法国北部城市亚眠签订条约,双方就停战、海外殖民地归属等议题做出约定,如"不允许任何一方今后在陆地或海上以任何理由或借口进行任何敌对行动"。
2 康沃利斯勋爵(Lord Cornwallis,1738—1805),英国政治家,历任北美英军副总司令、印度总督、爱尔兰总督等职,1802年代表英国与法国签署《亚眠和约》。
3 英国人的绰号,典出苏格兰作家约翰·阿巴思诺特(John Arbuthnot,1667—1735)所著《约翰·布尔的历史》(*The History of John Bull*)一书。作者在书中塑造了一个身材矮胖、举止笨拙且行为滑稽的绅士形象(即约翰·布尔),以此讽刺当时辉格党热衷于对法作战的政策。英语中,"布尔"(bull)一词兼有"公牛"之意,因此后来人们常以"约翰牛"代指英国人。
4 罗伯特·骚塞(Robert Southey,1774—1843),英国"桂冠诗人",与华兹华斯(Wordsworth,1770—1850)、柯勒律治(Coleridge,1772—1834)并称为三大"湖畔派诗人",代表作有《布伦海姆之战》(*Battle of Blenheim*)等,早年拥护法国大革命,后在政治上趋于保守。

景。据骚塞描述，人群中夹杂着大量士兵，他们自认为遭到了侮辱，为此愤怒不已，"坚称自己不会被征服，且法国人不应该这么表态，随即，表示友好的'亲善关系'（amity）一词，因不被英国人认可也遭到替换"。

但是，爱国情感不足以使英国民众怀恨在心，自然更阻止不了富裕的英国人川流不息地跨越英吉利海峡前往法国，游览"恐怖统治"的遗迹，以满足于自身对新近历史的好奇心。他们渴望亲眼见到断头台沾满血迹的砧板以及大屠杀所在地依然鲜红的石头，并且对卢浮宫收藏的战利品充满羡慕。当然，最梦寐以求的事情还是目睹拿破仑的风采。基于这一目的，成千上万崇拜拿破仑的英国人这时辗转来到法国，并且，设在杜伊勒里宫的领事法庭以及众多的阅兵仪式均经常性地安排接待活动，以便到访者进行"朝圣"之旅。

至于那些无法负担旅费前往法国观光的人，在伦敦并不缺乏以法国为主题的娱乐。英国首都遍布许多临时设立的断头台模型，它们有时被贴上"法国斩首机"的广告标签。只需支付6便士，民众便可在斯特兰德大街观看直观鲜活的展演，其中"盛大的断头台展览"包括斩首节目："与真人同比例大小的模型被用来进行处决，当巨大的斧头落下，其头颅被斩断，使人产生错觉的手法堪称完美。"舰队街上，人们从萨蒙夫人（Mrs. Salmon）的蜡像展中可以看到"巴士底狱恐怖的监牢，里面关押着戴了铁制面具的人、处于危难的法国王后及王太子"。玛丽将要进入的蜡像市场充满了竞争，但是，她将宣称自己的蜡像都是源自一手素材，并且许多阴森可怕的遗迹作品背后，潜藏着高压政治下耸人听闻的细节，所有这些凭证将赋予其蜡像作品额外的兴趣点，也将给她带来竞争优势。

邮轮往来穿梭于英吉利海峡，把富有的英国旅客送往法国，与此同时，玛丽及其易碎的蜡像处于繁忙的交通运输途中，许多外国演艺人士随之汇聚在英国东南部的多佛港，他们都渴望通过在英国展览罕见的新奇事物来占领和平时期的市场。莫里茨先生（Monsieur Moritz）

是较早到达英国的演艺人之一。他借助魔术幻灯表演，能呈现出法国国王路易十六可怕的骷髅形象。菲利普斯塔尔也曾上演过有关路易十六的灯光幻影，但那是在法国，且正值大革命爆发时期，地点和时机的选择错误使他一度身陷囹圄，但无论如何，英国观众都喜欢与法国王室有关的魔幻展。

伦敦的餐厅或咖啡馆里，有些法国人会让长鬈毛狗巡演滑稽短剧，以便为顾客助兴，他们同样受到英国人热烈的追捧。这些极为流行的巡演，持续时间达好几个季度，民众观看了小狗们拟人化的滑稽表演之后，异常喜爱且念念不忘。在一段热情洋溢的称赞中，《钱伯斯杂志》描述了它们天才般的表演：

> 台上的幼犬已被驯化，它们知道如何用后腿直立行走，虽然在步行时得维持这一非自然的姿势，但看上去其神态非常轻松，它们同样被反复灌输，相互之间要保持最好的举止规范。小狗们被召集在一起亮相时，没有咆哮和狂吠之声，也无其他不得体的行动发生。最令人感到意外的是，它们竟然能够尽职尽责地演绎各种戏剧化的片断，借以展现英雄史诗般的场景或习以为常的生活。

一场军事围攻上演了，伴随着火炮射击，战场上硝烟弥漫，只见小狗们爬着梯子向堡垒猛攻，它们身着军服，在实景战斗最激烈的时候发起冲锋。另一场表演中，小狗们优雅地模仿宫廷社会的行为举止。基于犬科的特性，小狗之间有了滑稽的对比：贵宾犬扮演贵妇人，就像旧制度时期一样，头上戴着撒了粉的假发，其他小狗则模仿贵族的装扮，佩戴着羽饰、飞边，佩着宝剑。当"湿鼻子"的绅士向"湿鼻子"的淑女鞠躬时，小狗们的表演博得满堂喝彩。正如有评论写道："小狗们经常鞠躬并且回以屈膝礼，这给观众带来了极大的欢乐，每当它们的鼻子彼此靠近时，年轻的观众总会发出愉快的尖叫声。"

亨利-路易·夏尔（Henri-Louis Charles）是一位与玛丽志同道合的表演者，事实证明他在英国将要给玛丽带来巨大的慰藉。亨利-路易·夏尔不如其兄弟雅克·夏尔[1]教授知名，后者是杰出的物理学家，曾担任早期气球驾驶的技术顾问，而前者是一名口技艺人。亨利-路易·夏尔与玛丽都来自圣殿大道上往来密切的演艺圈。有少量证据显示，亨利-路易·夏尔与玛丽夫妇相识（在玛丽写给丈夫弗朗索瓦的信中，她曾提到夏尔先生代问他好）。柯提斯当年曾雇用一位腹语术者在罗亚尔宫的蜡像厅进行表演，以便在安静的展厅环境中增添一些音响效果，柯提斯雇用的人完全有可能正是夏尔先生。

当菲利普斯塔尔在巴黎诱使玛丽与他一道前往伦敦吕克昂剧院开展商业合作时，夏尔先生已经在这里站稳了脚跟，他通过出色的"隐身女郎的耳语交流"，迷倒了乔治王时代的观众。这不是通过牵线木偶和演员进行的普通口技演出，确切地说，该表演融合了科学成果和导演技巧，精心打造的金属制品与收听设备被帐篷覆盖着，借助这些道具，观众便可与优雅缥缈的女明星交流，听到其声音，她主宰着整个舞台。但只闻其音、不见其人。对于这位非比寻常的女主角，正如夏尔公开宣扬的那样，"即便最具洞察力的眼睛也看不到其真容"，但这并不妨碍她与观众进行现场互动，并且回答出任何以英语、法语和德语提出的问题。更令人惊奇的是，她宛如女神，无处不在且洞悉一切：观众席上发生的任何事情不会逃过她的眼睛。就像演出海报所言："总之，她对一切了如指掌，正如人们对她一无所知，有时她就在观众耳旁发出叹息般的声音，以至于不仅能听到甚至能感受到其呼吸，她关注着大家的一举一动，似乎能猜出众人的心思。"

夏尔先生的表演通过机械方面的独创性产生幻觉效果，由此给观

---

[1] 雅克·夏尔（Jacques Charles，1746—1823），法国发明家、数学家、物理学家。1783年，他发明了第一个氢气球，并亲自乘坐氢气球进行升空试验。

众留下了深刻的印象,然而,玛丽蜡像展的品质主要凭借其艺术上的逼真性,从而获得顾客青睐。但是,对原型事物进行精确模仿的把戏在伦敦并不新鲜。玛丽和柯提斯当年在巴黎的蜡像展,事实上具有垄断性,但要想在英国也脱颖而出,她将不得不更为努力地奋斗。尽管许多来自国外的艺人在伦敦都真诚地宣称自己在进行创新,但就蜡像本身而言,其翻新出奇的价值并不高。在玛丽抵达英国很久以前,蜡像便已是视觉文化中较为常见的组成部分,在阶级分层中,针对不同的受众群体,蜡像作品的展示方式相互区别。并且,在某些情况下,伦敦的蜡像展生意兴隆,其展品包括数以百计与实物等高的蜡像。玛丽只随身带了约30件蜡像前往英国,如果说她在总量上并不具备优势,那么其艺术天赋意味着她在蜡像品质上能够占据上风。

在露天市场货架上摆摊、陈列蜡像展品,玛丽对此再熟悉不过了,这些展品各具特色,造型样式往往超出预期,这也是民众喜欢观看它们的乐趣之一。1802年9月初,在玛丽到达伦敦的头几个月,巴托洛缪集市一片繁荣,这里是伦敦规模最大、运营时间最长的集市,其地址原为史密斯菲尔德大市场。英国诗人华兹华斯[1]曾光顾巴托洛缪集市,他激动地把自己的见闻写入了诗篇:

> 一切都是流动的盛宴,所有事物在此汇聚,
> 诸如白化病患者、纹身的印第安人、侏儒,
> 就连马猪也变得知识丰富、博学多闻,
> 有人在表演吃石头,有人把烈焰猛吞,
> 此外可见体型硕大的动物、口技艺人和隐身女郎,
> 半身塑像竟然会说话,它们凸出的双眼四处张望,

---

[1] 威廉·华兹华斯(William Wordsworth,1770—1850),英国"桂冠诗人",其诗作以描写自然风光、田园景色等著称,文笔朴实、清新,与古典主义呆板、铺陈的风格迥异。1798年,华兹华斯与柯勒律治将各自的诗作合编为《抒情歌谣集》(*Lyrical Ballads*)出版,宣告了英国浪漫主义新诗的诞生。

> 蜡像展、钟表发条，全是令人叹为观止的手工艺品，
> 这里还有默林[1]式的预言家、魔术师，猛兽和木偶秀，
> 一切都是罕见的事物、造物的怪胎，
> 人类就像普罗米修斯一样异想天开，
> 痴呆、疯狂和丰功伟绩混杂在一起，
> 最终把集市变成了怪物盛大的会议。

传统上，蜡像展常常被轻蔑地视为低等的娱乐活动，在以后的岁月里，玛丽需要把自己的蜡像展与此类带贬义的联想区别开来。为了宣扬自己钟爱的精美蜡像艺术形象，玛丽最初的广告故意避免采用"蜡像"相关措辞。她代之以短语词组，如"艺术作品中的精确模型"。

集市中另一位蜡像展同行为萨蒙夫人，她在伦敦舰队街上有固定的生产经营场所。尽管萨蒙夫人一向以才华闻名，她的某些怪癖同样为人知晓，带有几分黑色幽默。她习惯于头戴软帽，帽子上搭配着送葬用的装饰品，据说她喜欢睡在裹尸布袋里，以寿衣为睡服，棺罩做被单。萨蒙夫人标志性的恶作剧便是把一个带弹簧设备的陷阱装置，安放在蜡像馆进出口附近，紧靠着一位装扮得像英国传说人物希普顿修女[2]的模型。一旦顾客踩在陷阱上，"希普顿修女"便会把他们踢出门外，由此给人留下一个难忘的送别礼。

萨蒙夫人是18世纪流行文化的代言人，玛丽则属于19世纪。1760年，萨蒙夫人去世，但她开拓的蜡像事业依然兴旺发达，其继承人以她的名义继续运营。在萨蒙夫人充满乐趣的游乐场中，她早期的拥趸

---

[1] 默林（Merlin），中世纪传说中的预言家、魔术师、亚瑟王的助手。
[2] 其原型为厄休拉·索斯韦尔（Ursula Southeil, 1488—1561），生于英格兰，以"希普顿修女"（Mother Shipton）之名著称，据说她具有通灵和预言的神奇能力，后来逐渐被演绎为神话传说中的人物。

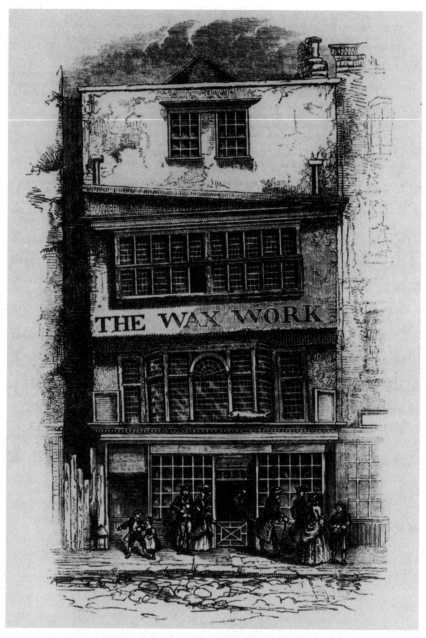

伦敦舰队街上的萨蒙夫人蜡像馆，以一条鱼作为广告象征标志，在18世纪的英国，其声名正如杜莎夫人蜡像馆后来一样家喻户晓

包括贺加斯[1]和博斯韦尔[2]，英国作家狄更斯后来也在小说《大卫·科波菲尔》专门谈到她。萨蒙夫人的蜡像展在伦敦具有里程碑式的意义，并且提供了主要的参照点用以对比杜莎夫人后来在蜡像事业上所取得的成就。

萨蒙夫人的蜡像主题展与久远的历史和恐怖事物有关，她提前占据的市场，后来被杜莎夫人进一步培育，并通过"恐怖屋"蜡像展获得了巨大成功。杜莎夫人倾向于关注那些经由审判而遭处决的罪犯，然而，萨蒙夫人的蜡像更多地展示轰动一时的犯罪现场。18世纪末期，有游客回忆了在萨蒙夫人蜡像展中看到嫌疑犯正在作恶的场景，其中，一名撕裂胸衣的色情狂引起了众人的愤慨，因为他"蓄意撕烂、损毁波特小姐（Miss Porter）的衣物，事发时后者正在圣詹姆斯区闲逛"。

正如玛丽宁愿试图吸引品位高雅的主顾而非讨好随意任性的公众一样，看上去萨蒙夫人也希望努力开拓高消费者市场，如在公开宣传的海报贴士中，她特别提到自己的蜡像展所在地，"非常便于华丽的四轮马车停靠，且不被闲杂人等打扰"。

罗克施特罗博物馆（Rackstrow's museum）位于舰队街197号，与萨蒙夫人的蜡像馆毗邻，且吸引力强大，由此成了后者的竞争对手。该博物馆创建于1787年，直到1808年前后，这里通过一系列惊世骇俗的策展，持续挑战着游客的习俗规范。博物馆不拘一格地精选了各种能体现自然奇观的动物、植物和矿物，它们其实主要起到伪装作用，旅客最感兴趣的，当属与女性泌尿生殖器官相关的蜡制解剖模型，它

---

[1] 即威廉·贺加斯（William Hogarth，1697—1764），"英国绘画之父"，著名的油画家、版画家、讽刺画家，欧洲连环漫画先驱及艺术理论家；他的许多作品讽喻时政，因此被称为"贺加斯风格"。其代表画作有《南海泡沫》（South Sea Bubble）、《旺斯特德家族》（The Assembly at Wanstead House）等，同时著有《美的分析》（The Analysis of Beauty）。

[2] 即詹姆斯·博斯韦尔（James Boswell，1740—1795），苏格兰作家，现代传记文学的开创者，他曾为英语词典编纂者塞缪尔·约翰逊创作传记，有"传记之父"之誉；他的名字后来专门用来代指那些"为密友撰写传记的人"。

们明了清晰、一览无余，与男性膀胱和阴茎有关的蜡制解剖图同样被展出。博物馆里摆放着病理标本，此情此景可能会令达明·赫斯特[1]感到自豪：众多人类器官被泡在酒精制剂里，其中包括"充血而勃起的阴茎"以及畸形生长的胃。一组并置的展品尤其令人震惊：包括英国国王乔治三世[2]的半身像、奥利弗·克伦威尔[3]和艾萨克·牛顿爵士的死亡面模，旁边则陈列着"取自海牛阴茎中的一根骨头"。罗克施特罗博物馆的上述展览，打着以亲身经历获取知识的教育幌子。博物馆里有一项唯一的特许权，即女性游客可以不在男性的陪伴下独自进行参观，以便确保"每位淑女都受到专门的照顾"。相比于杜莎夫人体面的家庭式娱乐蜡像展，此类病态的偷窥秀到了19世纪依然兴盛。

  在威斯敏斯特教堂里，蜡像早已成为伦敦日常生活的特色。出于典礼需要，精心制作的遗容蜡像构成了其藏品的核心。这些古老丧葬仪式上的纪念物，与王室成员和贵族出身的人士有关。过去，已故的显要人物墓前安放着一对墓主人的蜡像，它们被固定在平台上，由幔帐覆盖着，上面挂满吊坠和赞美诗。14世纪以来，死者的肖像复制品成了庄重送葬仪式中被关注的焦点，葬仪最终在威斯敏斯特教堂结束。因年久失修，许多蜡像已倾圮，为此它们赢得了"破烂军团"的绰号。出版于1708年的一份旅游手册恰如其分地提及这一戏称，并且

---

[1] 达明·赫斯特（Damien Hirst, 1965— ），英国著名现代派艺术家，他对于生物有机体十分感兴趣，曾把动物的尸体浸泡在甲醛溶液里，由此创作了《自然史》（*Natural History*）系列作品；此外，他用手术刀片、美工刀片、大头针、拉链等能发出银光的金属利器，在黑色布景上拼出了全球各大城市的俯瞰图《手术黑城》（*Black Scalpel Cityscapes*），颇具创意。

[2] 乔治三世（George Ⅲ, 1738—1820），汉诺威王朝第三位不列颠君主，在他统治期间，主导了一系列针对法国的战争，最终以拿破仑在1815年被击败而作结。1793年，他派遣以乔治·马戛尔尼（George Macartney）为首的使团访华，谒见乾隆皇帝，请求通商。

[3] 奥利弗·克伦威尔（Oliver Cromwell, 1599—1658），英国政治家、军事家、宗教领袖，资产阶级新贵族集团的代表人物。1649年，克伦威尔参与审判国王查理一世，最终将其处死，建立共和国。1653年，克伦威尔驱散议会，自任"护国公"，实行军事独裁统治。

把爱德华三世[1]的蜡像描述为"一件破旧的作品,头部磨损了,填满稻草的身躯早已衣不蔽体"。到了18世纪中叶,人们的注意力发生了偏移,即不再关注那些令人颇感遗憾的蜡像陈迹,其中包括严重受损的爱德华三世、查理二世[2]、伊丽莎白一世[3]的蜡像,转而对一系列与真人同比例大小的作品情有独钟,后者主要基于商业考量而非庆典纪念目的,正如英国作家霍勒斯·沃波尔抱怨,"一切都是为了吸引乌合之众光顾,然后赚取他们的钱"。在威斯敏斯特教堂摆放逝者的全身蜡像,大胆而模棱两可地使用该神圣的礼拜场所办展,似乎只是为了满足大众的好奇心并趁机牟利,而非出于其他目的,此类做法非常引人注目,甚至遭到坚决反对。这暗示了在一个缺乏集体视觉画面参照物的文化里,栩栩如生地展现历史人物的蜡像,将在公共生活中产生超凡的力量。新的蜡像作品包括安妮女王[4]、威廉和玛丽[5]、翻新重做的伊丽莎白一世以及查塔姆勋爵[6],人们只要支付6便士就可入场参观。其中,查塔姆勋爵的蜡像被委托给佩兴斯·赖特[7]打造,后者是一位迷人的美国艺术家,她的许多作品曾受到18世纪后期英国上流社会的青睐。

---

1 爱德华三世(Edward Ⅲ,1312—1377),英格兰国王,1327年至1377年在位,因其母亲出身法国金雀花王朝家族,他从而觊觎法国王位,一度自称"法国国王",引发英法百年战争。莎士比亚根据其故事后来创作了戏剧《爱德华三世》。
2 查理二世(Charles Ⅱ,1630—1685),不列颠国王,他奉行享乐主义,人称"快活王"(Merrie Monarch)。
3 伊丽莎白一世(Elizabeth Ⅰ,1533—1603),都铎王朝最后一位君主,在她统治下,英国实力大增,莎士比亚、弗朗西斯·培根等人物大批涌现,同时逐步确立在北美的殖民统治,史称"黄金时代",她终身未嫁,因此有"童贞女王"之称。
4 安妮女王(Queen Anne,1665—1714),1702年至1714年在位,英国斯图亚特王朝最后一任君主,下启汉诺威王朝。安妮女王任内实现了英格兰和苏格兰的合并,对大英帝国的后续发展影响深远。
5 即威廉三世(William Ⅲ,1650—1702)与玛丽二世(Mary Ⅱ,1662—1694),史学界普遍将夫妻俩的共治统称为"威廉和玛丽"时期。
6 即威廉·皮特(William Pitt, the Elder,1708—1778),曾任英国首相,任内运筹帷幄,带领英国赢得了主要针对法国的"七年战争",其子小皮特(William Pitt, the Younger,1759—1806)承父业,年仅24岁即出任首相,时至今日,仍然是英国历史上最年轻的首相。
7 佩兴斯·赖特(Patience Wright,1725—1786),生于纽约,雕刻家、蜡像师、画家。

佩兴斯·赖特魅力超凡、极具天赋,她的蜡像创作堪称精英艺术的代表。就像是一位上流社会的肖像画家,佩兴斯·赖特大多从自己交往的特权阶层圈子中承接私人定制服务。当玛丽刚来到英国、四处奔波进行巡展时,佩兴斯·赖特这位来自美国费城的艺术家,通过本杰明·富兰克林引介,已进入了英国上流社会。所有大门都向佩兴斯·赖特敞开,其蜡像作品一度引起轰动:她替一位贵族完美地制作了女佣的蜡像,并摆放在主人的客厅里,结果很快令一些访客上当,他们与蜡像仆人打招呼致意,得知真相后,很多人都觉得这样的假扮活动很有意思。但是,除了会客室里的恶作剧外,佩兴斯·赖特的蜡像受到了最高的赞誉。文学性期刊《伦敦杂志》(*London Magazine*)把佩兴斯·赖特称为"奇才":"拥有大自然的鬼斧神工,创造出了新的绘画风格,这比她在雕像艺术上的成就更高,其独创性也为美国赢得了荣誉,因为她给原型人物制作的蜡像,超越了使用颜料和任何其他方式进行素描的效果;这些蜡像栩栩如生,不但令人着迷,更令人叹为观止,因为我们看到的正是造物主的杰作。"佩兴斯·赖特为查塔姆勋爵制作的蜡像,至今陈列在威斯敏斯特教堂,依然极受欢迎。

但是,在英国东道主看来,赖特夫人犯了一个忌讳。她以美国式的大大咧咧来宣示友好的亲密关系,这与严厉呆板的英伦作风正好冲突,她直接用"乔治"和"夏洛特"之名称呼英国国王和女王,好像后者是刚结识的密友一样,而每当这时,在场的英国人几乎都会陷入尴尬境地。赖特夫人的言行使得玛丽所谓与法国国王和王后有私交的论述相形见绌。受此影响,赖特夫人的生意大打折扣,她最后只在科克斯勃街上的居所举办蜡像展和接受蜡像预订服务。

佩兴斯·赖特于1786年去世。玛丽到伦敦之初,尽管她只需与这位天才的美国人去世后留下的巨大名声竞争,但在一定程度上可以说,两人商业上的较量其实早已开始。显然,在法国旧制度日薄西山之际,佩兴斯·赖特已看到在巴黎开拓蜡像市场的潜力,于是,1779年,她给本杰明·富兰克林写信,请求后者帮助她在法国首都开业。

但富兰克林打消了佩兴斯·赖特的念头，因为他感到巴黎的蜡像市场已经饱和。富兰克林对柯提斯天才般的蜡像技艺很了解，这可能是他做出上述判断的主要依据。

在英国，与柯提斯最同类的人当属塞缪尔·珀西[1]，他为蜡制肖像确立了新的典范标准。珀西将作品限于袖珍的半身像，与柯提斯一样，他喜欢贵族的庇护，其赞助人为沙夫兹伯里伯爵[2]家族。为了增强吸引力，迎合"贵族和上流社会人士"的审美趣味及虚荣心，珀西精巧的蜡像置于防尘的盒子里，盒子边框镀了金，且嵌入凸面玻璃，由此成为奢侈品市场的代表。手工着色加上有时装饰着小粒珍珠和玻璃珠，它们看上去做工尤为繁杂。在织品加工方面，珀西设施完备，这也使得其蜡像与柯提斯的作品难分伯仲。柯提斯在临摹人物外貌上技高一筹，然而，珀西标志性的技能便是能给蜡像装饰各种附属物，比如花边、绉领。珀西的蜡像浮雕作品为豪华古宅乃至王室行宫锦上添花：温莎城堡中就收有女王陛下的蜡像，此外，珀西策划推出其他历史人物的仿品。玛丽的蜡像展主要面向那些能够支付若干先令参观费用的普通大众，而珀西旨在吸引足以承担数基尼[3]开销的顾客。珀西尊贵的客户通常会订购自己蜡像的复制品，它们由助手从珀西铸好的模型中仿造，这些不是出自其本人之手的次等品，将被主顾分送给友人和亲戚。如果顾客不愿支付1.5基尼的费用，以获得彩色的袖珍蜡像，他们可以选购较为便宜的纯白色蜡像浮雕，这类作品"仿效罗马铸币的方式"加工而成。珀西在事业上的成功，代表了蜡像媒介精品艺术的兴盛，享有消费特权的私人藏家或经常光顾英国皇家艺术院的人，

---

1 塞缪尔·珀西（Samuel Percy，1750—1820），爱尔兰蜡像师、雕刻家，1777年前后来到伦敦，并迅速确立了他在蜡制肖像领域的地位和名声。
2 沙夫兹伯里伯爵（Earl of Shaftesbury），英国贵族爵位。第一代沙夫兹伯里伯爵为安东尼·阿什利·库珀（Anthony Ashley Cooper, 1st Earl of Shaftesbury，1621—1683）。库珀早年支持过克伦威尔，后又反对其独裁统治，最终因反对詹姆士二世嗣继王位而被控叛国，他也是辉格党的创始人之一。
3 基尼（guinea），1663年，英国发行的一种金币，1813年停止流通，1基尼等于21先令。

对其作品青睐有加，在1786年至1804年间的不同时段，珀西创作的蜡像曾多次在皇家艺术院展出。

乔治三世统治时代的伦敦，蜡像展正处于两极分化状态，即一方面属于大众娱乐活动，另一方面又与一种小众且受人尊敬的主流文化相结合。蜡像展在娱乐与教育功能之间分歧明显，正好呼应了上述截然对立的情形。玛丽迅速意识到，她可以借助自身蜡像产品所具备的独特性和创新品质，举办兼具娱乐和教育功能的展览，以此填塞两者之间的鸿沟。当玛丽到达伦敦时，英国尚未建立国家美术馆，大英博物馆则更在意与世隔绝，以保护其藏品，而不是创造条件便于大众入馆。民众参观大英博物馆时，受到许多严厉的规章限制，如不能随便浏览藏品，现场蛮横的向导密切监视着观众的一举一动，同样苛刻的还有当局的告示——"违反者将被提起公诉"。

当局对公众的偏见极为根深蒂固。例如，在英国皇家艺术院创办之初，艺术家们担忧举行公开展览时，他们的作品将冒着被"厨娘和马夫"来评价的风险。为了杜绝这种难以容忍的侮辱，英国皇家艺术院设立了入场费，"以免展厅充斥着不合时宜的参观者"。

相比而言，商业娱乐活动一再争取大众参与，其中的表演涉及不断更新的机械发明、小型动物园、善于算数的人、大力士、戴着小猪面具的女士以及所有能够想象得到的戏法。玛丽是较早看出印刷目录价值的人之一，认识到印刷目录是顾客服务的重要组成部分，当然也是增加额外收入的途径。考虑到市场上存在诸多竞争对手，他们的表演也具有吸引力，因此广告便成了关键因素，并且，玛丽从广告线索中首次发现，来到英国后她与艺人菲利普斯塔尔的合作其实并不可靠，后者在演出广告宣传中根本没有提到过她的蜡像展。唯一的例外发生在1802年12月7日，菲利普斯塔尔在广告中提及，作为其表演活动的福利，他还准备了"神奇的蜡像展柜"供参观。

当玛丽意识到在蜡像展开展前，先期宣传是产生天花乱坠般鼓动效果的重要手段时，她必定充满沮丧。并且，由于不会说英语，玛丽只得完全依赖菲利普斯塔尔来帮助推广。对于菲利普斯塔尔是否十有八九只把她看作其演出活动中一名得力的演员，而非平等的同辈，这一点玛丽并不能十分确定。但是，玛丽依然勇往直前，她接连举办了近30场蜡像展，其间穿插展示的作品涵盖巴士底狱和断头台的模型、亨利四世的血衣以及埃及木乃伊等。

时年41岁的玛丽，在国外既缺钱又无依靠，还得抚养年幼的儿子，蜡像展依然默默无闻，只要想到她面临的困境，不由使人心生气馁。但是，我们也看到一些正能量，主要是玛丽的勇气和进取心。萨里街位于伦敦最繁华的斯特兰德街区附近，玛丽暂居于萨里街一间普通的出租屋里，在此度过了一个可能颇为孤独的圣诞节后，新年伊始，玛丽很快振作起来，她抓住商机，在蜡像中增设了一个有关热点新闻的主题展。她极为成功地展示了"叛国者"德斯帕德上校[1]遭绞刑、剖腹和分尸后的蜡像，1803年2月，对上校的审判和随之进行的处决吸引了英国国民的眼球。

依据《联合法案（1800）》[2]，自从爱尔兰正式与大不列颠合并后，正如一位历史学家所描述的那样，两者之间有着"古怪特异的相互依存关系"，分歧和异议导致群情激愤。德斯帕德上校强烈地反对合并，他连续多年为祖国争取自由，与爱尔兰人联合会并肩战斗。在法国大革命期间，该组织秘密与法国方面联手，并支持法国1798年入侵英国的计划。此类献身祖国的事迹，构成了德斯帕德上校活动的背景，他试图策动大胆的密谋计划来推翻英国当局。

德斯帕德上校被视为卑鄙的叛国者，他如此嚣张和敢于冒险，以

---

[1] 即爱德华·德斯帕德（Edward Despard，1751—1803），生于爱尔兰一个新教徒家庭，早年从军，在海外参战，1790年应召回国，不久投身于工人运动，参加了"伦敦通讯会社"，并当选为总会代表。1802年，德斯帕德上校被人告发，称他密谋要夺取伦敦塔和英格兰银行，然后行刺国王乔治三世，以便进一步挑起暴动。德斯帕德上校随即被捕，他及其主要同伙最终因"叛国罪"于1803年2月21日被处以绞刑，随后被斩首。

[2] 《联合法案（1800）》（*1800 Act of Union*）主要内容为，自1801年1月1日起，爱尔兰王国与大不列颠王国合并为大不列颠与爱尔兰联合王国。

至于相比而言盖伊·福克斯[1]看上去显得有些懦弱。德斯帕德上校试图依靠32名共犯的帮助，其目标不仅在于夺取议会大厦，还包括阴谋占领英格兰银行和伦敦塔。最引人注目的是，德斯帕德上校计划刺杀国王，正如《圣詹姆斯时报》（*St James's Chronicle*）带着明显的愤慨做出了以下评论："描述这一阴谋最主要的特点如此令人震惊，以至于我们不得不满怀痛苦和厌恶之情来谈论这一事件。我们敬爱的君主在周二差点遭遇了一次未遂的刺杀，这仅仅是整个阴谋活动的一部分内容，阴谋者其余的目标还包括攻击伦敦塔和其他地方。"在伦敦兰伯斯区一家名为"奥克利盾徽"的普通酒馆里，德斯帕德上校这些潜在的国王杀手被"弓街巡逻队"拘捕，他们可耻的野心随即被戳穿了。

对德斯帕德上校的审判震惊了整个英国，尼尔森勋爵被传唤，以作为上校的品德见证人，这主要基于他早年有近二十年时光与上校共同在海外服兵役，随着证人出庭，法庭戏很快演变成了感人的传奇剧。只是尼尔森勋爵热情洋溢的证词并未打动陪审团改变决定，他们拟判处德斯帕德上校绞刑，然后剖腹、车裂。但在上校的妻子向法庭提交了被媒体界称为"充满感染力的请求状"后，尼尔森勋爵成功地使法庭对上校的判决惩罚降为绞刑和死后斩首。成千上万的民众观看了对德斯帕德上校施行的处决，整个行刑过程持续时间漫长且仪式化，媒体密集报道这一事件，并对上校大加挞伐。德斯帕德上校被处决事件立马成了木刻、版画的主要题材，这些售价低廉的作品被大量生产，销量极大。只是最初的木刻版画，大多依赖于此前库存的原料，质量不高、品相不佳，玛丽很快意识到她可以利用民众的渴求，推出高质量的蜡像抢占市场。

---

[1] 盖伊·福克斯（Guy Fawkes，1570—1606），生于英格兰约克郡，狂热的天主教徒。1605年，盖伊·福克斯及其同伙因不满国王詹姆士一世的新教徒政策，企图炸死国王和议员，摧毁议会大厦。他们成功地将36桶黑火药事先运进了议会大厦的地窖，准备在11月5日采取行动。但是，"黑火药阴谋"最终被揭发，国王和大臣安然无恙，而盖伊及其同党不久以"叛国罪"被处决，遭绞刑、砍头、剖腹、焚烧内脏、分尸惩罚。后来，英国人习惯于在11月5日这一天举行"篝火之夜"，把盖伊·福克斯等人像模型扔到火中付之一炬，以示庆祝。

在英法两国正处于前途未卜的和平背景下，及时展示德斯帕德上校的蜡制头像非常应景。民众在蜡像馆近距离观看上校的蜡像特写，远比闷热地挤在纽盖特监狱观看其真身更轻松。尽管大家都在谈论德斯帕德上校，但玛丽至此并未提及自己的看法，她只需舒适地在蜡像展入口处收取入场费即可。假如玛丽真的与顾客交换意见，那应会非常有趣地听到她将如何告诉对方，自己怎样打造了上校头颅这件令人毛骨悚然的作品。因为上校的蜡像已不像法国大革命期间的死亡头像或革命遗迹那样，后者都是其蜡像展中杀气腾腾的核心作品，她不可能再次宣称，自己迫于当局的政治高压，才不得不尝试用她淑女般的纤纤素手，开展这一血腥的商业活动。

幽灵般的盛大表演由菲利普斯塔尔在吕克昂剧院上层演出厅举办，这与玛丽蜡像展柜的平静氛围形成了鲜明对比。菲利普斯塔尔早期在巴黎进行过幻灯表演实验，从那以后，他的演出发展到了一个更精密的技术水平。这很大程度上可以说是法国物理学家雅克·夏尔教授得意门生艾蒂安·罗伯特（Etienne Robert）的功劳，后者改良了幻灯播放技艺。菲利普斯塔尔提供给观众的是恐惧的乐趣。其表演引领潮流，最激动人心的地方在于让观众置身伸手不见五指的黑暗中，因为在18世纪的伦敦，在漆黑的环境中与陌生人聚集在一起，正好给人们提供了一个敢于前往剧院体验恐惧、寻求刺激的机会。竞争对手试图通过攻击菲利普斯塔尔来赢得市场，他们在广告中宣称自己的表演"不必在剧场完全熄灭所有的灯光"，但这些艺人显然没有抓住要害。

论及菲利普斯塔尔的表演，戴维·布鲁斯特[1]爵士给我们提供了翔实或者更确切地说是原汁原味的描绘（写于1832年），其内容与1803年在吕克昂剧院某个恐怖夜晚的经历有关：

---

1 戴维·布鲁斯特（David Brewster，1781—1868），苏格兰物理学家、作家，在光学研究领域成绩卓著，他发现了光的双折射效应，善于光谱分析，发明了万花筒，并提倡显微摄影技术。

帷幕逐渐升起，一个骷髅洞穴展现在舞台上，洞穴墙壁上遍布其他恐怖的浮雕。灯光忽隐忽现，逐渐消失于裹尸布之下，观众置身于漆黑和电闪雷鸣之中。随即，舞台上出现了鬼魂、骷髅的形象，知名人物的眼睛和大嘴则在组合滑块的作用下不断移动。第一位角色被简短地展示后，它变得越来越模糊，仿佛要飘往远方，最后消散于一小片光影中。在同一片光影背后，新的形象开始浮现，变得越来越大，向观众靠近，直到呈现出最佳的造型。通过这种方式，富兰克林博士的头像最后转变成了一块头盖骨；有血有肉的人物形象退场后，重新出现时却成了一具骷髅；而退场的骷髅再次登台时，又以血肉之躯呈现在帷幕上。

在惊悚的气氛中，幽灵鬼怪不再慢慢靠近观众或缓缓退场，而是突然冲向人群。大惊失色的观众顿时挤作一团，许多人手都被抓破了，剧场里尖叫声此起彼伏，少部分胆子壮的，则试图伸手抓住这些险恶的幻影。

菲利普斯塔尔有时会在有钱人家私演节目。有一次，他受居住在波特曼广场（离贝克街不远）的"一位富豪"邀请，为主顾及其友人进行助兴表演，观众中包括一些年轻的女士。不幸的是，尽管节目的尾声通常被认为是整个表演最惊心动魄的高潮，但这次演出并没有预期那么理想。正如当时的报纸披露："鬼魂的形象刚一出现，女士们便花容失色，大发脾气，然后……面对此情此景，他认为立即停止表演会比较合适。"该报道与一桩随后发生的法律诉讼案产生关联，即有演艺人士控告贵族，表示后者预订了他的节目，却拒绝全额支付因故中断的表演。虽然诉讼双方的姓名都没有被公布，但相关的证据充分显示，当事的"演艺人士"其实就是菲利普斯塔尔，他在该报道中被描述为一位"鬼怪学戏法艺术"的行家。玛丽原本很少写信寄往法国以保持联系，但有一封信却奇迹般地被保存了下来，她在家书中提到菲利普斯塔尔正为法律纠纷所困扰，由此也勾勒出他的某些特征。

通过上述表演事故插曲，我们可以从各种不相干的片断信息中拼组成一幅有关菲利普斯塔尔的个性画像，即他是一个难缠且好斗的人。其证据包括，他所从事的职业充满了诉讼、谎言和失望，他有一种颇具创造性的癖好，那就是不经意地在别人的生活中玩突然消失和重新出现。但是，作为其名声不佳的补偿，我们还是得为菲利普斯塔尔这位不受人待见的幻灯魔术师点赞，因为他把极具天赋的玛丽引到了伦敦，由此帮助奠定了一个娱乐帝国的基石，这个娱乐帝国不久将在英国及国际上扬名立万。

尽管菲利普斯塔尔和玛丽看上去各自所呈现的娱乐不相关联，但是他们都迎合了公众对名流肖像迅速增长的兴趣潮流。尼克尔森（Nicholson）与菲利普斯塔尔为同时代的人，他似乎经常光顾后者的演出，对其表演有如下评价：节目中的造型与"一些伟大英雄和其他杰出人物的外貌非常相像"。尼克尔森还写道："菲利普斯塔尔先生不仅局限于展现'历史名流'，他有时演绎当代卓越的人物，如向勇敢的尼尔森勋爵致意，尼尔森勋爵通过为德斯帕德上校作证、辩护给自己赢得了荣誉，他在舞台上的形象也被菲利普斯塔尔精心构思。"

无论历史上或现实中的风云人物，他们的形象充满活力地呈现在舞台上，这一类演出实验可谓当代电影艺术的远祖。菲利普斯塔尔借助现在看来科技含量不算高的设备进行投影表演，正是现今电影复杂技艺的雏形，后者通过男女演员不同的角色扮演来实现。无论哪种娱乐形态，观众要想获得大部分乐趣，都必须基于影像与现实的互动。如今，银幕上的影星，其魅力和价值往往依靠精湛的演技并通过扮演不同的人物角色而确定，为此我们常常忘记了他们的"真实"身份，然而，在乔治三世统治下的英国，舞台幻影表演引人入胜的地方，正在于唤起了人们对真实人物的记忆。在21世纪，我们已经很难忍受总是被摄影图像"轰炸"的情形了，以便借此重温任何肖像过去所具有的十足魔力。因为我们如今早已对简单再现现实的手法感到腻烦，当前更在意的是形象复制的品质。但相对于菲利普斯塔尔时代的观众而言，肖像、图画本身便已非常令人激动。

作为肖像生产商，菲利普斯塔尔和玛丽因他们别出心裁的创意而广受赞誉。在达盖尔[1]采用光学摄影给人拍照之前近三十年，菲利普斯塔尔已是摄影方面的先驱，并且在吕克昂剧院的上层演出厅举办过多场幻灯魔术表演，玛丽则在吕克昂剧院的底层剧场展示其蜡像，他们俩都努力发掘模仿艺术令人激动的魅力。借助各自在肖像复制领域的天赋，他们创造了诸多与知名人物和其他人士相关的艺术形象，由此发扬光大了柯提斯的事业，早在此约二十年前，后者就已在巴黎取得了事业上的辉煌成功，其秘诀便是把握公众对名流的崇拜热，进而从中获利。"百闻不如一见"，这是演艺圈一条著名的广告语，也曾被玛丽采用过，该标语经常附在传单上，以此挑动公众前往观看，以验证他们的神奇演出或展览。前往吕克昂剧院观看演出的人，如果恰好赶上菲利普斯塔尔和玛丽的娱乐节目，他们第一次见到移动的幻影或静止的蜡像时，一定会感到不可思议，乃至不敢相信耳闻目睹之事。

---

[1] 达盖尔（Daguerre, 1787—1851），法国美术家、化学家，因发明银版照相法而闻名，并擅长舞台幻境表演。

第十一章

1803—1808 年：苏格兰与爱尔兰

玛丽及时推出德斯帕德上校的蜡像展以迎合观众需要，此举应该会令菲利普斯塔尔感到高兴，也再次强化了他的预感，即走在伦敦时尚前沿的寻欢作乐者将喜欢她的作品。但是，正当玛丽的事业开始走上正轨时，菲利普斯塔尔却单方面地决定他们应该北进，去往苏格兰首府爱丁堡寻求新的发展。在菲利普斯塔尔的坚决主张中，有多少嫉妒的成分我们已难以辨别。他是一个容易感受到威胁的人。为了维护自己在魔术幻灯表演市场的优势，1802年1月，菲利普斯塔尔为其设备登记注册了一项专利。相较于众多的模仿者，他热衷于突出自己的娱乐表演是独创的最佳的魔术幻灯艺术。菲利普斯塔尔在一份传单中自我夸耀：

受国王陛下皇家专利特许证批准认可

魔术幻灯

除另行通知外每晚都上演

位于

吕克昂剧院，斯特兰德街区

由于许多演出广告与上述措辞类似，这可能会误导不知情的公众（尤其是外地人），进而影响到他们对魔术幻灯表演原创者的看法，菲利普斯塔尔先生作为该项娱乐艺术的发明人，在此敬告各位观众朋友，其他所谓的魔术幻灯节目与他本人的表演并无任何关联。

那些模仿者即便使出吃奶的力气，也不可能达到预期的效果，菲利普斯塔尔先生非常感谢他在伦敦这座大都市能受到大伙的鼓励，因此想提醒公众反对那些骗人的模仿者，其表演远不如宣传的那么好，只会令人厌恶和让观众失望。

菲利普斯塔尔的声明看上去貌似宽宏大量，他通过强调自己申请了魔术幻灯专利，进而保护观众免遭其他模仿者不佳表演的干扰，同时对竞争者提出了格外的警告。魔术幻灯狂热正面临着审美疲劳的境况，这一日益增长的担忧，也是促使菲利普斯塔尔决定前往爱丁堡发展的另一缘由。

玛丽得知德国表演科学家弗雷德里克·温莎[1]即将在吕克昂剧院上层演出厅进行首秀，此消息让她对突如其来搬离伦敦的计划仿佛多了一丝慰藉。弗雷德里克·温莎的"戏法"主要由基于照明目的的煤气示范组成。这一形式的灯火娱乐，不仅是在吕克昂剧院的上层演出厅点燃必不可少的枝形吊灯，而且布置大量煤气灯具，将整幢建筑照得灯火通明。虽然弗雷德里克·温莎的表演灿烂夺目，但显然对玛丽而言，熔炉与熊熊燃烧的烈焰就在其蜡像展附近，这无疑是一个危险的组合。因此，当温莎先生在剧院上层演出厅组装他的煤气照明设备时，玛丽很可能正心情愉快地在剧场底层将其蜡像打包装入柳条箱，以便准备离开伦敦。发生在温莎先生首场演出当晚的事故，证实了玛丽最坏的担忧。观众席闷浊的空气里，很快弥漫着一种闻起来像是有毒气味的烟雾，观众于是颇为惊恐地夺门而逃。"煤气，煤气——倒霉之

---

[1] 弗雷德里克·温莎（Frederick Winsor，1763—1830），德国发明家，气体照明先驱之一。

气"，媒体挖苦道。但是事实并非如他们所言。因为温莎先生撤回到他在海德公园的工作坊后，以其耐心和狂热的献身精神，最终成功地研发并完善了大都市的煤气照明体系，由此改变了伦敦人的日常生活。1816年，当玛丽重返伦敦时，累计达26英里长的煤气总管道已经完成铺设，新奇的煤气灯非常吸引眼球，民众经常在居所附近追寻负责掌灯的灯夫，相比于煤气灯的照明功能，人们对其构造本身更感兴趣。

　　1803年4月27日，玛丽踏上了前往苏格兰的旅程。在伦敦的最后时刻，当所有展品都打包完好后，她似乎泛起了浓郁的乡愁，这从4月25日写给丈夫弗朗索瓦的信中可见一斑。该信是两人所有通信中保存的最早一封，玛丽在上面所写的收件人地址为巴黎圣殿大道20号柯提斯蜡像厅，寄件地址为她在伦敦的出租屋所在地，即萨里街2号。玛丽告诉丈夫，每收到他的来信都将带来极大的快乐，也总会让她更思念对方，"尼尼（大儿子约瑟夫的绰号）和我因不能拥抱你而哭泣，悲喜交集"，在同一封信中，玛丽承诺一旦在爱丁堡有了新的联系方式，就会及时告诉他。"我恳求你，我的爱人，请立即给我回信，因为你的来函是我在一个举目无亲之地唯一的寄托。我将以千万次的拥抱来收笔。"在旅途中，玛丽的孤独感更为加剧，菲利普斯塔尔不给力的言行同样产生了负面影响。在给丈夫的信中玛丽还谈道："他对待我就像你一样，总是让我独自一人孤军奋战。这样也好，因为他对一切都看不顺眼，充满愤怒。"关于蜡像、设备的运输安排，他们之间显然发生过争论。菲利普斯塔尔给玛丽增加了额外负担：俩人没有一起上路，因为他在伦敦还有未完结的表演，只能稍后再动身。一再吐槽自己的孤独之后，玛丽向丈夫发出了哀怨的悲鸣："我必须独自前行。"

　　通过玛丽的信件，我们非常难得地有机会听到她倾诉心声。但是，这些信件透露了更多信息，显然她没有受过系统的教育。她在信函中的笔迹涂涂改改，经常难以辨认，单词书写得歪歪扭扭，一点也不整齐。她的语言风格几乎与法国或德国土话无异，拼写和语法同

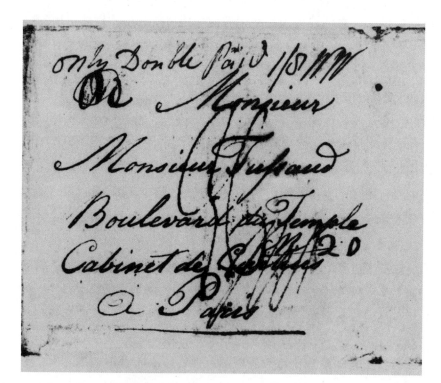

1803年4月25日，杜莎夫人发往巴黎老家的信件

样前后矛盾。玛丽许多信件都以"我的朋友、我亲爱的朋友、我亲爱的朋友们"开头,她之所以把信写得如此啰唆、同义反复,很可能是她实在难以用笔写出自己的所想所感。另外一种得到印证的可能性便是,谈到"姨妈"和母亲时,玛丽采用了第三人称叙述的方式,仿佛她正与俩人当面谈话一样,因为后者不识字,所以玛丽只能依靠丈夫弗朗索瓦把她的消息读给母亲、"姨妈"听。此外,玛丽写信时采用的"反复"手法,也可以做出如下解释,即更为亲密地向丈夫表示亲昵,以便他能够读给自己听。

玛丽与弗朗索瓦的通信是单方面的,因为迄今尚未发现弗朗索瓦写给玛丽的信函。但是,通过玛丽的信件以及其他法律文书,我们基本可以推测出,弗朗索瓦从英国返回巴黎后,陷入了财政困境的泥淖中。动身前往爱丁堡之前,玛丽到曼彻斯特广场杜克街41号拜访了律师乔治·赖特(George Wright),并委托对方起草一份法律文件,给予弗朗索瓦全权委托书和授权书,"只要他自认为是最优的条款,他便可以根据需要自主借物借款,同时强迫法定的妻子无条件地承担任何交易所需支付的本金和利息"。单凭这一纸文书,玛丽便将她从柯提斯那里继承而来的遗产置于危险的境地了。什么缘由诱使玛丽如此不计后果地把财产权移交给丈夫,而她明知后者是一位不可靠的糊涂虫,我们已不得而知。可能玛丽依从了弗朗索瓦的请求,以便帮助他获得更多借款,这一顺服姿态毫无疑问受玛丽小儿子弗朗西斯的影响,同时自己的母亲仍需要丈夫照顾,即便为了家人,她也无法拒绝丈夫。在签署了上述重要的文书之后,玛丽离开了伦敦,此后十四年间,她一直没有回这座城市。

当玛丽前往繁忙的码头、准备登船沿着英国东海岸线缓慢航行之际,她离开了伦敦这座正在努力发展的城市。伦敦城的居民总数在英国率先突破了百万。沿河区域感受到了城市的扩张。这里成了仓库、货栈的建筑工地;为数不够多的码头上挤满了吊车;商船帆樯林立,正进行着各种货物和商品的交易,只要能想象得到的物品在这里应有尽有。码头附近的停泊空间永远挤满了船只，它们在出航前，因承载了过多的物品，导致与海平面形成较大落差，乘客必须借助梯子才能下行到甲板上去。牲畜被捆绑后，装入帆布袋，然后用起货机吊到船上。装卸马匹的方式更为奇特：它们的四蹄被绑，经过一阵空中的旋转与厮鸣踢打之后，才被吊到甲板上。但是，在玛丽抵达泰晤士河岸的码头仓库和泥泞的潮汐路前，她满耳听到的都是车轮和马蹄喧哗嘈杂的声响，马车每一次颠簸和倾斜都在提醒她，易碎的蜡像展品随时可能受损、报废。乔治王时代的伦敦，交通总是处于混乱状态，街道上充斥着手推车、单马拉的双轮车以及四轮大马车。车匠、马具商、兽医以及到处弥漫着的马粪味道，无不强化了伦敦这座城市的发展很大程度上依赖于马力的印象。考虑到玛丽最初的目的是在国外待上一段时间，以便积累足够多的资产使家庭财务状况回归兴旺，她可能认为自己这次是要永久地离开伦敦了。时下，玛丽根本没有想到伦敦而不是巴黎，将成为她未来安家定居的城市。

　　玛丽适时离开了伦敦，事后证明此举颇为幸运。当时著名的漫画家詹姆斯·吉尔雷[1]在他流行的漫画作品中，讽刺了《亚眠和约》所带来的和平并不稳固，就像虚无缥缈的魔术幻灯一样。和平的脆弱性最终被言中，玛丽离开伦敦仅仅两周多，随着一系列外交争端的爆发，和约最终土崩瓦解了。1803年5月17日，英国再次对法国宣战，这一场战争持续了12年之久。作为敌对国中的居民，玛丽如果一直居住在伦敦，想必她不得不妥协示好。当局通过了新的法案，对"外国侨民"的旅行活动进行限制，对有关法国的一切进行诽谤、中伤随即成了战争初期大量宣传攻势的主题。

　　事实上，经历了一场充满呕吐和集体晕船的舟车劳顿后，到了5

---

[1] 詹姆斯·吉尔雷（James Gillray，1757—1815），英国讽刺漫画家、版画家，其蚀刻版画政治社会讽刺性强；他的作品原型人物涉及英国国王乔治三世、拿破仑·波拿巴等，另外他把威尔士亲王刻画成大腹便便的形象，英国首相小皮特则化身毒蘑菇，插在粪堆中；他还大量使用"对话气泡"和连续画面的手法进行创作，这成为后世连环漫画的雏形。

月10日，玛丽抵达爱丁堡，并努力使自己适应这里的水土。当地有许多法国同胞。有着优越社会地位的逃亡贵族，法国大革命期间因害怕被杀纷纷逃离法国，移居爱丁堡这座雅致的城市，其中最知名的当属路易十六最小的弟弟阿图瓦伯爵（即后来的查理十世[1]，Charles X）。但是，当阿图瓦伯爵在辉煌的荷里路德宫[2]饱经风霜之时，玛丽则刚在爱丁堡市中心一处简陋的出租屋里安顿下来。玛丽貌似没有留意到苏格兰游吟诗人罗比·彭斯[3]诗篇中极富感情的建议，"怎能忘记旧日朋友"，她已然不记得此前与法国宫廷的联系，或者宫廷人士已将她淡忘，因为在爱丁堡期间，她与法国贵族流亡圈之间没有深交，她也没有动用之前所谓与凡尔赛宫方面往来密切这层关系作为入场券。玛丽没能在荷里路德宫与法国上流社会的人士把盏言欢，而是全力以赴、埋头苦干，逐渐在巡展中崭露头角，与任何演艺圈外的人接触都会令她由衷地感到高兴。不久，她生命中的一位故交出现了，那就是同为艺人的夏尔先生。

玛丽到达爱丁堡前一个月，夏尔先生已经给当地的民众提供了一个巨大的利好，使他们有机会一睹为快，观看隐形女郎的表演。他在《爱丁堡晚报》（*Edinburgh Evening Courant*）上煞费苦心地大肆宣传，吊足了观众的胃口（有人可能说仅仅是炒作而已）。他宣称这不是普通的娱乐表演，而是"唯一真正具有独创性且令人费解的实验，人们此前见所未见、闻所未闻"。夏尔先生飘逸优雅的女主角被描述为不同的形象，如"充满活力的航空器""神秘而隐姓埋名的女郎"。他还

---

[1] 查理十世（1757—1836），法国波旁王朝的末代国王，登基前的封号为阿图瓦伯爵（Comte d'Artois），1824年接替哥哥路易十八继位，其统治持续到1830年"七月革命"爆发，后流亡英国，终老于意大利。

[2] 荷里路德宫（Holyrood Palace），由苏格兰图亚特王朝第七任君主詹姆斯五世（James V，1512—1542）于1528—1536年扩建，该宫殿后来与伦敦的白金汉宫、英格兰的温莎城堡并称为英国王室的三大行宫。

[3] 即罗伯特·彭斯（Robert Burns，1759—1796），苏格兰诗人，其诗作多为抒情短诗，如《友谊地久天长》（*Auld Lang Syne*）、《一朵红红的玫瑰》（*A Red, Red Rose*）等，他在搜集整理苏格兰民歌、词作方面成就卓著。

精心策划，鼓动观众为入选节目赞助人名单展开竞争。爱丁堡的民众为此频频惠顾、不断捧场，他们奢望快速跻身文化艺术行家之列，因为夏尔先生十分确信地告诉大家，在此前的演出中，"威尔士亲王殿下这位英国和苏格兰的名流、哲学家"也曾出席观看其演出。这场最非比寻常、达到国际一流水准的表演，很可能是在爱丁堡南桥街63号一处普通的场所进行。演出地点简陋寒碜，显然与威尔士亲王的身份不符，但这种强烈落差和反常现象，并未打消爱丁堡公众争先恐后观看夏尔先生表演的念头。

1803年5月11日，还未从舟车劳顿的疲惫状态恢复的玛丽给家人写信报平安，"头非常痛，就像仍旧在船上"。她记述了这场艰苦的航行，就连经验丰富的水手也晕船了，更糟糕的是，受涨潮影响，大家都得待在甲板下。在信中，玛丽难得地展现了她母性的情感，并为自己年幼的儿子在狂风大浪中的勇敢表现感到自豪，后者为此赢得了"小波拿巴"的称号。玛丽乘坐的船在惊涛骇浪中颠簸，船长在此航线上已往返成百上千次，但从未遭遇过如此恶劣的天气环境。玛丽的儿子"尼尼先生"却不害怕。他与船上所有的乘客都结为朋友。事实上，船长表示自己也希望有一个像"尼尼"一样勇敢、温和的儿子。

从同一封信中我们可知，玛丽处于逆境时，夏尔先生与其友谊发展到了何等程度。离开伦敦前，玛丽与菲利普斯塔尔关于运输费用的争吵几乎不可调和，为此她差点决定终止双方的合作关系。"我威胁说准备返回巴黎去，他看我态度坚决，于是预支了10英镑运费。对菲利普斯塔尔得多加提防为好。"到达爱丁堡后，事实证明菲利普斯塔尔吝啬的施舍根本不足以支付总额达18英镑的旅费。"假如不是遇到了夏尔先生，我们将不得不失去一切。他借给我们30英镑以便周转。"夏尔先生还拍着胸脯请玛丽放心，只有当她认为蜡像展已落地生根后，自己才会进一步拓展演出市场。玛丽发现航行途中因船体倾斜、颠簸，她宝贵的蜡像中有36件藏品受损，必不可少的修复给本已繁重的工作增添了无数压力，此时她正忙着寻找落脚处和准备蜡像展的开张。玛丽一刻不停地做安排。在两天的时间里,她就已租好了适合于举办蜡像展的场所——"一间家具设施齐全、装修精致的沙龙客厅,每个月房租为2英镑"。玛丽同时打算租赁蓟街上的伯纳德旅店作为起居室和蜡像经营场所。在这里,玛丽可以享受到一项额外的"津贴":房东劳丽夫人(Mrs. Laurie)不但会说法语,而且能在德语、法语和英语交流中流利地充当翻译,她非常有助于玛丽开拓市场,比如撰写广告或抄写蜡像产品目录,最重要的是,她还胜任向导,以轻快的语调向观众介绍蜡像展品。玛丽通过上述新的社会交往以及与夏尔先生不断增进的友谊,缓解了从伦敦时至今一直挥之不去的孤独感。

随着玛丽逐步使自己熟悉、适应了新的环境,她对爱丁堡产生了非常好的印象:"一座美丽的小城,山脉上覆盖着皑皑白雪"。一如既往,没用多久,玛丽便开始"一览众山小"了,在爱丁堡古堡[1]游览时,处于社会等级秩序这座大山底层的玛丽,很快在此体验到了诸多乐趣。家书中有这样的描述:"我在城堡里结识了一些同胞和一位在法国生活了大半辈子的宫廷侍女。这位侍女非常友好,我们许多时间都聚在一起。"玛丽同时把她的"小拿破仑"改造成了"小公爵方特洛伊"[2]:"'尼尼先生'被打扮得像一位亲王,整天在城堡里与他的法国小伙伴一起玩耍。"

但没有更多的时间可供她来放松。1803年5月,玛丽在《爱丁堡晚报》上登出广告,宣告蜡像展即将于5月18日星期三举行。英法之

---

1 爱丁堡古堡(Edinburgh Castle)坐落于爱丁堡市中心一座死火山顶上,可谓该城地标,从城里大多数角落几乎都能看到它,这里曾为苏格兰王室的宫殿,后来作为旅游胜地,展出有王冠、宝剑、大炮等历史遗迹。
2 1886年,生于英国曼彻斯特的弗朗西丝·伯内特(Frances Burnett, 1849—1924,即"白涅德夫人")发表儿童小说《小公爵方特洛伊》(Little Lord Fauntleroy),一举成名,该书主要讲述了一名美国小男孩成为英国伯爵继承人的故事,"方特洛伊"后来被收入英语词汇,专指"过分盛装打扮的小孩"。弗朗西丝·伯内特还创作了《小公主》(A Little Princess)、《秘密花园》(The Secret Garden)等多部作品,其中大多被改编为戏剧或拍成电影,如1939年,电影《小公主》由当时红极一时的童星秀兰·邓波儿(Shirley Temple, 1928—2014)主演。

间重启战端，由此制造了时事性话题，它们关乎法国的军政要人，广告中写道，蜡像展品包括"法兰西共和国第一执政拿破仑·波拿巴栩栩如生的逼真模型，以及波拿巴夫人约瑟芬、康巴塞雷斯[1]、勒布伦[2]、莫罗将军[3]、克勒贝尔将军[4]，此外还有许多法国大革命时期风云人物的蜡像，后者由巴黎伟大的艺术家柯提斯打造，且直接取材于本人原型"。参观玛丽的蜡像展需要支付高达两先令的入场费，这实际上像划了一条无形的警戒线，从而把那些喜欢在集市中观看蜡像展的普通民众拒之门外。玛丽旨在营造更具独创性的展览氛围：为此她不打算开拓低端的市场，即为勤勉的劳动者提供廉价的消遣，他们只能为自己的娱乐支付几便士[5]的费用。

蜡像展于5月18日按时举办，26日，玛丽再次写信回家。她此前在信中向丈夫吐露的喜爱之情，此时被为何不回信的责问取代了。"这是我写给你却没有回音的第一百封信。你为什么不回复？请记住我是你的妻子，同时你也是孩子们的父亲。"推测起来，英吉利海峡因英法交战被关闭禁邮，这可以说是情有可原的境况，但是为了杜绝丈夫利用该借口，玛丽建议他此后经由德国汉堡寄件。而玛丽的主要利好消息为，蜡像展一开张便获得了轰动性成功。几天下来，蜡像馆营业额共计314先令，其中第一天为136先令。到第八天，入场参观者总数已达到133人。玛丽显然因良好的市场反馈而欢欣鼓舞："每个人都对我的蜡像感到惊奇，他们从来没有见过此类艺术品。"菲利普斯

---

[1] 康巴塞雷斯（Cambacérès，1753—1824），法国法律专家、政治家，历任国民公会委员、救国委员会委员、五百人院议员、司法部长、第二执政、大法官等职，他在拿破仑的系列立法特别是《民法典》的编纂活动中起了重要作用。
[2] 勒布伦（Le Brun，1739—1824），元老院委员会成员、经济学家，后出任拿破仑政权"第三执政"。
[3] 让·维克多·马里·莫罗（Jean Victor Marie Moreau，1763—1813），法国大革命战争期间的名将，后因坚持共和、反对拿破仑称帝，流亡西班牙、美国。1813年8月，莫罗将军在指挥反对拿破仑的德累斯顿战役时，被炮弹炸断双腿，不久去世。
[4] 克勒贝尔（Kleber，1753—1800），曾随拿破仑远征、镇守埃及等地，法国斯特拉斯堡市中心广场以他的名字命名，即"克勒贝尔广场"（Place Kleber）。
[5] 旧制英镑辅币为"先令"和"便士"，1英镑等于20先令，1先令等于12便士。

塔尔虽然刚抵达爱丁堡，却对玛丽开门红的生意颇为恼怒，尽管他自己也将从中受益："菲利普斯塔尔怕我取得成功，并且总是盘算着如何从我这里拿走更多的钱。"玛丽潦草的书信传递出举办蜡像展工作繁重的信息："有时我们累得连晚饭都顾不上吃。"点缀在玛丽日常劳苦工作上的娱乐活动非常少，即便偶尔为之，也舍不得花钱进行，只做些诸如去乡间寻找野蜂窝采集蜂蜜什么的（真是与众不同的实用休闲方式）。

几天后，玛丽极为罕见地写了一封个人信件，直接邮寄给巴黎的阿勒芒夫人（Madame Allemand），两人之间的具体关系目前已不太清楚，在信中，玛丽提到蜡像展正欣欣向荣。无论白天还是晚上（上午11点至下午4点，晚上6点至8点），蜡像展的参观者永远爆满。玛丽向阿勒芒夫人吐露，她与菲利普斯塔尔的契约关系越来越令人担忧。"我认为自己应在爱丁堡待上三个月，假如一切顺利便可付给菲利普斯塔尔一笔钱，以免再受其控制……我有许多好朋友，如果他认为我怕他，那肯定大错特错了。根据双方目前糟透了的合作，我不得不独自承担所有的成本，还须把一半的收入用于采购原料……我实在想与他一刀两断。"置身于动荡的社会环境中，玛丽典型的炫示手段便是倾向于夸大其词，她在信中写道："我被当地的民众认为是伟大的女性，每个人都站在我这一边。"

玛丽对菲利普斯塔尔日益失去信心，并且渴望逃出后者在财务上的掌控，按照她的描述，这是"难以容忍的统治"，上述"吐槽"成了6月9日她写给丈夫的另一封长信的主题。有趣的是，可能因为弗朗索瓦对于玛丽难以辨认的笔迹非常恼火，她自己口述、请人代笔写了这封信。出乎意料，这位执笔者似乎是一名娱乐业的行家里手，信中提到此人曾在伦敦与玛丽的丈夫见过面："你认识这位瑞士人，在伦敦期间，你们曾一同前往歌剧院。他向你问好。"这一偶然被提及的信息可以被当作弗朗索瓦早年到过伦敦的新证据，即在1795—1796年，他曾带着柯提斯的蜡像展柜在伦敦及英国其他城镇进行巡展。正如玛丽早期在信函中抱怨的那样，当年她被留在伦敦，对她不管不问，这似乎可以解释她对丈夫的怨恨，也展现出他们在日常生活和相互关系中的冲突。

两周后，玛丽蜡像展的总收入高达190英镑，业绩显著。由此进一步提升了玛丽的希望，因为7月份的马市即将到来，届时将有大量乡民涌入爱丁堡，她期待借此活动每天的营业额能够增长到20英镑。与柯提斯的方式颇为类似，玛丽显然努力结交当地上流社会人士，在一封家书中她提道："我非常幸运认识了爱丁堡古堡的管理者。"但是，只有地位低下的友人夏尔先生（在同一封信中向丈夫谈到他），才是玛丽日常工作和生活中坚定、可靠的支持者。他们之间关系密切且和谐，这从以下事实可以得到佐证，夏尔先生曾表示，一旦玛丽摆脱了同菲利普斯塔尔的纠葛，他愿意成为玛丽的合伙人："夏尔先生在这儿干得非常好，他建议与我联手经营，但是，一旦真的与菲利普斯塔尔撇清了关系，我实在不想再冒任何合作的风险了。"玛丽毫不含糊的表态正可谓"一朝被蛇咬，十年怕井绳"。

玛丽的家书同样从心理学上勾勒了一幅有关其婚姻状况的素描，其中有一些有趣的见解。我们知道，弗朗索瓦努力劝其妻子返回巴黎。玛丽的反应却充满愤慨："我目前不准备回家，并且令我感到意外的是，你竟然说在我打点好所有业务之前，所有的港口将要关闭了。"随后，玛丽在信中强调："口袋里不赚到足够多的钱，我是不会回巴黎的。"上述言论固化了两人婚姻角色反转的印象，即养家糊口的重担落在了玛丽肩上，弗朗索瓦看上去好像是她的受供养者，依托她来摆脱困境，同时为他三心二意的投机活动买单。人们不禁推断，弗朗索瓦之所以如此期盼玛丽返回巴黎，与其说是受情感驱动，不如说他更在意获得玛丽的金钱。根据玛丽的法律授权书，弗朗索瓦有权任意处置、变卖她此前在巴黎的财产，但是，相比于有限的"金蛋"而言，"能下金蛋的'鹅'最终才是更具价值的资产"，弗朗索瓦可能也知道，玛丽的职业理想一旦与其艺术天赋结合，将是很好的媒介和载体，足以保障他度过余生，并且能为自己的商业投机、赌博等活动提供补助。迄今为止，玛丽对丈夫总是有求必应。与传统的习俗规范不同，作为女方的玛丽此时是养家者，这种不平等的关系可能受以下两个原因的综合影响：其一为结婚八年来，两人经常意见相左，关系冷漠；其二，在婚姻之初弗朗索瓦就意识到，妻子是一位颇具实力的蜡像遗产继承人，而他一无所有。当玛丽追问弗朗索瓦，在家里是否"轮流做饭"的时候，两人在职业上的男女错位感更为突出。当然，玛丽也恳求丈夫照顾好母亲、"姨妈"和年幼的儿子弗朗西斯。"我强烈地请求你在家中扮演好我的角色，努力工作，当我不在你身边与你争论时，你也可以随自己的意布置蜡像展。"毫无疑问，在巴黎老家，弗朗索瓦而非玛丽才是一家之主。

现存最早有关玛丽蜡像展的产品目录可以追溯至这一时期。其标题为《与诸多名流相关的蜡像展柜传略：由巴黎著名的柯提斯及其继承者运营》，从包装风格看，这些产品目录集主要针对教育学方面的功用。为顾客提供蜡像产品目录，这一行为本身提振了玛丽在事业上的进取心，并且从一开始就展现了她的献身精神，以便与其他试图通过开发蜡像教育价值占据市场的对手展开竞争。比如，马拉临死前令人毛骨悚然的挣扎场景，与一小段有关其生平的解说并置，于是恐怖的蜡像展便转换成了历史课堂。但是，蜡像展所描述的历史往往带有诱惑性，传播着小道消息，表达爱憎分明，有时言辞尖刻。例如，杜巴丽伯爵夫人被介绍为："由于偶然的机会，她得以跳出妓院，与国王勾搭上了"，约瑟芬则被形容成一位意志坚定、身体强壮的女性。蜡像产品目录最核心的内容为近年法国大革命时期的历史事件，在玛丽看来，没有任何人物是公正的。拿破仑因其专制统治受到谴责，"统治者无论被称为帝王或者执政官，对人民来说并无重大意义，如果必须以他们的自由为代价来为其统治鼓吹的话"。但是，拿破仑自然是当前时事的主角，玛丽责难他侵略英国的野心，并且"背弃了……法国的子民，破坏了他们的法律和自由"。

当玛丽为蜡像事业上的成功欢欣鼓舞的时候，菲利普斯塔尔的事业却止步不前，正遭受挫折。这在演出节目的事先宣传中体现得颇为明显：除了魔术幻灯节目预告，他还打出了自动机器人展演的广告，以强调其特色。《爱丁堡晚报》对此进行了报道。菲利普斯塔尔的人物幻影表演依然吸引公众，他同时增设了一对与真人同比例的机器人，"他们就像自然长大的一样"。其中之一是一位小男孩，另一位为6英尺高的西班牙走钢丝演员，"后者似乎天生具有人类的技能，由于身上配备了呼吸动力装置，其机械技巧简直令人难以置信，他会抽烟斗，且能通过吹口哨的方式计算音乐的时间，此外，作为一名踩钢丝演员，他还可以精确地模仿人类生活中的其他行为"。

菲利普斯塔尔在爱丁堡的首秀无异于一场灾难。尽管机器人的表演令人满意，但它们仅仅是菲利普斯塔尔标志性魔术幻灯节目的佐料，而进行幻影展示时，接二连三的技术故障最终演变成了一出闹剧，观众对他嗤之以鼻，菲利普斯塔尔原本魔幻的表演沦为了笑柄，其负面效果颇为严重。6月18日，菲利普斯塔尔在《爱丁堡晚报》上向观众发表了公开致歉，表示他非常遗憾，设备"没有按程序正常工作，以致未能达到预期的表演效果"，即便他进行了自我批评，也无法赢回观众的信心，他们不再捧场。爱丁堡的居民对此类凄惨的幻影并不感到惶恐不安，早已见怪不怪，这对菲利普斯塔尔而言是另一个大不利因素。因为此前一年半以来，许多幽灵般的表演就曾在爱丁堡不断上演，使得这座城市仿佛永远置身于万圣节的氛围中。菲利普斯塔尔没有重视在魔术幻灯方面继续创新，相比于玛丽的蜡像展，其表演缺乏激情，而他对玛丽展览的苛评同样令人感到恼火。公众继续涌入玛丽的蜡像展，与此同时，菲利普斯塔尔的观众不断流失。事实上，他已遭到苏格兰房东的驱赶，于是，到了7月23日，在菲利普斯塔尔的强烈要求下，他自己的魔术幻影表演以及玛丽的蜡像展都关张了。

后悔当初决定与菲利普斯塔尔合作，玛丽如今极度渴望解除双方的业务联系。尽管玛丽举办的蜡像展效益可观（5月18日到7月23日的票房收入共计420英镑），但她颇为沮丧地意识到，这些营业额尚不足以满足菲利普斯塔尔的要求，以便他同意终止两人的契约。玛丽的成本占去118英镑，剩下的302英镑中，她需要付给菲利普斯塔尔150英镑16先令的分红。她原本期待在马市到来之际能够大赚一笔，结果事与愿违，参观人数令人失望，为此她不得不把入场费减半，降低到1先令，这也是展览演出的标准收费额。7月28日，她写信向丈夫弗朗索瓦倾诉了自己所处的困境。法律咨询和诉讼纷扰，与菲利普斯塔尔争吵不断、相互指摘，玛丽此时正感到陷入了极端的绝望之中。正如玛丽所言，自己"被焦虑和害怕压垮了"：

> 当菲利普斯塔尔把他的账单甩到面前时，我不得不接受……他视我为奴隶。我已经想尽一切办法希望与他分道扬镳。我带着两人的签署的协议向不同的律师讨教解决办法，他们一致认为目前没有条件合法地将其废除。协议完全对他有利。唯一可行的方案是两人各自单干，为此他将得不到任何好处……菲利普斯塔尔总是逼得我埋头苦干，只顾嘲弄和摧毁我，这样他将独享所有财物。

"奴隶""磨石"这类的词语，有如牢笼的栅栏一样把玛丽困住了。尽管失意落魄，但玛丽并没有被打败，她很快重整旗鼓，是年10月便在苏格兰最大的城市格拉斯哥举办了蜡像展。与在爱丁堡期间不同，此时她的居所与蜡像展览场地分开了。新住所房东为糕饼师傅，位于威尔逊街，而展馆在英格拉姆街上的"新礼堂"里。玛丽像往常一样沉着、泰然自若，蜡像开展前精心准备了细致的宣传造势，她在当地媒体上投放广告和发送传单，同时花费大量心血进行展馆布景设计，所有的细节都将使得其蜡像展与众不同。例如，针对展品介绍，她有意规避使用"蜡像"一词，以免民众对蜡像展产生审美疲劳，转而代之以类似描述："逼真的艺术作品由巴黎伟大的柯提斯创作，它们直接取材于人物原型"。玛丽制作的广告、传单上，附带着有趣的便笺，上面写道："女士们、先生们的肖像栩栩如生，部分艺术模型从死者身上直接取材，同样逼真、形象。"

相比于爱丁堡时期，玛丽在新礼堂的展览场所更为豪华、宽敞，她可以将藏品布置在两间展厅内，并借助看似血迹斑斑和光彩夺目的展品，建构起标志性的展览风格。10月10日，玛丽写了一封信给巴黎的阿勒芒夫人，其中提到票房比预期要好得多。仅仅过了两周，她已经有了40英镑的收入，足以应付各项开销和成本。

菲利普斯塔尔时不时跟玛丽"玩失踪"，这一点令人玩味。就像一位皮条客，菲利普斯塔尔乐于榨取玛丽的收入，但与皮条客不同的是，他不会总在周边守候着。自以为在两人的合作协议中，法律将维护其主导地位，而玛丽又无法支付足够的钱使他出局，菲利普斯塔尔为此消失了，他拒绝让玛丽知道自己的行踪。两人一度失联，直到当年12月，菲利普斯塔尔突然不知从哪儿冒出来，并且召唤玛丽与他一起前往爱尔兰首府都柏林。根据可恶的协议条文，玛丽此时仍受制于菲利普斯塔尔，须向他尽法律义务，她除了顺从外别无选择。

玛丽携行李包裹乘船前往爱尔兰，军舰在左右两侧护航，由此强烈地提醒人们，当前正值战争时期，她最终还是与菲利普斯塔尔同行前往都柏林。1804年1月23日，菲利普斯塔尔在卡佩尔街的小剧场举行了魔术幻灯表演。当年2月初，玛丽选址莎士比亚画廊作为蜡像展厅，这里与都柏林主要的购物场所格拉夫顿街毗邻。根据在都柏林期间的广告宣传可知，玛丽有效地突出了展品的诱惑性。"蜡像直接取材于人物原型，由精确的模型制作，它们都是著名的柯提斯的创新发明，再没有比这更相像的艺术品了，这些蜡像优雅地穿着各自得体的服饰，几乎难辨真假。"上述资料中，玛丽与以往不同，极为罕见地明确使用了"蜡像"相关词汇，进而为媒体提供宣传素材。

菲利普斯塔尔正为演出苟延残喘之际，玛丽却再次享受到了成功的喜悦。到了1804年5月，他不得不承认失败，并将魔术幻灯表演设备出售。菲利普斯塔尔在转让广告中宣称："任何对科学和机械感兴趣的绅士，将发现这些物件值得关注，它们要么能满足小圈子的娱乐需求，要么因目前已受到大众的认可，足以变成聚宝盆。"从出售广告的措辞来看，菲利普斯塔尔脾气火暴的个性一览无余，他写道："不利用求知本能或发现欲望去探索反常事物的人，不可能倾听我的言论。"为了保留职业上的面子和自尊，菲利普斯塔尔谎称需要前往英格兰打理更重要的生意，他以此为借口随即离开了都柏林。

玛丽后来再也没有听闻菲利普斯塔尔的音讯。1804年年初，在他们有交集的几个月里，玛丽最终付清了按协议需要支付的款项，由此获得了在蜡像艺术经营上的自由。1804年3月初，玛丽把上述消息告诉了家人。这一时期，玛丽所写的家书，语调变得冷静且正式。其间，谈及蜡像展观众爆满并获得了公众广泛好评时，玛丽的言辞里充满了自鸣得意之情。与此前喜欢在信中展现亲昵和多愁善感的情愫不同，玛丽现在具有了一种近乎自负和自力更生的自信感："事实上，儿子和我都过得非常好。毫无疑问，此后我将干得更漂亮，我希望取得成功，因为现在我只为自己和我的孩子工作。"她提到要努力奋斗，以便孩子们的人生有一个好的起点。但是很显然，可能由于蜡像展获得了公众的普遍认可，加上参观者络绎不绝，账簿上日复一日收入可观，玛丽为此更多地吐露了她在职业道路上的献身精神，这使得她与丈夫的关系更为黯然，已非书信中的交流主题，两人此前在巴黎联合经营的蜡像生意也不再视为应优先讨论的事项。"从我与菲利普斯塔尔终止合作关系的第一天起，对我而言，事业远比回到你身边更为重要。"尽管玛丽在信中向丈夫略显夸张地进行了道别，但实际上，他们还有更多的机会说"再见"，因为这并不是玛丽最后一次写信给弗朗索瓦。

菲利普斯塔尔在都柏林的最后几周，展出了一位在其魔术幻灯表演中起辅助作用助兴的机器人，名为"自我防卫的保险柜"：

该作品的机械装置设计得非常精巧，它可以被视为守财奴的"近卫军"：一旦陌生人试图借助万能钥匙或其他工具将其打开，四门隐藏起来的炮管立马出现并自行发射炮弹，这些火炮即便最精细的检查也难以发现。"自我防卫的保险柜"制作精良，这意味着其所有者纵然遭到抢劫也可以及时保护财产。

对于玛丽新近增强的逐利癖好而言，上述机器人展是一项恰当的机械化隐喻，并展现了她的自我保护意识。她曾长期受菲利普斯塔尔掌控，后者肆无忌惮地压榨她的劳动成果，这些经历早已成为冷酷无情的教训。与此同时，丈夫坐享其成，不断耗尽她的财力，由此她认识到必须采取决然的措施实现独立自主。

写于爱丁堡时期较早的一封信中，玛丽强调她与菲利普斯塔尔的合作，自己处在不利的地位："他的生意不景气，只能依靠我举办蜡像展的收入来维持运转。"玛丽对菲利普斯塔尔的厌恶之情最终转化成了具体而直接的仇恨，而对丈夫无能的看法似乎更让她感到"屋漏偏逢连夜雨"。到达爱尔兰之后，玛丽发现了自己的潜能，她意识到无须再对任何人负责，唯有挣到足够多的钱，以便自己的小孩能够依赖她，使他们的未来得到保障。在想到丈夫弗朗索瓦失职，儿子们没有值得信赖的供养者可以依靠时，她的使命感便更为强烈。她必须承担起责任来。正如"自我防卫的保险柜"一样，玛丽从此将拼命地保护其资产，任何人在任何环境下都不再能够动摇她的决心，或耗尽她的积蓄。

玛丽在爱尔兰的具体行踪现已模糊不清。逗留期间，她与家人的联系一度中断，由于写信回家的时间并无规律可循，要想精准把握玛丽对丈夫的情绪波动便变得颇为困难。但是，当时正值英法交战这一背景不容忽视。受此影响，通邮的周期更为漫长了，尤其是远距离通信面临更大的压力，港口也被关停。如此情境下不难理解，玛丽通过零星的书信往来，有时向家人表达的意愿并不一致。此前在家书中，玛丽听上去像发表宣言一样，表示为了给孩子们提供未来的财务保障，她打算继续待在国外进行蜡像巡展，但随后在一封落款为1804年6月27日的信中，她又含糊其词地告诉家人，她准备回到巴黎："当我归来时，请不要责怪我。"她态度含糊并非缘于简单的矛盾心理：在很大程度上，重返巴黎的决定并非由她一个人掌控，她陷入了"是回去还是走"的困境中。写于1804年6月27日的同一封信里，玛丽告诉了丈夫她在都柏林的新通信地址，眼看像是保持沟通的一线生机，但据目前了解到的情况，这成为她写给丈夫的最后一封信。

玛丽在爱尔兰所待的四年成了她人生的一道分水岭。这一时期，她不断摆脱身为受害者的残存厄运，对菲利普斯塔尔进行报复，从国外向远在巴黎的丈夫宣示权威，并建立了商业艺术家的信誉。就像有些人的命运因宗教信仰而改变一样，在爱尔兰，玛丽的热情贯注于自给自足和独立性上，从此以后这成为其人生信条。

1804年，玛丽的名字经常出现在都柏林的报刊中，所占版面与麦芽威士忌酒、马医院的广告并置，此外还有爱国告示，例如宣称向国王保证，威克洛海坚不可摧，"无论何时，敌人如果胆敢侵犯我们的海岸，我们将展现伟大的意志与之战斗"。因战争爆发，玛丽陷于孤立无援的境地，她由此产生的挫折感被自己在冲突时局中举办的蜡像展所调和。玛丽在以法国主题为核心的蜡像展中具有诸多优势，如今，她对拿破仑发生了前所未有的兴趣，从此能够利用后者的蜡像进行巡展。1804年5月，玛丽在爱尔兰最早的全国性报刊《自由人报》（*Freeman's Journal*）上打出如下广告："针对当前英法之间的危机，为了满足公众普遍的好奇心，经营者向爱尔兰王国的人民展出法国独裁者波拿巴及其领事馆同僚康巴塞雷斯和勒布伦的蜡像，作品与本人如出一辙。"

玛丽所提到的危机主要指法国将入侵英国，这一担忧至特拉法加[1]海战爆发时达到顶峰。对英格兰、苏格兰和爱尔兰民众而言，拿破仑三个字成了敌人的代名词。英国人民不是与法国作战：他们只是在抗击"侏儒波尼"[2]（Boney）。反对拿破仑的传单被张贴在了酒馆的墙壁上，或钉在树上，或挂在教堂椅子的旁边，到处都是对他进行辱骂抨击的报道、印刷品和讽刺漫画。英国皇家剧院甚至张贴出嘲弄的海报，戏仿拿破仑即将入侵。在英国人眼里，拿破仑是一位独裁者、专制君主、科西嘉的暴发户，他还是妄自尊大的魔鬼，一心想要把伦敦重新命名为"波拿巴城"（Bonapartopolis）。最令人担忧的是，拿破仑正不断攻击英国人的软肋，威胁着他们的国菜。据称，在他的统治下，为了鼓励民众享用烤青蛙，牛肉将被禁止食用。这是对英国人传统饮食习惯最沉重的打击。正当英国的家长为饮食改变感到忧心忡忡时，孩子们则受到恐吓，除非他们乖乖听话，否则大人会威胁说拿破仑将吃掉他们。当时流行的童谣唱道：

> 宝贝，宝贝，他是大怪物，
> 像教堂的尖塔又黑又高，
> 每天从正餐到晚饭下肚，
> 都得吃不听话的淘气包。

在铺天盖地的图画描述中，拿破仑的形象逐渐被丑化，成了任何能令人感到恐惧的事物的变体，并且，随着相关印刷品源源不断生产出

---

[1] 特拉法加（Trafalgar），位于西班牙南部直布罗陀海峡西端。1805年，英国海军在霍雷肖·纳尔逊（Horatio Nelson，1758—1805）指挥下，在此与维尔纳夫（Villeneuve，1763—1806）统领的法国－西班牙联合舰队作战，结果大获全胜。特拉法加海战被称为"帆船时代规模最大的海战"，英方、法西联军分别出动27艘和33艘战舰参战。海战中，英方死亡449人，其中包括主帅霍雷肖·纳尔逊，伤1214人，军舰无一艘损失；法西联合舰队死亡共计4395人，受伤2538人，被俘约7000人，其中包括主帅维尔纳夫，此外战舰被俘15艘、损毁8艘。特拉法加海战不但打破了拿破仑进攻英国本土的计划，同时确立了英国在此后近一个世纪的海上霸权。

[2] 对拿破仑·波拿巴的蔑称，且"波尼"与"波拿巴"在发音上有些相近。

来，与他有关、但凡能想到的性格缺陷都被拿来说事，广为传布，其中包括以下指控：人们依据《启示录》来分析其生辰天宫图，进而认定他是一名邪恶的梦淫妖怪，即传说中奸污入睡妇女的魔鬼。大量的宣传机器动力十足，就像大型的载重车辆，多年后仍隆隆作响，使得拿破仑更卓尔不群。玛丽为展览打出了王牌，自诩拿破仑的蜡像栩栩如生。当时的文化语境中，拿破仑的蜡像最具吸引力，人们如此期盼获取他的外貌体征，以至于许多漫画家不情愿采用讽刺手法来扭曲他的面容。

玛丽的蜡像展另一大卖点与拿破仑的妻子约瑟芬有关，当大量宣传不断散布拿破仑的暴行和耸人听闻的故事以满足大众的胃口时，约瑟芬却以其文雅的举止和风格满足着世人的好奇心。如果说玛丽的英语仍不够流利，毫无疑问，她可以聘请翻译来转述自己的回忆，借此取悦观众：狱友约瑟芬后来请杜莎夫人给拿破仑打造蜡像，某天一大早，她就被召集到拿破仑所在的杜伊勒里宫，并在那里完成了任务。参观者接着会听到杜莎夫人追述，秸秆与这位伟人的鼻孔相连，以便制作面模的液态石膏凝固时，他能保持呼吸畅通。此类饶有兴味的故事，构成了玛丽自我宣传的重要内容。就像涂抹液态的石膏是制作蜡像流程的开始，在四处巡展的数年间，玛丽总是以这些老生常谈为开场白，进而在公众心中留下深刻的印记。通过自我标榜，玛丽令人信服的人生故事也得以确立，其传奇流传多年。

玛丽当前背井离乡，奔波在爱尔兰，这里热衷于派系斗争，不忠与背叛时时出现。爱尔兰的地位看上去有点像拿破仑试图征服英国的大后方，爱尔兰王国与大不列颠王国充满争议的《联合法案》也留下了不安的隐患，类似时局意味着一股亲法的潜能正在涌动。但是，上述情形同样说明爱尔兰的军队已经泛滥成灾，士兵们作为数量庞大的潜在观众，驻扎在爱尔兰不同的城镇，在玛丽与菲利普斯塔尔解除合作关系后独立经营的那些年月里，他们正是蜡像展的主顾。宵禁和警戒期间，仆人准备外出时，过于紧张的地主习惯性地要求他们把枪和帽子先交出来，但玛丽提供了广受欢迎的消遣，暂时的放松和社交娱乐给艰难时世增添了新的色彩。参观蜡像展当年在法国一度是无套裤汉喜爱的娱乐，如今，玛丽将其视为放松的活动提供给了英国军队，后者驻扎在爱尔兰四面八方，由此证明了玛丽一点不逊色于导师柯提斯，她同样有能力把握商机、与时俱进。

玛丽在1805年的办展行踪，通过省级报刊上密集的小版面广告可以大致梳理清楚，如爱尔兰东南部城市基尔肯尼的《伦斯特报》（*Leinster Journal*）以及《新科克郡晚邮报》（*New Cork Evening Post*）。玛丽在爱尔兰巡展期间，她给蜡像展注入了新的吸引力。例如，在基尔肯尼市，蜡像展增设了有趣的附加物："以跳蚤为原型，制作了稀奇古怪的蜡像仿品，这是第一件与跳蚤杂技表演有关的蜡像，此类充满民间风味的杂技演出如今在游乐场正面临歇业的危险。"而1806年和1807年两年，没有文献材料能够明确勾勒出她的轨迹图，但可以肯定的是，这一时期她同样在进行漫长的巡展，因为她于1808年5月重返北爱尔兰首府贝尔法斯特，并且第一次以她自己的名义而非借助柯提斯的声望刊登了展览广告：

> 杜莎夫人
> 欧洲著名的艺术家
> 她通过写生打造的蜡像模型
> 在伦敦和都柏林展览时已享有盛誉
> 现在欢迎光临贝尔法斯特大街92号参观

作为与菲利普斯塔尔合作的受害者，玛丽在其人生道路上饱尝晕船的折磨、思家的痛苦以及无助时的绝望，用了近五年时间，她才通过自己的打拼，成了一名商业成功人士。并且，她已经打造了属于自己的品牌。

第十二章

杜莎夫人：打造高端品牌的艺术家

1808年8月，玛丽做出决定，不再打出柯提斯的旗号而是以她自己的名义来举办蜡像展，这一积极的举措主要基于玛丽身为流行娱乐的经营者，对自己已建构的信誉越来越有信心了。地方报纸称赞"杜莎夫人是一位知名的艺术家"。对蜡像展进行品牌重塑，相当于与过去的历史作了告别，预示着玛丽不再仅仅是卓越艺人柯提斯的宠儿和受庇护者，只能萧规曹随维持着他的名望：她已自立门户。但是，当年年底，玛丽不得不承受自蜡像开展以来更为残酷的打击，痛苦的意外来得太突然。

原来，当爱尔兰各地的报纸正给玛丽唱赞歌时，丈夫弗朗索瓦却在巴黎侵蚀她的资产。弗朗索瓦不断陷入债务危机的深渊，拖欠着必须偿还的借款。最终，他束手无策，只得签署协议，把整个蜡像展厅转让给主要债权人赖斯夫人。落款为1808年9月18日的法定文书上，法律术语严谨、精确且详细地记述了清偿事项："弗朗索瓦·杜莎让渡给莎乐美·赖斯夫人所有实物，其中包括以'柯提斯蜡像展柜'著称的蜡像厅。这些物品包括全部蜡像、服饰、模型、镜子、枝形吊灯以及玻璃制品，在赖斯夫人看来，上述家底物有所值。双方签字以后，杜莎先生便不再拥有对上述资产的任何权利。"法律协议中虽然只有寥寥几句话，却导致了长期的后果。毫不夸张地说，这一纸协议改变了玛丽的人生轨迹。

玛丽费尽周折才摆脱了与菲利普斯塔尔的契约绑定,她刚体验到来之不易的自由时,便发现自己又成了法律诉讼程序的受害者。这也就不奇怪,当玛丽成为一位白发苍苍的祖母时,她告诫继任者对法律界要谨慎。玛丽的曾孙回忆了她经常说的名言:"对三类人应多个心眼,他们是医生、律师和神父。"

确切地说,玛丽事先已得知丈夫在财务上陷入了危机,并且不太好解决,但是推测起来,弗朗索瓦的处理办法似乎并未征询她的意见,毕竟蜡像厅是她的核心资产,且在全盛时期曾是巴黎极富吸引力的地方,上述情形可能成了她对婚姻不再抱有希望的拐点。与此同时,因丈夫财务无能导致家族房产受损,也放大了玛丽在情感上的伤害,她此前通过律师代理人授权丈夫全权打点巴黎的资产,结果他把福塞斯圣殿大街上规模相对较小的出租物业转让了,这意味着家庭又少了一项可观的固定收入。弗朗索瓦把位处黄金地段的蜡像产业也让渡出去,这几乎令玛丽心灰意冷,使她失去了重返巴黎以便延续家族生意的物质条件。如果说玛丽的初衷仍是回到巴黎重操旧业的话,那么此时这一希望已无可挽回地破灭了。

玛丽早期写的家书中,表明她前往英国进行巡展的最初目的,无非是想多挣点钱让腰包鼓起来。这暗示她一旦手头资金充裕,仍倾向于回到巴黎重振家族的蜡像展览业务。有趣的是,玛丽虽然不断向弗朗索瓦告知蜡像巡展收入,但自从离家之日起直至去世,没有记录显示她曾向家里寄送过任何财物。弗朗索瓦转让家产的行动,一定程度上可能基于报复心理,他已察觉玛丽越发不信任自己理财的能力,并且感到两人夫妻关系日渐疏远。考虑到弗朗索瓦在财务上的"前科",玛丽的举措倒是合情合理,而非自私自利。从法律上授权弗朗索瓦全权处理家庭资产,这是她判断失误之处。但是,时移世易,无论两人存在怎样的个人恩怨,双方再也无法达成和解。玛丽此后一直没有重返巴黎,与母亲、丈夫再未见面。当年她离开法国时,次子弗朗西斯只有两岁,等他们在英国重逢时,后者已是22岁的青年了。

47岁的玛丽,身边只有年仅10岁的长子约瑟夫(尼尼)做伴,她开始采取不同的策略来寻求自主性。从1808年开始,玛丽下定新的决心,以便替儿子们的未来提供安全保障,这远比个人事业上的成功更为重要。有鉴于此,她像许多江湖演艺者一样,投身于繁重的展出活动。尽管玛丽早年在伦敦举办蜡像展时已名声在外,但她通过历时达27年的巡展生涯,进一步确立了自己在文化景观中的标志性地位,其间,她造访和重返过苏格兰的许多城镇,那里是重要的蜡像展市场,并辗转于其他都市间,足迹遍布英国四面八方。玛丽加入了丰富多彩的演艺人士行列,驱车颠簸于乔治王时代崎岖不平的道路上,与此同时,未来的展览样式正不断发展,玛丽等人的到来,突然给社区和乡镇提供了受人喜爱的新奇娱乐活动,这些地方有别于伦敦,往往缺乏生活便利设施。重要的是,这一时期玛丽逐渐成长为一位坚强的掌门人,"杜莎夫人及其儿子"主管经营的家族企业雏形已然浮现。

那些年,玛丽东奔西走到处巡展,但英国当时的社会背景动荡不安。摄政王[1]及其兄弟爱慕虚荣、铺张浪费的作风,加剧了民众普遍不满的情绪,他们引发了更多的嘲讽而非尊敬。有识之士害怕英国也爆发类似法国的大革命,对王室威信扫地之状极为担忧。王座正处于风雨飘摇的境地,与此同时王权也被认为危机重重。这种不安全感导致当局在群体控制时往往采取铁腕手段,1819年,曼彻斯特圣彼得广场事件即是其中声名狼藉的典型案例。当时,约5万民众聚集在广场上,倾听激进的演说者宣扬工人的权利,呼吁民主。如此规模的群体集会令当局感到惊恐,军队很快被派往现场。他们严厉而暴虐地进行镇压,致使多起意外死亡事故发生,另有众多民众受到可怕的伤害。当

---

[1] 摄政王(Prince Regent),1811年至1820年,因父王乔治三世精神失常,威尔士亲王以王储身份兼任摄政王。1820年,乔治三世去世后,威尔士亲王继位,史称乔治四世(George IV,1762—1830)。

地报纸把这一灾难称为"彼得卢屠杀"[1],该名称一下子就叫开了,并广为流传。

对于许多人而言,他们近乎偏执的焦虑感源于群体可能变为暴民的假想,即便民众自发地聚集在一起,也令人充满忧虑。日常生活中不太重要的一些新闻展现了上述恐慌情结,例如,要是有人谣传某所房屋闹鬼,并且吸引了一大群自称是乔治王时代的招魂者进行驱鬼活动,那么处理紧急任务的特警便会受命前往驱散众人,此类事件被报道为"许多人因为房屋闹鬼而纠合在一起"。禁止聚众的警告无处不在,这些预计可能会出现的麻烦在官方标准公文中体现得非常明显,无论何时,集市或公共场合中但凡有人聚集在一起,且没有发生其他意外的话,公文中会写下"维持了良好秩序"的字句,类似表述让人如释重负,就像大大地松了一口气。大英博物馆与其他公共机构一样,保守着谨慎行事的风格:1780年,英国爆发了戈登骚乱,在伦敦的布鲁姆斯伯里区,演变为打砸抢烧的狂暴行动,并且把曼斯菲尔德勋爵[2]的居所夷为平地;从那以后,直到1863年,该馆依然有军人在大门口值勤。

"群氓恐惧"症候在对待传统娱乐活动上体现得尤其明显,充当先锋的"正风协会"(Society for the Suppression of Vice)带头发起令人扫兴的运动,禁止举办与消遣游乐相关的展览。小说家查尔斯·狄更斯的友人西德尼·史密斯[3]曾在《爱丁堡评论》(*Edinburgh Review*)上

---

[1] 彼得卢屠杀(The Peterloo Massacre),1819年8月16日,英国数万民众在曼彻斯特圣彼得广场集会,提出改革选举制度、废除谷物法等诉求,地方治安官下令军队逮捕会议领导人、驱散群众,由此引发冲突,最终导致十余名群众死亡,数百人受伤。因为有的士兵曾在四年前参加过滑铁卢(Waterloo)战役,人们于是采用谐音,以"彼得卢屠杀"来讽刺当局对手无寸铁平民的镇压。

[2] 曼斯菲尔德勋爵(Lord Mansfield,1705—1793),18世纪英国著名的律师和法官,曾任王座法院的首席大法官,英国国际私法早期奠基人,还被誉为"英国现代商法之父"。

[3] 西德尼·史密斯(Sidney Smith,1771—1845),英国作家、国教教士,以其妙语和智慧闻名。他在1802年参与创办并主编《爱丁堡评论》,该刊经常发表论辩性的政治文章,为苏格兰辉格党人的言论阵地。

撰文，称该社团更适合被叫作"只针对收入低于500英镑者的正风协会"。大批工人肆意寻欢作乐，当局认为他们有可能爆发成内乱。随着生活方式的急遽变化，人们所能纵情享受的娱乐形式较之以往更为丰富多彩。工业化的步伐正在加快，数量巨大的工人涌入城市，沿袭已久的乡村娱乐活动同样遭到削弱。

不经意间，此后数十年，英国社会被一股严肃而正经的气氛笼罩，即越来越把娱乐活动视为教育体验，传统游乐场所具有的自由精神和纯粹乐趣不断被吞噬。严刑峻法、警察巡逻以及要求限制娱乐的呼吁，这些表征综合在一起预示着中产阶级改革运动的兴起。其战斗口号为"理性娱乐"，19世纪上半叶，支持此项改革事业的人群不断扩大，他们为之鼓与呼。

玛丽所提供的"实用与娱乐"样本，与中产阶级的关注点完美同步，那便是娱乐消遣除了盈利以外还应有其他的功能。基于这一缘由，玛丽很快得以发家致富，因为到了维多利亚时代，人们对休闲消遣的态度由偏见转为迷恋。在法国大革命前的巴黎，柯提斯在正确的地点和合适的时间白手起家，与之类似，在乔治王和摄政王时代，玛丽迎合娱乐活动日益贵族化的需求，建构起自己的蜡像事业。她谨慎地瞄准目标市场，确保光顾蜡像展的游客除了看到与其身份地位相似的人以外，不会遇到比他们地位低下的民众。玛丽刻意采取隔离策略，把喜欢喧哗的普罗大众拒之门外，由此受到了中产阶级的青睐，而这一目标市场对她而言正中下怀。

玛丽在英国四处巡展，威廉·科贝特[1]对当时的现实生活曾有翔实的记载，后者是一位辛辣的政治评论家和批评家，经常抨击现有社会秩序，他在《乡村骑行记》（*Rural Rides*）中，描绘了游历期间所看到的英国社会：这个国度政治腐败、暴虐横行，改革充满争议和分

---

1 威廉·科贝特（William Cobbett，1763—1835），英国政治活动家、作家，创办《政治纪事周刊》等报刊，他喜欢针砭时弊，文笔辛辣，著有《乡村骑行记》等，一度当选为议员，支持激进改革。

歧。主张寡头政治的风气如此强烈，以致就连涉及公共利益的政治程序都饱受质疑，遑论需要保障普通民众参政议政权利的主张了。英格兰和威尔士的成年人口约700万，但不到45万人拥有投票选举权。不平等的选举制度被作家拿来说事。威廉·科贝特在其《政治纪事周刊》（*Political Register*）上发表评论、宣泄怒气，托马斯·洛夫·皮科克[1]则寄情于讽刺文学。他的小说《梅林柯特》（*Melincourt*）描绘了两个自治区：其一为没有选举权的城镇，以制造业为主，居住着超过5万人，却没有议会代表；另一处为一人拥有一票表决权的小社区，"这是一个孤独的农场，土地贫瘠，不适合任何人类耕种，唯有罗腾伯格公爵（Duke of Rottenburgh）认为他值得供养佃户，以便他们在此居住，进而保存令人尊敬的自治区"。

改革议题激化了政治论辩，当主要的反对者和支持者成为公众关注的焦点人物时，他们随即在玛丽的蜡像馆中占有了一席之地。在玛丽整个人生中，这是她第二次展出间接有助于推动民主进程的蜡像作品。科贝特的蜡像受到特别关照，其头部可以转动、点头，与这具蜡像相关的传记式描述概括了他通过自我奋斗取得成功的历程："出身卑微，父母无权无势，但无须后台，他凭借天才登上了高位，成为政治风云人物。"人们感到玛丽本人应该会对科贝特的励志故事表示认同。

玛丽早期的巡展生涯相对平静，但长期奔波对身体素质却是一项挑战。她所处的乔治王时代，行旅途中正值驿站马车运行的全盛时期，客栈、里程碑遍布城镇乡村，但是，现实中的交通状况与充满田园牧歌的怀旧情调判若霄壤，后者不由令人想起在大雪纷飞的情境中，收到无数圣诞贺卡的温馨场景，亲朋好友托着餐垫享用美味佳肴。事实上，许多路程行进得非常缓慢，玛丽饱尝颠沛流离之苦。路

---

[1] 托马斯·洛夫·皮科克（Thomas Love Peacock，1785—1866），英国诗人、小说家；代表作有《黑德朗大厅》（*Headlong Hall*）、《噩梦隐修院》（*Nightmare Abbey*）等，其小说以对话为主。他还是著名诗人珀西·比希·雪莱（Percy Bysshe Shelley，1792—1822）的挚友。

况较好的收费公路,只占总里程中极小的比例,当局对境内跨区道路管理极为不善,令公众头疼不已、牢骚满腹。1816年前后,约翰·麦克亚当[1]对主干道进行了改造,由此推动当局提供更为便捷的交通服务,但优化后的干线仍不便于马车舒适地奔驰,且过路费昂贵,此外,赛车爱好者在某些大道上策马扬鞭,开展危险的竞技,这也使得玛丽乘车出行可能会遭遇交通事故。玛丽和儿子约瑟夫不得不忍受漫长而寒冷的冬季旅程,每到夏天路上则尘土飞扬。他们必须先行一步,以便及时收取蜡像运货,展品事先用柏油防水帆布包裹好,装入货车中,然后由私人搬运公司负责物流,按货物重量收费,一同被托运的物品还包括面粉、动物油脂、黑色涂料、骨架模型等等,有时甚至不乏约翰·康斯特布尔[2]创作的油画。经常处于奔波流浪状态,蜡像布展和宣传事务繁杂,同时需要不断制作新的作品并修复原有的展品,其中许多在运输途中受损,考虑到玛丽面临如此多的考验,她一如既往地意志顽强、精力充沛,这似乎为日后的成功奠定了坚实基础。

19世纪前30年,尽管伦敦与其他主要城市之间驿站马车的数量递增,但在蒸汽时代到来之前,英国的交通运输线路与其说相互贯通,不如说仍处于普遍隔绝的状态。如果以马车代步,主要城市之间的往返需耗费数天,而在铁路时代只要数个小时即可,穿梭于城镇之间的邮车依旧是传播伦敦新闻的主要来源。对于大多数英国人而言,伦敦作为首都却像一座外国城市,与他们充满疏离和陌生感,只是脑海里遥远而奇异的存在。

外省民众所谓的新闻往往是"旧闻"、信息不可靠且来源有限,

---

[1] 约翰·麦克亚当(John McAdam,1756—1836),苏格兰工程师,他改进了现代马路修筑技术,其基本原理为在地基十分干燥的情况下,需再铺设一层不透雨水的路面,才能保证车辆高速行驶,为此他在马路地基上铺设了碎石防水,后来的柏油路、水泥路,可谓碎石路的升级版。

[2] 约翰·康斯特布尔(John Constable,1776—1837),英国风景画家,代表作有《干草车》(*The Hay Wain*)等,2012年7月,在伦敦佳士得经典主题拍卖会上,其布面油画《船闸》(*A Boat Passing a Lock*)拍出3520万美元的高价。

在此情境下，玛丽反映时政的主题蜡像展广受欢迎。要想了解新闻的珍贵程度，只需看看报纸的流通情况即可。伦敦以外的城镇，直到1855年才有日报发行。为此，"二手报纸"交易变得活跃，许多外省人只能购买到伦敦报纸的复印件。订阅俱乐部是传播新闻消息的另一渠道，不同家庭聚集在一起，与朗读者共享报纸内容。这些俱乐部有时临时组织，无固定场所，有时设有专门的阅览室，以便报纸订户获取新闻信息，他们每年大约需要为此支付1基尼的资讯费。最早的订阅俱乐部由威廉·亨利·史密斯[1]在斯特兰德设立。民众渴望了解时政动态，这对玛丽极其有利。相比于字体密密麻麻、难以辨认的黑白印刷报纸，玛丽的那些五彩缤纷且与时政相关的蜡像人物，弥补了前者视觉上的不足，受到民众垂青。参观蜡像展也是令人愉悦的一手体验，与之相反，阅读报纸不仅多为二手信息，甚至往往历经十余次转手后才轮到自己阅读。

外省在地理和文化上处于隔绝状态，由此为形形色色的旅行表演提供了广阔的市场。演艺人士貌似永无止境的神奇演出，对普通民众单调乏味的日常生活而言，是一种颇受青睐的调节；他们持续数日或数周进行表演，给缺乏娱乐活动的群体带来异彩纷呈、活力四射的节目，场面壮观，展品珍奇，此类展演在首都伦敦却习以为常。伦敦人可以欣赏商业娱乐王冠上的明珠，即威廉·布洛克[2]位于皮卡迪利大街上的埃及厅，作为乔治王时代的象征，该厅丰富多彩的藏品和展览，水准之高令首都以外的类似活动望尘莫及。城镇小市场的展演因受设备限制，往往只能开展基本而简单的消遣娱乐，所选场地多为集市。英格兰东南部埃塞克斯郡某小城镇的一位医生记录了自己顺道参观时

---

[1] 威廉·亨利·史密斯（William Henry Smith，1792—1865），英国企业家，著名连锁书报销售品牌 WHS 的创建人。

[2] 威廉·布洛克（William Bullock，1773—1849），旅行家、博物学家、古文物收藏家，曾斥资1.6万英镑于1812年在伦敦皮卡迪利大街建造了埃及厅（The Egyptian Hall），专作收藏、展览之用。

的见闻:"在我们右侧,正展出着巨兽、女巨人、女白化病人、来自巴芬湾[1]的土著和穿着体面的侏儒。左侧方有一头号称博学的猪,还有打扮成名为'潘趣'(Punch)的木偶小丑,其前方正在进行戏剧展。所有活动都秩序井然。"显然,部分富有进取心的演艺人士总在尝试提供更多玄奥、精致的娱乐。玛丽以及其他商业艺人逐渐转移业务重心,开始远离曾是主要市场的乡村社区,优先考虑在城镇进行巡展,城镇观众不但人数在增长,并且他们有钱又有闲。

玛丽巡展生涯期间,还有许多四处游走的表演者,其中一些人也积聚了可观的家族资产。无论到哪儿,阿斯特利的马戏表演都能吸引大量观众。特技骑手安德鲁·迪克罗[2]更是一位万人迷,他身着适合赛跑且略显肉色的紧身衣裤,令女性兴奋不已、如痴如狂。"粉丝"不但赠予安德鲁·迪克罗鲜花,还有鞭子、银马刺以及其他与骑术相关的纪念品,借以表达个人敬意。与玛丽同时代的马戏圈,扮小丑的格里马尔迪(Grimaldi)为另一位知名人物。他通过滑稽表演来演绎、阐释新闻,极富吸引力。玛丽与乔治·伍姆韦尔[3]生活在同一时代,且是同行,后者在动物展览领域取得了辉煌的成功。玛丽通过证明自己是一位与历史遗迹和风云人物有关的精明策展人,把历史题材通俗化,这是其蜡像展受到观众喜爱的原因之一,与此相仿,乔治·伍姆韦尔的动物展所以令人着迷,那是因为他使得自然历史的进程能够被观众直接感知和理解。乔治·伍姆韦尔吹嘘自己用来展览的物种不亚于诺亚方舟上的生物,与玛丽一样,他也不辞辛劳、四处巡展,有时两人在同一地方不期而遇,如巴思和英国西部港口城市布里斯托尔。乔治·伍姆韦尔重返巴托洛缪集市的展览记录显示了其动物园受欢迎的程度。仅仅三天,他的收入已达1800英镑,6便士一次的入场费用

---

1 巴芬湾(Baffin Bay),位于北大西洋西北方,为北冰洋属海,以英国航海家威廉·巴芬(William Baffin,1584—1622)的名字命名。
2 安德鲁·迪克罗(Andrew Ducrow,1793—1842),英国马戏艺人,被誉为"马术之父"。
3 乔治·伍姆韦尔(George Wombwell,1777—1850),英国知名动物展览艺术家。

伍姆韦尔的动物展,由乔治·沙夫创作。乔治·沙夫(George Scharf, 1820—1895),英国艺术批评家、插画师,曾任英国国家肖像馆馆长

意味着顾客总数可观。乔治·伍姆韦尔具备将不幸转化为卖点的本领,当他的大象死亡后,其竞争对手大肆鼓吹自己展示的"是英国唯一活着的大象"时,乔治·伍姆韦尔立马做出反应,印制海报向公众宣传人们从此有机会见证"英国唯一死去的大象"。

  演艺界并非只有男性独领风骚。莎拉·贝芬(Sarah Beffen)为玛丽同时代的艺人。她的人生同样功成名就,并且与玛丽类似,在查尔斯·狄更斯的作品中留下了不可磨灭的印记。狄更斯有三部小说(《尼古拉斯·尼克贝》《老古玩店》《小杜丽》)提及莎拉·贝芬,相比而言,玛丽的事迹只现身于《老古玩店》中。莎拉·贝芬出生时没有四肢,但她通过努力成了一位灵巧的微图画家,擅长用嘴和肩膀来控制画笔,由此赢得好评如潮,连续多年,她都是集市巡演活动中响当当的主角之一。莎拉·贝芬甚至受到了皇家礼遇,并且被乔治四世赐予津贴，后者用亦庄亦谐的语调评论说："我们不是因为这位女士麻利的手工活而做出奖励，我也不会给她救济金，但是我要求她有理由为自己的勤勉获得相应酬劳。"

但是，娱乐界除了极少数人全国知名外，大部分艺人默默无闻，没能留下历史痕迹。这些平凡的演艺者，依据赶集、开市和举办赛马会的日程，为生计奔走于各城镇之间，经常吃了上顿没下顿。他们构成了一个前途暗淡的下层阶级。其中许多人主要在人群密集的地方进行露天展演。没有足够的收入意味着他们只能露营，或者投宿满是臭虫、虱子的出租屋，精明的房主甚至认为有必要把炊具与餐桌锁在一起，以防被租户顺手牵羊。其中的代表人物包括木偶剧表演者，尤以演示《潘趣与朱迪》[1]剧目为代表，以及走高跷者和吞刀表演者。此外，有些艺人甚至拥有吞吐活老鼠的技能，该表演即便偶尔失手，他们也总能挖到新的啮齿动物作为替补道具，这多少给表演者带来些许安慰。

许多同行陷入了贫困和被遗忘的境地，玛丽非常清楚，自己要避免此类遭遇，唯一能够依靠的只有公众。她没有剧团或同伴能够一起出谋划策、相互慰藉，甚至分担苦难。许多年来，她只能与儿子约瑟夫相依为命。但是玛丽不仅志向远大，还有着钢铁般的意志和艺术天赋的资本。玛丽在巡展中摸索出多种谋生策略，无论何地，蜡像展举办时间的长短是关键所在。举办蜡像展之前，玛丽总是精心布局，事先宣传造势，且经常食言，调整展览时长。在一个地方究竟待多久可以灵活调整，相关广告资料显示，玛丽常常通过宣称即将结束办展来招徕顾客，随后故作姿态，表示应观众要求需要延长展期。玛丽借此策略令公众对蜡像展如饥似渴、趋之若鹜，久而久之，当地民众的兴

---

1 《潘趣与朱迪》（*Punch and Judy*），英国传统木偶戏，剧名源自主角潘趣及其太太朱迪。1662 年 5 月 9 日，英国作家、海军大臣塞缪尔·佩皮斯（Samuel Pepys，1633—1703）在日记里记载了《潘趣与朱迪》上演时的情形，这一天后来被视为该剧的诞生日，至今每年都有庆典。狄更斯在《董贝父子》《老古玩店》等小说中也多次提及该剧目。

趣也逐渐降低，但她并不以为意。这一商业手法玛丽屡试不爽。

玛丽早期的账簿如今已破旧不堪，且充满许多难以辨认的条目，从中不难发现，她一度过着舒适的生活。她早年在信函中暗示，自己负担得起条件较好的旅馆，以保持一定的生活水准。玛丽对记账一丝不苟，把收入与花费并列，这正如所预期的那样，表明开支总是被优先考量。蜡烛的开销非常巨大，因为它们是布景必不可少的道具。玛丽注重蜡像人物的服装、首饰等细节，这是她获得个人自豪感的源头之一，相关费用登记在册。玛丽不会降低蜡像展的高品质，行旅途中的磨损、劳顿也不能阻挡她展示完美无瑕的蜡像的要求，它们的装扮总是焕然一新，雇请"洗衣女工"和购买"肥皂"的开支经常被计入成本中。至于玛丽本人的装束，朴素而体面，使她看上去端庄大方，不带丝毫浮华和虚夸。玛丽的日常生活自然少不了享用少许啤酒、鼻烟来调剂，有时买点彩票、逛逛戏院，但是，种种证据显示，她把主要精力都投入到了蜡像展中，节俭朴素、行动务实，由此给后人树立了榜样。

巡展期间，约瑟夫接受了音乐教育，穿着时髦又得体，与母亲玛丽一样，他从童年即开始了演艺学徒生涯。玛丽有时把约瑟夫的蜡像安放在展厅门口，然后鼓动参观者将此模型与年幼的儿子本人进行比较。约瑟夫英语流利（玛丽早年在家书中提到这一点）、个性迷人（同样在玛丽的信函中被强调），无疑是一位优秀的向导和助手。鉴于长期随母亲漫游，意味着约瑟夫很少有机会接受系统规范的学校教育，但是，考虑到他们在某些地方有时会待上几个月，他可能参加过"露天学校"，这类学校不太正规，多由地方社区仁爱的神职人员临时召集青少年授业。我们知道约瑟夫迅速掌握了英语，因此他似乎是一位聪明的小男孩，他的英文读写能力极可能比母亲玛丽的水平高。1814年，在巴思巡展时，约瑟夫甚至被冠以"业主约瑟夫·杜莎"的头衔进行广告宣传，时年16岁的约瑟夫，似乎借此完成了他作为一名初出茅庐演艺者的成年礼，尽管母亲仍以"艺术家杜莎夫人"的大写名号领衔。随着年岁的增长，约瑟夫越发热爱音乐和表演艺术，1815年，他已能独当一面公开进行剪影画像演出，1先令6便士的入场费证明这是一项赚钱且受欢迎的副业。

无论个人具备怎样的专长，或者各自的演出规模存在怎样的差异，这些巡游的表演业者都擅长于采用夸张、欺骗的手法和制造假象来吸引顾客。厢式货车外，张贴着满脸横肉、嗜血成性的猛兽图片，但与车内老朽衰弱、污秽肮脏的实物名不副实。海报上宣称的"黑女巨人"，通常由脚穿高跟鞋、用软木炭把脸涂黑的人假扮而成；所谓的"猪脸女士"，实际由狗或熊伪装而成，它们的脸部经过修刮，头上戴着帽檐朝前撑起的阔边女帽，身穿厚重的衣饰，以便瞒天过海。有些演出令观众瞠目结舌，比如"火王"夏伯特[1]的壮举，其身体貌似具有防火绝热的特异功能，为此他成了英国家喻户晓的人物。当夏伯特"以身试法"，把自己作为娱乐盛宴的主要"食材"呈现给观众时，他经典的表演使人们对"名厨"的概念有了新的认知。演出场所观众爆满，众目睽睽之下，夏伯特进入能同时烘焙成块牛排、羊肉的高温烤炉中。烤炉还留有一个可视孔径，夏伯特借此保持与观众的互动交流，最后，为了证明自己经受住了高温的烘烤，他与观众共享了色香味俱全且新鲜出炉的烤牛羊肉。《泰晤士报》言辞简洁地进行了报道：迫不及待的观众大快朵颐，以至于"夏伯特先生历经炉火烘烤表演后，大伙继续着一场加勒比式的狂欢盛宴"。

不管是正式的舞台表演，还是简陋的大篷车或货摊展，富有异国情调以及便于逃避现实的有偿娱乐，激起了许多人的情感共鸣。这些消遣节目要么令人称奇、愉悦，要么使人作呕，有时还会令人感到失望，就像有观众对"活骷髅"[2]不满一样。与夏伯特类似，"活骷髅"当

---

1 即朱利安·泽维尔·夏伯特（Julien Xavier Chabert, 1792—1859），法国艺人，人称"火王"，其表演多为魔术。
2 "活骷髅"多由受肺结核等消耗性疾病困扰的成年人扮演，他们体格羸弱、骨瘦如柴，在演艺界往往被称为"幽灵"，常在马戏团和穿插表演中出场。

大篷车上的怪物秀，由乔治·沙夫绘制

年也曾声名远播，但在普克勒－姆斯考[1]亲王看来，后者辜负了他的期待："'活骷髅'其实是一个非常普通的人，比我瘦不了多少。为了印证大伙的失望情绪，我们承认'活骷髅'刚从法国到来时，确实像一具羸弱的僵尸，但是，自从喜欢吃英国上好的牛排以后，他已无法控制身体臃肿的发展态势。"

玛丽早年巡展期间，其他艺人也在进行大量种类繁多的表演，渐渐地，这些消遣被更具教育意义的娱乐所取代，因为人们开始认为，如果娱乐只限于演示花哨的景观，欣赏流于感官刺激，那无疑太肤浅了。随着观众的辨识力越来越强，玛丽的一些同行难以重现过去常常满座的盛况，先前巧舌如簧的艺人，如今着实无法与器械天才哈多克先生（Mr. Haddock）所打造的机器人竞技。正如一位演艺者描述其与智识有关的节目："充满了哲学感悟、理性精神，且高端时尚，为娱乐

---

[1] 普克勒－姆斯考（Pückler-Muskau, 1785—1871）伯爵，德国贵族，园艺学家，知名游记作家。

精粹。"新涌现的娱乐项目使得"暹罗双胞胎"[1]以及"博学的鹅"相形见绌。"奇妙的美国母鸡"的好日子也快到头了，但是，它有3个翅膀、4只脚，巅峰时刻曾被宣称为"世上最具好奇心的生物"，因此至少它有可能卷土重来，成为餐桌上一道主食。西格诺尔·卡佩利（Signor Capelli）先生"聪明的猫"在近十五年的时间里一直令观众痴迷，因为它能够模仿人类的行动，比如煮咖啡、削铅笔和吐痰，但是，现在它已遭唾弃，因为人们认为这些动物智识上所表现出来的专长，与其说是因为机灵，不如说是被不断训练的结果。后来，当玛丽不再巡展而有固定居所和蜡像展厅之际，民众对畸人怪事审美疲劳的迹象更为明显，他们转而支持与教育有关的活动。过去，集市上演的多是简单的杂耍、展览，如今人们需要更高端的娱乐，地点集中于城市而非乡下，玛丽以身作则，顺应了这一趋势，不断迎合观众新的喜好。

玛丽虽然跟着集市的节奏进行巡展，但她刻意与货摊露天的临时展览区别开来，集市贸易的举行往往是季节性的，并且经常与赛马大会、牲畜拍卖和专业市场关联在一起。为了筹办蜡像展，她会选择在酒馆、旅店和戏院等场所附近租赁展馆，一旦发现空闲的地方，便预订相对新的礼堂，在18世纪后期，它们正是地方城镇新建的便民设施。其中部分礼堂设有可供他用的独立厢房，"舞会季"到来后，玛丽有时会在礼堂的包间举办蜡像展。有一回，在英格兰东北部的约克郡，玛丽成功地将一场原本只在礼堂里分享的蜡像展，转变成了一个涉及公共议题的商机。当参加舞会的嘉宾跳完四对方舞和华尔兹舞准备中场休息时，约瑟夫拉开了事先遮住蜡像展的帆布幕帘，在下一轮舞会开始前，嘉宾们可以移步享受这一令人喜爱的蜡像展插曲，嘉宾们的参观费用将捐献给"贫困工人救助基金"。玛丽的善举经媒体报道后，有社会责任感的杜莎夫人形象被建构起来，并成了非常受公众

---

[1] 暹罗双胞胎（1811—1874）。1811年，暹罗（今泰国）诞生了一对男性连体婴，分别取名叫"恩"（Eng）和"昌"（Chang）。幼年时期，兄弟俩进入马戏团，在世界各地展演，最终定居美国，并且结婚生子。"暹罗双胞胎"后来成为连体婴孩的代称。

欢迎的对象。可以推测，这一形象是其宣传策划的组成部分，因为玛丽的所作所为，向来希冀在公众眼中打造独特的自我形象。

所有租用的场地中，礼堂最适合杜莎夫人用来筹办蜡像展。它们由砖块砌成，墙面涂抹了灰泥，更准确地说，礼堂带有镀金的飞檐，配备了枝形吊灯，装潢精美，颇能体现玛丽的审美气质。礼堂是上流社会的秀场，供有闲阶层进行优雅的娱乐活动。简·奥斯汀[1]发现了礼堂作为社交中心的价值所在，这是一个看与被看的集散地。当达西先生[2]步入梅利顿的礼堂舞会，屋里立马炸开了锅，"他进场不到五分钟，大家都纷纷传说他每年有上万英镑收入"。舞会期间举办蜡像展，玛丽和约瑟夫需要与管弦乐队协调好背景音乐，而更高标准的灯光效果也是特色所在。当然，首要的目标是创造适宜的环境，进而展现地方上流社会追逐游乐时的风头与喧嚣。礼堂等便利设施尤其便于玛丽举办个性色彩十足的舞会，19世纪20年代，玛丽将舞会和蜡像展有机结合在一起，并且使得音乐成为至关重要的要素。她营造出了一种娱乐氛围，人们置身其中可以理所当然地对各色人等进行观察。顾客愉快地欣赏玛丽的蜡像展后，他们可以随意地坐在专门摆放好的软垫椅子上，对其他仍在参观的游客品头论足。生活中，简·奥斯汀喜欢观察人群，是一位带有强迫症式的看客，与此类似，她坦言蜡像展的吸引力在于其社交体验："我对于饮食男女的偏爱，使我倾向于更多地关注各类宾客而非蜡像观光。"

通过已发黄、破损的书面材料，如传单、展览票券以及地方报纸，我们可以大致还原玛丽巡展的行踪。她漫游了切尔滕纳姆、巴思、布莱顿等时尚的度假胜地，这些城市的财政支柱为休闲娱乐产业，此外包括重要的通商口岸，如布里斯托尔、朴次茅斯和雅茅斯。

---

[1] 简·奥斯汀（1775—1817），英国小说家，著有《傲慢与偏见》（*Pride and Prejudice*）、《诺桑觉寺》（*Northanger Abbey*）、《爱玛》（*Emma*）等，其作品多关注乡绅家庭女性的婚姻与生活。

[2] 达西先生，简·奥斯汀小说《傲慢与偏见》中的男主人公。

玛丽的足迹遍布生机勃勃的制造业之都，如伯明翰，也曾到过利物浦和曼彻斯特，它们是英国城镇化发展的工业引擎城市。除了伦敦以外，曼彻斯特为玛丽经常光顾的地方，1812—1829年，她曾六次造访该城。但是，玛丽成功举办蜡像展的地域没有局限于烟尘笼罩的北方工业带。1832年，在牛津郡，当玛丽越来越向伦敦靠近时，她的蜡像展吸引了"成千上万的人前往参观"，正如波格赛庄园[1]珍藏的素描作品一样，其展品远非蜡像人体模型那么简单，《杰克逊牛津报》（Jackson's Oxford Journal）对玛丽时髦的展览及其巧妙设计呈现出来的总体风格给予了热情评论："画面构图美丽清新，塑像浮雕轮廓分明，服饰的实际效果有机统一。"

玛丽选取社区规模不同的地点举办蜡像展，通常会考虑两大决定因素：其一，该区有富裕的中产阶级群体；其二，该区拥有正式的地方媒体，以便她与目标观众保持互动沟通。玛丽非常了解顾客，而且有证据表明，她打广告力图吸引的是"蜂王"而非"工蜂"。1823年夏天，她在《布里斯托尔信使报》上告诫公众，"不体面的人谢绝入场参观蜡像展"。1825年，在切尔滕纳姆，当地媒体对其准备开张的蜡像展进行评论时表示，玛丽首选的顾客为"上流社会有教养的文雅人士"。

"杜莎夫人使上流社会人士显得尊贵"的作风，成了她举办蜡像展的基本标准。1811年6月，玛丽在泰恩河畔纽卡斯尔发布的一则宣传告示进一步提高了社会门槛："艺术家杜莎夫人敬告纽卡斯尔及周边的贵族和乡绅，'盛大的六十人蜡像展'此前已在爱丁堡荣获广泛赞誉，如今即将在'历史悠久的菜市场'附近的'白鹿酒店'开张。"她的举措几乎没有招徕工人阶级前往参观的意思。1830年，到了巡展生涯的后期，玛丽倒是在朴次茅斯招贴的海报中，颇为耐人寻味地破例了一回：

---

[1] 波格赛庄园（Villa Borghese），位于罗马，原为意大利枢机主教、艺术品收藏家西皮奥内·波格赛（Scipione Borghese，1577—1633）的别墅，现为波格赛美术馆，珍藏包括贝尼尼、拉斐尔、卡拉瓦乔等大师的作品。

鉴于许多普通民众无可避免地被拒之于蜡像展门外，由于参观时间有限的缘故，杜莎夫人及其儿子而今做出调整，恭候工人阶级在晚上8点45分至10点时段光临蜡像展，并且依旧享受半价待遇。该时段的参观活动，上流人士和普罗大众可以同时进场，但参观蜡像展期间，各自互勿干扰，众所周知，任何企图蒙混过关的行为都是被禁止的。

上述罕见的宣传告示透露出当时社会阶层相互隔离的状况，这种情形在今天看来有些不可思议，当代流行文化正好聚焦于大众市场的兴趣上。颇为反讽的是，玛丽一方面把所谓的"上流人士"当作金主，一方面又假想他们可能会冒充劳动者，像吝啬鬼那样浑水摸鱼，只买半价票混入蜡像展。对于普罗大众而言，即便半价为6便士入场费也难以负担，在集市或博览会上，这样一笔标准的娱乐开销，足以支付各种消遣，其中包括文盲所喜闻乐见且与时事有关的偷窥秀，以及其他不够完美的蜡像作品，后者往往是街头演艺的主要节目。

借助地方报纸上的小版面广告，我们可以掌握玛丽举办蜡像展的数量和规模。1802年，玛丽抵达英国之初，她身边只有约30件核心藏品，而到了1805年，蜡像数量已翻了一番，据《沃特福德镜报》（*Waterford Mirror*）报道，她拥有"60件重要人物的蜡像作品"，以及其他"一些非凡的物什"，"其原型都是真正具有天赋且令人崇拜的名流"。1815年，当玛丽沿着英格兰西南部康沃尔郡（Cornwall）的海岸线漫游巡展时，《汤顿信使报》（*Taunton Courier*）和《西部广告》（*Western Advertiser*）刊出广告，称赞她"与真人同比例大小的蜡像无与伦比"，包括"83件蜡像人物作品，近期刚在巴黎、伦敦、都柏林和爱丁堡展出"，如今，带着几分沦落感，"它们将在汤顿北街奈特先生相对低端的展厅供人参观"。及至1819年春，《诺威奇信使报》（*Norwich Mercury*）告知公众，现在有机会在"天使酒店"的大堂欣赏"90位公众人物的蜡像"。同年冬，《德比信使报》描述玛丽的蜡像展时写道：

1830年，杜莎夫人在朴次茅斯打出的海报广告

"一百件蜡像作品，涉及不同时期和国籍的人物，他们要么地位显赫、天赋异禀、品德高尚，要么个人形象非凡，遭受了诸多不幸和折磨，而那些臭名昭著的人物，则展示其罪行和邪恶。"

随着蜡像人物作品不断增加，著名主顾的数量也令人印象深刻地实现了井喷式增长。虽然此前玛丽主要告知公众的是蜡像展即将举办的消息，但是，如今在宣传广告中，她优先吹嘘与皇室贵族的联系。1815年，玛丽在汤顿散发传单，其中自吹自擂，称"约克公爵殿下和公爵夫人，以及阿图瓦伯爵"都曾大驾光临蜡像展。1819年1月，玛丽夸耀在诺威奇举办蜡像展期间，她迎接的贵宾包括"法国末代王朝的国王路易十八，约克公爵殿下及其夫人，威灵顿公爵夫人"。1826年春，当玛丽在英格兰东部城市林肯策展时，她标榜自己为"艺术家杜莎夫人，巴黎著名艺术大师柯提斯的外甥女，曾担任波旁王朝伊丽莎白公主的艺术指导教师"。（玛丽利用早年在法国的生活经历来造势，这在1816年的一张海报中体现得颇为明显，她宣称"杜莎夫人，

第十二章　杜莎夫人：打造高端品牌的艺术家

前不久从欧洲大陆跨海回来,尽管在英国已经生活了十多年,但仍然说不上喜欢乘船旅行"。) 通过彰显自身的社会优越感,玛丽赋予蜡像藏品新的兴趣点,从而与其他同样进行巡展的竞争者区别开来。事实上,不久以后,玛丽宣称诸多名流惠顾其蜡像展的说法有了一定合理性,但是周游期间,她在广告中鼓吹自己与贵族阶层关系密切却名不副实。当然,夸大其词地进行推销,向来是演艺人士的专长。

沿着玛丽的车辙痕迹,演艺人士四处漫游,提供了大量的娱乐活动,他们同样对展演节目自卖自夸。引以为豪的经营者向大众展示了经过严格训练的禾雀,一扫人们对鸟类脑力智能不足的偏见:

> 在牛津大学完成学业后,禾雀受到副校长、大学生、市长以及该城博学多闻的市民最热烈的称赞。这些小鸟如今应贵族和公众的要求,提交了进一步深造的特别申请,并且不少于三年时长,以便更好地接受教育。它们现在已能流利地使用七种语言,包括汉语、英语、法语、德语、意大利语、俄语和西班牙语。

动物或人类形体异乎寻常的尺寸,往往是吸引观众的诱饵。福尔摩斯小姐(Miss Holmes)为英格兰西北部兰开夏郡普雷斯科特的一名本地居民,年仅15岁,却有"约8英尺(约244厘米)高了",广告上宣称"这位巨胖的姑娘,是大自然最非凡的奇迹"。要想观看福尔摩斯小姐,劳工和仆役需要支付3便士的入场费,商人为6便士,淑女和绅士则是1先令。同场连演以突出反差效果的节目同样受欢迎。德文郡雄壮的大公牛与民间故事中"大拇指汤姆"可爱的小母牛便是一对流行组合,诺福克郡的女巨人黑尔斯小姐与"最小的侏儒"同样受到民众追捧。当然,为了避免看客在观看节目时出现不适感,演艺人士逐渐倾向于将民众喜欢猎奇的癖好,引向突出其教育价值上来。以女巨人黑尔斯小姐为例,她的雇主求助于这样的诗文:

"跳蚤邮车"表演,江湖艺人贝托罗托先生(Signor Bertolotto)推出的由跳蚤驾驶的邮车秀

此类展览或许对我们有益——
这是世上多难得的参照系!
通过观察稀奇古怪的体征,
我们得以探索自然的奥秘。

巡展途中,体积最小的表演者当属跳蚤马戏团,一位评论者为其精彩演出所打动,欣然赋诗:

你们躲在毛毯里活蹦乱跳,
嗜血成性,总是东啃西咬……
如今通过表演带来了乐趣,

> 看来你们也并非一无是处。

跳蚤小明星的技艺是演艺圈最古老的传统魅力之一。专门上演跳蚤马戏的纯粹主义者总是与进行客串表演的艺人划清界限，但两者都采用复杂的金属马具或甲胄作为道具，且能制造出视幻效应，因此他们事实上已相互绑定在一起了。

现在已不太清楚，玛丽以哪种类型的跳蚤表演为原型来制作蜡像，但是，她的社会地位不断提升意味着这些肤浅的娱乐并不受她待见，她的跳蚤蜡像自有其"粉丝"群。《伍斯特先驱报》(*Worcester Herald*)曾愉快地报道：法国国王的御用大马车模型由"披着黑毯的丑角牵引，它们通常被称为'跳蚤'"。但是，玛丽"跳蚤拉车"的巡展远不如竞争对手的"'跳蚤邮车'(Flea Mail)表演精彩——后者准确地再现了英国的高傲派头，在时髦且快速行进的邮车上，一只跳蚤充当马车夫，雄赳赳、气昂昂地挥舞着鞭子，另一只跳蚤则扮演警卫，正吹奏出嘹亮的喇叭声"。

另一方面，其他大量流行的巡演带来了新奇的体验，人们乐此不疲。鲸鱼硕大的骨架成了一项老少咸宜的娱乐活动的基础。被安放好的鲸鱼骨架，如同搭建好的一组车厢，留出宽敞的露天过道，"数百名观众由此可以在这头昔日北部深海猛兽巨大的脊椎和肋骨间穿行"。在利物浦，一群少年就曾身临其境体验了一把。当地的报纸惊叹，鲸鱼的口腔中能囊括这么多人，"其宽敞的鱼肚……轻轻松松就能同时容纳152人，同时它的嘴里还能装下许多儿童"。

玛丽置身于上述丰富多彩的大众娱乐世界里，英国文学家狄更斯在其小说《老古玩店》中哀悼了这一时代的消逝。玛丽四处漫游期间，见证了传统巡展的落日余晖，同时投身于创造新的娱乐样式，以便适应不同代际观众的需求。巡展的时间越长，玛丽蜡像藏品的数量和规模就越庞大，吸引的顾客也越来越多。玛丽重访某地进行巡展时，总是会增补新的作品，这是她进行市场推广的重要策略，借此

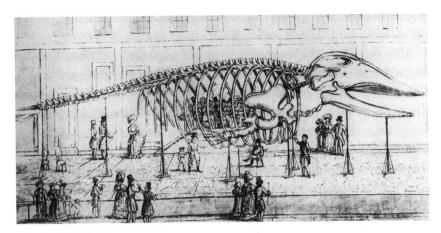

鲸鱼骨架"休息室"展

巩固自身是一位可靠的演艺人士的形象,能够提供富于教育意义的娱乐,就像公共信息服务一样,要想立足必须依赖于源源不断地输送有竞争力的素材给顾客。可观的入场人数开始在玛丽的宣传广告中出现。例如,1821年春,在将要抵达利物浦之前,玛丽登出广告,宣称已有30020位顾客造访了她在曼彻斯特举办的蜡像展。1823年8月18日,玛丽在《布里斯托尔信使报》上公布的数据更加令人印象深刻:"她闻名遐迩的蜡像展最近在曼彻斯特、利物浦和伯明翰开张,观众总数上涨到了10万名。"1826年1月,在圣埃德蒙兹伯里举办蜡像展前夕,玛丽事先的宣传材料披露,仅仅在牛津和剑桥两地,就有1.8万名顾客参观了她的蜡像展。

随着玛丽不断扩大蜡像展的规模,漂泊不定的生活所产生的不利条件日益明显,尤其是难以找到适合办展的地方。既要把蜡像、搁架等道具接连转移到不同的城镇,又要同时预订好大小恰当的场所,以便使蜡像展呈现出最佳效果,两者之间越来越难以实现协调统一。玛丽总是希望用于策展的礼堂恰到好处,一方面有助于营造戏剧氛围;一方面在蜡像之间又能留出足够多的空间,方便游客自由走动参观。但是,并不是她造访的每座城镇都有这样的场所,即便某些城镇有类似的礼堂,她也并非总能免费使用。这意味着有时玛丽不得不改变过去招徕顾客的作风,转而限制入场参观人数。1819年2月,玛丽造访了诺威奇,逗留期间,当地的报纸认为,如果能在更宽敞的场所举办蜡像展,那将令人受益匪浅,随后的评论写道:

> 为了参观名流的蜡像,大伙相互推搡,众人在展厅挤作一团,实在很不像样。

1821年,在利物浦,有关蜡像展空间大小的问题被媒体拿来说事。英国境内道路纵横交错,运输服务所需的费用通常依据货物的体积和重量而定。为此,玛丽试图尽可能把蜡像制作得小巧些,由此节省一些运费。尽管体积缩小后的蜡像更有助于运输,却不利于呈现完美的展览效果。当地期刊《万花筒》(The Kaleidoscope)曾发文,批评杜莎夫人"偷工减料"的做法,说她注重展品数量,却刻意缩小了蜡像人物的躯体尺寸,以致"不符合解剖学上的比例"。此举减少了精美蜡制头像的感染力,并且显然总体上也降低了作品的逼真效果。报刊指责"蜡像人物姿态不协调",玛丽显然对此耿耿于怀。1821年年末,她故地重游时,当地报刊对其改进措施做出新的评价:"大部分蜡像人物已得到修正,并被恰当地展示,它们的四肢和姿势像面部表情一样栩栩如生。"玛丽承诺更新、改善蜡像人物藏品,当她重访利物浦和曼彻斯特时,这一保证写到广告中,宣称"她已对80件之前存在不足的蜡像做了完善处理,变化之大令人称奇"。

在处理与公众的关系和保持声誉时,玛丽越来越意识到,不要冒任何风险去做损害自己蜡像展口碑的事情。玛丽没有在展厅仓促地塞满各种蜡像作品供人参观,她选择了更老练的方式精心布展。总账单上显示了雇用上釉工人、木匠以及镀金相关事项的开支。蜡像的身长、比例调整也被记录在案，人们能感觉到，玛丽力求蜡像展高端、大气、上档次，在她有了永久的固定营业场所后，这一点尤其明显。1822年"圣诞季"期间，玛丽重视布景设计的行事作风同样突出，她为了举办以乔治四世加冕礼为主题的蜡像展，把普雷斯顿的剧场重新装饰，并且在舞台与正厅观众席之间的空间上搭建了新的平台，如此一来，便有充裕的空间营造出恰当的戏剧氛围。类似地，1824年，当玛丽抵达英格兰中部北安普敦后，发现当地的礼堂空间也不够大，难以妥善地进行蜡像展，于是她花大气力对剧场按个人要求进行了改造。剧场舞台前的空间同样被利用起来，与舞台连为一体，玛丽为此夸口戏称"她打造了北安普敦最大的舞台之一"。

无论来自公共评论界的赞誉之声，还是广告中的宣传内容，都有一个重复的主题，即玛丽特定的蜡像人物往往精雕细琢、栩栩如生，几乎以假乱真。例如，英格兰西部城市伍斯特的地方报刊曾评价法国王室的蜡像作品，"与真人一模一样"。游客在参观法国蜡像展时，经常会带有恐惧的兴奋感，因为玛丽宣称蜡像面模直接从血肉模糊的原型身上制取，她总是不厌其烦地在推销时强调上述看点。这些直观形象的展品尤其具有吸引力，它们关涉法国大革命风云人物的陨灭和令人毛骨悚然的死亡主题展，而这堪称玛丽的代表作。例如，1819年在诺威奇，马拉的蜡像被宣扬为具有明星般的魅力，"马拉遇刺身亡后，杜莎夫人立马完成了蜡像制作并用以展出"。她在海报中继续鼓吹："这件模型由杜莎夫人从事发现场直接采样、加工而成，但该任务受命于国民公会，马拉的肖像被认为是其典范之作，蜡像容貌和外表的生动性与其他上述提到的名流相比，一点也不逊色，当然，马拉暴躁的性格除外。"玛丽的蜡像展，既给人们提供了亲近历史人物的机会，也注重时尚潮流的兴趣，因此非常引人注目。蜡像脸部表情逼真，着色的身体和头发光彩照人，玻璃眼球闪闪发亮，似乎正迎来送往，此情此景对公众而言极具诱惑力，当时人们所处的时代，交流、散播信息的方式主要通过印刷资料、单色雕塑或正式的艺术精品。而玛丽技艺精湛的蜡像复制品,在灯光照明的映衬下,给参观者带来神奇的体验,即便在名流形象泛滥的时代,与真人同比例大小的精美蜡像仍能吸引人驻足观赏。正如1881年《钱伯斯杂志》刊文指出,蜡像人体模型远比照片或雕像更能产生深度的亲密感。"人们在蜡像馆里能毫无顾忌地褒贬头戴王冠的英国国王",此外,更为刺激的是,"游客可以安全抵达盗贼、杀人犯的'老巢',随即感到寒意阵阵,因为这些杀人越货者对普通人情有独钟"。观众可以不受干扰,仔细品味蜡像的精美工艺和装扮,"在现实生活和习俗中,许多游客自身不可能体验到如此流行的奢华场景"。

时下许多人,不管是通过观摩新近历史中的逝者蜡像来重温过去,或是怀着激动之情与当代新闻故事主角的蜡像并肩而立,两者的体验效果其实相同。玛丽借助蜡像展,预先发挥了蜡像制品最终将被摄影拍照技术所取代的仿真功能,由此使许多场景画面和人物肖像超越了时空和物理限制,得以流传下来。巡展期间,杜莎夫人投身于肖像复制流程,并且在19世纪40年代进展迅猛,因为形象复制技术的进步成了新兴文化的催化剂,这种文化越来越便捷地批量生产出快餐式的图像、画刊产品,且多与名流人物有关。很久以前,玛丽把蜡像视觉媒介打造成了一个共同的文化参照系,并在业内树立起通行的标准,借此推动了名人文化的兴起。有道是"熟悉度能产生名声",玛丽所处的时代,民众对公共生活中的身份认同规范较为陌生,而她有关名流或臭名昭著者的蜡像展,正好为大多数人汇聚了可供参照的视觉形象,从而有助于他们对历史和时事做出自己的理解和阐释。玛丽使外省偏远的民众也能近距离参观公众人物的蜡像,先前他们只是通过其他媒介有限的信息渠道对这些人物有所耳闻。这一共享的信息资源反过来也影响到玛丽与顾客彼此之间如何实现互动,因为普罗大众对名流或恶人的兴趣已成为社会中一股决定性力量,正弥合着以伦敦为核心的都市文化与其他外省文化的裂痕。英国的大众流行文化萌芽于维多利亚时代,玛丽实际上堪称其中的先驱,她兼顾集体性的兴趣，同时迎合中产阶级的价值诉求。玛丽矢志不渝，以体面的娱乐形式，打通了人口学意义上相互隔绝的状况，日益消弭了截然不同的文化背景之间的差异，比如，美术馆馆长、收藏家与杂耍者、戏院门外靠叫喊招揽观众的人之间身份迥异，正式展览与大篷车、货摊巡展所代表的层次不同。

玛丽的卖点是善于在民众尚没有机会获得更多信息之前，时不时棋先一着展示与显要人物相关的蜡像，它们往往带有极强的时效性，且受到全民关注，尤其是加冕礼。借助代理式的方式，打造三维立体的蜡像，进而使民众得以近距离观看国家典礼，这是玛丽拓展市场不可或缺的内容。她同样利用大众对重要人物去世时的关注度，迅速推出其蜡像来吸引顾客，就像当代报刊即时出版纪念性增刊一样。当传播技术不断改善，能便捷地将新闻扩散到外省之前，玛丽在巡展途中别具一格，以迷人的视觉蜡像来演绎新闻人物和事件。与独自阅读新闻报道不同，公众在蜡像馆可以通过文明的社交活动，分享各自掌握的最新资讯，由此满足他们对时事、名流以及八卦消息的猎奇心理。

值得一提的是，玛丽并非上述素材唯一的娱乐活动提供者。在她漫游巡展期间，其他的蜡像展同时上演着类似的主题。比如，1805年，英军主帅纳尔逊在针对法西联合舰队的特拉法加海战中战死，消息传来，举国悲恸，后来，夏洛特公主[1]香消玉殒，国民同样伤心不已，两人的去世为基于悼念需要的蜡像复制品市场提供了巨大的空间，路上总是可以看到阴郁的民众列队前往蜡像展瞻仰。纳尔逊的遗体没有像过去人们常用的方式那样，保存于防腐液中，以便保持较好的状态举行葬礼，相反，他去世后被蜡封了。与纳尔逊本人同尺寸的蜡像由官

---

[1] 夏洛特公主（Princess Charlotte，1796—1817），威尔士亲王（即后来的英王乔治四世）唯一的孩子，分娩产下一胎死腹中的儿子后不久去世。按照英国先前的王位继承规定，若不是因为早逝，夏洛特公主极有可能成为新一任女王，她也曾被民众寄予厚望。

方委托知名的雕塑家凯瑟琳·安德拉斯[1]负责制作，完工后安置于威斯敏斯特教堂，其肖像也是巡展期间非常受欢迎的主题作品。布莱德利先生（Mr. Bradley）最典型的蜡像展，一度在于他生动再现了"不朽的纳尔逊"载誉归来时的场景。布莱德利向公众保证："人们对逝去的英雄伤心欲绝，肝肠寸断，即便最麻木不仁的人，也不得不为之动容。"

夏洛特公主即是后来成为英王的乔治四世的女儿，1817年，她在分娩时去世，从此以后，缅怀公主、催人泪下的蜡像展长盛不衰。由牧师主持的尊贵悼念活动遍布全国，他们无不致力于展现"壮观而庄重的场面，描绘安详的公主殿下与婴儿躺在产房时的情境，就像在温莎城堡的卧房里一样。所有隆重的追悼事项都被人们忠实地复制呈现"。夏洛特公主的灵柩上被覆以深红色的天鹅绒，象征死亡的帷幔令人感到阴郁，营造出悲哀的戏剧氛围。民众悼别夏洛特公主的呼吁非常强烈。"对于成千上万未能获准进入温莎城堡进行祭奠的人而言，他们同样热切期待瞻仰公主葬仪的摹本，帝国数百万悲伤的国民尤为在意向这位英国王位的假定继承人寄托哀思和表示敬意。"英国民众之于夏洛特公主的虔诚和敬爱，在20世纪末参加戴安娜王妃的悼念仪式时再次被激发，同样悲从中来的民众，祈求能前往纪念王妃的蜡像馆缅怀昔日的"英伦玫瑰"，这对蜡像行业来说，始终是一大恩惠。

玛丽同时得面对其他女性竞争对手。霍约夫人（Madame Hoyo）便是其中之一，其顾客对象主要为低收入的工人阶级，通过3便士的入场费积少成多，她在巡展生涯中取得了事业上的成功。霍约夫人最著名的作品当属"力士参孙"的蜡像解剖展，蜡像生动地雕刻绘制出了其脏腑、肌肉以及左手臂上的静动脉血管。霍约夫人同样打造了"伟大而不朽的纳尔逊"蜡像，展品与真人同比例大小，头戴象征荣

---

[1] 凯瑟琳·安德拉斯（Catherine Andras，1775—1860），英国雕塑家，以善于制作蜡像闻名，代表作包括纳尔逊勋爵以及夏洛特公主的蜡像，其作品现在主要陈列于大英博物馆。

耀的桂冠，到了1821年，她通过蜡像展示了拿破仑·波拿巴最后的命运，由此又多了一项娱乐节目供民众参观。

考虑到玛丽漫游期间所遭受到的激烈竞争，尤其是许多同行的蜡像展主题相似，她得以功成名就颇为难能可贵。例如，1818年，布莱德利先生刚在伦敦成功举办蜡像展后，随即转场曼彻斯特，其展品包括77件直接通过写真铸模打造而成的名流蜡像人物，以期"群星璀璨，把欧洲最显赫的人士引人注目地汇聚在一起"。在英国王室蜡像旁，摆放着拿破仑、伏尔泰等人的肖像，此外可见已定罪的当代犯人的仿制品，如耶利米·布兰德雷思[1]就因叛国罪在德比被斩首处决，他的头颅很快被制成蜡像用于展览。提供时事性话题，制造轰动效应，呈现皇室的华丽排场，还原现实生活中惊险刺激的犯罪故事，这些手法成了当年演艺人士巡展活动的缩影。其中许多表演者与玛丽一样，收取相同的费用，即通常支付1先令便可入场，购买展品目录则需额外支付6便士，有些艺人如尤因（Ewing）的展演提供半价票服务，工人和小孩支付3便士即可参观。

柯提斯早年在巴黎演艺界地位颇高，盛名之下，他对玛丽耳提面命，使之具备了雕刻家的丰富技能，这对后者之后能够大展身手、取得成功发挥了巨大作用。玛丽凭借杰出的艺术天赋，同时打造了诸多个性化十足的优质作品，它们大多与法国知名人物和历史事件遗迹相关，可以视为自传式记录材料，与其他普通的蜡像展相比，玛丽的展览别具一格、脱颖而出。她本人总是不断鼓吹自己的蜡像拥有与众不同的卓越品质。广告宣传时，玛丽经常把自己的藏品描述为"无与伦比"，并强调其"成分"独特，暗示柯提斯将蜡熔铸、着色等秘籍传

---

1 耶利米·布兰德雷思（Jeremiah Brandreth，1785—1817），失业工人，据称是一名"卢德分子"（Luddite），即19世纪初期英国手工业者中参加捣毁机器的人，他们强烈反对机械化和自动化。1817年6月9日，耶利米·布兰德雷思率领数百名由铁匠、石匠等劳动阶层为主体的队伍，发动了佩特里奇起义（Pentrich Rising），试图反抗当局，要求改善待遇，摆脱贫困，结果失败，他连同另外两名主谋随后被判处死刑。

授给了她，为此，她的作品"与任何其他蜡像相比，都显得更胜一筹"。1815年，《汤顿信使报》作为众多为蜡像优势"点赞"的报刊之一，声称蜡像通过铸模、雕刻和着色等流程，能展现"最细微的相似之处"，而这正是"当代名流画像通常所不足的地方"。蜡像制作偏爱写实风格，借此"无论过去还是当代的知名人物蜡像都被精雕细琢，竭力呈现原型的本来面貌，甚至包括说话姿态，最后装扮好得体的服饰"。在巴黎，戏装套服是展现蜡像总体效果必备的道具，巡展期间玛丽对此并不马虎敷衍。1816年，朴次茅斯当地的报刊对玛丽的蜡像巡展给予了特别好评："我们从来没有见识过如此完美的幻觉，此前我们也没想到过，竟然能赋予无生命的物质如此无瑕的容貌和性情。"

1820年，《曼彻斯特信使报》刊文，描述了参观有口碑的蜡像展带给人们神奇的错觉体验，就像今天一样："整体效果非常壮观，所有蜡像制作精美，搭配和摆放位置极为自然、协调，为此观众不由自主地会产生此刻自己正徜徉于流光溢彩、栩栩如生的名流群中的幻觉感，并且时不时发出惊叹，忍不住要与其他游客分享充满钦佩之情的观感。"

观众参观蜡像展时的出糗情况，反过来又被玛丽当作噱头，列入了宣传清单中。1818年，在英国东南部罗切斯特市发生的一则"以真乱假"事件，就曾被广泛报道。蜡像巡展期间，一位年轻的女士在跟其他人打招呼时，明显地走到了一位身着制服的军官模型面前。这位女士没有注意到对方的身份，自顾自地脱口而出："请问您是谁？"很快有了答案，"令她非常震惊和困惑的是，被认为是真人的蜡像模型竟然非常有礼貌地鞠躬致意，并且答道：'女士，我的名字是'上尉'……'军团上尉'，非常有幸能为您效劳"。等该女士回过神来，她才留意自己的唐突，"对不起，上尉，我犯了个错，但必须承认，当我不自觉地向蜡像问好时，真让人有点难为情。"

类似的逸闻同样聚焦于玛丽自己的蜡像。有一则关于她的掌故逸事。一位贵妇在入口处从杜莎夫人手中取过参展指南，但随后不知搁哪儿去了。贵妇人于是改变主意，随意游览，并在展厅中心认出了杜莎夫人，然后走向她并索要新的藏品目录手册。林肯郡当地的媒体报道称："贵妇人没有得到任何回应，于是她非常气愤地转过脸，背对着一点不讲礼貌的'杜莎夫人'。"当然，误会很快被消除，贵妇人发现自己刚刚"不过是在与杜莎夫人的蜡像在交谈，因此对'后者'的傲慢态度随即释怀"。玛丽开拓市场的非凡能力在于她知道如何与媒体互动。她证明自己擅长于自我宣传，在一些广告资料中，她独当一面的个人风格和特征极为突出。无疑，玛丽通过"软广告"的方式为报刊"植入"故事，其中不仅包括趣闻，还涉及她慈善捐赠的内容。

有一项值得一提的区别介于"逼真"与"写真"之间，前者是玛丽的蜡像展所营造出来的视觉效果，后者经常被玛丽当作蜡像加工流程中的标准描述拿来宣扬。玛丽所谓蜡像取材于一手实物的说法尽管给顾客留下了深刻印象，却与大多数肖像品根据二手素材加工而成的事实相互冲突。四处巡展生涯期间，玛丽的日程被安排得满满当当，她疲于奔命，为此不太可能从容、悠哉地面对面给广受关注的热点人物铸模、采样，以制作蜡像。不仅如此，在玛丽用于展览的蜡像中，究竟有多少曾得到诸多名流的授权，允许她复制肖像也充满疑窦，因为考虑到玛丽主要为了牟利才展出他们的蜡像，并且必要时可以无限量地生产。正因为这样，我们对玛丽的生存技能和生产能力越发刮目相看，四处漂泊之际，没有专设的工作室，她只能依赖二手的雕塑、半身像和复制画像来进行新的蜡像创作。玛丽坚韧、顽强的行事风格令同行望尘莫及。1819年，《德比信使报》对玛丽的蜡像展进行了评论："蜡像惟妙惟肖，许多直接取材于真人真事，另外一些作品通过精美的雕像复制而来，最典范的蜡像精品与本人同尺寸大小，其服饰装扮非常得体。"

尽管玛丽一再宣称，许多展现法国人物和历史事件的蜡像，都是她从死者遗体上制作了面模，或给在世者铸造一手模型后，才得以加工、打造成形的，这一说法在其自传式逸闻和回忆录中也刻意被强调,但她很少宣扬自己在巡展生涯打造的蜡像也直接取材于原型。例如,玛丽在产品目录中坦言,广受顾客青睐的夏洛特公主蜡像,经"善良的彼得·图尔涅列利[1]授权后,以其美丽而知名的雕像作品为摹本加工而成"。身为英国皇室常任的御用雕塑师,彼得·图尔涅列利运用石膏创作了大量皇室成员肖像,并输送给大众市场,这对于四处漫游巡展的玛丽而言,无疑使她能通过相对容易的方式,获取有用的蜡像创作资源。玛丽对彼得·图尔涅列利的其他许多雕像创作同样表示了感谢,如爱尔兰爱国者丹尼尔·奥康奈尔[2]的半身胸像,"是在都柏林写真创作的"。玛丽有关乔治四世隆重出席加冕礼时的蜡像,被描述为"模仿于其胸像雕塑,后者直接以国王本人为模特创作而成"。随后,国王蜡像所采取的姿势被认为"偷师于托马斯·劳伦斯[3]爵士的画作"。威灵顿公爵的蜡像被视为"仿造于1812年经一位知名艺术家完成的半身雕像"。1828年,有一次重访爱丁堡时,玛丽展出了诗人拜伦[4]勋爵的蜡像,并且宣称"直接取材于意大利时期",与此同时,她在拜伦蜡像的旁边搭配了小说家沃尔特·司各特[5]爵士的蜡像,说这是"杜莎夫人亲自从其本人身上铸模创作出来的作品",但事实上,

---

1 彼得·图尔涅列利(Peter Turnerelli,1774—1839),生于爱尔兰,视觉艺术家,英国皇家御用雕塑师。
2 丹尼尔·奥康奈尔(Daniel O'Connell,1775—1847),19世纪前期爱尔兰民族主义领袖,因在推动天主教徒获得平等的公民权利等方面卓有成效,被誉为"解放者"。
3 托马斯·劳伦斯(Thomas Lawrence,1769—1830),英国摄政时期最出名的肖像画家,曾任皇家艺术学院院长,代表作包括《神圣教皇庇护七世》(*Pope Pius VII*)、《布莱欣伯爵夫人》(*Margaret, Countess of Blessington*)等。
4 即乔治·戈登·拜伦(George Gordon Byron,1788—1824),英国伟大的浪漫主义诗人,代表作品有《恰尔德·哈洛尔德游记》(*Childe Harold's Pilgrimage*)、《唐璜》(*Don Juan*)等。其创作塑造了一批"拜伦式英雄",其中不乏海盗、异教徒、流放者,他们大多孤傲、高冷,不与流俗和黑恶势力妥协,充满抗争精神,但最后多以失败告终。这正是拜伦自身的写照,他参加并领导了希腊民族解放运动,期间因心力交瘁,受风寒侵袭,最终客死他乡。
5 沃尔特·司各特(Walter Scott,1771—1832),英国诗人、小说家,被誉为"欧洲历史小说之父",代表作有《湖上夫人》(*The Lady of the Lake*)、《修道院》(*Monastery*)、《艾凡赫》(*Ivanhoe*)等。

所有线索都表明，玛丽的蜡像仅是弗朗西斯·钱特里[1]作品的再创作，因为他给沃尔特·司各特爵士这位伟大小说家塑造过类似的半身像。拜伦勋爵和沃尔特·司各特爵士"文学二人组合"蜡像展尤其令人感兴趣，因为它们是难得一见的案例，印证了玛丽如何及时迎合公众的参观需求。据当地媒体报道，玛丽"急于想要满足顾客的期待，这促使她赶紧制作了拜伦勋爵的蜡像，由此大众得以一起领略两位当代最伟大诗人的风采"。

玛丽宣称其蜡像"直接取材实物"因此是带有弹性的说法。事实上，这有时意味着蜡像源自去世的人，并且在此类情境中，玛丽无须亲自出马，用液体石膏给死刑犯制作面模等。有证据表明，玛丽曾从布里斯托尔的外科医生理查德·史密斯（Richard Smith）手中，购买被处决的重刑犯的死亡面具藏品。玛丽可能正是以上述二手素材为基础，创造了许多吸引大众目光的罪犯蜡像。例如，1829年《利物浦信使报》称玛丽新增了"一件连环杀手'恶魔伯克'[2]的蜡像，据说蜡像加工时直接从其本人脸上制造了面模。因为就目前所知，这是加工一件完美蜡像最有效的方式，我们毫无疑问可以想象，民众将对'恶魔伯克'的蜡像展趋之若鹜，他们迫切想看到这位无耻之徒最后的下场，其罪行几乎史无前例"。

玛丽蜡像展最受欢迎的地方在于能迎合公众的需求，使他们知道举世闻名的人物究竟长啥模样，尤其是拿破仑，其魅力并不因个人的兴衰浮沉而黯淡无光。在公众的想象中，拿破仑仍是一位伟人，玛丽规避了漫画在描绘人物个性方面的局限性，充分发挥拿破仑蜡像的效

---

[1] 弗朗西斯·钱特里（Francis Chantrey，1781—1841），英国新古典主义雕塑家，为许多名流创作了大量雕像精品，如英王乔治四世、莱德主教（Bishop Ryder，1777—1836）等。

[2] 威廉·伯克（William Burke，1792—1829），爱尔兰、苏格兰连环杀手，伯克曾在爱丁堡等地，伙同他人偷盗尸体、诱杀路人，然后将尸体卖给医生用于医学解剖，前后共犯下十余条命案。最后，威廉·伯克在谋害一名妇女时东窗事发，同伙揭发伯克后被释，伯克则被判处绞刑。在执行绞刑时，愤怒的围观群众纷纷大叫"捂死他（Burke Him）"，试图"以其人之道还治其人之身"。因此，"Burke"一词在英文中兼有"暗中消灭，使人窒息而死"等意。

用，以满足游客强烈的好奇心。1815年滑铁卢战役兵败之后一个月，拿破仑向英军投降，并将自己移交给了"柏勒洛丰号"（Bellerophon）梅特兰舰长。同年8月，拿破仑作为当代最令人恐惧又魅力超凡的人物，最终现身于英国的海岸线，此前他一再威胁要发动入侵，如今沦为阶下囚，举国上下为之轰动。拿破仑以俘虏之身，登上了英国海军护卫舰，这一情形越发增添了他的感染力。临时准备的观光小型船队挤满了普利茅斯港，任何人只要拥有防水的舢板、船只，便会向充满好奇心的民众收取20基尼金币的费用，以便他们吵吵嚷嚷列队登船，瞥一眼拿破仑这位已经臣服的英雄。据目击者估计，不少于1万人聚集在港口船只上，他们相互推搡、摇摇晃晃、在水面上忽沉忽浮，全都盯着"柏勒洛丰号"的甲板，拿破仑也时不时亮相，众人莫不沉迷于此。港口过于拥挤、混乱，以致引发了意外事故，部分争先恐后、企图一睹为快的观光客溺水了。报刊专栏充斥着有关拿破仑体征细节的报道，称他现在已经发福，整个人看上去显得有些臃肿。

　　玛丽将拿破仑本人的吸引力转变成了举办蜡像展的机会，以方便民众更便捷且不用冒风险地近距离观看。她打造了陨落帝王拿破仑的蜡像，游客借此可以不受限制地参观、仔细端详，自由自在地交流观感。1818年，玛丽蜡像展的一份产品清单写道，"拿破仑登上'柏勒洛丰号'并于1815年在海滨度假胜地托贝下船后，其全身蜡像完成了制作"；蜡像目录上还评论说："当年拿破仑只要皱一下眉头，世上最有权势的君王都不得不感到害怕，但最终他自己也沦为了可怜的人。"这一例子说明玛丽依托二手素材，创造了时事性强且投观众所好的蜡像，因为没有任何普通民众被允许登上"柏勒洛丰号"。我们现在已不太清楚，玛丽是否利用了藏品中此前已存在的拿破仑肖像来制作新的蜡像，但是，她极有可能参考了查尔斯·伊斯特莱克[1]爵士新近创作

---

[1] 查尔斯·伊斯特莱克（Charles Eastlake, 1793—1865），英国画家和艺术批评家，曾任国家美术馆馆长，代表作有《拿破仑登上"柏勒洛丰号"》（Napoleon on Board the Bellerophon）等。

的拿破仑肖像画,后者在"柏勒洛丰号"抵达时进行了素描写生。查尔斯·伊斯特莱克爵士的画作随后在伦敦展出,被公认为是拿破仑这位前任帝王最好的肖像画,很快受到民众追捧,画者由此名利双收。

在玛丽打理下,蜡像展生意兴隆,滑铁卢战役之后的几年里,她应当敏锐地注意到,与纪念拿破仑有关的商业活动日益兴旺。拿破仑的四轮马车在滑铁卢战场上被缴获,后来由威廉·布洛克设展于伦敦埃及厅,结果万人空巷,争相观赏,拿破仑的座驾随后在全国巡展,同样吸引了大量民众,当时正四处漫游的玛丽想必留意到了这一盛况。玛丽甚至可能看到了1818年的报道:拿破仑的四轮马车及其行军装备,在全国巡展后的收入超过了3.5万英镑。多年以后,玛丽最终将拿破仑的四轮马车买下,放置于自己的蜡像馆中供人参观。

巡展期间,玛丽发现王室新闻有很大的吸引力,通过形象的蜡像新闻展,英国王室开始成为她拓展生意的有益源泉。巡展生涯期间,英国王室长期陷于公关危机,这一点正好被玛丽所利用。尽管玛丽巡展的藏品仍多以法国题材和法国王室为主题,但从1809年开始,她开始陈列与英国王室有关的蜡像。汉诺威王朝[1]皇室成员为她筹办蜡像展提供了广阔的发挥空间。疯癫、通奸以及腐败,无不损害了君主制的权威。乔治三世被尊称为"人民之父",在生命的最后几十年里,他却是一位精神失常、风烛残年的老人,就像李尔王一样,只有通过咆哮、唠叨获得暂时的平静,得以超脱现实。他在衰朽的晚年获得了民众的爱戴和同情,但形成鲜明对照的是,与此同时人们对其儿子乔治四世的嘲笑与日俱增。在威灵顿公爵看来,"可以想象得到",乔治四世及其兄弟"是系在任何政府脖颈上异常沉重的一块磨石"。

威尔士亲王继承王位成为乔治四世尤其遭到英国民众鄙夷。担任摄政王期间,他沉湎于暴饮暴食、通奸,同时善妒、懒惰,几乎集所

---

[1] 汉诺威王朝(The Hanoverians),1714—1901年统治英国,始于乔治一世,终结于维多利亚女王。

有致命的罪孽于一身。据俄国沙皇的妹妹描述，摄政王眼神迷离，因为他总是"恬不知耻地偷窥'非礼勿视'的部位"。为了保持性感的魅力，他会毫不在意地购买售价高达33英镑的玫瑰露和化妆香粉。尽管摄政王放纵无度、肆意挥霍等作风令臣民感到厌恶，但英国人喜欢他的妻子威尔士王妃卡罗琳[1]，许多人尤其是她的丈夫，都希望她能花费更多财物和精力用于梳妆打扮。卡罗琳王妃过于节俭，舍不得洗澡和更换衣物，满身异味，颇为邋遢，她倒是急需涂洒丈夫昂贵的古龙香水。威尔士亲王的外交助手也把卡罗琳晾在了一边："我发现王妃迫切需要穿上一件长礼服，并且对她身着短礼服的装扮表示叹息。"如果连王室家庭中都堆满肮脏的衣物，那普通民众的公共生活将有更多需要清洗的服饰。玛丽·安妮·克拉克（Mary Anne Clark）为摄政王的弟弟约克公爵[2]的情妇，卡罗琳王妃的私生活以及玛丽·安妮·克拉克有伤风化的不轨行为，成了两大最流行的王室八卦，玛丽借助蜡像展的形式，又把这两位女性的故事转化为人们新的谈资。

玛丽·安妮·克拉克成了蜡像展的主角，据称她利用自身的优势，为所有企图谋得一官半职、盼求仕途升迁的军人大开方便之门，前提是对方得向她支付足够多的贿赂，这一劲爆消息吸引了全英国的关注。幕后的权钱交易总是能激发公众的兴趣，但是转向床头两性关系后，又平添几分辛辣的讽刺意味。为了面对下议院的质询，约克公爵与情妇的情书被公之于众，随着调查结果的披露，举国为之震惊。约克公爵与情妇之间，除了白纸黑字坐实的通奸关系外，佣人们偶然偷听到的私下交易，也被认为是公爵与情人相互勾结的证据。据说随着案件审理的推进，小孩在街上投掷硬币玩耍时，他们已开始用"公爵"（Duke）和"宝贝"（Darling）来代称"正面"与"背面"。尽管两人极力撇清关系，约克公爵的军事生涯还是戛然而止，只剩关乎他

---

1 威尔士王妃卡罗琳（Caroline, 1768—1821），1795年与表哥威尔士亲王乔治大婚，成为王妃。
2 约克公爵（Duke of York, 1763—1827），乔治三世的第二个儿子，曾任英军总司令多年。

风流韵事的童谣永远流传。约克公爵曾统率上万将士，他的职业荣誉无法挽回地被唯利是图的情妇毁于一旦，玛丽·安妮·克拉克私下谋利，与他人进行权钱交易，也葬送了自己的前程。约克公爵原本是王位的第二继承人，且已向她保证要确立两人的婚姻关系。

玛丽从中获利的第二大王室丑闻牵连到卡罗琳王妃，身为摄政王（后来为英王乔治四世）的妃子，她长期被疏远，但据传与一位名为贝尔加米（Bergami）的意大利浪荡子勾搭成奸，相关调查同样引起全国轰动。乔治三世去世后，摄政王作为儿子和继承人面临着一件棘手的事情，他虽然厌恶妻子，但对方是法定的王后，与他一起被正式册封。于是，乔治四世试图通过所谓的"米兰调查团"，宣告妻子已不再适合担任王后角色。卡罗琳被强制流放海外期间，关于她和贝尔加米的最新报告令人喜忧参半。有消息称：两人在一辆饰有粉红海贝的双轮马车上相互搂颈爱抚，招摇过市地穿过米兰的大街小巷，卡罗琳徐娘半老、风韵犹存，如今身着低胸礼服，粉红色的绸缎在其臀部如波浪般翻涌，她与苗条的情人携手而行。最荒唐的是，卡罗琳和情人骑驴到了耶路撒冷，在此她冠以贝尔加米的姓氏接受荣誉爵士称号，这降低了英国民众对她的喜爱。国民偏爱他的妻子，乔治四世为此头疼不已。他们只知道给国王喝倒彩，却为王后欢呼雀跃。一定程度上，乔治四世鉴于尊重民意需要，决定放弃调查，并打消了随便废黜王后的念头，哪怕是非正式的也不行。民众对卡罗琳的舆情被认为带有潜在的煽动性，若处理不慎，可能会引发动乱。

"米兰调查团"的调查结果提交上议院秘密委员会，并且根据私人法案相关条款，卡罗琳王后将出庭受审。律师绿色的公文包里，有一些足以给王后定罪的文件证据，事件的发酵挑动着英国的神经，人们欢欣鼓舞，以此为主题创作了无数的漫画和讽刺文章。乔治四世与王后的争斗主导了1820年的政治生活，万众瞩目、一决雌雄的时刻终于到来，与此同时，玛丽对王后情人贝尔加米的蜡像展也处于全盛时期。例如，1820年7月，《曼彻斯特先驱报》（*Manchester Herald*）报道了玛丽的蜡像展品，其中"巴托洛缪·贝尔加米这位当前被热议的人物，因受到王妃宠爱，陡然从卑微的仆从状态跃升到了贵族的位置，其蜡像如今已被杜莎夫人增设到精彩、有趣的藏品中"。及至10月，公众仍沉迷于参观贝尔加米蜡像展："知名的意大利人贝尔加米现在是上议院讨论的主题，由此可见，无论今天还是本周的每个日夜，民众将常去伦敦皇家交易所的附设餐馆观摩他那令人称奇的逼真蜡像展。"最终，针对王后的审判被取消了，但是她被禁止出席乔治四世的加冕礼。国王不愿他的妻子抛头露面。据说，王室侍从曾向乔治四世汇报拿破仑的死讯："陛下，您最强大的敌人已经死了。"国王却以为在说他的妻子："谢天谢地，她终于玩完了！"

玛丽在策划与王室有关的蜡像展时，呈现出有趣的二元性。为了迎合公众口味，一旦有新的丑闻涉及王室且引起全国性关注后，她便把人们讨论最多的蜡像主角摆放在最突出的位置上。但是，玛丽同时开始通过蜡像展巧妙地影响公共舆论，王室成员个人现实生活中的瑕疵污点被更为恢宏高大的君主形象所取代，后者直接切入国家民族认同观，蜡像披红着貂，唤醒了人们对历史遗产的庄重感。玛丽尤其令乔治四世的形象焕然一新：重塑了他身为帝王的飒爽英姿，而在真实生活中，乔治四世极其猥琐、毫无帝王的威严庄重相，他矮胖且患有痛风，日益依赖演员化妆用的油彩和假胡须，以掩盖自己红扑扑、宿醉未醒的脸色。据生于英格兰的爱尔兰作家玛丽亚·埃奇沃思[1]描述，当国王状态好时，"他看上去就像一根被塞入肠衣中的巨大的香肠。"

玛丽漫游期间，策划推出了乔治四世加冕典礼时的蜡像展，受到观众特别喜欢，这成了她日后办展的基本内容，并在伦敦取得了持续的成功。1821年，玛丽呈现的生动蜡像场景仅仅是加冕典礼的一个

---

[1] 玛丽亚·埃奇沃思（Maria Edgeworth，1768—1849），被誉为"英国第一位一流的儿童文学女作家"，代表作有《拉克伦特堡》（*Castle Rackrent*）、《父母的助手》（*The Parent's Assistant*）等。

面相，此外还有其他演艺人士参与其中，他们打造出具有竞争力的蜡像模型、全景场面以及最引人注目的戏剧表演。1821年12月，在利物浦，玛丽直接与一位艺名为科尔曼先生（Mr. Coleman）的人每晚上演的"精彩场景"展开了竞争。科尔曼先生的演出规模宏大、广受欢迎，为此除了常规的戏剧剧团展，他还有200场额外的演出活动。在神职人员看来，乔治四世的加冕礼代表了庄重的圣礼，但随即又被戏剧化了。对于玛丽而言，她在同样的场所展出罪犯的蜡像，则凸显了民众对新闻信息的渴望。这种渴望如今已被大量的电视、报刊报道填充。我们只需记住，许多知名人士曾认为，对英国女王伊丽莎白二世登基时的盛况进行公开电视直播，将使女王面临身份被贬低的风险。那么，考虑到以下事项也应该颇有意思，即为乔治四世加冕时的场景制作实体蜡像模型，是否会成功地使公众更亲近庄严的仪式，或者只是令众人更为失望、不屑一顾？事实上，玛丽和科尔曼先生的情景再现可能比真实的场面更为高贵、庄重，因为根据亲身参加庆典且能够鸟瞰整个现场的人回忆，正是国王本人使得加冕礼平淡无奇。阿巴斯诺特夫人[1]抱怨说，国王的举止"非常不体面"。威灵顿公爵也写道："国王目光呆滞，每个人都看到他亲吻戒指时敷衍了事。"一年之后，英国王室仍欠一家名为"朗德尔先生–布里奇珠宝首饰店"的店主3.3万英镑费用，因为他们在加冕礼上为王室提供了盛装。而玛丽蜡像展的王位装配工，即圣安街的佩特里和沃克先生，却早就拿到了自己的酬金。

　　玛丽投放在利物浦和曼彻斯特媒体上的广告，记述了其备受青睐的加冕蜡像展的新动向。1821年7月，在利物浦，（加冕礼举行后当周内）玛丽展出了最早的版本，蜡像聚焦于"国王陛下这位高贵的人物，所有努力都被调动起来，以确保能完美地展现已头戴王冠的名流

---

[1] 即哈丽特·阿巴斯诺特（Harriet Arbuthnot，1793—1834），19世纪早期英国日记作者、社会观察家，与战胜拿破仑的威灵顿公爵关系密切，为后者"最亲近的女性朋友"。

形象"。当天晚上,国王的臣民便能参观、夸赞其蜡像,还有一队军乐团配合展览演奏,起到了很好的背景乐的效果。几个月后,在曼彻斯特,玛丽将国王的蜡像安置在了更为精心布置的环境中,"她对用于办展的'金狮礼堂'进行了彻底的装修,以便再现乔治四世安放王座的卡顿宫的奢华富丽。当地媒体的评论令人心驰神往,《曼彻斯特卫报》(Manchester Guardian)写道:"正在礼堂举办的乔治四世加冕蜡像展,艺术成就超过了本城此前出现过的任何展品。"另一家媒体也热情洋溢地报道:"蜡像展提供了现实的情境,当人们的目光落在这件仪表堂堂的蜡像上时,尊敬与顺从之情油然而生。"

壮丽的加冕蜡像展被证明极受欢迎,玛丽为此意识到自己找对了方向,并且可以进行更多的拓展和改编实践,增设一些与不列颠、爱尔兰、苏格兰相关的寓言人物蜡像,借以丰富藏品。公众喜欢参观此类蜡像展。1822年4月,《布莱克本邮报》(Blackburn Mail)宣称,"我们的君主看起来像一位真正的王者,当我们凝视他的蜡像时,内心充满自豪。"受此鼓舞,玛丽随后推出了一个颇具讽刺意味和戏剧性的参观节目,即把"高贵的乔治四世举行隆重加冕礼"的蜡像与拿破仑加冕为皇帝时的场景并置。同样是登基,但两者合法性与非正统性的对比效果,为蜡像展增添了另外一番兴味,这正是玛丽吸引观众的窍门所在。

玛丽总是能意识到需要改变、创新、与时俱进,为了维持观众对展品的兴趣和争取回头客,她于是打造了许多英国历史上的国王和王后蜡像,正如有评论指出,民众"由此可以在时空中穿越"。巡展途中,玛丽的蜡像展既关注热点新闻,也反映历史,它们将当下耸人听闻的事件与历史壮观的场景融为一体,这成了玛丽策展的基本模式,并且在她拥有了固定的蜡像展馆后将不断被发扬光大。玛丽给乔治三世仿制过面模,并在其统治下的英国生活多年,但随着时间的流逝,乔治三世时代即将画上休止符。

正在参观"鳄鱼怪物展"的人,由乔治·沙夫绘制

第十三章

1822—1831 年：死里逃生现转机

漂泊的生活总是充满艰辛，但与某些降临在玛丽巡展生涯后期的突发事件相比，日常的劳累往往不值一提。对于玛丽而言，1822年她取得了一系列商业上的突破，但也体验了死里逃生的惊险。据一份家族回忆录提供的详尽证据，玛丽和儿子约瑟夫乘船准备前往都柏林时，在利物浦附近发生造成多人死亡的海难，玛丽母子俩最终得以幸存。海难发生于1822年8月8日，与乔治四世出访爱尔兰的时间相符。早在当年6月底，玛丽便已告知公众将关闭蜡像展，因为"在都柏林已有其他特别的安排"。很可能由于乔治四世的加冕蜡像展此前取得了空前成功，玛丽又发现了一个极好的商机，即趁着国王将出访爱尔兰的时机，通过蜡像展来继续制造时事话题，从而招徕顾客。值得注意的是，上述海难中，在约50位旅客幸存者的名录中，并没有"玛丽"和"约瑟夫"的名字，这一数字与伤亡总数大体相同。唯一能证明玛丽与此次不幸事件有关的文献，仅仅是法林顿夫人（Mrs. Farington）在其家族记事中简要提了一下。

故事的来龙去脉大致如下：在英格兰西北部港口城市普雷斯顿附近，一场家庭晚宴被门外一群不速之客的叩门声打断。"法林顿夫人怀着好奇心，兀自来到家门口，随即发现男管家正滔滔不绝地以流利的法语与门外的人交谈。法林顿夫人将他们请进屋，发现来者为一小队外国人，在前往都柏林的途中遭遇了沉船事故。领队正是杜莎夫人。"他们全身湿透、沾满污泥，随身带着仅有的行李箱。显然，他们在此待了一段时日进行休整后，才重新上路。如果玛丽真的遇到了沉船事故，那么她必定事先已将模具储存放好，并且是轻车简从，因为当她返回利物浦后，没有证据显示其蜡像受到过任何损失。同样，她也没有额外花费大力气，对损失的蜡像进行修补。

沉船事故还延缓了玛丽与其小儿子团聚的时间，这一点颇为有趣。根据玛丽曾孙经过反复求证的故事，时年22岁的弗朗西斯，只身来到英国，但他听信了母亲已在海难中丧生的传闻，于是立马返回了法国。鉴于当时的通信条件如此之差，直到几个月后，弗朗西斯才获悉母亲和哥哥均安然无恙，暂居于曼彻斯特城。关于此次重逢，没有留下更多细节，但杜莎家族传统上认为玛丽母子最终在利物浦团圆，并且从此以后，他们将一路坦途，通过努力奋斗，赢得功成名就。

有关玛丽个人信息的匮乏，令传记作者们抓狂。除了信函和私人记录外，只剩下越发不可靠的传闻，弗朗西斯与约瑟夫的兄弟关系有点紧张，而玛丽的丈夫弗朗索瓦仍留在巴黎，无论是在职业方面还是从父亲角色而言，他继续令家庭感到失望。至于弗朗西斯，他对母亲与哥哥约瑟夫长期亲密的关系心生妒忌，同时无法确保能在母亲那里享受到同等宠爱，因此兄弟俩之间的冲突便可以理解了。大儿子约瑟夫向来是玛丽永远的"尼尼"，他早已成为母亲身边得力的助手，并且是相依为命的日子里唯一的寄托。没有关于玛丽母亲的只言片语，但是，到1822年，她的年纪应接近80岁，鉴于此，很可能是老人家的去世促成了玛丽母子团聚。弗朗索瓦不仅是一位不称职的丈夫，还是一位不合格的父亲。显然，弗朗索瓦充满怨愤，并不愿意支持小儿子求学以成为一名建筑师的愿望。于是弗朗西斯不得不先在一家百货店打杂，随后改学台球桌制作手艺。这一毫无前途的工作倒是歪打正着，因为他雕刻木头的技艺后来在制造蜡像四肢时有了用武之地。

可以确信的是，约瑟夫和弗朗西斯均忠诚于母亲，无论基于自愿或是强迫，他们都把自己的人生献给了家族生意。兄弟俩都在巡展期间成家。1822年，约瑟夫结婚，当时他们正在伯明翰举办蜡像展。约瑟夫似乎与当地一位名为伊丽莎白·巴宾顿（Elizabeth Babbington）的姑娘相爱，他们生育了三个小孩，第一个为儿子，生于1829年。弗朗西斯稍后与丽贝卡·斯莫庞基（Rebecca Smallpage）结婚，他们的第一个孩子同样是男孩，生于1831年。弟弟弗朗西斯离开巴黎时，肯定会经常想到母亲更偏爱哥哥约瑟夫，因此，可能为了照顾兄弟俩之间的情谊，约瑟夫和伊丽莎白给自己的第一个儿子取名"弗朗西斯"，弗朗西斯和丽贝卡投桃报李，将自己的大儿子取名为"约瑟夫"。当玛丽在伦敦立足、有了自己的蜡像馆后，杜莎家族又增添了八位新成员，玛丽膝下已有十二位孙辈。他们都将为家族蜡像事业效劳，并且直到1967年前后，仍可见杜莎家族成员直接参与蜡像业务的身影。

蜡像展曾短暂涌现过一股"文艺范儿"风潮。从中午11点到下午6点，以及晚上7点到10点，这是最利于休闲参观的时段，体面的中产阶级家庭也最喜欢在这些时间节点出来散步、出席舞会。为了营造轻松的氛围，音乐变得日益重要。近年来，音乐家的数量不断增长，从费舍尔先生（Mr. Fisher）的长笛演奏到完整的管弦乐队，包罗万象，音乐表演者的姓名也会在宣传广告中提及。1826年，约克郡的报刊欣喜地报道："自从来到约克郡后，布拉德伯里小姐和贝拉米先生技艺精进，前者唱歌时更显从容，后者看上去也更为精神。"1827年，当他们前往英格兰东北部德罕郡演出时，乐队中的音乐家已达十五人。通过诸多创新，玛丽似乎引领了蜡像展背景音乐潮流，乐器奏出的旋律能够使观众放松。音乐演奏制造了足够多的"噪声"，便于游客私下交谈，或有助于沉思。这一新奇的创意吸引了公众和媒体的关注。1833年9月，《梅德斯通日报》（*Maidstone Journal*）宣称："几乎不可能想到还有比这更令人感兴趣的夜间休息室了，其最大的魅力在于有一队精选出来的音乐表演者,他们演奏的曲目很少在类似展览中听到。这真是锦上添花的安排。"1834年,当玛丽母子胜利返回伦敦并在格雷学院路举办蜡像展时,他们在《泰晤士报》呼吁读者"不要再浪费时间,赶紧去设在戏剧长廊和休息厅里的蜡像馆参观吧,在那里,大家不但可以欣赏历代名流的逼真蜡像,同时能听到许多令人愉悦的现代音乐,它们被熟练地演奏,绝对是一场长达半小时的益智盛宴"。

受此增值服务的鼓舞,玛丽在筹备蜡像展时引进了定期的音乐节目表演,连续五个月,在国王十字火车站附近的展馆中,赞美之声不绝于耳:"音乐曼妙,歌声悦耳(蜡像展增设的节目),使得观众在长达两个小时的休闲活动中极其愉悦,这给单调乏味的戏剧演出也带来了可喜的改变。"

1831年秋,玛丽原本经营顺利的蜡像展被突发事故中断了,她再次遭到冲击,突发事件危及她的生计和性命。九年前,玛丽曾在沉船事故中戏剧性地生还,如今,重访布里斯托尔时,她几乎被烈焰毁灭。同年10月,在英国上议院拒绝通过《改革法案》(*Reform Bill*)前约三周,布里斯托尔发生了骚乱,时年已达70岁高龄的玛丽,发现自己再次置身于动乱中心,这是她生命中第二次直面全副武装的暴民。

1831年的布里斯托尔,成了日益扩大的社会分化的缩影,此时,该现象在任何大城市都非常明显。此后数十年,大量社会道德小说记录了贫富差距情况,尤其是英国著名政治家、小说家迪斯雷利[1]的评论一语中的,他把英国描述为相互疏远的"两个国家","它们就像居住在不同的区域,或栖身于不同的星球"。当地媒体如《菲力克斯·法利报》(*Felix Farley's Journal*)和《布里斯托尔报》(*Bristol Gazett*),也揭示了两个截然不同的繁荣与贫困的世界,而到达布里斯托尔之初,玛丽曾在这两份报刊上有偿打广告,为蜡像展做宣传。

---

[1] 本杰明·迪斯雷利(Benjamin Disraeli,1804—1881),两度出任英国首相,任内励精图治,推行殖民扩张政策。

布里斯托尔地区的富裕人家是玛丽试图吸引上流社会人士参观蜡像展的重点，而他们也是舞蹈社团和美术展览的争取对象。由布里斯托尔一家社交组织机构对一次秋季活动的报道便可以看出，玛丽的目的在这里并不容易达到。这份报道是这样说的："首届社交晚会于周四举行，将近600人参加，其中包括布里斯托尔及其周边的大户人家。美术馆中的画作和展品富丽堂皇、熠熠生辉。人群中不时出现市长、市长夫人的身影，此外还包括郡治安官及其眷属、布里斯托尔主教、其他家庭代表等。"

同样祥和而文雅的娱乐活动，由玛丽及其助手在公共礼堂上演，伴随着音乐的旋律，克利夫顿区富有的居民通过参观历史上或当下的蜡像人物，包括英雄、敌人、王室成员或叛徒，进而能够在此打发一两个小时愉快的时光。这个世界远离生存压力，而如何谋生正是布里斯托尔人数日益增长的下层阶级所必须面对的问题。通过报刊悲惨的片断报道，他们的困顿显而易见，简短的文字背后，潜藏着巨大的痛苦。

生活优渥的顾客，在玛丽的展览中安全地观赏连环杀手伯克和黑尔的蜡像，或是浏览那些被她宣称为"革命断头展"的藏品，但与此同时，弱势群体因贫穷和饥饿造成的犯罪和惩罚事件也更为直接。例如，就在玛丽的蜡像展开张不久，亨利·希克斯（Henry Hicks）这个年仅12岁的小孩，因为偷了一块奶酪，便被判处十二个月的监禁和苦役。同一周，另一个少年犯被判处十四年流放，只因他偷了一位贵妇的丝袋，当时"这位受人尊敬的妇女"正前往王后广场途中。

当玛丽镀金搽粉的蜡像展流光溢彩、门庭若市时，布里斯托尔救济院却显然不够用，因为当地的劳动力市场用工需求正在缩减。获得救济的标准不断被抬升，对于受压迫者而言，"贫民救济"也非仁慈的香饽饽，他们必须每天轮班从事碎石工作八个小时作为交换，才能享受到这一待遇。杜莎夫人逗留布里斯托尔期间，富裕阶层世外桃源般的舒适生活，很快被猛烈地粉碎了。近一周时间里，当地报纸都在报道穆勒先生（Mr. Muller）美丽的花园被600名暴民付之一炬的疯狂场景:"红色的火光冲天,星星点点照亮了夜空。"这一令人心痛的记录,正是布里斯托尔连续三天陷于纵火和无政府状态的真实写照。

骚乱爆发前两年,威廉·科贝特出版了《乡村骑行记》,在他的笔下,布里斯托尔"是一座风景宜人、坚固且富有的城市,居民随和、彬彬有礼,个人美德和公共精神融为一体,没有空洞的喧哗和傲慢"。但是,这不是玛丽及其儿子所体验到的情形。他们所见全是充满暴力和毁灭的创伤性场景,玛丽对此再熟悉不过了。正如查尔斯·格雷维尔[1]爵士记载的那样:"布里斯托尔的事情……野蛮、残忍且反复无常,无缘无故爆发的暴力冲突几乎与法国大革命时期有得一拼。"

玛丽于1831年9月初抵达布里斯托尔。当地媒体较多,居住着大量富人,这些条件非常适合玛丽开展蜡像经营,她还发现每次重访该城,总会有不少斩获。玛丽并没有独吞布里斯托尔城的商机和利润,她有两位坚定的巡展"死党"做伴,即乔治·伍姆韦尔和安德鲁·迪克罗,前者通过动物展览,后者凭借马术特技表演,分别与玛丽争夺着当地有钱的顾客。考虑到时效性,玛丽打算把《改革法案》拥护者布鲁厄姆勋爵[2]的蜡像放在连环杀手伯克和黑尔的蜡像旁,人们对后者依然兴趣盎然。玛丽的对手不容易征服,他们不仅仅进行动物展或马戏表演,而且游刃有余地推销自己、拓展市场。伍姆韦尔抵达某座城镇时,总会引起轰动,其货车队由60名彪悍的"骑兵"组成,阵势颇大。大象可移动的居所免费供民众参观,它有30英尺长、约14英尺高,由12匹马牵引着。伍姆韦尔及其合伙人既是野生动物展览商,也是"四处漫游的教师,传播着博物学知识"。迪克罗凭借其优良的种马,承诺上演"与艺术、科学有关的娱乐节目,它们独特、古典,涉及历史神话题材"。更确切地说,迪克罗将给外省民众带来轰动的节

---

1 查尔斯·格雷维尔(Charles Greville, 1794—1865),英国日记作家。
2 布鲁厄姆勋爵(Lord Brougham, 1778—1868),英国改革家、大法官兼上院议长,曾为卡罗琳王后辩护,要求保留其王后封号,后参与创办伦敦大学。

目,即演员骑无鞍马表演拜伦叙事诗《马泽帕》[1]中的场景。他在伦敦表演期间,至少连续150次场场满座。这些专业的巡演活动虽然成本较高,但活力四射,彰显出巨大的优势。

伍姆韦尔和迪克罗展演节目带有教育功能,专业素养较高,这与民众更喜闻乐见的城镇集市娱乐活动形成了鲜明反差,后者通常在巡回法庭进行秋审时上演。玛丽利用了两者之间的反差,并在其广告中指出,自己的蜡像展"并不会受到拥挤、喧闹、混乱的皮革交易会的影响"。查尔斯·韦瑟雷尔[2]爵士到访布里斯托尔时,在一群被剥夺了公民权的年轻人中引发了暴力抗议,相比而言,观看娱乐节目时,暴民潜在的动乱威胁显得微不足道。

查尔斯·韦瑟雷尔爵士的形象被画成讽刺漫画,以一副醉醺醺的样子闻名,他对普通民众的疾苦漠不关心,却在布里斯托尔负责主持巡回法庭,扬言当地部分煽动改革的滋事者将被审判。他的到来不是一个好兆头。查尔斯·韦瑟雷尔爵士曾在下议院发表演讲,议长对他的评论是信口雌黄、手舞足蹈、搔首弄姿。但是,除了沦为笑柄外,查尔斯·韦瑟雷尔爵士也是一位充满争议的人物,他在议会改革中持激烈反对立场。尽管被委任为布里斯托尔地方大法官长达四年之久,查尔斯·韦瑟雷尔爵士与地方舆论相互脱离。他在提交给下议院的报告中写道:"这里的改革狂热普遍已偃旗息鼓"。留意到查尔斯·韦瑟雷尔爵士对现在赴任的西部地区充满厌恶之情,并且其本人将是一个颇具挑衅性的人物,地方行政长官于是提请暂停巡回法庭,但该请求被驳回,非但如此,当局还派遣军队保护爵士的安全,此举只能令局势更为紧张。在群情激奋的环境中,更不幸的是,玛丽举办蜡像展所

---

[1] 马泽帕(Mazeppa)的故事在乌克兰等地广为流传。据说他曾在波兰宫廷担任侍从,因与一位贵妇人发生恋情,被贵族们剥光衣服,赤身绑在一匹野马上放逐荒野。作为一名勇猛的哥萨克,马泽帕被视为乌克兰民族独立的英雄象征,他的事迹为拜伦、普希金、李斯特等人的创作带来了灵感,由此催生了以其为主角的系列文艺、音乐佳作。

[2] 查尔斯·韦瑟雷尔(Charles Wetherell, 1770—1846),英国律师、政治家,曾任司法部长等职,1831年布里斯托尔发生暴乱期间,他出任当地大法官。

租用的礼堂,与查尔斯·韦瑟雷尔爵士正式接受市政招待会的场所毗邻,可谓危机四伏。

骚乱爆发于10月29日夜间,星期六,查尔斯·韦瑟雷尔爵士当时正在市长官邸赴宴。肇事者破门而入,四处乱窜,他们洗劫酒窖时为抢夺物品引发了聚众斗殴,随后从屋顶离去。随后几天,打砸抢烧愈演愈烈,行政大楼被当作主要摧毁目标,监狱也受到猛烈攻击。许多私宅被洗劫一空,然后付之一炬。官方正式的反击命令迟迟未能下达,当局似乎已经被突如其来的恐惧吓蒙了。

不难想象,突如其来的骚乱勾起了玛丽恐怖的记忆。暴民不断袭击当地的监狱,威廉国王的骑马雕塑上有人挥动三色旗,大声呼喊"自由",四处都是熊熊燃烧的火炬,撒酒疯的暴徒摇摇晃晃,闹事者在门外不断发出威胁和恫吓。过去曾遭遇的可怕场面突然再现,由于记忆深刻,玛丽的恐慌感进一步加剧。《布里斯托尔报》随后对玛丽面临的严酷考验进行了报道。当成群的暴徒沿着王子街行进时,他们警告居民,必须遵命,把各自的房产、经营场所烧掉,显然,蜡像展正处于危险境地。"悬而不决之际,杜莎夫人及其家人遭受了最痛苦的煎熬。他们从其他渠道了解到,用于蜡像展的礼堂和贵重的蜡像藏品,这回注定要毁于一旦。在破坏活动即将到来时,他们在条件许可的前提下,赶紧转移了部分蜡像。"戏剧性的抢救行动被年轻的艺术家威廉·穆勒(William Muller)捕捉到,他现场写生的素描作品记录了以下场景:易碎的蜡像被放置到安全的地方,周边火光四射,浓烟滚滚,打水救火的人和围观民众满脸惊恐的神情。玛丽寄居的地方也被殃及。正如报纸报道:"杜莎夫人在街对面租用的房屋遭到焚毁,它们被广场西边蔓延过来的大火点燃,并且我们很遗憾地获悉,杜莎夫人经此事故,身体遭受了严重的损害。"

杜莎夫人的部分蜡像藏品被抢救出来了,许多人却没有这么幸运。一些报道令人反胃:"有些人的头部被烧焦了,躯体却不知去向;有些人只剩下躯干,不见四肢;被肢解的残骸和整个身躯化为灰烬,

1831年，英国布里斯托尔骚乱

相继暴露在众目睽睽之下。"一些闹事者被屋顶已熔化的铅水缓慢而恐怖地折磨致死。尽管确切的伤亡数据已难以统计，但是，当第11步兵团最终抵达后，他们对纵火犯、煽动者进行了残酷的杀戮和镇压，由此进一步扩大了伤亡。

布里斯托尔骚乱爆发时，查尔斯·金斯莱[1]年仅12岁，他在圣米迦勒山上的寄宿学校目睹了城里发生的暴动，其场景很快类似于但丁笔下描绘的"地狱"景象。查尔斯·金斯莱受到吵闹、呻吟和哭泣之声的困扰，"沉闷的爆炸与暴民的咆哮混杂在一起，火苗噼啪作响，发出爆裂声"。与骚乱有关的媒体报道内容，简要记述了此次骇人听闻

---

[1] 查尔斯·金斯莱（Charles Kingsley，1819—1875），英国小说家、散文家、儿童文学作家，著有剧作《圣者的悲剧》（*Saint's Tragedy*）、童话《水孩子》（*The Water-Babies*）等。

的大屠杀事件及其无政府状态，闹事者反改革运动的暴力影像，将持久潜藏于每个人心中。人们对骚乱者充满了愤慨而非同情。玛丽奉行了表演业的金科玉律"东方不亮西方亮"，没有在布里斯托尔继续展出，而是转移到10英里外的巴思。

作为骚乱的余波，掠夺者将他们抢来的物品焚毁、掩埋，导致浓烟密布，此时并不适合冒险外出或参加娱乐活动。但是，玛丽在巴思的共济会礼堂重新举办了蜡像展，部分蜡像已被修复，这或多或少缓解了他们在骚乱中遭遇的创伤。布里斯托尔熊熊燃烧之际，巴思的方阵舞曲却在奏响。

玛丽和儿子在巴思一直待到12月。然后在新年伊始，他们才慢悠悠地踏上返回伦敦的行程。1832年，他们途经牛津、雷丁。1833年在布莱顿逗留了四个月后，又开启了一次更宏大的旅程，所到之地包括坎特伯雷、多佛、梅德斯通以及罗切斯特。漫游途中，玛丽和儿子依然维持着蜡像展的时效性，他们对热点新闻故事迅速做出反应，如1833年春发生了针对威廉四世[1]的"刺杀未遂"事件。事实上，刺客丹尼斯·柯林斯（Dennis Collins）是一位落难的老水手，他扔向国王的石块更多的是基于羞辱目的，而非真的要伤害对方。但是，差点造成国王遇刺身亡的传闻成了极佳的新闻噱头，为展出其蜡像提供了由头。

1833年漫游布莱顿期间，玛丽和儿子在广告宣传上取得了另外一大胜利：国王的妹妹奥古斯塔公主携侄子乔治王子光临了蜡像展。随后，公主委托宫廷侍女给玛丽写信，表达了自己对蜡像展的喜爱："玛丽·泰勒女士受公主殿下指派，专此向杜莎夫人转达公主对蜡像展的赞许之情，展览非常值得受到嘉奖，参观活动给公主殿下带来许多乐趣和喜悦。"先前四处巡展时，玛丽常常在宣传广告中编造王室成员大驾光临的内容，如今，王室家族不请自来，她难免不生出

---

[1] 威廉四世（William Ⅳ，1765—1837），英国国王，乔治三世的第三子，他的两个哥哥分别为乔治四世和约克公爵。他早年因参加皇家海军，出征多地，因此又被称为"水手国王"。

"三十年河东、三十年河西"之感。某种程度上可以说，尽管玛丽尚未返回伦敦，但她已然感觉到自己的影响抵达首都了。

1833年，玛丽结束了巡展，返回伦敦城中心，她在格雷学院路靠近集市的地方租了一大间房屋。玛丽没有浪费时间，立马在广告中炫示王室成员对蜡像展的厚爱，一再强调"奥古斯塔公主和乔治亲王曾大驾光临"。早在1816年，玛丽造访了伦敦，并在西区附近举办了蜡像展，其经营场所听起来更像是一位表演艺人的名字——"宏伟华丽的墨卡托"。此前，她一直游走于外省办展招徕顾客，如今，她将在首都展开更激烈的竞争。

这些年，无论伦敦城还是蜡像展，都发生了改天换地的变化。玛丽蜡像展的规模日益扩大，品种不断丰富，巡展期间临时打造的蜡像，多以时事话题为题材，应景而花哨，同比而言，新的展品更具实质价值和艺术成就。展览精益求精，装扮着华美的镜子、秀丽的服饰，许多物件都镀了金，玛丽的儿子此时年近35岁，他们在展演界已崭露头角，并且开始热衷于投资文物、画作和纪念物等艺术品。逐渐地，他们的蜡像展开始呈现博物馆和画廊的格调，以时政话题为主的蜡像集中于历史人物和事件，相关实物则增加了展览的分量。伦敦早期的某些评论表达了对蜡像展向学习功能转型的观点。"这是一桩充满智识活动的乐事"，其中有评论写道。另外的报道则宣称，"我们推荐有小孩的家庭都来参观蜡像展，因为当孩子们看到如此多栩栩如生的知名人物，他们一定会急切翻开历史书，想要了解更多知识内容"。

1833—1835年，玛丽在不同地点举办蜡像展的活动半径进一步缩小。除了伦敦城里的展览外，她有时会在伦敦郊区布莱克西斯、坎伯威尔、哈克尼策展，如1834年，在哈克尼美人鱼客栈的蜡像展就曾观众爆满。当地报刊自豪地写道："蜡像展值得受到追捧，这是一场名副其实的展览，哈克尼的居民通过参展欣赏藏品的价值，并且赞美它们。"尽管家族生意总体财务状况良好，临时的蜡像展仍坚决地继续保持运营,其盈利点主要取决于参展人数和入场费用。玛丽虽然年事已高,饱尝艰辛,这也无法促使他们选择安定的生活。直到1835年春,他们才在波特曼广场附近贝克街的集市旁,短期租赁了一所结构尤为对称的房屋,它位于一栋气派大楼的顶层。

如果说礼堂为乡镇蜡像展提供了良好环境的话,那么,自1816年来伦敦城里激增的集市,同样适合举办各类展演。集市为游乐场的前身,这里混杂着各种零售贸易和娱乐设施,当然,作为体面的避难所才是其最大的魅力所在。此类集市起源于一项慈善的就业计划,即帮助安置参加过抗击拿破仑战争的士兵遗孀,鼓励她们经营店铺、自力更生。当局对业主颁发品德证明书,同时实行严格的监管,这些举措有助于保障集市正常运营。集市活动井然有序,到处都是手工制造的高品质商品,从杂货到居家日用品不等,这极大地刺激了人们闲逛和购物的欲望,过道上总是挤满了举止文雅的有钱人。为了迎合早已痴迷于赶集的观众,卖场上开始上演各种吸引人的娱乐表演。(在玛丽举办蜡像展之前,带有自动装置的机器人表演曾在此登台亮相。)

玛丽在集市中举办蜡像展的地址原为某皇家卫队的驻扎之所,正是在这里,伴随着马蹄的嗒嗒声响,将士们身穿明艳的制服,怀着勇猛的决心,开拔滑铁卢战场承担其使命。昔日的食堂如今已变成万神殿,以蜡像展的形式向参加战斗的英雄致敬,"伟人最后之战展"则是玛丽最早布置的场景。该地已没有什么能够辨认的标志与当年驻军时的情形相联系,只是与马有关的线索非常明晰,因为宽阔的地面上仍保留着可供400匹马同时进食的马厩。马匹交易偶尔在此进行,但当玛丽和家人抵达时,人们主要进行马车和马具买卖,同时销售知名品牌潘克利帕农(Panklibanon)的各色五金制品,包括不久前在英国率先发明的时尚浴盆。(在唱衰的人看来,发明时尚浴盆不过是一项"荒唐、标新立异、哗众取宠的愚蠢行为",他们认为自己就像祖先当年所做的那样,不洗澡也能活得很好。)对玛丽而言,邻居不断发展的商业能力非但不是劣势,他们密集的广告宣传对蜡像展反倒是一大利好。

  为了使自己的到来给民众留下深刻印象，杜莎兄弟花费了大量金钱，充分发挥想象，极力装点新的展馆。一组专家受到委托，负责设计带有柯林斯式廊柱的金色大厅，以便吸引公众的目光，其造价高达1100英镑，墙上"挂满深红色的天鹅绒，纸板工艺品由比勒菲尔德先生（Mr. Bielefield）装饰，镀金工艺归詹宁斯先生（Mr. Jennings）掌管，真正华美的皇冠、权杖、宝珠以及勋章由贝勒方丹先生（Mr. Bellefontaine）仿造，海恩先生（Mr. Hine）承担木工活计，木工设计和指导则由杜莎家族的两位公子等人操刀。这十之八九有可能是展现整个英伦制造业水准的唯一展厅"。媒体对此记忆犹新："展馆挂满昂贵的帷幔，周边装饰着柯林斯式半露方柱，上面镌刻着镀金的大写字母，尤其到了晚上，整栋建筑看上去金碧辉煌，非常壮观和气派。"

  杜莎夫人及其儿子很快使得蜡像展与其他娱乐活动区别开来，进而将其打造成为令人备感宁静、文雅且舒适的好去处。音乐伴奏包括时兴的竖琴表演，这强化了视觉愉悦感。持续的改进举措和新增娱乐项目往往受到媒体追捧，只要它们在全国显要人物游览参观时能获得对方大量的称赞，其地位将不断提升。就连玛丽本人高深莫测的蜡像也一定赢得过好评，据1835年8月31日《先驱晨报》（*Morning Herald*）报道："周五，苏塞克斯公爵殿下[1]的造访、参观，令杜莎夫人位于贝克街集市旁的蜡像馆大为增色，而就在周三，威灵顿公爵也到此一游。"相比于奥古斯塔公主由侍女代笔写给玛丽的嘉许信，王公贵族亲自登门参观蜡像展并给予点赞的新闻报道（尤其是威灵顿公爵的光临），无疑更能凸显蜡像展的魅力。

---

1 苏塞克斯公爵（Duke of Sussex，1773—1843），乔治三世的第六个儿子。

第十四章

相互成就：狄更斯与蜡像馆

没有迹象表明玛丽见好就收，或把蜡像展经营管理大权移交给儿子。面对天灾人祸，她从不气馁。尽管狂暴的大海和熊熊的烈焰一度考验玛丽的勇气，并且差点摧毁了蜡像藏品，但她总是能坦然应对所有的不幸和磨难，它们虽曾短暂中断了商业活动，但好在都过去了。玛丽依然精力充沛，她仍掌控着家族的蜡像生意。

1836年年底，玛丽最终决定为举办蜡像展设立永久的经营场所，此项决策受到一位知名人物去世的影响。事后证明，该人物的去世是一个极有价值的商机。广受欢迎的歌剧演员玛丽亚·玛丽布兰[1]在曼彻斯特突然香消玉殒，激起了民众悲伤的狂潮。正如夏洛特公主的蜡像成了民众寄托哀思的聚焦点一样，1836年12月，玛丽布兰的蜡像有如磁铁，吸引了成群结队的哀悼者向这位美丽的首席歌剧女主角表达敬意。维克多·杜莎与玛丽曾孙约翰·西奥多·杜莎曾在通信中提到，这一悲剧产生的影响越发牵动公众的神经，因为玛丽布兰的丈夫、一位著名小提琴演奏家过于伤心，以致他在关键时候选择了逃避，把安排葬礼的重担推给了他人。"与玛丽布兰去世有关的消息引发了巨大轰动，英国和欧洲大陆的报纸对此进行连篇累牍的报道，一度很少涉

---

[1] 玛丽亚·玛丽布兰（Maria Malibran，1808—1836），西班牙歌剧演员，著名的女中音歌手。

及其他题材。因此,你的祖父为职业女歌手玛丽布兰打造了精美的蜡像,我认为她像歌剧《拉美摩尔的露琪娅》[1]中的主角一样。蜡像魅力巨大,一连数月,参观蜡像展的人数都爆满。"账簿记录表明这一时段蜡像展的营业额翻了倍,由此可能促使玛丽及其儿子决定安顿下来,而不再像以往那样四处漫游巡展。

在三十多年的时光里,面对公众的捧场,玛丽从不允许自己得意忘形,无论取得怎样的赞誉和成功,她总是把资金投入新的蜡像经营活动中。如今,种种因素促使他们在伦敦扎下根来。约瑟夫和弗朗西斯兄弟俩收购了大量历史文物(尤其是滑铁卢战役中的战利品,包括作为拿破仑个人标志的雄鹰雕塑),他们有充分理由需要一个地方安置藏品。从后勤运输方面考量,蜡像巡展也不如先前受欢迎,此外,玛丽及家人已见识到了公众兴趣的力量,当代社会对蜡像展也给予好评,此类因素推动着他们决定选择伦敦尤其是贝克街作为固定的经营场所,这里非常适合开展蜡像业务。铁路时代的到来,使得伦敦城与多年前玛丽离开巴黎刚抵达时的情形迥异。位于伦敦西部帕丁敦的干草市场,曾是英国首都马匹口粮的主要供应地,而今已成为遥远的记忆,这里现在成了第一代维多利亚子民新设的火车站,列车频繁往返,极大地满足了他们旅行出游的诉求。

玛丽75岁那年,就像是在经营百货商店一样,坐镇于正对着贝克街的附近蜡像展馆里。宛如童年时代,她此刻置身城市中心繁华的大街上,这里活跃着变革的脉动,生活优渥的顾客盈门,非常期待能欣赏到融合了文化艺术和时事要闻的蜡像展。路况差、出行不便的时代已经结束,与此前押车托运蜡像给顾客办展不同,玛丽如今只需开门

---

[1] 《拉美摩尔的露琪娅》(*Lucia di Lammermoor*)为意大利编剧萨尔瓦多·卡玛拉诺(Salvatore Cammarano, 1801—1852)根据英国作家沃尔特·司各特爵士的小说《拉美摩尔的新娘》(*The Bride of Lammermoor*)改编创作的三幕歌剧,1835年9月在那不勒斯圣卡洛剧院首演,主要讲述了露琪娅陷于家族纷争、有情人难成眷属、终致发疯死亡的爱情悲剧,情节有些类似《罗密欧与朱丽叶》的故事。

迎客，私人四轮马车、用马拉的公交车以及新式火车正源源不断地把观众带来。

广阔的社会舞台同样显示一个时代结束、新纪元即将开启的迹象。维多利亚公主洋溢着少女的青春活力，这与她年迈的国王伯父、威廉四世形成鲜明对照，在随后的统治中，她促使各种新奇的事物不断涌现，前景大好。铁路用地的清理工作如此引人注目，进而产生了生理和心理上的影响，其中萨克雷[1]指出了"前铁路时代"与刚刚开始的"新纪元"之间的分界点。挖土工人工作时喊出的劳动号子，仿佛敲响了马车时代的丧钟。到了1836年，报刊激增成了一个值得注意的现象，约翰·斯图尔特·密尔[2]当年就其影响力做出了评论，"报刊很快变成了能够被广泛获得的媒介工具。它们促进了家庭生活等信息在不同个体之间流动"。同样在1836年，乔治·巴克斯特[3]完善了彩色印刷工艺流程，引发了商业配图变革，并使维多利亚时代的家庭得以方便地装饰各类插画、图像。如果说维多利亚时代的人，是最早一批拥有更广阔视野来探索周边世界奥秘的新生代的话，那么在更深刻的层面，他们的世界观也正发生变化。因为还是在1836年，查尔斯·达尔文[4]乘坐"小猎犬号"环游世界做了多年实地考察后，返回英国，他在23年后发表的研究成果，将颠覆维多利亚时代的人们对世界运行法则的认知。

但是，早在石破天惊的进化论猛然引发神学危机前，地理大发

1　萨克雷（Thackeray，1811—1863），维多利亚时代著名小说家，因创作小说《名利场》（*Vanity Fair*）享誉文坛，与狄更斯齐名。
2　约翰·斯图尔特·密尔（有时译为"约翰·斯图尔特·穆勒"，John Stuart Mill，1806—1873），英国著名哲学家和经济学家，其名著《论自由》（*On Liberty*）被誉为自由主义的集大成之作，与约翰·弥尔顿（John Milton，1608—1674）的《论出版自由》（*Areopagitica: A Speech for the Liberty of Unlicensed Printing*）一道，被视为报刊出版自由理论的经典文献。
3　乔治·巴克斯特（George Baxter，1804—1867），英国艺术家和印刷商，因改良彩色印刷技艺知名。
4　查尔斯·达尔文（Charles Darwin，1809—1882），博物学家，他于1859年出版《物种起源》（*The Origin of Species*），提出生物进化论学说，从而摧毁了各种唯心的神造论以及物种不变论。

现正一点点消解人们的核心信念，挑战着当下和历史上沿袭已久的观念。人们专注于探索物理世界的构成，同时认识到社会各阶层之间并不稳定，通过剧变方式或渐变过程，社会面貌将被彻底重塑。玛丽不仅亲历过法国大革命的暴动，并且在英国漫游巡展期间，遭遇了突如其来的彼得卢大屠杀和布里斯托尔骚乱。她正见证着民众力量的集聚，只不过其方式更为隐蔽、悄然无声。《改革法案》的通过给时政增添了新的压力，民主政治从政治、社会和文化层面对当局现状发起了进攻。随着科学探索不断挑战因循已久的宗教信仰，玛丽在伦敦的晚年岁月，将见证传统思维模式的进一步崩解。

截至1836年，所有科学分支仍与宗教绑定在一起，在新设立的国王学院，地质学候选名额被神学家掌控，其成员包括一位大主教、两名主教和少数几位神学博士。甚至伦敦动物园成立初期，也被宣传为体现了上帝意志的地方。但是，陈腐的观念正不断被新的兴趣取代。就在伦敦动物园不远处，玛丽的蜡像馆成了见证世俗成就的所在，这里的名流蜡像充满魅力，令人难以抗拒。

玛丽和儿子此时通过运用栩栩如生的视觉材料，确立了自己在展演界的地位和名声。大量形象化的娱乐节目中包括庞大的画作、无数全景图和立体模型，它们借助规模效应和灯光照明，分别逼真地再现了最近历史中发生的战斗场景和其他引人注目的事件，给观众留下了深刻的印象。在玛丽的蜡像馆门外，另外存在两大广受欢迎的娱乐表演。其中之一为摄政公园东面的全景馆，由德西默斯·伯顿[1]设计建造，这里不时举行壮观的全景展演；而在公园广场东边，由皮金[2]设计的展厅里，达盖尔的透视画展览同样火爆。整个19世纪30年代，一直受到追捧的是可以被称为"灾难剧"的幻境表演，其中的节目包括重

---

[1] 德西默斯·伯顿（Decimus Burton，1800—1881），英国著名建筑师，他主持修造了海德公园等标志性景观。

[2] 即奥古斯塔斯·皮金（Augustus Pugin，1812—1852），英国著名建筑师，其声望在参与改造威斯敏斯特教堂后达到顶峰。

现了1820年摧毁瑞士村庄的"雪崩",以及1823年夷平了罗马教堂的"火灾"。除了平面的屏幕演出,观众可以通过"镜中奇缘"体验一把立体的情景再现。蜡像展通过多种方式营造出光幻觉效果,它们令观众产生身临其境的亲近感,而不是像戏剧表演那么疏离,公众对此极为入迷。尽管没有真正遇到一位构成实质性威胁的竞争对手,但并不是说玛丽独霸了整个市场。例如,与玛丽的蜡像展不同,大风车街上杜伯格的艺术沙龙承诺"对观众进行物质补偿",因为大量访客在参观"巨人、侏儒、杀人犯、爱国者和海盗的雕像后","心生恐惧,同时感到又饥又渴",而仿造玛丽"恐怖屋"的展览,"被设在精心挑选的地下室或鸟窝式小房间里,其中所展出的罪大恶极者的面目更显狰狞"。

玛丽逐渐名扬全国,与此同时,一位早熟且极具天赋的年轻人不遗余力地提升她的声誉,两者相互成就。1836年,随着散文集《博兹[1]札记》(*Sketches by Boz*)和小说《匹克威克外传》(*Pickwick Papers*)的出版,查尔斯·狄更斯突然跃升为当代最知名的人物,而杜莎夫人和这位作家经常在许多方面相互捧场。如果说狄更斯使读者得以通过阅读其作品来重新打量当代社会现实的话,那么玛丽则借助蜡像展使观众熟悉时代景象,并让对方认为自己了解现象背后的内情。他们都是刻度精确的"温度计",时刻检测着同时代公众的观感和心理变化,懂得大众关注的事物。两人都试图拓展家庭娱乐市场,并通过不同的媒介载体,分享了相对新颖且雅俗共赏的审美消遣。

杜莎夫人和狄更斯均属自我奋斗的典范,除了天赋外,他们异常勤奋地工作,都取得了丰硕成果。两人因各自成就获得了史无前例的广泛赞誉:不但在英国家喻户晓,他们的名声很快传到国外,并且持续至今。人们对杜莎夫人和狄更斯的作品耳熟能详,它们早已深刻地融入民族意识之中,以至于两人分别体现了各具特色的"英伦范儿",

---

1 "博兹"(Boz)为查尔斯·狄更斯在报刊上发表作品时曾使用过的笔名。

他们身上展现出来的英国风格，浓缩了维多利亚时代的观众对时事话题的审美情趣和品位追求。

玛丽和狄更斯声名鹊起的轨迹有许多相似之处，这比通常所假想的情形更为明显。从1836年4月到1837年9月，狄更斯分期发表的《匹克威克外传》系列作品创造了出版奇迹，刊发到第15期时，其销量从4000册飙升到了4万册。与此同时，玛丽也搭上了乐队花车的便车，就像跳波尔卡舞、身披印花布的匹克威克受到捧场一样，她利用各种机会宣传自己。其蜡像展广告很快植入了每一期"匹克威克系列"作品中。

1837年6月，在《匹克威克外传》系列连载尾声阶段，国王威廉四世去世了。他于64岁才登上王位。人们在哀悼威廉四世去世的同时，迎来了其侄女维多利亚的登基，一个充满希望的时代降临英国。在《匹克威克外传》系列广告宣传页中，英国画家约翰·康斯特布尔为印度橡胶帆布做代言，此外穿插着由即将戴上王冠的维多利亚女王背书的产品介绍，即"卡比钢发卡，一个顶一把"。（读到"能使发型稳定"的相关广告语，人们不由感到，此时的英国就像女王及其发卡一样固若金汤。）在杜莎夫人的蜡像展广告中，新继位的女王同样担任主角："蜡像展涵盖当代所有最显赫的主要人物，其中包括维多利亚一世女王陛下、女王尊贵的母后肯特公爵夫人、已故的国王威廉四世陛下、阿德莱德王太后、汉诺威国王、苏塞克斯公爵、威灵顿公爵，这些作品全部通过写真铸模后打造而成，如今增添到杜莎夫人及其儿子的展览中。"玛丽给其余的蜡像和藏品展取了一个神秘而无伤大雅的别称，即"第二展室"，参观"第二展室"需要额外支付6便士入场费，但她没有提供更多线索告知观众，其中有些展品看上去凶残、阴森，例如有杀人犯的头像、亨利四世遇刺时的血衣以及法国大革命时期的断头台遗迹等。这些普通的目标观众，正是杜莎夫人和查尔斯·狄更斯之间有交集的一部分群体。

狄更斯碰巧与蜡像馆毗邻而居。他早先寄宿在弗尼沃尔旅馆和道提街区时，与格雷学院路仅仅一箭之遥，而那里正好是杜莎家族返回伦敦之初租赁经营场所的地方。狄更斯后来搬到了德文郡街，那里也靠近玛丽一家定居的贝克街。狄更斯在德文郡街创作了小说《老古玩店》。在这部小说中，狄更斯塑造了乍莱太太这位令人耳熟能详的人物形象，作为演艺人士，她喜欢社交、雄心勃勃，经营着蜡像展。乍莱太太几乎是邻居杜莎夫人形象的翻版，狄更斯只是略加描绘而已。

年长的杜莎夫人仍在源源不断地打造蜡像精品，进取心强的狄更斯笔耕不辍，从他们身上我们不难看到，乔治王时代正高歌猛进地迈入维多利亚时代。我们感受到新兴的商业阶级历经工业革命洗礼后生活富足，并且当帝国精神培育出爱国主义情操，一种近乎趾高气扬的自信在英国蔓延。1838年，为了筹备维多利亚女王的加冕礼，上述征兆体现得尤为明显。《泰晤士报》不断为女王的加冕礼预热。与加冕礼有关的一切物品都商业化了。其中包括维多利亚王室钢琴、加冕纪念章、女王亲笔签名的复制品乃至出席庆典时佩戴的软帽。随着加冕礼举办日期的临近，越来越多的广告宣称提供沿线观景出租业务：在蓓尔美尔街租用三个窗户的看台需要20基尼，这令玛丽的蜡像展相形见绌，因为后者只需支付1先令参观费。一头体重不少于150英石[1]的硕大肥牛被用来烘烤，以便为庆典助兴，热情款待和欢庆的精神自然少不了一些粉饰太平的举措。从贝斯沃特跑马场到供穷人休闲的古德伍德公园，当局要求演艺人士在加冕礼周搭台上演各类娱乐，而在海德公园大型的博览活动中，货摊依次排列，虽然华而不实，各种节目却热闹非凡，其中包括巨人展、《潘趣与朱迪》木偶剧、走高跷表演和蜡像展。这是一场新式的加冕礼，《泰晤士报》描述称："相比于乔治四世和威廉四世加冕时的单调乏味，维多利亚女王的加冕礼非常引人入胜（即大方、得体、有趣，适合大众口味）"，其规模更为宏大，并

---

[1] 英制重量单位，1英石相当于14磅。

1838年时的杜莎夫人

且还有绚烂的烟火表演。

为了宣传蜡像展,除了通常的广告手法外,1838年5月7日,玛丽发布了即将出版回忆录的消息。多年来,玛丽总是向观众讲述她在法国所遭遇的各种"稀奇古怪的故事",但是如今,作为一种新的策略,以便可能为蜡像展制造更多兴趣,她决定正式出版自己的回忆录,与蜡像展有关的所有宣传材料在书中都有据可查,其内容正如《泰晤士报》上的书讯所言:

该回忆录记述了杜莎夫人在凡尔赛宫度过的漫长时光,与伊丽莎白公主（路易十六的妹妹）做伴的岁月。书中描绘了宫廷生活的礼节规范和服饰风格，对最杰出人士光鲜的穿衣打扮做了翔实记载。回忆录同时回顾了杜莎夫人与拿破仑进行私人交谈时的场景，此外，她与许多在法国大革命期间崭露头角的人物均有往来，这些名流或多或少与她熟识，并且总是在多事之秋的年岁里要求与她保持联络。

法国侨胞弗朗西斯·埃尔韦为杜莎家族的亲密友人，鉴于玛丽对写作充满厌烦之情，其回忆录由埃尔韦捉刀，后者在序言中暗示，传主本人将根据大众对作品的认可程度，可能会受到鼓舞出版续集，以讲述她在英国的生活经历。新书的书名为《杜莎夫人回忆录：法国往事及法国大革命简史》，这意味着作品将披露诸多自传式的细节，它们既涉及法国旧制度的落日余晖，也与大革命恐怖统治时期的腥风血雨关联。所有事先开展的各类广告宣传，无不重复夸耀玛丽作为法国大革命亲历者的权威性和合法性："当年的幸存者可能很少有人像杜莎夫人一样仍然在世，并且以精准的记述透露出许多与法国大革命有关的内情。"

玛丽的回忆录出版时，公众正对法国大革命抱有极大兴趣，这始终是一个广受欢迎的主题，1837年，托马斯·卡莱尔关于法国大革命的历史研究备受好评。但是，玛丽的独特卖点在于她的亲身经历以及与革命时期关键人物的往来。其魅力在《伦敦星期六周报》的一篇书评中体现得非常明显："读罢杜莎夫人的回忆录，我们非常有趣地发现，她竟然与过去历史中如此多的名流关系密切，我们几乎难以想象，多年前被伏尔泰逗趣的小女孩与女传主竟然会是同一个人，当年，伏尔泰轻拍着她的头部，同时称赞她有一双美丽的黑色眼睛。"

《旁观者》杂志的评论则谨慎许多：

由于杜莎夫人的观察力与发现商机的能力旗鼓相当，其回忆录应该非常具有价值，但是，有些人头脑简单，好比艺术家、演员和音乐家受到名流邀请，有机会出席其家庭聚会，进而幸运地与各类大人物齐聚一堂，只是这些艺人活动空间有限，按主人的要求展演各自的技艺助兴而已，以致正如夏禄法官[1]一样，看到的仅仅是"一个人的臂膀、肌肉、块头组合体"，而不会顾及其"精神气质"。至于杜莎夫人，当她从职业与女性喜好的角度关注服饰时，上述顾此失彼的情况便更为突出了，那些对穿衣打扮充满好奇的人，则通过阅读其回忆录，能够获得不少与法国知名人士如何装扮相关的详细内容。

杜莎夫人和埃尔韦因回忆录在准确性方面的缺陷而受到指责：

埃尔韦自称为编辑，但似乎更像一位汇编者或拼凑者，他记下了杜莎夫人的回忆，并借助许多普通的资料来源，草率而肤浅地对法国大革命进行描述，最终将传主的个人经历和革命历史生拼硬凑地糅合在一起，写作态度也有欠严谨认真。杜莎夫人的小道消息同样有时与人们的普遍看法背道而驰，例如，她曾指责罗伯斯庇尔非常好色，并且收受贿赂。

不知是否因上述评论的缘故，有趣的是，杜莎夫人回忆录后续的宣传重点，更多地集中于服饰装扮和宫廷礼仪方面，而非个人经历和革命历史相关内容。

回忆录的出版增强了杜莎夫人作为法国大革命幸存者和亲历者的神秘性，也给她注入了浓郁的异国情调，从而与其他竞争者得以区

---

[1] 夏禄法官（Justice Shallow），莎士比亚历史剧《亨利四世》（Henry IV）中的人物，该剧另一位人物福斯塔夫（Falstaff）曾告诉他，挑选士兵不能只看外在的身体条件，更要注重一个人的精气神。

别开来。但是，自我宣传仅仅是杜莎夫人所采用的诸多推广方式中的一种。

蜡像馆作为一个受欢迎的去处，其标志性的地位体现在它还包含了一系列伦敦时装插画展，它们由艺术家和漫画家乔治·克鲁克香克[1]创作。这些用凹版腐蚀法制版雕刻的插画下面，标注着以下字样："为纪念加冕礼而创作的画作，集市，贝克街，杜莎夫人的蜡像馆。"不难想象，公众正对蒸蒸日上的蜡像展兴趣盎然，尤其是考虑到展室内部被装饰得金碧辉煌，枝形吊灯呈现出迷人的总体效果，玻璃橱柜和镀金饰品同样锦上添花。《钱伯斯杂志》曾刊发一封由"一位伦敦女士"写给"乡下外甥女"的信，其中生动地描绘了蜡像展的景观：

> 你可以想象展厅长达100英尺（可能更长），里面的空间布局极为协调，墙壁上挂着鲜红色的织布，它们在快要接近天花板时，由环绕整个大厅的壁架牵引支撑，壁架之下每隔一定距离，摆放着镀金的精美花瓶，花瓶之间由繁密的镀金花彩连接。门厅附近的走廊同样进行了华丽的镀金，音乐家正在那里演奏不同的器乐。所有廊柱和房门均为白色镏金，与红色的墙面交相辉映。整个展厅灯火辉煌，无数饰有雕花玻璃的枝形吊灯悬挂在屋顶，发出璀璨的光芒。一切都显得富丽堂皇，而展厅里拥满了参观者，有的三五成群、兴奋不已，有的观众则驻足一旁，似乎有点怀疑眼前事物的真实性，或者认为这仅仅是人工仿品，每张面孔都洋溢着好奇心得到满足的愉悦表情，人们看上去正沉醉于美梦中。

展馆饰以如梦如幻的枝形吊灯和其他华丽的装扮，但对于狄更斯而言，其魅力不如参观"恐怖屋"蜡像展那样，会给人带来噩梦般的

---

[1] 乔治·克鲁克香克（George Cruikshank，1792—1878），英国插画家、漫画家，其作品多针砭时弊，充满讽刺意味，他还为许多图书创作了蚀刻插画，如狄更斯的小说《雾都孤儿》等。

刺激体验,他把参观后者描述为"就像猛然一头扎进了海水浴场里",而不是让海水从脚踝处慢慢上涨。狄更斯记录了"恐怖屋"中一出生动而令人印象深刻的情景剧:"受绞刑者的头颅蜡像露出夸张的笑,看上去非常恐怖。断头台旁边的筐篓令人不寒而栗,里面堆放着被斩首后的躯体,并撒满了浸透血迹的木屑。皮带扣令人望而生畏,它们常被用来捆绑受害者,使他们固定在断头台前的支架上,直到厚重、宽大的铡刀落下,人头落地。"狄更斯提醒参观者"留心洛尔热伯爵被囚禁在巴士底狱时的悲惨遭遇,他衣衫褴褛,监牢里老鼠横行,食物为发霉的黑色面包,所有这些场景无不让人感觉到断头台正加速运行,于是在脑海里浮现充满血腥的画面,无数受害者在法国大革命期间身首异处",不难看到,狄更斯在其邻居"恐怖屋"蜡像展中度过的时光,将有助于他独创性地反思历史,这在后来创作的历史小说《双城记》中得到了集中体现。

  狄更斯的居所与杜莎夫人蜡像馆毗邻,这是否为促使他前往光顾的主要动因,我们已不得而知,但是,显然我们得感谢他,因为在许多纪实作品和小说中,作家多次提到杜莎夫人及其蜡像馆。狄更斯替报刊写作《贝克街见闻》专栏时,形象地再现了许多与杜莎夫人蜡像馆有关的信息,从中我们能感受到杜莎夫人独特的个性风格。他形容玛丽对服饰细节一丝不苟,不惜血本确保蜡像与原型人物如出一辙,并且"非常恰当地搭配着一簇貂皮"。"人们都痛感失望,因为没能看到王后戴着巴黎软帽出行,或者目睹国王头戴时尚帽子时的景象,这些转瞬即逝的风景却在杜莎夫人蜡像馆得以重现,无论是权杖、金杖还是尚方宝剑,每位游客都有机会亲自体验一回。"狄更斯没有遗漏有趣的花絮:来自乡下的游客大声争吵,争论着与站在眼前的蜡像人物有关的史实;通过他的观察,我们得知接近"国王厅"的地方为巴思果脯甜面包的储藏室;随后,读者有了一种即将进入"恐怖屋"蜡像展厅的不祥预感。狄更斯嗅觉灵敏,记述了蜡像馆门口弥漫着"油脂的味道",这些气味并非从蜡像成品中散发出来,而是源自展厅下方的房屋，那里关着大量牲畜。原来，玛丽不得不与一年一度的史密斯菲尔德家畜展览会共享同一幢楼作为各自的经营场所。1841年，家畜展览会举办地点重新迁回了贝克街，这里也变成了"英国农学家屠宰牲畜的'英烈祠'（瓦尔哈拉殿堂[1]）"。没有人会错过新的商机，玛丽并没有反对邻居在自己展馆楼下进行牲畜买卖交易，她注意到随着大量乡下访客参加展览会，他们将同样有利于蜡像展览业务的开办。（溜冰场给玛丽的蜡像展带来了更为优雅的"连带效应"。在蜡像展厅的楼下，还有问世不久的人造溜冰场，提供了又一项很有人气的娱乐。滑冰者被承诺不仅将从冰水中体验到"联谊活动乃至过节般的快乐"，并且能从瑞士卢塞恩风景画中领略类似阿尔卑斯山的壮丽风光，同时聆听乐队的演奏。）

　　狄更斯不仅从蜡像展中获得启发，杜莎夫人作为干练的蜡像制作者，也明显地吸引了他的关注，并且激发了想象力。1840—1841年，狄更斯分期向大众发表了小说《老古玩店》，创作期间，他把注意力转向了谜一般的蜡像馆女奠基者的个性上，在塑造蜡像经营者乍莱太太的形象时，杜莎夫人正是其笔下的原型人物。狄更斯以饱含深情同时带有几分戏谑的笔调，刻画了乍莱太太这位"勇敢而富足的"女艺人，相比于其他巡展表演者，她的优势得到了强化。乍莱太太"非常苦恼，并且感到有失身份"，因为她认为自己竟然会与《潘趣与朱迪》木偶剧的表演者熟识。她宣称自己的蜡像展"安静且经典"，以便与"插科打诨和喧嚣的"表演以及闹剧式的《潘趣与朱迪》木偶秀划清界限，最后再次明确强调自己所提供的是高档娱乐："蜡像展只在礼堂、市民集会所、酒店大堂或拍卖行举行。乍莱太太不会像其他漂泊者一样举办露天展览，请记住这一点，她从不需要防避雨水的柏油帆布或运输途中减震用的木屑。乍莱太太在广告宣传单中提到的所有预期，全是为了实现最高的目标，并通过完整的形式呈现最壮观的效

1　瓦尔哈拉殿堂（Valhalla），北欧神话中，死亡之神奥丁（Odin）款待阵亡将士英灵的殿堂。

果，这在本国史无前例。"狄更斯的上述描述，显然刺痛了杜莎夫人，她对蜡像宣传往往也是自命不凡，颇为矫饰、做作。

《老古玩店》第22章发表于1840年8月29日（星期六），其中狄更斯写道："毫无疑问，乍莱太太具有非凡的天赋。"这句话可谓是对杜莎夫人市场开拓能力恰如其分的评价。乍莱太太故事情节的展开常常与其宣传技巧挂钩，小说中描述了她对商业行为的态度，这几乎是现实中杜莎夫人的精确翻版，作为"广告宣传中长袖善舞的人物"（借助海报和宣传单），玛丽总是自我标榜。狄更斯的读者很熟悉杜莎夫人的推销策略，她不断鼓吹自己与王室的联系，并且提醒"衣着不整者"禁止入场参观，这想必增添了辛辣的讽刺意味，促使他们更为喜爱乍莱太太的形象。针对不同的目标受众，乍莱太太一度发出不同的海报和宣传单。她的"弹药"包括此类宣传用语："一百件与原型人物同尺寸的蜡像"，"世上唯一了不起的逼真蜡像收藏"，以及"乍莱太太的展品名副其实、独一无二"。海报的公开赞扬最露骨："乍莱太太令贵族和上流社会人士感到高兴"，"王室也是她的主顾"。小说中，乍莱太太还以诗歌创作的形式来进行推销，为此她与斯拉姆先生（Mr. Slum）进行了一场讨价还价的艰难交易谈判，后者是一位广告文字撰稿人，其主顾包括在狄更斯作品中多次出现过的沃伦鞋油厂[1]。尽管玛丽也倾向于借助诗词韵文的方式来进行蜡像推广，但其中的案例并不多，例如：

> 这种普遍的看法当然要信，
> 凡有所见立马便以假乱真。
> 即使最固执的心稍有怀疑，
> 也将容易发现绝对的铁证。
> 杜莎夫人的蜡像保存完好，

---

[1] 狄更斯早年迫于生计，十来岁就进入鞋油厂当了童工，被雇主安排在窗台边操作，把他变成一个活的广告，借以推销产品。他早年饱尝生活艰辛的类似遭遇，后来成了创作素材，被多次写入《老古玩店》《雾都孤儿》等作品中。

>所有观众都值得为之称道。
>其价值岂是笔墨所能概括，
>赋予男女美或真正的气魄。

以及：

>其蜡像展依旧充满魅力，
>这里是人们的常去之地。
>人们纷至沓来参观漫步，
>包括老者、妻小或女仆。

玛丽惯用的策略为预先告知公众即将撤离蜡像展，以此提醒人们尽快参观为妙，这一营销套路没有逃过狄更斯的法眼，在《老古玩店》第33章中，乍莱太太整理了一份布告，准备通知民众，规模宏大且精彩的蜡像展只剩最后一天时间了，她马上就要离开驻地。于是，当小说女主角小耐儿（Nell）阅读这份简讯时，乍莱太太当即换了一份事先已写好的海报给她，其中宣称由于大量民众登门前来探询，许多人因不能参观而感到遗憾，为此蜡像展将继续开放一周，从明天起重新开门纳客。

玛丽展品清单标志性的大肆宣传往往强调"实用与娱乐的有机结合"，同时"把许多有关个人身世的知识传递给年轻人，这是教育门类中得到广泛认可的重大议题"。她对青少年市场的兴趣在推广宣传中也表现突出，如将其回忆录描述为适合年青一代且非常有趣的读物，有助于增进他们的知识。乍莱太太同样称赞蜡像的教育功用，她在以寄宿学校学生为目标顾客的推销材料中称，参观蜡像展"显然已被证明能冶情益智、培养品位，并且开阔视野"。她们的目标受众和广告措辞如出一辙。

对比杜莎夫人与乍莱太太的言行，小说与现实之间几乎没太多区

第十四章　相互成就：狄更斯与蜡像馆

别。例如，两人都牵挂着蜡像展，与杜莎夫人一样，"乍莱太太有一张精雕细刻的专属桌台，用以招待客人和收取参观费用"。至于蜡像人物："不但样式繁复，看上去生机勃勃，多以名流为原型，或独自展出，或成群亮相，搭配着适合不同时令和场合穿戴的华服美饰，它们多少有点不太稳固地站在展厅中，两眼大睁，鼻孔也刻意张大，四肢的肌肉结实、丰满，所有面孔露出惊奇的表情……这些蜡像化的男女名角……放眼所见皆为乌有，只是一本正经地注视着虚空。"据详细可靠且描述生动的资料显示，狄更斯从德文郡街闲逛到近在咫尺的贝克街集市，买票进入杜莎夫人蜡像馆稍作参观，留意所有细节，然后回去用笔再现了光顾蜡像展的观感。

狄更斯提供了丰富的素材，以便后人推断其本人对杜莎夫人的看法：毫无疑问，她极富进取心，行事机敏，当然也自命不凡，喜欢炫耀。狄更斯甚至在小说中影射杜莎夫人表里不一、口是心非。他在讲述乍莱太太重复利用某些展品的故事时写道："所谓苏格兰玛丽女王[1]的蜡像，头戴黑色假发，着白领衬衣，一袭男士装扮，完全就是拜伦勋爵的形象，以致年轻的女士发现这一问题时不免失声尖叫。"但是，总体而言，狄更斯认为杜莎夫人充满智慧，他的笔调流露的更多是温情，而非尖刻的诋毁中伤。玛丽及其家人如何看待狄更斯笔下的乍莱太太形象则是另外一码事。毫无疑问，狄更斯当时已备受热议，并且是一位具有广泛影响的大众作家，虽然杜莎家族总是把注意力集中于当代最知名的人物身上，但狄更斯的蜡像暂付阙如。直到1870年去世之后，狄更斯这位先前曾通过多种方式对蜡像展做过宣扬的人物，才首次出现于杜莎家族的展品中。狄更斯本人对此荣誉已无从感知，更重要的是，此时已去世20年的玛丽，同样无法预料会如此收场。

---

[1] 即苏格兰女王玛丽一世（Mary Queen of Scots，1542—1587），出生仅六天，因父亲苏格兰国王詹姆斯五世（James V of Scotland，1512—1542）去世，她于是成为了苏格兰女王。后因涉嫌参与"谋反"被她的表姑伊丽莎白一世女王下令斩首处决。

第十五章

杜莎蜡像馆：大都会首屈一指的展览

19世纪40年代，公众对王室的兴趣不亚于热切渴望各类分期发表的作品，这是19世纪的"肥皂剧"，而查尔斯·狄更斯是写作出版市场的主角。杜莎夫人及其儿子迅速把握了上述时代趋势。1840年，维多利亚女王与阿尔伯特亲王[1]举办了婚礼，人们对这对王室夫妻的喜爱之情与日俱增，有关他们的一切都广受欢迎。这使得王室主题的产品有利于盈利。展品目录因印上了女王的头像而显得优雅、大方，她的霍尼顿式针绣花边婚纱也有了仿制品，随着王室人丁兴旺，王子与公主们说悄悄话的场景被制成蜡像，并安放在摇篮里供人参观。接下来，发生了多起针对女王的刺杀大戏，但它们事先都没有特别密谋。广告宣传记述了每一个可能演变为长篇故事的瞬间和细节，它们采用简短的形式概要地对王室事件进行报道。1840年3月，"女王陛下的大婚，由坎特伯雷大主教主持，仪式庄严、隆重"。1840年6月23日，

---

1 阿尔伯特亲王（Prince Albert，1819—1861），维多利亚女王的表弟及丈夫，两人共育有九个孩子。阿尔伯特亲王博学多闻，酷爱哲学、文学、音乐、技术、绘画、建筑等，被称为"走动的百科全书"，同时还是一名出色的击剑师。他参与筹办了1851年伦敦世博会（即万国工业博览会），并用展会收入筹建了维多利亚和阿尔伯特博物馆、自然历史博物馆、科学博物馆。阿尔伯特亲王曾说服女王在与议会接洽时不要带有党派倾向性，"尽量不去干预国会"，对维护英国式的君主立宪制产生了深远影响。

"恶魔牛津[1]的全身蜡像（通过现场铸模而成）展现了他试图行刺维多利亚女王的场景[2]"。1842年5月30日，"躺在舒适的婴儿床上的威尔士小亲王和年幼的长公主"，差点又遭遇了刺杀。王室成了激起民众怜悯之心的焦点所在，杜莎家族顺势而为，策划举办了以爱国为主题的蜡像展，这正是他们的长项。

史密斯菲尔德家畜展览会每年12月在杜莎夫人蜡像馆楼下举行，此举着实增强了英国民众的爱国热情。这一全国性的活动不仅吸引了来自乡村的闲逛者，同时展出英国品种最优良的牲畜，它们生长于国内最好的土地上，其中包括斯宾塞伯爵的短角牛，阿尔伯特亲王的公牛。所有展览活动都关乎牲畜培育和繁殖，宣传广告和报刊报道无不流露出爱国自豪感，尤其为了突出保持牲畜血统纯正的有利条件和愿景，最优良的物种样本会被授予崇高的奖项。优良物种谱系绵长，饲养技能丰富，展览会对其优越性的认可虽然只限于畜牧业，但与此时广阔社会日益增长的忧戚相联系，正如自力更生的中产阶级作为全新的社会群体，逐渐亮相登上历史舞台，贵族等既得利益集团为此惶恐不已。同一幢楼中，楼底关着牲畜，楼上则是彬彬有礼、充满文雅氛围的蜡像展，这一场景象征性地彰显两个先前相互隔绝的世界，如今正日益蚕食对方。当玛丽可能并不介意牲畜栏散发出刺鼻的腥膻味时，王公贵族一定嗅到了商人唯利是图的气息。

英国小说家萨克雷此时发明了"势利小人"（snob）这个新词的现代惯用法，并且通过此举给不断积聚力量的人物冠名，进而影响

---

[1] 即爱德华·牛津（Edward Oxford, 1822—1900），首位企图刺杀维多利亚女王的人。
[2] 1840年6月，维多利亚女王和丈夫阿尔伯特亲王乘坐马车前往威斯敏斯特市宪法山街，准备拜访女王的母亲，途中遭到18岁的失业青年爱德华·牛津行刺，子弹穿过车厢从她的头顶飞过。最终，爱德华因"精神错乱"被免罪，随即送进一家精神病院看管。1842年5月，维多利亚女王乘坐马车穿过伦敦街道时，遭到名为约翰·弗朗西斯（John Francis）的男子枪击，但同样没有受到伤害。当时不少人认为弗朗西斯的动机和爱德华·牛津一样，行刺只是为了出名。弗朗西斯被判叛国罪，本该执行死刑，但最后减刑流放到殖民地。维多利亚女王此后还数次遭到刺杀，但均无大碍。女王遇刺事件发生后，她在英国民众中的威望变得更为崇高。

到了杜莎家族取得成功的发展轨迹。势利的言行带有几分不安全的意味,但无须大惊小怪的是,新富阶层心神不宁。沿着社会的梯子向上攀爬时,他们总担心滑落下来,同时还存在这样一种感觉,即可供攀升的梯子,仅仅只是不牢靠地挨着旧秩序的高墙,无法立马翻越。无形中,不安全感给新兴的中产阶级注入了自卑情结,从而使得自身希望被社会认可的诉求更为强烈。为了实现此类目标,自我完善和物质积累被视为最常规的路径,这也是大多数英国人关注的事项,他们帮助玛丽及其家族在19世纪40年代积聚了更多的财富。玛丽的主要顾客恰恰是用来装点门面的代表,狄更斯在小说《我们共同的朋友》(*Our Mutual Friend*)中对此专门做了刻画:"他们是新兴的阶层,居住于新城区的崭新寓所中。"表面上看,英国社会中的许多"大门"敞开着,既有的权势集团却"并不在家"等候接见他们。无论新兴的中产阶级多么富有,仍被以某种方式拒之于上流社会门外。

相比而言,蜡像馆总是欢迎中产阶级的光临,在这里他们能找到志同道合的人。更大的魅力在于,金光闪闪的蜡像沙龙鼓舞着他们展现各自的实力,进而证明通过个人努力足以实现自己在社会上的抱负。古典历史时期,如果说万神殿是膜拜永恒上帝的神圣之所的话,那么,玛丽的蜡像馆更多的是在世俗层面而非宗教维度运作,并且在她人生的最后十年,入选蜡像馆的标准发生了变化。蜡像展品内容的取舍历来偏向于公共舆论,而不是沿袭已久的价值规范,挣钱的歌手和演艺人士开始在蜡像中占有一席之地。人们在战争英雄的蜡像旁,难免会心情紧张地发现刺客和连环杀手的造型。而在未来的蜡像展览样式中,靠自我打拼取得成功的人物及其个性将尤为突出,演艺人员同样享受着商业上的成功。及至玛丽去世时,公众的口味已从对主教的敬畏转向了对女演员的喜爱。

杜莎夫人及其儿子的蜡像馆,是有助于人们在动荡不定的社会中看清形势的好去处。铁路交通的发展只是加快生活节奏的一个面相,新的时间观念随即形成。英国历史学家托马斯·卡莱尔在其极具影力的作品《过去与现在》(Past and Present)一书中提到，怀旧之情与新奇事物之间的裂痕在蜡像展中体现得最为明显，就更为广阔的社会而言，这种分离现象也首当其冲。杜莎夫人蜡像馆中，以英国国王、王后以及高贵的游吟诗人为原型的生动蜡像场景展，正是对英国历史祥和安宁的艺术再现，但是其他作品则迎合新奇事物的需求，通过提供最时尚前卫的展品来锦上添花。《泰晤士报》记述了蜡像馆里作品混杂的情况：

> 这里有君王、贵族和卑鄙的人，虔诚者和不敬神的人，享有盛名者和可耻的人，他们以奇怪的方式杂处一室，却并不显得突兀。其中包括维多利亚女王、阿尔伯特亲王以及王室其他成员。蜡像馆还展出了维多利亚女王前任的肖像作品，即国王乔治一世、乔治二世、乔治三世、乔治四世和威廉四世，他们都有斯图尔特家族的血缘。此外，在此可以看到奥利弗·克伦威尔以及与他同时代的其他伟人蜡像。同样，当代名流、中产阶级以及小人物的蜡像作品也跻身其间……

蜡像馆展出了各色当代人物肖像，它们一字排开，为民众所喜闻乐见，但有些人的蜡像在英国只是昙花一现。其中包括中国高官林则徐及其诰命夫人，广告材料上宣称他们因鸦片战争外交交涉而造访英国，两人身着精美的清朝服饰，令英国民众着迷不已；此外还有马修神父[1]，他是一位禁酒运动先驱；以及铁路业大资本家乔治·哈德逊[2]。观众成群结队参观蜡像展，他们与其说是在进行充满崇敬的朝圣之旅，或者说自身甘当顺服、忠贞的臣民，不如说更像是一些满怀好奇心的"粉丝"。在偶像人物面前，游客并不感到谦卑和敬畏，他们有

---

1 即西奥博尔德·马修(Theobald Mathew, 1790—1856)，爱尔兰天主教神父，被誉为"禁酒使徒"。
2 乔治·哈德逊(George Hudson, 1800—1871)，曾任英国国会议员，同时经营铁路公司，到1844年，他控制了超过1000英里的铁路，因此被称为"铁路大王"。

1841年,吸引游客的时事主题蜡像展,图中描绘了中国大臣林则徐及其诰命夫人盛装的场景,其中林则徐被称为"中英战争的始作俑者"

时的确把眼见的许多蜡像人物视为实现了权力抱负的楷模。但对于更多的蜡像展品,他们仅仅看作观光、消遣的对象。

1840—1845年,总是能精明地判断出公众需求的玛丽,重新调整了蜡像展的定位,她通过展示具有一定规模且精美的艺术品,赋予蜡像展以美术馆式的庄重风格。杜莎家族不再追求人为仿造的壮观效果,他们开始以严肃收藏家的姿态,投资真正有价值的历史遗迹、文物,其中有许多博物馆级的宝贝。杜莎家族此时的账目内容只用几个字便可概括:"打造乔治四世。"这是他们最大的一笔投资,而为了获得乔治四世出席加冕礼时穿过的长袍礼服,媒体界曾对此进行了大量报道。1841年5月,《先驱晨报》生动地呈现了长袍礼服被穿在乔治四世蜡像上合身又得体的华丽场景：

> 杜莎夫人收购乔治四世的长袍礼服，由此极大地展现了其慷慨大方的个性，因为她不满足于仅仅给蜡像穿上仿制的服饰，而是要自己拥有真人使用过的真实物品，并且为达此目的而不惜血本。乔治四世出席加冕礼时穿过的同一件长袍礼服，交易价格竟然超过了1.8万英镑！它们不愧为王室所享有的御用之物。国王的蜡像栩栩如生……乔治四世蜡像上的长袍礼服非常飘逸，饰以交替编织的貂毛和天鹅绒，人物形象突出，国王蜡像旁的壁龛搭配着金碧辉煌的家具，整个场景恢宏壮观，哪怕只瞥一眼，也能感觉到难以有其他事物能与之媲美。除了展示加冕仪式进程中国王所穿的长袍礼服外，主教和上议院代表的服饰也占有一席之地，它们自然而优雅地搭在长背椅上，另有许多象征王权的徽章和代表王室的标志物被制成精美的蜡像模型。展厅悬挂着奢华的帷幔，装饰了大量刺绣图案，雕刻精美的三脚桌支撑着枝状大烛台，它们正发出柔和的光彩。整个展厅宏伟辉煌，给人梦幻般的感觉，仿佛看到了传说中东方世界的豪华与富丽堂皇。

但是，有人认为玛丽把君主形象商业化的行为不甚妥当。狄更斯便提出质疑，在他看来，把国王的加冕礼以生动的蜡像展形式呈现，在所难免地将降低其身份："在蜡像馆如此大规模地展示国王形象及其相关器物，难道不会危及王室的尊严吗？"萨克雷对有关国王的蜡像展览同样没有热情："杜莎夫人获得了国王乔治四世在加冕礼上穿过的长袍，但是现在还有谁会跪下来亲吻华而不实的礼服褶边呢？"《笨拙》周刊则反对杜莎家族将重要的王室成员肖像据为己有。因为国王加冕礼时的场景作为蜡像展"重要的内容，只需支付1先令便可入场参观"，此类情境令人感到王室形象堕落到了粗俗的小酒馆展演的水准，由此"激起的崇敬之情，不比啤酒店门外拙劣的涂鸦

英国国王乔治四世身着长袍出席加冕礼时的蜡像展,源自约瑟夫·米德的钢版雕刻印刷品,原刊于1841年《伦敦室内设计》杂志上

来得多,后者把英国国王的头像描绘成为摇摇晃晃、说话嘎吱作响的形象"。

玛丽并不羞于谈钱的做派也引起了争论:她把某些一流蜡像的制作成本,以通栏大字标题的形式印在宣传单上。对于许多人来说,这恰好印证了他们的偏见,即玛丽把成本当作优先考虑的要素正是她某些作品粗制滥造的证据,为此她没有能力判断事物在文化上真正具备的隐含价值。

19世纪40年代初期,为了哄抢与拿破仑有关的历史遗物,英法之间的暗战变得更为激烈。大量文物源自拿破仑的弟弟吕西安亲王[1],抢购

---

[1] 即吕西安·波拿巴(Lucien Bonaparte,1775—1840),拿破仑的三弟,曾加入雅各宾俱乐部,擅长演讲。

活动最后以开设专门的皇帝遗物展厅而告终。被展示的纪念品既有日常生活物件,如皇帝的马甲、抽屉和马德拉斯头巾,也包括艺术精品,如由雕塑家卡诺瓦[1]创作的半身像,以及供拿破仑儿子使用的花式摇篮。传统的古玩展多为小饰品,玛丽充满人情味的壮丽展览赢得了民众喝彩,上述两种类型展览之间的差别,被拿破仑年幼的儿子躺在摇篮中的蜡像模型所强化,其面容则复制于由热拉尔[2]创作的肖像画。小拿破仑降生的蜡像堪称完美。评论者挑选出拿破仑曾在马伦戈[3]穿过的披风进行称赞,这件披风后来成了他在圣赫勒拿岛去世后的裹尸布。其他一些人则倾向于对人们热衷拿破仑遗物的现象进行批评:"距拿破仑去世仅仅过了二十多年时间,他在马伦戈战场穿过的披风竟然成了展览的古董!"人们不失时机进行了嘲讽:"观众的第一印象便是感到这件披风做工粗糙,甚至有些寒碜,这显示出三十年前法国工人的服装工艺远远落后于英国同行,我们相信现在法国人的水准仍远远低于英国人。"玛丽和儿子们没有随声附和、开罪于法国人,而是印发了一些法文海报,宣称与拿破仑有关的收藏展将极为有趣,此举与其说是为了使各方达成谅解,不如说是一项开拓市场的精明策略。

增设古玩小饰品展和拿破仑遗物展,同时效仿博物馆的布景以提升展览品位,这些举措都是为了使蜡像展进入高端消费者市场行列,由此进一步奠定了杜莎家族蜡像馆在娱乐展演界的权威地位,博物馆、美术馆等高雅的橱柜展历来显得拘谨、呆板,而集市展演活动又颇为粗俗、随意,杜莎家族的蜡像展正好弥合了两者之间的裂痕。拿破仑曾经乘坐过的四轮马车后来成了滑铁卢战役中被缴获的战利品,

---

1 即安东尼奥·卡诺瓦(Antonio Canova, 1757—1822),意大利雕塑家,新古典主义时期欧洲艺术界最重要的雕塑家之一,代表作有《丘比特与普赛克》(Cupid and Psyche)等。卡诺瓦曾受拿破仑邀请,为其创作胸像和裸体立像。他还给拿破仑的妹妹波莉娜·波拿巴(Paolina Bonaparte, 1780—1825)创作了著名的斜卧半裸雕像。
2 弗朗索瓦·热拉尔(François Gérard, 1770—1837),法国新古典主义绘画的代表人物,画家雅克-路易·大卫的得意门生,以擅长给拿破仑等欧洲名流创作肖像画著称。
3 马伦戈(Marengo),意大利西北部皮埃蒙特大区村镇,1800年拿破仑在该地击败奥地利军队。

如今陈列于拿破仑遗物展厅，这是杜莎家族了不起的藏品，也正好体现了高端展览与集市展演之间的差异。拿破仑的四轮马车"卷土重来"，最初，收藏家威廉·布洛克将其在英国进行巡展，取得了轰动性成功。非常幸运，拿破仑的四轮马车依然充满吸引力，作为体验者之一，狄更斯曾抓住机会在杜莎家族蜡像馆试乘过该马车。他讲述了登上拿破仑用来出征的四轮马车后感受到的巨大魅力，"坐在皇帝曾经坐的位置上，内心随即不由生发谦恭之情"。"游客试乘四轮马车的过程虽然嘈杂、喧闹，但也吸引了展厅内所有观众的注意，这让那些自惭形秽而显得有些尴尬的人，犹豫着到底要不要试乘一下。"亲身体验的乐趣正是杜莎家族蜡像馆最核心的魔力所在，他们展厅另一项显著的优势便是拥有许多栩栩如生的蜡像；传统的博物馆与之相比太过逊色，后者安静、沉闷，展品不可触碰、沾满尘灰，旁边还站着爱管闲事的导游，令游客总感觉低人一等。

杜莎家族的市场策略非常成功，这显示出他们正消除文化等级的隔阂，从两方面来看，此类水火不容的状态如今在卫道士的头脑中变得越来越严重。一方面，大英博物馆多年来一直不情愿向普通公众开放，后来即便允许民众入场参观，也依然故我，无意为访客提供舒适、周到的服务。另一方面，19世纪40年代的卫道士们变得日益狂热，他们不断打压集市展演活动。例如，狄更斯在格林威治集市看到人们纵情娱乐，这些活动"原始粗糙、坦率热烈，一点也不做作"，在他看来这正是集市的魅力所在。但狄更斯所观察到的，仅仅是一小部分集市活动。此时，令人扫兴的宣传、布道逐渐兴起。其中一份海报发出了这样一句浮夸的追问："前往集市会带来怎样的危害？"毫无疑问会使读者遭遇道德和身体上的威胁："问问济贫院吧——集市娱乐会使人懒惰。问问医院吧——集市里充满卖淫嫖娼活动，由此引发花柳病。问问宗教裁判所或者收容所吧——集市正是贫穷的女孩和堕落者躲避责难和羞耻的庇护地。问问精神病院吧——酗酒在集市为普遍的恶习。问问监狱吧——集市活动往往导致杀人放火、强奸等严重犯罪。"

玛丽给儿子们灌输了经营蜡像馆的重要理念，即不仅需要迎合顾客的兴趣，同时也得提供舒适的配套服务。杜莎家族注重维护观众愉悦的参观体验，这强化了他们在展演界的名声。他们呼应公众吁求的举措非常明显，但英国伦敦国家美术馆、大英博物馆、威斯敏斯特教堂、圣保罗教堂对此漠不关心。在上述官方机构看来，维护公共关系的想法非常令人厌恶，应受到诅咒。多年来，民众就连前往摄政公园里的动物园参观，也意味着需要经历一系列事先申请的繁文缛节，他们必须得到动物学会的认可才能入园，为此人们调侃说，要想在星期天去动物园观看大蟒蛇，几乎跟在歌剧院预订包厢一样困难。博学的学会研究员目空一切，其傲慢态度为某些形式的商业竞争铺平了道路，萨里郡动物园便取得了轰动性的成功。游客在此可以自由漫游于开阔的园区，同时享受饮食、饮水服务，他们除了体验观看各种动物所带来的真实乐趣外，还可以领略多项刺激的活动。其中的娱乐项目包括常规而绚烂的烟火展，以及令人兴奋的俄式航空秀，勇猛的艺人被皮绳拴住、随着大风车的旋转进行特技飞行表演。

很大程度上，上述娱乐企业的涌现缘于数十年来当局对民间展演活动的排拒态势。1836年，汉弗莱·戴维爵士[1]曾给《文艺杂志》（*Literary Gazette*）写信，警告大英博物馆在管理方面存在诸多令人痛心疾首的问题。他强烈要求重新考量与"这一过时、被误用的机构"有关的一切事项，"我几乎忍不住要说它纯粹是无用的摆设"。"大都市所有街区的民众对知识都如饥似渴，他们在每一个角落和小道上苦苦寻觅，其需求如此显著，如果无法通过正常途径获取知识的话，以致不免通过非法手段去实现。"在汉弗莱·戴维爵士的言论公开发表之前，尊重知识的观念已经为大众所熟知，这从诸多寓教于乐的游览巡展业或娱乐节目中可见一斑。玛丽对大众娱乐市场的发展趋势具有

---

[1] 汉弗莱·戴维（Humphry Davy，1778—1829），英国化学家、发明家，他在化学领域开辟了用电解法制取金属元素的新途径，从而发现了钾、钠等元素，同时发明了在矿业中检测易燃气体的戴维灯，曾担任英国皇家学会主席等职。

杜莎夫人蜡像馆展出的奥斯曼管弦乐队蜡像展,看上去富丽堂皇

先见之明,她不但使自己一手创设的蜡像馆立足、壮大,并且最终将其打造成了世界知名的旅游点。

玛丽同时代的竞争对手不如她这么开明,并且当时社会的阶级偏见依然突出。1819年,《文艺杂志》上一篇报道的标题证明了这一根深蒂固的歧视:《准许下层社会参观公共展览》。19世纪40年代以前,英国的文化隔离情况非常严重,玛丽及其儿子则被认为是打破固有格局的先驱。英国伦敦国家美术馆一度规定,民众是否有资格入场参观取决于各自的文化水平,票只卖给那些能独力拼写自己姓名的人,"可以肯定地说,精美的艺术品对没有读写能力的人而言没有任何教育意义"。在进行改革前的黑暗时代,人们要想获得大英博物馆的参观权,必须靠他们的穿着打扮来决定,可以想象,其着装要求无非是非常主观地认为游客"仪表得体、着装规范"。有一场争论涉及普通民众是否有权享受国家法定假日,大英博物馆委员会一位成员便反对称:"上流社会人士几乎不愿看到自己会与来自造船厂的水手同时出现在博物馆展厅,后者可能还会携女伴一道前往参观哪。"

即便改革以后，每天入场的民众尽管不再限定为120人，但大英博物馆几乎与过去一样充满傲慢，拒绝考虑为游客提供便民服务，甚至将缺乏便利设施的情况引以为豪。室内既没有洗手间，也无可以提神的点心，若无导游的引导，游客不得随意走动参观，博物馆还坚持用拉丁语对藏品进行分类，所有举措都刻意使展品内容显得晦涩和费解，这种精英主义的做派，貌似当局有必要保护自己的资产，以免被门外汉拿走。上述缺憾不会出现在杜莎夫人蜡像馆，他们提供有助于增进知识的藏品目录，准备了可口的点心，有足够多的垫脚软凳供游客休息，背景音乐同样增进了观众观展的舒适体验，并鼓励他们下次再来。大英博物馆尽管免费，但游客去那里参观后总有缺斤少两、上当受骗的感觉，而这几乎不会在杜莎家族的蜡像馆中发生。玛丽同时讨巧地将自己的蜡像馆与威斯敏斯特教堂和圣保罗教堂的展览进行了对比，后两者均受到民众"吐槽"，因为它们以商业压榨的方式对待游客，催促观众走马观花、快速游览，并且对展厅内所有独立的历史景观展分别收取额外费用。事实上，杜莎夫人援引了一篇参观圣保罗教堂的报道作为自己比较分析的论据，该文对圣保罗教堂骗取游客钱财的行径进行了强烈谴责：

> 圣保罗教堂的参观收费方式不可谓不精明（标明入门费为2便士，但整个展厅被隔成不同的部分，每个部分都要加收费用，诱使期待惊喜的游客逐段付费进入；整个游览过程不断加收，总数最后相当可观，其实每一部分都说不上物有所值），但杜莎夫人不做这样有损信誉的事情，别的有商业道德的展览者也不会这样做。

威斯敏斯特教堂和圣保罗教堂的展览沦为利润至上的笑柄，其后当事方采取了恭维的方式作为回应。只是玛丽没有"上钩"。威斯敏斯特教堂方面想请玛丽发挥她极高的天赋，帮助修复教堂里一些早已破损的蜡像，其中许多作品历史价值突出，且被视为荣耀的象征，但获悉这一消息时，玛丽怒气冲冲。她的曾孙记述了这一段有关曾祖母的家庭逸闻：当一位执拗的教士登门再次邀请她前往教堂接手翻修任务时，她辛辣地讥讽道："先生，我有自己的店铺需要照料，实在无法再打理别人的商店啊。"

19世纪40年代上半期，正当蜡像馆事业蒸蒸日上之际，玛丽突然遭到了打击，因为已经72岁的丈夫弗朗索瓦给她来了一封信。年龄的增长并没能抑制弗朗索瓦的投机主义倾向，妻子的蜡像馆在伦敦取得了巨大成功，这一消息非常显然慢慢传到了他的耳中。就我们所知，从1808年开始，玛丽便不再与丈夫联系，弗朗索瓦通过卡斯蒂尔夫人（Madame Castile）把信转交给妻子，卡斯蒂尔夫人为弗朗索瓦的法国同行，其公司的总部正好设在伦敦。弗朗索瓦的借口极其厚颜无耻，鉴于多年与玛丽不相往来，作为得到法律认可的丈夫，他试图获得属于自己的合法权利，即继承柯提斯当年在遗嘱中提到并且留给玛丽的财物，这一问题一直悬而未决。为了实现自己的要求，他需要从玛丽那里获得一份新的授权委托书。卡斯蒂尔夫人明确转达弗朗索瓦，他的诉讼请求没有什么效果："她提出了一些严肃的理由表示不满，并且反驳了你的诉求，从一开始，她就非常不情愿听到任何关于你的音讯，她还告诉我，已经把所有的资产转移到了儿子的名下。"

卡斯蒂尔夫人称玛丽不想得知丈夫的任何消息，这一描述必定有些轻描淡写，没有充分地陈述实情，因为弗朗索瓦主张自己的权利已引发了更令人担忧的威胁，玛丽害怕他将来提出更多要求，其中最令人恐慌的是，他可能会主张共享伦敦蜡像馆的利润。如果说弗朗索瓦目前还没有想到这一点的话，那么他至少已从卡斯蒂尔夫人的反馈中得到了暗示，后者告知他，妻子取得了辉煌的成就："你可以直接写信给她，收件人地址只需写上'杜莎夫人蜡像馆'即可送达，因为你的妻子在伦敦非常知名。蜡像馆的美丽和奢华简直难以描绘，在我一生中，还从没见过如此富丽堂皇的场景。"

玛丽的儿子约瑟夫和弗朗西斯此时已是长着胡须的中年绅士了,他们与母亲"并肩作战",对父亲弗朗索瓦漠然处之。在一封简单粗暴的回信中,兄弟俩联名向父亲表示,不欢迎以后再有任何联系,并且为了避免将来相互扯皮,他们重申了对蜡像馆的所有权。约瑟夫和弗朗西斯意识到,如果母亲先于父亲去世(考虑到玛丽比丈夫年长8岁,这极有可能发生),那么,他们的父亲提出接管伦敦蜡像馆的任何请求都将合法。为了维护儿子们的权益,玛丽通过她历来厌恶的法律界,与儿子们共同签署了合伙契约。

到了1844年12月,杜莎家族的内部纠纷已经显而易见:

> 你让母亲独自一人在伦敦承担债务和应对生活艰辛,她通过繁重的工作和不屈不挠的奋斗,终于把一切困难都克服了,而没有从你的口袋里要过一苏的支持。时至今日,你依然没有给过任何钱来帮助她。相反,你既不告知母亲任何有关巴黎产业的细节,也不分享其利润,这些年来都被你独占了。我们和母亲坚信,既然你如此不仁不义,那么她也没有理由再顾及到你。我们可以明确告诉你,每次收到你的来信,母亲都会病一场,尤其是当你在信中称要来看她时更为严重。这真是太荒谬、可笑了。

但是,弗朗索瓦怎会善罢甘休:直到去世之前,他一直是家庭生活的一根骨刺。在他去世前,从法国发出的信件不断穿越英吉利海峡抵达伦敦,无非是令人生厌地张口要钱,只是他的要求均被坚决回绝。

父子关系的调和使弗朗索瓦的愤怒最终得以缓解,1848年去世前,儿子们不再像以前那么冷酷,并且给了他一些钱。约瑟夫和弗朗西斯还回到巴黎看望弗朗索瓦,这令玛丽非常恼火。根据杜莎家族的历史记录,玛丽的反应如此强烈,以致约瑟夫竟然不敢走进他父亲的房间当面相见，只好偷偷地看一眼屏风后面那位已风烛残年的老人，以寻求一些慰藉。玛丽总是控制着家族内的一切事务，当然，她也与儿子一起掌管着财权。

杜莎家族内部长期不和，这一幕后花絮并没有妨碍蜡像馆做大做强。1841年，托马斯·卡莱尔在其著作《论英雄、英雄崇拜和历史上的英雄事迹》中谈到，历史无非"是伟人们的传记"。杜莎家族很快又举办了一场踌躇满志的历史蜡像展，借以证明自己与时代精神合拍。1845年圣诞节期间，"布伦瑞克王朝[1]蜡像展"成了重头戏，该展览以编年的顺序展出了汉诺威王朝历代君主和重要历史人物的宏伟蜡像，从乔治一世到威廉四世，它们作为奢华的背景，烘托着乔治四世出席加冕礼时穿过的长袍礼服展览。为了使蜡像展更壮观地呈现历史，与王室有关的徽章、标志物一同被展出，其中包括"各种英国勋章[2]，如嘉德勋章、巴思勋章、蓟花勋章、圣帕特里克勋章"。当"布伦瑞克王朝蜡像展"生意兴隆，杜莎家族却"后院起火"，女主人玛丽尤其感受到了巨大压力。

儿子们与他们的父亲弗朗索瓦"暗通款曲"，无疑加剧了玛丽重新获悉丈夫消息时的痛苦感受。这是在旧的伤口上撒盐。玛丽此时留下了一幅非常有代表性的粉彩肖像画，很好地表露了其性情。她的这幅画像如今藏于英国国家肖像馆。画面中，一位老年女性的容貌看上去果敢而直率，在其他一同被展出的肖像作品中颇显突兀。玛丽眉头紧锁，帽檐下垂，遮住了耳朵，双唇紧闭、缄口不语，仿佛充满愠怒，整个人看上去沉闷、阴郁。粉彩肖像画中的双眼极具表现力，不像其蜡像那样，安装的是玻璃眼球。粉彩肖像画中的玛丽看上去有点

---

1 英国汉诺威王朝为德国布伦瑞克王朝的分支之一。
2 英格兰、苏格兰和爱尔兰都拥有各自的最高勋章，例如嘉德勋章为英格兰的最高勋章，蓟花勋章为苏格兰的最高勋章，爱尔兰的最高勋章则是圣帕特里克勋章。此外，作为骑士勋章，其等级高低排列为嘉德勋章（1348年设立）、蓟花勋章（1687年设立）、圣帕特里克勋章（1783年设立）、巴思勋章，其后还有印度之星勋章（1861年设立）等不同类别。

喜欢孤独,这与1845年保罗·费舍尔为玛丽创作的著名肖像画不同,画中她戴着眼镜坐在桌子前。后者不是正式的艺术创作,而为即兴之笔,因此似乎捕捉到了玛丽强硬外表下的脆弱。在保罗·费舍尔笔下,玛丽满脸失望的表情,眼神空洞、失落,不像其他艺术画像那样坐在收银台前,目光锐利、两眼放光。通过玛丽已知的人生经历,我们不难看出,保罗·费舍尔所描绘的肖像,其实是玛丽历经沧桑的很好见证物:她不知道父亲是谁,似乎也缺少母爱,直到离开法国前,从没提及过她的母亲;并且横遭丧女之恸,同时为了生计不得不把年幼的小儿子留在法国。最有说服力的是,保罗·费舍尔为玛丽创作的肖像画,成了弗朗西斯这个从小被遗弃的儿子研究母亲个性的媒介,即玛丽是一位女强人,远非温柔的母亲;该作品还暗示我们,她在取得事业成功的背后,遭受了巨大的磨难,有些痛苦是自找的,有些则是他人施加而不得不独自承受的。玛丽有可能受到柯提斯的剥削,因为后者日益依赖她来维持巴黎蜡像展的日常运营,后来她无疑又遭到丈夫以及同行菲利普斯塔尔的压榨。在玛丽看来,儿子们拜访他们父亲的行动对她来说如此不公道,以至于就像还没有学会应该对爱情保持忠诚的人突然做出背叛之举一样,不由令人生出一种受到背信弃义后的更为痛苦的感觉。事实上,玛丽最主要的是自身缺乏爱和包容的体验,从而可能使她显得不那么温情脉脉和宽容。并且,她曾置身于充满堕落和邪恶的男性世界,对此她早已厌烦,如法国大革命期间,她身边到处是血腥的杀戮,随后在英国布里斯托尔,又见证了狂暴的混乱和疯狂的纵火。尽管玛丽一时难以具备爱的美德,但她不受个人感情影响,一如既往埋头苦干从事蜡像事业,并且与公众建立了持久而成功的友善关系,这似乎又是另外一回事。

玛丽似乎不是通过自身的魅力,而总是借助她努力奋斗所获得的成果,吸引着男性的关注。正如玛丽贪得无厌的丈夫弗朗索瓦围着她的成功打转一样,其蜡像展也被美国演艺人士菲尼亚斯·泰勒·巴纳

杜莎夫人的公共形象：这幅正式的肖像画由保罗·费舍尔于1845年创作

第十五章 杜莎蜡像馆：大都会首屈一指的展览

儿子弗朗西斯·杜莎眼中的杜莎夫人形象

姆[1]盯上了，他目光敏锐的眼睛很快锁定了玛丽的珍宝。巴纳姆在利物浦上演了英国首秀，他借助"大拇指汤姆"[2]的表演引起轰动，"大拇指汤姆"因身体发育受限，成了一位身材匀称的侏儒。1844年，"大拇指汤姆"在伦敦登台献技，他迷住了众多观看其表演的观众，其中包括维多利亚女王及其他王室成员，巴纳姆将他带到白金汉宫进行表演时，取得了极大的成功。女王如此喜爱"大拇指汤姆"的演出，为此邀请他下次再来，身为王宫常客，巴纳姆专门为"大拇指汤姆"定制了宫廷服饰。但并非所有人都对"大拇指汤姆"赞不绝口。

"大拇指汤姆"在白金汉宫现身并且得宠，激起了一股反对的潜

---

1 菲尼亚斯·泰勒·巴纳姆（Phineas Taylor Barnum，1810—1891），知名的马戏团经营者，19世纪40年代初在纽约百老汇创设美国博物馆，开展各项马戏、畸形人物展演，轰动一时。
2 即查尔斯·舍伍德·斯特拉顿(1838—1883)，美国侏儒、马戏团演员，俗称"大拇指汤姆将军"，他的身高约为40英寸（1米左右），曾为维多利亚女王表演跳木笛舞和模仿拿破仑言行等节目。

流，就连首相罗伯特·皮尔[1]也对这位宫廷侏儒的到来表示担忧。托马斯·胡德[2]同样对"美国小家伙风靡王室的情形感到厌恶"，狄更斯则以讽刺的口吻，宣称王室对这位身材极小的明星青睐有加，实在不成体统。狄更斯还打趣道，女王既然对"大拇指汤姆"如此入迷，"很快，英国皇家骑兵卫队驻营地将设立两根细小的柱廊，人们将看到两位'大拇指汤姆'骑着设得兰矮种马来回执勤"。

人们指责"大拇指汤姆"登堂入室到王宫进行表演，其潜台词是说维多利亚女王没能摆脱庸俗的低级趣味。女王酷爱"大拇指汤姆"以及其他流行娱乐，这与中产阶级的诉求相冲突，后者不仅已成为臣民的主体构成，更倾向于认为消遣活动应有助于知识学习。当然，杜莎夫人蜡像馆的展览没有受到质疑。忠诚的顾客花费的大量金钱，由衷地支持她实现公开宣称的教育目的。1844年，据《图绘时代报》（*Pictorial Times*）报道："杜莎夫人蜡像馆伟大的价值和强烈的愿景体现于以下事实，即意识到展览活动需要尊重大众的审美趣味，这一点影响巨大，因此她的展览总是着眼于净化心灵、开拓知识面和陶冶游客的情操。"玛丽从强调教育功能角度对蜡像展进行了巧妙的包装，进而成功地掩盖了展品内容的不足。凭借历来拥有的远见，玛丽还邀请"大拇指汤姆"到蜡像馆进行表演，进而从中牟利，这位小男孩机智灵敏，非常善于模仿和逗趣，民众对此早已入迷。

"大拇指汤姆"不经意间在19世纪制造了一场大的文化冲突。眼见"大拇指汤姆"的表演现场经常人山人海，而自己在隔壁埃及厅的展览门可罗雀，擅长历史题材画创作的本雅明·罗伯特·海登[3]想必心烦意乱。1846年4月21日，他在《泰晤士报》登出广告。广告标题

---

[1] 罗伯特·皮尔（Robert Peel，1788—1850），英国政治家，保守党奠基人，两度出任英国首相，创建了伦敦首支警察部队。

[2] 托马斯·胡德（Thomas Hood，1799—1845），英国诗人与幽默作家，代表作有《叹息桥》（*The Bridge of Sighs*）等。

[3] 本雅明·罗伯特·海登（Benjamin Robert Haydon，1786—1846），英国画家，尤擅长历史题材画，他为了收藏画作和举办画展，长期陷于财务危机，因债务问题一度入狱。1846年自杀身亡。

为《英国民众之于高雅艺术的精致体验》，其中写道："'大拇指汤姆将军'上周吸引了1.2万名观众，他们共支付了600英镑参观费，而致力于提升大众品位的本雅明·罗伯特·海登，献身艺术已达42年之久，很荣幸迎来了133位游客（其中半数为小孩），其收入只有5英镑13先令6便士。"私下里，本雅明·罗伯特·海登在日记中大吐苦水："为观看'大拇指汤姆'的演出，他们相互推搡、大声尖叫、呼天抢地，扼杀了真正的艺术！他们对我的广告和海报视而不见。他们睁着双眼，却如同盲人。这实在是一种精神错乱和狂犬病症，充满疯癫、狂热和幻想。"本雅明·罗伯特·海登随即割喉并开枪自杀了。

本雅明·罗伯特·海登的悲剧暴露出雅俗文化之间越来越显著的分歧，并且引发了公共争论，即商业文化与其正统形式之间的冲突日益升级，教育与娱乐能否结合？普罗大众与文化是不是可以兼容？野蛮人难道已经兵临城下？上述争论使玛丽和同行颇受触动，他们作为规模不断壮大的娱乐业演艺人士群体的成员，靠迎合中产阶级的趣味来挣钱。这些娱乐表演者一方面需要实现严肃的教育目标，一方面又被斥责为满身铜臭的守财奴，介于两者之间，他们踏出了一条危机四伏的道路，摸索着前行。

很久以前，人们在伦敦很难想象杜莎夫人将来会大受欢迎，但美国艺人巴纳姆显然发现她是一位宣传天才。巴纳姆炒作和造势的本领与玛丽旗鼓相当。他同样注重发挥媒体的功效，总是精心包装自己的娱乐节目，以最大的吸引力将它们推送给鉴赏力不断提升的中产阶级，以此开拓市场。巴纳姆的展览不属于博物馆类型，而是"百科全书式的概括，包括所有值得观赏和了解的各种事物"。例如，不知从哪儿来的棍棒，突然变成了刺杀库克船长[1]的武器，等等。在自传中，巴纳姆轻描淡写地提到一度试图收购杜莎夫人蜡像馆，最终未果，杜

---

[1] 即詹姆斯·库克（James Cook，1728—1779），英国皇家海军军官、航海家、探险家、测绘师，三度奉命出海前往太平洋，率领船员成为首批登陆澳大利亚东岸和夏威夷群岛的欧洲人，人称"库克船长"。1779年2月14日，库克船长因卷入与夏威夷岛民的纠纷，遇刺身亡。

莎家族的历史记录证实了巴纳姆的意图。1890年，巴纳姆造访了玛丽的曾孙约瑟夫·西奥多·杜莎。显然，此次面谈时巴纳姆追忆了往事：许多年前，他试图说服约瑟夫的祖父，将杜莎夫人蜡像馆迁往纽约，但此项提议最终流产了。可以想象，玛丽在经历了与菲利普斯塔尔和丈夫等人的百般纠缠后，势必强烈反对放弃毕生的心血和成果，而听从一位心直口快的美国艺人的建议，后者赚一把就闪人的一锤子买卖作风，与玛丽向来追求的雅致格调也迥然不同。

商业娱乐市场生机勃勃，大家都通过自我完善不断迎合着中产阶级消费者的需求，而玛丽和杜莎家族更擅长于打造自身的吸引力，以便与其他竞争者相区别。伦敦吹嘘自己为娱乐之都，拥有一系列完备的休闲设施，与此同时，人们会看到许多日益成为城市标配的主题公园和观光胜地。在摄政公园旁的全景馆中，新奇的载客升降机首次投入运营，这些"可以上升的房间"，被描述为"隐蔽的小屋，能够容纳10人至20人不等，并且受秘密的机关操控，直到把众人送达第一间画廊"。客梯的发明昭示主题公园开始采用最新科技成果，如果说这是皇家理工学院尖端精密的产品的话，那么搭乘潜水钟同样拓展了人们认知的深度。但是，埃及厅里琳琅满目的藏品才真正无与伦比。其中，一组奥吉布瓦族印第安人的模型极具特色，取得了巨大成功，而理查森的摇滚乐队使用的"乐器由坚硬的岩石改造而成。一名石匠为此耗时十三年精心打磨，该乐队组合包括石匠及其三个儿子"。埃及厅自豪地展示各类藏品，营造出壮观、华丽的特殊氛围。同时代的人对此做了描述："惊讶的游客立马从人潮汹涌的都市大街来到了热带雨林的中心地带，就像在现实生活中真正看到了各种栖居其中的动物一样，展厅里既有体型巨大的大象和犀牛，也有最小型的四足动物。"当然，为了不使游客怀疑上述场景仅仅是供娱乐用的，他继续写道，"青少年们会接受到一堂无比宝贵的教育课，他们会注意到全知全能的造物主如何创造世间万物，这些授课内容将不可磨灭地印在他们的脑海中"。

> **Will most Positively Close on Wednesday, Sept. 10th, 1845.**
>
> # RICHARDSONS'
> ### ORIGINAL MONSTRE
> # ROCK BAND
> ### EGYPTIAN HALL, PICCADILLY.
>
> **PERFORMING DAILY,**
> FROM 12 TILL 5, AND FROM 7 TILL 9 IN THE EVENING.
>
> THE INVENTOR'S APPEAL TO THE PUBLIC:
> I have employed thirteen years in completing this production. Men of science have proved that the greatest pleasure we are capable of attaining is, that our being sensible that we are of some use to society.

维多利亚时代，理查森的摇滚乐队宣传海报

　　游乐场有助于开展社交活动，这是它们富有吸引力的另一因素。尽管玛丽引领了音乐舞会的潮流，其他演艺人士也逐渐意识到此项活动的价值。据狄更斯描述，在摄政公园东面的全景馆，为了迎接某个欢庆之夜的到来，玛丽张罗着布置各种细节："乐队临时驻扎在埃及帐篷里，展厅里的镜子和灯光交相辉映，装饰得熠熠生辉，一切都为主题舞会的举办服务。"狄更斯关于出席嘉宾的记载，与简·奥斯汀笔下的舞会风格如出一辙："媒婆人满为患，随处可见犯困的爸爸和大量未婚的女孩，适婚的男士则相对较少，贪婪的老贵妇坐在茶点室享用美食，少女躲在角落里打情骂俏，充满醋意的年长女仆无处不在。"

杜莎夫人并非总是正面宣传的对象。19世纪40年代初期，诞生了《伦敦新闻画报》（*Illustrated London News*）和《笨拙》周刊这两本漫画类报刊，玛丽的广告网络由此拓展。《伦敦新闻画报》倾向于给予杜莎夫人蜡像馆好评，曾将其蜡像复制品比拟为名流的个人简介；但是，《笨拙》周刊总是唱反调，并且在玛丽生命的最后十年间，该刊一直把她当作嘲讽的目标。

人们经常错误地认为，是《笨拙》周刊杜撰了"恐怖屋"一词来评论杜莎夫人蜡像馆。事实上，该名称确实为杜莎家族自己所取，并且于1843年7月在《伦敦新闻画报》刊发广告时首次使用。广告中写道，参观"拿破仑及'恐怖屋'蜡像展"的入场费为6便士。《笨拙》周刊采用"恐怖屋"的称呼非常晚，直到1846年才在一篇论及新开办蜡像展的文章中使用了该词。杜莎夫人的一份海报触怒了《笨拙》周刊，海报宣称"一场盛大、极尽奢华的宫廷服饰展即将上演，包括25位女士和男士蜡像的装扮，此举旨在向中产阶级传达皇家气派的理念和形象，这是一场精心筹备、极富创意的辉煌展出，以便在着装礼仪上给年轻人提供许多必要的指导"。考虑到英国大部分地区正值经济衰退、无数民众生计艰难的情况，《笨拙》周刊认为杜莎夫人的蜡像服饰展不合时宜。鉴于蜡像展影响巨大，此类徒有其表的虚荣作风尤其显得不恰当，并且偏离了杜莎夫人素来引以为豪的教育功能，这无疑刺激《笨拙》周刊发表反对意见。《笨拙》周刊以《杜莎夫人蜡像馆惨痛的道德教训》为题，长篇大论，口诛笔伐。"众所周知，杜莎夫人把自己塑造成了一位伟大的公共教师。她将贝克街上的蜡像馆转型为一所教育机构，并且与儿子一道下定决心，致力于为社会传播寓教于乐的知识。"随即，《笨拙》周刊一字不差地引用了杜莎夫人广告中的措辞，进而笔锋一转，"如果我们处于杜莎夫人的位置，那么将会额外增设50套破烂、陈旧的工作服用来展出，这些服饰极其寒碜、粗陋，无非想给上流社会人士增添一些'娱乐佐料'，并且直观地让他们意识到劳动人民生活的艰辛"。

《杜莎夫人蜡像馆惨痛的道德教训》一文最后一段文字主要论述了官方习语手册中有关"恐怖屋"的内容。杜莎家族在使用"恐怖屋"一词时并无反讽意味,但《笨拙》周刊的报道却充满辛辣的挖苦:

> 蜡像服饰展应该包括爱尔兰农民、手工业者以及其他衣衫褴褛的忍饥挨饿者,同时也需包括济贫院里被收容的人,他们的衣着同样破破烂烂、极不体面,托《济贫法》(*Poor Law*)的福才得以苟延残喘。但是此部分展品应该放置在独立的"恐怖屋"中,并且应收取每人次半基尼的入场费,用以支付报酬给这些劳动者,因为他们扮演了鲜活的道具。

多年来,每提及杜莎夫人,她的形象有时尖酸刻薄,有时又温柔亲切,《笨拙》周刊的报道为此颇具挑逗性。但是,更多的材料往往把她看作公共生活里重要展览的标志性人物,因为自19世纪40年代中期以来,她的蜡像馆就经常被媒体视为"大都市独占鳌头的展览"。时至今日,伦敦贝克街地铁站还保留了当年预录的语音播报:"从这里下车可以前往杜莎夫人蜡像馆。"在该商业景区,杜莎夫人蜡像馆是唯一获得此殊荣的地方。但是,早在狄更斯生活的时代,杜莎夫人蜡像馆作为地标的地位已确立:

> 来自乡村的游客即使不去其他景点游玩,也不会错过参观杜莎夫人蜡像馆;住在街区周边的商人会在自己的名片上标注"毗邻杜莎夫人蜡像馆";开往贝克街的公共汽车司机宣称他们将途经杜莎夫人故居的门前,借以招徕乘客;伦敦很难找到出租马车,但如果有人表示要前往杜莎夫人蜡像馆参观的话,马车主人则非常愿意效劳。

杜莎夫人蜡像馆是一个受人喜爱的好场所，它与伦敦的气场如此合拍，以致决定着游客的旅行日程安排。没有参观杜莎夫人蜡像馆就算不上"到过"伦敦。伦敦流传着这样一个有趣的故事，一位首次前往伦敦观光的俄国游客把他对英国的印象概括为以下几个关键词："圣保罗教堂、埃文斯音乐餐厅、牛排、音乐、晚宴、泰晤士河隧道以及杜莎夫人蜡像馆。"（"埃文斯"一度是伦敦著名的音乐餐厅，它在音乐界的地位，就如同牛排、动物腰子之于知名的英国美食一样。）这些名胜古迹只有圣保罗教堂和杜莎夫人蜡像馆留存至今。杜莎夫人的蜡像展已然成了伦敦的一张文化名片。

第十六章

诸神降临：人人都爱"甜蜜之家"

玛丽不仅通过蜡像作品记述他人的名声，在她人生的最后阶段，她本人在公共舞台上也获得了更高层次的赞誉。她出版了回忆录，在狄更斯的作品中获得了不朽名声，肖像画的委托创作者为保罗·费舍尔（其代表作的主角还包括王室成员），克鲁克香克则为她创作了漫画形象，并表示"期待长眠于杜莎夫人的蜡像馆"，这些举措都有助于提升玛丽的公共形象和地位。她的故事被搬到了伦敦的戏剧舞台上，或被演绎为歌曲传唱，例如"杜莎夫人蜡像馆，或者名流中的一员"，报刊总是充斥着她的报道，她还是新近涌现的画刊经常描绘的主角，诸如此类事迹无不为她跻身全国知名人士之列铺平了道路。

杜莎夫人本人即为大众兴趣的焦点，人们越来越认可蜡像展的价值，与此同时，庞大的杜莎家族不经意间已跻身富裕的中产阶级行列。杜莎家族定居于伦敦城郊令人印象深刻的豪宅里，对此他们似乎有些不太适应，"为工作而活"才是他们的人生信条。杜莎夫人的儿子约瑟夫和弗朗西斯安排后辈接受昂贵的精英教育，此举毫无疑问是为他们将来投身家族生意做准备，以便进一步增加蜡像王朝的财富。玛丽去世之际，杜莎夫人蜡像馆早已声名远扬。杜莎家族成了社会的中坚力量，并且是慈善事业的支持者，包括参与禁酒运动，为数不多的雇员虽然不是家族成员，但他们受玛丽等人鼓舞，忠心耿耿。1847

年，约瑟夫和弗朗西斯正式获得英国国籍，玛丽必定为此感到骄傲，他们的担保人为海军上将纳皮尔[1]，后者一度担任伦敦马里波恩区议员，并且是一位杰出的海军舰队司令，其蜡像也在杜莎夫人蜡像馆展出。由纳皮尔将军"保驾护航"，这正是杜莎家族赢得尊重的响当当的认可标志。

约瑟夫曾绘制了一幅杜莎家族的轮廓剪影图，具体制作时间没有标注，图中家族成员均身着礼服，仪态端庄，约瑟夫的妻子伊丽莎白居于中心位置，她正在弹奏着竖琴，弟弟弗朗西斯的服装剪裁得体，使他看起来非常优雅。弗朗西斯虽为画面中的主要人物，但并非真正的当家人，左边令人敬畏的玛丽才是一家之主，她看上去身材丰满，戴着标志性的软帽，花边衣领依稀可见，正伸手把一份蜡像展品目录清单交给一位文雅的女性，后者可能是她另一位儿媳，即弗朗西斯的妻子丽贝卡。轮廓剪影图以黑色阴影来刻画人物形象，好比杜莎家族的日常生活隐而不显一样。几乎没有更多的材料使我们得以深入了解他们的私人生活。即便这幅家族轮廓剪影图取景也不是在家里，从图片中的窗帷背景以及基座上的拿破仑半身蜡像可知，他们此时正在蜡像展厅里。我们只能对杜莎家族所获得的公开成就有大致的了解，尤其是玛丽，尽管年近80岁高龄，她仍掌控着蜡像事业，没有交班的迹象。

幸运的是，《伦敦室内设计》（*London Interiors*）杂志的作者和出版人约瑟夫·米德以亲眼所见，描述了玛丽在伦敦那些年的形象："她小巧玲珑，衣着整洁且注重修饰，懒洋洋地戴着一副眼镜，镜框'不务正业'，下垂到了鼻端位置。她的前额布满一条条微小但细长的皱纹，铭刻着岁月的痕迹。她神态安详、沉静，很少走动，甚至可以把她当作一尊蜡像。"年龄的增长并没有妨碍玛丽打理蜡像业务，通过

---

[1] 即查尔斯·纳皮尔（Charles Napier, 1786—1860），英国海军舰队司令、海军上将，著有《叙利亚战争》（*The War in Syria*）等作品。

约瑟夫·杜莎创作的家族成员剪影图

不断革新和持续做广告,她一直掌管着蜡像馆的日常运营。《伦敦星期六周报》曾对玛丽充沛的活力有如下评论:"虽然即将80岁高龄了,她生于1760年(不知是否因为健忘,她总是记错自己出生的年份),看上去却不到65岁的样子,并且有望比母亲等前辈们活得更久,据玛丽透露,他们都非常长寿。"

玛丽给游客留下了持久的深刻印象。她长年穿戴着被称为"个性化的黑色丝织披风和软帽",架着眼镜从早到晚坐在收银台前,旁边堆满了准备分发给观众的展品目录手册,她已融入蜡像馆,成为展品之一。观众光临蜡像馆并来到楼梯口的展厅接待室时,首先遇到的人便是玛丽。

一位美国游客出版的回忆录中,有一章节提到了他在伦敦的见闻:

我们来到了贝克街上的蜡像馆，美丽的展厅里装饰着各种年代久远的铸像和现代雕塑，沿着一层层楼梯上行，楼道上饰以阿拉伯式花饰图案，摆放着人工仿制的花束，并且悬挂了巨大的镜子，在展馆入口处我们停了下来，以便把入场费交到杜莎夫人本人手中，她一动不动地坐在扶手椅上，正如其创作的某件蜡像一样。只需支付1先令便能一睹杜莎夫人的尊容，这非常划算。

另有游客记载："受人尊敬的杜莎夫人亲自收银，在我们支付了1先令参观费后，她向装有玻璃的大门处点头示意，随即就可推门而进，各种展品便映入眼帘。展馆里摆满了与真人同比例大小的人物蜡像，不同国家、不同年龄段的作品都有，其中许多蜡像栩栩如生，不由令人叹为观止。"还有观众留意到："杜莎夫人在成群结队的访客入场或离去时，她会向顾客们鞠躬致意。"

其他资料记述了玛丽与人交谈时的场景，她的口音颇为独特，混杂了德文和法文的语气语调。玛丽连最基本的英语也不会说。在回忆录出版之前，许多人提到过以下事实，即"杜莎夫人经常用法语讲述自己的人生故事"。早年在凡尔赛宫效力，担任伊丽莎白公主的艺术指导教师，法国大革命"恐怖统治时期"的遭遇以及与拿破仑的会见等往事，都被她拿来炫耀。玛丽不断向参观展览的游客"披露"她所谓的传奇故事，有时不免经由媒体混淆视听。《泰晤士报》曾刊发一篇报道，追述了柯提斯和玛丽当年生活于巴黎革命"恐怖统治时期"的经历，其中写道："正如杜莎夫人自己所言，受当局的指令，在那段岁月里他们制作了许多现在仍在展出的人物蜡像。"

在玛丽的人生即将谢幕之际，伦敦较之以往发生了翻天覆地的变化，从她刚抵达伦敦之日算起，到后来持续数十年在英国各地漫游巡展，伦敦的变化日新月异，一派新气象。历经数十年发展的伦敦到处都是煤气灯光和镀金装饰，以及大量的玻璃镜子，这在商店的展厅里体现得尤为明显，业主们竞相通过华美的布景来吸引消费者。

媒体没有忽视伦敦发生的巨大变化。1842年7月,《安斯沃思杂志》(*Ainsworth's Magazine*)[1]"吹捧短文"栏目(即广告栏)上一篇匿名文章曾发出追问:"难道理发店外的招牌被改换成假发商的旋转半身胸像,真的毫无意义吗?先前简陋的商店只进行买卖交易,如今却跃升为铺设了地毯、装饰着镜子的营业厅和展览室,这也没有价值吗?大家打算进行商业投资,添置精美陈设,花大气力营造奢华效果,难道不是基于实用的宣传需要吗?"

1843年,英国历史学家托马斯·卡莱尔在《过去与现在》一书中抱怨广告已泛滥成灾:

> 伦敦斯特兰德大街上的帽商,没有把精力花在生产比同行品质更好的帽子上,而是架设了一顶由金属丝网和石膏搭建而成的巨型帽子,足足有7英尺高,帽子底下安装了可以旋转的车轮,然后请人在街上"驾驶",招摇过市,希望借此摆脱经营困境。帽商没有像潜在顾客所期待的那样制作质量优良的帽子,从打造创意独特、设计精巧的巨型帽子来看,他完全有能力加工质地更好的帽子,但他所有的心血只是为了告知我们,自己创造了一顶华而不实的巨帽。因为他也充分意识到,夸大的宣传现在成了无所不能的上帝。

随着营销艺术越来越具有迷惑性,维多利亚时代的广告商迎接着新的挑战。"摩西父子服装店"把广告文案写作水平提高到了新的档次:"无论何时想买衣服,我只选'摩西父子'品牌。"其他广告商则采取了更文艺的手法:

---

[1] 其主编为英国历史小说家威廉·哈里森·安斯沃思(William Harrison Ainsworth, 1805—1882),他还担任过《新月刊》(*The New Monthly Magazine*)主编,有插图本《安斯沃思全集》(*Collection of Ainsworth's Works*)行世。

吃还是不吃，

这真是一个问题。

举行盛大的宴会时，

究竟不供应食物为妙，

还是可以任意享用鲲鱼等美味佳肴？

到底哪一个选项更好，只有天知道。

如果说为修造铁路凿建的无数涵洞和隧道极大地破坏了伦敦市容的话，那么在墙上乱贴乱画同样有碍观瞻。由于在报纸上刊发广告的费用仍然过高，那些急于推销产品的人，便把传单和海报当作了首选的媒介。广告狂热成了《笨拙》周刊喜爱的话题："商人如今在所有桥上贴满了海报和标语牌。他们几乎要把河床变成流动的'海报栏'。"玛丽似乎被广告迷住了，因为她总是不惜代价进行造势。施利贝尔[1]用马拉的公共客车是伦敦最早的大容量运输工具，客车周边张贴的首批广告中，就有玛丽的蜡像宣传海报，此外，玛丽做了大量宣传还可从以下情境中找到线索：这一时期，在伦敦街头广告密集的墙面上，几乎总会发现她的名字。从巨型的帽子展和借助氢气球散发大量的宣传单，到美食家和张贴广告者，人们比以往更为关注广告宣传，这在伦敦体现得尤其明显，它正为不断兴起的广告风潮所裹挟。

当玛丽进入行动缓慢的老迈之境时，她周边的世界却似乎加速前进。整个社会看似正向未来飞驰而去。科技日新月异，影响了人群、各种事物、信息和观念的流动，而时代的发展又成了催化剂，带动着整个社会的休闲活动、娱乐形式也产生深刻变革。无论距离远近，只需支付1便士邮资的制度开始实施，三等车厢的旅费为每英里1便士，同时越来越多的阅读资料被广为传播且可供获取，能够实现信息共享

---

[1] 即乔治·施利贝尔（George Shillibeer，1797—1866），英国公共交通先驱，他率先在伦敦提供马拉的公共汽车服务，并且制造了史上第一辆现代校车，其中共设有25个座位。

早期公共汽车上的广告宣传

的资源库越来越庞大。

区域性的差异开始缩小,传统的阶级隔阂已经弱化,共同的文化参照体系出现了,这很大程度上是媒体兴起的结果,同时受流行小说的影响,后者正是维多利亚时代最具传播力的大众媒介。就这一点而言,狄更斯有筚路蓝缕之功。1847年,同时代的人提及狄更斯的名声时写道:"他现在开始跻身名流行列,其作品在社会情感乃至政治制度方面产生了非凡的影响,同时受精神力量的感召,全世界都对作者充满了喜爱之情,我们相信类似殊荣在文学史上绝无仅有。"英国小说家萨克雷同样享受到了名利的果实,他给布莱辛顿夫人[1]写信称:

---

[1] 即玛格丽特·布莱辛顿伯爵夫人(Countess of Marguerite Blessington,1789—1849),生于爱尔兰,作家,她在伦敦经常举办文艺沙龙,与拜伦、狄更斯、萨克雷等文学家多有互动。

"我疲于奔赴一场接一场的晚宴,像乌龟在泥水中打滚一样,已被红葡萄酒和香槟酒淹没了。"

颇为矛盾的是,文化越单一,人们对独特人物的狂热崇拜感反倒不断增强,并且存在着更为有效的交流网络,从中可以分享对杀人犯或厌恶或喜好的强烈情感。玛丽结合自身优势,利用了这些潮流变化,迎合着新兴大众市场的需求,最终在晚年使个人名声达到了巅峰。

名流崇拜风潮是一个自我意识日益增进的社会的副产品,在这样的社会里,人们首要考虑以何种形象和方式出现在公共场合,与此相伴随的是,他们随时对其他人所获得的身份地位保持关注。民众不断受到尊重,这一现象开始在顾客至上的消费主义中发挥作用。最初,贵族和神职人员不太可能在报刊上为某些产品代言。但科克尔记胆康宁药丸[1]后来受到许多人的推荐,长长的名单中包括10位公爵、5位侯爵和1名大主教,而这也可理解;相反,"许多富贵人士"虽然证实了"英式抗梅毒疗法"的好处,却倾向于匿名宣传。逐渐地,贵族阶级和上流社会人士成为了商品的主要代言人,其他知名人物也是产品个性化推销的人选。

1845年,玛丽自身也成了有益健康补药的知名代言人,该药宣称对一系列典型小病症疗效显著,如消化不良、肠胃气胀以及由消化不良导致的头痛、呕吐、浮肿、阵发性抽搐(三分钟内即可治愈):"波特曼广场贝克街上的杜莎夫人,非常高兴现身说法,证明她近七年来因使用无与伦比的万能药而受益良多。"此外,杜莎夫人曾为一家染色商号做过形象代言。

越来越多地借势名流人物来助力大量销售消费品,这一手法同样反映在了玛丽的蜡像产品目录上,1844年,该商品目录每季度的发行量为8000份,三年后同比数达到了10000份。玛丽的"自传式素描肖像"

---

[1] 科克尔记胆康宁药丸的广告单上曾有如下推销语:"全世界广泛使用,最好、最安全、最早获得专利的药品,这是不含汞的植物药,适用于胆汁功能失调、肝病、头痛、胃痛、消化不良,等等。"

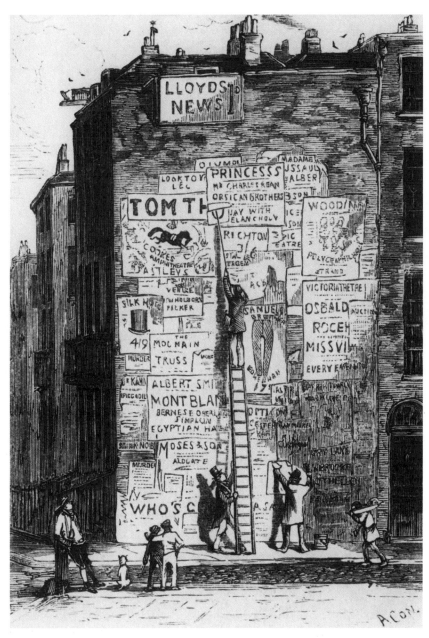

早期的广告墙

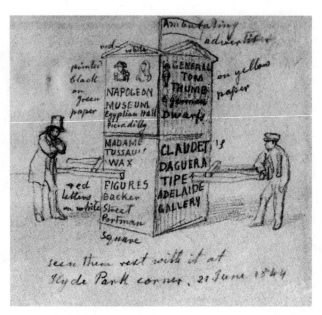

四处游走的广告人,由乔治·沙夫绘制

也被用于广告宣传。关于保暖帽和优质假发的广告数不胜数,充斥其间还有许多以知名人物的名字命名的商品值得注意,包括纳尔逊胶制剂、维多利亚皇家毡毯、阿尔伯特领结、威灵顿礼服大衣,后者作为"新款、轻便且防水的外套,适合不同季节穿"。在其他地方,拿破仑的名号被用来推销不同的产品,如黑鞋油和墨汁,艺人、大力士和探险家贝尔佐尼[1]则为染发剂做广告(有可能化用了力士参孙的典故,其力量正好源于头发)。英国政治活动家、作家威廉·科贝特去世后,有人故意冒充其名,做出颇不讨人喜欢的举动,将他与某些产品关联在

---

[1] 乔瓦尼·巴蒂斯塔·贝尔佐尼(Giovanni Battista Belzoni, 1778—1823),意大利人,探险家,早年卖艺,他身高两米多,满头浓密的卷发,并且力量很大,被形容为"力士参孙";后前往埃及,掠夺文物、珍宝,如曾把古埃及第十九王朝法老拉美西斯二世(Ramesses Ⅱ,约前 1303—前 1213)重达 7 吨的半身像运到英国,该法老像原安坐于著名的阿布辛贝神庙入口处;他还在吉萨金字塔群等地发掘墓葬,发现了埃及第四王朝第四位法老哈夫拉(Khafre,约前 2558—约前 2533)金字塔的入口,并直接进入安葬国王遗体的墓室。

一起:"1832年6月,晚年威廉·科贝特议员在《政治纪事周刊》中透露,22年来,他一直忍受着使用有缺陷的疝气带所带来的痛苦。"而科尔先生获得了专利的改良产品有助于缓解由疝气引发的病症。印刷技术的进步,意味着知名人物的肖像得以首次运用于预先包装好的食品上,以便推送给大众市场,如他们的形象出现于风味小吃、肉酱和调味汁的罐盖上。威灵顿公爵和罗伯特·皮尔爵士的肖像都以此种方式用于消费品市场,甚至阿尔伯特亲王的形象也被印到了剃须膏的软管上面。

人们非常清楚地看到,在打造名流文化方面,玛丽证明了自己是一位极有天赋的缔造者。通过印刷媒介选播公共人物信息只是第一步,随之而来的是对他们形象的漫画式宣传。玛丽去世后,名片热以及搜集名人小幅摄影照片的狂潮开始涌现,但在她生前,摄影或者说"用光作画"还只是偶尔为之,它们试图消弭实物与复制品之间的差异。1842年,一份商业类杂志刊发了杜莎夫人蜡像展的广告,旁边则是一幅促销摄影作品,此时的摄影作品仍主要由艺术家来创作:"虽然艺术家自己也能绘制肖像画,但通过摄影,他们能够获得极为精确的完美肖像,由此省去了许多麻烦和绘画时间,同样节省了模特的时间和精力。"摄影技术在玛丽生前突飞猛进,为此她去世后不到十年时间,商业题材的日常风俗摄影作品已被普遍采用。

最后同样重要的是,名人狂热崇拜风潮的兴起,也受到大量用陶土、青铜等制成的小塑像的影响。1843—1850年,不以王室成员为原型的民用小蜡像日益流行,作为各行各业人物的写照,它们包括演艺人士、某些受人喜爱的牧师、政治家威灵顿和皮尔首相,这些小铸像成了居家必备的装饰品,有时被摆放在绿植箬叶旁的钢琴上。英格兰斯塔福德郡的陶器,只是从这股蓬勃发展的小雕像收藏热潮中获利的产品之一,其中珍妮·琳德[1]的小铸像最为畅销。珍妮·琳德有"瑞

---

1 珍妮·琳德(Jenny Lind,1820—1887),瑞典女高音歌唱家,她是瑞典第一位享有国际声誉的歌唱家,丹麦童话大师安徒生曾爱慕过这位"瑞典夜莺"。

典夜莺"之誉,她是首位拥有大量"粉丝"的表演明星。1847年,珍妮·琳德在伦敦登台首秀,随即受到维多利亚女王的青睐。珍妮·琳德为名流的诞生提供了典范,他们作为大众市场的杰出人物,超越了阶级差异,自然她的蜡像很快在杜莎夫人蜡像馆展出。《纪元》(*The Era*)杂志写道:"无论宫殿里的女王、闺房里的女士,还是俱乐部里的男士,或者交易中的商人、办公室里的职员,事实上,从最尊贵的人到最底层的民众,全社会所有人都在热议珍妮·琳德。"顺理成章,珍妮·琳德的芳名被善于发现商机的广告商用来推销产品,她的故事有可能被写入街头民谣中,以便口耳相传,但与男士服装相关的产品不太可能采用这一推广手段。珍妮·琳德暗示着随着新的明星人物的崛起,他们凭借自身的魅力,最终将把贵族人士从广告市场中驱逐出去。

展出犯罪人物的蜡像牟利,这是玛丽小时候从柯提斯那里学会的重要经验之一。1849年,当两个谋杀故事引起全英国轰动时,玛丽及杜莎家族从中获得了巨大盈利。1849年4月21日,詹姆斯·布洛姆菲尔德·拉什[1]在诺威奇被处决,因他对地主及另外两位地主家族成员犯下三重谋杀罪。民众对这一惨案极为关注,为此前往案发现场参观的访客络绎不绝。同年11月13日,据推测约5万人在伦敦观摩了对玛丽亚·曼宁及其丈夫乔治的公开处决,两人被控杀害了玛丽亚·曼宁的情人帕特里克·奥康纳,后者是一位退休的海关官员。媒体对玛丽亚·曼宁被处决时所穿的紧身黑色绸缎衣服大肆渲染,这强化了本案三角关系之间的性因素。其中一份报刊提到,民众对玛丽亚·曼宁装扮的关注使得绸缎产业在此后20年萎靡不振。但就玛丽而言,从好的

---

[1] 詹姆斯·布洛姆菲尔德·拉什(James Blomfield Rush, 1800—1849),私生子、农民,1848年11月28日晚,他在艾萨克·杰米的寓所将后者及其儿子杀害。拉什作为佃户,曾向主人杰米借款,在还款日期即将到来前两天,为了避免追债,他实施了上述犯罪行为。案发时,杰米家的仆人以及怀孕的儿媳因在现场,而一同遭到枪击,但幸免于难,随后她们指证了拉什的罪行。拉什最终被判处绞刑。

方面来看，这是一大福利。曼宁、拉什的蜡像被放置于"恐怖屋"展厅中，以满足游客的偷窥癖，参观处总是人满为患。《笨拙》周刊再次对杜莎夫人此举展开了抨击，称她"展出曼宁和拉什的蜡像，如同剧院管理者在同一晚上安排两三位明星组合登台表演一样，实属哗众取宠"。《艺术周刊》（Art Journal）同样责难杜莎夫人对罪犯的美化行为："展示这些粗鄙的蜡像，无疑会增加令人恐怖的展品的数量。但是，人们不由痛苦地想到，尽管许多尊贵的杰出人士名副其实值得被制成蜡像，以期不朽，但罪大恶极之人没有理由也被精心制成蜡像，进而受到民众的关注。"作为防卫策略，杜莎家族发布了以下辩解："他们确保公众参观犯罪人物的蜡像，远非为了激起大家的效仿意愿。相反，此举旨在通过亲身体验，直接告知民众应遵纪守法。"玛丽亚·曼宁一案过后不久，杜莎家族随即决定以此类事件为题，增设更多与犯罪有关的蜡像，因为"由拉什和曼宁犯罪产生的轰动效应如此强烈，以致数以万计的民众无法满足各自的好奇心"。与谋杀犯有关的小型摆件和展现犯罪现场的陶瓷制品非常流行，这是维多利亚时代人们痴迷于谋杀事件最有说服力的明证。而与此同时，斯塔福德郡的陶瓷肖像商，对维多利亚王室年轻、俊美的王子和公主并不非常感兴趣，以王室成员为原型的复制品也相对较少。当全国性的报刊发行量在数万份之间起伏时，热衷谋杀事件报道的地方小报，其销量动辄数百万份。

据玛丽描述，早年生活于巴黎期间，伏尔泰、卢梭等哲学家都是其家族友人，他们通过质疑国王作为神圣统治者的地位，告诉她在她去世前，将看到整个法国社会发生翻天覆地的变化。随着国王和王后被去神秘化，他们与仆人并无太大差异，已不再是臣民的统治者。玛丽的蜡像展纪实性地证明了权力的位移过程，即由臣民的顺服向"粉丝"的支配权转变。在玛丽生前，她最后打造了动人的王室蜡像主题展，命名为"甜蜜之家"，取自歌曲《家啊，甜蜜的家》（Home, Sweet Home）。这首歌曲在19世纪的欧洲极受欢迎，仅仅在推出第一年，其活页乐谱的销量已达10万份。它就像一首歌颂家庭生活的主题曲。这首歌也非常适合描述阿尔伯特亲王与维多利亚女王居家时的蜡像场景,"他们坐在舒适的沙发上","轻抚着可爱的孩子们"。家庭和谐的形象引人注目,因为它们简洁地呈现了王室像普通人一样的生活场景,"整个展览想要传达这样一种理念,即英国人心目中的甜蜜之家就应当是这样的,他们的一生应当在此种充满爱和相互尊重的情意中度过"。对于游客而言,参观"甜蜜之家"蜡像展,仿佛自己正受到召唤,来到了王室的会客厅里。

英国王室的居家蜡像展为审视君主制提供了一个激进的视角,因为它影响到民众的观感,游客发现王室成员与自己的日常生活颇为类似,而不是给人一种强烈的疏远感。例如,玛丽曾打造了法国国王路易十六和玛丽·安托瓦内特进行"开放餐筵"的生动蜡像展,这是她吸引众多游客的首件作品,该展览中,游客和王室之间存在明显的隔阂。凡尔赛宫的仪式化用餐表演试图强化君主与臣民之间的等级差异,正如塞纳克·德·梅扬[1]在旧制度时期的法国所做的评论一样:"君主亲近臣民自然是件好事,但此举需要通过统治权来施行,而非借助尊卑不分、无拘无束的社会生活来实现。这种随便和放任的做派太容易被公之于众,进而会降低君主的威严。"

英国王室家庭似乎正慢慢地成为文娱节目的内容,就像新兴大众市场中一本廉价小说所描绘的家族传说一样,人们对其私生活和个性充满兴趣,并且逐渐认为有权进入他们的私人领域中去。随着王室不再像以往那么威严,人们不难感受到,中产阶级欣然沉湎于对宏伟、壮丽事物的幻觉中。在王室宅邸风格方面,维多利亚女王展示了她追求物质享受的品位,并且使民众深信不疑,城堡和宫殿便是她的主要寓所,而与此同时,女王臣民中的新富,正通过疯狂的购物来宣示自

---

[1] 塞纳克·德·梅扬(Sénac de Meilhan, 1736—1803),法国作家,其父为法国国王路易十五的御医。

己的独立地位。

英国王室生动的"甜蜜之家"蜡像展与另一场主要的展览形成了鲜明对比,即拿破仑遗物展,后者一直吸引着大量民众前往参观。上述两大蜡像展并置,彰显了变革的力量贯穿于玛丽漫长的一生。因为随着王室家庭看似越来越普通,并且与其臣民的公共生活并无太大区别,而有个性的成功者逐渐被视为与众不同的人物,大众正是他们的"粉丝"。民众对拿破仑的狂热崇拜,印证了从普通人向名流、超人跃升的蜕变。如果说民众对王室的顺从和尊重比以往减弱了的话,那么,当公众列队参观拿破仑的牙刷和沾满血迹的床单时,以及站在他的一颗牙齿前时(蜡像展品目录上称为了拔掉这颗牙,"皇帝遭受了许多痛苦"),内心不由生出一种类似宗教信仰的敬畏之情。对玛丽来说,拿破仑是一位不会令她感到失望的人物,两者之间建立了幸福而愉悦的合作关系,他的蜡像展曾陪伴玛丽度过或轻松或艰难的岁月,并且使她越来越富有,直到死亡降临,两人才算真正诀别。

拿破仑的形象在大量的娱乐节目中扮演着重要的角色,他本人由此得以复活。在英国皇家外科医学院的亨特博物馆[1]里,拿破仑患癌症的胃甚至也被用于展览、供参观,该展品像圣徒的遗物那样被妥善保存,并且贴上标签,被当作导致这位伟人死亡的历史证据,直到一位法国游客对此表示抗议并被馆方去掉了能够证明展品身份的标签之后,这件引起争议的标本才恢复到匿名状态。英国小说家狄更斯记述了由拿破仑皇帝的遗物引发的吵闹:"'背信弃义的阿尔比恩[2]!'一位高卢人胡乱地大喊大叫,以便引起人们注意,他的热情似乎已经被法国白兰地点燃。'背信弃义的阿尔比恩!'通常安静的展厅再次回荡着这句

---

1 亨特博物馆,创建于19世纪初期,以约翰·亨特(John Hunter,1728—1793)的名字命名,亨特为英国外科学家、病理解剖学奠基者,曾被任命为英国国王乔治三世的外科医生。约翰·亨特后来不惜以身试病,接种梅毒病原体,以便证明淋病和梅毒是同一疾病的不同表现形态,结果感染梅毒。亨特博物馆内藏有他搜集的各种解剖标本。
2 阿尔比恩(Albion),英国古语、诗歌用语,代指英格兰或不列颠,源自古希腊罗马人对该地的称呼。法国人经常用"背信弃义的阿尔比恩"来嘲讽英国人。

1846年一份图画版拿破仑四轮马车宣传海报,其中描述了杜莎夫人蜡像馆的其他主要展览

1847年，乔治·克鲁克香克创作的漫画，展现了杜莎夫人与拿破仑翩翩起舞的场景

大声的叫喊。'你们已经拥有了滑铁卢桥、滑铁卢广场和滑铁卢靴子，却依然贪得无厌，竟然把残暴的双手伸向了伟大的皇帝本人。'……迄今为止，病理学上关于拿破仑致命病因的记录仍无定论，并且大众也无从辨别孰是孰非。"其他一些地方，则展出了拿破仑皇帝的蜡像，并且配备了带有机械装置的肺。宣传海报大肆鼓吹："拿破仑并没有真正死亡！你将看到和听到神奇的呼吸现象，感受到他皮肤的柔软、肌肉的弹性、骨骼以及整个身体的完整结构。"

逐渐地，人们认为自己有资格在公共生活中随意使用知名人物的资料信息。在玛丽人生的最后阶段，有一个非常生动的实例，即维多利亚女王和阿尔伯特亲王史无前例地提请法律诉讼，缘于他们的隐私受到了侵犯，许多有关王室家庭生活的蚀刻版画未经他们许可，便被生产出来并推送到商业市场销售。在19世纪，对王室生活的曝光毕竟有限，类似的情景到了20世纪则扩大许多倍，知名人物几乎无法摆脱摄影镜头的追踪和被拍照,他们的私人生活照片能够被复制百万次。在长篇小说《马丁·瞿述伟》(*Martin Chuzzlewit*)中,狄更斯以讽刺的笔调揶揄了媒体:"快看今天的《纽约阴沟报》(*New York Sewer*)!……""这里是今天的《纽约刺客报》(*New York Stabber*)!《纽约家庭侦探报》(*New York Family Spy*)!《纽约私人监听报》(*New York Private Listener*)!……还有《纽约秘闻报》(*New York Keyhole Reporter*)!"对许多人而言,这些报刊的报道既是噩梦同时也是预言。

在谈论美国电影的一部作品中,玛格丽特·索普[1]论及当代民众与明星之间的关系时,曾切中肯綮地指出:"人们希冀效仿明星的生活和言行举止,这正是时下的潮流之一。"如果说"诸神"是当代明星人物的代称,那么上述评论也适合用来形容玛丽所取得的成就:她把她所处时代的"神灵"带入到了普通人的生活。这些"众神"首先是王室成员、精英人物,随后分化并包括演艺人士,他们预示着最近的流行风尚。如今,我们不仅仅试图了解这些明星的做派,并且期待像他们一样穿上同样的跑鞋。有些"粉丝"把自己的身体当作神殿,供奉着他们所尊崇的各类明星,享用同样的食物,拎着明星们使用的同款包包。在玛丽人生的最后阶段,活跃的消费者模仿风潮已首次出现。

多年来,玛丽一直以相对简约的蜡像形式呈现虚拟现实,进而为消费者提供娱乐,仅此一项服务她就值得受到更多赞誉,但迄今为止她的功绩被低估了。许多独特的事物、现象刚露端倪,玛丽便投身其中,做了许多探索。它们在今天已无处不在、数不胜数,她的人生与我们今天的生活方式仍然息息相关,即对人类本性的启蒙与反思从来没有变过。在21世纪,据说如果你向一般的青少年询问什么是他们想

---

[1] 玛格丽特·索普(Margaret Thorp,1891—1970),美国作家、记者,著有《电影中的美国》(*America at the Movies*)等。

要的,答案将是"成名"。其实,早在1843年,人们对名望的渴求便已非常明显了,《爱丁堡评论》上一篇文章对此非常清楚地写道:

> 简言之,人们毫不掩饰对名声的追逐,现代生存方式的首要原则便是扬名立万,我们活着、不断前进,将人生故事付诸出版,莫不以此为鹄的。柯伦(Curran)评论拜伦时说,"他为媒体哭泣,同时从公众那里得到了慰藉",这一论断适合于任何希望通过努力奋斗获得荣誉的人。他们不仅仅哭泣,还吃喝玩乐、散步、交谈、狩猎,为报刊爆料,提供聚会和旅游信息。一个普适的推论为:如果一个人总是默默无闻的话,那么他不值得受到更多关注。在这种状态下,逆潮流而动自然无益,与同时代的人持不同意见也属犯傻,精明的年轻人会去购买最后一版《在社会中出人头地的艺术》,或者《每个人都是自身命运的主宰者》,然后孜孜不倦地践行颇受青睐的主要成名规则,即抓住任何一个机会,尽量使自己的名字见诸报端,让世人知晓。

但是玛丽的人生也向我们展示了时代的变迁。她所处的社会,肖像制作属劳动密集型产业,同时在艺术上有复杂的流程。人们喜欢亲自共享最终的蜡像成果。而今,照相镜头无处不在,这足以使任何一名全球化的匿名观众冲洗立等可取的肖像照,然后用于消费市场。玛丽身处即将到来的摄影时代的前沿位置,而波德莱尔[1]认为摄影术是亵渎神明的技艺,因为他见证了当时的社会"急速行进,正如纳西索斯[2]沉湎于自己的倒影中一样,摄影术总是借助感光底片捕捉着一些微不足道的形象"。我们对自身肖像入迷,这与表情达意方式的变化相互

---

1 波德莱尔(Baudelaire,1821—1867),法国著名诗人、翻译家和评论家,代表作有《恶之花》(*Les Fleurs du mal*),他对后来的象征主义和现代主义诗歌产生了深远影响。
2 纳西索斯(Narcissus),希腊神话中的美少年,他因恋上了水中自己的倒影而不自知,相思不已,最终投水而死,后化为水仙花神。

关联，也是反观他人的参照。不同于坚固的青铜制品、大理石雕像以及蜡像，对于我们转瞬即逝的忠诚度而言，印刷品和照片是更适合的媒介。1843年，10万人排长队参观了纳尔逊将军巨幅雕像，如此盛况持续了两天，雕像随即落成于特拉法加广场硕大的基座上，这正是最大的区别所在。玛丽时代的观众依然生活在英雄的荫蔽下，然而，我们现在已被明星的光芒弄得头晕目眩，并且只是从豆腐块式的广告栏、八卦消息中来判别他们名声的大小。

直到去世前不久，90岁高龄的玛丽虽然垂垂老矣，但身体健康，并无疾病。她的体格非常好。七八十岁时，玛丽被认为"看上去依然像在法国大革命时期一样精神矍铄，当时她奉国民公会之命，从罗伯斯庇尔等'恐怖统治'时期英雄的脸上制作蜡像面模，他们的蜡像如今都被玛丽安置于她的'恐怖屋'中"。作为一丝不苟的女管家和会计，玛丽势必经常独自检视蜡像人物身上的亚麻、蕾丝等衣饰，进而确保它们以最佳效果生产出来。如果说玛丽已不像当年那样在前台收银，她至少仍居于幕后操持着家族的蜡像产业，并且显然决定扩大蜡像展览规模，迎接即将到来的1851年世博会，各项筹备工作都已排上日程。1850年4月15日（死亡证明写的时间为该月18日），星期一，玛丽最终停止了呼吸，究其原因，哮喘无疑对健康造成了影响，但年迈体弱导致肺功能衰竭才是关键所在。"杜莎夫人去世了"，在她坟墓的台石上，留下了一个完美的铜版手印。

当自己仍是一位新手、还有许多东西需要学习之际，玛丽在爱丁堡度过的时光令人振奋，她雄心勃勃地把蜡像展入场费定为每人次2先令，首日便有3英镑14先令入账。传单随即成了主要的广告手段。玛丽去世的那一周，虽然因周五举行葬礼停业一天，但杜莎夫人蜡像馆仍售出了800份蜡像展品目录，展览收入达到了199英镑9先令。其广告宣传已经扩展到12份报纸上，它们不断向乘坐火车出行的游客暗示参观蜡像展的趣味。玛丽自身史诗般的漫游经历堪称传奇。她从巴黎圣殿大道启程，最终落脚于伦敦舒适的府邸，蜡像展馆地址为贝克街58号（该门牌号源于她的死亡证明编号）。她从法国漂洋过海来到英国，辗转于数百个城镇之间，其间险遭不测，几近绝望。大约五十年前，玛丽刚抵达英国之初，随身只有为数不多、打好包的蜡像展品和模型，并且为两个儿子的安全和未来忧心忡忡，而到她去世时，却给后人留下了无价的蜡像展馆和一个举世闻名的地标，这意味着杜莎家族的后人从此将生活安逸，并且前程远大。

除了物质遗产外，玛丽声名显赫、成就卓著，这可从大量报刊讣闻中得到确证，刊登其讣闻的全国性媒体包括《泰晤士报》、《蓓尔美尔街报》（*Pall Mall Gazette*）、《伦敦新闻画报》，它们同时刊登了玛丽的版画肖像。玛丽所处的时代，等级偏见由来已久，考虑到此类不良社会情状，她所获得的荣誉尤其难能可贵。《伦敦新闻画报》向来对有爵位或官衔的人持冷漠态度，尽管他们的家族谱系源远流长，要么与王室有关联，即所谓大富大贵人家，或者像可怜的卡苏朋牧师[1]一样高冷。玛丽仅仅只是一位蜡像展业主，且身为女性，有着法国背景，为举办商业展览长期颠沛流离，加上与丈夫的关系名存实亡，却能受到《伦敦新闻画报》关注，并被后者冠以《一位杰出人士最近去世了》的标题进行报道，足见其地位和名望已获得普遍认可。

作为纪念性的报道，许多报刊包括《纪事年刊》（*Annual Register*）在内，追述了玛丽人生履历的细节，这些内容此前常被她拿来迎合公众的猎奇心。只是与伊丽莎白公主一样，如今，"国王路易十六和玛丽·安托瓦内特的孩子"也被宣称曾是她的学生。与法国旧制度和大革命有关的各种逸闻掌故，则成了另外的保留节目，其中涉及她与约瑟芬曾被关在同一间牢房里的遭遇，自然也少不了断头的故事：读者被告知，"许多为玛丽熟知、喜爱或憎恶的人被推上了断头台，随即她受当局指派，负责给他们被砍断的头颅制作死亡面具或蜡像模型"。

---

[1] 卡苏朋牧师，英国女作家乔治·艾略特（George Eliot，1819—1880）长篇小说《米德尔马契》（*Middlemarch*）中的人物，他年老、自私而又死抠宗教教义。

但是，从某种角度而言，玛丽即便赢得了广泛关注，人们对其蜡像展的接受又是另外一码事。蜡像展不断盈利给玛丽带来力量，但与此同时，为了商业上的进一步发展，她不得不委曲求全，进行更多审慎的投资和合作，在大众市场中的成功也使她陷入了文化纯粹主义者的泥淖。印刷、照片和旅行的兴起，掀起一阵阵信息浪潮，这使得许多人置身危险之中。人数不断增长的中产阶级尤其钟爱把知识融入有意味的形式中，这同样是玛丽的目标和成就所在，但许多人对此不屑一顾。玛丽同样遭受着自以为是者的嘲讽。1854年，《家庭画报》（*Illustrated Family Newspaper*）刊发的一篇文章记述了"游览杜莎夫人蜡像馆的观感"，明显体现了以上偏见："最后逗留伦敦期间，我前往杜莎夫人蜡像馆做了一次短途旅行，此地众所周知，许多人也到此一游过，但是蜡像馆是伦敦时尚界的笑柄，因为蜡像馆只是入城的乡巴佬寻欢作乐的常去之所，他们只顾猎奇，喜欢观看恐怖的事物。"

上述针对杜莎夫人蜡像馆既爱又恨的矛盾情结，与另外一件事的最初反应遥相呼应。1852年，杜莎家族委托乔治·海特[1]爵士绘制了一幅画，即《威灵顿公爵参观拿破仑的肖像和个人遗物展》（*The Duke of Wellington Visiting the Effigy and Personal Relics of Napoleon*）。拿破仑身为法国已去世的最伟大人物（许多维多利亚时代的英国人认为他是迄今全世界最伟大的人物），而威灵顿公爵为在世的英国伟人，他近距离站在拿破仑肖像前沉思的画像取得了轰动性成功。但《伦敦新闻画报》对此有所保留地进行了赞美：

> 最初，我们不由感到，把当代英国最伟大的人物与已经故去的法国伟人蜡像联系在一起的意图，有可能会为蜡像展增添几分哗众取宠的可疑品位，但是，当我们回想到这是唯一的方式，得

---

[1] 乔治·海特爵士（Sir George Hayter，1792—1871），英国著名画家，尤擅长肖像画，为维多利亚女王的御用画师。

以使两位曾在历史上互为对手的统帅一同出现在油布画中,并且大家都知道,画中所展现的事件确实发生过,威灵顿公爵曾前往蜡像馆参观拿破仑的蜡像和遗物,这时,人们对这幅画作的偏见将减弱。

杜莎夫人蜡像馆办展迎客的时间越长,就越受到民众的欢迎,同时,究竟是去美术馆寻求价值,还是去杜莎夫人蜡像馆寻找乐趣,民众心目中的分歧也在不断扩大。英国作家萨克雷在其小说《钮可谟一家》(The Newcomes)中简要叙述了民众的纠结心态,他描绘了游客对伦敦的观感和反应:"他们对画作似乎并不特别感兴趣,并且认为伦敦国家美术馆的展览单调、乏味,同样在皇家艺术院里,除了参观一些命名方式与我们友人的名字有点类似的画作外,如《麦考诺普镇的麦考诺普》,并没有其他有价值的展览,但在他们眼里,杜莎夫人蜡像馆无疑是伦敦最有趣的地方。"

而在小说之外的现实中,杜莎夫人蜡像馆令某些人大为扫兴。美国游客本杰明·莫兰[2]就颇感失望:"杜莎夫人蜡像馆的展览不过如此,所谓充满好奇心和求知欲的旅游胜地,无非借助虚假的摆设来取悦观众,或令他们感到恐怖。展厅里从来不缺错误的传闻,这是伟大的伦敦城最令人讨厌的恶习,观众厅里充斥着哄骗和谎言。美国艺人巴纳姆应该把它收购了。"

玛丽死亡证明的落款时间为1850年4月18日,略为讽刺的是,"职业"栏目下写的是"弗朗索瓦·杜莎的遗孀"。甚至直到去世前,玛丽仍笼罩在丈夫的阴影中,后者几乎根本没有给她提供过任何实质性

---

1 麦考诺普为萨克雷小说《钮可谟一家》中一位次要人物,他没有什么艺术品位,但附庸风雅地为自己作了一幅画,题为《麦考诺普镇的麦考诺普》(M'Collop of M'Collop)。萨克雷在小说中提到,除非麦考诺普看见自己所作的画出现在画廊里,他才会对画展感兴趣。
2 本杰明·莫兰(Benjamin Moran,1820—1886),美国外交家、作家,长期担任驻英公使馆秘书等职务。

杜莎夫人的死亡面模，由她的儿子制作

的帮助。几天后，在卡多根花园和切尔西区亭台路拐角处的一座天主教堂里，玛丽的葬礼正式举行。葬礼配备了带羽饰的马匹和大量黑绸，以及看上去阴郁的其他饰物，恰如其分地传达出对逝者的尊重，既不铺张、夸耀，也不过于节俭、寒碜，以便展现杜莎家族跻身殷实的中产阶级群体后的体面和礼节，而不至于使人心生疑窦。在某种程度上，杜莎家族令人迷惑、难以为公众所熟知的做派与其历来低调的行事风格颇相符，除了葬礼开支外，他们没有留下有关玛丽去世的其他文献资料。数据没有知觉情感。玛丽的葬礼共花去了63英镑4先令6便士的费用，都逐笔登记在册，主要明细包括定制丧服和给男士穿的六套黑色西装，还有四顶黑色丝织软帽和六顶灰色草帽（供家族仆人之用），另一项开销为租借马车费，以便用人在葬礼当天出行。

玛丽去世后，与先前从刽子手手中搜集素材制作蜡像的惯用手法不同，约瑟夫和弗朗西斯亲自用白石膏给他们的母亲打造了双目紧闭的面模。她的死亡面具流传至今。安放玛丽遗体的老教堂被拆除后，她的遗骸被转移到了新的墓穴，地点位于斯隆广场附近新建的罗马天主教堂，即圣玛丽教堂，该教堂的墙上、不显眼的位置安放着她的灵位："仁慈的主，谨向您祈求让玛丽·杜莎夫人的灵魂长眠于此，她于1850年4月15日[1]去世，享年90岁，愿灵安息，阿门。"但是，想要在表象下理解杜莎夫人的爱恨，把握她的弱点和担忧，那又是另外一回事。我们所能掌握的只是有关其个性的一些碎片信息，但有一件事颇具说服力。据杜莎夫人的孙子维克多披露的一则家族逸闻描述，居住于波特曼广场的一位邻居，曾一再请求玛丽前往并欣赏自己珍藏的艺术品。许多人很容易迁就一位年长男士的自尊心，随即会接受邀请，甚至为天赐良机获得审美享受而心存感激，但是据说玛丽拒绝前往并且告知对方，她从不登门拜访绅士，当他们来看望玛丽时，则总是需要支付1先令的蜡像展入场费。更具信服力的是，据说玛丽曾责怪大儿子约瑟夫，因为她弥留之际躺在床上看到儿子流泪了，然后追问他是否会因为目睹一位老妇人行将就木而感到害怕。玛丽没有留下任何遗嘱，她对律师的反感由此再明显不过了，但是她要求儿子们要共享一切遗产。约瑟夫和弗朗西斯显然照办了，对于家族的蜡像事业日后的经营管理，两人确立了正式的合伙关系。

就某些方面而言，玛丽去世后，约瑟夫和弗朗西斯获得了解放。玛丽显然是一位严厉的女管家，她不管家族财富越积越多，终身奉行节俭的作风。维克多·杜莎曾给他的侄子写过一封信，其中谈到玛丽如何定下财务规矩，要求家人勤俭：

> 这些财务开支名副其实仅够糊口之需。他们的业务系统非常独特，但是极富远见。租房、煤气灯和安全保障开销将储备待用，并且每周都按期积累，除去薪酬和其他杂费外，有时根本入

---

[1] 原著中涉及杜莎夫人去世的日期略有差异，其年龄有时也按虚岁计，译稿参照原稿进行翻译折算。正如杜莎夫人的具体生辰难以考证一样，有关杜莎夫人卒日期的不同版本，某种程度上也为她的传奇人生增添了几分神秘感。

不敷出，如果留有余款，余款将被平分为两部分，其中一部分用于改进蜡像展，提升吸引力，无论收入多高，这一半投资都雷打不动，以便后续不断增加新的营业额，剩下的另一半则大家平分，有时他们到手的收入真的非常少。

综合多方的信息和观点，我们可以把杜莎夫人比作时间和金钱的化身。维克多·杜莎回忆了玛丽日常的例行公事便是"给一打或更多的银表"上好发条、校准时刻。查尔斯·狄更斯则写道："当代作家印象深刻，她总是坐在蜡像展的入口处，接收每一个投入收银台的先令。她显然是一位精明的商人，并且性格坚强。"杜莎夫人的言行举止为狄更斯在小说中塑造乍莱太太的形象提供了灵感，乍莱太太同样"坐在收款处，从中午到晚上都在数着银币"，并且恳求民众，在她即将开始新的短途巡展前，不要错过机会参观其蜡像展，展品都是有关欧洲王公贵族的蜡像精品，然而一周后，她照样按兵不动，还在老地方办展。"所以赶紧来，赶紧来！"每次所谓将要离开时，乍莱太太总是放出这套忽悠顾客的说辞，"请记住，这是乍莱太太了不起的珍藏，超过一百件蜡像，哪怕全世界也独此一家，别无分店，其他都是冒牌货和骗人的山寨展。大伙儿赶紧来参观，赶紧来，赶紧来！"

上述比拟非常贴切，因为对于维多利亚时代的英国而言，时间和金钱是展现中产阶级自身力量至关重要的两大要素。蜡像等类似产品种类的递增，决定了商业娱乐活动的不断壮大。这一局面的形成，玛丽发挥了巨大的作用，在她去世后，商业娱乐也进入了另一个新的时代。

尾 声

1850年，玛丽去世之际，世博会的筹备计划正紧锣密鼓地进行，此届世博会原定于1851年5月1日在海德公园举行。预感到届时将有大量游客到来，玛丽的儿子约瑟夫和弗朗西斯决定拓展他们在贝克街的蜡像展。展厅的楼梯改宽了，"恐怖屋"的规模也扩大了。此举被证明是明智的。伦敦到处都是观光客。高峰时期，威斯敏斯特教堂据称每小时有6000名游客造访。一位回头客惊讶于涌向杜莎夫人蜡像馆的参观者数量如此巨大，他估计（并不完全可信）"其游客上限不止1万人，而是接近百万之多"。从某些方面来看，大量参观者的到来，证明玛丽当年四处奔波的艰辛和努力并没有白费，她广受欢迎的蜡像巡展把高尚的教育价值与壮观的蜡像场景、多样的娱乐活动结合起来，由此确立了她在演艺界的名声和地位。与此同时，在贝克街，杜莎夫人蜡像馆的运营管理于1851年完成了新旧交接。维克多·杜莎（玛丽的孙子）证实，对玛丽的儿子们而言，世博会标志着一个转折点。他们不再受到母亲玛丽对财务的严厉管控，从此得以更为自由地支配利润。"我经常听到你的祖父说，直到这时兄弟俩才有了专属于自己的钱。"维克多写道。

在更广阔的社会舞台上，世博会象征着一个时代的结束和新纪元的开始。火车的普及以及廉价旅行的流行暗示了社会格局的变迁，漫游巡展活动随之迅速衰落。淫秽的消遣活动难逃式微的宿命，与之形成鲜明对比的是，华而不实的俗丽娱乐花样不断翻新，呈现失控状态。数个世纪以来，反映人们纵情享受的游乐活动，正是前工业时代兴起的商业化娱乐，此类节目多集中于城市，其发展壮大由繁荣兴旺的中产阶级不断推进。世博会的举办同时预示了传统乡村生活向城镇社会衍化的重心转移，并且某种程度上宣告了英国中产阶级时代的来临，他们的自信心正与日俱增。随后多年里，市民团体和地方名流紧跟上新一代企业家的步伐，建造了更多的博物馆、美术馆、图书馆和大量便民设施，通过展出过去或当代更具艺术价值和文学成就的藏品，希冀为提升大众的道德和文化水准发挥一定作用。因此，这个大展览是审视玛丽的人生、评估其遗产的一个有益且有力的观察点。

首届世博会的筹备工作充满争议。威灵顿公爵发现，由约瑟夫·帕克斯顿[1]设计修造的水晶宫，"玻璃非常薄"，作为世博会的展馆，它像一间巨大的温室一样，似乎在等待着煽动叛乱者发动攻击时投掷的石块。很多人则担心，落在屋顶的鸟会把这座玻璃屋压垮。所有此类顾虑，掩盖了那些激烈反对召开世博会者的真实恐惧，在他们的脑海中，无不认为举办世博会简直就是一场大灾难。筹办期间，一种私有独享的立场体现得非常明显，即强烈反对提议选址海德公园作为世博会展区。海德公园属于富裕阶层和社会上流人士天然的休闲场所，应该受到保护，以免被下层阶级侵害。《笨拙》周刊记载了上述担忧。一位自称"暴民"的人给建筑师约瑟夫·帕克斯顿爵士写了一封信，提出了自己的诉求，并做了自我辩护：

先生，我的名字为"暴民"，即"老暴民"的儿子"小暴民"，但比我那野蛮和愚昧的父亲表现好。我在此向您郑重保证，

---

[1] 约瑟夫·帕克斯顿（Joseph Paxton，1803—1865），英国园艺师、建筑师，他以铸铁和玻璃为材料，主持设计、建造了后来被称为"水晶宫"（Crystal Palace）的展馆，用于举办1851年伦敦世博会。

相比于过去的好时光,我已彻底洗心革面,言行举止完全端正,当年我习惯于挑起骚乱,像卑鄙、贪婪的庸众一样。

如果我知道在大英博物馆该如何举止得体的话,那么,待在您的水晶宫墙下,我是否应变得残忍和狂暴?

这封信的落款为:"您谦卑而心怀感激的仆人,帕克斯顿先生,小暴民,别名'乌合之众',或者'路人甲'"。

世博会举办的最初20天,每人次5先令的入场费形成了一道有效的屏障。随后,当门票减少到1先令时,《泰晤士报》力促读者"利用还剩两天的大好时机,在大量'暴民占领'展馆前赶紧过来参观"。这一报道充满了陈腐的偏见气息。《伦敦新闻画报》写道:"从来不用为金钱担忧的富裕群体如愿以偿了,大量民众则对每1先令的开销都得精打细算。""有钱人并没有因为相对贫穷的人被允许入场参观世博会的珍藏,便会弃水晶宫而去",这有点令人诧异。他们也没有采取任何其他防范措施,这颇为奇怪。当世博会入场费降低后,就连年轻的维多利亚女王,也跻身于蜂拥而至的下等人群中。

更出乎意料的是,至少在许多吹毛求疵的评论者看来,有必要对大众做好预警防范,以确保自身的社会优越感,但是,事实证明这纯属多此一举:

> 尽管世博会期间准备设置路障,并且警察随时待命应对挤压事件的爆发,但这些措施都显得多余。少数穿着考究、头脑聪明的中产阶级人士聚集在水晶宫前,等到他们平静、安宁地入场后不久,入口处并没有发生冲突。那些只为了应对有可能造成不祥突发事件而准备的路障设施立马被移除,人流随即顺畅地涌入展厅。

在离世博会举办地不远的莱斯特广场,富于创业精神的怀尔德先生(Mr. Wyld)建造了一个巨大、宽敞、可以在里面步行的"地球",

借此试图吸引大量参观世博会的游客,这一按比例缩小的世界模型,表面装饰有陆地和海洋凹凸不平的浮雕。如果说怀尔德先生是从里向外展示整个世界的话,那么世博会正好颠倒过来,从外到里呈现社会生活。事实上,对许多人来说,世博会展览最令人印象深刻的特征不在于琳琅满目的展品,或者数量巨大的观众,而是所有阶级以及不同背景人士的大融合情形。《笨拙》周刊的一幅漫画的题记为"有钱人和贫穷者——谁曾想到竟在这里同时相见?",强化了这一新气象。当年10月,《泰晤士报》称,"游客现在成了世博会的展品"。《伦敦新闻画报》则报道,不仅女主人专门给仆人们放假,以便后者能像她们一样有时间前往参观世博会展览,这些家庭主妇还与仆人分享各自在展馆的见闻:

> 通常存在一个严重的问题,亦非吹毛求疵,这一点使我们为之顾虑,即上流社会和中产阶级不了解家里的用人,他们常常抓住后者的小缺点不放,不在乎其精神和道德的改善,并且冷眼有加,仿佛仆人源自另一个物种。对于上述指责,世博会如果说具有任何实质性作用的话,那便是化解了雇主和雇员之间由来已久的隔阂。

然而,尽管大家都注意到了这一新现象,但通常在重新评估和反思世博会的意义时,人们惊愕于竟然没有出现公共秩序混乱的情况。文学性期刊《弗雷泽杂志》(*Fraser's Magazine*)写道:"世博会期间,我们一点也不感到恐慌……此前我们曾被告知需要做好预警防备。伦敦没有被吞噬,泰晤士河也没有发生骚乱。"该杂志随后总结道:"大量的游客聚集在一起,却井然有序,彬彬有礼,这不由令人感佩。"

《经济学人》(*Economist*)杂志出版了专刊《世博会上的大众》(*The Multitude at the Exhibition*),并且得出结论:"我们从来没有在伦敦看到过如此多讲规则、守纪律的民众。"一两代人以前,此类场景见所未见、闻所未闻。

回首历史，我们如今发现此次世博会的举办，正处于文化十字路口的位置，准备迎接新时代的到来，那里的娱乐更为正式地与学习需求关联。此前数十年，玛丽一再通过蜡像展来强化娱乐与求知的关系：既满足大众的好奇心，同时顾及人们喜欢游乐的天性，这构成了流行文化的基础。社会氛围日渐令人扫兴，置身其中的民众，痴迷于自我完善和有价值的冒险行动，娱乐活动并非仅为满足游玩的目的；与其说耽溺于享乐，不如说这是人们有意识地利用其业余时间调节生活的方式。一位神父大声宣告，"'娱乐'旨在重新获取新的力量，以便明天能更好地工作"。认为娱乐纯粹是消遣的看法，变得越来越不受欢迎，无实质性内容的逗趣活动被取代了。富有说教意味的活动与节目重新引导着传统娱乐的走向，这在一位名叫萨尔蒂先生（Signor Sarti）的艺人开设的解剖学模型蜡像展宣传材料中可见一斑。相比杜莎夫人，他的蜡像展更明确地强调其教育功能："对于劳动阶级而言，要想拥有健康，关键取决于其日常生活开销，为此，他们有必要从这些重要的解剖模型蜡像展品中，尽自己所能充分学习保健知识。束腰收腹、过度吸烟、酗酒的危害都在展览中一一呈现。"

在许多方面，玛丽的蜡像展颇为独特，很好地顺应了民众对待娱乐的态度改变的趋势。数十年来，玛丽为游客提供了富有教育意义并鼓舞人心的体验，直接诉诸顾客更为尊贵的兴趣和更远大的抱负。她的展品包括身穿礼服佩戴徽章的国王、政治家、战斗英雄、伟大的文化人物等各种形象。但与此同时，通过一些令人毛骨悚然的死亡遗迹展和其他阴森的蜡像人物展，玛丽迎合了人类好奇心的阴暗面。并且，随着蜡像展主题人物各种替换，即时下的明星取代了已被遗忘的昔日名流，由此也显示出她对公众的尊敬。他们渴望新奇的事物，追求刺激，品位各异。玛丽在杜莎兄弟和费舍尔等人的协助下，给蜡像展装饰了优雅的布景，精心配置了灯光照明和音乐伴奏，借以确保她的蜡像馆是值得上流社会人士经常光顾的场所，其展览远离集市娱乐的脏乱竞争，而后者越来越成为面向低收入群体的消遣之地。生活在巴黎期间，尚属年轻女性的玛丽，已然意识到通俗娱乐的魅力及其与真正文化价值之间的张力，它们成了一个广为关注的主题。"显然，法国大革命极大地损害了文学艺术，并且很长一段时间以来，人们发现各种题材的作品中都充斥着低级趣味的洪流……迎合大众趣味的娱乐活动至少具备新颖性的优点，它们优先于一切事物，同时摧毁着一切。"《竖琴》（La Harpe）杂志1791年曾做出上述评论。

但是，无论存在怎样的压力，在使娱乐显得高雅和迎合大众趣味之间，当代人的行动都会露出蛛丝马迹，玛丽的策略很见成效。玛丽去世时，她的蜡像展登上了时尚的巅峰位置。达官贵人和文化名流纷纷到此一游。杜莎夫人蜡像馆成了人们常去的优雅之所，这里像博物馆一样珍藏了大量艺术品，尤以法国画作最为突出，其中包括画家大卫和布歇[1]的真迹。杜莎夫人蜡像馆的运营管理准则持续发挥着作用。在富有闯劲的女创始人玛丽去世许久后，她的儿子通过努力，使得杜莎夫人蜡像馆依然为游客抵达伦敦后率先游览的第一站。大量的来访者中不乏知名人物。当然，并非所有顾客都对杜莎夫人蜡像馆赞誉有加。法国诗人魏尔伦[2]携兰波[3]一同参观杜莎夫人蜡像馆后，给出的结论是"展览糟透了，并且入场费过高"。他们的同胞大仲马则较具雅量："所有正沐浴着名声光辉的要人，都可以敲开杜莎夫人蜡像馆的大门，并要求入场参观，透过奢华、盛大的展览，不难发现她的热情好客……她展出的藏品不仅包括人物蜡像，还呈现原件。"在创作历

---

1 即弗朗索瓦·布歇（Francois Boucher，1703—1770），法国洛可可艺术的代表画家、著名设计师，曾任法国宫廷御用画师，为凡尔赛宫等皇家府邸创作了大量巨型作品，代表作包括《蓬巴杜侯爵夫人》（Portrait of Marquise de Pompadour）、《沙发上的裸女》（Nude on a Sofa）等。
2 即保罗·魏尔伦（Paul Verlaine，1844—1896），法国诗人，象征派诗歌先驱，代表作包括《美好之歌》（La bonne chanson）等。
3 兰波（Rimbaud，1854—1891），法国早期象征派诗歌代表人物，超现实主义诗歌的鼻祖，代表作有《醉舟》（Le Bateau ivre）等。早年他与诗人魏尔伦惺惺相惜，两人结伴周游欧洲。1873年，两人在比利时首都布鲁塞尔发生争吵，魏尔伦开枪打伤了兰波的手腕，因此被判入狱两年，后来两人分道扬镳。

史小说《三个火枪手》(*The Three Musketeers*)期间，大仲马尤其对法国大革命时期的历史遗迹感兴趣。"革命把我们如此多的英雄推向了绞刑架，"他写道，"我感到自己至少需要尽力掌握第一手材料，以便研究这段历史。我虽然看过许多有关大革命的图片，但它们与事实差距甚远。好在我发现了杜莎夫人蜡像馆中展出的断头台，或者更确切地说，这是刽子手桑松先生的藏品，因为墙上的题记说明了断头台转手交易的过程。"多年来，文学作品时不时会提到杜莎夫人蜡像馆，其中包括托马斯·哈代[1]、萨克雷以及亨利·詹姆斯[2]的作品，后者在其长篇小说《金碗》中同样描述了杜莎夫人蜡像馆的情况。

杜莎夫人蜡像馆作为公共游览场所已存在多年，由此凸显了其名号享誉国际之时固有的悖论，虽然声名远扬，玛丽的个人形象却相对模糊。玛丽自己所描述的人生故事，尤其是她从一位宫廷塑像者被迫沦为法国大革命"女仆"的巨大变故，以及后来成为一名文化商人的遭际，极大地迎合了观众渴望接近历史名人的天性，这在其历史人物蜡像展中表露无遗。对于早期的游客而言，蜡像馆里展出的蜡像某种程度上得与世界著名人物相关联，这一点非常重要，正如对于负责展示这些历史遗迹的玛丽来说，最关键的是要突出她与它们的主人曾有过交集一样。这一亲近性为玛丽的蜡像展罩上了真实性的光环，否则她的广告宣传有可能被视为粗俗、拙劣的推销技巧。蜡像展不是简单地与历史挂钩，就像大仲马所言，它们还呈现"原装货"，遗迹、文物本身就是历史的组成部分，那些蜂拥而至的游客对此趋之若鹜。

而今，我们能够以更具批判性的眼光来看待玛丽早年的人生经历。在某种程度上，玛丽的传奇在自说自话。然而，她的声名掩盖了一个更迷人的故事。通过玛丽的描述，我们知悉了几乎涉及法国大

1　托马斯·哈代(Thomas Hardy, 1840—1928)，英国小说家，代表作有《德伯家的苔丝》(*Tess of the d'Urbervilles*)、《无名的裘德》(*Jude the Obscure*)等。

2　亨利·詹姆斯(Henry James, 1843—1916)，美国作家，代表作有中篇小说《戴西·米勒》(*Daisy Miller*)、长篇小说《金碗》(*The Golden Bowl*)、游记《英国风情》(*English Hours*)等。

革命的所有重要角色,但比这更有趣的是,为何她要如此高调自我标榜,并以此类方式来讲述自己的经历。事实上,并没有证据能够支持玛丽关于自身早年生活的许多断言。其中大量的叙述可能并不真实。但是这无伤大雅。传奇的诞生本身就是一项成就,正如玛丽蜡像展的成功,无可辩驳地证明了其商业才干一样,她深谙蜡像产品的市场推广之道,并且自身闪耀着身为文化创新者的光芒。

如果说历史包括把过去的经历改编汇入当下生活的话,那么就可以理解,玛丽通过蜡像角色派选和情节构思,精雕细琢地创造了一个与她本人的遭际密切相关的故事,借此确保能招徕到观众,此外,她还借助蜡像人物和历史遗迹展来补充故事内容。玛丽的展览与其故事相辅相成。玛丽拉近了民众与知名人士之间的距离,一方面通过实体蜡像展;一方面经由她个人的故事,其描述充满了逸闻,有点类似名人八卦,不时披露一些有关他们着装、发型和私人空间的"内幕消息"。独特的故事也使玛丽与其他竞争者区别开来。这是她的"商品"别具一格的卖点和颇有灵感的市场推广策略,一套复杂但能有效拓展生意的说辞。玛丽在宣传方面的资质,足以媲美狄更斯笔下乍莱太太"别出心裁的天赋"。上述商业技巧实践中所反映出来的个人成就,远比玛丽早年生活中种种晦暗和不大可能的经历更有意义。

玛丽在法国的生活经历如果说没有足够资料来确证的话,那么她在英国的人生却无不展现在公众面前,关于她后半生的故事即便讨论较少,也足以能令人信服地呈现所有细枝末节。在一个女性的处境有些类似农奴的时代,玛丽所取得的成功尤其令人印象深刻。英国诗人丁尼生[1]在以下诗篇中描述了当时的社会状况:

男人田地劳作,女人灶边生火;

---

[1] 丁尼生(Tennyson,1809—1892),英国"桂冠诗人",组诗《悼念》(*In Memoriam*)被视为英国文学史上最优秀的哀歌之一。

> 男人手握利剑，女人摆弄针线；
> 男人头脑冷静，女人敏感多情；
> 男人发号施令，女人唯命是听；
> 如不这样引导，一切都将乱套。

据我们所知，理智的头脑和敏感的内心控制着玛丽的人生。她的传奇与爱情无涉，只关乎金钱，其数额超出了维多利亚时代许多男性期许的范围。玛丽故事的主角不是一位脸色苍白的居家主妇，沉醉于微妙的情感中，而是一位精明、执拗且勤勉的艺术家，虽然极有可能在纯艺术领域有所建树，从而获得另外一种世界级声誉，她却选择了在商海中打拼，并且取得了空前的业绩。这个故事的女主角不是一名演员，或者美丽、尽责的妻子，而是一位干练的职业女性，她最终战胜了所有竞争对手。正如我们今天所知，这个传奇的主角是一位缔造了一个娱乐帝国的女性，其版图还在扩张中。（按计划，杜莎夫人蜡像馆将于2006年在上海设立分馆，且已在阿姆斯特丹、纽约、拉斯维加斯、香港设有分支机构[1]。）最后，这是个获得了巨大成功的故事，一名生于1761年的女孩，出生时母亲年仅18岁，给人当厨娘，后来凭借其企业家的才智、献身精神和埋头苦干，终于白手起家，打造了世界首个且历史最悠久的蜡像品牌，品牌的名称简洁明了地冠以创始人的名字——杜莎夫人蜡像馆。通过蜡像展，这个故事的传奇仍在延续。杜莎夫人蜡像馆前，等候入场的游客昔日排出的长队，恰是对她巨大成就的不朽纪念。

> 曾有位名为"杜莎"的女士，
> 喜欢《名人录》里面的伟人，

---

[1] 上海杜莎夫人蜡像馆已于2006年5月1日正式开业。如今，在其全球布局中，除伦敦总部外，杜莎夫人蜡像馆在阿姆斯特丹、北京、香港、武汉、纽约、洛杉矶、拉斯维加斯、华盛顿、好莱坞、柏林、东京、悉尼、曼谷等城市均设有分馆。

于是为他们制作了许多蜡像,
从头到脚整个造型栩栩如生,
但她从未征求过对方的授权。

——《笨拙》周刊,1919年

致　谢

非常有幸得以追随自己的兴趣，进行杜莎夫人的传记创作，为此，我谨向罗兰·菲利普斯（Roland Philipps）表示由衷的感谢。在维系写作热情方面，特别对卡莱尔·瓦赫特尔（Claire Wachtel）和艾里什·塔普霍姆（Irish Tupholme）致以谢意。娜塔莎·费尔韦瑟（Natasha Fairweather）给予我诸多中肯的建议和及时的慰藉，极其感激她的帮助和扶持。拙著能够迅速付诸出版，这无疑是罗恩·雅普（Rowan Yapp）的功劳。温蒂妮·康坎（Undine Concannon）为我付出尤多，其中包括许多有益的指导，对她不胜感激。帕特里克·克拉布（Patrick Crabbe）、迈克尔·赫伯特（Michael Herbert）、格雷厄姆·杰克逊（Graham Jackson）、迈克尔（Michael）和柯曾·杜莎（Curzon Tussaud）慷慨大度，对于我的屡番请教和咨询不厌其烦，拙著凝聚着他们大量的心血。威廉·道尔（William Doyle）同样对我帮助良多，在那些难以提笔开始创作的晦暗日子里，他激发了我对18世纪法国历史研究的兴趣，并且开列了书单，使我能够便捷地理解本书传主早年所处的时代情境。邦尼·史沫特莱（Bunny Smedley）一再催促我努力写作，同时对文稿进行了深刻指正，她这方面的才华无可比拟。朱莉·安·兰伯特（Julie Ann Lambert）提供了极大便利，使我查阅、征引了牛津大学博德利图书馆内约翰·约翰逊的珍藏，其中包括大量布告、明信片等非正式文献，尤其感谢她的鼎力支持。同样地，我谨向伦敦图书馆的盖伊·彭曼（Guy Penman）和约翰·赫盖特（John Huggett）致敬，此外还有罗茜·布罗德利（Rosie Broadley），他们为我进行了许多专业资料检索和搜集工作；杜莎夫人蜡像馆的苏珊娜·兰姆（Susanna Lamb）以及伦敦市政图书馆的杰里米·史密斯（Jeremy Smith）、热勒米·巴特勒（Geremy Butler），则为我提供了大量图片信息；致敬名录还包括布里奇曼艺术图书馆的乔治娜·法兰西（Georgina French），英国国家肖像馆的海伦·特姆佩特勒（Helen Trompeteler），维多利亚和阿尔伯特博物馆的斯蒂芬妮·福西特（Stephanie Fawcett）以及大英博物馆的伊恩·克斯莱克（Ian Kerslake）。最后，塞巴斯蒂安的耐心和建言，自始至终是一道明亮的光，伴随我开展本项研究和创作，谨向他致以我发自肺腑的感激。

参考文献

法国 1761—1802

On Marie's early life in France
Madame Tussaud's Memoirs and Reminiscences of France, Forming an Abridged History of the French Revolution, ed. Francis Hervé (Saunders & Otley, 1838)

On the sights, smells, fads, fashions and feel of the Paris Marie knew
Louis-Sébastien Mercier, *Tableau de Paris* (12 vols., Amsterdam, 1782–1788) —an invaluable resource: vivid and vibrant, it was described by a contemporary as having been 'composed on the street and written on a doorstep'; selections have been published in English as
——*The Panorama of Paris*, trans. Helen Simpson, with a new preface and translation of additional articles by Jeremy Popkin (Pennsylvania State University Press, 1999)
——*The Picture of Paris before and after the Revolution*, trans. Wilfrid and Emilie Jackson (Routledge, 1929)
——*The Waiting City: Paris 1782–1788,* trans. Helen Simpson (Harrap, 1933)

On domestic life, lighting, food, water supply
Annik Pardaihlé-Galabrun, *The Birth of Intimacy: Privacy and Domestic Life in Early Modern Paris* (Polity Press, 1991)

On shopping, fashion and trends

Christopher Todd, 'French Advertising in the Eighteenth Century', *Studies on Voltaire and the Eighteenth Century* 266 (1989), 513–547

Robert Darnton, *The Great Cat Massacre and Other Episodes in French Cultural History* (Basic Books, 1984) — excellent on responses to Rousseau

Carolyn Sargentson, *Merchants and Luxury Markets: The Marchands Merciers of Eighteenth Century Paris* (Victoria & Albert Museum, 1996)

Anny Latour, *Kings of Fashion*, trans. Mervyn Savill (Weidenfeld & Nicolson, 1958)

Leo Braudy, *The Frenzy of Renown* (Oxford University Press, 1986) — this classic text on the history of fame was an important resource for the changing marketplace of fame

Rebecca Sprang, *The Invention of the Restaurant* (Harvard University Press, 2000)

On celebrity hairdresser Léonard, and celebrity milliner/stylist Rose Bertin

Emile Langlade, *Rose Bertin the Creator of Fashion at the Court of Marie Antoinette*, trans. Angelo S. Rappoport (Long, 1913)

Madge Garland, 'Rose Bertin Minister of Fashion', *Apollo* 87, January 1968, 40–44

Jean Léonard Autié, *Recollections of Léonard, Hairdresser to Queen Marie Antoinette*, trans. E. Jules Meras (Greening & Co., 1912)

On having fun—fairs and popular entertainment

R. Laffont (ed.), *Paris and its People: An Illustrated History* (Methuen, 1958)

Robert Isherwood, 'Entertainment in Eighteenth Century Paris Fairs', *Journal of Modern History* 53 (March 1981), 24–48

——*Farce and Fantasy: Popular Entertainment in Eighteenth Century Paris* (Oxford University Press, 1991) — this and the following title are scholarly and accessible classics, invaluable for putting Curtius in context

Michèle Root-Bernstein, *Boulevard Theater and Revolution in Eighteenth Century Paris* (UMI Research Press, 1984)

John Lough, *Paris Theatre Audiences in the Seventeenth and Eighteenth Centuries* (Oxford University Press, 1957)

On life at the palace of Versailles

Cecilia Hill, *Versailles Life and History* (Methuen, 1925)

Jacques Levron, *Daily Life at Versailles in the Seventeenth and Eighteenth Centuries*, trans. Claire Elaine Engel (Allen & Unwin, 1968)

Norbert Elias, *The Court Society*, trans. Edmund Jephcott (Blackwell, 1983)
—a classic study of court protocol and the private being performed in public

Antonia Fraser, *Marie Antoinette: The Journey* (Phoenix, 2000)

Margaret Trouncer, *Madame Elisabeth: Days at Versailles and in Prison with Marie Antoinette and her Family* (Hutchinson, 1955)

Memoirs, eyewitnesses, first-hand flavour

Madame Campan, *Memoirs of the Private Life of Marie Antoinette Queen of France and Navarre* (2 vols., 3rd edn, Colburn, 1823)

Madame de La Tour du Pin, *Escape From the Terror: The Journal of Madame de La Tour du Pin* (Folio Society, 1979)

John Lough (ed.), *France on the Eve of the Revolution: British Travellers' Observations 1763–1788* (Croom Helm, 1987)

Arthur Young, *Travels in France and Italy During the Years 1787, 1788, 1789* (Bell, 1900)

Hester Lynch Thrale, *The French Journals of Mrs. Thrale and Dr. Johnson*, ed. Moses Tyson and Henry Guppy (Manchester University Press, 1932)

Letters of Jefferson 1787 (Hale & Co., New York, n.d.)

Anne Carey (ed.), *Diary and Letters of Gouverneur Morris* (Morris, 1889)

Nikolai Karamzin, *Letters of a Russian Traveler 1789–1790*, trans. Florence Jonas (Columbia University Press, 1957)

On the Palais-Royal

Mark Girouard, 'Rout to Revolution', *Country Life* 179i, 30 January 1986

J. Adhémar, 'Les musées de cire en France, Curtius, le banquet royal, les têtes coupées', *Gazette des Beaux-Arts* 92 (1978), 203–214

Evelyn Farr, *Before the Deluge: Parisian Society in the Reign of Louis XVI* (Peter Owen, 1994)

Darrin McMahon, 'The Birthplace of the Revolution: Public Space and Political

Community in the Palais-Royal of Louis-Philippe-Joseph d'Orléans', *French History* 10 (1996)

On the broader social background and changing social climate

Daniel Roche, *The People of Paris: An Essay in Popular Culture in the Eighteenth Century* (University of California Press, 1987)

David Garrioch, *The Making of Revolutionary Paris* (University of California Press, 2002)

Tim Blanning, *The Culture of Power and the Power of Culture: Old Regime Europe 1660–1789* (Oxford University Press, 2002)

George Rudé, *The Crowd in the French Revolution* (Oxford University Press, 1959)

Simon Schama, *Citizens: A Chronicle of the French Revolution* (Viking, 1989)

Colin Jones, *The Great Nation: France from Louis XV to Napoleon, 1715–1799* (Allen Lane, 2002)

William Doyle, *Origins of the French Revolution* (Oxford University Press, 1963)

——*The Oxford History of the French Revolution* (Oxford University Press, 1989)

On the outbreak of the Revolution

David McCallum, 'Waxing Revolutionary: Reflections on a Raid on a Waxworks at the Outbreak of the French Revolution', *French History* 16 (2002)

Thomas Carlyle, *The French Revolution: A History*, ed. J. Holland Rose (Bell, 1913)

Jacques Godechot, *The Taking of the Bastille*, trans. Jean Stewart (Faber, 1970)

On the progress of the Revolution, 1789–1794

Mona Ozouf, *Festivals and the French Revolution*, trans. Alan Sheridan (Harvard University Press, 1988)

David Lloyd Dowd, *Pageant-Master of the Republic: Jacques-Louis David and the French Revolution* (University of Nebraska Press, 1948)

Anita Brookner, *Jacques-Louis David* (Chatto & Windus, 1980)

Thomas E. Crow, *Painters and Public Life in Eighteenth Century Paris* (Yale University Press, 1985)

Helen Hinman, 'Jacques Louis David et Madame Tussaud', *Gazette des Beaux-Arts* 66 (1965), 331–338

Tessa Murdoch, 'Madame Tussaud and the French Revolution', *Apollo* 130i, July-September 1989

Simon Lee, 'Artists and the Guillotine', *Apollo* 130i, July-September 1989

David Bindman, *The Shadow of the Guillotine: Britain and the French Revolution* (British Museum Publications, 1989)

Aileen Ribeiro, *Fashion in the French Revolution* (Batsford, 1988)

Gwyn Williams, *Artisans and Sans-Culottes: Popular movements in France and Britain during the French Revolution* (Libris, 1989)

Albert Soboul, *The Parisian Sans-Culotte and the French Revolution*, 1793–4, trans. Gwynne Lewis (Clarendon Press, 1964)

George Pernoud and Sabine Flaissier, *The French Revolution*, trans. Richard Graves (Seeker & Warburg, 1960)

Jean Robiquet, *Daily Life in the French Revolution* (1938), trans. James Kirkup (Weidenfeld & Nicolson, 1964)

Linda Kelly, *Women of the French Revolution* (Hamish Hamilton, 1987)

Frédéric Loliée, *Prince Talleyrand and his Times*, trans. Bryan O'Donnell (John Long, 1911)

On the Terror

Daniel Arasse, *The Guillotine and the Terror*, trans. Christopher Miller (Lane, 1989)

Philip Gwyer and Peter McPhee (eds.), *The French Revolution and Napoleon: A Sourcebook* (Routledge, 2002)

David Jordan, *The King's Trial: The French Revolution vs Louis XVI* (University of California Press, 2004)

Olivier Blanc, *Last Letters: Prisons and Prisoners of the French Revolution* (André Deutsch, 1987)

Eyewitnesses

Gouverneur Morris, *A Diary of the French Revolution*, ed. Beatrix Carey Davenport (Harrap, 1939)

The Reign of Terror: A Collection of Authentic Narratives of the Horrors Committed by the Revolutionary Government of France under Marat and Robespierre (Leonard Smithers, 1899)

Grace Elliott, *Journal of My Life during the Revolution* (Rodale Press, 1859)

Peter Vansittart (ed.), *Voices of the French Revolution* (Collins, 1989)

Colin Jones (ed.), *Voices of the Revolution* (Salem House, 1988)

Aftermath

Jean Robiquet, *Daily Life in France under Napoleon*, trans. Violet MacDonald (Allen & Unwin, 1962)

Martin Lyons, *Napoleon Bonaparte and the Legacy of the French Revolution* (Macmillan, 1994)

英国 1802—1850

On waxworks

E. J. Pyke, *A Biographical Dictionary of Wax Modellers* (Oxford University Press, 1975)

On interest in Napoleon

Alexandra Franklin and Mark Philp, *Napoleon and the Invasion of Britain* (Bodleian Library, 2003)

Stuart Semmel, *Napoleon and the British* (Yale University Press, 2004)

On fairs and popular entertainment

Thomas Frost, *The Old Showman and the Old London Fairs* (Chatto & Windus, 1881)

Cornelius Walford, *Fairs, Past and Present* (Elliot Stock, 1883)

David Kerr Cameron, *The English Fair* (Sutton, 1998)

Mervyn Heard, 'Paul de Philipstal and the Phantasmagoria in England, Scotland and Ireland', part one, *New Magic Lantern Journal* 8 (1996) October: part two 8 (1997) October—two outstanding articles by a magic lantern maestro

Duncan Dallas, *The Travelling People* (Macmillan, 1971)

M. Willson Disher, *The Greatest Show on Earth as Performed for over a Century at Astley's...Royal Amphitheatre of Arts* (Bell, 1937)

Hugh Honour, 'The Colosseum', *Country Life*, 113i, 2 January 1953

—— 'Egyptian Hall', *Country Life*, 115i, 7 January 1954

Aleck Abrahams, 'Curiosities of the Egyptian Hall', *The Antiquary*, 1907

Richard D. Altick, *The Shows of London* (my desert-island book—a magisterial and magical history of exhibitions in the capital), Belknap Press, 1978

Ricky Jay, *Extraordinary Exhibitions... Broadsides from the Collection of Ricky Jay* (Quantuck Lane Press, 2005) — ephemera-based enchantment

—— *Learned Pigs and Fire-Proof Women* (Robert Hale, 1987) — completely charming

Herman Furst von Pückler-Muskau, *A Regency Visitor: The English Tour 1826–1828* (Collins, 1957)

On London, 1835–1850

Charles Knight (ed.), London (Charles Knight & Co., 3 vols., 1841) —an excellent profile of the Victorian city emerging from Georgian London

The Shows of London (as above)

John Timbs, *Curiosities of London: Exhibiting the Most Rare and Remarkable Objects of Interest in the Metropolis with nearly 60 Years of Recollections* (London, 1855)

Thomas Shepherd, *London Interiors: A Grand National Exhibition of the Religious, Regal and Civic Solemnities, Public Amusements, Scientific Meetings and Commercial Scenes of the British Capital 1841–1844* (Joseph Mead, 1841)

David Bartlett, *What I Saw in London, or Man and Things in the Great Metropolis* (Derby & Miller, 1852)

P. T. Barnum, *The Life of P. T. Barnum Written by Himself* (Sampson Low, 1855)

Raymund Fitsimons, *Barnum in London* (Geoffrey Bles, 1969)

Charles Dickens

Charles Dickens, *The Pickwick Papers* (inc. *Pickwick Advertiser*), monthly, April 1836 to November 1837

—— *Nicholas Nickleby* (inc. *Nickleby Advertiser*), monthly, April 1838 to October 1839

—— *The Old Curiosity Shop, Master Humphrey's Clock*, weekly, April 1840 to February 1841

—— *Oliver Twist*, monthly, February 1837 to April 1839

—— *A Tale of Two Cities* (Penguin, 2000)

—— 'Our Eyewitness' in 'Great Company' *All the Year Round*, 31 December 1859 and 7 January 1860

Michael Slater (ed.), *Dickens's Journalism*, vol. 2: *The Amusements of the People and Other Papers: Reports, Essays and Reviews 1834–1851* (Dent, 1996)

Bernard Darwin, *The Dickens Advertiser* (Elkin Matthews & Marrot, 1930)

Paul Schlicke, *Dickens and Popular Entertainment* (Allen & Unwin, 1985)

On advertising

'A Paper on Puffing', *Ainsworth's Magazine*, July 1842

'The Advertising System', 77, *Edinburgh Review*, February 1843

Charles Dickens, 'Bill-Sticking', *Household Words*, 2 March 1851

'Advertisements', *Quarterly Review* 98 (June-September 1855)

The Grand Force, *Frasers Magazine*, 79, March 1869

Henry Sampson, *A History of Advertising* (Chatto & Windus, 1874)

On change, and the Victorian world view

John Copeland, *On Roads and their Traffic* 1750–1830 (David & Charles, 1968)

Richard Altick, *The English Common Reader: A Social History of the Mass Reading Public 1800–1900* (Oxford University Press, 1957)

—— *The Presence of the Present: Topics of the Day in the Victorian Novel* (Ohio State University Press, 1991)

H. Turner, *A Collector's Guide to Staffordshire Pottery Figurines* (MacGibbon & Kee, 1971)

Thomas Balston, *Staffordshire Portrait Figures of the Victorian Age* (Faber, 1958)

Cyril Williams-Wood, *Staffordshire Pot Lids and their Potters* (Faber, 1972)

Louis James, *Print and the People 1819–1851* (Allen Lane, 1976)

Thomas Carlyle, *On Heroes, Hero Worship and the Heroic in History* (James Fraser, 1841)

—— *Past and Present* (Oxford University Press, 1843)

—— *Sartor Resartus, The Tailor Retailored* (1833–1834)

Helmut and Alison Gernsheim, L. J. M. Daguerre. *The History of the Diorama and the Daguerreotype* (Seeker & Warburg, 1956)

On Madame Tussaud

Although I have taken a very different route, the following authors who made earlier journeys helped me to plot my course:

Leonard Cottrell, *Madame Tussaud* (Evans, 1951)

Anita Leslie and Pauhne Chapman, *Madame Tussaud: Waxworker Extraordinary* (Hutchinson, 1978)

Pauline Chapman, *The French Revolution as Seen by Madame Tussaud*, Witness Extraordinary (Quiller Press, 1989)

—— *Madame Tussaud in England* (Quiller Press, 1992)

Teresa Ransom, *Madame Tussaud* (Sutton Publishing, 2003)

On Madame Tussaud's

John Theodore Tussaud, *The Romance of Madame Tussaud's* (Odhams Press, 1921)

Edward Gatacre and Laura Dru, 'Portraiture in le cabinet de cire Curtius and its successor, Madame Tussaud's Exhibition', conference paper ('atti del I congresso internazionale sulla ceroplastica nella scienza e nell'arte', Florence, 1975)

Pamela Pilbeam, *Madame Tussaud and the History of the Waxworks* (Hambledon & London, 2003) —an excellent academic but accessible study spanning the origins of exhibition to the present day

Sources for the Epilogue

Peter Bailey, ' "A Mingled Mass of Perfectly Legitimate Pleasures" : The Victorian Middle Class and the Problem of Leisure', *Victorian Studies* 21, 4 (summer 1978) 7–28

The Economist, 31 May 1851

—— 26 October 1850

—— 28 October 1851

Fraser's Magazine, January 1852

Illustrated London News, May, June, July 1851

Punch, 13 April 1850 and 1 February 1851

Other sources

Ephemera, catalogues, posters, advertisements, newspapers and periodicals in the Guildhall Library, the London Library, the British Library, the British Library Newspapers Collection at Colindale, the Theatre Museum, The Dickens Museum, the John Johnson Collection of Printed Ephemera, the Bodleian Library, and Madame Tussaud's Archives in Acton and Marylebone

译后记

历时两年多，本书的翻译工作终于告一段落，只是译者丝毫没有如释重负，反倒平添几分忐忑。学海无涯，译业甘苦，于今心有戚戚焉。书稿翻译过程中，如果妙手偶得，自然不免窃喜；若是拾人牙慧，总觉面目可憎；万一留下硬伤，又生怕功亏一篑。为此，译者常有临渊履薄之感，惴惴之余，唯有暗自勉励，不敢荒怠疏懒。

本书传主杜莎夫人既堪称"奇女子"，也是一位连父母身世都说不清楚的"小女子"，在近九十年的人生历程中，她被大时代的风云裹挟，不但见证了法国旧制度的落日余晖，又历经"法国大革命"的血雨腥风，最终积数十年筚路蓝缕之功，在英国维多利亚女王统治时期，一手开创了"杜莎夫人蜡像馆"这一享誉至今的百年老字号，由此实现了人生的逆袭。狄更斯小说《老古玩店》中的"乍莱太太"，便以杜莎夫人为原型。大仲马创作小说《三个火枪手》时，也曾到杜莎夫人蜡像馆寻找灵感。置身于残酷的商业竞争中，杜莎夫人深谙借势之道，借以激发大众的兴趣，吸引关注，如：她宣称伏尔泰、卢梭、富兰克林、马拉等名流都是家里的常客；自己一度担任法国伊丽莎白公主的艺术指导教师，与王室成员过从甚密；曾应邀给罗伯斯庇尔、拿破仑等风云人物制作蜡像……诸如此类的故事，不时散见、穿插于她的艰难创业生涯里。本书作者凯特·贝里奇通过梳理大量历史文献、老旧报刊、家族档案等相关资料，旁征博引，尽可能全面地考证了传主跌宕起伏、砥砺前行的人生传奇，并从政治变革、社会风尚、商业环境、大众娱乐等维度进行了阐释分析，体现出严谨求真的治学态度和广博扎实的学术功底。

杜莎夫人的传奇可谓另一出"双城记"，她的人生主要围绕巴黎和伦敦这两座城市展开，在其他城镇还有数十年漫游巡展的经历，饱尝颠沛流离之苦。颇为巧合的是，翻译本书时，译者亦往来奔波于北京、南京这两座城市之间，迎对芸芸众生，远眺青山大江，常有人在江湖、不知今夕何夕之感。此情深处，译者偶托词章以记之：

西江月

亿万黎民百姓，九千锦绣河山。纷来笔底作波澜，容我樽前浩叹。　　问讯驿梅依旧，谁曾众里嫣然。与君一别已经年，惆怅春风拂面。

清平乐

风流年少，都向江湖老。心事连波归浩渺，淘尽英雄怀抱。征衫留照青霞，吟鞭却又天涯。俯仰人间苦乐，长歌黯转悲嗟。

同时，为了让读者能够更好地了解本书时代背景，译者在翻译过程中，增补了若干译注，力求给读者提供更为丰富的信息。此外，译稿初成之际，译者有幸得以向业界前辈请教，受益良多。前辈不但学养深厚、答疑解惑，并且严谨细致、淡泊名利，如此嘉德懿行，译者自当铭记。本书"审校"本应署前辈之名，遵嘱，今暂未列示。每念及前辈提携后学、成人之美，译者无不油然感佩。

承蒙责任编辑徐国强先生信任，译者得以有缘承担本书翻译工作。本书能够与读者诸君见面，凝聚了徐国强先生许多心血和创意，他的专业素养、人文情怀和工匠精神，尤其令译者叹服。再次致谢！

"文章千古事，得失寸心知。"因学识所限，本书翻译错讹、欠妥之处，一切责任均由译者承担，敬请博雅君子不吝赐教。

译者　谨识
2019 年 3 月